Die Traumbotschaft

Marita Schröder

Die Traumbotschaft

Roman

Bibliografische Information der Deutschen Nationalbibliothek:
Die Deutsche Nationalbibliothek verzeichnet diese Publikation in der
Deutschen Nationalbibliografie; detaillierte bibliografische Daten
sind im Internet über http://dnb.dnb.de abrufbar.

MP-Schröder Verlag, Zerbst/Anhalt
Internet: http://www.mp-schroeder-verlag.de
© 2023 Marita Schröder
Alle Rechte vorbehalten

Umschlagbild: Marita Schröder
Covergestaltung: Ronny Friedrich, Zerbst/Anhalt

Herstellung:
Books on Demand GmbH
In den Tarpen 42
22848 Norderstedt

ISBN: 978-3-9811573-8-3

Für meine Enkelkinder, in Liebe

Siehe, wie das, was du im Traum geschaut hast, nach langer Zeit voll verwirklicht wird. (Bahá'u'lláh, Ährenlese 79:1)

Seltsame Ereignisse um 1840

Unzählige Menschen schauten verwundert und verängstigt auf einen sehr großen Hof, der die Sonne umgab. Sie blickten erschreckt auf den Nachthimmel, an dem ein Riesenkomet mit feurigem Schweif durch die Dunkelheit zog. Einige behaupteten, der Komet näherte sich mit ungeheurer Schnelligkeit der Erde, um den Menschen das „Ende der Welt" zu bringen.

Ein interessanter Bericht aus dieser Zeit lautete:

Ein bekehrter Jude in Palästina, Joseph Wolff, sagte das Kommen Christi für 1847 voraus.

Harriet Livermore, eine aufsehenerregende Frau jener Zeit … predigte überall die Wiederkunft, sogar im Repräsentantenhaus in Washington, wo die Menschen sich drängten, um sie zu hören.

Lady Hester Stanhope, die tollkühne Nichte von William Pitt, kehrte London und damit Macht und Mode den Rücken und siedelte sich im Libanon unter Arabern und Drusen an, um bei der Ankunft Christi an Ort und Stelle zu sein. Man erzählte sich, dass sie zwei weiße arabische Rosse in ihrem Stall hielt, eines für den Messias und eins für sich selbst.

Es wird erzählt, dass es im Heiligen Land eine kleine Moschee gibt, wo der Oberpriester die Schuhe bereithält, die der Messias tragen soll, wenn er nach Jerusalem kommt.

Es wird erzählt, dass einige der eifrigsten Gläubigen ihre *Auferstehungskleider* anzogen und sich bereithielten, Christi Herabkunft aus den Wolken des Himmels zu erwarten.

Am 24. Mai 1844 trat Samuel Morse, der Erfinder des Telegraphen, an die Tastatur seines neuen Instruments in Washington D.C. Er war im Begriff, das erste offizielle Telegramm der Geschichte durch den Draht von Washington nach Baltimore zu senden. In der Presse war dies als ein modernes Wunder begrüßt worden. Durch dieses Wunder, so hieß es, würde die Welt tatsächlich in einem Augenblick vereinigt werden. Diese blitzartigen Ströme, die durch die Drähte dahineilten, ließen die Größe des Planenten zusammenschrumpfen.
Die erste offizielle Botschaft von Samuel Morse lautete: WHAT HATH GOD WROUGHT! (welche Wunder Gott tut - 4. Mose 23:23)

Sir Lawrence Bragg hielt um diese Zeit einen Vortrag in New York. Er hatte ein Diagramm mit den wissenschaftlichen Errungenschaften der Menschen bis 1844 angefertigt. Es zeigte wie die Entwicklung bis zu jenem Zeitpunkt sehr langsam vor sich ging, so langsam, dass die Linie bis 1844 fast horizontal verlief. Danach jedoch stieg die Linie sofort steil in die Höhe, und ist seither stetig weiter gestiegen. Warum? Was hat nach 1844 diesen neuen Geist, diese Energie, diese Schaffenskraft ausgelöst? ... Gab es ein geschichtliches Ereignis im Jahre 1844, das diese plötzliche neue Flut an Wissen und Erfindungen verursachte?
War da etwas von den Geschichtsschreibern übersehen oder vernachlässigt worden?
(William Sears / Dieb in der Nacht)

Der Traum

Das Zimmer ist plötzlich sehr hell. Licht hüllt mich ein und gibt mir ein Gefühl von Geborgenheit, wie ich es noch nie in diesem Raum erlebt habe. Ich sitze an meinem Schreibtisch und tippe gerade etwas in den Laptop. Ich drehe mich zur Tür und sehe meinen Großvater im Türrahmen stehen. Er trägt eine Jeans und ein kariertes Hemd, wie üblich. Er spricht zu mir, wie er immer zu mir gesprochen hat, kurz, knapp und mit einer gewissen Dringlichkeit, die keinen Widerspruch zulässt. Die ersten Worte sind leise, unverständlich, doch scheinen sie sich auf meine Arbeit zu beziehen, denn er zeigt auf den Laptop. Ich erhebe mich, gehe auf ihn zu und höre ihn sagen: „Robert, wir sind erschaffen, um ewig zu leben, aber die Voraussetzung dafür ist, im Licht zu leben. Es wird Zeit, du musst das Licht suchen und es aufnehmen! Ohne Licht verfehlt der Mensch sein Lebensziel. Das Licht löscht die Aggressionen im Herzen und macht Frieden erst möglich. Suche, Robert, für dich, für die Familie und für die Menschheit!"
Er wendet sich zum Gehen, kommt aber noch einmal zurück und sagt: „Suche, es eilt! Es wird deinen Weg bestimmen." Er legt die Hand auf meine Schulter und bekräftigt: „Eine einzelne Seele kann die Ursache für die geistige Erleuchtung eines Kontinents sein." Er wiederholt den Satz, seine Stimme wird immer leiser.

Und dann drehte sich alles, das Licht verschwand und Robert erwachte. Er befand sich in seinem WG-Zimmer in absoluter Dunkelheit. Es war mitten in der Nacht. Im gleichen Augenblick verspürte er den Drang, den Traum aufzuschreiben. Noch war er klar und deutlich.
Robert sprang aus dem Bett, stieß sich den Fuß am Bettpfosten und hastete an den Schreibtisch zu seinem Laptop. Mit halbgeschlossenen Augen notierte er den Traum und

versuchte, sich an jedes Detail zu erinnern. Den letzten Satz hatte sein Großvater zweimal gesagt, die letzten Worte nur noch geflüstert.

Trotz der Dunkelheit spürte er noch deutlich das Licht des Traumes und die damit verbundene Wärme und Geborgenheit. Doch nach und nach löste es sich auf.

Eine Weile starrte er auf den Bildschirm. Was war das? Eine Botschaft aus dem Jenseits?

Sein Großvater war vor vier Jahren verstorben. Zu dieser Zeit hätte er seinen Träumen keine besondere Bedeutung beigemessen. Aber dann hatte er eines Nachts von seiner Schwester geträumt. Sie sagte: „Robert, ich bin schwer krank und niemand weiß Bescheid. Ich brauche Hilfe." Am nächsten Tag hatte er vergeblich versucht, Clara zu erreichen, und dann seine Eltern losgeschickt. Tatsächlich fanden sie sie mit über vierzig Fieber in ihrem Zimmer in der Wohngemeinschaft, allein. Die Eltern riefen den Notarzt. Clara musste eine Woche im Krankenhaus bleiben. Was wäre mit ihr passiert, wenn er diesen Traum nicht gehabt hätte? Seinen Eltern gegenüber hatte er von einem *komischen Gefühl* gesprochen. Ein paar Monate später begegnete ihm sein Großvater im Traum. Damals war Robert gerade bei der Bundeswehr und stand vor der Entscheidung, ob er sich für zwölf Jahre verpflichten sollte. Er hatte zwei Probejahre hinter sich. Seine Mutter plädierte für ein Studium, sein Vater für den Militärdienst.

Großvater sagte im Traum: *Du solltest jedem, der dir begegnet einen guten Dienst erweisen und von Nutzen sein. Konflikte müssen friedlich gelöst werden und nicht mit Waffen.*

Das Wort *Dienst* blieb bei ihm hängen. Am nächsten Tag ging er die Studienrichtungen der Hochschule Harz durch und stieß auf BWL-Dienstleistungsmanagement. Es war mehr das Wort *Dienst,* als die Richtung selbst, die ihn dazu brachte, sich näher mit diesem Studiengang zu beschäftigen. In der Beschreibung hieß es:

Neben betriebswirtschaftlichem Wissen werden vor allem Theorien, Methoden und Konzepte des Managements von Dienstleistungsbetrieben vermittelt.
Probleme verstehen – Lösungen praxisnah entwickeln ...
Führungskräfte mit internationaler Kompetenz ... Fachwissen und Kompetenzen in Gesprächsführung, Konfliktmanagement, Projektmanagement, Moderation, Teamfähigkeit ...

Das hörte sich gut an. Außerdem war er dann wieder zu Hause. Er liebte den Harz und seine Geburtsstadt Wernigerode im Besonderen.

Deshalb überlegte er nicht lange und bewarb sich für diesen Studiengang. Erst, als er einen positiven Bescheid hatte, teilte er seinen Eltern den Entschluss mit. Dass ein Traum den Anstoß gegeben hatte, verriet er niemandem.

Und nun schrieb er bereits an seiner Bachelor-Arbeit. Allerdings gab es noch ein kleines Hindernis. Er war zweimal durch die letzte Prüfung gefallen. Logistik war einfach nicht sein Fach. Wenn es beim dritten Versuch nicht klappen würde, wäre sein Studium umsonst gewesen. Diesen Gedanken wollte er nicht zulassen. Beim nächsten Mal bereitest du dich gründlich vor. Dann packst du das, ermutigte er sich.

Robert rief sich ins Gedächtnis, dass er morgen früh einen Termin bei seiner Mentorin hatte. „Du solltest ausgeschlafen sein", murmelte er ärgerlich. Aber der aktuelle Traum ließ ihn nicht los. Hat er eine Bedeutung? Nicht jeder Traum hat Bedeutung. Und schließlich ging es hier *nur* um Licht und nicht um eine Entscheidung oder eine lebensbedrohliche Krankheit. Aber diese Aussage seines Großvaters – *Suche, es eilt! Es wird deinen Weg bestimmen* – ging ihm nicht aus dem Kopf. Er las seine Notizen noch einmal. Geht es wirklich im Leben darum, ein bestimmtes Licht zu finden, das Frieden bringt und uns auf die nächste Welt vorbereitet? Gibt es diese Welt überhaupt? Was ist so besonders am Licht, dass man sich darüber Gedanken machen muss, dass es sich lohnt, auf die Suche zu gehen?

Robert Schumann sah sich nicht als religiösen Menschen. Aber diese Traumgeschichten gaben ihm eine Ahnung, dass mehr zwischen Erde und Himmel ist, als man sehen kann. Mit seinen Eltern wollte er darüber nicht sprechen. Sein Vater würde den Traum als eine verrückte Idee abtun oder den häufigen Kinobesuchen zuschreiben. Bei seiner Mutter konnte er die Reaktion nicht ganz einschätzen. Sie war abergläubisch und hatte so ihre Macken. Eine Musiklehrerin, die ein Fan von der Musik Robert Schumanns ist, sich einen Mann sucht, der Schumann heißt und ihre Kinder auch noch Robert und Clara nennt, kann man durchaus als leicht *verrückt* bezeichnen. Sein Vater hatte lediglich einen zweiten Namen für seine Kinder durchsetzen können. So wurde aus ihm Jan Robert Schumann und aus seiner Schwester Clara Marie. Aber diese zweiten Namen spielten im täglichen Leben keine Rolle.

Robert sollte natürlich Klavier spielen lernen. Doch nach vier Jahren Unterricht mit mittelmäßigen Erfolgen hatte seine Mutter aufgegeben. Generell hatte er nicht den Ehrgeiz seiner Eltern geerbt. Ihm reichten durchschnittliche Zensuren. Nach dem Abitur hatte er eine Ausbildung als Krankenpfleger absolviert. Neben seinem Interesse für Geschichte, das er seinem Großvater zu verdanken hatte, fand er es auch nützlich, etwas mehr über die Funktionsweise des menschlichen Körpers zu erfahren. Sein Vater hoffte, dass er anschließend Medizin studieren würde. Aber Robert hatte einen gewichtigen Grund, sich nicht auf einen medizinischen Beruf einzulassen. Er mochte keinen Schichtdienst.

So beendete er die Lehre, und da sich einer seiner Freunde für die Bundeswehr entschied, folgte er dessen Beispiel. Seine Eltern waren wenig begeistert und rieten zu einem Probejahr. Daraus wurden dann zwei.

Robert war in Wernigerode zur Schule gegangen und hatte seine Berufsausbildung dort im Klinikum absolviert. Während der Zeit als Soldat war er in Hessen und Niedersachsen gewesen. Mit der Entscheidung für ein Studium kehrte er in die Heimat zurück. Allerdings lehnte er es ab, zu Hause zu

wohnen und suchte sich in der Nähe des Campus ein Zimmer
in einer Wohngemeinschaft. Und das war auch gut so. Seine
Mutter gab Klavierunterricht im Haus, was ihn immer mehr
störte, je älter er wurde. Aber noch mehr nervten ihn die an-
dauernden guten Ratschläge seines Vaters.
Diese Gedanken gingen ihm durch den Kopf, als er im Bett
lag und vergeblich versuchte zu schlafen. Was hat es mit diesem Traum auf sich, wieder eine Botschaft? Oder nur wirres
Zeug?

Mittwoch, 11. März

Aktuelle Meldung:
UN-Generalsekretär António Guterres: „Wir alle sind einer Bedrohung ausgesetzt – dem Coronavirus Covid 19. Die heutige Erklärung einer Pandemie ist ein Aufruf zum Handeln – für alle, überall. Es ist auch ein Aufruf zur Verantwortung und Solidarität – als Vereinte Nationen und als vereinte Menschen."

Die Mentorin

Robert erwachte, als jemand die Wohnungstür zuschlug. Er blinzelte und begriff sofort. Es ist nach acht. Inga und Jens gehen zur Hochschule. Er sah auf den Wecker. „Oh nein, ich habe um halb neun einen Termin bei meiner Mentorin", fiel ihm ein. Er sprang aus dem Bett und taumelte durch die Tür zum Bad. Verschlossen. „Simon, ich habe die Zeit verschlafen, lass mich rein. Professor Sommer kündigt mir, wenn ich nicht pünktlich bin." Simon öffnete gelassen die Tür. „Du solltest einfach mal deinen Wecker stellen."
„Hab ich doch. Hab aber trotzdem nichts gehört."
„Wie wär's mit zwei Weckern und dem Handy?"
Robert winkte ab und schob sich durch die Tür ins Bad. Er duschte hastig, schlüpfte in eine Jeans und einen weiten Pullover und band sein schulterlanges dunkelblondes Haar im Nacken zusammen. Diese Frisur hatte er sich in der Studienzeit zugelegt, weil sie praktisch war und ihm außerdem noch gut stand.
Zehn Minuten später nahm er einen Schluck Kaffee aus der Tasse, die noch halbvoll auf dem gedeckten Frühstückstisch stand, schnappte Laptop und Jacke und stürmte hinaus. Simon rief ihm nach: „Kein Wunder, dass du wie eine Bohnenstange aussiehst, solltest endlich mal frühstücken."
Robert wusste, dass Simon ihn nur so betitelte, weil er neidisch auf seine Größe von einem Meter fünfundachtzig und den schlanken Körper war.

Obwohl sich Robert beeilt hatte, kam er mit zehn Minuten Verspätung bei seiner Mentorin an. Frau Professor Sommer war eine große korpulente Frau, mit halblangen dunklen Haaren. Sie hatte eine Vorliebe für maßgeschneiderte Kostüme, wahrscheinlich, weil sie darin eine gewisse Autorität ausstrahlte. Fast jeder, den Robert kannte, hatte mindestens großen Respekt, wenn nicht sogar Angst vor ihr. Sie ging den Studenten mit ihrem Pünktlichkeitsfimmel und ihrer Genauigkeit gehörig auf die Nerven. Er holte tief Luft bevor er an die Tür klopfte.

Nach dem barschen *Herein* öffnete er zögerlich und blieb an der Tür stehen. „Guten Morgen Frau Professor Sommer", sagte er höflich.

„Guten Morgen, Herr Schumann. Kommen Sie rein." Sie wies ihm den Platz gegenüber vom Schreibtisch zu und sah auf ihre Armbanduhr. „Na, welche Ausrede haben Sie denn heute für Ihre elf Minuten Verspätung parat?"

Robert druckste herum. „Ich habe meinen Wecker gestellt. Aber …"

Sie horchte auf und musterte ihn auffällig. Das gab ihm ein gewisses Unbehagen und ließ ihn innehalten.

„Partys sollten Sie auf das Wochenende verlegen", sagte sie mit zynischem Unterton.

„Ich habe nicht gefeiert", entgegnete er erbost, „sondern nur schlecht geschlafen, weil ich …"

„Ja weil? …" Wieder hatte sie diesen intensiven Blick, der Neugier und gleichzeitig Ärger über die Unpünktlichkeit signalisierte.

„Weil ich einen eigenartigen Traum hatte." Im nächsten Moment hätte er sich selbst beißen können. Frau Sommer war die Letzte, mit der er über seine Träume reden wollte. Er war auf eine spitze Bemerkung gefasst. Zu seiner Überraschung fragte sie interessiert: „Hatten Sie diesen Traum schon öfter?"

„Nein, nur diese Art von Traum", antwortete er mit einer gewissen Vorsicht.

„Ein Albtraum oder eher eine Art … Botschaft?", bohrte die Mentorin nach.

Roberts Augen weiteten sich. Er nickte zögerlich. „Die zweite Sache …"

Er ließ den Satz unbeendet, wollte nicht mit ihr darüber reden.

Die Professorin lehnte sich zurück und sagte in einem freundschaftlichen Ton: „Ich habe eine Freundin, die Psychotherapeutin ist und sich mit der Bedeutung von Träumen auskennt. Wenn Sie wollen, gebe ich Ihnen ihre Telefonnummer."

„Na, so dringend ist es nicht", wertete er ab und erinnerte sich im nächsten Augenblick daran, dass sein Großvater ihn zur Eile gedrängt hatte. „Wenn ich etwas wissen möchte, dann, weshalb manche Träume so intensiv sind, dass man sich jede Einzelheit genau merken kann und dass …" Wieder zögerte er. Dann beschloss er, ihr von seiner Schwester zu erzählen. „Ich habe vor ein paar Jahren von meiner Schwester geträumt. Sie sagte mir, dass sie sehr krank wäre und Hilfe brauchte. Am nächsten Tag habe ich meine Eltern zu ihr geschickt, Clara ging nicht ans Handy. Und sie lag tatsächlich mit hohem Fieber im Bett und war allein in ihrer WG. Sie musste eine Woche im Krankenhaus bleiben."

„Verstehe, im Grunde hat der Traum ihrer Schwester das Leben gerettet. Und deshalb geben Sie Ihren Träumen Bedeutung. Worum ging es letzte Nacht, wenn ich fragen darf?"

„Um Licht, ich soll das Licht suchen …" Wieder stockte er, weil ihm klar wurde, wie verrückt das klingen musste. Der erste Traum war deutlich. Mit diesem hier konnte er nichts anfangen. „Klingt etwas verrückt", fügte er schnell hinzu.

Frau Sommer sah ihn nachdenklich an. „Gehen Sie zu Frau Meier-Wenzel", sagte sie mit Nachdruck, als würde der Traum eine lebensbedrohliche Krankheit ankündigen. Dann lächelte sie. Robert war überrascht, dass diese Frau überhaupt lächeln konnte.

„Haben Sie schon einmal von Ihrer Bachelor-Arbeit geträumt?", fragte sie nun.

„Nein, aber das könnte eher ein Albtraum werden", meinte er schmunzelnd.

„Ich hoffe nicht. Die Vorbereitungen sind gut, die Gliederung und die Einführung stehen. Sie haben reichlich Material im Praktikum gesammelt, das Sie auswerten können. Konfliktlösung ist immer ein lohnendes Thema. Sie könnten noch den Bereich Prävention hinzufügen. Was kann man in dieser Firma speziell tun, um Konflikte zu vermeiden? Das könnte auch den Schlussteil bilden, als eine Art Vision. Wenn die Arbeit im Groben fertig ist, würde ich noch einmal draufschauen, bevor Sie abgeben. Das ist nur ein Angebot. Sollten Sie Fragen haben, können Sie mich per E-Mail kontaktieren. Ihr Abgabetermin ...", die Mentorin blätterte in ihrem Terminkalender und notierte kommentierend: „24. April."

Das letzte Wort ging im Lärm der vorbeifahrenden Harzbahn unter. Frau Sommer schloss kurz die Augen. Als der Lärm nachließ, sagte sie: „Ich werde mich wohl nie daran gewöhnen, dass diese Bahn jede Stunde sämtliche Vorlesungen und Seminare für drei Minuten lahmlegt."

„Mir gefällt das", rutschte Robert heraus. „Das ist doch ein einzigartiges Merkmal für die Hochschule Harz, so wie der *Hogwarts-Express* bei Harry Potter."

Robert konnte es nicht fassen. Die Professorin lachte herzhaft.

„So habe ich es noch nicht gesehen. Toller Vergleich. Da es hier im Harz an jeder Ecke Brockenhexen gibt, haben wir noch eine weitere Parallele zur Hexen- und Zauberwelt von Harry Potter."

„Stimmt", sagte Robert und musste nun auch lachen.

Die Mentorin erhob sich, ein Zeichen für Robert, dass er gehen durfte. Sie öffnete ein Schubfach ihres Schreibtisches und nahm eine Visitenkarte heraus, die sie ihm schweigend zuschob.

„Also spätestens am 24. April halte ich Ihr Werk in den Händen. Eine Verspätung werde ich nicht akzeptieren", sagte sie im gewohnten strengen Ton.

Draußen auf dem Flur schüttelte er leicht den Kopf. Robert war verblüfft darüber, dass er mit Professor Sommer über Träume gesprochen hatte. Die Visitenkarte der Psychotherapeutin steckte er in sein Portmonee.

Robert ging sofort in die Bibliothek, um sich die entsprechende Literatur für seine Arbeit auszuleihen und beschloss gleich an Ort und Stelle zu recherchieren. Sechs Wochen Zeit hörte sich viel an. Doch es war in diesem Fall besser, gleich zu beginnen. Schließlich hatte er noch für eine Prüfung zu lernen. Er breitete die ausgeliehenen Bücher auf seinem Tisch aus, sah die Inhaltsverzeichnisse durch und bemerkte, dass seine Gedanken immer wieder zum gestrigen Traum zurückkehrten. *Ich soll das Licht finden. Es eilt. Es wird meinen Weg bestimmen*, erinnerte er sich. Dann kam ihm die Idee, ein Buch über Traumdeutung auszuleihen. Die Bibliothekarin, die ihm schon bei der Suche nach den Fachbüchern geholfen hatte, sah ihn stirnrunzelnd an und fragte noch einmal argwöhnisch: „Traumbücher wollen Sie haben?"

„Ich will nur kurz etwas nachschlagen", tat er lässig ab. Robert kam sich vor, als wäre er bei etwas Verbotenem erwischt worden. Sie brachte ihm drei Bücher zum Thema. Er nahm das erstbeste Buch und suchte im Inhaltsverzeichnis das Wort *Licht*.

Dort hieß es: *Das Symbol spendet Hoffnung, zeigt einen Neuanfang auf. Wir brauchen uns keine Sorgen zu machen, weder über unseren Gesundheitszustand noch über unser Wohlergehen. Geht das Licht im Traum gerade an, können wir im Wachleben tiefe Erkenntnisse gewinnen; brennt es in der Ferne, werden neue, aber erfüllbare Wünsche wach. Verlischt es aber plötzlich und lässt uns in der Dunkelheit zurück, könnten wir psychisch geschockt sein oder haben mit schlechten Neuigkeiten zu rechnen …*

Robert verglich seinen Traum mit dem Text und kam zu dem Schluss, dass hier etwas anderes gemeint war. Es war hell, aber er fühlte sich nicht geblendet, sondern behütet und geborgen darin. Die Worte seines Großvaters handelten vom

Licht. Die Botschaft lautete, er solle das Licht suchen, damit er ewig leben könne.

Vielleicht sollte ich mich mit Aussagen über *Leben nach dem Tod* befassen, überlegte er und erinnerte sich an einen Fernsehbericht über Nah-Tod-Erfahrungen. Sie haben alle vom Licht gesprochen. „Nein, jetzt nicht", entschied er leise murmelnd im nächsten Moment. Robert musste sich zwingen, die Traumbücher zur Seite zu legen und das Material für seine Bachelor-Arbeit zu sichten.

Er arbeitete, bis sich sein Magen meldete.

Kleines Malheur

Robert hatte heute noch nichts gegessen und es war nach ein Uhr. Also marschierte er zur Mensa und wählte wie immer Pasta. Von Nudeln mit Tomatensauce konnte er nicht genug bekommen. Seine Mutter nannte ihn deshalb ihren *kleinen Italiener*, was für einen neunundzwanzigjährigen Mann mit seiner Größe keine sehr treffende Beschreibung war.
Robert ließ sich eine große Portion geben und bezahlte. Er hatte gerade sein Portmonee eingesteckt, als hinter ihm jemand seinen Namen rief. Er nahm das Tablett mit dem Glas Wasser und dem Nudelgericht, drehte sich etwas zu hastig um und stieß mit einer jungen Frau zusammen. Das Glas kippte zur Seite und zerbrach auf dem Fliesenboden. Der Teller mit Nudeln landete auf der weißen Jacke der Frau. Robert bekam so einen Schreck, dass er instinktiv einen Schritt zurückwich, aber zu spät. Er hatte nur noch das Tablett in der Hand und starrte die Frau an. Sie war zierlich und verdammt hübsch. Ihre dunklen langen Haare waren zu einem Seitenzopf geflochten. Sie hatte etwas Exotisches an sich. „Oh, das wollte ich nicht, Entschuldigung“, stammelte er, und verfolgte wie die letzten Nudeln mitsamt Tomatensauce nach unten rutschten. Jetzt kam es ihm vor, als würden die nachfolgenden Bewegungen in Zeitlupe ablaufen. Sie wischte mit einer Hand die Nudelreste von ihrer Jacke, trat einen Schritt zurück und sah an sich herunter. Sie betrachtete mit erstaunlicher Ruhe die Nudeln auf dem Fußboden. Schließlich sah sie ihn an. „Schade um das schöne Essen.“
Er mutmaßte, dass sie auch hier studierte. „Entschuldigung, ich ersetze dir die Jacke“, sagte er hastig.
„Nein, nein, das kriege ich schon wieder raus. Muss nur noch mal zurück und mich umziehen. So kann ich wohl schlecht unter die Menschheit.“ Sie lächelte jetzt. Robert spürte einen Stich im Herzen. Er fühlte sich wie festgenagelt, konnte den Blick nicht mehr von ihr abwenden.
Eine Küchenhilfe kam mit Eimer und Kehrblech, wuselte zwischen ihnen herum und durchbrach den Bann. „Kauf dir

eine neue Jacke, ich bezahle sie dir", bot er mit erstickter Stimme an.

Sie winkte ab. „Lass gut sein. Ich wohne nur fünf Minuten von hier."

„Aber ich will wirklich den Schaden wieder gut machen", beharrte er und wunderte sich selbst über seine Hartnäckigkeit.

Sie sagte lässig: „Du kannst mich ja mal zum Eis einladen, Spaghetti-Eis." Sie lachte, drehte sich um und ging. Er sah ihr nach. Die Küchenhilfe hielt ihm einen neuen Teller mit Nudeln und Tomatensauce hin. „Der geht aufs Haus", sagte sie freundlich. Robert nahm den Teller, bedankte sich und blickte sich nach einem Platz um. Er hatte nicht bemerkt, dass Simon neben ihm stand. „Komm zu uns rüber", sagte sein Mitbewohner.

Robert sah wieder zur Tür. „Kennst du sie, Simon?", fragte er noch benommen.

„Nein, noch nie gesehen."

Er setzte sich so, dass er die Tür im Auge behielt. Er erwartete, dass sie jeden Moment reinkommen würde. Aber sie kam nicht.

Robert verbrachte auch den Rest des Tages in der Bibliothek. Seine Gedanken kehrten immer wieder zu der jungen Frau zurück. Er hatte ständig dieses magische Lächeln vor Augen. Es ärgerte ihn, dass er keine Telefonnummer hatte, dass niemand sie kannte, dass er keine Gelegenheit bekommen hatte, sie näher kennenzulernen. Aber vielleicht war es auch gut so, versuchte er sich zu trösten. Sicher hatte sie einen Freund oder war schon verheiratet. Ihr Alter war schwer zu schätzen. Sie könnte achtzehn aber auch dreißig sein.

Als er seine Sachen zusammenpackte, kam ihm die Visitenkarte von Frau Meier-Wenzel in die Finger. Vielleicht sollte er sie wirklich aufsuchen. Mit einer plausiblen Erklärung für den Traum könnte er das Thema abhaken und sich auf seine Arbeit konzentrieren und auf die nachzuholende Prüfung. Er war beim letzten Mal einfach nicht zum Lernen gekommen. Simon hatte sein Zimmer renoviert und Roberts Hilfe gebraucht. Dann sollte er für seine Mutter noch Noten besorgen. Inga hatte sich den Fuß verstaucht und musste zum Arzt. Er bekam jetzt noch Schweißausbrüche, wenn er an die vielen Hindernisse dachte, die ihn von der Prüfungsvorbereitung abgehalten hatten. Das durfte er nicht noch einmal riskieren.

Robert wählte, ohne lange zu überlegen, die Nummer von Frau Meier-Wenzel. Gleich nach dem ersten Klingeln hörte er ihre Stimme, die etwas gekünstelt klang. Für einen Moment wusste er nicht, was er sagen sollte. Doch dann sprudelten die Worte aus ihm heraus: „Ich bin Robert Schumann. Frau Professor Sommer hat mir Ihre Nummer gegeben. Es geht um einen Traum." Plötzlich hatte Robert das Gefühl, Unsinn zu reden. „Aber Sie haben sicher viel zu tun und die Sache ist vielleicht nicht ganz so wichtig", stammelte er.

„Herr Schumann, wenn Frau Sommer Ihnen meine Nummer gegeben hat, dann scheint es wichtig zu sein. Ich hätte sogar morgen um 15 Uhr einen freien Termin. Passt es Ihnen da?"

„Ja, da kann ich kommen."

„Dann bis morgen, Herr Schumann."

Robert konnte es selbst nicht fassen. Er hatte einen Termin bei einer Traumtherapeutin gemacht.

Nachricht von zu Hause

Eigentlich hätte Robert mit dem Tag zufrieden sein können. Es hatte keinen Ärger wegen der Verspätung gegeben. Er hatte etliche Bücher für seine Bachelor-Arbeit herausgesucht. Aber etwas nagte an ihm, denn er kehrte gereizt und unzufrieden in die Wohnung zurück. Er legte sich auf sein Bett und versuchte, die Ursache seiner Stimmung zu ergründen. Im Flur kreischte Inga, nachdem es geklingelt hatte. Robert schoss hoch, riss die Zimmertür auf und schrie mit voller Kraft: „Ruhe! Kann man denn nicht mal fünf Minuten seine Ruhe haben?"
Inga sah ihn verständnislos an. „Welche Laus ist dir denn über die Leber gelaufen?", fragte sie ärgerlich.
Robert sah, dass Sylvi, die Freundin von Inga, gekommen war und eine Torte in der Hand hielt. Sofort fiel ihm der Grund ein und die Schamröte machte sich auf seinem Gesicht bemerkbar. „Du hast heute Geburtstag", sagte er entsetzt. „Herzlichen Glückwunsch! Ich habe es vergessen."
„Ich werd's überleben", sagte Inga gelassen. „Wenn du noch nach einem passenden Geschenk suchen solltest, brauchst du nur die Küche nachher aufzuräumen. Ich habe Pizza für uns gebacken. Und mit Sylvis Torte ist das Geburtstagsmenü perfekt."
Jetzt fiel Robert auf, dass Inga sich schick gemacht hatte. Ein geblümtes Kleid und der Haarreifen in ihren blonden Haaren gehörten nicht zum täglichen Outfit. Inga war letztes Jahr in die Männer-WG gezogen. Mit ihrem Einzug zog auch die Ordnung in der Wohnung ein, was manchmal ein bisschen nervig war.
Jens und Simon kamen aus ihren Zimmern und alle ließen sich in der Küche am gedeckten Geburtstagstisch nieder.
„Gibt es einen Grund für deinen Wunsch nach Ruhe?", fragte Inga nebenbei und verteilte dabei Pizza.
Robert zuckte mit den Schultern. „Muss mich irgendwie erschrocken haben, als du so losgekreischt hast." Doch in Wirklichkeit wusste er, dass seine Unzufriedenheit mit der

jungen Frau zusammenhing. Er hatte ihr die Spaghetti über die Jacke gekippt und darauf gehofft, dass sie zurückkommt. Aber sie war nicht gekommen und er hatte auch keinen Anhaltspunkt, wo er sie finden könnte.

Roberts Gedanken wanderten zu seiner Mentorin, die beim Wort Traum ihre herrische Art abgelegt und eine menschliche Seite gezeigt hatte.

„Robert, willst du noch ein Stück Pizza?", fragte Inga und musterte ihn misstrauisch.

„Oh gerne."

Auch Simon bemerkte wohl seine gedankliche Abwesenheit.

„Hat dich dein verunglücktes Mittagessen so aus der Bahn geworfen?", fragte er spöttisch. Ohne auf eine Antwort von Robert zu warten, erläuterte Simon die Szene.

„Und das Mädchen, hast du ihr ein Eis spendiert?", fragte Inga.

„Sie kam nicht zurück", antwortete Robert möglichst gleichgültig, damit niemand bemerkte, dass er sich genau darüber ärgerte.

„Ach, ich würde wiederkommen, wenn du mir ein Eis anbietest", steuerte Sylvi bei und rollte mal wieder mit ihren blauen Augen. Doch Robert ging auf ihre Annäherungsversuche nicht ein. Sie war mit all den sonderbaren Tattoos, ihren lilafarbenen Haaren und ihrer stämmigen Figur absolut nicht sein Typ.

„Im Winter sollte man sowieso kein Eis essen", sagte er gleichmütig.

„Wie war deine Konsultation?", wollte Jens nun wissen. „Konntest du deine Professorin mit deiner Gliederung zufriedenstellen?"

„Sie war überraschend ...", er suchte nach dem richtigen Wort, „menschlich. Wir haben uns sogar über Träume unterhalten", gab er ehrlich zu und staunte immer noch über dieses Erlebnis.

„Ich kann mir bei dieser Frau gar nicht vorstellen, dass sie träumt", spottete Jens. „Und wenn überhaupt, dann träumt sie höchstens, wie sie ihren Studenten das Leben schwer machen kann."

Die anderen lachten, aber Robert blieb ernst. Er sparte sich die Information, dass er von ihr eine Telefonnummer bekommen hatte, um seinen Traum deuten zu lassen.

„Was denkt ihr über Träume?", fragte er wie nebenbei.

Jens antwortete sofort: „Alles nur wirres Zeug ohne Bedeutung."

„So würde ich es nicht sagen", meldete sich Inga. „Wenn man immer dasselbe träumt, dann sollte man lieber mal einen Therapeuten aufsuchen, vor allem wenn es sich um Albträume handelt.

Simon teilte nachdenklich mit: „Ich träume immer, dass ich irgendwo hin will und nicht ankomme."

„Das passt zu dir", sagte Sylvi trocken. „Du bist immer überpünktlich, jetzt weiß ich warum."

Die anderen lachten.

„Aber solche Träume, in denen man etwas voraussieht oder Botschaften erhält, halte ich für Quatsch", ergänzte Simon.

Robert fühlte sich aufgefordert, den Traum mit seiner Schwester zu erzählen. Die anderen staunten nicht schlecht.

Nun gab Inga zu: „Ich habe mal von einem fremden Ort geträumt und ein halbes Jahr später war ich in einem Ferienlager und das war genau dieser Ort."

Jens wandte sich an Sylvi: „Du studierst doch Psychologie, kannst ja deinen Professor mal fragen, was es mit Träumen auf sich hat."

In diesem Moment klingelte Roberts Handy. „Meine Mutter." Er erhob sich und ging in sein Zimmer.

Vera Schumann hatte nicht nur den Hang zur Dramatik, sondern auch die Angewohnheit, weit auszuschweifen, bis sie endlich zum Punkt kam. Deshalb setzte sich Robert in den Schreibtischsessel und wartete auf die Vorrede. Doch diesmal sagte sie sofort: „Oma hat sich die Hand gebrochen. Sie kann sich nicht um den Hund kümmern, wenn wir in den Urlaub fliegen. Im Grunde braucht sie jetzt jemanden, der sich um sie kümmert. Robert, du musst nach Hause kommen,

bitte. Kannst ja hier an deiner Arbeit schreiben. Rolli muss dreimal am Tag raus und Oma braucht jemand, der für sie einkauft. Unser Flieger geht übermorgen." Sie seufzte laut. „Ach, wir brauchen den Urlaub so dringend. Vati freut sich auf das Tauchen. Und ich will einfach nur meine Ruhe haben." Robert hielt das Handy wie immer ein Stück vom Ohr weg und ließ seine Mutter reden. Was sollte er dazu sagen? „Warum sagst du nichts, Robert?"
„Solange du redest, kann niemand etwas sagen, Mutti."
„Ich muss doch erst einmal die Situation erklären. Stell dir vor, ich bin beim Packen. Und dann stürzt Oma. Ich habe Stunden im Krankenhaus verbracht. Sie wird morgen operiert und kommt wahrscheinlich in zwei bis drei Tagen nach Hause. Ach, die Katze muss auch versorgt werden. Und außerdem müssen wir noch ins Krankenhaus zu Onkel Eckhard, der hatte eine Herz-OP." Robert hörte seine Mutter schwer atmen.
„Was du alles musst", sagte er gelassen. „Okay, ich komme morgen, aber erst gegen Abend. Habe noch einen Termin und brauche ein paar Bücher aus der Bibliothek. Ist noch was?"
„Was soll denn noch sein? Das ist doch wirklich genug", antwortete sie hektisch. „Danke, dass du kommst."
Robert ging zurück zu den anderen. Der Fernseher lief. Alle starrten auf den Bildschirm.

„Wir können nicht mehr lange so weitermachen", sagte ein Arzt. „Angesichts des rasanten Anstiegs der Zahl der Covid-19-Kranken in Italien schlagen die überforderten Kliniken nun Alarm. Infolge der Coronavirus-Epidemie sind in Italien mehr als 630 Menschen gestorben. Die Gesamtzahl der Infizierten übersprang in dieser Woche die Zehntausender-Marke. "

„Meine Eltern wollen nach Ägypten. Geht das überhaupt?", fragte Robert.

„Warum nicht. Das Virus kann ja nicht überall sein“, sagte Jens mit Überzeugung.

„Ich bin in den nächsten vierzehn Tagen nicht hier“, informierte Robert seine Mitbewohner knapp. „Muss mich um die Tiere und um meine Oma kümmern.“

„Und deine Bachelor-Arbeit schreiben“, fügte Jens hinzu.

„Das wird sicher eine super spannende Zeit. Wenn du dich langweilst, komm vorbei“, sagte Inga lachend.

„Willst du eigentlich ausziehen, wenn dein Studium zu Ende ist?“, erkundigte sich Sylvi. „Ich würde dein Zimmer übernehmen.“

Robert zuckte mit den Schultern: „Ich bin noch planlos.“

Aktuelle Meldung:
Erstmals hat sich Bundeskanzlerin Merkel ausführlich zur
Corona-Krise geäußert. Sie betonte, oberstes Ziel sei es, die
Ausbreitung zu verlangsamen. Nur so könne eine Überlas-
tung des Gesundheitswesens verhindert werden. „Das Virus
ist in Europa angelangt. Das müssen wir alle verstehen",
sagte sie bei einer Pressekonferenz in Berlin.

Die Therapeutin

Diesmal begab sich Robert zeitig genug auf den Weg, um
pünktlich bei Frau Meier-Wenzel anzukommen. Er war mit
dem Auto gefahren, denn bei dem windigen, nasskalten Wetter hatte er keine Lust, eine Viertelstunde draußen zu stehen.
Die Praxis befand sich in einem Altbau, einem typischen
Fachwerkhaus, nicht weit vom Zentrum der Stadt. Es gab
noch ein zweites Schild, das er nicht weiter beachtete. Anscheinend teilte sich die Frau mit einer Logopädin die Praxis.
Robert entschied sich, fünf Minuten vor dem Termin zu klingeln. Der Türöffner surrte und er betrat einen breiten Flur.
Ein Schild neben der Eingangstür verwies ihn auf den offenen Wartebereich. In dem schmalen Raum mit auffällig bun-
ten Bildern und roten Stühlen saß eine junge Frau mit einem
etwa fünfjährigen Jungen. Sie sahen sich ein Bilderbuch an.
Robert grüßte und nahm Platz. Der Junge hob den Kopf,
musterte den Neuankömmling und sagte dann zu seiner Mutter: „Kann der Mann auch nicht richtig das F(W) sprechen?"
„Ich glaube, dass kriege ich gerade noch so hin", antwortete
Robert schlagfertig.
„Und was f(w)illst du dann hier?", fragte der Junge neugierig.
Die Mutter schritt ein: „Das geht uns doch nichts an, Paul."
„Aber er f(w)eiß doch auch, dass ich das F(W) nicht spre-
chen kann."

Robert lachte und sagte geradeheraus: „Bei mir geht es um das T wie Traum."

In diesem Moment öffnete sich eine Tür und eine kleine füllige Frau in einem legeren blauen Kleid kam in den Wartebereich. Sie nahm ihre dunkle Brille ab und fragte: „Herr Schumann?"

Robert erhob sich. Die Frau streckte ihm die Hand entgegen. „Ich bin Simone Meier-Wenzel, guten Tag. Kommen Sie bitte herein." Ihr überfreundlicher Tonfall erzeugte bei Robert Unbehagen und eine gewisse Vorsicht.

Er betrat einen großen Raum, der früher einmal geteilt war. Die Balken in der Mitte zeugten davon. Robert hatte das Gefühl, in einem Blumenladen zu sein. Frau Meier-Wenzel wies auf eine Sitzecke mit Korbmöbeln und bunten Kissen, die von großen Pflanzen eingerahmt wurde. Er nahm Platz und sah sich genauer um. Ein Schreibtisch aus Eichenholz und passende Regale füllten die andere Seite des Zimmers. Im Erker befand sich, zwischen Grünpflanzen versteckt, ein kleiner Springbrunnen. Sein Plätschern beruhigte ihn, obwohl er bis dahin gar nicht gemerkt hatte, dass er angespannt war. Von irgendwo drang leise klassische Musik in den Raum. „Sie leben ja hier in einem Blumenladen", rutschte es ihm heraus.

Er dachte schon, dass er ins Fettnäpfchen getreten wäre, aber Frau Meier-Wenzeln lächelte freundlich. „Pflanzen haben einen sehr positiven Einfluss auf unser Gemüt. Ich möchte, dass sich meine Patienten entspannen und wohlfühlen. Darf ich Ihnen einen Kräutertee anbieten?"

Eigentlich trank Robert keinen Kräutertee, aber hier in diesem urwaldähnlichen Umfeld wäre Cola sicher ein Stilbruch. Deshalb stimmte er zu. Frau Meier-Wenzel brachte ein Tablett mit zwei Sammeltassen und einer Kanne mit Blumenmuster, die ihn an das Geschirr seiner Oma erinnerten. Sie schenkte Tee ein. „Robert Schumann, kennen Sie das Klavierstück Knecht Ruprecht?", fragte die Therapeutin in geschäftsmäßigem Ton, als wäre er hier zu einem Vorspiel angetreten.

Nein, dachte Robert, nicht schon wieder der Vergleich. Er kannte die Bemerkungen zur Genüge. *Treten Sie auch in die Fußstapfen Ihres Namensvetters? Sind Sie mit Robert Schumann, dem Musiker sogar weitläufig verwandt?*
Er hasste diese Fragen. Aus diesem Grunde fiel seine Antwort recht bissig aus: „Ich bin nicht mit ihm verwandt und ja, ich kenne das Musikstück, weil meine Mutter es oft genug um die Weihnachtszeit mit ihren Schülern spielt. Und nein, ich spiele kein Klavier. Konnte mir den Namen leider nicht aussuchen."
Frau Meier-Wenzel zog die Augenbrauen hoch. „Meine Frage sollte ein Scherz sein. Aber offensichtlich habe ich einen wunden Punkt getroffen."
„Allerdings, aber deshalb bin ich nicht hier", sagte Robert schnell, weil er das Thema nicht vertiefen wollte.
„Irgendwie hängen die Dinge doch immer zusammen", antwortete die Frau geheimnisvoll, nahm eine kleine silberne Gießkanne und gab den Blumen neben sich etwas Wasser.
„In diesem Fall nicht", beharrte Robert weiter. „Ich habe das dritte Mal einen …" Er überlegte wie er diese Art Traum beschreiben sollte, „besonderen Traum erlebt."
„War es immer der gleiche Traum?"
„Nein, das nicht."
„Erzählen Sie mir die beiden ersten Träume", forderte Frau Meier-Wenzel ihn auf.
Es fiel Robert leicht, von der Krankheit seiner Schwester und vom beruflichen Ratschlag seines Großvaters zu berichten." Die Therapeutin hörte interessiert zu, machte sich ein paar Notizen und fragte, nachdem er seinen Bericht beendet hatte: „War es nun der richtige Weg, wieder nach Wernigerode zurückzukommen und Dienstleistungsmanagement zu studieren?"
„Ich bin hier geboren, mag die Stadt und bin mit der Hochschule Harz sehr zufrieden. Ich hätte nur etwas mehr lernen müssen, dann wäre ich in der letzten Prüfung nicht wieder durchgefallen. Dadurch hängt das Studium am seidenen Faden."

„Aha. Wissen Sie schon, was Sie danach tun wollen?"
Robert schüttelte den Kopf. „Nein, eigentlich nicht."
„Verstehe." Frau Meier-Wenzel machte eine lange Pause.
„Der erste Traum scheint mir ein Wahrtraum zu sein. Sie
sind selten, aber nicht wegzuleugnen. Von Wissenschaftlern
werden Wahrträume ins Reich der Fabeln verwiesen, als me-
dial, übersinnlich und parapsychologisch abgetan. Doch aus
der Geschichte sind solche Träume überliefert. Ich will Ihnen
einen Traum erzählen, den Ihr Namensvetter Robert Schumann erlebt hat." Frau Meier-Wenzel lehnte sich entspannt
zurück, schloss kurz die Augen und begann dann wie eine
Märchenerzählerin:
„Am 28. November 1837 schreibt Robert Schumann an seine
Braut, die Pianistin Clara Wieck: *Ich träumte, ich ging an
einem tiefen Wasser vorbei. Da fuhr's mir durch den Sinn,
und ich warf den Ring hinein. Da hatte ich unendliche Sehnsucht, dass ich mich nachstürzte.*
Sicher hätte man den Traum aus psychotherapeutischer Sicht
deuten können. Der Ring, der im Wasser versank, hätte
Schwierigkeiten umschreiben können, die zwischen dem
Brautpaar standen. – Schumann musste sich die Heiratser-
laubnis vor Gericht erkämpfen. – Die unendliche Sehnsucht
könnte auf die Braut bezogen werden, weil sie nicht heiraten
konnten.
Doch Tatsache ist, dass 17 Jahre später, am 26. Februar 1854
Robert Schumann sich im Fieberwahn in Düsseldorf von der
Rheinbrücke stürzte. Vorher hatte er den Ring ins Wasser
geworfen. Schumann wurde gerettet, zwei Jahre später starb
er geistig umnachtet in einer Heilanstalt bei Bonn."
Frau Meier-Wenzel öffnete die Augen.
Robert sagte mit einem schiefen Lächeln: „Das hat mir
meine Mutter nicht erzählt. War wohl nicht so wichtig für
sie."
Frau Meier-Wenzel nippte nachdenklich an ihrem Tee.
„Dann hatte ich also tatsächlich einen seltenen Wahrtraum,
aber es war doch auch irgendwie eine Botschaft von meiner
Schwester."

„Wie es aussieht, erhalten Sie in Ihren Träumen Botschaften. Ihr Großvater hat Ihnen in einer unklaren Situation den Tipp mit dem Studium gegeben. Und dass Sie diesem Hinweis gefolgt sind, zeigt doch, dass es sich offensichtlich richtig für sie anfühlte. Ich bin auf Ihren dritten Traum gespannt."
Robert überlegte kurz, wie er beginnen sollte. Entschied sich dann zunächst für eine Frage. „Was bedeutet Licht im Traum?"
„Licht ist geistige Energie. Licht macht alles deutlich und klar. Es zeigt einen Neuanfang. Geht das Licht im Traum gerade an, können wir im wachen Leben tiefe Erkenntnisse gewinnen. Leuchtet es in der Ferne, werden neue, aber erfüllbare Wünsche wach. Verlöscht es aber plötzlich und lässt uns im Dunklen zurück, haben wir mit schlechten Neuigkeiten zu rechnen. Sie sehen also, man muss den ganzen Traum erst kennen, um ihn zu deuten."
Robert nickte. „Der dritte Traum ist nicht so eindeutig wie die anderen, gibt mir Rätsel auf und klingt etwas … verrückt."
„Es gibt keine verrückten Träume, Robert. Manchmal verarbeitet man im Traum das Tagesgeschehen, manchmal kann man ein Problem, das am Tage nicht lösbar scheint, im Traum lösen. Der menschliche Geist hat zwei verschiedene Möglichkeiten des Wahrnehmens und Handelns. Der eine Weg geht mit Werkzeugen und Organen, also mit Augen, Ohren und Zunge. Aber es gibt auch die andere Möglichkeit, dass der Geist sich ohne Werkzeuge und Organe äußert, nämlich im Zustand des Schlafes. Es kommt vor, dass man einen Traum erlebt, dessen Bedeutung erst viel später zutage tritt.
Überlegen Sie, was alles im Schlaf möglich ist. Der Körper liegt, schläft und der Geist hält sich an einem ganz anderen Ort auf, der tausende Kilometer entfernt ist. Er kann in einem einzigen Augenblick von Osten nach Westen reisen oder umgekehrt. Im Wachen sieht der Geist die Gegenwart, im Schlaf vielleicht die Zukunft? Ich behaupte sogar, dass der Einfluss des Geistes, wenn der Körper schläft, größer ist, sein Flug

höher und seine Erkenntnisse stärker und vielfältiger sein können. Und nun erzählen Sie mir Ihren angeblich verrückten Traum, Robert."

„Das ist in der Tat völlig neu für mich, was Sie da gesagt haben und lässt meinen Traum nicht mehr ganz so ungewöhnlich erscheinen." Er öffnete seinen Laptop und nahm seine Notizen zu Hilfe, um nichts zu vergessen. Robert beschrieb das Licht, erklärte das Gefühl der Geborgenheit und gab den Dialog mit seinem Großvater wieder. Er merkte, dass sich der Gesichtsausdruck von Frau Meier-Wenzel im Laufe seiner Schilderung veränderte. Aus der interessierten Zuhörerin wurde eine Frau, die starr geradeaus blickte und mit den Gedanken woanders zu sein schien. Sie machte sich keine Notizen mehr.

Der letzte Satz schien sie völlig aus der Fassung zu bringen: *„Eine einzelne Seele kann die Ursache für die geistige Erleuchtung eines Kontinents sein."*

Sie sprang auf. „Das hat ihr Großvater gesagt?", fragte sie entsetzt.

„Er hat es sogar zweimal gesagt." Frau Meier-Wenzel legte ihre Stirn in tiefe Falten und starrte geradeaus.

„Was ist damit? Warum sind Sie so … überrascht?", fragte Robert gespannt. „Was denken Sie, hat dieser Traum eine Bedeutung? Können Sie mir sagen, was mit der Suche nach dem Licht gemeint ist? Wo soll ich suchen?"

Frau Meier-Wenzel wirkte wie in Trance. Erst nach einer Weile sagte sie leise: „Was haben Sie gefragt?"

Robert wiederholte seine Fragen und sie sagte schlicht: „Licht scheint hier etwas Positives zu sein, kann für einen Neuanfang stehen."

„Aber wo und wie soll ich es suchen?"

„Es kommt darauf an, ob man daran glaubt oder nicht. Wenn Sie glauben, dass Ihr Großvater Ihnen einen Auftrag erteilt hat, dann kann ich Ihnen nur raten: Seien Sie achtsam, prüfen Sie alles, was Ihnen begegnet, was Ihnen scheinbar zufällt. Wenn ein Freund Sie zum Beispiel zu einem Malkurs einlädt und Sie das Malen eigentlich hassen, dann gehen Sie trotzdem hin. Und merken Sie sich, ein Ziel zieht. Werden Sie zum Lichtsucher mit jeder Faser Ihres Körpers. Wenn Sie die Bereitschaft nicht haben, brauchen Sie erst gar nicht anzufangen."

Sie streckte ihm die Hand entgegen und sagte steif: „Ich wünsche Ihnen viel Glück."

Robert ergriff sie, war nun völlig verwirrt und nahm, um etwas Zeit zu gewinnen, noch einen letzten Schluck von seinem Kräutertee, der nun besonders bitter schmeckte. Er bemühte sich, nicht den Mund zu verziehen. Die Frau wollte ihn jetzt loszuwerden. „Ich hätte gerne mehr gewusst. Ist es ein Wahrtraum, ein prophetischer Traum?"

„Sie sind den ersten beiden Traumbotschaften gefolgt und haben positive Erfahrungen gemacht. Das ist mehr, als ich bisher selbst erlebt habe. Sie brauchen niemanden, der Ihnen den dritten Traum erklärt. Was Sie brauchen ist Ausdauer, Geduld und Entschlossenheit", sagte sie streng und fügte etwas milder hinzu: „Und Offenheit."

Robert stieß die Luft hörbar aus und sagte leicht enttäuscht: „Okay, wenn Sie meinen." Er konnte nicht glauben, dass das alles war, was eine Expertin ihm zu sagen hatte. Er war schon an der Tür, als ihm einfiel: „Ach, ich muss Sie noch bezahlen."

Sie winkte ab: „Nein, nein, schon gut."

Jetzt war er richtig durcheinander. Er verließ die Praxis und blieb eine Weile im Auto sitzen.

Robert hatte gehofft, dass sich nach dem Besuch bei Frau Meier-Wenzel das Thema Traum erledigt haben würde, doch stattdessen hatte es an Bedeutung gewonnen und den Auftrag seines Großvaters auf merkwürdige Weise verstärkt. Vor allem fragte er sich, warum sich die Therapeutin nach der Schilderung des Traumes so seltsam benommen hatte. Er sah noch genau die Verwandlung ihres Gesichtsausdrucks vor sich, von Interesse, zu Überraschung, weiter zum Schock und dann zur Apathie. Die Krönung war ihre Empfehlung, alles anzunehmen, was kommt.

Doch nun hatte er keine Zeit, darüber nachzudenken. Er musste jetzt seine Sachen holen und dann nach Hause fahren, sich um den Hund, die Katze und Oma kümmern, alles Dinge, um die er sich freiwillig nicht reißen würde. Aber jetzt hatte er ja den Auftrag von einer Therapeutin, alles anzunehmen was kommt. Sein Gefühl sagte ihm, dass die Frau ihm etwas verschwieg, dass sie genau wusste, was der Traum bedeutete. Er war sich jetzt sicher. Beim letzten Satz hatte sie Angst bekommen. Aber weshalb?

Im Elternhaus

Die kurze Strecke zwischen seiner WG-Wohnung und dem Haus seiner Eltern war nicht der Rede wert. Er brauchte keine Viertelstunde. Es wäre auch kein Aufwand gewesen, jeden Morgen von zu Hause aus zur Hochschule zu fahren. Doch diese räumliche Entfernung war aus Roberts Sicht nötig, um ein gutes Familienklima zu bewahren. Wenn er nach Hause kam, kam er zu Besuch. Und ein Besuch wurde nicht ständig herumkommandiert oder mit guten Ratschlägen versorgt. Wenn er dort wohnen würde, dann war er das Kind, dem man das Leben erklären musste, auch wenn er bereits neunundzwanzig war. Zum Glück konnte er die nächsten vierzehn Tage allein im Haus verbringen, eine Aussicht, die ihm gefiel.

Als Robert gegen Abend bei seinen Eltern mit Sack und Pack einzog, hatte er den Traum und die Therapeutin für einen Moment vergessen. Seine Mutter lief wie erwartet im Dauerlauf durch das Haus. Vera Schumann geriet immer in Stress, wenn es um das Verreisen ging. Meistens passierte irgendetwas, eine Vase ging zu Bruch oder sie stieß sich am Arm oder am Kopf oder sie stürzte. Robert hatte schon früh gelernt, dass es besser war, in solchen Situationen von der Bildfläche zu verschwinden.

Vera begrüßte ihn herzlich und begann sofort, die Aufgaben hektisch zu verteilen: „Die Blumen kannst du eigentlich gleich gießen, die Orchideen nur einmal pro Woche, die anderen zweimal, aber nicht zu viel. Der Hund, der muss noch mal raus, am besten gleich. Wir essen in einer halben Stunde."

Robert brachte seine Sachen nach oben. Dann warf er einen kurzen Blick ins benachbarte Arbeitszimmer. Wie erwartet, saß sein Vater am Schreibtisch, über einen Berg Unterlagen gebeugt. Er hatte das Telefon am Ohr und blätterte mit der freien Hand in einem Hefter. Frank Schumann arbeitete immer bis zur Abfahrt. Robert konnte sich nicht erinnern, dass sein Vater einen Koffer mal selbst gepackt hatte. Die

Taucherausrüstung war das einzige, um das er sich kümmerte. Urlaubsvorbereitung bedeutete für ihn, seine Angestellten mit Arbeit zu versorgen. Die Steuerkanzlei kam bei ihm an erster Stelle. Als Frank seinen Sohn bemerkte, nahm er das Telefon vom Ohr und sagte erfreut: „Hallo Robert, hab noch zu tun, bin gleich soweit." Dann setzte er sein Gespräch fort. Robert schloss die Tür, ging die Treppe hinunter und holte sich die Leine für den Hund. Rolli, ein American Foxhound, sprang sofort gegen die Haustür, als er die Leine erblickte.

„Na, komm mein Schöner, drehen wir eine kleine Runde und lassen die beiden mit ihrem Stress allein." Robert strich ihm über das glatte dreifarbige Fell und kraulte seine Schlappohren. Vera hatte den Hund ausgesucht, weil die Rasse als gutmütig, intelligent, nett, eigenständig und loyal bezeichnet wurde.

Seine Mutter rief ihm nach: „Wir haben doch keinen Stress." Als Antwort lachte Robert laut und ließ die Tür ins Schloss fallen.

Beim Essen ging es ruhiger zu. Seine Eltern waren offensichtlich mit ihren Aufgaben fertig. Vera hatte Spaghetti gekocht, weil sie wusste, dass ihr Sohn davon nicht genug bekommen konnte und weil es vor allem schnell ging. Robert sagte nach seiner zweiten Portion zu seiner Mutter: „Soll ich das Tiramisu aus dem Kühlschrank holen?" Es sollte ein Scherz sein.

„Was denn für ein Tiramisu?", fragte sie irritiert.

„Das gehört zum italienischen Essen."

„Aber nicht, wenn wir in den Urlaub wollen. Du kannst dir einen Jogurt nehmen. Übrigens: Wirtschaftsgeld ist in der Kaffeedose, ich bin nicht mehr zum Einkaufen gekommen. Aber es sind noch Brötchen und Toastbrot im Tiefkühlschrank."

„Du hast auch schon mal mehr geschafft vor dem Urlaub", sagte Frank gespielt streng.

Vera entgegnete scharf: „Wenn ich Hilfe von meinem Mann hätte, würde ich auch das Einkaufen schaffen."

„Das sollte ein Scherz sein, mein Schatz", sagte er grinsend. „Ich weiß, was du leistest. Aber ich bin nun mal selbstständig ..."

„Ja, ja, ich kenne die Ausrede", unterbrach sie ihren Mann ärgerlich. Man merkte ihr jetzt die Erschöpfung an. Robert wollte keine Streitigkeiten und lenkte deshalb zu einem anderen Thema über: „Was ist mit Oma? Auf welcher Station liegt sie? Wann kommt sie nach Hause?"

„Ach ja, Mutter, die habe ich für einen Moment vergessen. Du gehst morgen Nachmittag auf Station sechs, Zimmer 108. Vielleicht kannst du sie gleich mitnehmen."

„Ich rufe sie vorher an", sagte Robert gelassen.

„Nein, geht nicht, ihr Handy ist kaputt. Du kannst dich gleich um ein neues Handy kümmern. Und versuche mit einem Arzt zu sprechen. Du weißt doch, Oma versteht die ausländischen Ärzte nicht richtig." Vera atmete schwer. „Warum muss sie auch immer alles so schnell machen? Sie hat doch Zeit. Der Sturz hätte nicht sein müssen, wenn sie langsam gegangen wäre."

Vater und Sohn grinsten sich an und Frank sagte bedeutungsvoll: „Muss in der Familie liegen."

Vera winkte ab und lachte nun. Schließlich kam sie wieder zum Ernst der Sache zurück und schob Robert ein DIN A4 Blatt zu, seine Liste mit Aufgaben. „Hier steht alles drauf, was zu erledigen ist."

Robert überflog die Liste und murmelte: „Eigentlich wollte ich meine Bachelor-Arbeit schreiben und für meine Prüfung ..." Mist, er stoppte sofort.

„Ich dachte, die Prüfungen sind vorbei", sagte Vera hellhörig.

Robert druckste herum. „Die letzte lief nicht so gut."

„Die letzte, etwa Logistik?", fragte sein Vater entsetzt. Robert nickte schwach. „Da bist du doch schon einmal durchgefallen. Das ist ja dann der dritte Versuch. Und wenn du es nicht packst, dann war das Studium umsonst. Ich habe das alles bezahlt. Soll ich dir vorrechnen, was es mich gekostet hat?"

„Beruhige dich, Frank. Robert wird intensiv lernen und dann klappt das“, sagte Vera schnell.

„Bei dieser Liste kann ich für nichts garantieren“, sagte Robert. Es sollte wieder ein Scherz sein, aber an diesem Tag klappte es nicht so richtig mit den Scherzen.

Sein Vater schrie: „Scheiß auf die Liste, das Studium geht vor.“

„Frank, so geht das auch nicht“, schritt Vera energisch ein. „Hund und Katze müssen versorgt werden und Oma hat einen gebrochenen Arm. Robert wird sich seine Zeit gut einteilen und dann geht beides. Schaut mal, was ich alles schaffen muss.“

Nun reichte es Robert. Er hatte keine Lust auf die Arbeitsbilanz seiner Mutter. Deshalb stand er auf und ging nach oben. Ärgerlich warf er sich auf sein Bett. Er wollte nicht wie ein kleines Kind behandelt werden. Aber er war leider abhängig von seinen Eltern. Und irgendwie konnte er seinen Vater verstehen. Wenn er das Studium nicht schaffte, dann hatte er vier Jahre lang Geld aus dem Fenster geworfen. Wieso musste er bei der Wiederholung auch durchfallen? Es waren Themen dabei, die ihm völlig fremd waren. Daran hatte er sich zu lange aufgehalten, sie trotzdem nicht lösen können und dann auch noch die letzten leichten Aufgaben nicht mehr geschafft. Es half alles nichts. Er musste noch einmal intensiv lernen und hoffen, dass es diesmal reichte. Das Fach würde er sowieso nur mit *vier* abschließen, aber er hätte einen Abschluss. Es klopfte. Vera kam herein und setzte sich auf sein Bett. Sie sah wirklich erschöpft aus, urlaubsreif, fand Robert.

„Warst du beim Friseur?“, fragte er.

„Ja. Schön, dass du das siehst. Dein Vater merkt es gar nicht“, sagte sie resignierend.

„Die dunklere Farbe steht dir wirklich gut. Und dieser kurze Stufenschnitt macht dich jünger, sportlicher.“

„Ich fühle mich auch wohler damit. Wenn ich jetzt noch etwas abnehmen würde, dann könnte ich fünf Jahre rausholen.“ Sie seufzte. „Ich schaffe es einfach nicht abzunehmen, obwohl ich den ganzen Tag renne. Die Sachen sind alle zu eng.“

„Eine Frau über fünfzig sollte nicht zu dünn sein“, sagte er gleichmütig.

„Wenn du das sagst, dann muss ich wohl einfach meinen Kleiderschrank ausmisten und mir lauter neue Kleidung in Größe 44 zulegen.“

„Und schon ist das Problem gelöst“, bestätigte er.

„Robert, du schaffst das beim nächsten Mal, da bin ich mir sicher“, sagte Vera zuversichtlich und berührte seinen Arm. „Wann wiederholst du die Prüfung?“

„Der Termin steht noch nicht fest. Wir bekommen kurzfristig Bescheid.“

„Das heißt also, du musst lernen und gleichzeitig an deiner Bachelor-Arbeit schreiben.“

Er nickte. „Ich bekomme das schon hin. Beim letzten Mal habe ich mich zu sehr ablenken lassen.“

„Das kenne ich von mir. Du kannst auch nicht *nein* sagen. Um den Haushalt musst du dich nicht weiter kümmern, ein bisschen aufräumen und vielleicht die Wäsche …“

Er unterbrach sie: „Und die Blumen gießen und für Oma einkaufen. Und mit dem Hund rausgehen. Ich hab’s verstanden, Mutti. Gardinen waschen und Fenster putzen lass ich ausfallen.“

Vera atmete schwer. „Ich hatte ja gehofft, dass Clara zurückkommt, aber ihr Projekt wurde verlängert.“

Robert antwortete nicht darauf. Er sagte schließlich: „Was hältst du von Träumen?“

„Träume, wie kommst du denn darauf? Ich träume nicht so oft und wenn, dann kann ich mich am nächsten Morgen nicht mehr erinnern. Moment, einen Traum habe ich öfter. Ich will irgendwo hin und komme nicht an, werde aufgehalten. Warum fragst du?“

„Ich habe von Opa geträumt und überlege, ob das eine Bedeutung hat.“

„Was soll das denn für eine Bedeutung haben? Dein Großvater hat dir eine Menge beigebracht. Ihr hattet eine enge

Verbindung. Früher habe ich immer gedacht, du würdest einmal Geschichte studieren. Du kanntest dich mit den Römern, den Griechen und den Ägyptern bestens aus. Hast schon als kleiner Junge Vorträge gehalten und Opa war stolz darauf." Sie seufzte laut. „Günter Seefeld war ein heller Kopf. Nur in den letzten Jahren, da hat er sich verändert, hat sich mit verrückten Dingen beschäftigt. Deine Oma und ich konnten ihm da nicht mehr folgen. Schließlich hat er es aufgegeben, uns davon zu erzählen. Er lief ständig zu Udo Hermann. Die beiden brüteten irgendwas aus, taten so, als müssten sie die Geschichte der Menschheit neu schreiben, haben sich intensiv mit der Bibel beschäftigt und meinten etwas entdeckt zu haben, was in zweitausend Jahren kein Theologe bemerkt hat." Vera winkte ab. „Und dann fiel einer nach dem anderen um, einfach so. Haben sich wohl mit ihren Ideen übernommen."

Robert musste über den Tonfall seiner Mutter schmunzeln, hörte aber aufmerksam zu. Das war neu für ihn. Sein Großvater hat sich für die Bibel interessiert. Das könnte sogar zu seinem Traum passen. Weshalb hatte er ihm nicht zu Lebzeiten davon erzählt? Robert kannte die Antwort. Er war ja kaum zu Hause, erst die Lehre, dann die Bundeswehr. Und telefoniert haben sie auch nur selten.

„Was hast du denn geträumt von deinem Großvater? Hat er dir einen Auftrag aus dem Jenseits erteilt?", fragte Vera amüsiert.

Wenn sie wüsste, wie Recht sie hat, dachte Robert. Es war ihr Ton, der ihn davon abhielt, den Traum zu erzählen. Er sagte nur: „Er stand in meinem WG-Zimmer und hat Anweisungen gegeben."

„Bestimmt so, als würde er vor einer Schulklasse stehen."

Sie lachten beide. Dann sagte Robert: „Das Studium war nicht umsonst gewesen, auch wenn ich es nicht schaffe, sag das zu Vati."

Vera nickte. „Das hätte jetzt auch von deinem Großvater kommen können. Aber ich bin sicher, du schaffst das."

Freitag, 13. März

Aktuelle Meldung:

Berlin – Aus Sorge vor der weiteren Ausbreitung des Coronavirus werden die meisten Schulen und KiTas in Deutschland ab der kommenden Woche geschlossen. Insgesamt wurden in Deutschland 3.062 laborbestätigte Sars-Covid-2 Infektionen berichtet. Seit dem 09.03. wurden 5 Todesfälle gemeldet.

Der Krankenbesuch

Robert genoss es, den Morgen allein im Haus verbringen zu können. Nach dem Rundgang mit dem Hund und der Versorgung der Katze, hatte er sich Brötchen aufgebacken und Kaffee gekocht. Dabei sah er sich im Wohnzimmer seiner Eltern um. Sie hatten das Haus vor zwanzig Jahren gekauft, Wände herausgenommen, Türen versetzt und ein großes Wohnzimmer mit offener Küche anbauen lassen. Die Kochinsel war immer der Familientreffpunkt und der Ort, an dem er und seine Schwester kochen lernten. Für Vera Schumann war das Musikzimmer allerdings noch wichtiger als die Küche. Der Flügel brauchte Platz und der Raum sollte auch als Gästezimmer dienen. So wurde aus zwei kleinen Zimmern ein großer Raum. Der Wunsch seines Vaters, im Erdgeschoss ein Arbeitszimmer einzurichten, konnte dadurch nicht erfüllt werden. Nun, es gab ja noch den Keller. Frank ließ große Fenster einbauen und richtete sich den Raum mit hellen Möbeln ein. Inzwischen nutzte er auch Claras Zimmer als Büro, weil er von dort einen herrlichen Ausblick in den Garten hatte und es angeblich ruhiger war. Für Robert allerdings gab es in diesem Haus keine wirkliche Ruhe. Die Klaviermusik war allgegenwärtig. Er fühlte sich immer dann genervt, wenn dieselben Stücke geübt wurden. Ansonsten konnte er mit dem Klavierspiel seiner Mutter ganz gut leben. Und wenn er ehrlich war, hatte es seinen Musikgeschmack geprägt. Er hörte auch heute noch gerne klassische Musik, gab es aber vor seiner Mutter nicht zu. Am Ende käme sie noch auf die Idee, ihm wieder Klavierunterricht zu geben.

Robert trank seinen Kaffee und sah von seinem Essplatz aus durch die bodentiefen Fenster, die einen Blick in den parkähnlichen Garten freigaben. Im März waren die Bäume noch kahl, doch hier und da entdeckte er die ersten Farbtupfer. Ihm kam der Gedanke, dass er lieber nicht trödeln, sondern gleich arbeiten sollte. Wenn er am Nachmittag seine Oma aus der Klinik abholen konnte, dann wäre es mit der Ruhe vorbei. Ilse Seefeld war ein liebenswürdiger, hilfsbereiter und kontaktfreudiger Mensch. Robert ahnte schon jetzt einen Besucherstrom. Es war noch fraglich, ob er bei ihr einziehen sollte oder ob sie hierher umzog. Lieber wäre es ihm, sie würde in ihrem Haus bleiben und er würde sie nur ab und zu besuchen. Robert ging nach oben, holte seine Bücher und den Laptop und begann mit seiner Arbeit am großen Esstisch. Schon beim Anblick der dicken Wälzer fragte er sich, wie lange er dafür brauchen würde.

Je mehr Titel er las, desto schwerer erschien ihm seine Aufgabe. Warum gab es nicht ein einziges Buch, das alle Aspekte für eine friedliche Konfliktlösung enthielt? Warum gab es überhaupt Konflikte zwischen den Menschen? War denn nicht jedes Problem mit einem vernünftigen Gespräch zu klären? Robert lehnte sich zurück und sah aus dem Fenster. Der normale Durchschnittsbürger möchte ein glückliches, sinnvolles Leben, in dem Liebe, Freundschaft, gegenseitiges Verständnis und Frieden herrschen. Aber aus irgendeinem Grund ist dieser Wunsch nicht so einfach realisierbar. Jeder beharrt auf seiner Sichtweise. Dadurch entstehen die Probleme mit den Mitmenschen. Je mehr Menschen es betrifft, desto komplizierter und vielfältiger werden die Dinge. Als Großvater im Traum damals gesagt hatte, *er soll jedem Menschen einen Dienst erweisen ..., Konflikte müssen friedlich gelöst werden*, da war seine Entscheidung klar. Er will einen Beitrag zum friedlichen Miteinander leisten. Deshalb hatte er auch das Thema *Friedliche Konfliktlösung* für seine Bachelor-Arbeit gewählt. Doch es war komplizierter als gedacht. Als er im Praktikum seine Befragung nach den häufigsten Konflikten am Arbeitsplatz startete, entdeckte er auch einen Zusammenhang zwischen Konflikten und Krankheiten. Er teilte die Befragten zunächst in zwei Gruppen, Menschen, die längere Zeit krank waren, und Menschen, die kaum Krankentage hatten. Eines war offensichtlich. Leute, die ihre Arbeit gerne verrichteten, hatten weniger Konflikte und waren seltener krank. Aber es gab auch Menschen, die ihre Arbeit liebten, doch durch gewisse Umstände, Probleme mit dem Chef oder den Kollegen, ungern zur Arbeit kamen und sich schneller krank schreiben ließen als früher. Daraus entwickelte sich dann die dritte Gruppe und hier war sein Ansatz für eine friedliche Konfliktlösung.

Das Telefon unterbrach seine Gedanken. „Mutti, seid ihr schon auf dem Flughafen?"

„Nein, wir waren gerade im Krankenhaus bei Onkel Eckhard. Konnten nicht lange bleiben. Er ist sehr schwach. Eckhard ist ja fünf Jahre jünger als Vati, aber heute dachte ich, es wäre umgekehrt. Was Krankheit doch so anrichtet. Hast du schon in der Klinik nachgefragt, ob du Oma abholen kannst?"

„Das war nicht der Plan, Mutti. Ich soll heute Nachmittag in die Klinik gehen, sie besuchen und eventuell mitnehmen. Ich schreibe an meiner Arbeit."

„Ja, natürlich. Die melden sich schon, wenn sie Oma früher loswerden wollen", stimmte sie schnell zu.

„Wann geht euer Flug?"

„In vier Stunden, wir sind jetzt auf der Autobahn. In den Nachrichten haben sie wieder vor dem Virus gewarnt. Vati findet es übertrieben. Es sind zwar über 3000 Menschen in Deutschland infiziert, aber wir sind achtzig Millionen. Da ist doch viel Panikmache dabei. Ein Glück, dass wir von alledem erst mal nichts mehr mitbekommen. Ich hoffe, dass wir in Ägypten besser aufgehoben sind als hier. Und wenn wir in vierzehn Tagen zurückkommen, hat sich die Welle bestimmt abgeschwächt."

„Ja, vielleicht. Schönen Urlaub!“, rief Robert hastig und wollte seine Recherchen fortsetzen.

„Und noch mal danke, Robert, dass du nach Hause gekommen bist und dich um die Tiere und um Oma kümmerst.“

„Ist doch selbstverständlich, Mutti.“

Von weitem hörte er die Stimme seines Vaters: „Vergiss das Lernen nicht, ich meine für die letzte Prüfung.“

„Ja, ja“, sagte Robert genervt und beendete das Gespräch.

Ein Glück, dass ich in einer WG wohne und nicht mehr zu Hause. Hier würde ich ständig vor allem mit meinem Vater aneinandergeraten. Und im nächsten Moment wurde ihm bewusst, dass auch Abstand eine Möglichkeit war, um Konflikte zu vermeiden. Aber diese Möglichkeit gab es in einer Firma nicht. Man konnte sich die Menschen nicht aussuchen, mit denen man zusammenarbeiten musste.

Kurz vor drei sah er auf die Uhr und erschrak. Oma! Ich muss ins Krankhaus. Er klappte den Laptop zu, trank einen Schluck Wasser, biss von einem Brötchen ab und machte sich auf den Weg.

Der Eingangsbereich war neu gestaltet worden. Zu seiner Zeit sah es noch nicht so durchgestylt, so modern aus, stellte Robert fest, als er die Klinik betrat. Er kannte den Pförtner, der gerade telefonierte und hob die Hand zum Gruß. Der Fahrstuhl brachte ihn in die dritte Etage. Rechts lag Station sechs, die Chirurgie. Er ging bis zum Schwesternzimmer, steckte seinen Kopf hinein und rief fröhlich: „Tag, alle zusammen.“ Die Schwestern unterhielten sich angeregt und nahmen keine Notiz von ihm. Nur Schwester Kerstin kam auf ihn zu. „Hallo Robert, du hier? Willst du uns unterstützen? Wir können Personal gebrauchen.“

Er lehnte sich gegen den Türrahmen. „Ich will meine Oma besuchen, Frau Seefeld.“ Robert wunderte sich, dass sie Mundschutz trug, was eigentlich unüblich war auf Station. Er streckte ihr die Hand entgegen. Sie schüttelte den Kopf. „Vorsicht, wir haben Order, Abstand zu halten, wegen Corona.“

„Habt ihr denn hier Fälle?“, fragte Robert neugierig.

Kerstin zog die Augenbraun hoch und wog den Kopf leicht hin und her. Robert wertete es als Zustimmung. Während seiner Ausbildung zum Krankenpfleger war Kerstin ein großes Vorbild für ihn gewesen. Er hatte viel von ihr gelernt. Sie war über zwanzig Jahre im Dienst und wurde von Ärzten und Kollegen gleichermaßen geschätzt und von den Patienten geliebt. Kerstin sah kurz zu ihren Kolleginnen und sagte dann im Plauderton: „Deiner Oma geht es ganz gut. Ihre Blutwerte müssen noch einmal überprüft werden."

„Das heißt, sie bleibt heute noch hier?", fragte Robert nach.

„Ja. Wir nehmen morgen noch einmal Blut ab, dann vielleicht. Aber es könnte sein ..." Sie zögerte kurz und kam noch ein Stück näher – was ja offiziell nicht sein sollte, wegen des Abstands – und flüsterte: „Sie beraten gerade darüber, ob sie die Klinik für Besucher schließen. Es könnte sein, dass du sie nicht mehr besuchen kannst. Hol doch eine Telefonkarte für sie. Vielleicht braucht sie die nicht mehr, aber so kannst du sie anrufen. Ein Handy hat sie nicht."

„Okay", sagte Robert langsam und sortierte die neuen Informationen von Schwester Kerstin.

„Ich gehe dann mal zu Oma, ihr habt ja hier zu tun."

„Wie geht's dir denn so? Hast du noch Lust auf den Job hier?", fragte sie mit spöttischem Unterton.

„Ich schreibe an meiner Bachelor-Arbeit, *Friedliche Konfliktlösung*."

„Mit Konflikten können wir auch dienen. Wir brauchen nur noch jemand, der uns sagt, wie man sie löst."

„Da bin ich jetzt dran."

„Wenn du die Lösung gefunden hast, lass es mich wissen", rief sie ihm lachend nach.

Robert klopfte an die Zimmertür.

Ilse Seefeld saß im Bett und sprach angeregt mit ihrer Nachbarin. „Oh Robert. Das ist ja schön, dass du kommst. Habe Frau Schmidt gerade erzählt, dass du dich um meine Katze kümmerst. Ich dachte, sie entlassen mich heute, aber meine Blutwerte sind noch nicht in Ordnung, was immer das heißen mag."

Er gab seiner Oma einen flüchtigen Kuss auf die Wange. „Weiß ich, Oma, Schwester Kerstin hat mich informiert. Brauchst du noch was?"

„Nein, deine Mutter hat mich mit Sachen für zwei Wochen ausstaffiert. Sie rollte die Augen himmelwärts. „Als würde jemand länger als sechs Tage im Krankenhaus bleiben. Mehr kriegen sie doch nicht bezahlt."

„Mutti wollte eben, dass du dich schick machen kannst, wenn du in die Cafeteria gehst", sagte er aufmunternd.

„Was soll ich denn da, alleine?"

„Na dann komm, fahren wir beide runter und genehmigen uns ein leckeres Stück Torte. Vielleicht haben Sie noch die Zitronentorte von damals, so etwas habe ich nie wieder gegessen." Er half ihr in die Pantoffeln und in den Morgenrock. Als sie im Flur waren, kam Schwester Kerstin ihnen entgegen. „Wo wollt ihr denn hin?"

„Torte essen", antwortete Robert freudig.

„Die Cafeteria wurde geschlossen", sagte sie und es schwang Angst mit. „Bleiben Sie bitte im Zimmer." Sie warf Robert einen vielsagenden Blick zu. „Telefonkarte", flüsterte sie ihm zu.

„Oma, ich brauche mal fünfzehn Euro für eine Telefonkarte."

„Was soll ich denn damit?"

„Dann kannst du mich anrufen, wenn du entlassen wirst."

„Ich komme doch morgen nach Hause."

„Ja, vielleicht, aber ich bin beruhigter, wenn du ein Telefon hast."

„Na gut, wenn du meinst." Sie gingen zurück ins Zimmer. Robert folgte ihr. Oma Ilse zog das Schubfach auf, nahm das Portmonee heraus und gab ihrem Enkel 20 Euro. Als sie ins Portmonee sah, fiel ihr etwas ein. „Warte mal, Robert. Ich habe hier die Sparkassen-Karte von Käthe, Käthe Hermann. Sie hatte mich gebeten, Geld zu holen. Sie ist in letzter Zeit etwas durcheinander. Ich war ja gerade auf dem Weg zur Sparkasse, als ich stürzte. Und deshalb konnte ich kein Geld mehr holen." Sie winkte ab und sagte leise: „Sie hat schon

Schulden bei der Nachbarin gemacht. Robert, es wäre wichtig, dass du dich mal um Käthe kümmerst. Sie ist die Frau deines Lehrers, der ein Kollege von Opa war. Die beiden haben sich scheinbar verabredet, sind fast zur gleichen Zeit gestorben. Seitdem bin ich mit Käthe richtig befreundet. Wir haben so viele Gemeinsamkeiten. Sie strickt auch gerne."

„Oma, ich hole dir jetzt die Telefonkarte und dann kannst du mit Käthe telefonieren. Ich bringe ihr die Karte vorbei, aber mich um sie kümmern, dafür habe ich keine Zeit. Ich schreibe an meiner Arbeit und schaffe es gerade noch, die Tiere und ab morgen dich zu versorgen."

„Ja, Junge, ich weiß ja, dass du viel zu tun hast, aber Käthe könnte ein paar dumme Sachen anstellen. Ich musste in letzter Zeit einiges geradebügeln. Wenn sie wieder bei klarem Verstand ist, ist sie wie immer."

„Soll das heißen, du kümmerst dich um eine demenzkranke Frau, die eigentlich in ein Heim gehört?", fragte er entsetzt.

„Na, so schlimm ist es noch nicht. Ihre Tochter ist ja schon auf der Suche nach einem Heimplatz. Sie will sie nach Bayern holen, in ihre Nähe, aber sie hat noch nichts Passendes gefunden. Hier ist es viel günstiger."

„Dann muss ihre Tochter herziehen", entgegnete er ungeduldig.

Ilse seufzte. „Das ist nicht so einfach, wenn man alleinerziehend ist und einen guten Job hat."

„Aber nicht dein Problem, Oma. Du kannst die Verantwortung für Käthe nicht übernehmen. Stell dir mal vor, sie zündet die Wohnung an und die Hausbewohner …"

„Ist ja gut, Robert. Ich habe verstanden", sagte sie schnell und winkte mit der gesunden Hand ab. Robert kannte diese typische Handbewegung, wenn seine Oma nichts mehr von dem Thema hören wollte. Wahrscheinlich hatte sie auch die angeblich merkwürdigen Themen von ihrem Günter so abgewürgt.

„Soll ich dir noch eine Zeitschrift mitbringen?", fragte er nach.

„Ja, das ist eine gute Idee. Kann ja zum Glück noch lesen und mit einer Hand blättern.“

„Bis gleich“, rief Robert.

Schwester Kerstin fing ihn am Schwesterzimmer ab. „Ich komme mit runter. Du kannst nicht mehr zurück, die Stationen sind bereits für Besucher gesperrt. Ich bringe ihr die Karte.“

„Warte mal, was ist hier los?“

Sie drückste erst herum und sagte dann flüsternd: „Wir haben zwei mit Corona infizierte Patienten. Das Krankenhaus ist ab jetzt für Besucher gesperrt. Ich muss dir nicht erklären, was hier passieren könnte. Du hast doch sicher die Bilder von Italien gesehen.“

„Gib mir eine Minute, ich muss noch die Adresse von Käthe wissen und Tschüss sagen.“

Er wartete nicht, sondern rannte bis zur Tür, öffnete und sagte so ruhig wie möglich. „Oma, wo wohnt Käthe?

„Felderstraße drei.“

„Ich muss mich verabschieden. Die Besuchszeit ist beendet. Schwester Kerstin bringt dir die Karte. Wir telefonieren heute Abend.“

„Schade, dass du schon gehen musst. Aber dann hast du mehr Zeit für Käthe. Ach warte mal, komm mal her.“ Sie nahm den Kugelschreiber und flüsterte: „Notier dir die Zahlen 5474, die PIN für Käthes Karte. Robert schrieb sie widerwillig auf die Handfläche. Er wollte kein Geld für eine fremde Frau abholen. „Hol ihr vierhundert Euro, dann kommt sie eine Weile zurecht“, sagte Ilse bestimmend.

Robert stöhnte auf. „Machs gut Oma, gute Besserung.“

Schwester Kerstin begleitete Robert bis in die Eingangshalle. Dort löste er die Telefonkarte und suchte zwei Zeitschriften aus, die er beim Pförtner bezahlte. Ihm fiel auf, dass die wenigen Leute, die durch die Flure huschten, es sehr eilig hatten. An der Eingangstür hing ein roter Zettel:

DAS KRANKENHAUS IST FÜR BESUCHER GE-
SCHLOSSEN. INFEKTIONSGEFAHR!

Robert wandte sich an Kerstin. „Kann ich sie denn wenigstens morgen abholen?"

„Wenn sie entlassen wird, bringen wir sie bis zur Tür und du übernimmst dann."

Er hatte ein mulmiges Gefühl, als er das Gebäude verließ und zum Parkplatz ging.

Käthe Hermann

Im Auto gab Robert die Adresse von Käthe Hermann ins
Navi ein und nahm sich vor, höchstens zehn Minuten zu bleiben. Er wird ihr die EC-Karte, die ja eigentlich jetzt Girocard
heißt, geben und kurz von Omas Unfall erzählen. Geld kann
sie sich selbst holen. Er hört noch die Worte seiner Großmutter: *Dann kannst du ja etwas länger bei Käthe bleiben.* Auf
keinen Fall, dachte er. Im nächsten Moment fiel ihm der Rat
der Traumtherapeutin ein, *alles anzunehmen, was auf ihn zu-
kommt.*
Trotzdem fuhr er widerwillig zu der Adresse. Wernigerode
war bekannt für seine Fachwerkhäuser, die der Stadt das besondere Flair gaben. Als Kind hatte er mit seiner Familie in
einem Fachwerkhaus gewohnt. Die kleinen Fenster und der
dunkle Flur waren ihm noch deutlich in Erinnerung. Dieses
Haus hier war jüngeren Datums und hatte große Fenster und
eine breite Haustür. An der Seite befand sich eine Rampe für
Rollstuhlfahrer. Er schätzte, dass das Haus um neunzehnhun-
dert erbaut worden war. Die sechs Postfächer gaben ihm
Auskunft über die Anzahl der Mieter. Robert klingelte bei
Hermann. Doch es gab keine Reaktion. Das fehlte ihm gerade noch. Er versuchte es ein zweites Mal. Nichts passierte.
Jetzt reichte es ihm langsam. Die Dame gab seiner Großmutter die Karte, damit sie ihr Geld holen sollte. Oma stürzte
ihretwegen, brach sich die Hand und Käthe spazierte vermutlich unbeschadet durch die Gegend. Ein junger Mann sah aus
dem Fenster im Erdgeschoss. „Zu wem wollen Sie denn?",
fragte er freundlich.
„Ich soll etwas abgeben für Käthe Hermann von meiner
Oma. Können Sie mir sagen, ob die Frau ausgegangen ist?"
„Das glaube ich nicht. Frau Hermann war schon lange nicht
mehr draußen. Ihre Großmutter, eine sehr nette Frau, hat sie
versorgt."
Jetzt kam Robert ein anderer Gedanke. Sie könnte verstorben
sein und niemand bekommt es mit. „Vielleicht ist etwas passiert. Haben Sie einen Schlüssel?", fragte er.

„Nein, ich könnte ihr auch nicht helfen. Ich sitze im Rollstuhl. Und dieses Haus hat keinen Fahrstuhl."

Robert nahm sein Handy, wählte die Nummer des Krankenhauses und ließ sich mit der Station verbinden. „Kerstin, frag doch mal bitte meine Oma, ob sie einen Schlüssel von Käthes Wohnung hat. Die Frau macht nicht auf. Mir schwant Böses."

Kurz darauf war Ilse am Telefon und sagte: „Käthes Schlüssel hängt bei mir zu Hause neben der Eingangstür. Es steht *Käthe* drauf. Gib mir Bescheid, ob es ihr gut geht." Dann fügte sie noch hinzu: „Danke Robert, ich bin wirklich froh, dass du dich kümmerst." Am Ton seiner Oma erkannte er, dass sie die gleiche Vermutung hatte wie er.

„Ich melde mich nachher. Gib mir mal deine Telefonnummer, steht an der Seite vom Apparat." Oma nannte die Nummer und Robert notierte sie in seinem Handy. Dann holte er den Wohnungsschlüssel. Eine Viertelstunde später öffnete der Mann im Rollstuhl ihm die Haustür. Robert betrat den breiten Hausflur und sah sich um. Die linke Wohnungstür in der Mitte des Flurs stand offen. Die Tür auf der rechten Seite war geschlossen. Die Treppe nach oben befand sich am hinteren Ende. Geradeaus gab es noch eine Tür mit Glasausschnitt, die anscheinend in den Hof führte und etwas Helligkeit in den dunklen Hausflur brachte.

Der freundliche Hausbewohner kam ihm im Rollstuhl entgegen. Zwei Kinder, ein Mädchen und ein Junge zwischen vier und sechs Jahren, folgten ihm. „Dürfen wir mit hochkommen?", fragte der Junge.

„Lieber nicht. Ich schau erst mal nach." Eilig schritt Robert die Treppe hinauf, klopfte und klingelte noch einmal, bevor er die Tür mit Ilses Schlüssel öffnete. Vorsichtig betrat er die Wohnung und rief: „Frau Hermann, hier ist Robert Schumann, Ilses Enkel." Es kam keine Antwort. Robert suchte den Lichtschalter und schaltete das Licht ein. Er ging ein paar Schritte den Flur entlang bis zu einer Tür auf der rechten Seite, die halb geöffnet war.

Hier war die Küche. Er bekam einen Schreck. Auf dem Fußboden waren Gläser, Eier und Wurst verstreut. Die Kühl-
schranktür stand weit offen. Auf dem Tisch war Marmelade
ausgekippt. Er musste sofort an einen Einbruch denken, ging
zurück und öffnete links eine Tür mit einem breiten Glasausschnitt. Wie vermutet, war hier das Wohnzimmer. Es wirkte
auf den ersten Blick düster und vollgestellt mit alten dunklen
Möbeln. In einem Sessel entdeckte er Frau Hermann. Sie
hatte Strickzeug auf dem Schoß und die Augen geschlossen.
Er glaubte, eine Tote vor sich zu haben, doch da bewegte sie
sich. Ihre Augen flackerten, als er sie ansprach. Ihre kurzen
grauen Haare waren ungekämmt und standen nach allen Seiten ab. Sie richtete sich langsam auf, legte das Strickzeug auf
den kleinen Beistelltisch neben sich und sagte: „Ich muss
Kuchen backen. Carola kommt zum Kaffee.“ Dann verän-
derte sich ihr Gesichtsausdruck. Sie schien aufzuwachen und
runzelte die Stirn. „Wer sind Sie?“
„Ich bin Robert Schumann, der Enkel von Ilse Seefeld.
Meine Oma ist gestürzt, hat sich die Hand gebrochen und
liegt im Krankenhaus. Ilse macht sich Sorgen um Sie, Frau
Hermann. Darum bin ich hier.“
„Sie hat sich die Hand gebrochen, ist es schlimm?“, fragte
sie, aber immer noch schläfrig.
„Man hat sie operiert. Vielleicht kommt sie morgen nach
Hause.“
„Das ist gut. Ilse muss für mich einkaufen. Habe keine Butter
mehr“, sagte die Frau monoton. Robert schätzte sie Ende
siebzig wie seine Oma. Doch ihre körperliche Verfassung
war viel schlechter. Frau Hermann erhob sich und griff nach
ihrem Stock, der an dem dunklen verzierten Wohnzimmer-
schrank lehnte. Robert half ihr auf.
Sie ging gebückt in Richtung Küche und blieb an der Tür
stehen. „Was haben Sie mit meiner Küche gemacht?“
„Ich? Nichts. Das sah schon so aus, als ich kam“, stellte er
energisch klar.
„Dann ist jemand eingebrochen. Da muss ich die Polizei rufen.“

Sie griff zum Telefon, das auf einem kleinen Schrank im Flur stand.

„Stopp", sagte Robert schnell. „Schauen Sie erstmal nach, ob etwas fehlt. Ich helfe Ihnen beim Aufräumen."

Frau Hermann sah sich genau in der Küche um. „Nein, alles da."

„Gut, dann räumen wir auf", schlug Robert vor. „Bleiben Sie lieber hier stehen, damit Sie nicht ausrutschen."

Sie gehorchte, gab aber permanent in einem brabbelnden Ton Anweisungen. Das meiste, was auf dem Fußboden lag, war nicht mehr zu gebrauchen. Robert holte aus dem Bad, das sich neben der Küche befand, Eimer und Wischmopp und reinigte den Küchenboden. Er war kaum getrocknet, da ging Frau Hermann zum kleinen Tisch am Ende der schmalen Küche und setzte sich auf den einzigen Stuhl, der dort stand. „Ich habe Hunger", sagte sie und schien zu überlegen, was sie essen wollte.

„Haben Sie kein Mittagessen gehabt?", fragte Robert.

„Doch, ich habe …", ihr fiel nicht ein, was sie gegessen hatte.

„Vielleicht Linsensuppe?", half er ihr auf die Sprünge. Er hatte die Dose im Müll gefunden.

Sie nickte und wiederholte: „Ich habe trotzdem Hunger."

Robert fand in einem Brottopf ein Stück Brot, das schon recht hart war. Er schnitt zwei Scheiben ab und belegte sie mit einem Rest Schnittkäse. Der Kühlschrank war ansonsten leer. Sie schlang das Brot so schnell herunter, dass man annehmen konnte, sie hätte seit Tagen nichts zu essen bekommen. Hier musste sich jemand kümmern, ein Pflegedienst. Wahrscheinlich wäre sie in einem Heim besser aufgehoben. Während Frau Hermann ihr Brot aß, versuchte Robert seine Oma anzurufen. Doch sie war anscheinend nicht im Zimmer oder schlief.

Er überlegte kurz und entschied dann, bei der Nachbarin zu klingeln. Auf dem Schild an der Tür gegenüber stand der Name *Möhring*. Eine ältere Dame, aber jünger als Frau Hermann, öffnete nach einer Weile. Sie stützte sich auf einem

Stock ab. Hastig stellte er sich vor und erklärte, dass Frau Hermann Hilfe bräuchte.

„Die Hermann schuldet mir noch vierundzwanzig Euro und zwanzig Cent. Habe zweimal für sie eingekauft und sie hat mir kein Geld gegeben. Behauptet, dass ich gar nichts für sie mitgebracht hätte. Ich bin gestürzt, habe mit mir zu tun", stellte Frau Möhring in aller Deutlichkeit klar.

Robert wusste nicht, was er dazu sagen sollte. „Gut, dann kaufe ich jetzt für Frau Hermann ein. Vielleicht könnten Sie trotzdem mal rüber gehen und gucken, ob es ihr gut geht."

„Wer guckt denn bei mir rüber, ob es mir gut geht?", fragte sie mürrisch und warf ihm die Tür vor der Nase zu.

Robert stieß die Luft hörbar aus. Als er zurückkam, stand der Kühlschrank wieder offen. „Wo ist denn der Joghurt?", fragte Frau Hermann und suchte dabei den leeren Kühlschrank ab.

„Ich kaufe Joghurt ein", versprach Robert. Langsam verlor er die Geduld. Er versuchte noch einmal, seine Oma zu erreichen. Doch wieder ging sie nicht ans Telefon.

„So, Frau Hermann, Sie gehen jetzt ins Wohnzimmer und schauen sich eine Sendung im Fernsehen an. In der Zeit gehe ich einkaufen und bringe Ihnen auch Joghurt mit."

Robert bemerkte, dass er den Tonfall annahm, den er als Krankenpfleger bei schwierigen Patienten angewandt hatte, freundlich aber fest. Ohne dass er es wollte, war er wieder in seinem alten Beruf angekommen. Auch konnte er einschätzen, dass Frau Hermann eine Betreuung brauchte. Was war jetzt zu tun? Einkaufen. Er ging nach unten und klingelte bei dem freundlichen Mann, der ihm die Tür geöffnet hatte. Die Wohnungstür stand halb offen. Robert sah, wie der Mann schnell um die Ecke kam. Der Flur wirkte hier viel freundlicher, heller und großzügiger als oben.

„Was ist mit Frau Hermann?", fragte er mit besorgter Miene. „Es sieht nicht gut aus. Die Frau ist völlig durcheinander. Meine Oma hat die Situation wohl falsch eingeschätzt oder sie war hier, wenn Frau Hermann lichte Momente hatte", klärte er den Mann auf. „Ich gehe jetzt einkaufen. Habe die

Nachbarin gefragt, ob sie unterdessen mal aufpassen kann." Robert winkte resignierend ab. „Frau Hermann hat ihr den Einkauf nicht bezahlt."

„Verstehe", sagte der Mann.

Robert fiel auf, dass er keinen Namen wusste. „Wer sind Sie eigentlich."

„Oh, ich bin Tom, Tom Westphal. Das sind meine Kinder Anna und Tim." Die beiden kamen gerade aus dem hinteren Zimmer gelaufen.

„Und ich bin Robert Schumann."

Ein Lächeln huschte über Toms Gesicht. Robert wusste genau, was er dachte, und fügte deshalb auch lächelnd hinzu: „Und ich spiele nicht Klavier, aber meine Mutter."

„Hast dich wohl geweigert, wegen des hohen Anspruchs", sagte Tom lachend.

Kurz überlegte Robert, ob an seiner Mutmaßung etwas dran war.

„Vielleicht, aber so genau habe ich darüber noch nicht nachgedacht."

Robert fand den Mann auf Anhieb sympathisch. Er schätzte ihn auf Mitte dreißig. Auffällig waren seine muskulösen Arme.

Oben wurde eine Tür geöffnet. „Hallo junger Mann", rief Frau Möhring. „Wenn Sie einkaufen gehen, dann bringen Sie doch bitte zweimal Milch und vier Flaschen Wasser mit Kohlensäure mit. Das ist zu schwer für mich. Und keine Angst, ich bezahle meine Rechnungen immer." Die Tür fiel ins Schloss. Robert schüttelte den Kopf. „Wo bin ich denn hier gelandet?"

Tom fuhr mit dem Rollstuhl zu einem Schränkchen in seinem Flur und sagte dabei: „Wenn du einmal unterwegs bist, dann könntest du für mich zweimal Spaghetti mitbringen. Ich bezahle gleich." Er drückte ihm fünf Euro in die Hand.

„Gibt es in diesem Haus einen Mieter, der für sich selbst sorgen kann, also keine Hindernisse …" Robert hielt inne und suchte nach der passenden Formulierung.

„Du meinst einen Menschen wie dich, der laufen und tragen kann und in der Lage ist, mit Geld umzugehen“, fragte Tom schmunzelnd.

„Ich wollte hier niemanden beleidigen oder so.“

„Ich versteh schon, was du meinst. Ja, den gibt es. Der wohnt hier nebenan, ist aber Kraftfahrer von Beruf und viel unterwegs. Und ganz oben, da haben wir noch eine chinesische Familie. Sie sind aber die meiste Zeit in ihrem Restaurant. Ach, und die beiden Syrer, die sind gerade dabei, Deutsch zu lernen. Soviel habe ich schon herausbekommen.“

„Du scheinst ja hier so eine Art Chef zu sein, der den Laden überblickt?“, bemerkte Robert und beide lachten.

„Wenn man hier unten wohnt und von zu Hause aus arbeitet – ich bin Programmierer – dann sind das neben meiner Frau und den Kindern die einzigen sozialen Kontakte, die ich habe.“

„Jetzt kennst du ja noch mich, und wie es aussieht, werde ich öfter kommen, denn meine Oma fällt als Helferin für Frau Hermann für ein paar Wochen aus. Ich gehe dann mal einkaufen“, sagte Robert träge. Unterwegs erinnerte er sich: Du wolltest eine Viertelstunde bleiben. Jetzt bist du schon seit einer Stunde mit Frau Hermann beschäftigt.

An diesem Tag ging irgendwie alles schief. Eigentlich wollte er den Einkauf vom Wirtschaftsgeld seiner Mutter bezahlen, doch er hatte vergessen, das Geld einzustecken. Das Geld für Frau Möhrings Einkauf hatte er zum Glück noch im Portmonee. Aber sollte er Frau Hermanns Einkauf von seinem Konto bezahlen? Oder sollte er ihre Karte benutzen? Da er nun den Zustand der Frau kannte, überlegte er weiter, ob es klug war, Geld für sie abzuheben. Wer weiß, was sie mit dem Geld anstellt. Anderseits brauchte sie Bargeld, da sie ja offensichtlich nicht das Haus verließ. Irgendwer musste für sie einkaufen. Robert beschloss, noch einmal seine Oma anzurufen. Wieder ging sie nicht ans Telefon. Weshalb habe ich dir eine Karte besorgt, wenn du doch nicht ans Telefon gehst?, fluchte er innerlich. Kurz entschlossen ging er zur Sparkasse und hob vierhundert Euro für Frau Hermann ab.

Er nahm sich vor, das Geld gut im Küchenschrank zu verstecken und Tom zu sagen, wo es liegt. Es muss doch noch irgendjemand da sein, außer Ilse, der sich um sie kümmert. Er unterdrückte die innere Stimme, die sich da meldete: *Na du, Robert.*
Nein, das ist nicht meine Aufgabe, entgegnet er still aber entschlossen. Es war ein Notfall, ich habe geholfen. Ich bin aber weder der Pflegedienst, noch bin ich ein Verwandter.
Robert konzentrierte sich auf den Einkauf und schleppte die Sachen zum Auto. Es war eine Grundausstattung, die aus Butter, Milch, Mehl, Zucker, Eiern, Brot, Marmelade, Wurst und Käse bestand. Auch ein paar Dosen und Fertigessen waren im Korb gelandet. Da einige Regale mit Hygieneartikeln fast leer waren, hatte er vorsichtshalber Toilettenpapier und Küchenrollen eingepackt.
Als er zurückkam, öffnete ihm Tom wieder die Haustür und nahm die bestellten Spaghetti in Empfang. „Da oben war wieder was los. Es hat ein paar Mal geknallt", berichtete Tom.
Robert eilte mit den vier Tüten nach oben, klingelte und öffnete gleichzeitig mit Ilses Schlüssel die Tür. Frau Hermann hatte wieder den Kühlschrank geöffnet. Eine Schüssel lag zerbrochen auf dem Boden. „Ich will einen Kuchen backen. Wer hat meine Eier geklaut?", schimpfte sie und klopfte dabei mit dem Stock auf den Boden. „Carola kommt gleich." Sie drehte sich um und erschrak. „Wer sind Sie? Was wollen Sie?"
„Ich bin Robert, ich habe für Sie eingekauft. Sie können jetzt den Kuchen backen." Sie überlegte kurz und nickte dann. Doch schon bei der Rührschüssel, die viel zu klein war, wurde Robert bewusst, dass sie dazu gar nicht in der Lage war. Ihm blieb nichts weiter übrig, als mit Frau Hermann einen Teig einzurühren. Als der Kuchen im Ofen war, klopfte es an der Tür. „Frau Möhring stand mit ihrem Stock davor. „Haben Sie meine Sachen mitgebracht?" Sie hielt das Portmonee bereit. Robert nannte ihr die Summe, die sie auf den Cent genau bezahlte und brachte den Einkauf in ihre

Wohnung. Frau Möhring bedankte sich und fügte freundlicher hinzu: „Frau Hermann hat eine Tochter, Carola. Die wohnt in Bayern, ist geschieden und hat zwei Kinder. Die hat mit sich zu tun. Ach, und ich bekomme noch 24,20 Euro von Frau Hermann." Sie hielt die Hand auf.

Robert gab ihr 25 Euro von dem abgehobenen Geld. Gedanklich war er aber bei der Information, die er gerade erhalten hatte. Die Tochter, das war die Lösung. Er würde die Tochter anrufen. Sie muss sich um ihre Mutter kümmern. Robert ging zurück. Frau Hermann war gerade dabei, den Backofen zu öffnen. „Nein, nein, der braucht noch eine halbe Stunde. Setzen Sie sich ins Wohnzimmer. Ich passe auf." Im Flur auf einem kleinen Schrank befand sich das Telefon. Wie erwartet war die Nummer der Tochter eingespeichert. Am anderen Ende meldete sich eine Kinderstimme und kurz darauf eine Carola Färber. Robert erklärte ihr die Situation. Er hörte wie die Frau stöhnte: „Auch das noch. Was machen wir jetzt? Dass es so schlimm ist, habe ich nicht gewusst. Ihre Oma hat doch bestätigt, dass Mutti noch alleine klarkommt. Geben Sie mir mal meine Mutter."

Robert brachte das Telefon ins Wohnzimmer. „Ihre Tochter, Frau Hermann", sagte er laut. Er war überrascht, als Frau Hermann sehr lebendig sagte: „Ach Carola, schön, dass du anrufst. Ja, mir geht es gut. Ich habe gerade einen Kuchen gebacken. Der junge Mann hat mir geholfen."

Robert glaubte seinen Ohren nicht zu trauen. Das klang so normal. Er kam sich wie ein Lügner vor und war richtig erleichtert, als Frau Hermann zu ihrer Tochter sagte: „Ich dachte, du kommst gleich vorbei. Aber du hast ja keine Zeit, vielleicht geht es morgen. Ich muss mich jetzt um den Kuchen kümmern." Sie legte das Telefon auf den Tisch, erhob sich aus ihrem Sessel und schlurfte zurück in die Küche. Robert griff nach dem Telefon und sagte schnell: „Sie kann nicht mehr alleine bleiben. Sie müssen was unternehmen."

„Ich kann hier nicht weg, muss arbeiten. Bitte kümmern Sie sich um meine Mutter, ich bezahl Sie auch."

„Es geht doch nicht um Bezahlung. Ich habe wirklich keine Zeit, außerdem muss ich meine Oma versorgen. Sie braucht auch Hilfe.“

„Das ist alles zu viel“, schluchzte die Frau und sagte dann: „Okay, ich kontaktiere die Pflegeheime dort und hier. Aber solange müssen Sie sich kümmern, bitte.“

Robert stimmte widerwillig zu.

Der Kuchen war noch warm, als Robert ihn anschnitt, aber das war egal. Dann machte er Frau Hermann noch zwei belegte Brote, füllte ein Glas mit Wasser und stellte alles ins Wohnzimmer. Frau Hermann platzierte er in einen Sessel. Er wollte jetzt endlich nach Hause.

Als Robert die Treppe herunter kam, stand wieder die Wohnungstür bei Westphals auf.

Tom rief: „Willst du mit uns Spaghetti essen? Sind gleich fertig." Bei dem Wort Spaghetti wurde Robert schwach. Jetzt merkte er auch, wie hungrig er war. Außerdem brauchte er dann für sich nicht zu kochen. Noch ehe er zu Ende gedacht hatte, rief er: „Oh, sehr gern!"

Die Wohnung von Westphals war viel moderner. Statt der schmalen Küche war hier die Wand zum Nachbarraum herausgenommen worden, so dass ein offener Wohn- und Essbereich entstanden war. Der Esstisch befand sich am Durchbruch zur Küche. Eine kleine Eckcouch füllte den vorderen Teil zusammen mit Fernsehschrank und Fernseher. Es gab nur wenige Möbelstücke, damit sich Tom mit seinem Rollstuhl gut bewegen konnte.

Die Kinder deckten den Tisch und verteilten gerade Löffel und Gabeln. „Setz dich!", forderte Tom seinen Gast auf.

„Das ist ja toll gelöst mit der offenen Küche", sagte Robert begeistert.

„Ich hätte sonst keine Chance gehabt, in die Küche zu kommen", erklärte Tom. „Diese Wohnung hier ist ein Glücksfall. Die Wohnungsgesellschaft hat sie behindertengerecht umgebaut. Nach meinem Unfall vor drei Jahren, mussten wir aus der alten Wohnung ausziehen. Da hat man uns diese angeboten. Es fehlt leider ein Arbeitszimmer. Wir haben aber das ehemalige Wohnzimmer geteilt in Arbeits- und Schlafbereich. Damit geht es. Jedes Kind hat sein eigenes Zimmer. Und dieser Raum als Familienzimmer ist groß genug."

„Clever gelöst und durch die Öffnung modern. Meine Eltern haben auch eine offene Wohnküche. Dadurch haben meine Schwester und ich nebenbei kochen gelernt", erzählte Robert.

„Hast du Frau Hermann versorgt?", fragte Tom beim Essen.

„Wir haben Kuchen gebacken und ich habe ihr Schnitten gemacht. Die Frau schien ziemlich ausgehungert zu sein. Ich hoffe, dass sie nun endlich Ruhe gibt und nicht mehr die Sachen aus dem Kühlschrank wirft. Frau Möhring hat mich darauf gebracht, ihre Tochter anzurufen. Sie will sich um einen Heimplatz kümmern. Solange werde ich wohl hier nach dem Rechten sehen müssen" sagte er mit einem tiefen Seufzer. „Ach übrigens, meine Oma hat mich beauftragt, Geld für Frau Hermann zu holen. Frau Möhring habe ich bezahlt, aber ich habe kein gutes Gefühl, wenn ich ihr das Geld ins Portmonee stopfe. Wer weiß, was sie damit anstellt. Genauso geht's mir mit der EC-Karte, die mir meine Oma aufgedrängt hat."

„Das solltest du mit ihrer Tochter besprechen", schlug Tom vor.

„Ja, klar. Wieso bin ich nicht gleich darauf gekommen?" Er schüttelte leicht den Kopf und schob sich dann eine große Portion Spaghetti in den Mund.

Tom sagte kauend: „Was Frau Hermann angeht, wir sind ja auch noch da. Meine Frau hat diese Woche Spätschicht. Sie ist Filialleiterin im Supermarkt. Und durch Corona und diese Hamsterkäufe muss sie ständig länger bleiben."

„Ihr habt sicher mit euch zu tun", meinte Robert mitfühlend.

„Wir kommen klar", antwortete Tom und nickte seinen Kindern zu.

Tim rief freudig: „Ab Montag dürfen wir zu Hause bleiben, hat Papa gesagt."

„Dürfen ist gut", murmelte Tom. Robert sah an seinem Gesicht, dass er sich nicht darauf freute. „Wenn ich nicht von zu Hause arbeiten könnte, würde es gar nicht gehen. Die Regierung lässt sich tolle Maßnahmen einfallen und wir müssen sehen, wie wir sie umsetzen."

Robert hatte es noch nicht mitbekommen und fragte nach: „Werden etwa wegen dem Corona-Virus die Kindergärten geschlossen?"

„Und die Schulen … Hörst du keine Nachrichten?"

„Bin nicht auf dem neusten Stand."

Tim und Anna brachten ihre Teller zur Spüle und verzogen sich in die Kinderzimmer.

Robert traute sich nun die Frage zu stellen, die ihn beschäftigte: „Wie ist der Unfall passiert, Tom?"

„Bin mit dem Motorrad aus der Kurve geflogen." Er schwieg einen Moment. „Von einem Tag auf den anderen war alles anders. Krankenhaus, schwere OP, Reha, das volle Programm. Es war eine harte Zeit für uns und besonders für meine Frau. Aber ich glaube, wir haben es nun geschafft. Ich bin einfach froh, dass ich das überlebt habe. Weißt du, ich war kurz davor, die Welt zu verlassen. Habe schon das Licht gesehen, von dem die Leute mit Nah-Tod-Erfahrung immer mal berichten.

„Du hattest ein Nah-Tod-Erlebnis?", fragte Robert interessiert.

„Ja, ich war schon im Tunnel und meine Großmutter wollte mich abholen. Meine Frau und meine Kinder haben mich gerufen. Da hat meine Oma gesagt: *Du musst dich jetzt entscheiden, mitkommen oder bleiben.* Ich habe mich für das Bleiben entschieden. Frag mich jetzt nicht, ob ich diese Entscheidung bereut habe."

„So gesund und glücklich wie du wirkst, hast du es nicht bereut", antwortete Robert für ihn.

„Manchmal war ich nah dran. Wenn du im dritten Stock eines Altbaus wohnst und nicht mehr aus deiner Wohnung kommst." Er winkte ab. „Aber das ist Vergangenheit. Mit dieser Wohnung ist vieles einfacher geworden."

„Und du hast das Licht wirklich gesehen?", hakte Robert noch einmal nach. Tom nickte. „Wie hat sich das angefühlt?"

„Unglaublich warm. Man möchte eigentlich nicht mehr zurück. Aber die Sehnsucht nach meiner Familie war doch stärker."

Robert sagte nachdenklich: „Seltsam, ich hatte zwar kein Nah-Tod-Erlebnis, aber einen besonderen Traum, der eine Botschaft enthielt. Ich soll das Licht suchen. Ob damit dasselbe Licht gemeint ist, dass du schon gesehen hast?"

„Ich weiß nicht, ob man das suchen, ob man es im Hier und Jetzt finden kann. Ich weiß nur, dass ich seit diesem Erlebnis keine Angst mehr vor dem Tod habe. Und gleichzeitig ist das

Leben für mich wertvoller geworden, so dass ich bewusster und intensiver lebe."

„Also denkst du jetzt, dass der Tod eine Art Übergang ins nächste Leben ist?", fragte Robert vorsichtig.

„Ja, im Prinzip schon. Ich habe die Gewissheit, dass nach diesem Leben noch etwas kommt, dass wir nicht ausgelöscht sind."

„Mein Großvater hat gesagt: *Robert, wir sind erschaffen, um ewig zu leben, aber die Voraussetzung dafür ist, im Licht zu leben. Es wird Zeit, du musst das Licht suchen und es aufnehmen! Ohne Licht verfehlt der Mensch sein Lebensziel. Das Licht löscht die Aggressionen im Herzen und macht Frieden erst möglich. Suche, Robert, für dich, für die Familie und für die Menschheit!"*

„Licht löscht die Aggressionen im Herzen ...", wiederholte Tom nachdenklich. „Das kann ich mir sogar vorstellen, denn das Licht, das ich erlebt habe, hat mich verwandelt, meine Einstellungen zum Leben verändert und geholfen, das Ding hier zu akzeptieren." Er zeigte auf den Rollstuhl. „Aber ich wüsste nicht, wo ich hier dieses Licht suchen soll."

„Genau so geht es mir", sagte Robert. Sein Handy klingelte. Das Krankenhaus. Es war Schwester Kerstin: „Robert, ich habe keine guten Nachrichten für dich. Deine Oma hatte einen Schlaganfall. Sie liegt jetzt auf der ITS. Sie hatte großes Glück, dass sie im Krankenhaus war und gleich versorgt werden konnte. Und selbst in dieser Situation hat sie mir noch undeutlich zu verstehen gegeben, du sollst dich um eine Frau *Ermann* oder so kümmern."

„Hermann, heißt die Dame und das ist typisch für meine Oma, dass sie nur an andere denkt", sagte Robert leicht verärgert. „Wie schlimm ist es? Kann ich sie besuchen?"

„Das geht nicht und schon gar nicht auf der Intensivstation." Robert akzeptierte es. Er fühlte sich plötzlich erschöpft. „Kann ich mit ihr telefonieren?", fiel ihm noch ein.

„Vielleicht tut es ihr gut, wenn sie deine Stimme hört, aber du darfst keine Antwort erwarten. Sie ist halbseitig gelähmt, das Sprachzentrum ist betroffen. Du kennst dich ja aus."

„Dann besser nicht telefonieren. Es könnte sie zu sehr aufregen, wenn sie etwas sagen möchte und nicht kann", entschied er.

„Ja, könnte sein."

„Danke Kerstin. Kannst du mich auf dem Laufenden halten? Und sag ihr, ich kümmere mich um Frau Hermann, vielleicht baut sie das wieder auf."

Robert beendete das Telefonat und atmete schwer.

Tom sagte: „Ich hab's mitbekommen, deine Oma."

„Sie hatte einen Schlaganfall, ausgerechnet jetzt." Seine Gedanken überschlugen sich. Was war als Nächstes zu tun? Für einen Moment war sein Kopf wie leer gepustet. „Ich muss nach Hause, Hund und Katze versorgen", fiel ihm plötzlich ein. Robert sah auf den Schlüssel in seiner Hand. „Kann ich dir den Wohnungsschlüssel von Frau Hermann hierlassen? Ich weiß, du kommst die Treppe nicht hinauf, aber vielleicht könnte im Notfall ein anderer nach ihr sehen."

„Ja, lass ihn hier. Ich bin da. Falls es da oben kracht und knallt, rufe ich dich an."

„Ich hoffe, du rufst mich nicht an", sagte er mit einem schiefen Lächeln und nannte ihm seine Handynummer. „Ich komme morgen früh vorbei und mache Frühstück für sie. Danke für das Essen."

Die neue Situation

Die Sonne war untergegangen und der Himmel leuchtete in einem kräftigen Rosa, als Robert zu einem Spaziergang mit dem Hund aufbrach. Die Bewegung half ihm, die Gedanken zu ordnen. Seine Eltern waren im Urlaub. Wahrscheinlich sind sie gerade im Hotel angekommen.
Wenn ich jetzt die Nachricht schreibe – OMA HATTE EINEN SCHLAGANFALL – dann würde Mutti den nächsten Flieger nehmen und zurückkommen. Aber was soll sie hier? Das Krankhaus ist für Besucher gesperrt. Anderseits könnte Oma ja auch sterben. Bei diesem Gedanken zuckte er zusammen. Oma war doch erst siebenundsiebzig.
Robert hatte in seiner dreijährigen Ausbildung als Krankenpfleger etliche Patienten betreut, die zunächst stabil waren und dann doch verstorben sind. Wenn er sich wenigstens selbst ein Bild von ihrem Zustand machen könnte.
Eine Nachricht ging ein. Er sah auf sein Smartphon.
WIR SIND GUT IM HOTEL ANGEKOMMEN. HAT ETWAS LÄNGER GEDAUERT. MUSSTEN FIEBER MESSEN WEGEN CORONA. MELDEN UNS JETZT BEI DER TAUCHBASIS AN: IST OMA ZU HAUSE?
LG, MUTTI.
Was sollte er darauf antworten? Robert beschloss nach Hause zu gehen und seine Schwester anzurufen. Er musste die Situation mit jemandem aus der Familie besprechen.
Clara meldete sich erst beim dritten Versuch. Aber statt einem *Hallo* und *Wie geht's?* plapperte sie los: „Du glaubst gar nicht, was wir hier erleben. Die sperren alles ab. Wir dürfen nicht mehr raus. Ich sitze hier fest. Unser Projekt ist auch gestoppt."
„Weshalb denn?"
„Siehst du keine Nachrichten? Das Virus hat bei uns massiv zugeschlagen. Die Grenzen sind gesperrt. Ich komme nicht weg."
„Wo bist du denn?"
„In meiner Wohnung, wo sonst. Geh mal auf Video."

Kurz darauf sah er seine Schwester und nahm im Hintergrund ein kleines Fenster und einen dunklen Schrank wahr. Es sah düster aus. Doch er ging darauf nicht ein, sondern lenkte zu seinem Problem über. „Mutti und Vati sind nach Ägypten geflogen.“

„Weiß ich doch, das war leichtsinnig. Das Gesundheitssystem in Ägypten ist bestimmt nicht so gut wie …“

„Hör auf“, unterbrach er sofort. „Das kann ich im Moment nicht gebrauchen. Oma hat sich die Hand gebrochen und wurde operiert. Ich wollte sie heute eigentlich abholen. Doch nun kam noch ein Schlaganfall hinzu. Sie liegt auf der Intensivstation. Das Sprachzentrum ist betroffen. Als wenn das nicht schlimm genug wäre, habe ich gerade mitbekommen, dass Oma eine demenzkranke Frau betreut. Nun hat sie mir diese Aufgabe übertragen. Wie es aussieht war Ilse Seefeld mal wieder zu hilfsbereit, hat die Krankheit von Frau Hermann völlig unterschätzt. Ich war vorhin da, um nach ihr zu sehen. Es war die absolute Katastrophe. Der Inhalt des Kühlschranks lag auf dem Boden.“

Robert stöhnte laut bei dem Gedanken an das Chaos und erzählte die Einzelheiten. Clara verzog mehrmals das Gesicht und sagte schließlich. „Das ist schlimm, die Frau muss ins Heim oder du musst dich wenigstens um einen Pflegedienst kümmern. Aber noch wichtiger wäre, dass du Oma im Krankenhaus besuchst. Für Oma ist Besuch wie Wasser für eine Pflanze. Die stirbt uns sonst an Einsamkeit. Du kennst doch Schleichwege und hast Beziehungen.“

„Das ist sechs Jahre her. Außerdem haben sie gerade das Krankhaus für Besucher gesperrt, wegen Infektionsgefahr.“ Robert fuhr sich mit den Händen über das Gesicht. „Was machen wir mit unseren Eltern, informieren oder noch verschweigen?“

Clara machte eine besonders lange Pause, für ihre Verhältnisse zu lang. Robert wartete ungeduldig.

Schließlich sagte sie: „Ich bin für abwarten, bis du Omas Zustand kennst. Vielleicht müssen Mutti und Vati sowieso zurückkommen. Die Flughäfen werden doch auch geschlossen."

„Was?"

„Schalte endlich mal den Fernseher ein", sagte Clara genervt.

„Ich versuche nebenbei meine Arbeit zu schreiben und lerne für meine letzte Prüfung." Etwas leiser fügte er hinzu: „Ich bin zum zweiten Mal durchgerauscht."

„Oh, Scheibenkleister. Da wird sich Vati aber freuen, wenn er das erfährt."

„Er weiß es schon. Ist mir so herausgerutscht, als sie mir die Liste mit den Aufgaben vorgelegt haben", erklärte Robert trocken.

„Ein Glück, dass du schon einen Beruf hast. Und wie es aussieht, bist du mitten im alten Job." Sie lachte und entschuldigte sich sofort.

„Sehr witzig", kommentierte er.

„Tut mir leid, dass ich dir nichts abnehmen kann."

Robert überlegte kurz, ob er Clara von seinem Traum erzählen sollte, entschied sich aber dagegen. Es gab genug aktuelle Probleme. Da war ein Traum doch nicht so wichtig.

„Falls Mutti nachfragt, wegen Oma, sagst du wahrheitsgemäß, dass sie noch im Krankenhaus ist. Blutwerte stimmen nicht", fasste Clara resolut zusammen und winkte zum Abschied in die Kamera.

Nach dem Gespräch schaltete Robert den Fernseher ein. Der Nachrichtensprecher verkündete grade:

„Ab Montag sind die Schulen und KiTas geschlossen. Die Kanzlerin ruft die Bürger auf, zu Hause zu bleiben."

„Würde ich gerne machen", sagte Robert zum Fernseher.

Er setzte sich in den Sessel, wollte die Sonderberichterstattung hören, doch er schlief dabei ein.

Samstag 14. März

Aktuelle Meldung:
Im Kampf gegen die Ausbreitung des Coronavirus hat Spanien den Notstand ausgerufen.
Landesweit soll eine fünfzehntägige Ausgangssperre herrschen, teilte die Regierung in Madrid mit.
Die Zahl der Corona-Infizierten steigt weiter. In Deutschland liegt sie aktuell bei 4.174.

Die Entdeckung

Als Robert gegen sieben Uhr erwachte, musste er erst sortieren, ob Frau Hermann ein Traum oder Wirklichkeit war. Dann erinnerte er sich an seine Aufgaben und sprang aus dem Bett.
Eilig duschte er, machte sich Frühstück und hörte dabei Nachrichten. Das Thema Corona war präsent, aber von Ägypten war keine Rede. Der Empfehlung der Kanzlerin zu Hause zu bleiben, konnte er leider nicht folgen. Der Hund zerrte schon an seiner Leine. Robert schob den letzten Bissen von seinem Toastbrot in den Mund und griff nach den Schlüsseln. Er zog sich seine Lederjacke über und machte sich auf den Weg zum Haus seiner Großmutter. Unterwegs ärgerte er sich, dass er seinen Schal vergessen hatte, denn die Temperaturen waren merklich kühler als am Vortag. Die Sonne bahnte sich nur langsam einen Weg durch die Wolkendecke. Laut Wetterbericht war der März bisher zu trocken und zu warm gewesen.
Robert band den Hund am Pfosten des Gartenzaunes fest, denn Katze Minna und Rolli konnten sich nicht leiden. Er schloss die Haustür auf und erwartete Minna im Flur. Doch das Körbchen unter der Treppe war leer. Robert rief sie, aber sie kam nicht. „Habe ich sie etwa eingesperrt?", fragte er sich laut und öffnete die Küchentür auf der linken Seite und die Wohnzimmertür gegenüber. Auch hier war sie nicht. Er ging den Flur entlang und betrat den hinteren Raum, das

Arbeitszimmer. Dort war er seit dem letzten Gespräch mit seinem Großvater nicht mehr gewesen. Der vertraute Geruch von alten Büchern kam ihm entgegen und erinnerte ihn an ein Antiquariat. Robert öffnete das Fenster weit. Von hier aus konnte man in den kleinen Garten sehen, der immer gepflegt wirkte. Das war Ilses Reich. Sein Großvater war ein Stubenhocker gewesen. Er hatte die meiste Zeit mit Büchern verbracht. Die Erinnerung kam zurück. Vera hatte einmal den Vorschlag gemacht, Wohnzimmer und Arbeitszimmer zu tauschen, weil der Platz für die Bücher nicht mehr ausreichte. Dagegen hatte Ilse heftig protestiert. Auf den zweiten Vorschlag, endlich mal alte Bücher zu entsorgen, war sein Opa explodiert. „Weißt du eigentlich wie viel Arbeit es macht, ein Buch zu schreiben? Ich pflüge ja deinen Garten auch nicht einfach um, weil die Pflanzen schon ein paar Jahre stehen."

Ja, Günter Seefeld war ein Büchernarr, dachte Robert, als er die zweireihig vollgepackten Bücherregale betrachtete. Vorwiegend hatte er Geschichtsbücher gesammelt, sogar in Sprachen, die er nicht lesen konnte. Darüber pflegte Ilse ihre Witze zu machen: „Wenn du erst portugiesisch, chinesisch und japanisch kannst, dann darfst du mir etwas vorlesen."

In der letzten Zeit waren seine Großeltern nach Aussage von seiner Mutter immer mehr aneinandergeraten. Vera bezeichnete es als Altersstarrsinn.

Jetzt fiel Robert auf, dass frische Blumen auf dem Schreibtisch standen. Neben der Vase war ein Bild des Großvaters aufgestellt. Ein Stapel Bücher lag daneben. Es wirkte so, als wäre der Opa nur mal schnell zum Einkaufen gegangen und würde danach weiter arbeiten. Robert kam zu dem Schluss, dass Ilse diesen Raum wie ein Museum behandelte. Sie hatte weder die Bücherregale aufgeräumt noch den Schreibtisch. Robert fühlte sich magnetisch von dem ledernen Schreibtischstuhl angezogen. Er setzte sich und sofort kam die Erinnerung an das letzte Gespräch mit seinem Großvater zurück. Robert war damals als Soldat auf Kurzurlaub zu Hause gewesen. Vera hatte ihn geschickt, Marmeladengläser abzuholen. Großvater rief ihn zu sich ins Arbeitszimmer und forderte ihn auf, im Sessel Platz zu nehmen. Robert sah die Szene vor sich. Er hatte später oft genug bereut, dass er sich an diesem Tag nicht mehr Zeit genommen hatte.

Opa Günter saß hinter dem Schreibtisch, ein aufgeschlagenes Buch vor sich. Er richtete sich auf und nahm die Lesebrille ab. Leicht kopfschüttelnd sagte er: „Da habe ich mich ein Leben lang mit Geschichte beschäftigt. Und am Ende meines Lebens komme ich zu dem Schluss: Die Geschichte muss neu geschrieben werden. Es hat ein Ereignis gegeben, dem wir unsere sprunghafte Entwicklung zu verdanken haben. Die meisten Menschen haben davon keine Notiz genommen. 1844 war ein entscheidendes Datum."

Robert wusste noch, wie er ungeduldig auf seinem Platz herumgerutscht war. Über Marx und Engels zu sprechen – er war sich sicher, dass sein Großvater jetzt darüber referieren würde – dazu hatte er keine Lust und auch keine Zeit. Er wollte mit einem Freund zum Motorradrennen. Doch das konnte er seinem Großvater nicht sagen. Also erfand er eine Ausrede, eine Lüge. Er müsse zurück zum Dienst. Drei Tage danach erfuhr er, dass Günter Seefeld an einem Herzinfarkt in seinem Sessel verstorben war.

Neben ihm miaute Minna und holte ihn in die Gegenwart zurück. „Da bist du ja endlich. Wo hast du denn gesteckt?" Er streichelte ihr den Kopf, ging zurück in den Flur und füllte den Napf mit Katzenfutter. Anschließend säuberte er die Katzentoilette. Dann ging er zurück, um das Fenster zu schließen. Dabei sah er sich noch einmal im Zimmer um. Der Raum mit seinen dunklen Möbeln und dem weinroten Teppich hatte schon immer etwas Geheimnisvolles an sich. Sein Blick fiel auf die Pinnwand, die sich neben der Tür befand und gut zwei Meter hoch und zwei Meter breit war. Hier fand immer sein Geschichtsunterricht statt. Großvater hatte an dieser Wand besondere Ereignisse aufleben lassen, den dreißigjährigen Krieg, den Pyramidenbau in Ägypten, die Reformation, die Weltkriege. Er benutzte kleine Zettel, auf denen er wichtige Daten vermerkte, kopierte Abbildungen,

Diagramme und Fotos und ordnete alles zeitlich so an, dass
man die Ereignisse verfolgen konnte. Er schaffte es, das Ver-
gangene zum Leben zu erwecken.
Robert konnte sich nicht erinnern, dass diese Pinnwand je-
mals völlig leer war. Aber nun war sie es. Vielleicht hatte
Ilse die Zettel abgenommen, vielleicht war es das einzige,
das sie in diesem Zimmer in Ordnung gebracht hatte.
Robert öffnete die mittlere Schublade des Schreibtisches,
einfach so und fand tatsächlich lose Zettel darin, sehr viele
Zettel. Er griff nach dem obersten und las:
**Neues Leben durchpulst in dieser Zeit alle Völker der
Erde, und doch hat niemand seine Ursache entdeckt und
seine Triebfeder erkannt.**
Wieder dachte er an seine letzte Begegnung. Welches Ereignis sollte das sein, dem wir unseren Fortschritt zu verdanken
haben? Er legte den Zettel zurück und griff nach einem wei-
teren:
**Befasst euch gründlich mit den Nöten der Zeit, in der ihr
lebt, und legt den Schwerpunkt eurer Überlegungen auf
ihre Bedürfnisse.**
Diese Aussage war nicht nur eine allgemeine Aufforderung,
sondern erinnerte ihn an seinen zweiten Traum, in dem sein
Großvater ihm riet, den Menschen einen Dienst zu erweisen.
Gaben die Nöte der Zeit die Aufgaben, oder den Dienst vor?,
fragte er sich.
Und wieder griff er ins Fach: **Seht indessen, wie der
Mensch dieses Licht missachtet! Er schreitet noch immer
auf seinem Weg der Finsternis weiter, und noch immer
sehen wir Uneinigkeit, Zank und wilde Kriege.**
Robert fühlte einen Stromstoß durch sich hindurchfließen.
Der Mensch missachtet *das Licht.* Mein Traum! Ob er in die-
sem Stapel Zettel eine Antwort auf die Bedeutung seines
Traumes finden würde? Am liebsten hätte er das Schubfach
ausgeleert und alle Zettel an die Pinnwand geheftet.
Doch der Hund bellte draußen und Minna miaute neben ihm.
Robert ließ die Katze in den Garten, verschloss Hintertür und
Haustür und ging mit dem Hund um das Haus in Richtung

Park. Unterwegs dachte er über die Texte nach. Welches neue Leben ist gemeint? Welches Licht missachtet der Mensch? Was sind die Nöte der Zeit? Er fand keine Antwort darauf. Doch hatte er das Gefühl, dass diese Aussagen etwas mit seinem Traum zu tun hatten.

Er war kaum zu Hause, als das Telefon klingelte. Schwester Kerstin: „Ich wollte dir Bescheid geben, dass der Gesundheitszustand deiner Oma stabil ist. Sie liegt noch zur Überwachung auf der ITS. Ich habe ihr gesagt, dass wir in Verbindung stehen. Ihre ganze Sorge gilt Frau Hermann."

„Bin auf dem Weg zu ihr. Kerstin, ich muss Oma besuchen. Ich könnte durch den Hintereingang …"

„Keine gute Idee, ich bekomme richtig Ärger, wenn ich dich reinlasse."

„Verstehe, aber meine Oma braucht Besuch, noch dazu, wenn es so kritisch ist. Es würde ihre Genesung fördern. Wenn ich mit Maske und Handschuhen …?"

„Hier auf der ITS liegen zwei Patienten mit Corona, deshalb die strengsten Sicherheitsvorkehrungen. Es geht wirklich nicht, Robert, tut mir leid."

Er stöhnte. „Okay."

„Du kannst dir nicht vorstellen, welche Angst hier herrscht. Ich bin jetzt auf der ITS eingesetzt worden. Es fehlt an Personal. Mach dir keine Sorgen, ich sehe öfter nach deiner Oma und rufe dich an."

„Danke Kerstin."

Unerlaubter Besuch

Roberts Besorgnis stieg. Oma Ilse hatte einen Schlaganfall und lag auf der ITS zusammen mit Corona-Patienten. Natürlich lagen sie nicht im selben Zimmer. Aber die Gefahr der Ansteckung war trotzdem gegeben. Er beschloss, den Tag abzuwarten und sich zunächst um Frau Hermann zu kümmern.

Tom gab ihm den Schlüssel und berichtete, dass er nichts Auffälliges gehört hätte.

Robert lief die Treppe hoch, klingelte an der Wohnungstür und steckte gleichzeitig den Schlüssel ins Schloss. Er war mehr als überrascht, als Frau Hermann selbst die Tür öffnete. Sie sah heute richtig gepflegt aus. Ihre Haare waren gekämmt und sie trug einen bunten Pullover und eine Jogginghose.

„Guten Morgen, Frau Hermann", sagte Robert freundlich.

„Wer sind Sie?", fragte sie verwundert.

Robert verzichtete darauf, ihr zu sagen, dass er gestern schon da gewesen war, sondern spulte den gewohnten Satz ab: „Ich bin Robert Schumann, Ilses Enkel. Sie hat mich gebeten, nach Ihnen zu sehen."

„Warum kommt sie denn nicht selbst? Ich warte auf sie", sagte sie ärgerlich.

Oh nein, dachte Robert. Sie weiß anscheinend gar nichts mehr. „Meine Oma hat sich das Handgelenk gebrochen und liegt im Krankenhaus."

„Ach, das ist ja furchtbar. Wie ist denn das passiert? Kommen Sie rein!"

Robert wurde ins Wohnzimmer geführt. Der Raum wirkte aufgeräumt. Der Fernseher lief. Frau Hermann hatte offensichtlich hier gefrühstückt. Das Geschirr stand noch auf dem Tisch.

Robert setzte sich in einen Sessel. „Ja, Oma ist kurz vor der Sparkasse gestolpert. Sie hat mir erzählt, dass sie für Sie Geld abheben wollte."

Die Frau schlug die Hand vor den Mund. „Ausgerechnet, als sie für mich unterwegs war. Ich werde sie im Krankenhaus besuchen."

„Geht leider nicht, das Krankenhaus ist für Besucher gesperrt, Infektionsgefahr."

„Was denn für eine Infektion?"

In diesem Moment begannen die Nachrichten im Fernsehen: *„Das neuartige Coronavirus breitet sich im Norden weiter aus ...*

Dänemark hat die Grenzen geschlossen. Die Türkei stoppt die Einreise aus neun Ländern – auch aus Deutschland ..."

Frau Hermann nahm die Fernbedienung und schaltete um.

„Die Zahl der Infizierten hat sich in Sachsen-Anhalt auf 44 erhöht ... Die Kliniken im Land reagieren auf die Ausbreitung des Virus, indem Krankenhäuser und Altenheime ihre Besuchszeiten einschränken oder Besuche ganz verbieten ..."

Frau Hermann stellte den Fernseher aus und sagt verwirrt: „Was sind denn das für Nachrichten? Wo soll denn dieses Virus herkommen?"

„Soweit ich das mitbekommen habe, ist es zunächst in China ausgebrochen, jetzt wütet es in Italien. Über die Ski-Urlauber ist es nach Deutschland gekommen."

Sie schüttelte den Kopf. „Was es alles gibt. Ich muss mich jetzt ausruhen und dann gehe ich einkaufen", sagt sie verträumt.

„Ich habe gestern für Sie eingekauft, ihr Kühlschrank war leer. Sie wollten Kuchen backen, für Ihre Tochter."

„Das ist doch Unsinn. Meine Tochter lebt in Bayern. Habe ich den Kuchen da in der Küche gebacken? Ich habe mich gewundert, wo der herkommt."

„Ja, ich habe ein bisschen geholfen", versuchte Robert, die Sache herunterzuspielen.

„Kann mich gar nicht erinnern", sagte sie stirnrunzelnd.

„Sie waren wohl ...", Robert suchte nach dem passenden Ausdruck, „... etwas müde. Kann ich noch etwas für Sie tun?"

„Nein, nein danke, ich muss mich jetzt ausruhen.“ Sie machte eine Handbewegung, die Robert zum Gehen aufforderte. Kurz fiel ihm ein, dass er noch ihre Karte und die dreihundertfünfundsiebzig Euro hatte. Auch wollte er ihr noch sagen, dass ihre Schulden bezahlt sind und er den Einkauf mit ihrer Karte bezahlt hatte, doch da klingelte sein Handy. Frau Hermann zuckte zusammen und gab ihm noch einmal zu verstehen, dass er endlich gehen solle. Deshalb beeilte sich Robert, die Wohnung zu verlassen. Er war beruhigt, dass die Frau wieder bei Sinnen war. Es war wohl doch nicht so schlimm, wie er vermutet hatte.

Vera war am anderen Ende der Leitung. „Robert, ich will dir nur sagen, dass wir gut angekommen sind.“

„Das hast du schon geschrieben, Mutti“, sagte er leicht verärgert.

„Ja, ich wollte ein bisschen schwärmen. Die Wärme tut so gut. Endlich Urlaub.“ Sie seufzte. „Da wir schon ein paar Mal hier waren, fühlen wir uns sofort heimisch. Das Zimmer hat Meerblick, zum Glück. Man wollte uns erst ein anderes Zimmer geben. Aber das Personal kennt uns ja schon und behandelt uns wie alte Bekannte. Es hat doch Vorteile, an den gleichen Ort zurückzukehren. Ist bei euch alles in Ordnung?“, fragte sie der Form halber. Es klang nicht nach wirklichem Interesse.

Robert überlegte noch einmal, ob er den Schlaganfall erwähnen sollte. Seine Mutter machte gerade einen glücklichen Eindruck. Deshalb sagte er locker: „Schaltet endlich ab und macht Urlaub!“ Schnell drückte er die Taste mit dem roten Hörer, um keine weiteren Fragen beantworten zu müssen.

Wieder klingelte es, Schwester Kerstin. „Komm zum Hintereingang des Westflügels, sofort!“, flüsterte sie ins Telefon. „Hier ist gerade Krisensitzung. Deine Oma fragt nach dir. Ich schleuse dich rein.“ Robert hatte keine Zeit mehr, bei Tom zu klingeln, sondern stürzte zu seinem Auto.

Zehn Minuten später nahm ihn Schwester Kerstin an der Hintertür in Empfang. „Gib mir deine Jacke, zieh den Kittel über, hier Mundschutz und Handschuhe!“

Robert spürte ihre Nervosität und war sich im Klaren darüber, dass Kerstin mit dieser Aktion ihren Arbeitsplatz riskierte. Sie sah sich hektisch um, obwohl der Flur leer war. Dann flüsterte sie: „Patienten würden dich für einen Arzt halten, deshalb die Kleidung. Die andere Schwester auf der ITS weiß Bescheid. Wir machen das nur, damit deine Oma zur Ruhe kommt."

Robert nickte und folgte ihr in den Aufzug. Als er hielt und die Tür sich öffnete, stieg Kerstin zuerst aus und überprüfte, ob sich jemand draußen aufhielt. „Komm!", sagte sie energisch und nun rannten sie zur ITS. Dort tauschte er den weißen Kittel gegen einen grünen aus, desinfizierte sich gründlich die Hände und ging ins Zimmer seiner Großmutter. Obwohl er in seiner Ausbildung als Krankenpfleger auch eine Zeitlang hier gearbeitet hatte, war er auf diesen Anblick nicht gefasst. Oma Ilse lag wie ein Häufchen Unglück in ihrem Bett, angeschlossen an den Geräten und starrte zur Decke. Das Gesicht war schief. Als sie ihn wahrnahm, liefen die Tränen. Kerstin griff gleich nach einem Zellstoff und tupfte sie ab. Robert trat einen Schritt näher. „Oma, das war aber nicht abgemacht. Ich wollte dich heute mit nach Hause nehmen." Sie schluchzte jetzt laut. Robert tätschelte ihr die verbundene Hand. „Na, das wird schon wieder. Sie haben hier so tolle Geräte und Ärzte und Schwestern, die päppeln dich wieder auf." Er wusste, dass er Unsinn redete, aber es fiel ihm nichts anderes ein. Oma Ilse versuchte zu sprechen. Robert beugte sich über sie. Er konnte sich das Wort denken, es klang jedenfalls so ähnlich wie Käthe. „Streng dich nicht so an. Ich weiß, was du mir sagen willst. Ich soll mich um Käthe Hermann kümmern." Sie nickte kaum merklich. Ich habe gestern für sie eingekauft, ihr Abendbrot gemacht und weil sie unbedingt einen Kuchen backen wollte, haben wir das getan. Ich habe auch mit der Nachbarin gesprochen und die Schulden bezahlt. Heute Morgen war ich wieder bei ihr. Es ging ihr gut, sie hat meine Hilfe nicht gebraucht. Ach und vierhundert Euro habe ich für sie abgehoben. Die habe ich noch im Portmonee. War mir nicht sicher, ob ich ihr das Geld geben kann oder lieber aufbewahren soll. Ich werde ihre Tochter fragen." Robert merkte, wie seine Oma sich entspannte und tiefer in die Kissen sank. „Das hat dir Sorgen gemacht." Wieder liefen Tränen und Kerstin tupfte sie weg. „Ich verspreche dir, ich kümmere mich. Und du versprichst mir, schnell gesund zu werden. Das geht am besten, wenn man sich nicht über alles Mögliche sorgt. Dein Körper muss sich ausruhen. Denke an was Schönes, an deinen Garten! Der Frühling schreitet in diesem Jahr mit großen Schritten voran. Wir haben den wärmsten März seit … seit irgendwann. Du kannst bald säen und pflanzen." Als Nächstes formten ihre Lippen das Wort *Vera*. Robert überlegte kurz, ob sie wollte, dass ihre Tochter den Urlaub abbrechen soll. Doch dann deutete sie ein Kopfschütteln an. „Ich soll Mutti nichts sagen, meinst du das?" Sie nickte. „Okay, wir warten erst mal ab." Kerstin ging unruhig im Zimmer auf und ab und sah durch das Fenster in der Tür, ob jemand kommen würde. Dann hob sie die Hand. „Robert, du musst gehen, die Sitzung ist zu Ende."

Er sagte ganz ruhig: „Oma, ich gehe jetzt, versuche wiederzukommen. Gute Besserung." Er drückte ihre Hand und streichelte ihr kurz die Wange. Dann folgte er Kerstin. Als sie auf dem Flur waren, hörten sie Schritte. Kerstin öffnete eine Tür und schob ihn in die Wäschekammer. Sie wartete bis die Schritte leiser wurden. Dann spähte sie hinaus und zog Robert mit sich. Er tauschte wieder die Kittel und ging den gleichen Weg zurück, den sie gekommen waren. Als der Fahrstuhl hielt, trafen sie auf einen Patienten. Offensichtlich ging der Plan von Kerstin auf, den der Mann sagte: „Herr Doktor, ich wollte Sie etwas fragen."

Weiter kam er nicht, denn Kerstin unterbrach: „Gehen Sie auf Ihr Zimmer, der Doktor kommt gleich." Sie lachten beide leise, als der Mann eilig zu seiner Station lief. An der Tür nahm Kerstin ihm die Sachen ab und sagte erleichtert: „Du hättest ruhig Krankenpfleger bleiben können. Das hast du richtig gut gemacht mit deiner Oma."

„Wenn du mein Energielevel messen könntest, würdest du das nicht mehr sagen. Ich war auf den Anblick nicht gefasst, obwohl ich diese Station kenne."

„Mit den eigenen Angehörigen ist das immer anders." Sie hörten wieder Schritte näherkommen. Kerstin schob ihn durch die Tür nach draußen und schloss sie. Robert stellte sich einen Moment an die Wand, um nicht gesehen zu werden und um sich kurz zu sammeln. Seine Knie waren weich. Es kam ihm vor, als hätte er Gewichte an den Beinen. Der Weg zum Parkplatz kam ihm jetzt doppelt so lang vor. Als er hinter dem Lenkrad saß, atmete er schwer und wäre am liebsten auf der Stelle eingeschlafen. Er besann sich, war nun froh, dass Kerstin ihn diesen Besuch ermöglicht hatte und schickte ihr noch eine Nachricht. Aus Angst, dass sie jemand lesen könnte, schrieb er nur: DANKE FÜR DIE MÖGLICH-KEIT!!!

Dann fuhr er nach Hause. Rolli freute sich, und obwohl er absolut keine Lust hatte, ging er mit dem Hund eine kleine Runde spazieren. Anschließend legte er sich auf die Couch und schlief fest ein.

Unter Verdacht

Das Klingeln an der Haustür weckte ihn. Robert sah auf die Uhr und stellte fest, dass er mindestens zwei Stunden geschlafen hatte. Gähnend öffnete er. Zwei Polizisten, eine Frau und ein Mann in Uniform standen davor. Er war sofort hell wach. „Ist was passiert?", fragte er panisch.
„Das kann man so sagen", antwortete der Mann in einem strengen Tonfall.
Ich bin Fred Hofmann und das ist meine Kollegin Sandra Fischer. Sind Sie Robert Schumann?"
„Ja." Robert sah sofort alle möglichen Szenarien vor sich, Vater beim Tauchen verunglückt, Schwester in Spanien festgenommen.
„Es geht um Käthe Hermann." Fast erleichtert trat er einen Schritt zurück und ließ die Polizisten eintreten. Er führte sie ins große Wohnzimmer und bot ihnen Platz am Esstisch an.
„Es liegt eine Anzeige gegen Sie vor. Frau Hermann hat Anzeige erstattet", sagte Herr Hofmann sachlich.
„Was hat sie? Und weshalb?"
„Sie war bei der Sparkasse und hat ihr Konto sperren lassen. Jemand hat von ihrem Konto Geld abgehoben, vierhundert Euro und einen Einkauf getätigt im Wert von über fünfzig Euro. Sie behauptet, ihre Karte ist ihr gestohlen worden. Sie sind mit dem Schlüssel Ihrer Großmutter in Ihre Wohnung eingedrungen und haben sie bestohlen."
Robert sprang auf und schrie: „Das ist doch völliger Unsinn, ich meine, dass ich in die Wohnung eingedrungen bin und die Karte gestohlen habe." Robert fühlte sich noch so erschöpft, dass es ihm schwerfiel, die Situation zu schildern. Er öffnete sein Portmonee, legte die 375 Euro auf den Tisch und die Sparkassenkarte. „So, die Karte hat mir meine Oma gegeben. Sie sollte für Frau Hermann 400 Euro abheben. Leider ist sie auf dem Weg zur Sparkasse gestürzt, hat sich die Hand gebrochen und musste deshalb operiert werden. Sie ist noch im Krankenhaus. Weil Frau Hermann leicht durcheinander ist, sollte ich nach ihr sehen. Ich fand die Frau im

Sessel im Nachtzeug vor. Sie war völlig ausgehungert. Der Inhalt des Kühlschrankes lag in der Küche verstreut. Ich habe aufgeräumt, ihr etwas zu essen gemacht und für Frau Hermann eingekauft. Anschließend habe ich noch 400 Euro abgehoben. Die Mieterin nebenan teilte mir mit, dass Frau Hermann ihr 25 Euro schuldet. Die habe ich ihr dann gegeben. Deshalb liegen hier nur 375 Euro. Heute Morgen wirkte Frau Hermann normal.“

„Gut, dann kann ja Ihre Oma sicher bestätigen, dass Sie Ihnen die Karte gegeben hat?“, sagte die Polizistin.

„Nein, kann sie nicht“, sagte Robert hastig. „Jetzt jedenfalls nicht. Sie liegt auf der Intensivstation, hatte gestern noch einen Schlaganfall.“

„Welch ein Zufall“, lautete der zynische Kommentar des Polizisten. „Dann kann sie sich vermutlich auch nicht mehr erinnern, dass Sie Ihnen die Karte gegeben hat.“

Robert lief aufgebracht im Zimmer auf und ab. „Jetzt reicht es mir aber. Ich erfinde doch hier keine Märchen.“

Die beiden Beamten sahen sich an und die Polizistin fragte ruhig: „Sie waren doch heute Morgen bei Frau Hermann. Weshalb haben Sie ihr nicht das Geld und die Karte gegeben?“

„Ich war mir nicht sicher, ob das richtig ist. Wollte erst mit ihrer Tochter sprechen. Dann erhielt ich einen Anruf …“ In dem Moment wurde ihm klar, dass er Kerstin in Schwierigkeiten bringen könnte, wenn er die Wahrheit sagen würde.

„Ja, was für einen Anruf?“, fragte die Polizistin hellhörig.

„Meine Eltern machen Urlaub in Ägypten. Sie haben sich gemeldet. Dadurch habe ich das Geld völlig vergessen. Fragen Sie den Nachbarn, Tom Westphal, der im Erdgeschoss wohnt, fragen Sie Frau Möhring nebenan, aber meine Oma lassen sie damit in Ruhe. Kommen Sie ihr nicht mit dem Verdacht, dass ich Frau Hermann beklaut haben könnte. Das würde sie nur unnütz aufregen.“

„Wen wir befragen, das müssen Sie uns überlassen“, sagte der Mann barsch.“

Robert merkte, wie Wut in ihm aufstieg. Er atmete tief durch, blieb am Tisch stehen und sagte möglichst ruhig: „So, nehmen Sie das Geld und die Karte und bringen es Frau Hermann. Dann bin ich diese Aufgabe los. Ich hoffe, Sie kriegen noch mit, dass Frau Hermann Betreuung braucht, dann können Sie sich gleich um einen Heimplatz kümmern." Er fügte spöttisch hinzu: „Die Polizei, dein Freund und Helfer."
„Wir sind nicht der Pflegedienst, Herr Schumann", sagte die Polizistin kühl. „Wir müssen einer Anzeige nachgehen."
„Gut dann tun Sie das. Befragen Sie die Zeugen."
Robert versuchte sich zu beruhigen und sagte sich, dass er es hier mit einer demenzkranken Frau zu tun hatte, die in ihren lichten Momenten sich nicht an das erinnern konnte, was sie angestellt hat. Wieder ärgerte er sich, dass er seiner Oma nichts abschlagen konnte. Der Polizist riss ihn aus seinen Gedanken: „Kommen Sie mit, wir klären das vor Ort."
Robert blieb nichts weiter über. Er stieg in den Polizeiwagen und kam sich jetzt wie ein Verbrecher vor.
Tom öffnete ihnen die Tür. „Ist was passiert?", fragte er verwundert.
„Frau Hermann behauptet, ich hätte sie beklaut", antwortete Robert kopfschüttelnd.
Tom lachte laut.
„Warum lachen Sie?", fragte die Polizistin. „Weil das Unsinn ist. Robert hatte den Auftrag von seiner Oma, Geld abzuheben für Frau Hermann."
„Woher wissen Sie das?"
„Na, von Robert."
„So, so. Können Sie bezeugen, dass Frau Hermann demenzkrank ist?"
„Bezeugen, nein, ich bin doch kein Arzt und ich komme auch nicht die Treppe hinauf, um nach ihr zu sehen."
„Dann sind Sie kein Zeuge", sagte der Polizist.
„Aber ich kann bezeugen, dass Roberts Oma ständig, fast täglich hier war, für Frau Hermann eingekauft und die Post aus dem Briefkasten genommen hat."

„Das beweist noch nicht, dass Frau Hermann durcheinander ist."

Tom sah Robert an und zuckte entschuldigend mit den Achseln. Es tat ihm offensichtlich leid, dass er nicht mehr aussagen konnte. Robert beschlich ein dumpfes Gefühl. Als sie oben waren, klingelte er zunächst bei Frau Möhring. Es dauerte eine Weile bis sie öffnete. Der Polizist stellte sich vor und fragte gleich: „Kennen Sie diesen jungen Mann?"

„Das ist der Enkel von Frau Hermanns Freundin."

„Woher wissen Sie das?"

„Hat er mir gesagt."

„War er denn schon mal mit seiner Oma hier?"

„Weiß ich nicht."

Robert mischte sich ein. „Sie haben mir gesagt, dass Frau Hermann Schulden bei Ihnen hat, aber es abstreitet."

„Nun im Alter wird man vergesslich. Sie haben mir ja das Geld gegeben."

Die Polizistin fragte: „Haben Sie den Eindruck, dass Frau Hermann durcheinander ist?"

„Ich kann das nicht einschätzen. Habe mit mir zu tun. Mir hilft auch keiner, außer, der junge Mann, der hat für mich gestern eingekauft. Das war nett."

Die beiden Polizisten tauschten Blicke aus. Robert wusste, was sie dachten. Und prompt fragte der Mann: „Haben Sie ihm ihre EC-Karte gegeben?"

„Nein, natürlich nicht, ich habe gleich bar bezahlt, ich mache keine Schulden. War es das?" Die Polizisten nickten und schon fiel die Tür ins Schloss. Frau Hermann öffnete nach dem ersten Klingeln und plapperte los: „Da sind Sie ja, und haben den Dieb gleich mitgebracht, ich hoffe auch mein Geld."

„Dürfen wir reinkommen?", fragte die Polizistin.

Sie gingen ins Wohnzimmer. „Erklären Sie Frau Hermann, wie Sie zu dieser Karte und dem Geld gekommen sind."

Robert war verblüfft, wie fit die Frau wirkte, sie ging schnellen Schrittes voraus, bot Platz an und setzte sich in den Sessel. „Na, da bin ich ja gespannt", sagte sie herausfordernd.

Robert begann ganz ruhig: „Ilse Seefeld ist meine Oma. Sie wollte für Sie am Donnerstag Geld abheben – anscheinend haben Sie ihr die Bankkarte gegeben, ansonsten wäre das wohl nicht möglich. Ilse ist auf dem Weg zur Bank gestürzt und hat sich die Hand gebrochen. Als ich sie im Krankenhaus besuchte, bat sie mich, für Sie Geld abzuheben. Sie nannte mir die Geheimzahl. Mir war das erst nicht recht, aber meine Oma flehte mich an, mich um Sie zu kümmern, weil Sie manchmal ein bisschen ...", er suchte nach den passenden Worten, und sagte dann, „weil Sie manchmal etwas durcheinanderbringen."
Frau Hermann sprang auf. „Alles Lüge, ich kann sehr wohl für mich sorgen."
„Ja, sicher können Sie das", beruhigte die Polizistin.
„Frau Hermann, ich habe für Sie eingekauft, weil der Inhalt Ihres Kühlschrankes auf dem Küchenboden lag", versuchte Robert zu erklären. „Sie wollten für Carola Kuchen backen, und es haben Eier gefehlt."
Robert ging zum Mülleimer um die Reste zu zeigen. Doch der Eimer war leer. „Hier ist das Geld, das ich für Sie abgeholt habe, ich habe auch den Einkauf mit Ihrer Karte getätigt und ich habe Frau Möhring die Schulden bezahlt. Es sind jetzt noch 375 Euro übrig und hier ist Ihre Karte. Ich bin sehr froh, dass Sie die Dinge wieder selbst regeln können."
„Moment", unterbrach der Polizist. „Frau Hermann, kennen Sie eine Frau Seefeld?" Die Augen von Frau Hermann flatterten und ihr Blick war leer. „Wer ist das?", fragte sie apathisch. Und im nächsten Moment schrie sie: „Alles Diebe, man kann keinem Menschen mehr trauen. Raus hier!"
„So", begann Robert gelassen und er wunderte sich selbst darüber, „ich habe das Geld für Sie geholt und aufbewahrt, ich wollte es nicht für mich. Hier ist der Schlüssel von Ihrer Wohnung, der bei Ilse im Flur hing. Da liegt die Karte. Passen Sie gut auf alles auf. Meine Hilfe ist hier nicht erwünscht. Alles Gute für Sie, Frau Hermann." Robert wandte sich zum Gehen.
„Das können Sie nicht machen?", rief die Polizistin.

„Was kann ich nicht machen?“
„Die Frau alleine lassen.“
„Ich gehe davon aus, dass Sie sich kümmern, ich bin für Frau Hermann genauso ein Fremder wie Sie.“
„Moment. Wir müssen erst überprüfen, ob Ihre Oma die Karte an sich genommen hat. Vielleicht wollte sie für sich …“
Weiter kam er nicht. „Stopp“, rief Robert und er war sich sicher, dass er knallrot vor Wut war. „Meine Oma ist der hilfsbereiteste und selbstloseste Mensch, den ich kenne. Sie ist gestürzt, weil sie der Frau helfen wollte. Sie kümmert sich um Frau Hermann, seit ihr Mann, übrigens ein Kollege von meinem Opa, verstorben ist.“
„Dann müssen wir doch mit Ihrer Oma reden.“
„Das können Sie erst tun, wenn es ihr gesundheitlich besser geht.“
„Das entscheiden Sie aber nicht“, fügte der Polizist spitz hinzu.
Robert machte auf dem Absatz kehrt und rief an der Tür: „Rufen Sie die Tochter an!“
Er stieg die Treppe hinunter und wollte nur noch weg. Toms Eingangstür stand offen. Er schien auf Robert zu warten: „Was wird denn nun mit Frau Hermann?“
„Keine Ahnung, ich muss hier raus“, rief Robert in den Flur und warf gleich darauf die Haustür ins Schloss.
Unterwegs wählte er Kerstins Nummer. „Kerstin, wenn die Polizei bei euch aufkreuzt, um Oma zu befragen, dann verbiete es Ihnen. Wenn meine Oma hört, dass Frau Hermann sie als Diebin bezeichnet, dann bekommt sie den nächsten Schlaganfall.“
„Beruhige dich Robert“, sagte sie leise.
Er berichtete ihr kurz von der Anzeige.
„Gibt es keinen Hausarzt, der die Demenz bezeugen kann?“, überlegte sie.
„Ich weiß nicht, ich hoffe, die Polizei kümmert sich.“
„Oh, ich will dir nicht die Hoffnung nehmen, aber die Polizei kümmert sich erst, wenn Blut fließt.“

„Ich bin jedenfalls raus, habe Schlüssel, Geld und Karte abgegeben."

„Du hast es deiner Oma versprochen und du bist Krankenpfleger. Du kannst mit solchen Menschen umgehen."

„Man kann aber nur helfen, wenn der andere es möchte. Das habe ich in meiner Ausbildung gelernt. Und soweit ich mich erinnere, hast gerade du mir das eingeschärft. Man sieht ja an diesem Beispiel, was dabei herauskommt, wenn man sich aufdrängt."

„Beruhige dich, Robert. Für deine Oma war es wichtig, dass du dich um Frau Hermann gekümmert hast und es war gut, dass du hier warst. Es geht ihr wirklich besser. Das ist das Wichtigste."

„Ja", sagte er schwer seufzend. „Danke, dass du mich wieder auf den Boden zurückgeholt hast."

Als Robert zu Hause ankam, war er noch zu aufgewühlt, um sich an seine Arbeit zu setzen. Rolli war dankbar für eine zusätzliche Runde. Unterwegs bemerkte er erst, wie hungrig er war. Er kam an einem Kiosk vorbei und kaufte sich einen Döner. Danach ging es ihm besser. Robert hatte jegliches Zeitgefühl verloren. Es war kurz nach vier Uhr, als er nach Hause kam. Nun widmete er sich dem Thema Konfliktlösung, der Typisierung von Konflikten.

Draußen wurde es allmählich dunkel. Als er das Licht einschaltete, fiel ihm die Katze ein. Er ließ alles stehen und liegen, ging in den Flur und zog sich Schuhe und Jacke an. Rolli umrundete ihn aufgeregt. „Du warst heute schon dreimal draußen. Denke nicht, dass wir das jeden Tag so machen. Na komm, wir füttern erst Minna und dann dich."

Die Katze wartete vor der Tür und machte einen Buckel, als Rolli bellte. Robert band ihn am Zaun fest und schloss die Haustür auf. Minna stürzte zu ihrem Fressnapf und miaute lauthals.

Robert öffnete die Dose mit dem Katzenfutter und füllte die Hälfte in den Napf. Während Minna gierig fraß, kippte er im Wohn- und Arbeitszimmer die Fenster an. Ihm fielen die Zettel wieder ein, die er am Morgen im Schubfach entdeckt

hatte. Diesmal nahm er sie heraus und heftete sie an die Pinnwand.

**Neues Leben durchpulst in dieser Zeit alle Völker der
Erde, und doch hat niemand seine Ursache entdeckt und
seine Triebfeder erkannt.**

„Welches neue Leben?", fragte er sich wieder.

**Befasst euch gründlich mit den Nöten der Zeit, in der ihr
lebt, und legt den Schwerpunkt eurer Überlegungen auf
ihre Bedürfnisse.**

Was sind die Nöte der Zeit? Habe ich hier eine Aufgabe?

Er griff nach dem nächsten Zettel: **Seht indessen, wie der
Mensch dieses Licht missachtet! Er schreitet noch immer
auf seinem Weg der Finsternis weiter, und noch immer
sehen wir Uneinigkeit, Zank und wilde Kriege.**

Nun wurde er richtig ärgerlich. Da waren Worte, die ihm etwas sagen wollten, und er verstand sie nicht. Vielleicht klärte
ein anderer Zettel ihn auf. Er griff wahllos in das Schubfach
und fischte das nächste Zitat heraus:

**Was die Menschen am Nötigsten brauchen, sind Zusam-
menarbeit und gegenseitige Hilfe. Je stärker die Bande
der Gemeinschaft und Solidarität unter den Menschen
sind, desto größer wird die Kraft des Aufbaus und der
Vollendung auf allen Ebenen menschlichen Handelns.
Ohne Zusammenarbeit und ohne die Haltung der Gegenseitigkeit bleibt das einzelne Glied der menschlichen Gesellschaft auf sich selbst bezogen ... Die niederen Geschöpfe brauchen keine Zusammenarbeit und Gegenseitigkeit. Ein Baum kann einsam und allein leben, aber für
den Menschen ist dies unmöglich, will er sich nicht zurückentwickeln.**

War das die Antwort auf seine Frage nach den Nöten der
Zeit?

Das Telefon im Hausflur klingelte. Robert ging in den Flur
und sah auf die Nummer. Er kannte sie nicht. „Hier bei Seefeld", sagte er mit einer gewissen Spannung.

„Robert, sind Sie es? Hier ist Carola Färber. Ich habe keine andere Nummer und habe es deshalb schon mehrmals bei Ihrer Oma probiert. Geht es ihr besser?"

„Meine Oma liegt auf der Intensivstation, weil sie zusätzlich einen Schlaganfall hatte, und das nur, weil sie Ihrer Mutter Geld von der Bank holen wollte", sagte er vorwurfsvoll.

„Deshalb rufe ich an. Ich habe mit dem Polizisten gesprochen. Der Vorwurf, dass Sie das Geld gestohlen haben, ist natürlich Unsinn. Meine Mutter ist zeitweise durcheinander und ich suche einen Heimplatz für sie, habe ich dem Mann erklärt. Es tut mir leid, dass Sie solchen Ärger hatten. Sie hätten mich gleich anrufen sollen."

„Ich habe nicht gleich daran gedacht. Ihrer Mutter geht es besser. Sie hat es sogar geschafft, mich anzuzeigen und ihr Konto zu sperren. Also kommt sie auch allein klar. Ich muss mich jetzt um meine Oma kümmern."

„Ja natürlich, aber Sie wissen, dass das nicht stimmt, ich meine, dass meine Mutter allein klarkommt. Sie braucht Hilfe. Ich habe ab Montag meine beiden Kinder zu Hause, die höchstwahrscheinlich einen Packen Hausaufgaben aufbekommen. Ich muss von zu Hause arbeiten und weiß überhaupt nicht, wie ich das schaffen soll. Bitte helfen Sie mir und kümmern Sie sich um meine Mutter. Das wäre eine große Entlastung für mich." Sie schluchzte laut und Robert empfand Mitleid mit ihr.

„Was soll ich denn tun?"

„Einfach mal vorbeigehen und nachsehen, ob sie zurechtkommt und keine Dummheiten macht. Und wenn sie etwas braucht, dann kaufen Sie bitte für sie ein. Sie gehört doch zur Risiko-Gruppe und darf die Wohnung nicht verlassen. Nehmen Sie die EC-Karte an sich."

„Das werde ich auf keinen Fall tun." Robert überlegt kurz. Das Zitat schoss ihm durch den Kopf: *Zusammenarbeit und gegenseitige Hilfe brauchen die Menschen am nötigsten.*

Dann hörte er sich sagen: „Ich mache Ihnen einen Vorschlag. Sie telefonieren täglich mit Ihrer Mutter. Wenn Sie das Gefühl haben, es stimmt etwas nicht, rufen Sie mich an. Ich sehe dann nach ihr." Ihm fiel ein: „Ich habe keinen Schlüssel mehr ..."

„Den bekommen Sie. Ich rufe den Hausmeister an und lasse einen Schlüssel nachmachen. Der Mann wohnt im Nachbarhaus, rechts, ein Herr Neumann. Robert, geben Sie mir bitte noch Ihre Handy-Nummer."

Robert nannte die Zahlen. Carola bedankte sich gefühlt einhundert Mal und legte auf.

Er hoffte trotzdem, dass Frau Hermann ab jetzt wieder klar im Kopf war und ihre Angelegenheiten selbst regeln konnte.

Robert erinnerte sich an den Rat der Traumtherapeutin, alles anzunehmen, was auf ihn zukäme. Er hatte jetzt zwei Patientinnen zu betreuen, zwei Häuser zu beaufsichtigen, zwei Tiere zu versorgen und zwei Arbeiten für sein Studium zu erledigen. Den Rest des Abends verbrachte er mit dem Stoff der verpatzen Prüfung.

Sonntag, 15. März

***Aktuelle Meldung:**
Ab Montagmorgen 8 Uhr wird Deutschland seine Grenzen
nach Frankreich, Luxemburg, Dänemark, Österreich und
der Schweiz schließen. Waren und Berufspendler sollen die
Grenze aber weiterhin überqueren dürfen.*

Die Patientenverfügung

Am Sonntagmorgen wachte Robert bereits vor sieben Uhr
auf. Die Sonne schien in sein Zimmer und er ärgerte sich,
dass er die Vorhänge nicht zugezogen hatte. „Es ist Sonntag", brummte er. Für ihn war Sonntag mit Ausschlafen verbunden und das bedeutete, wenigstens bis zehn Uhr im Bett
zu liegen. Im nächsten Moment besann er sich, dass Rolli
und Minna damit sicher nicht einverstanden wären. Aber sieben Uhr war absolut zu früh. Er warf sich im Bett hin und
her und gab schließlich auf. Robert öffnete die Augen und
betrachtete sein altes Kinderzimmer. Seine Eltern hatten es
vor zehn Jahren, als er im Abitur steckte, renovieren lassen.
„Ich will ein grünes Zimmer", hatte er damals trotzig gesagt
und war mit seinen wichtigsten Unterlagen in den Keller gezogen. Es hatte ihn geärgert, dass er ausgerechnet in der Prü-
fungsphase umziehen musste und sich deshalb absichtlich
nicht um den Raum gekümmert, zum Ärger seiner Eltern.
Als er zwei Wochen später wieder einzog, waren die Wände
hellgrün gestrichen, grüne Vorhänge mit Blattmotiven aufgehängt und ein Teppichboden in Naturtönen ausgelegt. Ein
Wandbild mit Bäumen war das Highlight im Raum. „Ich
fühle mich wie im Wald", hatte er als gleichgültigen Kommentar von sich gegeben. In Wirklichkeit war er schwer beeindruckt gewesen. Auch jetzt hatte er das Gefühl, in der Na-
tur zu sein. Grün war seine Farbe. Robert schwang sich aus
dem Bett und ging zum Fenster. Die Sonne stand bereits
hoch und ließ einen sonnigen Tag erahnen. Von seinem Platz
aus konnte er den Garten überblicken. In der noch blattlosen

Birke tummelten sich ein paar Spatzen. Im Blumenbeet neben der Terrasse blühten Schneeglöckchen und Krokusse.
Unten meldete sich der Hund. Robert duschte, zog Sportkleidung an und verließ mit dem Hund das Haus. Es war sehr ruhig auf den Straßen. Nur ab und zu traf er Leute mit ihren Hunden. Und fast jedes Mal empfand er so etwas wie Mitleid, weil diese Menschen keine Chance hatten auszuschlafen. Für ihn kam ein Haustier aus diesem Grunde nicht in Frage. Er lief einen kleinen Umweg bis zum Haus seiner Großmutter und versorgte Minna. Eine gewisse Neugier lockte ihn ins Arbeitszimmer seines Großvaters. Von den Zitaten, die er an die Pinnwand geheftet hatte, sprach ihn eins besonders an:

Seht indessen, wie der Mensch dieses Licht missachtet! Er schreitet noch immer auf seinem Weg der Finsternis weiter, und noch immer sehen wir Uneinigkeit, Zank und wilde Kriege.

Bedeutet Krieg Dunkelheit und Frieden Licht? Zumindest war das eine Erklärung für seine Traumbotschaft. Wenn mit Licht also Frieden gemeint ist, dann war Großvaters Botschaft vielleicht eine Aufforderung, Frieden zu stiften. Er rief sich den Traum in Erinnerung.

Robert, wir sind erschaffen, um ewig zu leben, aber die Voraussetzung dafür ist, im Licht zu leben. Es wird Zeit, du musst das Licht suchen und es aufnehmen. Ohne Licht verfehlt der Mensch sein Lebensziel. Das Licht löscht die Aggressionen im Herzen und macht Frieden erst möglich ...

Das Licht macht den Frieden erst möglich, sinnierte er. Also war Licht doch nicht gleich Frieden. Der Schreibtisch hatte auf der rechten Seite eine Tür, die verschlossen war. Links befanden sich drei Schubfächer. Er zog sie nacheinander auf, fand Stifte, Bedienungsanleitungen für elektrische Geräte und ganz unten alte Postkarten. So nahm er sich wieder das einzelne Schubfach in der Mitte vor. Hier hatte er die Zitate entdeckt. Er schloss die Augen, griff hinein und holte einen weiteren Zettel heraus. Sein Vorgehen erinnerte ihn an Lose ziehen oder an Zettel in den Glückskeksen. Was machte er hier eigentlich? Er öffnete die Augen und las:

Ich flehe zu Gott, dass das göttliche Licht, von dem im zwölften Kapitel des Johannesevangeliums die Rede ist, dir immer leuchten möge, damit du stets im Licht wandelst. Kurz ist dieses Menschenleben und neigt sich bald dem Ende zu. Daher muss man jeden Atemzug dieses Lebens schätzen und erstreben, was zu ewiger Seligkeit führt.

Johannesevangelium … Bibel … Kirche … Hatte sich sein Großvater mit der Kirche beschäftigt? Das war wirklich ungewöhnlich. Vielleicht hatte der Geschichtslehrer in ihm sein Interesse für die Kirchengeschichte entdeckt. Robert drehte den Zettel in der Hand, wollte ihn gerade an die Pinnwand heften, doch da bellte Rolli. Vermutlich war ein Artgenosse unterwegs. Ohne nachzudenken schob er den Zettel in seine Jackentasche und verließ den Raum.

Er nahm sich vor, heute nicht zu trödeln, sich nicht durch Radio oder Fernsehen ablenken zu lassen. Es gab genug zu tun. Gestern hatte er den Prüfungsstoff wiederholt. Der Stoff kam ihm umfangreicher, aber leichter vor, zumindest einige Kapitel erschienen ihm vertraut.

Heute wollte er sich den ganzen Tag mit seiner Bachelor-Arbeit befassen.

Zuhause angekommen, bediente er den neuen Kaffeeautomaten seiner Mutter, ein Weihnachtsgeschenk seines Vaters. Eigentlich war ihm der Filterkaffee lieber. Die zwei Scheiben Toastbrot mit Frischkäse schob er sich nebenbei in den Mund. Der große Esstisch war mit aufgeschlagenen Büchern, dem Laptop, einem Heft für Notizen und Geschirr übersät, als sein Handy klingelte. Er brauchte einen Moment, um sich zurechtzufinden. Leise fluchend über die Störung nahm er den Anruf an. Sein Unmut verflog, als er Schwester Kerstins aufgeregte Stimme hörte: „Robert, ich habe mit Dr. Krause gesprochen. Es wäre gut, wenn du vorbeikommen könntest. Deine Oma ist unruhig, will uns etwas sagen. Wir verstehen sie nicht. Ihre Werte sind nicht so gut, aber das muss der Arzt dir erklären."

„Ist denn Besuch wieder erlaubt?", fragte Robert gleich.

„Nein, du musst zum Seiteneingang kommen. Ich warte da auf dich." Leise fügte sie hinzu: „Wie beim letzten Mal. Dr. Krause weiß nicht …" Sie ließ den Satz unvollendet. Robert verstand. Kerstin fügte hinzu: „Er hat nur zugestimmt, weil er sich noch an dich erinnert hat. Aber es darf trotzdem niemand wissen."

„Verstehe, danke, dass du das für meine Oma tust."

„Sie tut mir leid, so eine tapfere Frau. Ich hoffe, sie kommt durch."

„Ich komme sofort", sagte Robert und ließ alles stehen und liegen. Kerstins Worte hallten in ihm nach: *Ich hoffe, sie kommt durch.* Sie machten ihm Angst. Eine Viertelstunde später desinfizierte er sich gründlich die Hände, band den Mundschutz um und zog den grünen Kittel an. Als er eintrat, öffnete seine Oma die Augen. Sofort füllten sie sich mit Tränen. Er ging zu ihr ans Bett und legte seine Hand auf ihren Arm. „Wie geht's, Oma?" Sie schluchzte leise. „Kannst du mich verstehen?" Sie nickte schwach. „Du wolltest Schwester Kerstin etwas sagen." Sie nickte und formte mit den Lippen ein Wort. Robert beugte sich über sie und jetzt verstand er. *Testament.* Ihre Lippen versuchten so etwas wie ein Lächeln zustande zu bringen. Robert überlegte kurz. Es ging um das Testament. Spürte seine Oma, dass es mit ihr zu Ende ging? Oh nein, dachte er panisch. Nicht jetzt, wo Vera im Urlaub ist. Ich muss sie informieren.

„Robert, fragen Sie sie nach einer Patientenvollmacht", wies Dr. Krause an.

„Hast du so etwas, Oma?" Wieder nickte sie. „Gut. Wo liegen die Sachen, im Wohnzimmer?" Sie schüttelte leicht den Kopf. So viele Möglichkeiten gab es in dem Haus nicht. „Im Arbeitszimmer?" Sie nickte. Jetzt überlegte er kurz. „Liegt es im Schreibtisch, im verschlossenen Fach, ja?"

Sie wirkte nun erleichtert. „Wo ist der Schlüssel?" Er zählte auf: „In der Küche? Nein. Im Schlafzimmer?"

Oma nickte. Ihm fiel die Schmuckkassette auf dem Nachtschrank ein. Als Kind hatte Clara darin herumgewühlt und sich mit Modeschmuck behängt. Robert musste auch so manche modische Sünde ertragen. „Ist der Schlüssel in der Schmuckkassette, die Clara immer geliebt hat?" Sie versuchte zu lächeln. „Okay, ich fahre nach Hause, hole die Patientenverfügung und gebe sie Dr. Krause." Sie schloss die Augen und schien sich zu entspannen. „Wir machen das aber nur für den Fall der Fälle. Du wirst wieder gesund, Oma. Wir brauchen dich. Du willst doch noch deine Urenkel aufwachsen sehen", hast du immer gesagt. Ich werde Mutti informieren." Sie schüttelte heftiger den Kopf. „Du denkst, sie kann sowieso nichts machen und braucht den Urlaub." Ilse nickte. Sie legte die verbundene rechte Hand auf Roberts Arm. „Ist noch was, Oma?" Ihre Lippen formten das Wort, das er sofort verstand: KÄTHE.

„Mit ihr ist alles in Ordnung. Habe mit ihrer Tochter gesprochen. Sie telefoniert jetzt täglich mit ihrer Mutter und falls sie nicht ans Telefon geht, kümmere ich mich. Zufrieden, Oma?"

Ilse nickte und schloss wieder die Augen. „Oma, du kannst dich jetzt ganz auf das Gesundwerden konzentrieren, denke an deinen schönen Garten oder wie du mit Mutti Marmelade kochst und die halbe Siedlung beschenkst. Die Leute lieben deine Marmelade. Sie warten darauf. Machs gut Oma." Wieder hielt sie ihn fest. „Ich besuche dich, wenn ich darf, versprochen."

Robert sah Dr. Krause und Schwester Kerstin an. Sie nickten ihm zu und verließen gemeinsam das Krankenzimmer.

„Das haben Sie gut gemacht, Robert. Sie wären ein guter Krankenpfleger", lobte der Arzt und fügte hinzu. „Und wir brauchen dringend Personal."

Robert lächelte schwach und sagte dann ernst: „Wie geht es meiner Oma wirklich?"

„Ihr Herz macht uns Sorgen. Es arbeitet unregelmäßig. Wir müssen ihr wahrscheinlich einen Herzschrittmacher einsetzen."

Schwester Kerstin sagte leise: „Ich glaube, du solltest doch deine Mutter informieren. Der Zustand deiner Oma ist kritisch.“

Robert nickte nachdenklich. „Soll ich die Patientenverfügung gleich herbringen?“

„Ja. Es wäre gut, wenn sie vorliegt. Den Grund muss ich Ihnen nicht erklären“, sagte Dr. Krause mit besorgter Mine. Robert verließ auf demselben Weg wie beim ersten Mal das Krankenhaus. Nur diesmal brauchte er den Arztkittel nicht zu tragen. Er fuhr zum Haus seiner Großmutter, fand den Schlüssel in der Schmuckkassette und öffnete die Schranktür. Dahinter befand sich ein kleines Schubfach. Darunter war Platz für Bücher und Hefter. Sein Opa hatte früher dort seine Unterrichtsvorbereitungen aufbewahrt. Doch jetzt – Robert wollte seinen Augen nicht trauen – lagen dort zusammengeknüllte Zettel. Das war völlig untypisch für Günter Seefeld und erst recht für Ilse. Robert beschlich eine Ahnung. Das könnten die Sachen sein, die auf dem Schreibtisch lagen, als sein Großvater verstorben war. Oma hatte sie einfach in das Fach gestopft, weil sie es nicht über sich brachte, die Dinge ihres Mannes zu entsorgen. Robert öffnete das kleine Schubfach und fand zwei Umschläge. Auf dem einen stand das Wort TESTAMENT, auf dem anderen PATIENTENVOLLMACHT. Das Testament legte er wieder ins Fach. Mit dem anderen Umschlag fuhr er in die Klinik und überreichte ihn Schwester Kerstin.

„Bist du jetzt immer auf der Intensivstation?“, fragte er nach.

„Ich wurde umgesetzt, wegen Corona. Das Pflegepersonal auf der Intensivstation wird aufgestockt, falls es mehr Infektionen gibt.“

„Dann ist es ja ein Glücksfall, dass du dich um meine Oma kümmern kannst.“

„Ja, darüber bin ich selbst froh.“

„Normaler Besuch wird wohl vorläufig nicht möglich sein, oder?“, fragte Robert vorsichtig.

„Eher nicht, ich halte dich auf dem Laufenden. Sprich nicht öffentlich darüber, dass du hier warst.“

„Klar und danke." Robert dachte auf dem Weg zurück über das Besuchsverbot nach und über die Wichtigkeit der Krankenbesuche im Allgemeinen. Sein Besuch war wichtig, vielleicht sogar lebenswichtig gewesen, weil niemand vom Pflegepersonal ihren Wunsch verstanden hätte. Oma wollte nicht, dass Vera informiert wird. Was würde Mutti tun, wenn sie es erfährt? Nach Hause kommen, so schnell wie möglich. Wenn sie nicht ins Krankenhaus darf, würde sie die Ärzte telefonisch löchern. Bei dieser Vorstellung fühlte sich Robert gleich entlastet. Aber darum ging es hier nicht. Ilse schwebte in Lebensgefahr und ihre Tochter musste das wissen. So wichtig war Urlaub nun auch nicht.
„Tut mir leid Oma, den Wunsch kann ich dir nicht erfüllen. Ich werde Mutti informieren. Dafür kümmere ich mich um Frau Hermann", sagte er halblaut.

Auf neuen Spuren

Auf dem Rückweg fuhr er an der Kirche vorbei. Der Pfarrer verabschiedete gerade die Besucher des Gottesdienstes. Robert erinnerte sich daran, dass Ilse ein Mitglied der Gemeinde war. Als kleiner Junge hatte er seine Oma ab und zu in die Kirche begleitet. Weihnachten fand er es besonders schön, weil es da immer ein Theaterstück gab. Mit seinen Eltern und seinem Großvater war er nie in der Kirche gewesen. Jetzt kam ihm ein Gedanke. Vielleicht könnte der Pfarrer Oma im Krankenhaus besuchen. Hatten nicht Pastoren die Aufgabe, sich um ihre Schäfchen zu kümmern, wenn sie krank waren, und besonders, wenn sie sooo krank waren wie seine Oma? Robert legte den Rückwärtsgang ein und hielt direkt am Weg zur Kirche. Er sprang aus dem Auto. „Herr Pfarrer, kann ich Sie kurz sprechen?", rief er laut. Der Mann kam ihm entgegen und reichte ihm zur Begrüßung die Hand.
„Ich bin Robert Schumann, der Enkel von Ilse Seefeld."
„Ach ja, Frau Seefeld hat Sie doch manchmal mitgebracht, ist aber schon eine Weile her."
„Ja, da war ich noch ein paar Zentimeter kleiner. Es geht um meine Großmutter. Sie hatte einen Schlaganfall und liegt auf der Intensivstation. Es geht ihr nicht gut. Das Krankenhaus hat ein Besuchsverbot verhängt, wegen Infektionsgefahr. Aber vielleicht würde man Sie ausnahmsweise zu ihr lassen. Ich glaube, es wäre für meine Oma ein Trost, wenn Sie kämen."
Der Mann wiegte den Kopf hin und her. „Ich kann es versuchen."
Robert hatte die Orgelmusik bis dahin nicht bewusst wahrgenommen. Erst als sie verstummte, fiel es ihm auf. Kurz darauf kam eine ältere Frau zu ihnen. „Herr Pfarrer, ich möchte mich nur verabschieden. Die Stelle aus dem Johannesevangelium, auf der Sie Ihre Predigt aufgebaut haben, mag ich sehr. Danke für die ermutigenden Worte. Die Predigt hat mir heute besonders gut gefallen." Der Pfarrer freute sich offensichtlich über das Lob. „Schade, dass nicht mehr

Menschen sie hören konnten", ergänzte die Frau und musterte Robert.

Johannesevangelium, schoss es Robert durch den Kopf. Jetzt erinnerte er sich an den Zettel und zog ihn aus der Jackentasche. „Ich hätte da noch eine Frage. „Wissen Sie, wer das geschrieben hat?" Robert reichte dem Pfarrer den Zettel. Er las laut:

„Ich flehe zu Gott, dass das göttliche Licht, von dem im zwölften Kapitel des Johannesevangeliums die Rede ist, dir immer leuchten möge, damit du stets im Licht wandelst. Kurz ist dieses Menschenleben und neigt sich bald dem Ende zu. Daher muss man jeden Atemzug dieses Lebens schätzen und erstreben, was zu ewiger Seligkeit führt. Diese Aussage kann ich nur unterstreichen. Ich habe aber keine Ahnung, wer das gesagt hat. Kommen Sie mal mit."

Robert folgte dem Pfarrer durch die Kirche bis zum Altar. Dort lag die Bibel aufgeschlagen. Er blätterte kurz darin und zeigte Robert eine bestimmte Stelle. Robert las:

„Jesus erwiderte ihnen: *Noch kurze Zeit ist das Licht unter euch. Wandelt solange ihr das Licht habt, damit nicht die Finsternis euch überfalle; wer in der Finsternis wandelt, weiß nicht wohin er geht. Solange ihr das Licht habt, glaubt an das Licht, damit ihr Kinder des Lichtes werdet.* Nach diesen Worten ging er weg und verbarg sich vor ihnen."

Der Finger des Pfarrers rutschte ein Stück tiefer auf der Seite und diesmal las er selbst:

„Jesus aber rief: *Ich bin als Licht in die Welt gekommen, damit jeder, der an mich glaubt, nicht in der Finsternis bleibe …*

Das könnte die Stelle sein, die der Schreiber Ihres Zitates gemeint hat." Er dreht sich um und sagte nachdenklich: „Ja, es ist das Licht, das wir uns bewahren müssen. Woher haben Sie diesen Text, Robert?"

„Ich habe ihn im Schreibtisch meines Großvaters gefunden, zusammen mit anderen Zitaten."

„Ihr Großvater", sagte der Pfarrer versunken. „Er war einmal bei mir, ich erinnere mich gut an diesen Tag. Obwohl seine Frau regelmäßig in den Gottesdienst kommt, kannte ich ihn nicht. Er erzählte mir, dass er Geschichtslehrer war und dass ihn jetzt die Zeit um 1844 beschäftige. Er fragte mich, ob ich an die Wiederkehr Christi glaube, ob ich mir das vorstellen kann. Um ehrlich zu sein, ich war zunächst überrascht. Es steht zwar in der Bibel, aber man denkt über diese Aussage nicht ständig nach. Das sagte ich Ihrem Großvater. Ich bot ihm an, die Stellen herauszusuchen, die über die Wiederkehr Jesu berichten. Doch er lachte und sagte: *Nicht nötig, das habe ich schon getan. Ich kann selbst lesen.* Dann nannte er mir drei Dinge, die erfüllt sein müssen bis zur Wiederkehr Christi und fügte hinzu: *Ich glaube, Herr Pfarrer, wir haben ihn verpasst. Er war schon da.* Er lachte laut und ich hatte das Gefühl, dass er nicht mehr ganz richtig im Kopf war. Darum habe ich diese Information auf sich beruhen lassen. Aber ich musste öfter darüber nachdenken, ob Jesus Christus unbemerkt wiedergekehrt sein könnte. Allerdings kam ich nach reiflicher Überlegung zu der Auffassung, dass so ein Ereignis von den Medien bemerkt worden wäre. Wir erfahren von jeder Naturkatastrophe, von kriegerischen Auseinandersetzungen, von jedem Verbrechen innerhalb kürzester Zeit. Stellen Sie sich vor, wie schnell die wichtigste aller Botschaften – JESUS CHRISTUS IST WIEDER DA – die Welt erobert hätte."

„Vielleicht liegt sein Erscheinen schon länger zurück", wandte Robert ein. „1844 gab es noch kein Fernsehen und keine internationale Presse. Mein Großvater wollte mir von einem Ereignis um das Jahr 1844 berichten, das von der Welt weitgehend unbemerkt blieb. Ich dachte damals, er würde über Marx und Engels referieren wollen. Ich hatte keine Lust auf das Thema und schob eine Ausrede vor. Kurze Zeit danach ist mein Großvater verstorben."

„Das ist traurig", sagte der Pfarrer mitfühlend und schüttelte den Kopf. „Aber ich kann mir nicht vorstellen, dass die Wiederkehr Christi auch im Jahre 1844 unbemerkt geblieben wäre. Die Verbreitung der Botschaft hätte länger gedauert, gewiss, aber sie wäre bei seinen Anhängern angekommen."

„Es sei denn, seine Anhänger wollten es gar nicht wissen", gab Robert zu bedenken.

„Natürlich würden sie ihn mit offenen Armen empfangen", sagte der Pfarrer jetzt leicht verärgert.

„Da bin ich mir nicht so sicher", widersprach Robert. „Vielleicht war seine Botschaft unbequem und brachte das gewohnte Leben durcheinander." Er staunte selbst über seine Worte. „In zweitausend Jahren hat sich eine Menge verändert. Da braucht man vielleicht ein paar neue Gebote oder so."

„Das sind ja sehr interessante Gedankengänge", sagte der Pfarrer lachend. „Ich glaube nicht, dass sich an den zehn Geboten etwas ändern wird. Übrigens stammen die zehn Gebote schon aus dem Alten Testament." Der Mann wurde unruhig und sah auf die Uhr. „Robert, ich versuche ins Krankenhaus zu kommen und Ihre Großmutter zu besuchen. Natürlich werde ich auch für sie beten. Das können Sie auch tun. Wenn Sie noch Fragen oder Beweise für die … Wiederkehr Christi gefunden haben, können Sie gerne vorbeikommen." Er lächelte verschmitzt und Robert wusste, dass er ihn für einen Spinner hielt. Der Mann wollte zum Mittagessen nach Hause. Er hatte gerade gearbeitet und eine Sonntagspredigt gehalten. Was wäre, wenn Jesus Christus käme und sagen würde: „Alle Menschen können jetzt lesen. Wir brauchen keinen Priester mehr, der die Heilige Schrift erklärt?"

Die Antwort formte sich wie von selbst: Der Pfarrer wäre arbeitslos.

Unterwegs beschäftigte ihn die Frage, welche drei Dinge das sein könnten, drei Voraussetzungen für die Wiederkehr Christi, die sein Großvater dem Pfarrer genannt hatte. Sie mussten in der Bibel stehen. Robert dachte an das unordentliche Fach im Schreibtisch. Vielleicht würde er da die Antwort finden. Ohne groß zu überlegen, steuerte er das Auto zum Haus seiner Großmutter. Die innere Stimme mit der Ermahnung, sich um die Bachelor-Arbeit zu kümmern, verstummte, als er im Arbeitszimmer die Schreibtischtür öffnete. Er kam sich wie ein kleiner Junge vor, der auf die Bescherung am Weihnachtsabend voller Ungeduld wartet. Robert strich die zerknüllten Blätter glatt und legte sie auf einen Haufen. Er nahm ein Blatt nach dem anderen in die Hand, überflog den Text und fand schließlich, was er suchte. Die Aussagen aus der Bibel waren dick gedruckt und mit handschriftlichen Bemerkungen seines Großvaters versehen.

DREI VERHEIßUNGEN

Jesus gab seinen Jüngern drei besondere Voraussagen. Er machte drei Verheißungen und sagte, wenn diese drei Dinge sich ereigneten, werde Er (Christus) auf die Erde zurückkehren.
Die Verheißungen waren:
1. ***Sein Evangelium werde überall auf Erden gepredigt werden.***
2. ***Die Zeit der Heiden werde erfüllt sein, und die Juden kehrten nach Israel (Palästina) zurück.***
3. ***Die ganze Menschheit werde die von dem Propheten Daniel vorausgesagten Gräuel der Verwüstung sehen. (Matthäus 24:15)***

Das muss man überprüfen. Hat Großvater das getan?, fragte sich Robert. Wieder meldete sich sein schlechtes Gewissen. Er hatte zurzeit ganz andere Themen. Es war die Art des Pfarrers, sein Lächeln und die Betonung auf dem Wort *Beweis,* die ihn zur Suche antrieben. Und da war noch die Bemerkung, dass er seinen Großvater für verrückt gehalten hatte.
Zu den Büchern auf dem Stapel gehörte auch die Bibel. Rote Zettel ragten aus ihr heraus und markierten bestimmte Seiten.
Robert schlug eine markierte Seite auf und war im Matthäusevangelium gelandet.
Er las die angestrichene Stelle:

Als er auf dem Ölberg saß, wandten sich die Jünger, die mit ihm allein waren, an ihn und fragten: „Sag uns, wann wird das geschehen und was ist das Zeichen für deine Ankunft und das Ende der Welt?" (Matthäus 24:3)
Jesus antwortete und sagte zu ihnen: „Gebt Acht, dass euch niemand irreführt! Denn viele werden unter meinem Namen auftreten und sagen: Ich bin der Christus! und sie werden viele irreführen. ... Wer aber bis zum Ende standhaft bleibt, der wird gerettet werden. Und dieses Evangelium vom Reich wird auf der ganzen Welt verkündet werden – zum Zeugnis für alle Völker; dann erst kommt das Ende. (Matthäus 24:4,5,13,14)

Das war deutlich genug. Christus würde wiederkommen, wenn sein Evangelium in der ganzen Welt verkündet wäre. Ihm sprang noch eine Stelle ins Auge:

Seid also wachsam! Denn ihr wisst nicht, an welchem Tag euer Herr kommt. Bedenkt dies: Wenn der Herr des Hauses wüsste, in welcher Stunde in der Nacht der Dieb kommt, würde er wach bleiben und nicht zulassen, dass man in sein Haus einbricht. Darum haltet auch ihr euch bereit! Denn der Menschensohn kommt zu einer Stunde, in der ihr es nicht erwartet. (Matthäus 24:42–44)

Wenn das Evangelium in der ganzen Welt verkündet ist, wird er wiederkommen und er wird zu einer Zeit kommen, wo niemand mit ihm rechnet, fasste Robert das Gelesene zusammen.
Er suchte im zerknüllten Blätterstapel weiter, bis er ein Blatt mit der Überschrift ERSTE VERHEISSUNG fand. Er las die Notizen seines Großvaters:

ERSTE VERHEIßUNG

Wann war das Evangelium in der ganzen Welt verbreitet?

-1840 hatte die Botschaft von Christus den Erdball umfasst.
-1844 wurde das Evangelium im Inneren Afrikas gelehrt.
-1844 wurde die Türkei überredet, gegen alle muslimischen Traditionen das Recht der Muslime auf Übertritt zum Christentum anzuerkennen.
-1842 wurden fünf Häfen in China durch Verträge für Handel und Mission freigegeben, wodurch ganz China dem Evangelium zugänglich wurde ...

Daraus konnte man wirklich folgern, dass der Zeitpunkt für Jesus Wiederkehr um 1844 gewesen war. Dann meldete sich sein Verstand. Wie soll das gehen? Jemand der vor 2000 Jahren verstorben war, konnte doch nicht wiederkehren. Das musste seinem Großvater doch auch klar gewesen sein. Robert wollte die Sachen wieder in das Fach stopfen, da fiel ihm die 2. Verheißung in die Hände. Jetzt brauchte er die Bestätigung, dass das alles Unsinn war.

ZWEITE VERHEIßUNG

21. Kapitel Lukasevangelium
Sie fragten ihn: „Meister, wann wird das geschehen und was ist das Zeichen, dass dies geschehen soll?"
Mit scharfem Schwert wird man sie erschlagen, als Gefangene wird man sie zu allen Völkern schleppen und Jerusalem wird von den Völkern zertreten werden, bis die Zeiten der Völker sich erfüllen. ... Dann wird man den Menschensohn in einer Wolke kommen sehen, mit großer Kraft und Herrlichkeit.

Es schloss sich wieder die Auswertung seines Großvaters an:

Die Zeit der Heiden bedeutet – Zeitraum in dem sich Jerusalem in den Händen von Andersgläubigen befand.
- Jerusalem wurde von Titus 70 nach Christus zerstört. Juden wurden zerstreut und verbannt.

*-132 nach Christus wurde Jerusalem von den Römern ver-
nichtet. Die Juden wurden verbannt. Sie flohen, zerstreuten
sich und wurden gefangen geführt unter alle Völker.
- die nächsten waren die Muslime, die von der Stadt Besitz
ergriffen, 637 nach Christus.
- Der Zustand änderte sich 1844. Der zwölfhundertjährige
Ausschluss der Juden aus ihrem Land wurde durch ein Tole-
ranzedikt gemildert.
- somit war der Heiden Zeit erfüllt.
Den Juden wurde nun das Recht zugestanden, in Freiheit
und Sicherheit nach Israel zurückzukehren.*

Robert überlegte. Zwei Verheißungen schienen sich auf
1844 zu beziehen. Jetzt wollte er auch die dritte noch untersuchen. Es war nicht so einfach in dem Durcheinander das
entsprechende Blatt zu finden. Zum Glück hatte sein Opa mit
farbigen Überschriften gearbeitet. Er entdeckte das Blatt in
der Mitte des Papierberges. Es war besonders zerknüllt. Robert musste es ein paar Mal glattstreichen, bis er den Text
lesen konnte.

DRITTE VERHEIßUNG

24. Kapitel Matthäusevangelium
***Als er auf dem Ölberg saß, wandten sich die Jünger, die mit
ihm allein waren, an ihn und fragten: „Sag uns, wann wird
das geschehen und was ist das Zeichen für deine Ankunft …?" (Matthäus 24:3)***
*Christus sagte voraus, dass Schlechtigkeit vorherrschen
werde in jenen Tagen und dass die Liebe in vielen erkalten
wird; dann gab er seine dritte Verheißung mit den Worten:*
***„Wenn ihr nun sehen werdet den Gräuel der Verwüstung
stehen an der heiligen Stätte, von dem gesagt ist durch den
Propheten Daniel – wer das liest merke auf!" (Matthäus
24:15, Daniel 9:27; 11:31)***

Robert überlegte: Daniel sagt nicht nur das zweite Kommen, sondern auch das erste Kommen Christi voraus.

Er brauchte einen Moment um zu verstehen, dass Daniel ein Prophet des Alten Testamentes war. Die Notizen seines Großvaters verwirrten ihn. Es gab etliche Zahlen und Rechnungen, mit denen er nichts anfangen konnte.

Doch die Zusammenfassung machte ihm deutlich, worum es ging:

- So prophezeite Daniel, dass 2300 Jahre vergehen werden, bevor das Heiligtum gereinigt werde. Nach dieser Zeit würden alle Dinge reingemacht. Vorher wären die Menschen in einem Zustand der „Gräuel" versunken ohne Liebe zu Gott und den Menschen, dann werde der Messias erscheinen und die Reinheit ihres Glaubens wiederherstellen.
- Daniel prophezeit, dass von der Entscheidung, Jerusalem wieder aufzubauen bis zur Kreuzigung Christi umgerechnet 490 Jahre vergehen werden.
- Das Edikt zum Aufbau von Jerusalem wurde 457 vor Christi Geburt erlassen.
- 490-457 = 33. Der Messias wurde mit 33 Jahren gekreuzigt.
- Subtrahiert man 2300-457 kommt man auf das Jahr 1843.
- Einige Forscher wiesen nach, dass vom Erlass des Ediktes im Jahre 457 bis Christi Geburt 456 Jahre verstrichen seien und nicht 457. Dann käme man auf das Datum 1844.

Robert verglich die angegebenen Textstellen in der Bibel und merkte erst am späten Nachmittag, dass er Stunden damit verbracht hatte. Jetzt spürte er, dass er hungrig war. Er hatte seit dem Frühstück nichts gegessen. Deshalb ließ er die Sachen an Ort und Stelle liegen und fuhr zu seinem Elternhaus. Dort schlug er vier Eier in die Pfanne und schnitt sich zwei Scheiben Brot ab. Robert konnte es selbst nicht fassen. Er hatte einen Nachmittag mit der Wiederkehr von Jesus Christus verbracht. Alles deutete darauf hin, dass dieses Ereignis 1844 stattgefunden hatte. Und nun? Was nützte ihm das jetzt? Davon war seine Oma noch nicht gesund und seine Mutter noch nicht informiert. Er wurde ärgerlich auf sich selbst. Er hatte seine Zeit vertrödelt mit einer Studie, die gar nicht dran war, jedenfalls nicht im Moment. Robert hatte in der Schule am Religionsunterricht teilgenommen, aber nur, weil ihm der Lehrer besser gefiel, als die Ethiklehrerin. Warum erwachte ausgerechnet jetzt sein Interesse? Die Antwort schoss sofort durch seinen Kopf. Weil sein Großvater ihm eine Traumbotschaft geschickt hatte, *er soll das Licht suchen.* Es war nur ein vages Gefühl, dass diese Recherchen seines Opas und sein Traum in einem Zusammenhang standen. Er schüttelte den Kopf. Wie soll das gehen? Es widersprach jeder Logik. Und doch konnte er den Gedanken nicht einfach wegschieben.

Die Erinnerung an den letzten Besuch bei seinem Großvater kehrte zurück. *Die Geschichte muss neu geschrieben werden. Es hat ein Ereignis gegeben, dem wir unsere sprunghafte Entwicklung zu verdanken haben. Die meisten Menschen haben davon keine Notiz genommen. 1844 war ein entscheidendes Datum.*

Wollte er ihm damals schon von dem *Licht* erzählen? Hatte er tatsächlich herausgefunden, dass Jesus Christus 1844 erschienen ist? Und weshalb war das so wichtig? Was hatte der normale Durchschnittsbürger von Christi Wiederkehr?

Nur mühsam kehrte er in die Gegenwart zurück.

Nachdem er den letzten Bissen verspeist hatte, erinnerte er sich an seine Eltern. Er nahm sein Smartphon zur Hand und wählte die Nummer seiner Mutter.

DER TEILNEHMER IST ZURZEIT NICHT ERREICHBAR.

Er versuchte es bei seinem Vater und erhielt die gleiche Antwort. Robert überlegte kurz, wie er seine Eltern sanft auf die neue Situation vorbereiten sollte und schrieb dann die Nachricht: OMA IST NOCH IM KRANKENHAUS: MELDET EUCH DOCH MAL.

Seine Mutter würde davon ausgehen, dass es sich um den gebrochenen Arm handelt.

Clara fiel ihm ein. Er startete einen Videoanruf und kurz nach dem Klingeln blickte er in das Gesicht seiner Schwester. Sie hatte die gleichen blauen Augen wie er selbst.

„Wie geht es Oma?", fragte sie ohne Gruß. „Nicht so gut. Schwester Kerstin informiert mich. Man hat mich sogar heimlich ins Krankenhaus gelassen, weil sie unruhig war und etwas sagen wollte."

„Und, hast du sie verstanden?"

„Ja, es ging um ihr Testament und die Patientenvollmacht." Robert erzählte die Einzelheiten.

Clara sagte dann bestürzt: „Du musst Mutti informieren, auch wenn Oma das nicht will."

„Ja, ich weiß, habe es schon probiert, aber sie sind nicht erreichbar. Vielleicht haben sie ihre Handys im Zimmer gelassen."

„Tauchen können sie damit wohl nicht. Oder vielleicht haben sie das Ladekabel vergessen oder sie stehen im Wettbewerb, wer am längsten auf sein Handy verzichten kann", mutmaßte sie und lachte.

Aber Robert war nicht nach Scherzen zumute. „Wenn sie sich bis morgen nicht gemeldet haben, dann rufe ich im Hotel an", sagte er entschlossen.

„Warte mal. Mutti hinterlässt doch immer ihre Hoteladresse. Liegt sie nicht neben dem Fernseher?"

Robert stand auf und ging zum Fernsehschrank. „Da ist nichts."

„Sehr ungewöhnlich. Die Reiseunterlagen hat sie mit, aber sie buchen doch immer dasselbe Hotel. Dann könntest du im Reisehefter nachsehen, steht bei Vati im Arbeitszimmer."

„Okay, wie sieht es bei euch aus?"

„Corona, ganz schlimm und deshalb gibt es eine Ausgangssperre. Wir haben uns freiwillig gemeldet, für ältere Leute einzukaufen. Dann dürfen wir wenigstens raus. Ansonsten würden wir in unserer kleinen Bude einen Koller kriegen."

„Hast du mal mit Opa über die Wiederkehr Christi gesprochen?", fiel ihm plötzlich ein.

„Worüber?", fragte Clara verwundert. „Opa wollte doch nichts von der Kirche wissen. Wie kommst du denn darauf?"
„Ich habe Zettel in seinem Arbeitszimmer gefunden mit den drei Verheißungen, die Jesus Christus seinen Jüngern gegeben hat und die sich auf sein zweites Kommen beziehen."
„Ach du liebes Bisschen, was hat er denn da ausgegraben? Opa war durcheinander zum Schluss, hat Oma gesagt."
„Auch der Pfarrer hielt ihn für verrückt, weil er behauptet hat, Christus sei schon da gewesen und wir haben ihn verpasst", erzählte Robert.
Clara lachte. „Woher weißt du das?"
„Habe gerade mit dem Mann gesprochen und ihn gebeten, Oma zu besuchen, weil ich doch nicht rein darf."
„Gute Idee. Und da plaudert ihr mal so ganz nebenbei über die Wiederkehr von Jesus Christus. Wann soll das gewesen sein?"
„Nach allem was ich in Opas Unterlagen gesichtet habe, war es um 1844."
Sie seufzte. „Robert, wir haben eine Pandemie, eine weltweite Gesundheitskrise und schreiben das Jahr 2020. Und du beschäftigst dich mit der Wiederkehr Christi, einem Hirngespinst von Opa, der schon vier Jahre tot ist. Ich stelle mir gerade die Schlagzeilen in den Nachrichten vor:
Die Zahl der Infektionen steigt weiter. In Deutschland sind schon über viertausend Menschen infiziert.
Der Student Robert Schumann entdeckte in den Unterlagen seines Großvaters, dass Jesus Christus bereits 1844 wieder erschienen ist. Und wir haben es nicht gemerkt. "
Sie lachte schallend und kriegte sich gar nicht mehr ein. Robert blieb ernst. Es klang wirklich verrückt. Aber welcher Zeitpunkt wäre für diese Nachricht der richtige gewesen?
„Lass das bloß nicht Vati hören, der dreht durch und streicht dir die Finanzen. Kümmere dich um dein Studium", sagte Clara im drohenden Ton ihres Vaters. „Und schau dir mal die Nachrichten an, damit du vor lauter Vergangenheit nicht die Gegenwart verpasst", fügte sie milde hinzu.

„Was würde ich ohne die schlauen Ratschläge meiner kleinen Schwester nur tun?", antwortete Robert bemüht lässig.
„Du wärst hoffnungslos im Sumpf von Opas Recherchen verloren." Sie lachte über ihre Antwort und beendete das Gespräch.
Robert fand, dass sie Recht hatte. Corona war noch nicht wirklich bei ihm angekommen. Nach dem Gespräch mit Clara schaltete er den Fernseher ein.

WEGEN CORONA: BESUCHSVERBOT IN KRANKEN-HÄUSERN

Wie die Gesundheitsministerin weiter erklärte, sind private Besuche in Kliniken und Pflegeheimen verboten. Ausnahmen gibt es für werdende oder frisch gewordene Väter sowie für Angehörige mit Patienten auf Palliativ- und Kinderklinikstationen.

Ab heute sollen durch Erlass des Ministeriums für Arbeit, Gesundheit und Soziales nahezu alle Freizeit-, Sport-, Unterhaltungs- und Bildungsangebote im Land eingestellt werden. So müssen bereits ab Montag alle sogenannten „Amüsierbetriebe" wie zum Beispiel Bars, Clubs, Diskotheken, Spielhallen, Theater, Kinos, Museen schließen.

Ab Dienstag ist dann auch der Betrieb von Fitness-Studios, Schwimm- und Spaßbädern sowie Saunen untersagt. Ebenso ab Dienstag sind Zusammenkünfte in Sportvereinen und sonstigen Sport- und Freizeiteinrichtungen sowie die Wahrnehmung von Angeboten in Volkshochschulen, Musikschulen und sonstigen öffentlichen und privaten Bildungseinrichtungen im außerschulischen Bereich nicht mehr gestattet.

Damit die Versorgung mit Lebensmitteln, Bargeld, Bekleidung, Medikamenten und Dingen des täglichen Bedarfs sichergestellt ist, bleiben, Banken, Einzelhandelsbetriebe, insbesondere für Lebens- und Futtermittel, Apotheken und Drogerien geöffnet. Bibliotheken, Restaurants, Gaststätten und Hotels sollen in ihrem Betrieb an strenge Auflagen gebunden werden, die eine Verbreitung des Corona-Virus verhindern.

Die Regelungen sollen zunächst bis zum 19. April 2020 gelten, analog zu den bereits am Freitag verfügten Schließungen von Schulen und Kindertageseinrichtungen. Danach soll auf der Grundlage einer aktuellen Lage-Einschätzung des Robert-Koch-Instituts über das weitere Vorgehen entschieden werden.

Robert glaubte seinen Ohren nicht zu trauen. Er schaltete um. Auch hier gab es ähnliche Berichte. Die Lage war ernst. Die Kaufhallen würden offen bleiben. Hatte er genug eingekauft? Er musste daran denken, dass Kosmetikartikel knapp waren. Wenigstens gab es Ausnahmen für Krankenbesuche. Aber er war weder ein frisch gebackener Vater noch lag seine Oma auf der Palliativstation. Sein Handy klingelte. Endlich. Er war sich sicher, dass seine Eltern sich meldeten, doch es war Carola Färber.

„Robert, tut mir leid, dass ich stören muss. Ich habe mit meiner Mutter gesprochen. Sie wirkt normal. Es fehlen ein paar Sachen. Könnten Sie morgen für sie einkaufen gehen. Ich möchte nicht, dass sie jetzt rausgeht. Sie gehört doch zur Risikogruppe."

„Was soll ich besorgen?"

Sie zählte die Sachen auf.

„Das habe ich doch gerade eingekauft."

„Angeblich ist nichts da. Vielleicht sehen Sie mal im Kühlschrank nach."

„Und wenn sie mich nicht lässt?"

„Sagen Sie, ich hätte Sie darum gebeten. Übrigens der Schlüssel wurde bei Westphal, das sind wohl die Mieter im Erdgeschoß, abgegeben, nur falls meine Mutter nicht aufmacht. Ich überweise ihnen am besten Wirtschaftsgeld, dann brauchen Sie nicht die Karte meiner Mutter."

Er nannte ihr seine Kontonummer.

Wieder bedankte sich Frau Färber gefühlte hundertmal bevor sie auflegte.

Robert schnappte sich die Hundeleine und brauchte jetzt mindestens genauso dringend wie Rolli einen Spaziergang. Dabei gingen ihm die Nachrichten durch den Kopf:

Ganz Italien wurde zum Sperrgebiet erklärt ... Der Wintertourismus in Südtirol wurde lahmgelegt ... Zu den Risikogebieten gehören jetzt Italien, Iran, Frankreich, China und Südkorea ...

Und ich beschäftige mich den ganzen Nachmittag mit der Wiederkehr von Jesus Christus. Er hätte die Meinung seiner Schwester geteilt, wenn da nicht diese Traumbotschaft gewesen wäre und die Psychotherapeutin, die sich bei seiner Schilderung äußerst merkwürdig verhalten hatte. Und außerdem war da noch ein Gefühl, das ihm sagte, diese Recherchen würden ihm helfen, die Botschaft zu verstehen. Irgendetwas nagte noch an ihm. Es war die Art, wie der Pfarrer und Clara über die Wiederkehr Christi dachten, sich lustig machten und Günter Seefeld für verrückt hielten. Robert war sich sicher, dass sein Opa nicht verrückt war. Er spürte den Drang, es zu beweisen.

Und obwohl es sicher keinen Zusammenhang zwischen Christi Wiederkehr und dem Corona-Virus gab, hätte er seiner Schwester gerne einen präsentiert.

Auf den Anruf seiner Eltern wartete er an diesem Abend vergeblich. Die wachsende Unruhe, konnte er sich nicht mehr ausreden. Dass seine Mutter nicht zurückrief, war untypisch für sie.

Montag, 16. März

Aktuelle Meldung:
Insgesamt wurden 167.667 Fälle weltweit gemeldet. Die Länder Italien (24.747), Iran (13.938) und Südkorea (8.162) vermelden die höchsten Fallzahlen und umfassen 54% der außerhalb von China gemeldeten Infektionen.

Zusatzaufgaben

Robert hörte beim Frühstück die Nachrichten. Ab heute waren die Schulen und KiTas geschlossen, bis zum 13. April. Er fragte sich, ob das auch für die Universitäten und Hochschulen galt. Zum Glück hatte er *nur* eine Prüfung nachzuholen und seine Bachelor-Arbeit noch zu schreiben.

Der Wetterbericht verkündete frühlingshafte Temperaturen für die kommende Woche. Wenigstens etwas Positives, dachte er, als er zum dritten Mal an diesem Morgen versuchte, seine Eltern zu erreichen.

Gegen zehn Uhr klingelte er bei Tom, um sich den Schlüssel zu Frau Hermanns Wohnung abzuholen. Tom machte einen gestressten Eindruck. „Die Kinder können ab heute nicht in die KiTa", sagte er erschöpft. „Aus irgendwelchen Gründen wollen sie ständig bespaßt werden. Ich komme nicht zum Arbeiten. Und nun sind auch noch die Spielplätze geschlossen."

„Dann lass sie doch auf den Hof", schlug Robert vor.

„Hast du den mal gesehen? Der ist gruselig."

„Können wir auf den Hof gehen, Papa?", fragte Tim.

Tom winkte ab. „Ja meinetwegen. Aber spielt nicht an den alten Geräten." Die Kinder liefen davon.

„Ich will, ich soll für Frau Hermann einkaufen", erklärte Robert.

„Schon wieder?", wunderte sich Tom.

„Ja, ihre Tochter meinte, da fehlt noch einiges."

Robert ging die Treppe hinauf und klingelte. Die Tür wurde ihm gleich geöffnet. Frau Hermann steckte den Kopf heraus

und sah sich misstrauisch im Flur um. „Die wollen mich ver-
giften", flüsterte sie.
„Wer will Sie vergiften, Frau Hermann?", fragte Robert irri-
tiert.
„Na, die Nachbarn. Ich wohne hier mit lauter Verbrechern
unter einem Dach."
„Oh", Robert wusste nicht, was er dazu sagen sollte. „Ihre
Tochter hat mich angerufen und mich gebeten, für Sie einzu-
kaufen."
„Das hat sie mir gar nicht gesagt."
„Dann rufen Sie sie doch an. Wissen Sie noch, wer ich bin?",
fragte Robert vorsichtig.
„Na klar. Sie sind Ilses Enkel." Sie überlegte kurz und sagte
dann: „Roland."
„Robert", korrigierte er. Sie winkte ab. Namen waren wohl
nicht so wichtig.
„Carola hat mir eine Liste mit Lebensmitteln durchgegeben.
Ich wundere mich, dass Butter und Käse schon aufgebraucht
sind."
„Natürlich sind sie aufgebraucht, schauen Sie nach." Sie lief
voraus in die Küche und öffnete den Kühlschrank. Roberts
Augen weiteten sich. Absolute Leere. Hatte die Frau tatsächlich alles aufgegessen? Er las die Liste mit den Lebensmitteln vor, die Carola ihm durchgegeben hatte und Frau Hermann bestätigte durch Kopfnicken. „Ach, ein paar Flaschen
Wasser können Sie mir auch noch mitbringen. Schreiben Sie
sich das auf!" Den Befehlston kannte er noch nicht. „Ich hole
Ihnen Geld." Sie verließ die Küche und schlurfte ins Wohnzimmer.
Robert sah in den Küchenschrank. Nichts. Zwei leere Dosen
standen auf dem Tisch. Er öffnete den Mülleimer und warf
sie hinein. Dabei entdeckte er die verpackten Lebensmittel,
die er am Freitag eingekauft hatte, Käse, Butter, Wurst und
geschlossene Dosen. Frau Hermann kam zurück und sah es.
„Was machen Sie an meinem Mülleimer?", rief sie ärgerlich.
„Wollte nur die Dosen wegwerfen."
„Das mache ich selbst."

„Frau Hermann, warum haben Sie die Lebensmittel entsorgt? Die habe ich doch erst am Freitag eingekauft.“
„Die sind alle vergiftet. Das waren meine Nachbarn. Die kommen hier rein und vergiften meine Sachen oder klauen sie. Ich muss einen Schlüsseldienst anrufen und das Schloss wechseln lassen.“
Auch das noch. Verfolgungswahn. Robert beschloss, darauf nicht einzugehen. Er musste erst darüber nachdenken. Er nahm fünfzig Euro entgegen und hielt es für besser, nicht zu erwähnen, dass ihre Tochter ihm fünfhundert Euro überwiesen hat. „Ich gehe dann mal einkaufen“, sagte er und täuschte Gelassenheit vor.
Im Hausflur wurde er von Frau Möhring erwartet. „Können Sie mir Mehl, Hefe und Nudeln mitbringen. Soll knapp werden, habe ich im Fernsehen gehört. Im Westen sind die Regale schon leer“, berichtete sie aufgeregt.
„Kann ich machen.“
Sie reichte Robert einen Zettel und einen Geldschein.
Die Wohnungstür bei Tom unten war nur angelehnt. „Tim, ich muss jetzt mal arbeiten. Ihr müsst euch selbst beschäftigen. Ihr wolltet doch im Hof spielen. Anna riss die Tür auf und flitzte an Robert vorbei. Tim kam langsam schmollend hinterher. „Scheint wirklich nicht so einfach zu sein, von zu Hause zu arbeiten, wenn die Kinder auch da sind“, kommentierte Robert an der offenen Wohnungstür.
„Wenn ich doch mal eine Stunde hätte, damit ich wenigsten den Auftrag fertigmachen kann.“
„Soll ich die Kinder mit zum Einkaufen nehmen?“, fragte Robert und bereute im selben Moment sein Angebot, als er es ausgesprochen hatte.
„Das wäre großartig. Du bist mein rettender Engel. Er rollte in den Flur und rief den Kindern nach: „Tim, Anna! Robert nimmt euch mit zum Einkaufen!“
„Oh ja“, riefen beide und kamen sofort zurück. Tom gab Robert die Autoschlüssel. „Hol dir die Kindersitze aus meinem Auto.

Robert hatte bisher noch nichts mit Kindersitzen zu tun gehabt. Wie wäre es, wenn er Kinder in dem Alter hätte? Bei dem Gedanken spürte er so etwas wie Verantwortung, Belastung.

„Kann ich mir was kaufen?", fragte Tim im Auto.

„Wenn du Geld hast", antwortete Robert.

Der Junge hielt ihm ein Fünfzig-Cent-Stück unter die Nase. „Wenn ich in die Schule komme, dann kriege ich Taschengeld, hat Mama gesagt."

„Und wo hast du den Fünfziger her?"

„Den hat Mama für den Wagen gebraucht. Und weil ich ihn zurückgebracht habe, durfte ich ihn behalten."

„Ich will auch ein Fünfzig-Stück", beschwerte sich Anna halb heulend.

„Warte bis wir im Einkaufmarkt sind."

Robert bereute nicht nur einmal, dass er die Kinder mitgenommen hatte. Anscheinend war alle Welt mit Kindern unterwegs. Überall sah er nur volle Wagen, genervte Eltern und schreiende Kinder. „Ihr bleibt bei mir, nicht weglaufen", sagte er leicht panisch zu den beiden.

„Ich will mir was aussuchen", beschwerte sich Tim.

„Ich auch", kam es gleich danach wie ein Echo von Anna.

„Wir kaufen erst für Frau Hermann und Frau Möhring ein und dann suchen wir etwas aus." Doch als Robert die abgepackte Wurst in den Korb gelegt hatte, waren sie plötzlich verschwunden. Er schob sich durch die Gänge und rief ihre Namen. Dann entdeckte er sie. Eine Frau mit blonden kurzen Haaren und auffälliger Brille hielt sie an den Händen. Sie trug einen Kittel. Robert ging davon aus, dass eine Verkäuferin die beiden aufgelesen hat.

„Ihr solltet doch am Korb bleiben", sagte er erleichtert und ärgerlich zugleich.

„Die Frau lächelte und streckte ihm die Hand entgegen. „Ich bin Viola Westphal, die Mutter der beiden.

„Robert Schumann, ich kaufe für Frau Hermann und für Frau Möhring ein."

„Das habe ich mir schon gedacht. Und weil mein Tom mit den Kindern nicht zum Arbeiten kommt, hat er Ihnen die beiden aufgedrückt.“

„Es war mein Vorschlag“, korrigierte Robert.

„Den Sie bestimmt schon bereut haben“, meinte sie lachend. „Heute ist hier die Hölle los. Anscheinend haben mehrere Eltern das Problem mit der Betreuung. So ein Einkauf ist eine nette Abwechslung.“

„Ja, sieht so aus.“

„Kaufen Sie ein! Ich passe solange auf meine Kinder auf. Sie seufzte schwer. „Wir kommen heute mit dem Auffüllen der Regale gar nicht hinterher.“

Robert beeilte sich, doch die Schlange an der Kasse kostete Zeit. Frau Westphal musste ein Auge auf die Kassen gehabt haben, denn als er bezahlte, stand sie mit den Kindern neben ihm. Beide knabberten an einer Schokostange. Die Mutter wischte ihnen die Hände ab und gab ihnen einen Kuss. „Hier Robert, haben Sie meine wilde Herde zurück. Schönen Gruß an meinen Mann. Ich versuche, um drei zu Hause zu sein.“

Erst als Robert den Einkauf bei Frau Hermann einsortierte, fielen ihm wieder die weggeworfenen Lebensmittel ein. Verfolgungswahn. Er musste mit dem Hausarzt sprechen. Wie bekam er den Namen heraus? Im nächsten Moment hatte er eine Idee und sagte zu Frau Hermann: „Ich brauche einen neuen Hausarzt, bei wem sind Sie, Frau Hermann?“

„Bei Frau Dr. Schmidt. Mit der anderen, der Franke, war ich nicht mehr zufrieden. Die hat nichts gemacht. Am Anfang war sie gut, hat Blut abgenommen. Doch dann hat sie nur noch Tabletten aufgeschrieben. Meine Rückenschmerzen waren ihr völlig egal.“

„Gut zu wissen. Dann will ich es mal mit Frau Dr. Schmidt probieren.“ Er nahm sich vor, die Hausärztin zu kontaktieren, obwohl er jetzt schon wusste, dass sie ihm keine Auskunft erteilten würde. Als er auf der untersten Treppenstufe ankam, hörte er einen lauten Schrei. Die Tür zum Hof stand offen. Er stürzte hinaus. Tim kam ihm kreischend und mit einer blutenden Hand entgegen.

„Zeig her, Tim!", sagte Robert ruhig. Der Junge zog die Hand weg. „Ich will mir die Verletzung nur ansehen, ich mache nichts." Anna rannte an ihnen vorbei, schrie laut nach ihrem Vater. Kurz darauf kam Tom angerollt. „Was ist passiert?"

„Er hat sich die Hand aufgeschnitten. Bin mir nicht sicher, ob das genäht werden muss. Am besten, wir fahren gleich in die Notaufnahme."

„Auch das noch. Dieser Schrottplatz im Hof. Habe mich schon mehrmals beschwert bei der Hausverwaltung, dass das Zeug weg muss."

„Hast du Verbandszeug da? Ich verbinde das provisorisch und fahre mit ihm in die Notaufnahme."

„Nein, Papa soll mitkommen!", schrie der Junge aus Leibeskräften.

„Die Kindersitze sind noch in meinem Auto. Den Rollstuhl kriegen wir in den Kofferraum. Kommt!", entschied Robert. Tom war dankbar, dass er nicht selbst fahren musste. „So schnell hätte ich gar nicht handeln können", sagte er im Auto.

„Du machst das ganz souverän, als würdest du das öfter erleben."

„Ich habe Krankenpfleger gelernt."

„Aha. Was haben wir doch für ein Glück, dass du dich um Frau Hermann kümmerst", sagte Tom mit einem Seufzer.

„Die Frau leidet an Verfolgungswahn. Hast du da was mitbekommen?", fragte Robert nach.

„Sie benimmt sich schon länger eigenartig, hat mal behauptet, Frau Möhring hätte ihre Post, ihr Paket, gestohlen. Neulich hat sie die Flurtür geöffnet und herumgebrüllt, dass alle in diesem Haus Verbrecher sind", fiel Tom ein.

„Jetzt hatte sie die Idee, einen Schlüsseldienst zu bestellen, weil die anderen Mieter ihr Essen vergiften. Alles, was ich eingekauft habe, lag im Mülleimer, angeblich vergiftet. Ich versuche die Hausärztin zu einem Hausbesuch zu überreden."

Tom sah ihn von der Seite an und schüttelte den Kopf. „Da hat dir ja deine Oma schön was aufgehalst."

Eine Stunde später waren sie zurück. Tim hatte einen dicken Verband. Er war fix und fertig vom Schreien. Und Tom wirkte auch völlig geschafft. Die Kinder waren müde und wurden ins Bett gebracht. Tom fragte Robert, ob er Milchreis mag. Viola hatte vorgekocht.

„Gerne." Robert aß sogar zwei Portionen, weil er schon lange keinen Milchreis mehr gegessen hatte und es ihm sehr gut schmeckte. Bevor er nach Hause ging, musste Tom ihm unbedingt den Hof, den *Schrottplatz,* zeigen. Da hatte jemand lauter alte Geräte abgestellt. Tom sagte frustriert: „Der Hof wäre ein idealer Spielplatz für Kinder. Die beiden Bäume spenden Schatten im Sommer und man könnte zwischen den Bäumen eine Hängematte oder eine Schaukel anbringen. Wenn ich nur mehr machen könnte, dann hätte ich das Zeug vor die Tür gestellt."

„Ihr habt doch einen Hausmeister", fiel Robert ein.

„Ja, haben wir. Der ist aber krankgeschrieben wegen eines Bandscheibenvorfalls. Egal, ich rufe heute noch die Wohnungsgesellschaft an. Die Kinder dürfen nicht in die KiTa, die Spielplätze sind gesperrt. Ich kann sie nicht die ganze Zeit vor dem Fernseher parken. Hier muss etwas passieren", entschied Tom ärgerlich. Dann besann er sich und sagte ruhiger: „Ich bin dir sehr dankbar für deine Unterstützung heute. Habe meinen Auftrag wenigstens fertigbekommen und die Aktion mit der Notaufnahme …" Er legte die Hände vors Gesicht. „Manchmal ist dieses Ding echt hinderlich." Er zeigte auf den Rollstuhl.

„Ich glaube, du kannst heute auch einen kleinen Mittagsschlaf gebrauchen", schätzte Robert ein und legte ihm die Hand auf die Schulter. „Wenn etwas mit Frau Hermann ist oder du jemand brauchst, der den Schrott vor die Tür stellt, ruf mich an." Tom lächelte dankbar.

Auf dem Rückweg erinnerte sich Robert daran, die Hausärztin zu kontaktieren oder vielleicht doch zunächst Frau Färber. Sie könnte mit der Ärztin sprechen. Er hinterließ für Frau Färber eine Nachricht auf dem Anrufberater. Zehn Minuten später rief sie zurück.

Robert schilderte ihr den Vorfall mit den angeblich vergifteten Lebensmitteln und die Wahnvorstellungen „Auch scheint sie die Hausärztin gewechselt zu haben. Jetzt ist sie wohl bei einer Frau Dr. Schmidt. Sie sollten mal mit der Ärztin sprechen, ob ihr etwas aufgefallen ist.“

„Ich habe bisher angenommen, dass es sich um Demenz handelt, bei der man nicht viel machen kann“, sagte Carola Färber frustriert.

„Den Eindruck hatte ich beim ersten Besuch auch. Aber jetzt wirkte sie nicht vergesslich, sondern sprach von Anschlägen und dass sie mit Verbrechern in einem Haus wohnt.“

„Das ist neu, so etwas hat sie mir noch nicht erzählt. Ich habe gleich eine Telefonkonferenz und danach wird es zu spät sein für die Praxis. Könnten Sie nicht …?“

Robert atmete schwer. „Okay, ich probiere mein Glück.“

Wieder kamen Dankesbekundungen von Frau Färber, die Robert übertrieben fand.

Gleich nach dem Telefonat suchte er im Internet die Telefonnummer von Frau Dr. Schmidt und rief an. Die Schwester wimmelte ihn mit den Worten ab: „Die Praxis ist total überfüllt, melden Sie sich gegen 18 Uhr.“

Zwischendurch probierte er noch einmal seine Mutter zu erreichen. Doch dann reichte es ihm. Er hatte noch nichts für seine Arbeit getan und er hatte vor allem jetzt keine Lust dazu. Ein Spaziergang würde ihm guttun. Der Hund sprang freudig an ihm hoch, als er nach der Leine griff. „Komm raus hier, Rolli, ich brauche Bewegung und muss den Kopf freibekommen.“

Robert lief eine andere Runde als sonst. Aber dieser Weg war ihm aus seiner Kindheit sehr vertraut. Vor einer Gärtnerei stoppte er. Hier wohnte sein Schulfreund Matthias. Wenn Oma nicht mehr auf der Intensivstation liegt, hole ich ihr einen Blumenstrauß, beschloss er. Im Verkaufspavillon erblickte er Frau Altmann, die Mutter von Matthias. Als Kinder hatten sie dort nach dem Spielen etwas zu trinken bekommen und meistens gab es auch etwas zu naschen. Auf dem Tresen stand immer eine Glasschüssel mit Bonbons. Vor

dem Pavillon befanden sich Schalen und ausgefallene Gefäße mit Frühblühern. Dieses Bild wirkte sehr beruhigend auf ihn, Frühling, trotz des Corona Virus, trotz der Krankheit seiner Oma, trotz der Tatsache, dass er seine Eltern nicht erreichen konnte. Das Leben ging weiter, die Jahreszeiten ließen sich nicht aufhalten, auch wenn das Virus die Gesellschaft lahmlegte. Robert konnte nicht anders. Er musste eine Schale mit Primeln und Osterglocken kaufen. Die wollte er vor der Haustür bei seiner Oma abstellen. Er band den Hund am Fahrradständer fest, nahm die Schale und trug sie in den Pavillon. Frau Altmann strahlte ihn an und rief: „Da wird sich Matthias aber freuen. Ich rufe ihn gleich."
Eine Minute später stand sein alter Schulfreund vor ihm und grinste ihn an. „Es muss mindestens ein Jahr her sein, dass wir uns gesehen haben. Du siehst ein bisschen gestresst aus", sagte Matthias in seiner lockeren Art. Er war einen Kopf kleiner als Robert, seine Statur war kräftiger. Er hatte ein rundes Gesicht, das meistens lachte und er trug neuerdings einen Vollbart. „Seit wann hast du den denn?", wunderte sich Robert. „Steht dir, macht dich reifer."
Matthias strich sich mit der Hand über den Bart. „Mir war mal so, wollte mal Bartträger sein." Er musterte Robert auffällig. „Dein Pferdeschwanz ist noch aktuell. Den Drei-Tage-Bart hattest du im letzten Jahr noch nicht. Steht dir gut. Man könnte dich glatt für einen Künstler halten."
„Klar, für einen Komponisten", antwortete Robert träge.
Sie lachten beide.
„Komm, lass uns raus gehen. Ich zeige dir meine neueste Rosenzüchtung und ich muss Pflanzen pikieren. Dann können wir Neuigkeiten austauschen."
Matthias war verheiratet und hatte zwei Kinder im Alter von Toms Kindern. Er hatte seine Sandkastenliebe Doreen geheiratet. Sein Leben war seit seinem zwölften Lebensjahr durchgeplant. Er wollte schon immer Gärtner werden und die Gärtnerei seiner Eltern übernehmen. Er wollte Doreen heiraten und zwei Kinder haben. Sein Lebenstraum hatte sich in den wichtigsten Punkten erfüllt. Robert sah sich als

Gegenteil, keine festen Beziehungen, keine klare berufliche Perspektive und an Kinder hatte er überhaupt noch nicht gedacht. Trotz der unterschiedlichen Vorstellungen waren sie beste Freunde, auch wenn sie sich längere Zeit nicht sahen. Robert blieb zwei Stunden im Gewächshaus, half beim Pikieren der Pflanzen und genoss die Unterhaltung mit seinem Freund. Für kurze Zeit konnte er seine eigenen Probleme vergessen. Er brachte den Hund nach Hause und ging wieder zum Haus seiner Großmutter. Dabei dachte er über die Wünsche nach, die Matthias hatte. Sein Freund träumte von einem BMW, wollte demnächst einen Wintergarten anbauen. Im Moment drehte sich alles um eine Urlaubsreise, auf die er sich mit seiner Frau nicht einigen konnte. Das waren Ziele und Probleme, die Robert völlig fremd waren und die ihm auch unwichtig erschienen. Er öffnete das Fenster im Arbeitszimmer und wie auf Knopfdruck hörte er seinen Großvater sagen: *Es wird Zeit, du musst das Licht suchen und es aufnehmen. Ohne Licht verfehlt der Mensch sein Lebensziel...*

Und da war die Frage, die in seinem Hinterkopf spukte: Verfehlte Matthias etwa sein Lebensziel, obwohl er so viel schon erreicht hatte? Schließlich besaß er eine eigene Firma, hatte Frau und Kinder und er war glücklich. Fehlte ihm trotzdem *das Licht*?

Wie und wo nehme ich es auf? Warum wird es Zeit?

Ohne groß nachzudenken, öffnete er die Schublade und griff nach einem weiteren Zettel. Wieder kam er sich vor, als würde er in eine Lostrommel greifen.

Eine einzelne reife Seele mit geistigem Verständnis und tiefer Kenntnis des Glaubens kann ein ganzes Land entflammen. So groß ist die Macht der Sache, wenn sie durch einen reinen und selbstlosen Kanal hindurch wirkt.

Im Traum hatte sein Großvater etwas Ähnliches gesagt: *„Eine einzelne Seele kann die Ursache für die geistige Erleuchtung eines Kontinents sein."*

Wie konnte er im Traum eine Botschaft erhalten, die er erst jetzt auf dem Zettel las? Umgekehrt wäre es noch erklärbar gewesen. Der Raum bekam etwas Mystisches. Robert fröstelte, schloss das Fenster und setzte sich wieder. Auf dem Schreibtisch lagen die Sachen, die er aus dem Fach genommen hatte, etwas geordneter. Die Zettel, auf denen die drei Verheißungen von Jesus Christus standen, heftete er links an die Pinnwand. Sein Großvater hatte das Jahr 1844 für Jesu Wiederkehr herausgefunden. Was hatte er noch entdeckt, dass er glaubte, die Geschichte müsse neu geschrieben werden? Hatte dieses Ereignis mit Licht zu tun, also mit seinem Traum? Welche Hinweise gab es noch auf die Wiederkehr Christi? Zwei Fragen schossen ihm durch den Kopf.
„Wo ist er erschienen? Und weshalb blieb es unbemerkt?"

Dienstag, 17. März

Aktuelle Meldung:
Die Grenzen sind dicht, die Menschen haben Angst – nicht nur vor dem Virus, sondern auch vor Lebensmittelknappheit und der verordneten Isolation. Die Lage in Kliniken wird kritischer ...

Die Nachricht

Robert machte sich ernsthaft Sorgen um seine Eltern. Er hatte gestern Abend immer und immer wieder versucht, sie zu erreichen. Im Hotel war er telefonisch nicht durchgekommen. Deshalb hatte er mehrere E-Mails geschrieben. Was war da los in Ägypten? Zwischendurch fiel ihm ein, dass er die Hausärztin von Frau Hermann vergessen hatte. Das musste er unbedingt heute Morgen erledigen.
Er steckte gerade eine Scheibe Weißbrot in den Toaster, als sein Handy klingelte. Seine Mutter rief fröhlich: „Guten Morgen, Robert." Ihr Ton brachte das Sorgenfass in ihm zum Überlaufen. „Verdammt, warum meldet ihr euch nicht!", brüllte er wütend ins Handy. „Ich versuche euch seit zwei Tagen zu erreichen."
„Dein Vater und ich, wir haben uns auf eine handyfreie Zeit geeinigt. Er hat so viel telefoniert, dass ich das Handy versteckt habe und natürlich konnte ich meins dann nicht ... Ist etwas passiert?", fragte sie kleinlaut. Sie schien plötzlich zu ahnen, dass es für Roberts Anrufe einen handfesten Grund gab.
Er war so wütend, dass die Nachricht ohne Vorsicht aus ihm herausplatzte: „Oma liegt auf der Intensivstation, hatte einen Schlaganfall."
„Um Gottes Willen, seit wann denn?"
„Seit Freitag. Ich sollte euch nichts sagen, aber da es kritisch ist, meinten Clara und Schwester Kerstin, ihr solltet es wissen."

„Natürlich müssen wir das wissen. Wir nehmen den nächsten Flieger.“

„Das braucht ihr nicht. Das Krankenhaus ist für Besucher gesperrt, wegen Infektionsgefahr. Schwester Kerstin hat mich heimlich reingelotst, weil Oma so unruhig war und etwas mitteilen wollte. Sie kann nicht sprechen, aber ich habe herausbekommen, dass es um die Patientenvollmacht geht und um ihr Testament.“

Er bemerkte, dass seine Mutter am anderen Ende nach Luft schnappte. „Beruhige dich, Vera“, hörte er seinen Vater sagen.

„Wir nehmen den nächsten Flieger“, wiederholte sie mit erstickter Stimme.

„Das bringt doch nichts, wir kommen doch nicht ins Krankenhaus“, kam es entschieden von seinem Vater.

„Du glaubst doch nicht etwa, dass ich am Strand spazieren gehe oder mit dir zum Tauchen komme, wo Mutti um ihr Leben kämpft. Dann fliege ich eben alleine zurück und du kannst deinen Urlaub weiter genießen.“

Robert hatte keine Lust, das Streitgespräch seiner Eltern mit anzuhören. „Macht doch, was ihr wollt. Jetzt wisst ihr jedenfalls Bescheid“, sagte er und wollte das Telefonat beenden.

„Nein, warte“, rief Vera. „Hast du noch Verbindung zu Schwester Kerstin und zum Arzt? Du musst uns auf dem Laufenden halten“, sagte sie aufgeregt. Bevor Robert antworten konnte, sagte Frank energisch: „Robert muss sich auf seine Prüfung vorbereiten.“

„Prüfung?“, schrie Vera hysterisch. „Das ist doch jetzt völlig unwichtig.“

„Ist es verdammt noch mal nicht!“, schrie sein Vater zurück.

„Wenn er noch mal durchfällt, war das Studium umsonst, dann waren vier Jahre umsonst, von den Kosten will ich gar nicht reden.“ Robert hielt sein Handy ein Stück weg vom Ohr.

„Hast du es immer noch nicht begriffen, Frank. Meine Mutter kämpft um ihr Leben und ich genieße hier unbeschwert meinen Urlaub.“

„Schuldgefühle machen sie auch nicht gesund."
Robert hatte nun endgültig genug. Er brach das Gespräch ab und atmete tief durch. Jetzt war er einfach nur froh, dass sie Bescheid wussten. Die Last, die auf seiner Schulter lag, schien sich aufzulösen. Doch hatte sein Vater ihn auch an seine zentrale Aufgabe erinnert. Prüfungsvorbereitung. Würde die Prüfung in Corona-Zeiten überhaupt stattfinden? Wäre ein Abschluss jetzt überhaupt möglich?
Frau Dr. Schmidt zu erreichen, erwies sich als schwieriges Unterfangen an diesem Vormittag. Immer wieder musste er seine Arbeit unterbrechen und sein Glück versuchen. Kurz vor Mittag ging endlich eine Arzthelferin ans Telefon.
Robert beschwerte sich. Doch die Frau schien völlig frustriert und sagte müde: „Hier ist die Hölle los. Wir hatten noch nie so viele Patienten an einem Vormittag und das ausgerechnet jetzt, wo wir Abstand halten müssen." Robert empfand nun sein Anliegen fast als belanglos. „Kann ich trotzdem Frau Dr. Schmidt sprechen?"
„Einen Moment, die letzte Patientin verlässt gerade den Raum."
Kurz danach hörte er die Stimme der Ärztin. Robert spulte seinen Text ab. „Ich betreue Frau Käthe Hermann auf Wunsch meiner Oma, Frau Seefeld. Bei meinem ersten Besuch hatte ich den Eindruck, Frau Hermann leidet an Demenz, beim zweiten an einer Psychose. Sie wirft ihre frischen Lebensmittel weg, weil sie glaubt, die Nachbarn würden bei ihr einbrechen und sie vergiften."
Robert kam nicht weiter. Die Ärztin stoppte ihn resolut: „Moment. Frau Hermann ist neu bei mir. Wie es aussieht, hat sie alle Hausärzte der Stadt durchprobiert. Ich weiß nicht, was mich geritten hat, sie überhaupt anzunehmen. Sie war erst zweimal hier. Da ist mir nichts Ungewöhnliches aufgefallen. Gibt es keine Angehörigen, die sich kümmern können?"
„Ihre Tochter wohnt in Bayern."
„Das ist ja nicht aus der Welt. Ich kann da jetzt auch nichts machen. Ohne Auffälligkeit kann ich keine Überweisung zu

einem Psychiater ausstellen. Wenn sie das nächste Mal zu mir kommt, werde ich auf ihren Geisteszustand achten."

„Und wann ist das nächste Mal?", schaffte Robert noch zu fragen.

Sie schien im Computer nachzusehen. „In drei Wochen."

„Und wenn sie bis dahin etwas Dummes anstellt?", fragte Robert hektisch.

„Dann muss man die Polizei rufen. Tut mir leid, Herr Schumann, mehr kann ich im Moment nicht tun. Außerdem, selbst wenn ich eine Überweisung zum Psychiater ausstellen würde, ist noch lange nicht gesagt, dass sie einen Termin bekommt und ob Frau Hermann da überhaupt hin möchte. Zu einem Facharzt muss man gehen wollen."

„Aber wenn sie doch gar nicht merkt, dass sie durcheinander ist."

„Und da haben wir das Problem. Egal wie der psychische Zustand eines Menschen ist, wenn er sich nicht behandeln lassen will, können wir Ärzte auch nichts machen. So sind die Gesetze."

„Danke", sagte er schwach und war kein Stück weiter. Eigentlich hatte er das Problem schon während seiner Ausbildung als Krankenpfleger kennengelernt, aber nur theoretisch. Nun hatte er ein praktisches Beispiel.

Es fiel Robert schwer, sich auf seine Arbeit zu konzentrieren. Er hatte bisher zwei Kapitel geschrieben und ein paar Seiten in seinem Logistikhefter gelesen. Aber er hätte nichts davon wiedergeben können. Du musst konzentrierter arbeiten!, befahl er sich stumm. Doch kaum hatte er sich das vorgenommen, da klingelte sein Handy. „Mutti, was ist denn? Ich möchte endlich mal in Ruhe arbeiten", sagte er genervt.

Die Stimme seiner Mutter klang heiser, als sie sagte: „Du glaubst nicht, was hier los ist. Die Urlauber müssen alle abreisen. Hier herrscht Chaos. Die Geschäftsführung hat uns gesagt, am Wochenende wird das Hotel geschlossen. Angeblich schließen die Flughäfen am Donnerstag. Die deutsche Regierung holt die Reisenden zurück. Die ersten Flüge sind ausgebucht. Wir versuchen, uns auf der Website des

Auswärtigen Amtes registrieren zu lassen. Die Poolbars sind geschlossen, die Tauchbasis hat auch zugemacht. Es ist nichts mehr los."

„Na toll. Soll ich euch von Ägypten abholen?", fragte Robert frustriert.

Sie ging darauf nicht ein, sondern sprach in dem leisen Ton fast mechanisch weiter: „So wie ich das mitbekommen habe, wird wohl kaum jemand in dem Flughafen landen, wo er gestartet ist. Vielleicht musst du uns von irgendwo abholen. Aber erst mal müssen wir hier wegkommen. Wie geht es Oma?"

„Ich habe noch nichts gehört."

„Kannst du nicht mal im Krankenhaus anrufen und nachfragen. Dann wäre ich etwas beruhigter."

„Ja, könnte ich. Ich habe gerade den ganzen Vormittag versucht, die Hausärztin von Frau Hermann zu erreichen."

„Weshalb denn das?"

„Frau Hermann ist nicht ganz richtig im Kopf und müsste eigentlich zum Psychiater."

„Aber was hast du damit zu tun?", fragte seine Mutter überrascht.

„Oma hat mir Frau Hermann aufgehalst. Die Tochter lebt in Bayern, ist alleinerziehend und kann jetzt wegen Corona nicht herkommen. Ich habe für Frau Hermann zweimal eingekauft, Geld abgehoben, was ich ihr aber aus Vorsicht nicht gleich ausgehändigt habe. Dafür hat sie mir die Polizei auf den Hals gehetzt. Mutti, mir reicht es langsam. Ich muss was für mein Studium machen. Hast doch gehört, was Vati gesagt hat."

„Da ist ja ganz schön was los bei dir. Das konnte ja keiner ahnen. Wir sehen zu, dass wir so schnell wie möglich zurückkommen. Und wir können uns ja einen Mietwagen nehmen …"

„Ja, macht das. Wenn Schwester Kerstin sich bei mir meldet, schicke ich dir eine Nachricht."

Die Aufräumaktion

Robert konnte eine Stunde ungestört arbeiten. Dann kam der nächste Anruf. Tom. „Bei Frau Hermann war der Schlüsseldienst. Sie hat sich ein neues Schloss einbauen lassen. Jetzt kommst du nicht mehr rein, wenn sie nicht öffnet."
„Prima. Vielleicht gibt sie mir einen Ersatzschlüssel."
„Frau Hermann scheint wirklich krank zu sein. Der Mann vom Schlüsseldienst hat mit dem Kopf geschüttelt. Das Schloss war vollkommen in Ordnung. Aber Frau Hermann war der Meinung, dass es von den vielen Einbrüchen der Nachbarn ausgeleiert ist."
„Ja, ich weiß", sagte Robert müde. „Ich hatte gehofft, die Hausärztin würde sich kümmern. Macht sie aber nicht, weil Frau Hermann bei ihr unauffällig war."
„Robert, noch etwas", begann Tom vorsichtig. „Der Schrott wird morgen schon abgeholt. Ich habe direkt beim Schrotthändler angerufen. Könntest du vielleicht … heute … wenn du eine Pause machst, so gegen 18 Uhr vorbeikommen und das Zeug mit hinaustragen?"
„Klar, habe ich doch versprochen. Wie geht es Tim?"
„Er hat zwei Stunden geschlafen. Jetzt ist er stolz auf seine verbundene Hand, wollte damit unbedingt in den Kindergarten. Ich darf gar nicht dran denken, dass die KiTa vier Wochen geschlossen ist."
„Kann ich mir vorstellen", sagte Robert mitfühlend. Aber in Wirklichkeit hatte er keine Ahnung, was das bedeutet.
Robert hielt Wort und traf zur verabredeten Zeit bei Tom ein. Die Haustür und die Tür zum Hof standen weit offen. Es herrschte Durchzug. Die ersten Teile, ein verrostetes Fahrrad, eine kaputte Schubkarre und eine Waschmaschine standen schon auf dem Fußweg. Zum Glück war er nicht der einzige Helfer. Der Nachbar, der LKW-Fahrer, war anscheinend mal zu Hause und stand bereit. Der Hausmeister, Herr Neumann, erschien ebenfalls, stellte aber sofort klar, dass er nichts Schweres tragen dürfe. Zum Glück kamen die Mieter aus dem Dachgeschoss gerade vom Einkauf zurück. „Könnt

ihr auch helfen?", fragte Tom die beiden. Robert schätzte sie auf Anfang zwanzig. Er wusste ja schon, dass sie aus Syrien stammten.

Tom erklärte mit großen Gesten, worum es hier ging. Sie verstanden sofort.

„Wir helfen können", sagte einer der beiden. Robert nahm sie mit in den Hof und zeigte auf den Schrottberg. Der Hausmeister hatte Arbeitshandschuhe für sie parat. Nun trugen sie zu viert innerhalb einer halben Stunde den Schrott vor die Tür. Die Kinder sprangen begeistert auf der freigewordenen Fläche herum. Ein abgedeckter ziemlich großer Sandkasten kam zum Vorschein. Jetzt konnte man erst sehen, wie groß der Hof wirklich war. Auf der linken Seite befand sich ein Schuppen für Fahrräder. Ein paar Wäscheleinen waren zwischen Haus und Schuppen gezogen. Die beiden kahlen Bäume kamen nun richtig zur Geltung. Eine hohe Mauer trennte den Hof nach hinten und zu beiden Seiten von den Nachbargrundstücken. In der schmalen Einfahrt neben dem Haus standen die Mülltonnen. Es war genügend Platz, um ein Fahrrad vorbeizuschieben. Am Ende befand sich ein Holztor. Robert wunderte sich, dass man das nicht geöffnet hatte, um den Schrott nach vorn zu bringen.

Die Gehwegplatten lagen verstreut auf dem Grundstück und stellten eine Gefahrenquelle für die Kinder dar. Frau Möhring rief aus dem Fenster: „Man könnte ein Blumenbeet anlegen."

„Zuerst müsste man mal die Platten richtig hinlegen", brubbelte der Hausmeister. „Eigentlich müsste der ganze Hof ausgelegt werden."

„Nein, auf keinen Fall, da müssen Blumenbeete oder Sträucher hin, damit es grüner wird", entgegnete Frau Möhring bestimmend.

„Na, dann pflanzen Sie doch Blumen, Frau Möhring", brüllte der Hausmeister zurück.

„Ein Spielplatz für die Kinder wäre wichtig", beharrte Tom. „Dann macht es doch", sagte der Hausmeister mürrisch und fügte hinzu: „Meinen Segen habt ihr." Der Mann verließ den

Hof. Die chinesische Familie tauchte auf. „Oh, alles so schön geworden", sagte die Frau. Der Mann nickte nur freundlich und das etwa neunjährige Mädchen ging zu den anderen beiden, die gerade den geöffneten Sandkasten begutachteten.
Der LKW-Fahrer meldete sich zu Wort: „Mir ist es egal, was ihr mit dem Hof macht. Ich bin sowieso kaum da."
„Man könnte Tisch und Stühle stellen und Blumentöpfe und Licht machen überall", sagte die chinesische Frau.
Tom nickte. „Und was denkt ihr?", fragte er die beiden Syrer. Der eine hatte verstanden und sagte: „Wasser."
„Meinst du einen Springbrunnen?", fragte Robert und deutete mit den Händen einen Springbrunnen an. Der Junge nickte erfreut und zeigte auf die Mitte des Hofes.
„Da wäre ich nicht drauf gekommen", sagte Tom anerkennend. „Frau Möhring hat Recht. Hinten an der Mauer könnten wir tatsächlich Blumen und Sträucher pflanzen, vielleicht auch ein paar Kräuter, die man zum Kochen verwenden kann. Der Springbrunnen könnte davorstehen. Die Platten müsste man seitlich an den Schuppen legen, dann hätten wir Platz für Tisch und Stühle. Die Kinder bekommen die rechte Seite zum Spielen. Ein Sandkasten ist schon da. Vielleicht noch eine Rutsche und im Baum eine Schaukel."
Die anderen nickten zustimmend.
Robert stellte fest, dass die ausländischen Mitbewohner gut deutsch verstanden, aber Schwierigkeiten hatten, sich selbst zu äußern. „Ihr habt gute Ideen", sagte er zu ihnen.
Tom ergänzte: „Und es ist gerade jetzt so wichtig, einen Ort zu haben, wo die Kinder spielen können, wo doch die Spielplätze geschlossen sind."
„Wenn ich zu Hause bin, kann ich helfen", sagte der LKW-Fahrer.
Frau Möhring rief von oben: „Ich könnte die Blumen und Kräuter pflanzen!"
„Wir holen Springbrunnen und Licht", erklärte sich die chinesische Familie bereit.
„Wir helfen auch, Schule ist nicht. Wir Zeit haben", sagte einer der Jungen.

Robert hatte eine Idee: „Ich habe einen Freund, der hat eine Gärtnerei. Werde ihn anrufen, ob er Pflanzen übrig hat oder günstiger verkauft." Toms Augen wurden feucht. „Und du bist der Bauleiter", sagte Robert zu ihm. „Einer muss ja hier den Überblick behalten. Was ist eigentlich mit Frau Hermann? Habt ihr etwas von ihr gehört?"
„Sie scheint da oben Möbel zu rücken", fiel Tom jetzt ein. „Wollte ich dir vorhin schon sagen."
Während die Hausbewohner weiter Pläne für den Hof schmiedeten, ging Robert zurück in den Hausflur, stieg die Treppe hinauf und klingelte. Er wartete eine Weile und klingelte noch einmal. Frau Hermann öffnete nicht. Aber offensichtlich bewegte sie Möbelstücke im Flur. Robert klopfte und sagte: „Frau Hermann, hier ist Robert Schumann. Die Geschäfte machen morgen zu. Soll ich noch etwas für Sie einkaufen?" Die Tür wurde einen Spalt geöffnet. Robert durfte eintreten. „Was machen Sie hier?", fragte er irritiert und sah sich im Flur um. Lauter kleine Möbelstücke – Beistelltische, ein Bügelbrett und ein Wäscheständer – standen kreuz und quer.
„Ich muss mich schützen. Die wollen bei mir einbrechen und mein Essen vergiften. Die haben schon einen Gasanschlag auf mich geplant", sagte sie mit erstickter Stimme und weit aufgerissenen Augen.
„Wer sollte so etwas tun?", fragte Robert vorsichtig. Die Frau machte ihm jetzt Angst.
„Na, die da oben. Ich habe schon ein neues Schloss einbauen lassen. Die haben versucht hier einzubrechen und haben das Schloss kaputt gemacht."
„Wenn Sie Angst haben, dann wäre es ganz gut, wenn Sie mir einen Zweitschlüssel geben, damit ich im Notfall hereinkomme."
„Ich gebe doch keinen Schlüssel weg", sagte sie nun entrüstet.
Jetzt erst bemerkte Robert die Kälte. „Frau Hermann, Ihre Wohnung ist ja eiskalt. Geht die Heizung nicht?"

„Ich muss lüften, wegen des Gasgeruchs. Riechen Sie das nicht?“

Er schnupperte. „Nein. Aber nun ist genug gelüftet. Ich mache jetzt die Fenster zu.“ Robert ging ins Wohnzimmer. Die Fenster standen sperrweit offen, ebenso das Küchenfenster. „Um Gottes willen, Sie holen sich eine Lungenentzündung, Frau Hermann.“

„Ich muss aber hier lüften, der Gasgeruch!“, rief sie hysterisch.

Robert gab auf, versuchte sie abzulenken, indem er fragte: „Ist der Kühlschrank noch gefüllt?“

Sie antwortete nicht, sah starr geradeaus. Er ging in die Küche und sah nach. Gähnende Leere kam ihm entgegen. „Frau Hermann, haben Sie das alles aufgegessen?“ Die Frage war nur eine Formsache. Er konnte sich bereits denken, wo die Lebensmittel gelandet waren. Auf dem Herd stand ein Topf mit Kartoffelsuppe.

„Alles vergiftet, nicht genießbar“, murmelte sie. „Ich gehe morgen einkaufen.“

„Gut, dann begleite ich Sie“, sagte Robert spontan. Weil er Angst hatte, sie könnte ablehnen, fügte er schnell hinzu. „Ich habe ein Auto, dann müssen Sie nicht laufen und vor allem nicht schwer tragen. Ich komme morgen um zehn. Ist das okay?“

„Ja, um zehn ist gut“, stimmte sie verträumt zu. Robert war sich nicht sicher, ob sein Vorschlag wirklich angekommen war. Er schob sich durch den verbarrikadierten Flur nach draußen. Dort lehnte er sich an die Wand und schloss kurz die Augen. Die Frau tat ihm unendlich leid. Sie musste unter einem unglaublichen Druck stehen. Und das Schlimmste war, er konnte ihr nicht wirklich helfen. Sie braucht einen Arzt, einen Psychiater, Medikamente, dachte er frustriert.

Tom lud Robert wieder zum Abendessen ein. Aber er lehnte ab. „Ich muss nach Hause, die Tiere versorgen und ich muss an meiner Arbeit schreiben. Morgen früh will ich mit Frau Hermann einkaufen. Vielleicht kann ich sie überreden, zum Hausarzt zu gehen. Sie braucht dringend Hilfe. Sie hat alle

Fenster weit geöffnet, weil sie glaubt, ihr plant einen Gasanschlag auf sie. Die Lebensmittel liegen wieder im Mülleimer, angeblich vergiftet. Der Flur ist verbarrikadiert, damit ihr nicht in die Wohnung eindringen könnt." Er atmete schwer.

„Hoffentlich fackelt sie nicht noch das ganze Haus ab", sagte Tom besorgt.

„Eben, das war auch mein Gedanke. Sie ist eine Gefahr für sich und für alle Bewohner. Ich rufe ihre Tochter an."

Nach dem Gespräch mit Frau Färber, war Robert noch frustrierter, weil er mit seinen Neuigkeiten ihre Lebenssituation verschlimmerte. Trotzdem hielt er es für richtig, sie zu informieren. Er wollte sich später keine Vorwürfe machen lassen, falls wirklich etwas Schlimmes passierte. Frau Färber hatte bereits in zwölf Pflegeheimen versucht, einen Platz für ihre Mutter zu bekommen. Entweder scheiterte es an der Pflegestufe, die Frau Hermann noch nicht hatte, oder an Corona.

Robert lief die Runde mit dem Hund, fütterte Minna und tat etwas, das Oma ganz sicher nicht gutheißen würde. Er ließ den Hund in den Garten. Es zog ihn ins Arbeitszimmer seines Großvaters. Wenn er es betrat, überkam ihn Ruhe. Es war, als würde er eine andere Welt betreten. Die vielen Bücher hatten ihren Anteil an dieser Stimmung und die Erinnerungen versetzten ihn in die Vergangenheit und lenkten ihn von den aktuellen Problemen ab. Er hörte seinen Großvater sagen: *Komm Robert, schau dir mal die Pinnwand an. Ich habe die Reformation Luthers zeitlich festgehalten.* Dann erzählte er Geschichten aus dieser Zeit und man hatte das Gefühl im 16. Jahrhundert zu leben. Ja, genau so war es. Dieser Raum erzählte Geschichte. Würde er hier auch das Rätsel um Christi Wiederkehr lösen?

Er las still die Zitate auf der rechten Seite und dann die drei Prophezeiungen links.

Alle drei liefen wie in einem Brennpunkt zusammen: 1844.

Robert blieb bei der Frage hängen: Hat es die Wiederkehr Christi gegeben oder nicht?

Er nahm einen weiteren Zettel zur Hand. Die Überschrift lautete:

Die Geschichte könnte sich wiederholen

Beim ersten Kommen Christi erhielten die Anhänger den Namen CHRISTEN. Sie wurden nicht Juden genannt, obgleich es das heilige Buch der Juden war, das sein Kommen voraussagte.

Wenn also der Messias einen neuen Namen hatte, würden auch seine Anhänger einen neuen Namen erhalten.

Bei Jesaja 65:15 heißt es: „Seinen Knechten aber wird er einen anderen Namen geben.

In der Offenbarung 2:17 heißt es: „Wer Ohren hat, der höre, was der Geist den Gemeinden sagt: Wer siegt, dem werde ich von dem verborgenen Manna geben. Ich werde ihm einen weißen Stein geben und auf dem Stein steht ein neuer Name geschrieben, den nur der kennt, der ihn empfängt.

In der Offenbarung 3:12 steht: Und ich werde auf ihn den Namen meines Gottes schreiben ... und auch meinen neuen Namen.

Es folgten noch weitere Beispiele, die sich inhaltlich auf den neuen Namen bezogen und Günter Seefeld hatte es so zusammengefasst:

*In diesen Worten liegt die Verheißung, dass Er, der **heilige**, der **wahre** Messias, am Tag Seiner Wiederkehr den Schlüssel haben und die **Tür öffnen** wird vor jedem, der **Ohren hat zu hören** und nicht Seinen neuen Namen verleugnet.*

Robert überlegte. Es geht also um einen neuen Namen. Deshalb hat man ihn 1844 nicht bemerkt. *Niemand kennt den Namen, außer der ihn empfängt.*

Aus einem Gefühl heraus griff er in das Schubfach, nahm mehrere Zettel in die Hand und fand zwei Zitate, die dazu passten:

O ihr, die ihr dem Sohne (Christus) folgt! Ist es wegen Meines Namens, dass ihr euch gegen Mich sperrt? Warum sinnt ihr nicht nach in eurem Herzen? Tag und Nacht habt ihr euren Herrn, den Allmächtigen,

angerufen, doch als Er vom Himmel der Ewigkeit in Seiner großen Herrlichkeit herniederkam, da habt ihr euch von Ihm abgekehrt und bleibt in Achtlosigkeit versunken. (BA 2:2)

Wahrlich, Er ist vom Himmel gekommen, wie Er das erste Mal von dort herniedergekommen ist. Hütet euch, dass ihr nicht bestreitet, was Er verkündet, so, wie die Menschen vor euch Seine Worte bestritten. So unterweist euch Er, der Wahre, könntet ihr es doch erkennen! (BA 2:6)

Hier fand Robert die Bestätigung, dass Christus unter einem anderen Namen tatsächlich erschienen ist. Er muss wirklich schon da gewesen sein. Weshalb hatte sein Großvater die Literaturangabe so unklar festgehalten? Er war doch sonst so gründlich. Robert durchstöberte die losen Blätter. Er suchte weitere Anhaltspunkte über das zweite Kommen Christi. Schließlich fand er diese Aussage:

Jesus sprach: „Ich gehe fort und komme wieder zu euch." (Johannes 14:28)

Und an anderer Stelle sprach Er: „Noch vieles habe ich euch zu sagen, aber ihr könnt es jetzt nicht tragen. Wenn aber jener kommt, der Geist der Wahrheit, wird er euch in der ganzen Wahrheit leiten. (Johannes 16:12, 13)

Christus sprach im Hinblick auf sein zweites Kommen manchmal von Seinem eigenen Erscheinen und manchmal vom Erscheinen eines anderen. Aber er betonte auch... **das Wort, das ihr hört, stammt nicht von mir, sondern vom Vater, der mich gesandt hat. (Johannes 14:24)**

Christus sagt dasselbe von dem, dessen Kommen Er für diese Zeit voraussagt ... **Denn er wird nicht aus sich selbst heraus reden, sondern er wird reden, was er hört ...** *(Johannes 16:13)*

Christus spricht hier vom Christus-Geist, vom Heiligen Geist, der wiederkehren wird.

Wenn er sich auf das Kommen eines anderen bezog, sprach er von einem anderen menschlichen Träger, von einem Mann mit einem neuen Namen, der aber mit demselben Heiligen Geist erfüllt sein werde ...

Auch das schien logisch. Jesus konnte nicht in seinem Aussehen von damals erscheinen. Ein toter Körper war nun mal tot. Und wie sah er überhaupt aus? Hatten die Menschen in der Welt nicht unterschiedliche Bilder von ihm? Robert schloss sich der Meinung seines Großvaters an. Mit diesen Aussagen konnte nur gemeint sein, dass der Geist wiederkehrt. Aber wer oder was war der Geist?

Immer wieder ging er seine Zettel durch. Es war ein geistiges Abenteuer. Inzwischen verstand er gut, dass dieses Thema seinen Großvater gepackt hatte. Robert hatte die Zeit völlig vergessen. Erst als er gegen elf nach Hause kam, bemerkte er, dass er Hunger hatte. Er fühlte sich erschöpft und gleichzeitig hell wach. Seine eigentliche Aufgabe, die Bachelor-Arbeit, kam ihm belanglos vor. Es hatte Ereignisse in der Welt gegeben, die größer waren, als alles, was geschehen war und geschehen wird. Aus unerklärlichen Gründen hatte man sie aber falsch oder gar nicht wahrgenommen. Auch war er sich inzwischen sicher, dass sein Traum damit zu tun hatte. Vor dem Schlafengehen bemerkte er, dass sein Handy auf stumm geschaltet war und er den Anruf seiner Mutter verpasst hatte. Ihre hinterlassene Nachricht lautete:

WIR KONNTEN UNS AUF DER WEBSITE DES AUSWÄRTIGEN AMTES REGISTRIEREN LASSEN.

Auch das schien ihm im Moment unwichtig.

Mittwoch, 18. März

Aktuelle Meldung:
Laut UNESCO können aufgrund der Corona-Pandemie der-
zeit etwa die Hälfte der Schüler und Studenten auf der Welt
nicht zum Unterricht gehen. Schul- und UNI-Schließungen
gibt es demnach in 102 Staaten, dazu kommen lokal be-
grenzte Schließungen in anderen Ländern. Betroffen seien
insgesamt 850 Millionen Schüler und Studenten ...

Das Hofprojekt

Ein leichter Wind und Sonnenschein erwarteten Robert, als er gegen acht Uhr mit dem Hund vor die Tür trat. Der gestrige Abend, sein Ausflug in die Recherchen seines Großvaters, kam ihm surreal vor. Es konnte doch nicht sein, dass große Ereignisse passierten und unbemerkt von der Weltpresse blieben. Es konnte nicht sein, dass die Christen ihren Christus beim zweiten Kommen verpasst haben. Was hatte sich sein Großvater da zusammengereimt? Und weshalb schien es ihm so wichtig? Robert musste sich eingestehen, dass diese Zitate ein starkes, unerklärliches Interesse bei ihm weckten, so dass die aktuellen Probleme an Bedeutung verloren. Aber sie waren trotzdem da. Er versuchte sich gedanklich auf das zu konzentrieren, was heute dran war: Einkauf mit Frau Hermann, Matthias anrufen wegen der Pflanzen. Während er frühstückte, hörte er Radio.
Der Bundespräsident verkündete:
„Halten wir Abstand damit wir uns morgen wieder umarmen können."
Das klang gut, war aber nicht so leicht. Ihm wurde bewusst, dass Frau Hermann wirklich zur Risikogruppe gehörte. Sie wollte unbedingt selbst einkaufen. Das war eigentlich unvernünftig. Vielleicht konnte Robert sie davon überzeugen, dass er den Einkauf allein erledigen sollte. Corona war noch kein Thema für Frau Hermann. Sie hatte andere Probleme, andere Feinde, die ihr realer erschienen.

Robert klingelte kurz nach zehn unten an der Haustür. Doch er wartete vergeblich auf den Summton, um die Tür zu öffnen. Also musste er wieder Tom bemühen. Der Mann strahlte ihn an, als sie sich im Hausflur begrüßten.

„Du siehst heute richtig zufrieden aus", sagte Robert. „Ich habe gute Nachrichten für euch. Mein Schulfreund hat Pflanzen übrig, die er nicht verkaufen kann, weil sie nicht der Norm entsprechen. Ist das Thema Pflanzstreifen noch aktuell?"

„Und wie. Hier herrscht eine Art kreatives Fieber."

„Na toll, muss mich erst mal um Frau Hermann kümmern." Robert stieg die Treppe hinauf, klopfte und klingelte, doch keine Reaktion. Er hatte nicht darauf geachtet, ob die Fenster offen standen. Deshalb ging er nach unten in den Hof. Der Nachbar von Tom, der LKW-Fahrer war dabei, die Platten ordentlich zu verlegen. Auf Anraten von Tom hatte er vom Schuppen aus begonnen und für seine Aktion den Sand aus dem Sandkasten verwendet, was Tim und Anna in Rage brachte. „Ihr kriegt neuen Sand, wie oft soll ich das noch sagen", schimpfte der Mann. Die beiden syrischen Mitbewohner waren damit beschäftigt, einen breiten Streifen entlang der Längsseite der Mauer umzugraben. Frau Möhring beaufsichtigte sie dabei und gab in kurzen Worten und mit vielen Gesten ihre Anweisungen.

„Ich habe Pflanzen für euch", verkündete Robert. „Hole ich nachher ab."

„Können Sie noch frische Blumenerde mitbringen? Ich bezahle das", rief Frau Möhring ihm zu. Sie wirkte zur Abwechslung mal höchst zufrieden. Ihren Sturz hatte sie wohl vergessen, denn sie bewegte sich ohne Stock.

„Wie viel?", fragte Robert nebenbei und sah zum Küchenfenster hoch, das weit offen stand.

„Wenigstens vier Säcke."

„Okay." Dann rief er mit voller Stimme: „Frau Hermann, machen Sie mal die Tür auf. Ich will mit Ihnen einkaufen fahren."

Die Frau kam ans Fenster. Die Haare standen wüst in alle Richtungen. Sie schien noch im Nachtzeug zu sein.
„Was wollen Sie?", brüllte sie herunter. „Lassen Sie mich in Ruhe! Ihr Verbrecher wollt mich umbringen!"
„Frau Hermann, Ihr Kühlschrank ist leer. Ich will mit Ihnen einkaufen!", rief Robert zurück.
„Ich habe kaum geschlafen, ich kann nicht."
„Machen Sie bitte die Tür auf, dann sehen wir nach, was Sie brauchen. Sie müssen nicht mitkommen. Ich kann das für Sie erledigen."
Frau Möhring schüttelte nur den Kopf: „So war sie doch früher nicht. Wir haben uns eigentlich ganz gut verstanden."
Robert sagte nichts dazu und unternahm einen weiteren Versuch, in Frau Hermanns Wohnung zu kommen. Er klopfte, er rief, er erwähnte Carola. Erst blieb es still, dann wurden Möbel gerückt und die Tür einen Spalt geöffnet. Robert drängte sich hindurch. In der Küche war der kleine Tisch mit gebrauchtem Geschirr vollgestellt. Robert suchte sich einen freien Platz und hielt nach Kugelschreiber und Zettel Ausschau. Schließlich fand er Schreibzeug und erklärte ruhig: „Sie sagen mir, was Sie brauchen und ich kaufe ein. Aber mir ist kalt. Ich muss das Fenster schließen." Er wartete ihre Zustimmung nicht ab, sondern tat es einfach. Dann schrieb er auf, was sie ihm zurief. Plötzlich verkündete sie: „Ich komme doch mit. Ich ziehe mich an." Während sie sich fertig machte, wusch Robert das Geschirr ab. Sein Handy klingelte. Schwester Kerstin. „Hallo Robert, deiner Großmutter geht es ganz gut. Sie hat gestern einen Herzschrittmacher bekommen und wird wahrscheinlich morgen auf die Normalstation verlegt werden."
„Kann ich sie besuchen?"
„Tut mir leid. Du kannst aber beruhigt sein. Es geht ihr wirklich besser."
„Können wir nicht mal per Video …?"
„Geht im Moment nicht. Es ist so viel los. Falls ich etwas Luft habe, können wir es probieren. Mach's gut."

Frau Hermann stand plötzlich in der Tür und fragte: „Haben Sie mit Ilse telefoniert?"

„Nein, mit der Krankenschwester. Ilse hat einen Herzschrittmacher bekommen und ist immer noch auf der Intensivstation. Vielleicht kann sie morgen wechseln." Frau Hermann nickte und sagte steif: „Dann können wir fahren."

Der Einkauf war mühsam, dauerte fast zwei Stunden. Bevor Robert die Sachen ausladen konnte, brachte er Frau Hermann nach oben. Sie hielt sich den Rücken vor Schmerzen, stöhnte und fiel erschöpft in den Sessel. Eine Minute später war sie eingeschlafen. Robert öffnete ihr eine Dose mit Nudelsuppe, füllte sie in den Topf und ging.

Zu Tom sagte er: „Ich fahre zur Gärtnerei."

„Willst du nicht etwas essen? Es gibt diesmal Kartoffelsalat und Würstchen. Die Kinder liegen schon im Bett." Robert nahm das Angebot an und aß zügig den angebotenen Teller leer.

„Du hast es aber eilig", stellte Tom fest.

„Ich hole jetzt die Pflanzen und muss heute unbedingt arbeiten. Bin gestern nicht mehr dazu gekommen." Er erzählte von seinem Großvater und kam darauf zu sprechen, dass Jesus Christus sein Kommen in der Bibel angekündigt hat, und dass dieser Zeitpunkt um 1844 gewesen sein muss. „Die Menschen waren darauf vorbereitet. Aber Christus erschien nicht so, wie sie es erwartet hatten."

Tom sah ihn ungläubig an. „Damit hast du dich den ganzen Abend beschäftigt?"

Robert nickte und erkannte im nächsten Moment, was er dachte. Schnell fügte er hinzu: „Das war so spannend, dass ich nicht aufhören konnte."

„Aha", sagte Tom und runzelte die Stirn.

„Du hältst das für Blödsinn", sagte Robert geradeheraus.

„Sagen wir es mal so. Wer sich dafür interessiert, soll es tun. Aber du hast mir von deiner wichtigen Prüfung erzählt und dass du unbedingt arbeiten musst. Und dann beschäftigst du dich mit einem Thema … na ja … was man vielleicht noch aufschieben könnte. Auf einen Tag mehr oder weniger kommt es doch wohl nicht an, wenn das Ereignis schon ein paar Tage zurückliegt", meinte Tom vorsichtig.

Robert musste bei seinem Tonfall lächeln. „Logisch gesehen hast du Recht. Wenn wir ihn 1844 verpasst haben, ist es eigentlich egal, ob wir 2020 oder 2021 die Geschichte neu aufrollen. Es gibt im Moment dringendere Aufgaben. Aber es hat mit meinem Traum zu tun und da ist wieder Dringlichkeit geboten." Tom zog die Augenbrauen hoch und Robert konnte wieder seine Gedanken lesen. „Du hältst es für übertrieben, einem Traum so viel Bedeutung beizumessen."

„Na ja, ich halte dich zwar nicht für verrückt, aber eine gewisse Besessenheit kann man dir nicht absprechen. Was bringt es dir, wenn du weißt, dass Jesus Christus wiedergekehrt ist? Davon hast du noch keinen Studienabschluss."

Robert grinste: „Das stimmt allerdings." Er merkte, dass es keinen Sinn hatte, das Thema weiter zu vertiefen. Für andere war sein wachsendes Interesse nicht nachvollziehbar. Er konnte es sich ja selbst nicht erklären. „Ich fahre zu Matthias. Mal sehen, was er für euch hat."

Tom nickte und bemerkte voller Freude: „Die haben da draußen ganz schön was geschafft. Ich muss nun Sand bestellen. Meine Kinder haben getobt, geschrien, mir alles Mögliche angedroht, wenn sie keinen Sand bekommen."

Robert ging noch einmal in den Hof und sah sich um. Der Streifen für die Pflanzen war fertig. Die Platten lagen. Es gab auch noch einen schmalen Weg zum Schuppen. Für einen Rasen war die Fläche zu klein. Der Platz um die Bäume herum musste sowieso frei bleiben. Aber ein paar Platten könnte man noch legen, schätzte er ein und machte sich auf den Weg zur Gärtnerei. Vor dem Pavillon standen unterschiedliche Töpfe mit Sträuchern und Stauden bereit.

Matthias kam aus einem der Gewächshäuser mit zwei hochstämmigen Pflanzen. Er erklärte: „Hier habe ich noch zwei Johannisbeersträucher, rot und weiß. Von den Kräutern kann ich auch etwas abgeben. Das hier kannst du alles mitnehmen." Er zeigte auf die bereitgestellten Töpfe.

„Super. Wir brauchen noch vier Säcke Blumenerde. Und die Frühblüher gehören auch ins Beet, würde ich sagen, damit es freundlicher aussieht. Robert griff nach drei Schalen mit Tulpen und Osterglocken. „Die Kosten übernehme ich und Frau Möhring bezahlt die Erde.
Matthias sah sich um. „Braucht ihr Sitzmöbel aus Holz? Die wollte ich entsorgen. Aber wenn man das Brett auswechselt und die Möbel streicht, dann sind sie noch verwendbar. Doreen hat neue Möbel bestellt, wollte unbedingt dieses moderne Korbzeug.“
Robert sah sich die Holzmöbel an, zwei lange, zwei kurze Bänke und ein ziemlich großer Tisch. Er fand sie wunderbar. Doch er rief vorsichtshalber Tom an.
„Da fragst du noch? Her damit“, lautete seine Antwort.
Sie luden die Möbel, Säcke und einen Teil der Pflanzen auf den Transporter. Robert verstaute den Rest in seinem Kofferraum und fuhr voraus. Als sie vor dem Haus hielten, stand die Hausgemeinschaft parat. Robert bemerkte beim Ausladen, dass er noch keinen Namen wusste. Er erkundigte sich danach. Der LKW-Fahrer, Herr Purowski, brachte die Säcke in den Hof. Die syrischen Jungen, Adil und Esat, fassten bei den Bänken zu. Robert trug die Pflanzen. Auch die Kinder halfen. Matthias sah sich den leeren Sandkasten an „Ist das nicht zu wenig Sand?“, wandte er sich an Tim. Der Junge schimpfte gleich los: „Den hat uns Herr Purowski weggenommen. Das ist so gemein. Wir brauchen den Sand.“
„Das Problem kann ich lösen, gleich.“ Matthias stellte die Pflanzen an die richtigen Stellen und erklärte Frau Möhring, wie groß und tief die Löcher ausgehoben werden müssen. Er sah sich um und bemerkte, dass noch Gehwegplatten fehlten. Auch die waren bei ihm übrig. „Robert, wir müssen noch eine Fuhre fahren.“
Robert war hin und hergerissen. Einerseits freute er sich für die Hausgemeinschaft, dass sie so einen tollen Hof bekamen, anderseits kam er wieder nicht zum Arbeiten. Die zweite Runde dauerte länger. Die Platten mussten einzeln eingeladen werden und der Sand wurde in kleine Säcke gefüllt. Als

sie fertig waren, holte Matthias eine Schaukel für die Kinder hervor. Dann fiel ihm ein, dass irgendwo noch eine alte Hollywoodschaukel herumstand. Sie musste auseinandergeschraubt werden.

Als sie mit ihrer Fuhre zum Haus zurückkamen, waren die meisten Pflanzen eingesetzt und angegossen. Herr Purowski hatte die Bank repariert und war beim Streichen. Die Kinder halfen mit kleinen Schippen, die Blumenerde zu verteilen. Frau Möhring wachte über den Pflanzstreifen wie ein Feldwebel über seine Mannschaft. Mit den neuen Platten wurde die Sitzecke vergrößert. Die Hollywoodschaukel fand ihren Platz neben dem Sandkasten. Die Schaukel wurde im Baum befestigt, so wie es sich Tom immer vorgestellt hatte. Die Holzbänke wirkten nach dem Anstrich wie neu. Matthias holte noch einmal Sand für die Kinder. Robert hatte selbst soviel Spaß an der Gestaltung, dass er seine eigentlichen Aufgaben völlig vergaß. Gegen Abend kamen das Ehepaar Wang und Viola Westphal von der Arbeit und staunten über die Veränderungen. Viola holte bunte Kissen und legte sie in die Schaukel. Frau Wang kam mit einer Lichterkette, die am Schuppen entlang gespannt wurde. Die Sitzecke konnte noch nicht genutzt werden, aber die Schaukel nahmen die Kinder in Beschlag. Matthias sah seinen Einsatz als gutes Werk und lehnte die Bezahlung ab. Deshalb wurde er mit seiner Frau für den nächsten Tag zum chinesischen Essen eingeladen. Frau Wang wollte kochen.

Robert taten alle Knochen weh, als er nach Hause kam. Rolli sprang ihn an, schien beleidigt zu sein, dass er den ganzen Tag alleine bleiben musste. Es blieb ihm nichts weiter übrig, als einen langen Spaziergang mit dem Hund zu unternehmen, obwohl er absolut keine Lust dazu hatte. Nun, die Katze brauchte auch noch ihr Futter. Schnell erledigte er diese Aufgabe und ermahnte sich, nicht ins Arbeitszimmer zu gehen. Zum Glück klingelte das Handy und hielt ihn von der Versuchung ab. „Mutti, was gibt es Neues?", fragte er gleich.

„Wir haben einen Rückflug, gerade eben hat man uns Bescheid gegeben. Heute Nacht sollen vier Sondermaschinen starten. Wir landen in Leipzig, es ist blöd, aber dann müssen wir mit dem Mietwagen nach Hannover, um unser Auto abzuholen. Du brauchst dich nicht zu kümmern, wir kommen klar." Robert wurde schlagartig bewusst, wenn seine Eltern zurück waren, gab es keinen Grund mehr für ihn, ins Haus seiner Oma zu gehen. Damit war auch die Recherche zu Ende. Bei dieser Vorstellung warf er seinen Vorsatz über den Haufen.

Robert band den Hund vom Zaun ab und ließ ihn wieder in den Garten. Der Nachbar, Herr Rohde, bemerkte ihn und rief über den Zaun. „Wie geht es Ilse?"

„Sie ist noch im Krankenhaus." Robert hielt es für angebracht, den Mann zu informieren. Schließlich hatten seine Großeltern immer einen engen Kontakt zur Familie Rohde gehabt. Deshalb ging er zum Zaun und berichtete ihm von dem Schlaganfall und dem Herzschrittmacher.

Herr Rohde wirkte sehr betroffen: „Das ist ja schrecklich, muss ich gleich meiner Frau erzählen. Sie hat sich das Bein gebrochen und ist total unzufrieden, weil sie mit Krücken laufen muss und nichts machen kann. Aber gegen einen Schlaganfall mit halbseitiger Lähmung ist das ja nichts."

Robert ließ den Mann reden, wollte nicht unhöflich sein, aber es zog ihn ins Arbeitszimmer. Er versuchte das Gespräch zu beenden, indem er sagte: „Dann bestellen Sie Ihrer Frau liebe Grüße und gute Besserung."

„Danke und du auch an Ilse, wenn du Gelegenheit hast, mit ihr zu reden. Die arme Frau, was sie so alles mitmachen muss. Sie hat schon genug mit ihrem Mann erlebt."

Robert stutzte. „Was meinen Sie?" Er machte einen Schritt zurück.

„Günter war doch zum Schluss auch sehr schwierig. Ob das nun eine Krankheit war oder die Besessenheit eines alten Geschichtslehrers, kann man wohl nicht so genau sagen."

„Ich weiß nichts davon", sagte Robert mit einer gewissen Neugier.

„Er hat sich mit der Bibel beschäftigt und wollte mir klar machen, dass Jesus Christus schon längst wieder auf Erden gewesen ist, aber unter anderem Namen und angeblich tauchte er nicht in Jerusalem, sondern in Persien auf um die Zeit 1844. Ich habe zunächst interessiert gelauscht, was er da entdeckt hat. Aber irgendwann wurde es mir zu viel. Er kam mit Bibeltexten und seinen Auslegungen. Weil ich merkte, dass er mit jemanden reden musste, habe ich ihm vorgeschlagen, zum Pfarrer zu gehen. Das hat er dann auch getan. Doch von dem Gespräch war er sehr enttäuscht. Nun ja. Ich habe ihn dann gefragt, was es ihm bringe, wenn er sich mit diesen geschichtlichen Sachen beschäftigt, die längst vorbei sind. Man muss doch in die Zukunft blicken. Ich erinnere mich noch gut, was er darauf gesagt hat: *Es geht um die Zukunft, es geht sogar um die Ewigkeit.* Sein geheimnisvoller Ton hat mir regelrecht Angst gemacht. Kurz danach ist er verstorben. Wir waren alle bestürzt über den plötzlichen Tod, aber ich hatte auch das Gefühl, für deine Oma war es gleichzeitig wie eine Erlösung. Diese Streitigkeiten in der letzten Zeit hatten sie sehr mitgenommen und geschwächt."

Rolli tobte am Zaun entlang und unterbrach das Gespräch. „Pass auf den Hund auf. Ilse mag es nicht, wenn er den Garten durchwühlt. Nochmals alles Gute für sie."

Herr Rohde ging und auf dem Weg ins Haus sortierte Robert die neuen Informationen.

Wenn Herr Rohde etwas mitbekommen hat, musste seine Mutter auch etwas wissen. Robert dachte an Toms Worte: *Was bringt es dir, wenn du weißt, dass Jesus wiedergekehrt ist? Davon hast du noch keinen Studienabschluss.*

Vielleicht bringt es mir etwas viel Wertvolleres. Opa hatte gesagt: *Es geht um die Zukunft, es geht sogar um die Ewigkeit.* Auch ihm war sonderbar zumute, als er die Worte wiederholte.

Wie war das? Jesus ist unter anderem Namen irgendwo in Persien erschienen. Na dann.

Robert ging ins Arbeitszimmer, nahm einen Zettel nach dem anderen in die Hand und fand schließlich, was er suchte.

Wie lautet der neue Name?

Steht er in der Bibel?
Sein Großvater hatte deutlich geschrieben:
Nach gründlichem Studium der Bibel, glaube ich den Namen gefunden zu haben.
Er lautet: DIE HERRLICHKEIT DES HERRN oder HERRLICHKEIT GOTTES
Zitate:
... die Pracht von Karmel und Saron, sie sehen die Herrlichkeit des Herrn, die Pracht unseres Gottes. (Jesaja 35:2)
Ich sah die heilige Stadt, das neue Jerusalem ... Die Stadt braucht weder Sonne noch Mond, die ihr leuchten. Denn die Herrlichkeit Gottes erleuchtet sie ... (Offenbarung 21:2, 23)
Der Menschensohn wird ... in der Herrlichkeit seines Vaters kommen ..." (Matthäus 16:27)
Robert konnte nicht anders, er musste es selbst überprüfen.
Immer wieder las er die Warnung: *Wachet!*
Gebt Acht und bleibt wach! Denn ihr wisst nicht, wann die Zeit da ist ... (Markus 13:33)
Seid also wachsam! ... Er soll euch, wenn er plötzlich kommt, nicht schlafend antreffen. (Markus 13:35-36)
Bedenkt: Wenn der Herr des Hauses wüsste, in welcher Stunde der Dieb kommt, so würde er verhindern, dass man in sein Haus einbricht. Haltet auch ihr euch bereit! Denn der Menschensohn kommt zu einer Stunde, in der ihr es nicht erwartet. (Lukas 12:39-40)
Es gab noch mehr Warnungen von Christus, dass er die Menschheit überraschen würde.
Auf einem weiteren Blatt fand er die Frage:
Warum war das Interesse an der Wiederkehr Jesu ein paar Jahrhunderte nach der Kreuzigung erloschen?
Erst im neunzehnten Jahrhundert begann es aufzuleben. Einige Menschen waren sich so sicher gewesen, dass sie ihren Besitz verkauften und ins Heilige Land zogen. Sie erwarteten das Erscheinen Jesu am Berg Karmel. Sie kamen aus Deutschland und nannten sich Templer. Sie bauten ihre

Häuser am Fuße des Berges Karmel und meißelten in ihre Häuser die Worte: DER HERR IST NAHE
Günter Seefeld hatte in Großbuchstaben vermerkt:
IN DER SCHRIFT SELBST STECKT DIE ANTWORT
Die Bücher waren versiegelt bis zur Endzeit. Keiner war bis dahin imstande, die Bedeutung der Prophezeiungen zu verstehen.
Er erwiderte: Geh, Daniel! Die Worte bleiben verschlossen und versiegelt bis zur Zeit des Endes. (Daniel 12:9)
Lies dies doch!, dann wird er sagen: Ich kann nicht, denn es ist versiegelt … (Jesaja 29:11)
Jesaja prophezeit, dass nicht nur das Volk, sondern auch die Gelehrten und Weisen unfähig sein werden, vor der Endzeit den Sinn des Buches zu verstehen. Nach Jesaja wäre die Bibel ein Buch, **Und gibt man das Buch einem, der nicht lesen kann, und sagt: Lies dies doch!, dann wird er sagen: Ich kann nicht, denn es ist versiegelt. (Jesaja 29:11)**
Im neuen Testament heißt es bei Paulus:
Richtet also nicht vor der Zeit; wartet, bis der Herr kommt, der das im Dunkeln Verborgene ans Licht bringen … wird! (1. Korinther 4:5)
Robert schlussfolgerte: Anscheinend sollte sich alles bei Christi Wiederkehr klären. So fand er noch Aussagen von Petrus und Johannes zu diesem Thema.
Christus sagte: **Dies habe ich in Bildreden zu euch gesagt; es kommt die Stunde, in der ich nicht mehr in Bildreden zu euch sprechen, sondern euch offen vom Vater künden werde. (Johannes 16:25)**
Robert vergaß wieder alles um sich herum. Rolli bellte plötzlich und das holte ihn in die Gegenwart zurück. Der Hund hatte wirklich den Garten umgepflügt. „O nein, da habe ich jetzt richtig Arbeit", sagte er, aber es war ihm die Sache wert.

Donnerstag, 19. März

Aktuelle Meldung:
Bundeskanzlerin Angela Merkel wendet sich in einer Ansprache an die Bürgerinnen und Bürger: „Es ist ernst. Seit der Deutschen Einheit, nein, seit dem 2. Weltkrieg gab es keine Herausforderung an unser Land mehr, bei der es so sehr auf unser gemeinsames solidarisches Handeln ankommt."

Es kommt anders

Robert erwachte mit dem Gedanken, dass seine Eltern heute kommen würden, vielleicht spät in der Nacht. Er spürte so etwas wie Erleichterung. Vera würde sich ab jetzt um alles kümmern, und er hätte nur noch die Verantwortung für sein Studium. Sie würde täglich Frau Hermann besuchen und Oma vielleicht im Krankenhaus. Sie würde sich um die Häuser und die Tiere kümmern, um den Einkauf, um das Essen. Das hatte er bisher alles erledigen müssen. Nun ja, mit dem Essen nahm er es nicht so wichtig. Trotzdem hatte er ein ganz schönes Paket an Verantwortung und Aufgaben zu schleppen.

Er war noch beim Frühstück, als sich seine Hoffnungen zerschlugen. Das Handy klingelte und kündigte seine Mutter an. Sie war so aufgelöst, dass er zweimal nachfragen musste, was los sei. Dann nahm Frank ihr das Handy aus der Hand und sagte: „Robert, wir kommen hier nicht weg. Es ist ein Desaster. Wir waren auf dem Flughafen, wollten einchecken und da teilte man uns mit, dass wir gar nicht auf der Liste stehen. Es gab auch keine Möglichkeit in einem anderen Flieger unterzukommen. Wir haben mit dem Reiseveranstalter Rücksprache gehalten und man hat uns in ein anderes Hotel gebracht."

Vera schrie ins Telefon: „Das ist nicht irgendein Hotel. Hier befinden sich Leute, die Symptome haben, Menschen mit Corona. Wir dürfen das Zimmer nicht verlassen. Das Essen wird uns vor die Tür gestellt. Niemand kann uns sagen, wann wir hier wegkommen."

„Ich kümmere mich, beruhige dich, Vera", schritt Frank energisch ein. „Der Außenminister hat versprochen, dass alle Urlauber zurückgeholt werden. Im Notfall fliegen wir eben nach Amsterdam oder London und von da aus weiter."

Robert wusste nicht so recht, was er dazu sagen sollte. „Habt ihr wenigstens einen Balkon?", fiel ihm ein.

„Ja, haben wir und das Meer und die Palmen sehen wir auch. Aber den ganzen Tag hier drin. Ich fühle mich jetzt schon wie im Gefängnis", jammerte seine Mutter.

„Wenn ich etwas für euch tun kann …"

„… sagen wir Bescheid", beendete sein Vater den Satz und im nächsten Augenblick das Telefonat.

Nun war wieder alles beim Alten. Aber Robert hatte noch die Hoffnung, dass sich innerhalb von zwei, drei Tagen für seine Eltern eine Möglichkeit finden würde, das Land zu verlassen.

Zehn Minuten später erreichte ihn die Sozialarbeiterin des Krankenhauses, Frau Riester. Er kannte sie von seiner Ausbildungszeit.

„Hallo Robert, so sieht man sich oder besser, hört man sich wieder. Wir müssen über die weitere Versorgung Ihrer Großmutter reden, wenn sie Anfang der Woche entlassen wird."

„Entlassen?", sagte er gedehnt und glaubte sich verhört zu haben. „Sie ist doch gerade erst von der Intensivstation verlegt worden."

„Sie kennen doch die Prozedur, länger als sechs Tage zahlt die Krankenkasse nicht. Ach, kommen Sie doch erst einmal her. Wir finden schon eine passende Lösung."

„Wann soll ich kommen?", sagte er leicht verärgert.

„Am besten gleich. Jetzt ist nicht viel los."

„Kann ich meine Oma besuchen?"

„Nein, nicht auf Station. Wir besprechen erst einmal die Möglichkeiten und dann holen wir Ihre Oma ins Büro."

Eine Stunde danach saß Robert am Schreibtisch von Frau Riester. Sie erkundigte sich nach seinem Befinden und seinem beruflichen Werdegang. Dann sah sie auf ihre Unterlagen. Ihr Ton war ungewöhnlich ruhig, als sie sprach: „Robert, Ihre Oma hatte einen Schlaganfall. Sie ist eingestellt mit den entsprechenden Medikamenten. Auch war es nötig, ihr einen Herzschrittmacher einzusetzen. Es wird eine Weile dauern, bis sie wieder selbständig für sich sorgen kann. Die Wunde an der Hand ist gut verheilt. Hier in der Klinik können wir nichts mehr für sie tun. Wir haben als Option den Aufenthalt in einer Geriatrie. Leider sind alle Plätze dort im Moment belegt. Eine Reha-Klinik wäre auch eine Möglichkeit. Aber wir haben Corona. Man nimmt im Moment keine neuen Patienten auf. So ist es auch mit den Pflegeheimen, denn eine Kurzzeitpflege wäre eine weitere Option. Nun, Sie kennen den Pflegeengpass. Wo etwas frei wäre, hat es Corona-Fälle gegeben. Deshalb gibt es einen Aufnahmestopp. Ich habe gestern schon alle Möglichkeiten telefonisch abgeklopft."

Endlich sah Frau Riester ihn an, nahm die Brille ab und lehnte sich zurück. „Es ist kein günstiger Zeitpunkt, krank zu werden. Und mein Job ist alles andere als befriedigend. Ich könnte noch weiter Kliniken und Pflegeheime kontaktieren, die nicht direkt zu unserem Bereich gehören. Aber wollen Sie das, Ihre Großmutter hundert Kilometer entfernt unterbringen? Wäre es nicht besser, sie in den eigenen vier Wänden betreuen zu können?"

Jetzt wusste Robert wo die Reise hinging. „Sie denken, weil ich einmal Krankenpfleger gelernt habe, kann ich meine Oma vierundzwanzig Stunden zu Hause betreuen. Nein, das wird nichts, ich schreibe an meiner Bachelor-Arbeit und bereite mich auf eine entscheidende Prüfung vor. Davon hängt mein Abschluss ab, das heißt, vier Jahre Studium hängen davon ab."

„Ihre Eltern könnten doch …"

„Meine Eltern stecken in Ägypten fest, sind in Quarantäne und wissen nicht, wann sie nach Hause kommen können. Außerdem hat mir Oma eine Frau Hermann aufgeladen, die an Wahnvorstellungen leidet und ebenfalls Betreuung braucht."

„Wahnvorstellungen? Hat das ein Arzt diagnostiziert?"
„Sie will nicht zum Arzt, hält ihre Nachbarn für Verbrecher,
die sie vergiften wollen."
„Ich verstehe", sagte Frau Riester nachdenklich. „Sie braucht
einen Betreuer."
„Den hat sie schon." Er zeigte auf sich.
„Ich meine einen, den das Amtsgericht bestimmt."
„Dazu muss erstmal jemand einen Antrag stellen. Ihre Toch-
ter lebt in Bayern und ist mit ihrer Lebenssituation schon
überfordert. Sie hat mich bekniet, ihrer Mutter zu helfen.
Und meine Oma hat trotz Krankheit nur an Frau Hermann
gedacht. Mir blieb gar nichts weiter übrig. Aber jetzt meine
Oma auch noch pflegen ..."
Frau Riester hob beide Hände und rief: „Nein, nein, nicht allein. So meine ich das nicht. Sie bekommen Unterstützung.
Ich habe eine Pflegestufe beantragt. Und es gibt einen Pflegedienst, der übernehmen würde. Die Leute kommen bis zu
dreimal am Tag. Außerdem hätte ich eine Logopädin und
eine Physiotherapeutin, die zu ihr nach Hause kommen würden. Ihre Oma erhält praktisch die gleichen Behandlungen,
als wäre sie in der Rehaklinik."
Robert sah sie ungläubig an.
„Na, fast die gleichen Behandlungen", fügte sie milde hinzu.
Robert konnte nichts mehr dagegensetzen. Er stand auf und
ging im Zimmer hin und her. „Sie muss zum Hausarzt", fiel
ihm ein.
„Der kommt zum Hausbesuch und um die Medikamente
kümmert sich der Pflegedienst. Sie müssen lediglich ein paar
Vorbereitungen treffen und Telefonate führen."
Robert schwieg. Frau Riester wertete es wohl als Zusage.
„Ich rufe auf Station an und lasse Ihre Oma herbringen. Wir
besprechen das jetzt mit ihr." Sie wählte eine kurze Nummer
und sagte: „Ihr könnt mir jetzt Frau Seefeld bringen." Kurz
darauf wurde sie von einer Schwester gebracht. Oma Ilse
hing im Rollstuhl, das Gesicht leicht schief, die Haare fielen
strähnig herunter. Sie hatte abgenommen und war stark gealtert. Von der lebenslustigen, aktiven Frau, die Robert

kannte, war nicht mehr viel übrig geblieben. Als sie ihn sah, liefen ihr die Tränen. Er kniete sich vor sie hin und nahm sie in die Arme. Auch er hatte jetzt Tränen in den Augen. „Oma, ich hole dich nach Hause", sagte er mit erstickter Stimme.

Die Sozialarbeiterin erklärte alle möglichen Optionen, doch Oma Ilse schüttelte nur leicht den Kopf. „Nach Hause", formten ihre Lippen.

Robert hatte wirklich keine andere Wahl. „Oma, heute ist Donnerstag. Ich kann dich immer noch nicht besuchen kommen. Halte durch. Anfang der Woche wirst du entlassen, Montag oder Dienstag. Ich ziehe dann zu dir. Wir beide schaffen das."

Sie formte das Wort *Vera* und Robert sagte möglichst unbefangen: „Vati und Mutti müssen einen Flieger ergattern. Jetzt wollen alle Urlauber schnell nach Hause, wegen Corona. Ist nicht so einfach."

Frau Riester nickte der Schwester zu. Sie verstand und sagte sanft: „Frau Seefeld, ich bringe Sie wieder in Ihr Zimmer. Sie müssen sich ausruhen. Es sind ja nur noch ein paar Tage."

Robert umarmte sie noch einmal. Dann hob sie ein wenig die Hand. Die Schwester redete aufmunternd auf sie ein und verließ mit ihr den Raum.

„Das haben Sie gut gemacht, Robert. Glauben Sie mir, es ist die beste Entscheidung. Wenn Sie zu Hause nicht klarkommen sollten, dann wäre ein Pflegeheim ..." Weitere Vorschläge waren nicht nötig, denn Robert schüttelte heftig den Kopf. Sie sah auf ihre Unterlagen und sagte: „Okay, ich habe hier ein paar Rezepte für Toilettenstuhl, Rollator und Rollstuhl. Das können Sie besorgen. Hier sind die Nummern vom Pflegedienst, von der Physiotherapie und der Logopädin. Da können Sie schon Termine vereinbaren. Ich melde mich bei Ihnen, wenn die Entlassungspapiere fertig sind. Die Medikamente reichen nur für einen Tag. Darum kümmert sich der Pflegedienst."

Robert verließ das Krankenhaus, aber er mochte danach nicht gleich nach Hause fahren. Er lenkte sein Auto in

Richtung Altstadt und stellte es in einer Seitenstraße ab.
Dann ging er zum Marktplatz. Obwohl er wusste, dass die
Geschäfte geschlossen waren, bekam er einen Schreck, als er
den leeren Platz vor sich sah. Wernigerode ist die am meisten
besuchte Stadt in Sachsen-Anhalt. So lange er denken
konnte, war der Marktplatz immer von Menschen, besonders
Urlaubern belebt. Das Café an der Ecke war normalerweise
Winter wie Sommer ein Besuchermagnet. Heute standen
zwei Frauen in einem weiten Abstand vor der Tür. Erst als
ein Mann mit einem Kuchenpaket – so vermutete Robert –
aus dem Café trat, ging die Frau hinein. Der Verkauf fand
also noch statt.
Robert betrachtete das Rathaus und im nächsten Moment
hörte er die Erläuterungen seines Großvaters, der nebenbei
als Stadtführer gearbeitet hatte:
*Zum ersten Mal ist das Rathaus Wernigerode 1277 urkund-
lich erwähnt worden. Der bis in die heutige Zeit erhaltene
Fachwerkbau spätgotischen Ursprungs entstand im 15.
Jahrhundert. Zur Mitte des 16. Jahrhunderts erhielt das Rathaus Wernigerode seine endgültige Optik.* Robert erinnerte
sich daran, dass seine Eltern im Rathaus geheiratet hatten.
Auch heute ist es ein beliebter Ort für Eheschließungen. Was
heißt beliebt? Es ist ein über Jahre schon ausgebuchter Ort.
Sein Großvater sagte bei seinen Führungen: *Wenn Sie hier
heiraten wollen, melden Sie sich am besten schon mal an und
suchen sich dann Ihren Partner.*
Robert ging ein paar Schritte bis zum sogenannten Wohltä-
terbrunnen, der sich seit 1848 mitten auf dem Marktplatz befindet. Er wurde in einer Gießerei in Ilsenburg gegossen. Der
Brunnen soll an Menschen erinnern, die sich um das Wohl
der Stadt verdient gemacht haben. Wappenschilder am oberen Beckenrand verweisen auf Angehörige des Grafenge-
schlechts und die Adligen der Stadt. Am mittleren Rand sind
Schilder mit Namen von Bürgerinnen und Bürgern aufgehängt. Robert ging näher an den Brunnen und entdeckte den
Namen Gustav Petri. Dieser Mann wurde von Günter Seefeld
immer besonders gelobt, denn er hatte am Kriegsende die

Stadt vor der Zerstörung gerettet. Er hatte sich geweigert, die Stadt gegen die Alliierten in die Kampfzone einzubeziehen. Dadurch konnte Wernigerode am 11. April 1945 kampflos übergeben werden. Hierfür wurde er von der SS wegen Befehlsverweigerung am nächsten Tag erschossen. Petri wird heute als Retter von Wernigerode gefeiert. Günter Seefeld pflegte zu sagen: *Diese Pracht an Fachwerkhäusern wäre wahrscheinlich sonst nicht da. Stellt euch für einen Moment den Marktplatz ohne Fachwerkhäuser vor.* An dieser Stelle schwieg Günter Seefeld ganz bewusst. Robert hatte ihn einmal gefragt, weshalb er so lange wartet. Seine Antwort lautete: *Ich bedanke mich jedes Mal an dieser Stelle bei Gustav Petri.*

Aber nicht nur die Häuser wurden durch den Einsatz von Petri verschont, sondern vor allem die Menschen. Damals hatte die Stadt 22 000 Einwohner und 21 000 Flüchtlinge, Umsiedler, Fremdarbeiter und Gefangene. Robert wunderte sich, dass er sich sogar die Zahlen gemerkt hatte. Sein Großvater hat ihn tatsächlich geprägt.

Sein Blick wanderte zum Schloss, das auf der höchsten Stelle des Ortes thront und das Wahrzeichen der Stadt ist. Ihm haben wir sicher auch die zwei Millionen Besucher jährlich zu verdanken, dachte er.

Wieder fielen ihm die Worte seines Großvaters ein: *Eine erste Burganlage wurde am Anfang des 12. Jahrhunderts erwähnt. Ende des 15. Jahrhunderts wurde sie im Stil der Spätgotik erweitert. Im Dreißigjährigen Krieg wurde die Burg schwer verwüstet. Graf Ernst zu Stolberg-Wernigerode begann im späten 17. Jahrhundert mit dem barocken Umbau der Burgreste zu einem romantischen Residenzschloss in Form einer Rundburg. Eine architektonische Umgestaltung des Schlosses fand ab 1862 statt. Die dreißigjährigen Baumaßnahmen brachten ein beeindruckendes Schlossensemble hervor.*

Robert wusste, dass die Türme vor dem Umbau noch nicht da waren. Als Kind hatte er versucht, sich das Schloss ohne Türme vorzustellen. Das Bild hatte ihm gar nicht gefallen.

Eine Frau mit Kinderwagen ging an ihn vorbei und holte ihn
in die Gegenwart zurück.
Wir haben eine Pandemie, erinnerte er sich. Was machst du
eigentlich hier? Seine Lust, durch die Stadt zu bummeln, war
nun schlagartig vorbei. Auf dem Rückweg machte er sich bewusst: Oma würde demnächst nach Hause kommen und er
konnte nur hoffen, dass seine Eltern es auch taten. Robert
war zum ersten Mal froh, dass er Krankenpfleger gelernt
hatte. Ansonsten wäre die Situation eine absolute Überforde-
rung gewesen. Oma brauchte jetzt Hilfe und wie er sie
kannte, war ihr das nicht recht. Es war aber nötig. Was würde
ohne Pflegekräfte mit diesen Menschen geschehen? Sie wären aufgeschmissen. Der Pflegeberuf bekam plötzlich eine
neue, wichtige Bedeutung für ihn. Bei seiner Entscheidung,
nicht als Krankenpfleger zu arbeiten, hatte er nur an seine
eigene Bequemlichkeit gedacht. Dass er mit seiner Arbeit
den Menschen einen wichtigen Dienst erweisen würde, war
ihm damals nicht eingefallen. Jetzt hatte er zwei Menschen
zu betreuen mit unterschiedlichen Krankheiten, die aber eins
gemeinsam hatten, sie brauchten Hilfe.
Kurz überlegte er, ob er zu Frau Hermann fahren sollte. Dann
fiel ihm ein, dass er heute Abend zum chinesischen Essen
eingeladen war. Er ging zurück zum Auto, fuhr zum Sanitätshaus und gab die Rezepte ab. Man versprach ihm die Lieferung für Montag. Er erledigte auf dem Weg zurück den
Einkauf und fuhr anschließend zum Haus seiner Großmutter.
Praktische Arbeit würde ihm guttun. Er saugte die Teppiche,
wischte Bad und Küche durch, sortierte die Lebensmittel im
Kühlschrank ein und überlegte, wo Ilse schlafen sollte. Ein
Pflegebett im Arbeitszimmer wäre die beste Fassung. Doch
alles wehrte sich in ihm, den Schreibtisch zu verschieben und
dort ein Bett aufzustellen. Vielleicht ging es auch anders. Die
Couch im Wohnzimmer war eine Bettcouch. Seine Oma
hatte sie vor ein paar Jahren mit der Begründung gekauft,
dass sie im Falle einer Krankheit ganz nützlich wäre. Robert
war sich sicher, dass sie dabei an eine Knie-OP oder so etwas
gedacht hatte. Er zog die Couch aus, legte sich darauf und

entschied dann, das Bett hier zu richten. Zum Glück hatten seine Großeltern in der Gästetoilette auch eine bodentiefe Dusche. Er rief noch einmal das Sanitätshaus an und bestellte einen Toilettenaufsatz. Am Ende war er mit seinen Vorbereitungen ganz zufrieden und ließ sich wieder im Arbeitszimmer seines Großvaters nieder. Er überflog einzelne Blätter und fragte sich, wie er weiter vorgehen soll, um das Geheimnis der Wiederkehr Christi zu lüften. Er fand Texte, die scheinbar nichts mit dem Thema zu tun hatten. War Opa bis zu diesem Punkt gekommen? Vielleicht würde ihm der Pfarrer weiterhelfen? Hoffentlich besucht er Oma. Er muss wissen, dass sie nach Hause kommt. Deshalb griff er zum Handy und hinterließ eine Nachricht auf dem Anrufbeantworter. Die Schublade fiel ihm ein. Er öffnete sie und zog einen Zettel heraus.

Wenn Gott Seine Propheten zu den Menschen sendet, ist Seine Absicht eine zweifache. Die erste ist, die Menschenkinder aus dem Dunkel der Unwissenheit zu befreien und sie zum Lichte wahren Verstehens zu führen, die zweite, den Frieden und die Ruhe der Menschheit zu sichern und alle Mittel bereitzustellen, durch die beides erreicht werden kann. (Ä 34:5)

Hier hatte er einen Grund, weshalb Gott überhaupt einen Boten zu den Menschen schickt. Weshalb genügte es nicht, nur einen zu schicken? Warum sollte Jesus ein zweites Mal kommen? Auch dazu fand er ein passendes Zitat.

Wisse und sei darin sicher, dass das Wesen aller Propheten Gottes eines und dasselbe ist. Ihre Einheit ist absolut … Die Offenbarung der Propheten Gottes in dieser Welt muss sich jedoch im Ausmaß unterscheiden, jeder von ihnen war Träger einer bestimmten Botschaft und beauftragt, sich durch besondere Taten zu offenbaren. Dies ist der Grund dafür, dass sie in ihrer Größe verschieden scheinen. (Ä 34:3,4)

Es war ihm zunehmend unheimlich, dass er zu seinen Fragen die passenden Antworten mit einem Griff ins Schubfach erhielt. Ihm kam es vor, als würde er durch diese Entdeckungsreise geführt.

Robert überlegte, welche Botschaft Jesus seinen Anhängern bei der zweiten Wiederkehr bringen könnte. Wie hatte der Pfarrer gesagt? *An den zehn Geboten wird sich nichts ändern.* Vielleicht doch, vielleicht genügt das nicht mehr für die heutige Zeit. Sie müssen ja nicht abgeschafft aber vielleicht erweitert werden. Er machte sich jetzt einen Spaß daraus und griff wieder in das Schubfach. Mal sehen, ob ich eine Antwort auch auf diese Frage bekomme.

Dies ist der Tag, an dem nichts außer dem Glanz des Lichtes wahrgenommen werden kann, das vom Angesicht Deines Herrn ausstrahlt, des Gnädigen, des Gütigen. Wahrlich, Wir haben kraft Unserer unwiderstehlichen, allunterwerfenden Herrschaft jede Seele verhauchen lassen. Dann haben Wir eine neue Schöpfung ins Leben gerufen als Zeichen Unserer Gnade für die Menschen. (Ä 14:5)

Licht – wieder ging es um Licht. Wo ist es? Wie nehme ich es auf?, fragte sich Robert sofort. Und dann lief ihm ein Schauer über den Rücken. Was war das für eine Aussage? Eine neue Schöpfung wurde ins Leben gerufen. Jetzt musste Robert an die Worte seines Großvaters bei ihrer letzten Begegnung denken. *Es hat ein Ereignis gegeben, dem wir unsere sprunghafte Entwicklung zu verdanken haben. Die meisten Menschen haben davon keine Notiz genommen. 1844 war ein entscheidendes Datum."*

Woher hatte sein Großvater diese Aussagen? Warum gab es keine vernünftigen Literaturangaben? Es musste doch Bücher geben. „Ich werde mir seine Bücher vornehmen", sagte er halblaut und drehte sich einmal mit dem Stuhl zur Bücherwand. „Es hat doch etwas Gutes, dass ich hier einziehen werde", sagte er leise.

Sein Blick fiel auf die Staubschicht im Bücherregal und erinnerte ihn an seine Aufgaben: Putzen in beiden Häusern.

Das Hoffest

Robert war schon im Auto, als ihm einfiel, dass zu einer Einladung Blumen gehörten. Er hatte nicht daran gedacht, welche zu besorgen. Deshalb fuhr er zunächst zum Haus seiner Oma und holte die Schale, die vor der Haustür stand. Der neue Hof konnte sicher noch etwas Deko gebrauchen.
Tom öffnete ihm kurz nach 18 Uhr die Tür und erzählte euphorisch: „Die Kinder lieben den Hof. Du musst dir ansehen, was wir daraus gemacht haben.“
Tom rollte voraus und Robert folgte ihm. Viola Westphal war dabei, den Tisch für das Abendessen zu decken. Ein zweiter Tisch war herbeigeschafft worden. „Kannst du mir mal helfen, den Tisch anzustellen, Robert? Wir müssen doch Abstand halten.“ Sie winkte ab. „Eigentlich dürfen wir das gar nicht machen, was wir hier tun. Aber ich bin so froh, dass wir den Hof für die Kinder haben. In der Wohnung würden wir alle wahnsinnig werden.“ Robert hatte nach dem Einkauf mit Tim und Anna eine vage Vorstellung, wie anstrengend es mit Kindern sein konnte. Er rückte mit Viola den zweiten Tisch heran und stellte ein paar Stühle dazu. Viola legte ein großes Tischtuch darüber und platzierte Windlichter. Tim und Anna waren mit ihrem Sandkuchen beschäftigt. Tom nahm seinen Platz an der Stirnseite ein. Er erzählte freudig: „Robert, dein Freund hat hier noch einen Kindertisch mit einem Regal gebracht. Schau mal, das sieht jetzt aus wie beim Bäcker. Sie backen schon den ganzen Tag Kuchen und räumen die Regale ein und aus. Ist doch unglaublich, wie intensiv Kinder spielen können.“
„Und du kannst endlich mal arbeiten, das ist der größte Nutzen“, fügte Viola schmunzelnd hinzu.
Robert sah den Kindern einen Moment beim Spielen zu und betrachtete dann den Hof. Er erinnerte ihn an einen Urlaub in Italien. „Hier fehlen nur noch ein paar Töpfe mit blühenden Blumen oder Palmen“, bemerkte er und übergab die Schale an Viola.

„Danke, im Namen der Hausgemeinschaft, sehr hübsch. Ich habe auch schon zu Tom gesagt, dass wir Töpfe kaufen müssen. Wir leben jetzt in einem Urlaubsparadies. Und mit dieser Lichterkette haben wir hier die perfekte Partystimmung." Viola warf sie über den kahlen Baum und schloss sie an eine Verlängerungsschnur an. Im Nu war der Baum von bunten Lichtern erhellt. Die Kinder jubelten.
Robert sah nach oben zu den beiden offenen Fenstern im ersten Stock. „Die Frau holt sich den Tod in der Wohnung", sagte er kopfschüttelnd und machte sich auf den Weg zu ihr. Es dauerte ein paar Minuten bis Frau Hermann den Flur freigeräumt hatte. Aber wenigstens ließ sie ihn eintreten.
Robert beachtete die herumstehenden Sachen; zu Beistelltischen und Bügelbrett war noch ein Blumenständer dazugekommen. Er tat, als würde er es nicht bemerken, und sagte freundlich: „Hallo, Frau Hermann. Wie geht es Ihnen? Es ist sehr kalt hier." Sie trug wenigstens eine dicke Jacke. Robert nahm ihre Hand. „Sie frieren doch. Ich mache mal die Fenster zu. Hier ist gut gelüftet." Es herrschte Durchzug in der ganzen Wohnung. Er erzählte nebenbei: „Meine Oma wird nächste Woche aus dem Krankenhaus entlassen."
„Ach ja, geht es ihr gut?"
„Sie kann noch nicht sprechen und ist sehr schwach. Ich hoffe, dass sie wieder ganz gesund wird, aber es wird sicher eine Weile dauern. Haben Sie heute etwas Warmes gegessen?"
„Bloß Pudding, hatte keinen Hunger. Mein Rücken tut so weh."
„Haben Sie Schmerztabletten im Haus?"
„Ich nehme keine Tabletten, alles Gift."
Robert versuchte es mit Ablenkung: „Haben Sie schon aus dem Fenster gesehen? Wir haben gestern den Hof aufgeräumt, schauen Sie mal." Er schob sie sanft zum Küchenfenster. „Wir essen heute alle zusammen, an dem neuen großen Tisch. Frau Wang kocht Chinesisch. Sie sind auch eingeladen."

„Ich esse kein Chinesisch, alles Gift. Die wollen mich vergiften."

„Das wollen sie ganz bestimmt nicht", sagte Robert sanft. Er berührte den Heizkörper und überprüfte die Temperatur. Die Heizung lief auf Hochtouren, vermutlich den ganzen Tag über. Der Raum war trotzdem kalt. „Soll ich Ihnen eine Suppe warm machen oder einen Tee kochen? Sie sind doch völlig durchgefroren." Sie antwortete nicht darauf. „Kommen Sie, Frau Hermann." Er brachte sie zu ihrem Sessel ins Wohnzimmer und deckte sie zu. Dann ging er in die Küche, machte eine Linsensuppe aus der Dose warm und füllte sie auf einen Teller.

Frau Hermann setzte sich zur Abwechslung mal bereitwillig an den Tisch im Wohnzimmer und aß.

Robert blieb bei ihr sitzen und sah ihr beim Essen zu. „Haben Sie schon immer hier gewohnt?", fragte er.

„Wir wohnen hier schon über vierzig Jahre. Udo hat damals gekämpft um diese Wohnung. Viele wollten sie haben", sagte sie versunken und hielt einen Moment inne.

„Ihr Mann war in der siebenten Klasse mein Deutschlehrer. Er war sehr streng und wenn wir nicht sauber geschrieben hatten, mussten wir den Text noch einmal abschreiben", erinnerte sich Robert.

„Ja, mein Udo war sehr genau, in allem. Er liebte die deutsche Sprache und regte sich über die vielen englischen Wörter auf, die man neuerdings benutzt, obwohl es dafür auch deutsche Wörter gibt." Sie legte den Löffel zur Seite. „Ihr Opa war auch so. Die beiden zusammen waren ein verrücktes Team." Sie musste jetzt lachen. „Sie hielten beide nichts von dem neumodischen Zeug wie diese Computer. Udo hielt sich gerne in der Bibliothek auf, stundenlang. Einmal kam er mit einem Buch nach Hause: Schlagzeilen aus der ganzen Welt. Udo war ganz aufgeregt. Er musste sofort Günter anrufen. Der war zehn Minuten später bei uns ... Ich wollte ihnen was zu essen machen. Aber sie wollten ihre Ruhe haben. Später hat Udo mir erklärt, dass im 19. Jahrhundert Menschen auf Christus gewartet haben. Er soll schon da

gewesen sein … Ich wusste gar nicht, dass er wiederkommen
wollte."

Sie machte eine Pause. Robert fragte vorsichtig: „Haben Sie
den Beweis erbracht?"

„Ich weiß nicht." Sie stockte. „Udo ist einfach im Sessel eingeschlafen, einfach so. Es kam überraschend. Und dein Opa
ist drei Wochen danach gegangen. Ilse meint, die beiden forschen im Himmel weiter. Das stelle ich mir immer vor."

„Gibt es noch Unterlagen von Ihrem Mann?", fragte Robert
höchst interessiert.

„Was denn für Unterlagen?"

„Von seiner Suche nach Christus?"

„Welche Suche denn? Gehen Sie jetzt. Ich bin müde."

Sie aß noch ein paar Löffel von der Suppe, schob dann den
Teller weg und nahm wieder in ihrem Sessel Platz.

Robert deckte sie zu. „Ich gehe jetzt runter zu den anderen.
Sie können gerne dazukommen, wenn Sie Gesellschaft
möchten."

Frau Hermann reagierte nicht. Robert nahm den halbvollen
Teller und brachte ihn in die Küche. Im Flur kam ihm ein
Gedanke: Ich brauche einen Wohnungsschlüssel. Deshalb
ging er noch einmal zurück. Doch Frau Hermann war bereits
eingeschlafen.

Unten erwartete ihn der Rest der Hausgemeinschaft. Es
wurde langsam dunkel. Die Kerzen brannten. Frau Wang
hantierte mit Schüsseln und Stövchen. Die beiden syrischen
Jungen brachten eine Süßspeise mit. „Nachtisch", sagte der
Ältere. Dafür holte Viola noch Kompottschalen und Löffel
aus der Wohnung.

Der Hof war stimmungsvoll erleuchtet. Am Schuppen leuchtete die Lichterkette. Ein paar Laternen, die um die Sitzecke
herum postiert waren, gaben nicht nur Licht, sondern auch
Wärme. Matthias kam allein. Er hatte eine Feuerschale dabei
und ein paar Holzstücke. „Ist noch ganz schön kalt am
Abend", begründete er und machte Feuer. Herr Purowski
verteilte Decken. „Was ist mit Frau Hermann?", erkundigte
er sich.

„Sie schläft", antwortete Robert knapp.

Frau Möhring hatte Glühwein zubereitet und stellte gleich klar: „Der ist ohne Alkohol." Sie sah die beiden Jungen an. „Ihr dürft doch so etwas sonst nicht trinken." Die beiden verstanden, nickten und probierten.

Es herrschte eine ausgelassene Stimmung. Nach dem köstlichen Essen sagte Viola: „Es ist schön, dass wir alle einmal zusammensitzen. Ich bin sehr froh, dass wir es geschafft haben, den Hof in Ordnung zu bringen. Unser Anteil daran war leider nicht so groß. Ich arbeite im Supermarkt und im Moment ist da viel los, weil die Leute Lebensmittel und Toilettenartikel hamstern."

„Hamstern?", fragte Frau Wang. „Was ist das?" Viola erklärte es am Beispiel des Geschirrs, das sie auf einen Haufen schob. „Wir auch hamstern, Reis", sagte Frau Wang und erklärte mit großen Bewegungen, dass sie Reis auf Vorrat kauften. Viola meinte, dass es nicht nötig sei, in Deutschland Lebensmittel zu horten, weil es genug gäbe.

Nun beschwerte sich Frau Möhring, dass sie keine Nudeln mehr bekommen hat und Herr Purowski erwähnte nebenbei, dass es kein Toilettenpapier gab. „Ich kann Ihnen was besorgen", bot Viola an und sah zu ihren Kindern, die zum zweiten Mal Nachtisch aßen. „Das sind Anna und Tim. Sie müssen jetzt zu Hause bleiben, weil die KiTas geschlossen sind. Die Spielplätze dürfen auch nicht mehr betreten werden. Wir sind so froh, dass sie jetzt hier im Hof spielen können. Wie heißt du?", fragte sie Frau Wangs Tochter.

„Maylin", antwortete das Mädchen schüchtern.

„Wie alt bist du?"

„Neun Jahre."

„Ihr könnt doch zusammen spielen." Die Kinder sprangen auf und gingen zum Sandkasten. Ohne Aufforderung stellte sich jetzt einer nach dem anderen vor. Herr Purowski erzählte, dass er mit dem LKW zwischen Polen und Deutschland hin und her fährt. „Durch Coronavirus werden Grenzen kontrolliert. Ich muss lange warten."

Herr Wang verriet, dass die Gaststätten wahrscheinlich schließen müssen. Er erzählte von seinen Verwandten in China. Dort herrschte eine strenge Ausgangssperre.

Die beiden Syrer gaben in ein paar Brocken Deutsch zu verstehen, dass ihre Schule geschlossen ist, und dass sie kein Deutsch lernen können. Daraufhin meldete sich Frau Möhring. „Ich kann mit euch ein bisschen üben, wenn ihr wollt." Die Jungen nickten und lächelten breit. Sie erzählten, dass sie zwanzig und zweiundzwanzig Jahre alt wären, ihre Eltern verstorben seien und dass sie in Deutschland eine Ausbildung zum Altenpfleger machen wollen.

„Aber erst müsst ihr die Sprache beherrschen", sagte Frau Möhring in strengem Ton. Sie erwähnte, dass sie früher Grundschullehrerin gewesen war. Dann zeigte sie auf Maylin. „Mit ihr kann ich lesen und Hausaufgaben machen", bot sie an. Frau Wang bedankte sich mehrmals mit einer leichten Verbeugung.

„Morgen um zehn hier. Warm anziehen und Schreibzeug mitbringen", sagte Frau Möhring überdeutlich mit erhobenem Zeigefinger.

Bevor Robert sprach, sah er zu den Fenstern im ersten Stock. Sie waren jetzt geschlossen. Mit leiser Stimme begann er: „Ich bin Robert Schumann. Meine Oma ist eine Freundin von Frau Hermann. Sie ist krank und kann sich nicht um sie kümmern. Deshalb hat sie mich gebeten, nach ihr zu sehen. Wenn es Probleme mit Frau Hermann im Haus gibt, dann sagt mir bitte Bescheid. Sie lüftet oft und lange, weil sie glaubt, dass ein Gasgeruch in ihrer Wohnung ist." Mehr wollte er nicht erwähnen. Er war sich auch nicht sicher, ob Familie Wang und die beiden Jungen ihn verstanden.

Herr Purowski meinte: „Wenn Gasgeruch ist, muss man Hausmeister sagen."

„Es gibt keinen Gasgeruch. Frau Hermann bildet sich das ein", stellte Robert klar.

Frau Möhring nannte die Dinge beim Namen: „Die Frau hat Demenz, weiß nicht mehr, was sie tut. Die muss ins Heim."

„So einfach ist das nicht mit einem Heimplatz", entgegnete
Tom. „Wir müssen alle ein bisschen auf sie aufpassen, damit
sie keinen Unsinn macht."

„Sie haben gut reden. Sie kommen ja nicht mal ..." Frau
Möhring stoppte.

Viola entgegnete scharf: „Aber ich kann laufen, Frau Möhring."

„So habe ich das nicht gemeint", sagte sie beschämt.

„Können wir für Frau Hermann Essen kochen?", fragte Frau
Wang.

„Das ist nett von Ihnen. Sie können sie fragen, aber müssen
damit rechnen, dass sie ablehnt", erklärte Robert.

Matthias erzählte von seiner demenzkranken Oma und wie
schwer es war, sie in ein Heim zu geben. „Ohne die Großfa-
milie im Hintergrund hätte sie nicht so lange zu Hause bleiben können." Matthias verabschiedete sich. „Die Feuerschale könnt ihr behalten. Ich hätte auch noch einen Grill an-
zubieten."

Tom rief sofort: „Nehmen wir gerne."

Robert begleitete seinen Freund bis zur Tür. Matthias legte
ihm die Hand auf die Schulter und sagte anerkennend: „Das
hier ist ein Beispiel für gelungene Integration." Robert
stutzte. „Ist dir das nicht bewusst, der polnische LKW- Fahrer, die Syrer, die Chinesen und schließlich sind alle Alters-
gruppen vertreten."

„Du hast Recht ... und damit sind auch unterschiedliche Religionen vertreten. Und Frau Möhring hat extra einen Glühwein ohne Alkohol zubereitet, weil die beiden Jungen den
nicht trinken dürfen."

Matthias lachte: „Das nennt man dann wohl Akzeptanz der
anderen Kulturen. Wenn ihr das mit Frau Hermann noch irgendwie gemeinsam meistert, dann müsste man euch einen
Orden verleihen."

Robert war nicht zum Lachen zumute. Frau Hermann war ein
ernstes Problem und seine Großmutter auch. „Matthias,
meine Oma kommt nächste Woche nach Hause, Pflegefall.
Ich ziehe in ihr Haus und werde mich um sie kümmern,

wenigstens so lange, bis meine Eltern da sind. Ich muss eine Rampe bauen, damit sie mit dem Rollstuhl ins Haus kommt. Von vorn geht es nicht, aber über den Garten, beim Hintereingang, das müsste funktionieren.“
„Ich habe Material da. Komm morgen vorbei.“
„Oh danke, das ist gut.“
„Wir müssen uns gegenseitig helfen. Wer weiß, was die Pandemie noch bringt?“, sagte Matthias und klang dabei tief besorgt.

Wochenende 20. - 22. März

***Aktuelle Meldung:**
Das sind die neuen Regeln ab 22. März:*

1. *Vermeiden Sie Kontakte*
2. *Halten Sie Abstand zu anderen Menschen*
3. *Sie dürfen mit einer anderen Person nach draußen gehen*
4. *Sie dürfen die Wohnung verlassen: zur Arbeit, zum Arzt, zum Einkaufen, zu wichtigen Terminen*
5. *Keine Partys und Feiern in der Gruppe*
6. *Restaurants werden geschlossen*
7. *Dienstleistungsbetriebe werden geschlossen*
8. *Betriebe müssen strenge Schutzmaßnahmen einhalten*
9. *Regeln gelten bis 19. April*

Vorbereitungen

Nachdem Robert am Morgen die Nachrichten gehört hatte, wurde ihm klar, dass so eine Hof-Feier wie gestern vorläufig nicht mehr stattfinden durfte. Bayern verschärft die Regeln, schließt Restaurants, Baumärkte und Gartencenter. Andere Bundesländer wollen nachziehen. In Italien gab es bisher viertausend Todesfälle, sechshundert an einem Tag. Das waren alarmierende Zahlen und machten die neuen Maßnahmen notwendig. Über Ägypten fand er nichts im Internet.
Er schaltete das Radio aus und konzentrierte sich auf seine Aufgaben. Den Vormittag widmete er seiner Abschlussarbeit.
Am Nachmittag fuhr er zu Matthias. Er musste dafür sorgen, dass Ilse in ihr Haus kam. Dazu war die Rampe absolut nötig. Robert suchte die passenden Bretter aus und baute an Ort und Stelle die Rampe. Matthias machte sich Sorgen um seine Gärtnerei. In Bayern mussten die Baumärkte und Gartencenter schließen. Noch war nicht klar, ob Sachsen-Anhalt nachziehen würde.

Am Samstagmorgen telefonierte Robert mit seiner Mutter. Als sie erfuhr, dass Ilse am Anfang der Woche entlassen werden soll, schrie sie hysterisch: „Ich will hier weg. Frank, mach irgendwas, dass wir hier wegkommen."
Robert musste seine ganze Überzeugungskraft aufwenden, um sie zu beruhigen. „Mutti, der Pflegedienst kommt dreimal am Tag, die Physiotherapeutin und die Logopädin stehen auch bereit. Mehr passiert in einem Heim auch nicht. Außerdem bin ich da, ein ausgebildeter Krankenpfleger." Als er sich so reden hörte, wurde ihm klar, dass er nicht nur seine Mutter, sondern auch sich selbst mit diesen Erklärungen beruhigen wollte. Es war ihm mulmig zumute, wenn er daran dachte, dass er ab jetzt die Verantwortung für seine Oma trug, auch wenn er ein ausgebildeter Krankenpfleger war. Denn gerade deshalb konnte er sich alle möglichen Szenarien vorstellen. Unter Umständen würde er nicht mehr zu seiner Arbeit kommen. Bei dem Gedanken musste Robert tief Luft holen und konnte nur hoffen, dass seine Eltern schnellstens einen Flug nach Hause bekamen.
Er brachte seine Sachen in das Haus seiner Großmutter und bezog das Gästezimmer im oberen Stock. In diesem Raum hatte sich in zwanzig Jahren nichts verändert. Die Farbe der Tapeten war ausgeblichen und sie hatte sich an einigen Stellen gelöst. Alte Kiefernmöbel, eine ausziehbare Couch und diverse Kisten mit Spielsachen und Deko-Artikeln standen herum. Robert hatte in den Ferien und bei besonderen Feiern in diesem Zimmer mit seiner Schwester gespielt. Nur selten hatten sie bei den Großeltern übernachtet.
Es gab hier oben noch ein Schlafzimmer und ein Wannenbad. Das Haus war kleiner, als das seiner Eltern. Vera hatte etliche Vorschläge für einen Umbau gemacht. Doch Günter Seefeld hielt nichts von Renovierungen oder Umbauten. Er vergrub sich lieber hinter seinen Büchern und so scheiterten alle Ideen an seiner Zustimmung.
Robert sortierte die Sachen in den Kleiderschrank ein. Die Bücher und den Laptop brachte er ins Arbeitszimmer. Der Gedanke, hier zu arbeiten und weiter dem Geheimnis seines

Großvaters auf der Spur sein zu können, gefiel ihm. Er musste an die Worte von Frau Hermann denken. Ihr Mann hatte ein Buch entdeckt mit Schlagzeilen aus der ganzen Welt. Dabei soll es um Christus' Wiederkehr gegangen sein. Anscheinend sind die beiden Männer über dieses Buch mit den Schlagzeilen auf die Idee gekommen, nachzuforschen. Da er nun einmal den Schreibtisch sowieso aufräumen musste, überflog er einige Blätter.

Erfindungen nach 1844:

24. Mai 1844 Telegraph (Morse funkte um die Welt: WAS HAT GOTT BEWIRKT)
1854 Aufzug
1867 Dynamit
1869 Schreibmaschine, Luftdruckbremse
1876 Telefon
1877 Benzinmotor
1879 Glühlampe
1880 Zentrifuge
1884 Füllfederhalter, Straßenbahn, Registrierkasse
1885 Automobil, Zeilensetzmaschine
1888 Film, Fotografie, Lichtbild
1903 Flugzeug ...
Die Liste ging über zwei Seiten. Darunter fand er in Klammern die Bemerkung seines Großvaters:
Entwicklung der Errungenschaften bis 1844 sehr langsam, Linie in der graphischen Darstellung verlief fast horizontal, nach 1844 ging die Linie steil nach oben.
WAS HAT DIESEN NEUEN GEIST, DIESE SCHAFFENS-KRAFT AUSGELÖST?

Robert starrte auf das Blatt. War sein Großvater wirklich der Überzeugung, dass diese sprunghafte Entwicklung nach 1844 mit dem zweiten Erscheinen Jesu Christi verbunden war? Er nahm sich weitere Blätter vor, auf denen Informationen über die Endzeiterwartung standen.

So echt war die Endzeiterwartung, dass die Menschen tatsächlich Vorbereitungen für die Wiederkehr Christi trafen. Ganze Familien nähten Sterbekleider (Auferstehungskleider). In Amerika, Asien und Europa wurde mit Nachdruck von vielen Stimmen das Ende der prophetischen Zeit verkündet.

Robert überflog weitere Seiten und kam dann zu den drei Verheißungen, die er schon an die Pinnwand geheftet hat. Alles was er las, war für ihn noch einmal die Bestätigung, dass um 1844 etwas Besonders passiert sein muss, das große Veränderungen in der Welt nach sich gezogen hat. Eine neue Frage drängte sich auf. Lohnt es sich, weiter zu suchen? Was habe ich davon, wenn ich mehr über dieses Ereignis weiß? Hat es Einfluss auf mein Leben?

Wenn Großvater wollte, dass ich von diesem Ereignis erfahre, hätte er mir doch im Traum sagen können: *Beschäftige dich mit der Wiederkehr Christi, liegt alles in meinem Schreibtisch!*

Nein, da spricht er vom Licht, das ich aufnehmen soll. Robert wurde jetzt ärgerlich. „Warum sprichst du in Rätseln, wenn du mir schon etwas Wichtiges mitteilen willst, Opa?"

Robert versuchte, sich auf die Bachelor-Arbeit, auf die Auswertung seiner Fragebögen zu konzentrieren. Doch immer wieder tauchte eine Frage auf, die schon Tom gestellt hatte. Welchen Nutzen hat dieses Wissen über Jesus Christus? Gehen wir mal davon aus, er ist tatsächlich wiedergekommen. Was hat das mit meinem Leben jetzt und hier zu tun?

Und dann erinnerte er sich an die Worte, die sein Großvater zu Herrn Rohde gesagt hatte. *Es geht um die Zukunft, es geht sogar um die Ewigkeit.* Der Mann hat bei diesem Satz Angst bekommen.

Robert musste sich dazu zwingen, seine Fragebögen auszuwerten. Es kostete ihn Kraft und Disziplin, nicht ins Schubfach zu greifen und einen neuen Zettel herauszuholen.

Er hatte eine Stunde am Sonntagmorgen gearbeitet, als Tom anrief. „Hallo Robert, ich wollte dich nicht so früh stören, aber du musst wissen, dass hier heute Nacht die Hölle los war. Frau Hermann hat im Flur herumgebrüllt, wir sollen aufhören, sie zu vergiften. Viola hat versucht, sie zu beruhigen. Doch es war einfach nicht möglich. Die Frau hat eine Schüssel nach ihr geworfen, zum Glück aus Kunststoff. Frau Möhring kam dann gegen zwei Uhr auf die Idee, die Polizei zu rufen. Und stell dir vor, als die Polizisten kamen, war Frau Hermann in ihrer Wohnung und behauptete an der verschlossenen Tür, alles sei in Ordnung. Wir sind völlig geschafft und ratlos. Im Übrigen sind alle Fenster wieder weit geöffnet."

Robert hielt den Atem an und sagte nach einer Weile: „Danke, dass du mir Bescheid gegeben hast. Ich komme gegen Mittag vorbei und rede mit ihr."

Er hoffte, noch etwas arbeiten zu können. Doch mit der Konzentration auf sein Thema war es nun vorbei. Er lehnte sich im Sessel zurück und überlegte, was er noch tun könnte. Sein Blick blieb an der Pinnwand hängen.

Was die Menschen am nötigsten brauchen, sind Zusammenarbeit und gegenseitige Hilfe. Je stärker die Bande der Gemeinschaft und Solidarität unter den Menschen sind, desto größer wird die Kraft des Aufbaus und der Vollendung auf allen Ebenen menschlichen Handelns.

Das Zitat war für ihn Aufforderung und Gesetz zugleich. Matthias hatte gesagt, dass die Gestaltung des Hofes ein gelungenes Beispiel für Integration war. Das alles drohte zu kippen, weil Frau Hermann in ihrem Verfolgungswahn die Hausbewohner tyrannisierte.

Als Robert bei ihr vor der Tür stand, hielt er es für das Beste, nicht auf die nächtliche Aktion einzugehen. Er klopfte und sagte laut: „Frau Hermann, ich bin's Robert. Wollte mal nach Ihnen sehen, ob alles in Ordnung ist."

„Alles in Ordnung, gehen Sie."

„Was halten Sie von einem Spaziergang?"

„Keine Lust."

„Ich komme mit. Ich habe alles für Ilse vorbereitet. Sie kommt morgen nach Hause. Wollen Sie sich das nicht mal ansehen?"

Jetzt wurde die Tür einen Spalt breit geöffnet.

„Sie kommt morgen? Das ist ja schön. Aber ich kann hier nicht weg, überall sind Verbrecher. Die beklauen mich. Meine Marmeladengläser sind weg. Mein Kühlschrank ist leer.“

„Wirklich?“, tat Robert erstaunt. Er musste das Spiel mitspielen. „Soll ich mal nachsehen, vielleicht haben Sie Ihre Marmeladengläser anderswo hingestellt.“

„Nein, auf keinen Fall, die waren im Schrank, hier.“ Robert schlüpfte durch den schmalen Spalt in die Wohnung und folgte Frau Hermann in die Küche.

„Hier waren acht Gläser, zählen Sie durch. Es sind nur noch sechs da.“

„Tatsächlich“, tat er erstaunt. Dann öffnete sie den Kühlschrank. Auch da war es ausgedünnt. Die Frau konnte unmöglich all das aufgegessen haben, was sie vor ein paar Tagen eingekauft hatten.

„Sehen Sie, Robert, alles weg.“

Robert hatte keine Ahnung, wie er das Problem lösen konnte. Wahrscheinlich würde er die Einkäufe in der Mülltonne finden und Frau Hermann würde behaupten, dass das die Hausbewohner waren. Ohne nachzudenken, sagte er: „Wollen Sie eine Anzeige aufgeben, wegen Diebstahls. Dann müssen wir jetzt zur Polizei.“ Robert hatte Hoffnung, dass die Polizei eine Idee hatte, wie man der Frau helfen konnte.

„Ich kann doch hier nicht weg“, sagte sie mit ernster Miene.

„Dann müssen Sie bei der Polizei anrufen.“

„Habe ich schon“, antwortete sie kleinlaut.

Robert wagte nicht nach der Antwort zu fragen, die man ihr gegeben hatte. Doch sie kam auch ohne Aufforderung: „Wegen Marmeladengläsern nehmen sie keine Anzeige auf.“

„Ach so“, sagte Robert und musste sich ein Lachen verkneifen. Dabei war die Angelegenheit alles andere als lustig. Doch die Art, wie sie es sagte, entsprach der eines schmollenden Kindes.

„Was haben Sie heute Schönes gekocht?“, fragte Robert, um sie abzulenken.

„Grießbrei, den kann ich auch kalt essen. Das Gehackte wurde mir ja auch geklaut.“

„Aha, Frau Hermann, wollen wir morgen wieder einkaufen?“ Und schon war ihm klar, dass das die falsche Frage war. Er korrigierte sich: „Oder soll ich für Sie einkaufen, wenn Sie hier nicht weg können?“

Sie überlegte kurz. „Ich würde ja selbst gerne einkaufen, aber ich muss hier aufpassen. Außerdem werden meine Rückenschmerzen immer schlimmer.“

„Rückenschmerzen haben Sie? Dann müssen Sie zum Arzt.“ Robert hatte endlich einen Grund, sie zum Arzt zu schicken. „Vorschlag, wenn Oma morgen zu Hause ist, dann bringe ich Sie zum Arzt und wir kaufen auf dem Rückweg ein.“

„Wenn Oma morgen zu Hause ist“, wiederholte sie leise und sah Robert verwundert an.

„Ilse kommt doch morgen nach Hause, sie war im Krankenhaus.“

„Ilse?“

Robert hatte jetzt den Eindruck, dass sie nicht wusste, wer Ilse war.

„Gehen Sie!“, sagte sie plötzlich im barschen Ton. „Ich muss mich jetzt ausruhen.“

„Gut, aber vorher mache ich noch die Fenster zu“, sagte er ganz selbstverständlich. „Sie holen sich sonst eine Lungenentzündung. Er registrierte in der Küche, dass noch Griesbrei im Topf war und die Frau deshalb nicht hungern würde.

Auf der unteren Treppenstufe angekommen, beschloss er in den Hof zu gehen und im Müllcontainer nachzusehen. Draußen spielten die Kinder im Sand. Frau Möhring saß mit Maylin am Tisch. Das Mädchen las stockend einen Text und Frau Möhring korrigierte ab und zu die Aussprache. Nun kamen die beiden syrischen Jungen. Maylin klappte das Buch zu und die Jungen nahmen Platz. Da entdeckte Frau Möhring Robert. „Sie müssen was unternehmen. Frau Hermann dreht völlig durch.“

Robert ging zu ihr und sagte leise: „Ich gehe morgen mit ihr zum Arzt."

„Und wenn sie wieder an meiner Tür klingelt und mich beschimpft …"

„Dann rufen Sie wieder die Polizei."

„Die machen doch nichts. Der Mann hat gesagt, solange niemand verletzt ist, kann er nicht eingreifen."

„Frau Möhring, bleiben Sie ruhig. Ich kümmere mich. Aber es geht nicht so schnell."

„Wenn das noch einmal vorkommt, beschwere ich mich bei der Wohnungsgesellschaft und werde Mietminderung verlangen."

„Das ist Ihr gutes Recht. Übrigens, ich finde das richtig toll, dass Sie den jüngeren Hausbewohnern helfen, die deutsche Sprache zu lernen."

Sie beugte sich vor und sagte leise: „Die wollen wenigstens lernen. Das war früher oft nicht so. Und deshalb macht es Spaß. Wird Zeit, dass es etwas wärmer wird." Sie schwang sich ein dickes Tuch über die Jacke und sagte zu den beiden: „Zeigt mir mal, was ihr geschrieben habt."

Robert ging um die Ecke zu den Müllkübeln. Er öffnete den ersten und sah die eingepackte Wurst. Frau Hermann hatte die neuen Lebensmittel wieder weggeworfen. Wie sollte das hier weitergehen?

Robert klopfte bei Tom. Seine Tür war nur angelehnt. Er rollte aus dem Wohnzimmer und sah ihn fragend an: „Hast du sie beruhigen können?"

Robert zuckte mit den Achseln. „Ich will mit ihr morgen zum Arzt. Sie hat Rückenschmerzen. Mal sehen, wie sie bis morgen darüber denkt."

„Komm rein, setz dich", forderte Tom ihn auf. „Viola macht mit den Kindern einen Spaziergang zum Schloss. Die müssen auch mal raus. Vielleicht wird uns der Spaziergang auch noch verboten, wie in Italien."

Robert folgte ihm ins Wohnzimmer und nahm am Esstisch Platz. Tom stellte ihm ein Glas und eine Flasche Wasser hin. Robert bediente sich und es kam ihm so vertraut vor, als

würde er schon ewig mit Tom befreundet sein. „Meine Oma
soll Anfang der Woche entlassen werden", sagte er versunken. „Ich weiß nicht, wie ihr Zustand ist, ob ich sie überhaupt
längere Zeit allein lassen kann. Das wird mir jetzt alles ein
bisschen zu viel. Ich brauche eine Lösung für Frau Hermann." Sie schwiegen einen Weile und dachten angestrengt
nach. Dann sagte Robert: „Vielleicht kann die Sozialarbeiterin vom Krankhaus mir helfen. Es muss doch eine Einrichtung geben, die sich um solche Fälle kümmert."
Tom überlegte weiter: „Vielleicht sollten wir statt Polizei
den Notarzt rufen, damit er sie in die Psychiatrie einweist,
wenn sie hier verrückt spielt?"
„Aber was macht ihr, wenn sie in ihre Wohnung geht und
behauptet, dass alles in Ordnung ist? Dann zahlt ihr noch den
Einsatz des Notarztes", wandte Robert ein. Und plötzlich
hatte er eine Idee. „Dreht doch als Beweis ein Video und lasst
es der Wohnungsgesellschaft zukommen."
„Gute Idee, wir gehen über die Wohnungsgesellschaft. Man
hat dort sicher andere Möglichkeiten, ihr zu helfen", stimmte
Tom zu.
„Im Notfall die Kündigung", sagte Robert leise. „Ich lasse
dir mal die Telefonnummer von Carola Färber hier. Vielleicht kann sie ihre Mutter beruhigen, wenn es extrem wird",
fiel Robert noch ein.
Tom notierte sich die Nummer. Robert machte sich auf den
Weg. Im Auto schaltete er das Radio ein und erwischte gerade die Nachrichten:
*Nach einer Beratung zwischen Kanzlerin Merkel und den
Ministerpräsidenten erlassen alle weiteren Länder Aus-
gangs- und Kontaktbeschränkungen: Aufenthalte im Freien
sind nur noch allein, zu zweit oder mit Personen aus dem
eigenen Haushalt erlaubt.*
Unter normalen Umständen hätte er nichts gegen diese Beschränkungen. Er könnte sich endlich mal auf seine Arbeit
konzentrieren. Aber Beschränkung hin oder her, er musste
sich um seine Großmutter und Frau Hermann kümmern.

Robert ließ sich wieder im Arbeitszimmer seines Großvaters nieder und versuchte, sich auf das aufgeschlagene Buch zu konzentrieren. Doch egal, wie oft er den Text las, er wollte nicht in seinen Kopf. Schließlich gab er auf und wandte sich den losen Blättern im Bücherregal zu.

Die Zeit und der Name schienen gefunden zu sein. Der Nachbar Herr Rohde hatte von dem Ort Persien gesprochen. Jedenfalls musste Opa so etwas zu ihm gesagt haben.

Er nahm sich die Überschriften der einzelnen Blätter vor und fand tatsächlich einen Hinweis:

Ort des Erscheinens

Daniel nannte nicht nur die Zeit, 1844, sondern lenkte auch die Aufmerksamkeit auf den Ort, indem er sagt, das Elam (Persien) in der Endzeit ein Ort der Vision sein werde.

Ich hatte eine Vision, und während ich sie sah, befand ich mich in der Burg Susa, die in der Provinz Elam liegt, am Ulai-Kanal. (Daniel 8:2)

Der Prophet Jeremia spricht von Dingen, die in der letzten Zeit geschehen werden, und sagt im Vers davor:

Ich stelle meinen Thron in Elam auf. Spruch des Herrn. (Jeremia 49:38)

Ich stieß auf eine den Arabern wohlbekannte Prophezeiung. Von der Endzeit heißt es da:

Die Diener und Träger Seines Glaubens werden aus dem persischen Volk kommen. („Nabils Bericht" Bd. 1, S. 83)

Alle Prophezeiungen weisen deutlich darauf hin, dass der Messias von Osten kommen wird, und betonen dabei stark das Land Persien.

Robert entdeckte einen Text mit Visionen von der Endzeit, erfuhr, dass Daniel seine Prophezeiungen in Persien niedergeschrieben hatte. Daniel sprach von einem Engelsfürsten Michael. Der Name Michael bedeutet: Einer, der aussieht wie Gott, was wiederum ein anderer Ausdruck für *Herrlichkeit Gottes* war.

Robert überflog die Visionen von der Endzeit. Als er noch einmal die Bestätigung für das Land Persiens fand, legte er das Blatt zur Seite und atmete tief durch.

Er stellte sich vor, wie sein Großvater über das 2. Kommen Christi in seinem Umfeld referiert und Bezug auf einen geistigen Fürsten Namens Michael genommen hatte. Robert war sich sicher, dass niemand ihm hatte folgen können. Deshalb wurde er für verrückt erklärt.

Robert schloss kurz die Augen und murmelte: „Opa, die Kunst besteht darin, etwas Kompliziertes einfach zu erklären, deine Worte."

Robert sortierte, was er bisher erfahren hatte:

Christi Wiederkehr ist laut Bibel auf das Jahr 1844 festgelegt.

Er wird einen neuen Namen tragen. *Die Herrlichkeit des Herrn* oder *die Herrlichkeit Gottes* könnte er heißen.

Er wird seinen Tempel in Persien errichten.

Dann war da noch die Mahnung, die Menschen sollen wachsam sein, er würde sie unvermutet überraschen.

Das lebhafte Interesse an Christi Wiederkehr war erst um 1844 erwacht.

Und er kannte jetzt auch den Grund. Das Wissen war bis dahin versiegelt.

Das Blatt heftete er auf die linke Seite der Pinnwand und flüsterte dabei: „Woher hast du diese Aussagen, Opa? Hast du die Bibel so gründlich studiert oder andere Bücher gelesen? Und weshalb war dir die Recherche so wichtig?"

Er verbrachte den Rest des Tages damit, die Bücherwand seines Großvaters genauer unter die Lupe zu nehmen. Aber er fand kein Buch, das auf das Thema hinwies.

Montag, 23. März

Aktuelle Meldung:
Großbritannien verschärft die Beschränkungen des öffentlichen Lebens ...
Alle Geschäfte mit nicht absolut notwendigen Waren, Bibliotheken und Gebetshäuser werden geschlossen ...
Das Coronavirus ist in den Armenvierteln Rio de Janeiros angekommen ...
Wegen der Coronakrise hat Südafrikas Präsident eine landesweite Ausgangssperre verkündet...
Brasilien hat wegen der Covid-19-Pandemie auch die letzte seiner zehn Grenzen auf dem Landweg geschlossen ...

Arztbesuch

Robert hatte unruhig geschlafen und geträumt, dass er zur Prüfung wollte, aber Hindernisse hielten ihn davon ab. Frau Hermann und Oma spielten eine Rolle. Als er die Augen aufschlug und auf das Wandbild mit den Bäumen sah, war er froh, dass er nur geträumt hatte. Die nächste Nacht würde er vermutlich in Ilses Haus verbringen. Er legte sich einen Plan zurecht. Gegen 8 Uhr rief er in der Klinik an und erfuhr, dass seine Oma erst morgen entlassen wird. Das verschaffte ihm Zeit, sich mit dem Pflegedienst, mit der Physiotherapeutin und der Logopädin in Verbindung zu setzen. Die Arznei wurde nur für einen Tag vom Krankenhaus mitgegeben. Also musste er morgen zum Hausarzt gehen, den Arztbrief abgeben und Rezepte ausstellen lassen. Das würde sicher der Pflegedienst in Zukunft übernehmen.
Heute wollte er mit Frau Hermann zum Hausarzt, aber ob Frau Hermann das auch wollte, stand in den Sternen. Die Runde mit Rolli fiel kürzer aus. Minna bekam ihr Futter draußen im Garten und dann fuhr er zu Frau Hermann. Auf dem Weg zu ihr erfuhr er aus dem Radio die neuesten Bestimmungen.
Ein Neun-Punkte-Programm wurde diskutiert.

Die Gastronomiebetriebe werden geschlossen. Das betraf auch die Familie Wang.

Die Dienstleistungsbetriebe sind ebenfalls geschlossen. Davon sind auch die Friseure betroffen. „Oma, auch das noch. Komm nicht auf die Idee, dass ich dir Lockenwickler aufdrehen soll", murmelte er und erinnerte sich an einen Versuch, als er als Zwölfjähriger seiner Schwester die Dinger einmal eindrehen sollte. Am Ende waren Claras Haare so verfilzt, dass Vera die Lockenwickler herausschneiden musste.

Die letzten Meldungen hörte Robert noch im parkenden Auto. Ab jetzt musste man damit rechnen, von der Polizei angehalten und nach dem Weg befragt zu werden. Auch durfte er nicht mehr einfach bei Tom hineinspazieren und dort Spaghetti essen. Die Hausgemeinschaft war gerade zusammengerückt, hatte sich etwas besser kennengelernt und nun mussten sie wieder auf Abstand gehen. Was würde Frau Möhring mit ihren Schülern machen? Wer hatte Einsicht in den Hof? Ringsherum gab es hohe Häuser. Diese Gedanken schossen ihm durch den Kopf, als er die Treppe hochstieg. Robert rechnete damit, dass Frau Hermann sich nicht mehr an die Verabredung erinnern würde. Doch zu seiner Überraschung war sie fertig angezogen und wartete auf ihn. „Haben Sie Ihre Krankenkarte, Frau Hermann?", fragte Robert. Sie nickte. „Haben Sie einen Einkaufzettel geschrieben?"

„Ich weiß, was ich brauche", brummte sie.

Robert wagte einen Blick in die Küche. „Wollen wir noch mal in den Kühlschrank schauen?"

Es war eher eine Formfrage. Robert tat es einfach. Er war leer, völlig leer.

Er nahm ihren Einkaufskorb und etliche Taschen, die sie bereitgelegt hatte. Frau Hermann griff nach dem Stock und der Handtasche. „Halten Sie mal." Sie drückte Robert die Sachen in die Hand, schob ihn aus der Wohnung und fing an, die Möbel im Flur näher an die Tür zu schieben. Mit einem Strick band sie Stuhl, Tisch und Bügelbrett zusammen und knotete es an der Türklinke fest. Es blieb nur noch eine Lücke übrig, durch die sie sich in den Hausflur zwängen konnte.

Robert wartete geduldig bis Frau Hermann ihre Wohnung vor „Einbrechern" ausreichend geschützt hatte. Er sah auf die Uhr. Eine Viertelstunde hatte sie gut zu tun. Dann schloss sie ab und erklärte: „So, jetzt kommt keiner rein."
Robert nickte ernst. In Zeitlupe ging es die Treppe hinunter. Offensichtlich hatte sie starke Schmerzen.
„Haben Sie schon den neuen Hof gesehen?", fiel Robert gerade ein. Er ging vor und winkte sie heran. Zögerlich trat sie aus der Tür und sah sich um. „Die Kinder haben jetzt einen Sandkasten und eine Schaukel. Tim und Anna entdeckten Robert und wollten Sandkuchen loswerden. „Später", rief er ihnen zu. Am Tisch saß Frau Möhring mit den syrischen Jungs und buchstabierte gerade ein Wort. „Und sehen Sie, Frau Hermann, hier wird kräftig gelernt. Das ist wie in der Schule bei Ihrem Mann."
Frau Möhring drehte sich um. Die beiden Frauen sahen sich an und Frau Hermann schrie: „Alles Verbrecher!" Sie kehrte in den Flur zurück.
Frau Möhring schüttelte den Kopf.
„Wir gehen zum Arzt", verkündete Robert leise und überdeutlich.
Robert traute seinen Augen nicht, als er vor der Arztpraxis hielt. Die Leute standen draußen, mit Abstand, was die Schlange noch länger machte. Er stieg aus und ging seitlich vorbei zu dem Zettel, der an der Tür klebte.
IM WARTEZIMMER SIND NUR 5 PERSONEN ERLAUBT. BITTE ABTAND HALTEN.
Robert zählte die Personen durch und kam auf zehn. Frau Hermann war ausgestiegen und stützte sich auf dem Stock ab. Er überlegte kurz, ob er einen Stuhl besorgen sollte. Doch Frau Hermann entschied für ihn: „Wir gehen erst einkaufen."
Sie schob den Einkaufswagen und Robert musste die gewünschten Sachen heranholen. Nachdem alles bezahlt und verstaut war, ging es zurück zur Arztpraxis. Zum Glück bekam er einen Parkplatz direkt vor der Tür. Jetzt waren noch vier Personen vor ihnen. Er stellte sich an und ließ Frau Hermann im Auto. Jemand kam heraus und der nächste durfte

eintreten. Zehn Minuten später konnte er mit Frau Hermann in den Warteraum. Er gab der Schwester die Krankenkarte und schob ihr einen Zettel hin. Robert hatte das Problem schriftlich festgehalten, weil ihm klar war, dass er in Gegenwart von Frau Hermann nicht offen mit der Ärztin sprechen konnte. „Bitte geben Sie das der Ärztin", sagte er leise.
Nach einer weiteren halben Stunde war Frau Hermann an der Reihe. „Ich geh da allein rein", sagte sie selbstbewusst. Robert warf der Schwester einen fragenden Blick zu. Sie verstand ihn und sagte: „Sind Sie der Enkel?"
„Nein, ich betreue sie."
„Sind Sie vom Amtsgericht eingesetzt?
„Nein, von meiner Oma."
Es war wohl sein energischer Ton, der die Schwester zum Schmunzeln brachte. „Das wiegt natürlich noch mehr. Warten Sie." Sie ging kurz ins Behandlungszimmer, kam zurück und winkte Robert herein.
Robert stellte sich vor. Die Ärztin, eine kleine Frau in den Fünfzigern mit dunkler Brille, sah auf den Zettel und erinnerte sich: „Wir haben schon einmal telefoniert, Herr Schumann." Sie wandte sich zur Seite und rief Frau Hermann zu, die hinter einem Paravent stand: „Machen Sie mal den Oberkörper frei, Frau Hermann. Sie waren lange nicht hier, ich muss Sie gründlich untersuchen." Sie sah weiter auf den Zettel, nickte Robert stumm zu und ging hinter den Paravent. „Haben Sie die Rückenschmerzen ständig?"
„Ich kann nachts nicht mehr schlafen, weil ich immer gestört werde, mit einem Sensor von oben."
„Wer stört Sie denn?"
„Na, die im Haus."
Die Ärztin sagte nichts dazu, sondern schien sich ganz auf die Untersuchung zu konzentrieren. Schließlich kam die Anweisung: „Sie können sich wieder anziehen, Frau Hermann und nach vorn zum Schreibtisch kommen."
Robert stand an der Seite und wartete. Frau Hermann kam nach einer Weile mit Stock und Handtasche um die Ecke, stutzte kurz, als sie Robert entdeckte und setzte sich dann an

den Schreibtisch. Die Ärztin erklärte: „Ihre Lunge ist nicht frei und die Rückenschmerzen müssen richtig abgeklärt werden. Ich weise Sie in die Klinik ein. Herr Schumann kann Ihnen helfen, die Tasche zu packen und bringt Sie dann zur Notaufnahme."

„Das geht nicht!" Sie schoss wie eine Rakete in die Höhe. Von Rückenproblemen war nichts mehr zu merken. „Ich kann meine Wohnung nicht alleine lassen. Die brechen ein, klauen meine Marmelade und vergiften meine Lebensmittel. Geben Sie mir eine Spritze, dann gehen die Schmerzen weg."

„Beruhigen Sie sich. Setzen Sie sich wieder hin", sagte die Ärztin eindringlich. „Ich kann Ihnen nicht einfach eine Spritze geben, ohne zu wissen, was Sie haben."

Jetzt schnappte Frau Hermann ihren Stock, krallte die Handtasche fest und stürzte hinaus.

Robert wollte ihr folgen. Doch die Ärztin hielt ihn zurück. „Ich habe ein Antibiotikum aufgeschrieben. Versuchen Sie, ihr das morgens und abends zu geben. Sie muss in psychiatrische Behandlung. Das steht fest. Ich kann Ihnen so etwas wie ein Gutachten schreiben, falls Sie das brauchen."

„Danke, ich komme drauf zurück."

„Rezept bekommen Sie draußen am Tresen", rief die Ärztin ihm nach. Er beeilte sich, Frau Hermann zu folgen. Doch als er auf die Straße kam, war sie weit und breit nicht zu sehen. Er fuhr mit dem Auto langsam die Strecke zurück. Eine Querstraße entfernt von ihrer Wohnung entdeckte er sie. „Steigen Sie ein, Frau Hermann. Wir müssen noch zur Apotheke." Sie war völlig erschöpft, als sie sich auf den Beifahrersitz niederließ. Bei jeder kleinen Bewegung verzog sie das Gesicht vor Schmerzen. Robert holte die Arznei und brachte die Frau nach Hause. Sie schlüpfte in ihre verbarrikadierte Wohnung und löste die Knoten der Bänder. Dabei schimpfte sie leise über die angeblichen Einbrüche der Mieter. Robert sagte nichts dazu, stand mit vollen Körben vor der Tür und ermahnte sich zur Geduld. Erst nach zehn Minuten konnte er eintreten. Noch bevor der Einkauf in den Schränken verstaut war, war Frau Hermann in ihrem Sessel eingeschlafen. Er musste heute Abend noch einmal kommen und ihr das Antibiotikum geben. Ihm wurde klar, dass er das täglich morgens und abends eine Woche lang tun musste, weil er nicht davon ausgehen konnte, dass Frau Hermann es selbst tat.

Am Nachmittag organisierte er die Pflege für seine Oma. Erst als alles abgesprochen war, rief er Carola Färber an und erzählte vom Arztbesuch mit ihrer Mutter, vom leeren Kühlschrank, von den Wahnvorstellungen und der kalten Wohnung. „Wir können nicht davon ausgehen, dass sie die Medikamente selbständig nimmt", beendete er seinen Bericht. Er hörte, wie die Frau am anderen Ende schluchzte. „Ich kann nichts machen und bin schon vom Zuhören total fertig. Außerdem bin ich im Home Office und muss gleichzeitig meine Kinder unterrichten. Wissen Sie, was das bedeutet, wenn man niemanden hat, der einem hilft? Und dann noch eine demenzkranke oder psychisch kranke Mutter, die das Haus, in dem sie wohnt, tyrannisiert. Es ist doch eine Frage der Zeit bis sie die Kündigung von der Wohnungsgesellschaft bekommt. Und dann? Ich kann sie doch hier auch nicht gebrauchen."

Robert hatte Mitleid mit ihr. Die Frau war erschöpft und stand vermutlich kurz vor einem Nervenzusammenbruch.

Er dachte krampfhaft nach, was man noch tun konnte: „Ich spreche morgen mit der Sozialarbeiterin des Krankenhauses. Vielleicht hat sie eine Idee, wie wir Ihrer Mutter helfen können."

„Bitte kümmern Sie sich weiter um meine Mutter, Robert", flehte sie.

Doch er wusste nicht, ob er alles unter einen Hut bringen konnte. Das würden die nächsten Tage zeigen. Und das sagte er ihr auch.

Robert ging gedanklich den Tag durch: Arztbesuch und Einkauf mit Frau Hermann, Pflege für Oma ist organisiert, Telefonat mit Frau Färber. Jetzt konnte er sich hoffentlich auf seine Arbeit konzentrieren. Doch da meldete sich seine Mutter. Sie hatte sich Gedanken über die häusliche Pflege gemacht. „Du musst ein Pflegebett bestellen. Das stellst du am

besten im Arbeitszimmer auf. Der Schreibtisch kommt ins Wohnzimmer, die Bücher, na die müssen erstmal bleiben."
Robert stoppte sie: „Mutti, es ist gut. Das Wohnzimmer hat eine Bettcouch. Ich habe noch einen Topper aufgelegt. Man kann darauf wunderbar schlafen. Das Bett ist bezogen. Die Pflege ist organisiert. Ich hole sie morgen früh ab und dann könnt ihr telefonieren oder skypen. So und nun muss ich endlich mal etwas für mein Studium machen."
„Ja, natürlich, du kommst ja gar nicht dazu."
Robert saß nachdenklich in dem Schreibtischsessel und blickte auf die Pinnwand.
Ja, er musste etwas für sein Studium tun, aber er hatte keine Kraft mehr oder einfach keine Lust.
Das Zitat, das er ganz am Anfang entdeckt hatte, fiel ihm erneut ins Auge.
Befasst euch gründlich mit den Nöten der Zeit, in der ihr lebt, und legt den Schwerpunkt eurer Überlegungen auf ihre Bedürfnisse.
Für ihn persönlich bedeutete das: Oma und Frau Hermann betreuen und sein Studium beenden.
Es klingelte an der Haustür. Der Rollstuhl und die anderen Hilfsmittel wurden geliefert. Jetzt konnte Oma kommen.
Robert hätte fast das Antibiotikum für Frau Hermann vergessen. Es wurde schon dunkel, als er sich auf den Weg machte, doch der Weg war umsonst. Frau Hermann war nicht bereit, ihr Medikament zu nehmen.

Dienstag, 24. März

Aktuelle Meldung:
Die Olympischen Spiele in Tokio werden um ein Jahr ver-
schoben ...
Wegen der Corona-Krise hat das spanische Militär die
NATO um Hilfe gebeten ...
Russland verstärkt seine Hilfe für Italien ...
Außer Russland sind weitere Staaten in Italien engagiert, um
das dortige Gesundheitssystem vor dem Kollaps zu bewah-
ren. Unter anderem haben China und Kuba Ärzte ge-
schickt ... Kliniken in Deutschland und in der Schweiz neh-
men Patienten aus Italien auf ...

Ilses Heimkehr

Robert ging am Dienstag eine halbe Stunde früher in die Klinik und hoffte, dass er die Sozialarbeiterin sprechen konnte.
Er musste einen Moment vor der Tür warten, weil sie Besuch
hatte. Nach zehn Minuten durfte er eintreten.
„Gibt es Probleme mit Ihrer Großmutter?", fragte Frau Riester sofort.
„Nein, es geht nicht um meine Oma. Ich brauche Ihren Rat.
Es geht um die Frau, die ich betreue. Sie hat Wahnvorstellungen, tyrannisiert die Hausbewohner, schadet sich selbst,
weil sie die Fenster weit öffnet und im Durchzug lebt. Die
Arznei, die die Ärztin wegen einer Lungenentzündung ver-
schrieben hat, will sie nicht nehmen. Ich habe wirklich alles
probiert. Was kann man in diesem Fall tun?"
Frau Riester lehnte sich in ihrem Sessel zurück und nahm die
Brille ab. Sie stieß die Luft hörbar aus und sagte: „Da haben
Sie sich ja was aufgeladen, Robert. Selbst psychisch Kranke
dürfen selbst entscheiden, ob sie ihre Arznei nehmen möchten oder nicht, ob sie in eine psychiatrische Klinik gehen
wollen oder nicht.
„Aber sie können es nicht entscheiden", fiel Robert ihr erregt
ins Wort.

„Das muss erst von einem Gutachter festgestellt werden. Es wäre sinnvoll, wenn jemand einen Antrag auf Betreuung stellt und beim Amtsgericht einreicht. Das könnte auch die Wohnungsgesellschaft machen oder ein Verwandter oder … die Sozialarbeiterin vom Gesundheitsamt. Ich gebe Ihnen die Nummer von einer Frau Schneider.“
Sie schrieb sie auf einen Zettel.
„Eine Zwangseinweisung ist nur möglich, wenn ihr Leben in Gefahr ist, richtig?“, fragte Robert, obwohl er die Antwort kannte. Frau Riester bestätigte durch Kopfnicken. „Sprechen Sie mit Frau Schneider, sie kennt sich da besser aus.“
Robert bedankte sich und holte den nagelneuen Rollstuhl aus dem Kofferraum. Er machte sich auf den Weg zur Station, klingelte und musste wieder warten. Eine Viertelstunde später nahm seine Oma in ihrem neuen Rollstuhl Platz. Robert bekam ihre Tasche und den Arztbrief. Er sah es an ihren Augen, dass sie froh war, wieder nach Hause zu kommen.
Doch zunächst musste er noch beim Hausarzt vorbeifahren und den Arztbrief abgeben. Dort nannte er der Arzthelferin den Pflegedienst, der ab Mittag kommen würde. Dann brachte er seine Oma heim. Stolz zeigte er die neugebaute Rampe. Ilse wollte zunächst ihren Garten begutachten. Robert entschuldigte sich für Rolli, der ziemlich viele Haufen gewühlt hatte. Ilse winkte ab. Es war alles nicht mehr so wichtig. Er brachte sie ins Haus und fuhr sie ins Wohnzimmer. Sie war einverstanden mit der Bettcouch. In diesem Raum gab es noch eine Schrankwand, zwei Sessel, einen Esstisch mit vier Stühlen und das Klavier, auf dem Vera spielen gelernt hatte. „Oma, ich bin nebenan im Arbeitszimmer.“ Sie schüttelte heftig den Kopf. „Darf ich nicht Opas Arbeitszimmer benutzen?“, fragte er vorsichtig nach und konnte sich schon denken, dass dieser Raum für sie ein heiliger Ort war, der nicht benutzt werden durfte. „Wenn ich oben bin, bekomme ich nicht mit, wenn du etwas brauchst“, begründete er seine Entscheidung. Sie schien die Angelegenheit zu durchdenken. „Ich kann immer noch nach oben gehen, wenn es dir besser geht“, schlug Robert vor. Damit war

sie einverstanden. Er half ihr in ihren Lieblingssessel und stellte leise Musik an, Klaviermusik. Daran war sie durch ihre Tochter gewöhnt. Sein Smartphone klingelte. Robert ging damit in die Küche und nahm das Gespräch an. Frau Färber berichtete aufgeregt: „Robert, ich habe mit dem Amtsgericht telefoniert. Ich soll einen Antrag auf Betreuung stellen. Die Ärztin müsste ein Gutachten einreichen, vielleicht die Hausbewohner eine Zeugenaussage machen und dann kommt das Entscheidende. Es dauert im Allgemeinen länger, bis man einen fremden Betreuer bekommt. Wenn man jemanden im Familien- oder Bekanntenkreis einsetzt, geht es schneller. Ich wollte Sie fragen, ob Sie bereit wären, als offizieller Betreuer für meine Mutter zu arbeiten. Sie hat Vertrauen zu Ihnen, lässt Sie in die Wohnung und Sie bekommen es bezahlt." Carola Färber sprach immer schneller, weil sie wahrscheinlich Angst hatte, er könnte den Vorschlag ablehnen. Robert wusste, dass Betreuer vor allem viel Bürokratie zu erledigen hatten. Zum Glück fiel ihm noch ein, dass er eine Nummer von der Sozialarbeiterin hatte. Er sagte ruhig zu Frau Färber: „Ich spreche erst mit der Sozialarbeiterin vom Gesundheitsamt. Meine Oma ist gerade nach Hause gekommen. Ich muss sie versorgen. Wir telefonieren später."
Sich übergangsweise um jemand zu kümmern, war etwas anderes, als Betreuer zu sein. Im nächsten Moment fiel ihm die Traumtherapeutin ein, die ihm gesagt hatte, er solle alles annehmen, was ihm vor die Füße fällt, auch wenn er absolut keine Lust dazu hätte.
Doch hier musste er gründlich nachdenken. War er überhaupt in der Lage, die Frau zu betreuen? Sein Studium würde in diesem Jahr zu Ende sein, ob er die Prüfung bestand oder nicht. Und dann? Wenn er es nicht schaffte, könnte er als Krankenpfleger arbeiten. Er empfand diesen Gedanken nicht mehr so abwegig. Aber schließlich hatte er vier Jahre Studium auf sich genommen und das sollte nicht umsonst gewesen sein.
Als Nächstes rief er die Sozialarbeiterin vom Gesundheitsamt an, eine einfühlsame Frau, die das Problem verstand und

helfen wollte. Sie konnte ihm erst für Montag elf Uhr einen Termin geben. Robert hakte nach, ob es nicht früher ginge. „Das ist früh, Herr Schumann. Da habe ich zufällig eine Lücke", lautete die Antwort.

Robert kochte seine Lieblingsnudelsuppe, die er oft mit seiner Oma gekocht hatte. Sie bestand nur aus Gemüsebrühe, Erbsen und Nudeln. Gegen Mittag kam Schwester Sandra vom Pflegedienst. Sie sprachen alle Einzelheiten durch, von der Körperpflege bis zur Arznei. Die Schwester erkundigte sich nach einer Befreiung von der Zuzahlung.

Oma schüttelte den Kopf und formte das Wort *Portmonee*. Robert nahm an, dass sie wissen wollte, wie viel Geld im Portmonee war. Er zählte nach: „Es sind noch 200 Euro drin, Oma, das reicht für die Zuzahlung."

Sie einigten sich darauf, dass der Pflegedienst in dieser Woche dreimal am Tag kommen sollte. Die Schwester bekam einen Schlüssel von der Haustür.

Er wollte seine Oma gerade zum Mittagsschlaf ins Bett legen, als sein Handy wieder klingelte. Vor diesem Anruf hatte er sich gefürchtet. Vera.

„Ist Oma zu Hause? Robert, geh mal auf Video", sagte sie hektisch.

Er tat es und hielt seiner Oma das Gerät vors Gesicht.

„Mama, wie geht es dir?", rief Vera laut.

„Wie soll es ihr gehen, das siehst du doch", schimpfte Frank im Hintergrund. Ilse winkte ab und fing an zu weinen. Nun konnte sich Vera auch nicht mehr halten und brach in Tränen aus. Es war ein einziges Geschluchze. Oma beruhigte sich als Erste. Sie sah Robert an und flüsterte eine Frage. „Oma will wissen, wie es euch geht", übersetzte Robert.

„Wir stehen hier alle unter Quarantäne. Angeblich sind wir mit Leuten zusammengekommen, die positiv getestet wurden. Man hat von 14 Tagen gesprochen. Mama, es tut mir so leid, dass wir gerade jetzt nicht da sind. Kommt ihr denn klar?"

Ilse nickte.

Robert schaltete sich ein: „Kurzer Lagebericht: Der Pflegedienst kommt dreimal am Tag. Morgen bekommt Oma
Sprachunterricht, am Donnerstag wird sie turnen. Die Arznei
bringt die Apotheke ins Haus, eingekauft habe ich. Und
heute Mittag gab es Nudelsuppe. Noch irgendwelche Fragen,
ansonsten ist die Besuchszeit beendet. Oma braucht jetzt ihren Mittagsschlaf und am Nachmittag drehen wir eine Runde
mit dem Rollstuhl. Morgen könnt ihr wieder telefonieren."
Er wollte gerade das Gespräch beenden, da sagte sein Vater:
„Können wir mal kurz allein reden?" Robert ging mit dem
Handy ins Arbeitszimmer und erwartete nun einen Vortrag
über die Wichtigkeit des Lernens. Doch sein Vater sagte:
„Ich habe dir öfter vorgeworfen, dass du nicht verantwor-
tungsbewusst handelst. Was du jetzt machst, da kann ich nur
den Hut ziehen. Ich hätte das nicht gekonnt."
„Du hast ja auch nicht Krankenpfleger gelernt", sagte er mit
einem schiefen Lächeln.
„Jedenfalls wollte ich dir sagen, wenn du das Studium nicht
schaffst, dann werde ich dir keine Vorwürfe machen. Die
Gesundheit geht vor, Oma geht vor. Diese schrecklichen Bilder von Italien, da wird einem klar, wie wichtig die Gesundheit ist. Du hast das alles gut gemanagt, wir sind stolz auf
dich."
Jetzt wurde es Robert zu bunt. Soviel Lob aus dem Munde
seines Vaters kannte er nicht. Hatten die beiden etwa Corona
und verabschiedeten sich gerade? „Vati, seid ihr gesund?",
fragte er vorsichtig. Er bemerkte, dass sein Vater zum ersten
Mal Tränen in den Augen hatte.
„Hier sein zu müssen und nichts tun zu können, das zer-
mürbt. Wir sind so froh, dass du da bist."
„Na ja, dann kann ich wenigstens mal etwas von eurer Unterstützung zurückgeben."
Frank winkte ab und fragte: „Was ist mit Omas Freundin?"
Robert berichtete von Frau Hermanns Zustand und sein Vater hörte interessiert zu.
„Wenn es nur um Formulare geht, die mit der Betreuung ver-
bunden sind, da kann ich dir helfen. Aber du kannst dich

darauf einstellen, dass du mit den Ärzten reden musst, wenn sie in die Klinik kommt und dass du für sie Entscheidungen treffen wirst."

„Das ist nicht das Problem für mich. Eher frage ich mich, was nach dem Studium kommt. Bleibe ich hier oder gehe ich weg?"

„Robert, wir sind auch noch da. Deine Mutter könnte dann die Betreuung fortsetzen, wenn es so kommt."

„Das klingt gut, Vati. Danke, dann sage ich wahrscheinlich zu."

Der Tag war anstrengend, die Aufgaben neu und ungewohnt. Er nahm sich Zeit für seine Oma, fuhr sie spazieren. Zwischendurch kamen Anrufe, vom Pfarrer, vom Pflegedienst, von einer Nachbarin. Als sie abends im Bett lag, war er auch nicht mehr fähig, an seiner Bachelor-Arbeit zu schreiben. „Oma, ich habe hier eine Glocke für dich. Wenn du mich brauchst, dann läutest du. Ich lasse die Türen offen. Er ging nach oben und schlief in dieser Nacht besonders tief und fest.

Mittwoch, 25. März

Aktuelle Meldung:
Mehr als 400.000 Briten haben sich an einem einzigen Tag als freiwillige Helfer des staatlichen Gesundheitsdienstes NHS im Kampf gegen die Corona-Pandemie gemeldet. Sie sollen Essen und Medikamente ausliefern, Patienten zu Terminen fahren und mit Menschen in Isolation telefonieren ...

Die Logopädin

Für zehn Uhr war die Logopädin angemeldet. Robert schaffte es gerade so, die Tiere zu versorgen, seiner Oma das Frühstück zu machen und die Wohnung ein bisschen aufzuräumen. Er war dabei, seine Haare zu kämmen und sie zu einem Pferdeschwanz zu binden, als es an der Tür klingelte. Robert öffnete und im nächsten Moment hatte er das Gefühl, ein Blitz würde ihn treffen. Er konnte vor Schreck gar nicht sprechen, starrte die Frau nur an. Sie zog überrascht die Augenbrauen hoch, lächelte dann und sagte: „Der Mann mit den Spaghetti, welch ein Zufall."
Robert platzte heraus: „Das kann ich jetzt nicht glauben. Die Frau mit dem Seitenzopf. Ich habe auf dich gewartet, damals. Weshalb bist du nicht zurückgekommen? Ich wollte mich doch revanchieren."
„Etwa mit Spaghetti-Eis? Das war ein Witz", sagte sie lachend.
Jetzt nahm Robert das Kind neben ihr wahr. Sie hatte am Telefon gefragt, ob sie ihren vierjährigen Sohn mitbringen könne. Die KiTa ist geschlossen. Robert hatte sich sofort bereiterklärt, auf den Jungen aufzupassen. Schließlich wollte er, dass seine Großmutter wieder sprechen lernte.
Was hatte sie gesagt? Die Idee mit dem Spaghetti-Eis war ein Witz. „Oh, das war nicht so bei mir angekommen", sagte er und merkte selbst seine Verlegenheit. „Wie geht es deiner weißen Jacke?"

„Ist jetzt schwarz", sagte sie locker und zeigte auf die Jacke, die sie trug. „Gefällt mir sogar besser. Können wir reinkommen?"

„Na klar, ich bin …", er suchte nach Worten. „… ein bisschen durcheinander. Ich habe nicht damit gerechnet, dich hier wieder zu sehen, dich überhaupt wiederzusehen." Er nahm ihr die Jacke ab. Ein weinroter Rollkragenpullover kam zum Vorschein. „Ich dachte, du bist Studentin."

„Meine Schwester studiert. Wir waren in der Mensa verabredet. Aber nach unserer kleinen Panne gab es eine Planänderung." Sie wandte sich dem Jungen zu. „Philip, gib mir deine Jacke." Robert sah zu, wie sie dem Jungen Jacke und Schuhe auszog und die kleinen Füße in Hausschuhe steckte. Der Junge hatte leuchtend blaue Augen und dunkelblonde lockige Haare. Seine Hände griffen nach einem kleinen Spielzeugkoffer. Nun, da er auf den Jungen aufpassen würde, hielt er es für angemessen, sich vorzustellen: „Ich bin Robert, eigentlich Jan Robert."

Der Junge kicherte. „Und ich bin Jan Philip", sagte er selbstbewusst.

„Da passt ihr ja gut zusammen", meinte Thea schmunzelnd. „Welchen Grund hat es bei dir für den Namen Jan gegeben?", wollte sie wissen.

„Mein Vater hat die Entscheidung meiner Mutter etwas abmildern wollen. Sie ist Klavierlehrerin und ein Fan von Robert Schumann. Und da sie nun einmal einen Schumann geheiratet hat, musste sie unbedingt ihre Kinder Robert und Clara nennen, vielleicht in der Hoffnung, dass wir auch Pianisten werden. Mein Vater konnte lediglich einen zweiten Namen durchsetzen."

Thea lachte. „Na das ist doch mal eine Geschichte. Wir wollten einen Doppelnamen, der aber nicht so häufig ist. So kamen wir auf Jan Philip. Das klingt doch gut, Jan Philip Osten", sagte sie stolz.

Robert stimmte zu und überlegte kurz. „Osten, ich hatte im ersten Semester einen Professor Osten, ich glaube Gerald Osten."

„Das ist mein Papa", rief der Junge.

Thea bestätigte: „Ja, das war mein Mann." Robert achtete auf das Wort *war* und fragte vorsichtig: „Ist er es nicht mehr?"

„Gerald ist vor zwei Jahren verstorben." Und etwas leiser fügte sie hinzu: „Krebs."

Philip ergänzte munter: „Papa ist jetzt im Himmel und passt auf mich auf."

„Aha", sagte Robert und an Thea gewandt flüsterte er: „Das tut mir leid. Ich habe ihn als sehr guten, angenehmen Lehrer in Erinnerung, der viel Verständnis für uns Studenten hatte. Am Anfang habe ich ihn selbst für einen Studenten gehalten. Für einen Professor wirkte er sehr jung."

„Ja, mir ging es genauso. Er war Mitte dreißig, als wir uns kennenlernten und stell dir vor, auch in einer Mensa, allerdings in Hannover." Thea seufzte. „Gerald war nicht nur ein heller Kopf und guter Lehrer. Er war auch ein toller Vater und Ehemann. Leider waren uns nur vier gemeinsame Jahre bestimmt." Sie atmete tief und schien die Trauer, die sich jetzt in ihren Augen spiegelte, vertreiben zu wollen: „Nun, wie heißt es so schön: Das Leben geht weiter. Ich bin alleinerziehend, habe mich nach dem Tod meines Mannes für die Selbstständigkeit entschieden, um flexibler zu sein, und nun geht es mir wie vielen Selbstständigen. Ich kämpfe um meine Existenz. Zum Glück musste ich meine Praxis nicht schließen. Aber die meisten Patienten sind so ängstlich, dass sie die Termine abgesagt haben und die Pandemie abwarten wollen. Deshalb konnte ich gleich kommen. Wo ist denn deine Oma?"

Robert brachte sie ins Wohnzimmer. Er blieb mit Philip an der Tür stehen. Ilse saß im Sessel in eine Decke eingewickelt. Thea hielt zwei Meter Abstand. „Guten Morgen, Frau Seefeld. Ich bin Thea Osten, Ihre Logopädin. Ich werde Ihnen helfen, Ihre Sprache wieder zu bekommen. Thea drehte sich um und lächelte. „Das ist mein Sohn, Jan Philip. Robert hat sich bereiterklärt, auf ihn aufzupassen."

Ilse formte das Wort *Kennen*.

„Meinst du, ob wir uns kennen?", fragte Robert und sie nickte. „Ich habe ihr in der Mensa neulich Spaghetti über die weiße Jacke gekippt." Jetzt verzog sich ihr Mund zu einem schiefen Lächeln. Oma zupfte mit der rechten Hand an ihrer Jacke. Robert wusste sofort, was sie meinte. „Ich wollte ihr eine neue Jacke kaufen oder sie wenigstens zu einem Eis einladen. Aber sie ist nicht mehr zurückgekommen. Und ich kannte ihren Namen nicht. Ich hatte also keine Chance, etwas gutzumachen." Wieder deuteten ihre Lippen ein Lächeln an. „Wenn du deinen Schlaganfall nicht bekommen hättest, dann wären wir uns nicht wieder begegnet und ich hätte Philip nicht kennengelernt." Der Junge nickte verständig. „Wir lassen euch jetzt mal allein. Philip hat Spielsachen mitgebracht."

Oma fuchtelte mit der Hand, zeigte nach oben. Robert verstand. „Ich weiß Oma, in meinem Zimmer sind Spiele und jede Menge Autos. Wenn wir uns langweilen, hole ich sie runter."

Thea sagte beeindruckt: „Das klappt ja sehr gut mit eurer Verständigung, auch ohne Worte."

Robert meinte locker: „Wir kennen uns eben gut." Er wandte sich an den Jungen: „Was wollen wir spielen, Philip?"

„Wir bauen Häuser. Ich habe ganz viele Legosteine im Koffer", sagte der Junge im perfekten Hochdeutsch und strahlte ihn an.

Sie ließen sich in der Küche nieder. Robert war beeindruckt, wie intensiv Philip spielte, und fühlte sich selbst in seine Kindheit zurückversetzt. Hier an diesem Küchentisch hatte er mit seinem Opa ganze Tierparks und Straßen für Autos gebaut. Die Zeit verflog und plötzlich stand Thea vor ihnen. Der Junge sah kurz hoch und rief: „Nein, Mama! Ich will noch mit Robert spielen."

„Mm … ich habe noch einen Patienten hier ganz in der Nähe …", setzte sie vorsichtig an.

Robert kannte dieses Zögern von seiner Mutter, bevor sie ihm eine neue Aufgabe verpasste. Und deshalb konnte er sich denken, was sie fragen wollte. Er kam ihr zuvor und sagte ganz selbstverständlich: „Dann lass ihn doch hier und hole ihn ab, wenn du fertig bist."

„Kannst du Gedanken lesen?"

„Manchmal ja", antwortete er schmunzelnd.

„Es dauert auch bestimmt nicht lange", beteuerte sie, blieb aber immer noch an der Tür stehen. „Wenn etwas sein sollte, du hast ja meine Handynummer."

Er merkte, dass sie hin- und hergerissen war. „Wir verstehen uns doch gut, du musst dir keine Sorgen machen."

„Wir haben eine Pandemie, es gibt einen Kontaktverbot …

Er unterbrach: „Im privaten Bereich. Das hier ist beruflich. Hier wird gerade ein Architekt ausgebildet."

Sie lächelte kurz und bemerkte dann ernst: „Es ist nicht so einfach, jetzt alles unter einen Hut zu bringen. Die KiTas sind geschlossen, aber die Arbeit soll weiter gehen. Die Kinder zu den Großeltern bringen, ist auch nicht erlaubt."

„Wir machen das Beste daraus. Du gehst arbeiten, ich passe auf", sagte er und es klang so selbstverständlich, als würden sie sich schon ewig kennen und es immer so machen.

„Danke", sagte sie schlicht, lächelte und ging.

Da war wieder dieses Lächeln, das ihn schon bei der ersten Begegnung in den Bann gezogen hatte. Doch der Junge lenkte ihn ab, ließ ihm keine Zeit zum Nachdenken.

Eine Stunde später war sie zurück. „Wir sind gerade beim Kochen", verkündete Robert im Flur. „Ich glaube, ihr müsst mitessen. Philip freut sich auf Kartoffelbrei und Spiegelei."

„Oh ja Mama, wir essen hier", sagte er bestimmend und klopfte mit dem Löffel auf den Tisch, als sie die Küche betrat.

„Wir brechen alle Regeln, die gerade …", sie ließ den Satz unvollendet und setzte sich.

Robert stellte den Kartoffelbrei auf den Tisch, eine Pfanne mit Spiegeleiern dazu und verteilte Teller und Besteck. Dann holte er Ilse aus dem Wohnzimmer. Er schob den Rollstuhl an die Stirnseite des Tisches und füllte ihr das Essen auf. „Soll ich dir helfen?", fragte er. Sie schüttelte den Kopf.

Robert fragte den Jungen: „Philip, wie viel Kartoffelbrei möchtest du?"
„Drei Löffel", verkündete er mit großen Augen und rutschte auf seinem Stuhl hin und her. Beim Essen erzählte Thea, dass sie irakische Wurzeln hat, dass ihre Großeltern nach Deutschland gekommen waren, als ihre Mutter klein war. „Meine Mutter ist Apothekerin und mein Vater Lehrer, Deutschlehrer. Sein Interesse für die Sprache hat mich geprägt. Deshalb bin ich Logopädin geworden."
Oma wollte etwas sagen. Sie legte den Löffel hin und formte das Wort *Lehrer*. Robert nickte. „Mein Großvater war Geschichtslehrer." Omas Augen leuchteten. Sie zeigte in Richtung Arbeitszimmer. Robert erklärte: „Ich soll dir wohl das Arbeitszimmer meines Opas zeigen. Sie hat alles so gelassen wie es war. Allerdings liegen jetzt meine Sachen dort herum."
Nachdem sie ihren Nachtisch, Joghurt mit Heidelbeeren, verspeist hatten, drängte Thea zum Aufbruch. Während die beiden ihre Jacken anzogen, brachte Robert Ilse ins Wohnzimmer und legte sie ins Bett. Oma erinnerte ihn noch einmal an das Arbeitszimmer. „Thea, Philip, ihr sollt noch Opas Arbeitszimmer sehen", rief Robert ihnen zu.
Die beiden betraten ehrfürchtig den Raum. Der Junge hatte nur Augen für die Bücher und Thea für die Pinnwand. Sie las und starrte wie gebannt auf die Wand. Sie ging ein paar Schritte näher, aber schwieg. Robert hatte jetzt das Gefühl, die Sache erklären zu müssen. „Ich habe in der Schreibtischschublade lauter lose Zettel mit Zitaten gefunden und im Fach des Schreibtisches einen Haufen loser Blätter. Mein Großvater hat in seinen letzten Lebenstagen anscheinend Bibelforschung betrieben und soweit ich das einschätzen kann, ist er wohl zu dem Schluss gekommen, dass Jesus Christus bereits wiedergekommen sein muss. Die Zitate auf der anderen Seite haben etwas Magisches an sich. Manchmal sprechen sie mir aus dem Herzen. Manchmal wecken sie eine Art Neugier." Er wartete auf einen Kommentar von Thea. Doch sie sah nur mit ehrfürchtigem Staunen auf die Wand. Robert

erklärte weiter: „Ich sollte mich eigentlich nicht damit befassen, weil ich an meiner Bachelor-Arbeit schreibe und … noch eine Prüfung nachholen muss."

Sie schien gar nicht zu hören, was er sagte. „Ist alles in Ordnung mit dir?", fragte er, weil er fand, dass sie blasser geworden war.

„Ja, natürlich." Sie schüttelte leicht den Kopf. „Was es alles gibt. Das ist ja interessant. Dein Großvater war auf der Suche. Und du setzt sie fort, sehr beeindruckend." Sie drehte sich um und sagte ernst: „Ich komme übermorgen wieder, um die gleiche Zeit, wenn es dir recht ist."

„Natürlich, je öfter du kommst, desto besser … für Oma." Und still fügte er hinzu: Und für mich.

„Danke fürs Aufpassen und für das Essen", sagte sie leise.

„Immer wieder gerne."

Philip winkte ihm zu, als sie losfuhren. Robert blieb eine Weile an der Haustür stehen und sah ihnen nach. Er hatte sie nach der ersten Begegnung nicht aus seinem Kopf bekommen, war frustriert gewesen, weil sie nicht zurückgekommen war. Und nun hatte Omas Schlaganfall sie ins Haus gebracht. Die Frau mit dem Seitenzopf, den mandelförmigen dunklen Augen und dem zierlichen Körper war keine Studentin, sondern gehörte jetzt zu dem Stab, der an Omas Gesundwerdung arbeitete. Sie war die Witwe von Professor Osten. Bei dem Gedanken schien sie für ihn unerreichbar.

Eine Stunde frische Luft, hatte Robert für seine Oma eingeplant. Deshalb fuhr er sie am Nachmittag mit dem Rollstuhl spazieren. Rolli nahm er mit. So konnte er zwei Fliegen mit einer Klappe schlagen. Bewusst fuhr er heute zur Gärtnerei. Die Frühlingsblumen und die kleinen Pflanzen, die darauf warteten, einen Platz im Garten zu finden, würden seiner Oma gut tun. Der Pavillon war geschlossen, aber draußen hielten sich etliche Kunden auf, die Blumenerde, Pflanzen und Schalen mit Frühblühern kauften. Oma suchte sich eine Schale mit Primeln und Osterglocken aus.

„Wir haben kein Geld dabei. Stell sie weg, ich hole sie nachher ab", sagte Robert zu Matthias. Sein Freund nahm ihn zur

Seite und flüsterte ihm zu: „Pass auf deine Oma auf, sie zählt zur Risikogruppe."

„Ja, ich weiß. Wenn ich Nachrichten höre, dann ist mir die Gefahr schon klar. Aber im Alltag vergisst man es und ich kann es mir immer noch nicht vorstellen, dass hier um uns herum so ein lebensbedrohliches Virus wüten soll."

„Wir befinden uns in einem Lockdown. Bei mir ist es auch noch nicht so richtig angekommen", sagte Matthias. „Die Geschäfte und Gaststätten sind geschlossen. Baumärkte und Gartenbaubetriebe sind in Sachsen-Anhalt zum Glück noch offen. Es wäre eine Katastrophe, wenn ich auf den Pflanzen sitzen bleiben würde. Die ganze Winterarbeit wäre umsonst."

„Oma, wir könnten doch ein paar Pflanzen für deinen Garten kaufen", schlug Robert spontan vor.

Oma flüsterte ihm das Wort *umgraben* zu. „Da hat Rolli schon Vorarbeit geleistet, ich muss nur noch harken", erklärte er Matthias und beide lachten.

Sie gingen den Weg zurück. Rolli wurde ins Elternhaus gebracht. Robert schob Ilse über die neue Rampe in ihr Haus und setzte sie in ihren Lieblingssessel. Dann fuhr er mit dem Auto zur Gärtnerei, um die Blumenschalen zu holen.

„Wie läuft es denn bei euch? Kommst du mit der Situation klar?", fragte Matthias.

„Meine Eltern stecken in Ägypten fest. Für Omas Pflege ist alles organisiert. Heute war die Logopädin da." Robert konnte nicht anders als bei dem Gedanken zu lächeln.

„So, so", sagte Matthias.

„Ich habe der Frau schon einmal Spaghetti über die Jacke gekippt, bei uns in der Mensa. Sie hat mich damals bereits beeindruckt, aber ich hatte keine Telefonnummer. Nun ist sie Omas Logopädin."

„Ist sie vergeben?", fragte Matthias vorsichtig.

„Sie ist verwitwet und hat einen vierjährigen Sohn. Ihr Mann war im ersten Semester mein Dozent."

„Oh. Verstorbene sind manchmal präsenter als Lebende", sagte Matthias nachdenklich.

Robert dachte auf dem Heimweg über diesen Satz nach. Er könnte Recht haben.

Oma wollte unbedingt die Nachrichten hören und sehen. Ihr war natürlich aufgefallen, dass die Geschäfte geschlossen waren, und sie wollte wissen, weshalb. Robert kochte Kaffee, stellte ein paar Plätzchen auf den Tisch und schaltete den Fernseher ein.

In Deutschland wurden bis Mitternacht 31.554 Coronavirusfälle auf offiziellen Kanälen an das Robert-Koch-Institut gemeldet. Das ist eine Zunahme von 4.118 Fällen im Vergleich zum Vortag. 149 Menschen sind in Deutschland am Coronavirus verstorben, das sind 35 mehr als am Vortag. Deutschlandweit sind 38 Menschen pro 100.000 Einwohner infiziert. Die Betroffenen sind im Durchschnitt 45 Jahre alt, die Verstorbenen im Schnitt 81 Jahre. Diese Zahlen gab Lothar Wieler, Präsident des Robert-Koch-Instituts, am Morgen in Berlin bekannt. Derzeit kann das Institut keine Aussage darüber treffen, wann die in Deutschland bestehenden Einschränkungen wieder gelockert werden könnten. Die Epidemie werde sicher noch einige Wochen im Land bleiben. Wieler ist aber optimistisch, dass die Maßnahmen greifen. Wichtig sei, Abstand zu halten, und dass Kranke zu Hause blieben.

„Siehst du, Oma, wir können beide nicht in den Urlaub fahren“, versuchte Robert die Aussage etwas abzuschwächen. Doch Oma gab mit Handzeichen zu verstehen, dass er ruhig sein soll.

Weiter hieß es:

10 Todesfälle in Würzburger Altenheim!

Alle waren hochbetagt und hatten Vorerkrankungen, sagte Würzburgs Oberbürgermeister Christian Schuchardt bei einer Pressekonferenz. Jetzt werden alle Bewohner und Mitarbeiter auf das Virus getestet. Die Testkapazitäten seien am Dienstag eingetroffen, es sei sofort mit den Tests begonnen worden, so Schuchardt weiter. Noch gibt es wohl keine Entscheidung darüber, ob positiv auf das Coronavirus getestete

Heimbewohner künftig anderweitig untergebracht werden sollen.

Robert war jetzt froh, dass seine Oma nicht in einer Pflegeeinrichtung war. Er fand die Aussagen angsteinflößend. Das konnte Ilse jetzt nicht gebrauchen. Er wollte gerade umschalten, als die Nachricht kam:

Das Auswärtige Amt hat gemeinsam mit den Reiseveranstaltern inzwischen mehr als 150.000 im Ausland gestrandete deutsche Urlauber zurückgebracht, wie ein Sprecher sagt. Zum Zeitpunkt der weltweiten Reisewarnung seien etwa 200.000 Deutsche im Ausland gewesen.

„Wir müssen uns keine Sorgen machen, Oma. Sie kümmern sich und bringen Vera und Frank zurück." Robert ließ die Meldungen noch zu und schaltete dann den Fernseher aus.

Oma sah ihn überrascht an.

„Das genügt fürs Erste. Es regt dich nur auf."

Sie nickte und schloss die Augen.

Robert hatte das Gefühl, der Tag würde nicht enden. Am Nachmittag riefen seine Eltern an, kurz darauf war seine Schwester am Telefon. Als der Pflegdienst kam, um Oma für die Nacht fertig zu machen, kündigte der Pfarrer seinen Besuch telefonisch an.

Robert musste noch einmal die Nachrichten anstellen. Danach schickte Ilse ihn ins Arbeitszimmer, um das Testament zu holen. Sie legte den verschlossenen Umschlag neben sich auf den Beistelltisch. Robert half ihr ins Bett und ging nach nebenan ins Arbeitszimmer. Der Stapel Zettel im Regal fiel ihm ins Auge. Wie lange würde er brauchen, bis er den durchgearbeitet hatte? Doch jetzt war seine Abschlussarbeit dran. Der Wille war da, doch dann hatte er Theas staunenden Gesichtsausdruck vor Augen und hörte sie sagen: *Dein Großvater war auf der Suche. Und du setzt sie fort, sehr beeindruckend.*

Und schon waren alle guten Vorsätze über den Haufen geworfen. Er zog ein Blatt aus dem Stapel und las wieder die handschriftlichen Notizen seines Großvaters:

Das erste Kommen Christi

Christus war beim ersten Kommen nicht so erschienen, wie das Volk seinen Messias erwartet hatte. Er wurde verleugnet, man nannte ihn einen falschen Propheten und tötete ihn. Die Jünger waren über die Ablehnung tief betrübt und fragten Jesus: Warum glauben die Leute nicht?
Christus antwortete: **„Euch ist es gegeben, die Geheimnisse des Himmelreichs zu verstehen; ihnen aber ist es nicht gegeben. ... Mit ihren Ohren hören sie schwer, und ihre Augen verschließen sie, ... Eure Augen aber sind selig, weil sie sehen, und eure Ohren, weil sie hören. (Matthäus 13:11, 15,16)**

Robert hatte den Zettel wahllos herausgezogen und hatte zunächst Schwierigkeiten, den Text einzuordnen. Dann verstand er. Als Christus zum ersten Mal gekommen ist, wurde er abgelehnt von Menschen, die nicht die Geheimnisse des Himmels verstanden. Er las weiter:

Die Anhänger des alten Glaubens sagten: „Die Vernunft sollte euch sagen, dass dieser Jesus nicht der Messias sein kann. Wenn er der Messias wäre, dann wäre zuvor Elias gekommen. Sagen nicht die heiligen Schriften, dass Elias zuerst kommen muss? Wenn dieser Mann der Messias ist, wo ist dann Elias? Wer hat ihn gesehen? Sag es uns!"
Diese Fragen waren zu schwer für die Jünger. Sie konnten sie nicht beantworten, und fragten Jesus.
Christus sagte: **„Und wenn ihr es annehmen wollt: Er (Johannes der Täufer) ist Elija, der wiederkommen soll. (Matthäus 11:14)**
Im Lukas-Evangelium 1:15,17 steht geschrieben: **„Denn er (Johannes) wird ... schon vom Mutterleib vom Heiligen Geist erfüllt sein... er wird schon von Mutterleibe an erfüllt werden mit dem heiligen Geist ... Und er wird vor ihm hergehen in Geist und Kraft des Elia."**

Robert musste erst sortieren wer Elia war und erinnerte sich dann, dass er Moses angekündigt hatte. Die Wahrheit war einfach, wenn man sie in ihrer symbolischen Bedeutung sah. Elias war im Geist wiedergekehrt, in Johannes dem Täufer. Christus bewies am Beispiel von Johannes und Elias, dass ein Bote nicht körperlich wiederkehrt. Es ist der Heilige Geist, der wiederkommt, aber in einer anderen Person, zu einer anderen Zeit und unter anderem Namen.

Wenn sich so ein Vorgang 1844 wiederholt hatte, wäre dies eine einfache Erklärung dafür, dass der Messias nicht so erschienen war wie erwartet und dass man ihn deshalb nicht erkannte.

Robert las den letzten Abschnitt auf diesem Blatt:

In seinem Buch The Coming World Teacher erkennt Parvi, ein Forscher der Endzeitprophezeiungen, diese Gefahr und sagt:

„Vielleicht werden einige in der christlichen Kirche ihn an seiner Weisheit und seiner großen Barmherzigkeit erkennen. Wenn sie aber darauf bestehen, dass er in dem Gewand erscheint, das sie sich für ihn ausgedacht haben, und wenn sie vergessen, dass Gott seine Verheißungen auf vielerlei Weise erfüllt, und nicht, wie sie es erwartet haben, dann kann er wohl unerkannt vorübergehen ...

Als er das letzte Mal kam, war er nicht Jude genug für den Juden, nicht Römer genug für den Römer, nicht Grieche genug für den Griechen. Er war zu groß für sie alle.

So wird er diesmal nicht genug Protestant sein für den Protestanten, nicht Katholik genug für den Katholiken und nicht liberal genug für den Liberalen. Er wird zu groß für sie alle sein.

Wenn er mit einer Botschaft für die ganze Menschheit wiederkommt, wird er nicht Hindu genug sein für den Hindu, nicht Muslim genug für den Muslim, nicht Buddhist genug für den Buddhisten und nicht Christ genug für den Christen. Er wird zu groß sein für sie alle.

Das waren eindrucksvolle Worte. Robert bekam eine Ahnung von der ungeheuren Größe dieser Sache. Es war nur so
ein Gefühl, aber vielleicht wusste Thea etwas darüber.
Jedenfalls bestätigte dieser Text, dass eine Wiederkehr
Christi stattgefunden haben könnte, die weitgehend unbemerkt geblieben war.

Donnerstag, 26. März

*****Aktuelle Meldung:*****
Die G20-Staaten investieren in der Corona-Krise zusammen fünf Billionen US-Dollar in die Weltwirtschaft. Es gehe darum, Vertrauen wiederherzustellen, finanzielle Stabilität zu bewahren, Wachstum neu zu beleben und gestärkt aus der Krise hervorzugehen.

Die Entdeckung

Der Pflegedienst kam um sieben Uhr, holte Oma aus dem Bett und half beim Waschen und Anziehen. In der Zeit drehte Robert mit Rolli seine Runde. Er hatte das Gefühl, in einem straffen Zeitrahmen zu stecken, von dem er nicht abweichen konnte. Oma bestimmte jetzt den Tagesablauf und er musste sich anpassen. Unterwegs fiel ihm ein, dass er seine Bachelor-Arbeit in einem Monat abgeben muss, eigentlich schon zwei Tage früher. Er überdachte die Themen, die Kapitel, die noch zu schreiben waren und kam zu dem Schluss, dass ihm nur noch zwei Wochen zur Fertigstellung blieben, denn die Arbeit musste Korrektur gelesen und gebunden werden. Außerdem wollte die Professorin vorher noch einen Blick darauf werfen. Jetzt konnte er sich keine großen Unterbrechungen mehr erlauben. Er plante den Tag genau, legte gedanklich fest, welche Bücher er lesen und welche Abschnitte er heute unbedingt schreiben wollte.
Beim Frühstück sprach er mit Ilse über seine Arbeit. Und dann klingelte das Telefon. Tom. „Tut mir leid, dass ich stören muss. Frau Hermann hat wieder die ganze Nacht getobt, geschimpft, bei Frau Möhring Sturm geklingelt und sogar Kuchenteig vor die Tür geschüttet. Schließlich hat Frau Möhring die Polizei gerufen. Doch als die Beamten eintrafen, hat Frau Hermann wieder ganz unschuldig erklärt, dass alles in Ordnung sei. Diesmal konnte Frau Möhring als Beweis den Teig vor der Tür zeigen. Doch die Beamten

erklärten ihr wieder, dass sie nichts machen können, solange kein Mensch angegriffen und verletzt wird.

Du müsstest da mal nachschauen, was sie in der Wohnung angestellt hat", meinte Tom besorgt. „Es hat gestern Abend einen großen Knall gegeben, so als wäre ein Möbelstück umgefallen. Ich dachte schon, sie kommt durch die Decke." Er seufzte schwer. „Wir sind völlig erschöpft, können nicht mehr. Frau Möhrig setzt ein Schreiben für die Wohnungsgesellschaft auf und wir werden alle unterschreiben."

Robert ließ ihn ausreden. Er fühlte sich hilflos. Schließlich sagte er nur: „Die Tochter möchte mich als Betreuer für ihre Mutter haben. Ich wollte eigentlich zusagen."

„Hartes Brot, überleg dir das gut."

„Ich komme, sobald ich meine Oma versorgt habe."

Es war jetzt an der Zeit, Ilse über Käthes Zustand zu informieren. „Oma, ich muss nach deiner Freundin sehen."

Ilse legte das Häppchen Brot, das sie gerade in den Mund schieben wollte, auf den Teller zurück und wartete gespannt.

„Frau Hermann muss in ärztliche Behandlung. Sie hat Wahnvorstellungen, bildet sich ein, die Nachbarn würden sie mit Gas vergiften und bei ihr stehlen." Ilse winkte ab.

„Das können wir jetzt nicht mehr abtun, Oma. Sie beschimpft die Hausbewohner in der Nacht. Die Leute können nicht mehr schlafen. Die Polizei war zweimal da, konnte aber nichts unternehmen. Nun wollen sich die Bewohner bei der Wohnungsgesellschaft beschweren. Die Lage ist ernst. In der Nacht muss sie etwas umgeworfen haben. Tom, der Mieter unter ihr, hat mich gerade angerufen."

Seine Oma machte eine Handbewegung, dass Robert gehen soll.

„Wir frühstücken erst. Frau Hermann ist bestimmt noch nicht auf. Ich überlege gerade, ob du sie überzeugen könntest, zum Arzt zu gehen."

Sie schüttelte leicht den Kopf und schloss kurz die Augen. Robert entnahm daraus, dass sie an der Stelle schon aufgegeben hatte.

„Du hast es schon versucht", sagte Robert leise und Ilse nickte schwach.

Gegen elf Uhr stand Robert vor dem Mietshaus. Er sah nach oben und registrierte die offenen Fenster in der ersten Etage. Eine Frau vom gegenüberliegenden Haus rief aus dem Fenster: „Hallo, junger Mann. Sie kümmern sich doch um Frau Hermann." Robert ging auf die andere Straßenseite. Die Frau berichtete: „Sie hat Tag und Nacht die Fenster geöffnet und bügelt in der Winterjacke ihre Sachen."

„Sie bügelt?", fragte Robert entsetzt und musste gleich an die damit verbundene Gefahr denken.

„Ja. Sie müssen ihr sagen, dass sie die Fenster schließen soll. Das sind doch enorme Heizkosten."

„Das habe ich schon und ich werde es ihr wieder sagen, falls sie mich in die Wohnung lässt", antwortete Robert frustriert. Wieder musste ihm Tom die Haustür öffnen. Sie wechselten ein paar Worte. Robert sagte voller Mitgefühl: „Man sieht dir die schlaflosen Nächte an."

Tom zuckte mit den Schultern. „Es gibt Leute, für die ist es schlimmer. Herr Purowski muss einen LKW fahren. Stell dir mal vor, er schläft am Steuer ein. Und meine Frau leitet eine Filiale. Dort ist schon die Hölle los, weil die Menschen denken, dass es morgen nichts mehr zu essen gibt. Viola ist jetzt mindestens zehn Stunden im Supermarkt, braucht ihren Schlaf."

„Ich versuche mein Möglichstes, um euch zu helfen", versprach Robert, doch er wusste nicht wirklich, was er tun konnte. Er klopfte mehrmals an die Wohnungstür, ohne dass eine Antwort kam. Langsam wurde es ihm unheimlich. Lag die Frau etwa unter einem Möbelstück begraben? Gedanklich ging er die Möglichkeiten durch, die er hatte. Wenn sie nicht öffnete, musste er den Hausmeister holen. Er wollte gerade gehen, da bewegte sich etwas im Flur.

„Was wollen Sie?", brubbelte Frau Hermann an der Tür.

„Nach Ihnen sehen, Frau Hermann."

„Ist nicht nötig."

„Ihre Tochter macht sich Sorgen und hat mich gebeten, Sie zu besuchen.“

Dieser Satz funktionierte offensichtlich als Türöffner. Denn jetzt schob sie Möbelstücke zur Seite und öffnete die Tür einen Spalt breit. „Warum kommt sie nicht selbst?“

„Würde sie gerne machen. Sie muss arbeiten und hat die Kinder zu Hause.“

„Kinder?“, sagte Frau Hermann nachdenklich und schien zu überlegen.

„Kann ich reinkommen?“

Sie nickte schwach.

Robert zwängte sich durch den offenen Türspalt in den Flur, der noch voller als sonst wirkte. Wieder stand der Kühlschrank offen. Frau Hermann schien es nicht zu bemerken. Robert schloss die Tür und anschließend das Küchenfenster.

„Kommen Sie mit. Sie können mir helfen, die Bücher aufzuräumen. Die da oben haben das gemacht.“ Sie hielt sich den Rücken.

„Haben Sie Schmerzen, Frau Hermann?“

„Die müssen aufhören mich zu quälen.“

„Was machen die Leute mit Ihnen?“, wollte er genauer wissen.

„Die quälen mich mit einem Sensor.“

„Aha, wie funktioniert das?“, fragte er gespielt interessiert.

„Der geht durch die Wände. Sie müssen mit denen reden, die müssen damit aufhören“, erklärte sie überzeugend und fuchtelte mit den Händen.

„Kann ich machen, aber jetzt räumen wir erst mal auf. Vorher schließe ich noch die Fenster.“ Sie wollte protestieren, doch er sagte beruhigend: „Sie haben gut gelüftet und es ist viel zu kalt hier.“

Robert ging durch die Räume, ohne sich umzusehen. Er schloss die Fenster und folgte dann Frau Hermann ins Arbeitszimmer. Jetzt erst betrachtete er den Raum. Der Schreibtisch stand vor dem Fenster. Auf der einen Seite befand sich ein alter Schrank mit vielen Verzierungen, auf der anderen Seite halbhohe dunkle Bücherregale. Das mittlere

Regal war umgekippt, die Bücher auf dem Boden verstreut. Robert hob das Regal hoch, schob es in die Lücke zurück und sortierte die Bücher wieder ein. Er achtete nicht weiter auf die Titel, bemerkte nur, dass Bände von Goethe und Schiller dabei waren. „Was hat Ihr Mann noch unterrichtet?", fragte er. „Deutsch und …"

Das zweite Fach fiel ihr nicht ein. Sie winkte ab und ging in die Küche. Das sah wieder nach Demenz aus. Nachdenklich hob er das nächste Buch hoch und sah auf den Titel: *Dieb in der Nacht*. Nanu, dachte er und war sofort alarmiert. Das könnte ein Buch sein, aus dem Opa seine Informationen bezogen hat. Er schlug die erste Seite auf und las: „… *der Tag des Herrn wird kommen wie ein Dieb in der Nacht*."

Er war sich sofort sicher, dass seine Vermutung stimmte. Vielleicht gab es noch mehrere Bücher. Doch er hatte keine Zeit, sich weiter umzusehen. Frau Hermann kam zurück. Ihr Finger blutete. Robert eilte zu ihr, drückte ein Taschentuch auf die Wunde und suchte im Bad nach einem Pflaster. Da er keins fand, lief er die Treppe hinunter zu Tom. Als er zurückkam, blutete die Wunde immer noch stark. „Nehmen Sie Blutverdünner?", fragte er. Sie schüttelte den Kopf. Vorsichtshalber wartete Robert noch ein paar Minuten, dann wickelte er das Pflaster um den Finger. „So müsste es gehen. Was essen Sie heute Mittag, Frau Hermann?", erkundigte er sich und musste an den leeren Kühlschrank denken.

Sie zuckte mit den Schultern. Robert ging in die Küche und fand im Schrank zum Glück eine Dose mit Erbsensuppe. Er überprüfte das Verfallsdatum und sagte: „Ich mache Ihnen die Dose auf und Sie können sich die Suppe nachher erwärmen." Damit war sie einverstanden.

Robert setzte nun vorsichtig an: „Frau Hermann, ich habe beim Aufräumen ein Buch entdeckt, das ich gerne einmal lesen würde. Darf ich mir das ausborgen?"

Sie überlegte eine Weile. Dann sagte sie mit düsterem Blick: „Bücher verborgt man nicht. Die kommen nicht wieder zurück."

„Okay, kann ich verstehen, wenn Sie damit keine guten Erfahrungen gemacht haben. Aber ich glaube, mein Großvater hat es sich ausgeborgt und wiedergebracht." Er holte das Buch, um es ihr zu zeigen.
Sie las den Titel, riss ihm das Buch aus der Hand und schrie aufgebracht: „Alles Diebe! Alles Diebe! Gehen Sie!"
Der Titel hatte wieder ihre Wahnvorstellungen ausgelöst. Er tröstete sich damit, dass im Stapel seines Großvaters die wichtigsten Informationen bereits gesammelt waren. Außerdem konnte er sich das Buch ja bestellen. Schlimmer war, dass er Tom und der ganzen Hausgemeinschaft nicht helfen konnte. Er wollte gerade nach unten gehen, da wurde die Tür nebenan geöffnet. Eine missmutige Frau Möhring trat vor die Tür. „Konnten Sie ihr zureden, uns endlich mal in Ruhe zu lassen?"
„Frau Möhring, mir tut das alles sehr leid, ich kann nicht viel machen. Frau Hermann ist nicht bewusst, was sie hier anrichtet."
„Können Sie sie nicht zu ihrer Tochter bringen, wenigstens ein paar Tage oder die Carola kommt her. Die Frau ist ein Pflegefall der besonderen Art. Da muss es doch Besuchsausnahmen geben."
„Die Idee ist gut. Ich rufe Frau Färber an und frage sie." Robert schöpfte bei diesem Vorschlag selbst Hoffnung.
„Wir beschweren uns bei der Wohnungsgesellschaft und wenn die nichts unternimmt, ziehe ich auf Kosten der Wohnungsgesellschaft in eine Pension. Und Miete zahle ich auch nicht mehr. Irgendwer muss doch die Frau in die Psychiatrie bringen können. Wenn sich hier nichts tut, lade ich das Fernsehen ein."
„Alles gute Ideen, Frau Möhring, vielleicht verschwinden dann die Wahnvorstellungen von Frau Hermann." Robert konnte den leicht spöttischen Unterton nicht vermeiden.
Frau Möhring winkte ab. „Wir fühlen uns alle so hilflos. Die Frau schreit die halbe Nacht, beschimpft uns, klopft gegen Wände, fängt an Kuchen zu backen und kippt mir den Teig …"

Sie winkte ab, wirkte plötzlich zu erschöpft, um alles aufzu-
zählen.
Robert sagte sanft: „Vielleicht legen Sie sich jetzt noch ein
bisschen hin.“
„Jetzt?“ Sie straffte die Schultern und sagte energisch: „Jetzt
haben wir Unterricht.“
Robert zog vor Überraschung die Augenbraun hoch. Der Ge-
danke an Unterricht, an ihr neues Projekt schien ihre Lebens-
geister wieder zu wecken. Er nickte anerkennend und sagte:
„Das, was sie hier leisten, ist eine sehr wichtige Aufgabe.
Und Sie machen das richtig gut, Frau Möhring.“
Ihr Gesicht entspannte sich, sie lächelte und Robert stellte
fest, dass ihre Augen plötzlich leuchteten. „Ich muss meine
Schüler ein bisschen aufbauen. Sie sind schon ganz einge-
schüchtert von dem Spektakel“, sagte sie voller Wärme.
„Machen Sie das.“
Robert ging die Treppe hinunter und klopfte bei Westphals.
„Komm rein!“, rief Tom aus der Küche.
Er pellte gerade Kartoffeln ab. „Soll ein Auflauf werden“,
erklärte er nebenbei. „Was hat sie angestellt?“, wollte er wis-
sen.
„Sie hatte ein Bücherregal umgeworfen. Keine Ahnung wie
sie das geschafft hat. Jetzt ist alles wieder an Ort und
Stelle.“ Robert musste an das Buch denken. „Ich habe beim
Aufräumen ein Buch entdeckt, das ich mir ausleihen wollte.
Doch sie hat es nicht herausgerückt. *Alles Diebe*, hat sie ge-
rufen und mich rausgeworfen.“
„Dass du dir das gefallen lässt“, wunderte sich Tom.
„Sie tut mir leid. Stell dir doch mal vor, unter welchem Stress
die Frau steht. Sie kann nachts nicht schlafen, hat Rückenschmerzen, glaubt, dass man sie mit einem Sensor quält und
vergiften will und kommt aus der Nummer nicht raus.“
Ja, hast ja recht. Es ist schon schlimm, wenn man eine körperliche Behinderung hat. Aber wenigstens gibt es praktische Mittel, die es leichter machen.“ Er zeigte auf seinen
Rollstuhl. „Doch wenn du nicht mehr *alle Tassen im Schrank*

hast, entschuldige den Ausdruck, und es nicht mal weißt …
wie soll man da helfen?“

„Frau Möhring hat mich auf die Idee gebracht, die Tochter
zu fragen, ob sie ihre Mutter nicht für ein paar Tage zu sich
nehmen kann. Vielleicht würde ein Ortswechsel ihr gut tun.“
Tom nickte. „Ich weiß nur, wenn nicht bald etwas passiert,
dann brauchen *wir* einen Ortswechsel.“ Er gähnte ausgiebig.
„Am Montag treffe ich die Sozialarbeiterin vom Gesundheitsamt. Ich hoffe, dass sie eine Lösung hat. Bis dahin müsst
ihr durchhalten.“

„Das sind noch vier lange Tage und vier schlaflose Nächte“,
zählte Tom gedehnt auf.

„Leg dich mittags mit den Kindern hin“, fiel Robert als Vorschlag ein.

„Das ist meine Arbeitszeit.“
Robert legte ihm mitfühlend die Hand auf die Schulter.

Auf dem Rückweg kam ihm der Gedanke, dass die Krankheit
seiner Oma das kleinere Übel war. Wenigstens warf Ilse
keine Bücherregale um. Und man konnte sich vernünftig verständigen.

Laut Plan wollte er den ganzen Nachmittag arbeiten. Doch
als er seine Großmutter nach dem Mittagsschlaf in den Rollstuhl setzte, warm einpackte und in den Garten schob, hatte
ihn sein Vorsatz verlassen. Bei diesen frühlingshaften Temperaturen musste man einen Spaziergang machen oder im
Garten arbeiten. Oma durfte es sich aussuchen, und sie entschied sich für die Gartenarbeit. So holte Robert Spaten und
Harke aus dem Schuppen und legte los. Ilse machte einen
sehr zufriedenen Eindruck. Der Garten war ihr Paradies und
damit ein wichtiger Faktor für ihre Gesundheit.

Am späten Nachmittag kam die Physiotherapeutin, eine ältere Frau, die sehr sportlich wirkte. Während die beiden im
Wohnzimmer „trainierten“ rief Robert Carola Färber an und
berichtete von den neusten Ereignissen.

„Frau Möhring hatte die Idee, dass Sie Ihre Mutter ein paar
Tage zu sich nehmen könnten. Ein Ortswechsel wäre

vielleicht gut. Oder Sie kommen her, auch wenn es nur für ein Wochenende ist."

Frau Färber machte eine lange Pause. Robert glaubte schon, dass die Verbindung unterbrochen sei. Dann sagte sie mit heiserer Stimme. „Ich, wir sind in Quarantäne. Ich war vor drei Tagen in der Firma, nur kurz. Danach hat sich herausgestellt, dass meine Chefin positiv getestet wurde. Nun geht gar nichts mehr."

„Verstehe", sagte Robert langsam und stieß dabei die Luft aus.

„Ich hatte selbst schon die Idee, sie für eine Woche herzuholen. Vielleicht hätte sie mir sogar bei den Kindern geholfen." Robert überlegte: „Sie sind jetzt vierzehn Tage in Quarantäne. Wenn Sie dann negativ getestet sind, reden wir noch einmal über diesen Vorschlag", sagte er. Sie war nach kurzer Überlegung einverstanden.

Erst als Oma im Bett war, kam er wieder zum Arbeiten. Doch es fiel ihm schwer, sich zu konzentrieren. Nach einer halben Seite gab er auf.

Seine Gedanken wanderten jetzt zu Thea. Er freute sich auf den morgigen Tag.

Freitag, 27. März

Aktuelle Meldung:
Italiens Präsident Sergio Mattarella ruft die Europäer zu neuen Initiativen gegen die Bedrohung durch das Corona-Virus auf. Die Europäische Union müsse reagieren, bevor es zu spät sei ... Alte Wege des Denkens, die angesichts des dramatischen Zustandes des Kontinents den Bezug zur Realität verloren hätten, müssten überwunden werden ...

Thea und Philip

Robert erwachte vor dem Klingeln des Weckers und stand sofort auf. Er duschte, wandte viel Zeit für seinen Drei-Tage-Bart auf und zog seine neue Jeans und einen hellblauen Pullover an. Darin fühlte er sich ... reifer. Was Kleidung doch ausmacht. Robert hatte den Pullover zu Weihnachten bekommen und sich nicht wirklich darüber gefreut. Seine Mutter hatte das Geschenk damit begründet, dass er ihn bei einem Vorstellungsgespräch tragen könnte. Heute war zwar kein Vorstellungsgespräch, doch wollte er auf Thea einen guten Eindruck machen.
Er versorgte die Tiere und deckte den Tisch. Nachdem der Pflegedienst gegangen war, frühstückte er mit seiner Oma. Sie musterte ihn skeptisch, zeigte auf den Pullover und formte mit den Lippen das Wort *Thea.* Ilse konnte er nichts vormachen. Für einen Moment fühlte er sich wie ein kleiner Junge, den Oma bei einem Streich erwischt hat. Er grinste sie an und sagte lässig: „Du hast mich schon immer durchschaut. Nun, wir bekommen hohen Besuch. Da macht man sich schick." Oma zeigte auf ihren Pullover. Auch sie hatte einen neuen Pullover an. Robert bestätigte noch einmal. „Du siehst das genauso. Thea kleidet sich sehr elegant. Da müssen wir mithalten."
Sie hörten gemeinsam die Nachrichten. Robert band sich eine Kochschürze um und kochte Grießbrei. Dann hatte er später genug Zeit für den Jungen und für Ilse.

Pünktlich um zehn Uhr klingelte es an der Haustür. Robert spürte eine gewisse Aufregung bei sich. Er atmete zweimal tief durch, bevor er öffnete. Thea hatte Philip auf dem Arm. Sein Kopf lag auf ihrer Schulter. Sie sagte etwas atemlos: „Hallo Robert, Philip ist heute noch müde. Ich habe ihn kaum aus dem Bett bekommen. Er hat etwas Schnupfen. Hoffentlich wird er nicht krank." Robert wollte ihr den Jungen abnehmen, doch er rutschte in diesem Moment vom Arm der Mutter und rief: „Robert, können wir heute mit den Autos spielen, wir bauen eine Garage."
Thea fiel ein Stein vom Herzen. Sie seufzte schwer und erklärte: „Er hat sich so auf das Spielen mit dir gefreut. Das scheint eine Wunderarznei zu sein. Trotzdem, lass ihn nicht in die Nähe deiner Oma. Sie kann keine Grippe gebrauchen." Robert nickte und musterte die Frau, die ihm nicht mehr aus dem Kopf ging. Sie hatte heute ihre Haare zu einem Pferdeschwanz gebunden, trug ein grünes Strickkleid und auffälligen Silberschmuck. Sie sah darin sehr fraulich und vornehm aus. Er war froh, dass er kein ausgefranstes Sweatshirt trug.
„Wie geht es deiner Oma?", fragte sie, als sie die Stiefel auszog und Hausschuhe aus einem Beutel nahm. Robert half Philip beim Ausziehen.
„Sie freut sich auf dich. Ihr seid wie ein Sonnenstrahl an einem düsteren Tag … auch für mich."
Sie lächelte. „Keine einfache Zeit. Ich kann dich nur bewundern, dass du das für deine Oma tust. Ich glaube, *du* bist ihr Sonnenstrahl an diesem trüben Tag. Du erweist ihr einen großen Dienst."
Robert stutzte. „Das Wort *Dienst* hört man selten."
„Ja ich weiß, man verbindet es mit Diener oder Bedienen. Das erinnert an eine vergangene Zeit, als noch Könige und Fürsten regierten. Aber ich denke, dass Dienst die Bestimmung des Menschen ist. Dafür sind wir hier auf Erden. Gott hat uns nicht in die Welt geschickt, damit wir den ganzen Tag vor dem Fernseher sitzen und von Hartz IV leben. Die eigentliche Erfüllung findet der Mensch doch erst, wenn er

einer Arbeit nachgeht, wenn er seinen Beitrag für andere leisten kann."

Robert fühlte sich an die Zitate seines Großvaters erinnert und an seinen zweiten Traum. Er kannte niemanden, der das Wort *Gott* so selbstverständlich und ernsthaft verwendete.

Philip meldete sich: „Können wir jetzt spielen, Robert?"

Der Junge griff nach seiner Hand und zog ihn mit in die Küche. Thea freute sich darüber. „Robert, Häuser bauen ist auch ein wichtiger Dienst, ansonsten könnte ich nicht arbeiten", rief sie ihm nach und lachte. Sie klopfte an die Wohnzimmertür und trat ein.

Als sie nach einer Dreiviertelstunde in die Küche kam, hatten Robert und Philip aus den Legosteinen eine große Garage gebaut und eine Menge Autos in unterschiedlichen Größen darin verteilt. Philip sah seine Mutter an und rief flehend: „Ich muss hier bleiben, Mama, wir brauchen noch eine Waschanlage."

Thea sah Robert an. Er beantwortete ihre stumme Frage: „Meinetwegen kann er hier einziehen." Dabei setzte er ein weiteres Auto in die Parklücke.

Sie sagte leise: „Ein Kind immer um sich zu haben, ist etwas anderes, als zwei Stunden aufzupassen."

„Es kommt auf das Kind an … und auf die Mutter", murmelte er mit gesenktem Kopf und merkte, wie er rot anlief.

Sie fragte vorsichtig: „Hast du … ein Kind?"

„Nicht dass ich wüsste", rutschte ihm heraus und sie lachte.

„Hätte ja sein können, dass du verheiratet bist und Kinder hast."

Er hob die Hand, um zu zeigen, dass er keinen Ring trug, und sagte eine Spur zu schnell: „Ich bin Single, und von Heiraten halte ich generell nichts. Das ist doch längst aus der Mode gekommen."

„Ach so denkst du", sagte sie und Robert bemerkte eine gewisse Enttäuschung. Frauen sahen wohl bei dem Wort *Heirat* den romantischen Aspekt, ein sündhaft teures Kleid und eine übertrieben große Feier. Er musste nur an Clara denken, mit der er in Streit geriet, wenn sie auf das Thema zu sprechen kamen.

Thea riss ihn aus seinen Gedanken: „Na, mit Kindern kannst du jedenfalls gut umgehen."

„Ich habe während meiner Ausbildung als Krankenpfleger eine Weile auf einer Kinderstation gearbeitet und festgestellt, dass ich gut mit Kindern klarkomme."

„Krankenpfleger hast du gelernt?", fragte sie überrascht.

„Ja, allerdings fand ich die Schichten nicht so angenehm. Ich war danach zwei Jahre bei der Bundeswehr. Hätte dort bleiben können, aber …", er überlegte kurz, ob er seinen Großvater erwähnen sollte, entschied sich dann dagegen. „Nun ja, habe mich danach für ein Studium entschieden. Ich bin zufällig auf die Fachrichtung Dienstleistungsmanagement gestoßen. Komisch, schon da hat mich das Wort Dienst angesprochen. Und nun kommst du und sagst, ich leiste einen wichtigen Dienst."

„Weißt du schon, was du nach dem Studium machen willst?"

„Also, zunächst muss ich es schaffen. Ich habe die Logistik-Prüfung zweimal verhauen. Wenn ich es beim dritten Versuch nicht packe, war das Studium umsonst." Er wunderte sich, dass er ihr das so ungefiltert erzählte. Es war nicht gerade eine Leistung, mit der man bei einer Frau wie Thea punkten konnte, vermutete er.

„Das sehe ich anders. Wissenserwerb ist nie umsonst. Du bist in den drei, vier Jahren nicht dümmer geworden." Sie sagte es leichthin, als wäre es nicht so wichtig. Das hatte er nicht erwartet.

„Mein Vater sieht das ein bisschen anders. Mit neunundzwanzig sollte man sein eigenes Geld verdienen", sagte er etwas beschämt.

„Die Sicht deines Vaters kann ich verstehen. Meine Eltern waren auch froh, als ich meinen Abschluss hatte. Ich bin übrigens ein Jahr älter als du."

„Und du hast ein Kind und eine eigene Praxis", warf er ein.

„Die im Moment nur auf Sparflamme läuft. Die Selbstständigkeit birgt Risiken in sich." Sie sah auf die Uhr. „Ich muss jetzt los. Wenn etwas mit Philip sein sollte, ruf mich an." Sie schüttelte den Kopf. „Du bist gelernter Krankpfleger, kennst dich ja aus."

Sie vertraute ihm. Dieser Gedanke ging ihm durch den Kopf, als die Tür ins Schloss fiel.

Wegen Philips Erkältung bekam Oma ihr Essen etwas früher als sonst im Wohnzimmer serviert. Die Schwester half ihr. Robert und Philip blieben in der Küche. Nach dem Essen holte der Junge ein Auto nach dem anderen aus Roberts Zimmer. Beim vierten Mal kam er nicht wieder zurück. Robert fand ihn schlafend auf dem weichen Teppich. Er deckte ihn zu und schob ein Kissen unter seinen Kopf. Dabei bemerkte er, dass er Fieber hatte. Robert holte ein Thermometer und maß die Temperatur: 38,7. Zehn Minuten später war Thea zurück.

„Philip schläft, hat leichtes Fieber", informierte er sie und brachte sie nach oben.

„Und nun?", fragte sie besorgt.

„Jetzt musst du erstmal meinen Grießbrei essen und dann sehen wir weiter."

Sie gingen nach unten, und er plauderte locker: „Oma hält ihren Mittagsschlaf. Möchtest du Kaffee?"

Sie nickte, war aber mit den Gedanken anderswo. „Was ist, was bedrückt dich?", fragte er und staunte selbst über seine Formulierung.

„Ich habe gerade zwei Patienten dazubekommen, im Pflegeheim. Wir haben für Montag zwei Termine vereinbart. Philip sollte in die Notbetreuung der KiTa gehen. Wenn er krank wird, muss ich die Termine absagen."

„Moment. Wann hast du den Termin?"

„Um zehn und danach, also bis halb zwölf etwa. Ist ja in einem Haus."

Robert überlegte kurz und erklärte dann: „Ich habe am Montag um elf Uhr einen Termin mit der Sozialarbeiterin vom Gesundheitsamt. Es geht um Omas Freundin, die unter Wahnvorstellungen leidet. Sie hat einen gestörten Tag-Nacht-Rhythmus und hindert die anderen Hausbewohner am

Schlafen. Oma kann sich ja im Moment nicht kümmern. Und deshalb hat sie mich gebeten."

Thea schien beeindruckt. „Bist du ihr Betreuer?"

„Noch nicht. Die Tochter von Frau Hermann lebt in Bayern, ist alleinerziehend und mit ihrer eigenen Situation schon überfordert. Sie hat mich gebeten, die Betreuung zu übernehmen. Der Antrag beim Amtsgericht läuft. Aber darum geht es jetzt nicht. Du könntest Philip am Montag herbringen und ich nehme ihn mit dorthin."

„Das dürfen wir nicht machen. Der Junge könnte die Frau anstecken."

„Ich muss doch nur die Verbindung zwischen der Sozialarbeiterin und Frau Hermann herstellen. Vielleicht kann ich gleich wieder weg."

„Und wenn nicht?"

„Mhm", Robert suchte nach einer Lösung. „Im Erdgeschoss wohnt Familie Westphal. Die Kinder sind vier und sechs, also in Philips Alter. Wir haben den Hof gerade mit Spielplatz und Sitzecke hergerichtet. Er kann mit den anderen spielen, falls es länger dauert. Du holst ihn dann dort ab."

Sie war noch nicht überzeugt. Er suchte nach Argumenten.

„Gib mir die Chance, dir zu helfen, dir einen Dienst zu erweisen." Er betonte das Wort Dienst und musste grinsen. „Du hast gesagt, dass Dienst unsere Bestimmung ist, also hilf mir meine Bestimmung zu erfüllen." Sie lächelte kurz und überlegte weiter. Er fügte hinzu: „Wenn Philip mit 40 Grad Fieber im Bett liegt, geht es sowieso nicht."

Damit war sie einverstanden. Er sah es ihr an, noch bevor sie zustimmte.

„Jan Robert Schumann, du hast ein Talent, Menschen um den Finger zu wickeln", sagte sie locker und wirkte erleichtert.

„Kann man damit Geld verdienen?", fragte er lachend.

„Es ist jedenfalls hilfreich, um seinen Willen durchzusetzen. Wie weit bist du mit den Unterlagen deines Großvaters?"

Robert seufzte. „Es war viel los. Erst musste ich zu Frau Hermann, weil sie die ganze Nacht getobt hat, dann meine

Oma ... Der Garten sollte umgegraben werden, damit die Pflanzen in die Erde kommen. Mein Schulfreund hat eine Gärtnerei und jetzt wo die Geschäfte geschlossen werden, sorgt er sich um seine Existenz." Robert hielt inne. Er wollte sich nicht beschweren, nur erklären, weshalb er nicht zum Recherchieren gekommen war.

Sie sah ihn mit ihren dunklen Augen an. „Ich verstehe, zwei Pflegefälle, ein Schulfreund, der Pflanzen loswerden will, damit er nicht in den Konkurs steuert, eine Logopädin, die ihren Sohn ablädt, um arbeiten zu können ..."

„Nein, nein, so darfst du das nicht sagen. Es macht mir Freude, mit Philip zu spielen und ich bin froh, dass ich dich ... dass du hier bist ... ich meine, dass du Oma helfen kannst." Er holte tief Luft und es sprudelte aus ihm heraus: „Oh Thea, du hast mich schon bei unserem Spaghetti-Missgeschick beeindruckt. Ich wollte mich nicht nur revanchieren, sondern dich ... kennenlernen." Jetzt war es ausgesprochen. Er merkte, dass sein Kopf heiß wurde.

Sie schmunzelte. „Stell dir vor, das habe ich sogar vermutet."

„Und du bist trotzdem nicht zurückgekommen."

„Bei mir muss es immer eine zweite Begegnung geben", sagte sie geheimnisvoll. Dann ging sie in einen ernsten Ton über: „Bis wann musst du die Arbeit abgeben?"

„Bis zum 24. April."

„Ich könnte Korrektur lesen, wenn du jemanden brauchst. Aber ich kann dir nicht beim Schreiben helfen."

„Die Korrektur wäre großartig. Eigentlich wollte mein Vater lesen. Er kann nicht nur gut mit Zahlen umgehen, er ist Steuerberater, sondern auch mit der deutschen Rechtschreibung. Aber wer weiß, wann meine Eltern aus Ägypten zurückkommen und ob er dann Zeit hat. Ich könnte sie zwar mailen ..." Er ließ den Satz unvollendet, weil ihm ein treffender Grund fehlte.

„Dann haben wir wohl beide Väter, die die deutsche Sprache gut beherrschen", stellte sie nüchtern fest. Ich rufe meinen Vater öfter an, wenn ich unsicher bin ... Wie bist du überhaupt dazu gekommen, die Unterlagen deines Großvaters zu sichten?", schwenkte sie abrupt um.

Jetzt war er soweit, ihr von den Träumen zu erzählen. „Ich muss dir etwas sagen, aber du darfst mich nicht für verrückt halten."

„Verrückt ist kein negatives Wort, da ist eben nur etwas verrückt."

Robert nippte an seinem Kaffee, bevor er begann: „Ich hatte einen Traum, das ist nichts Besonders, doch meiner enthielt eine Botschaft. Ich bin mir darin sicher, weil ich zwei ähnliche Träume hatte." Er erzählte von seiner Schwester und von dem zweiten Traum, der seinen Berufsweg bestimmt hatte. Mein Großvater hat im Traum etwas Ähnliches über Dienst gesagt wie du. Den letzten Traum habe ich aufgeschrieben. Warte." Er holte den Laptop aus dem Arbeitszimmer und zeigte ihr den Text.

Sie las den letzten Satz laut und ihre Stimme klang dabei wie erstickt: *„Eine einzelne Seele kann die Ursache für die geistige Erleuchtung eines Kontinents sein."*

Robert fühlte sich bei ihrer Reaktion an Frau Meier-Wenzel erinnert. „Dann bin ich auf Anraten meiner Professorin, die meine Bachelor-Arbeit betreut, zu einer Traumtherapeutin gegangen. Diese Frau hat während meiner Schilderung immer mehr Angst bekommen. Sie hat mir nicht gesagt warum, aber sie hat mir den Rat gegeben, alles anzunehmen, was mir vor die Füße fällt, auch wenn es Dinge sind, die ich eigentlich ablehne oder nicht gerne mache." Er merkte, dass Thea schwer schluckte. „Zufällig habe ich dann im Arbeitszimmer diese Zettelwirtschaft meines Großvaters entdeckt. Gleich das erste Zitat, das ich in die Finger bekam, passte irgendwie zu meinem Traum. Und dann fand ich ein Zitat, das auf die Bibel Bezug nahm. Robert holte den Zettel aus dem Arbeitszimmer und las vor:

Ich flehe zu Gott, dass das göttliche Licht, von dem im zwölften Kapitel des Johannesevangeliums die Rede ist, dir immer leuchten möge, damit du stets im Licht wandelst. Kurz ist dieses Menschenleben und neigt sich bald

dem Ende zu. Daher muss man jeden Atemzug dieses Lebens schätzen und erstreben, was zu ewiger Seligkeit führt. (S. 22 GL)

Hier war von Licht die Rede, wie in meinem Traum. Habe zufällig den Pfarrer vor der Kirche getroffen. Eigentlich wollte ich ihn nur bitten, Oma im Krankenhaus zu besuchen. Doch dann fiel mir das Zitat ein. Ich fragte ihn, woher es stammte. Er konnte mir die Quelle nicht nennen. Aber ich erfuhr, dass mein Großvater ihn aufgesucht und nach der Wiederkehr Christi befragt hatte. Der Pfarrer wollte ihm die Textstellen heraussuchen. Doch er lehnte ab und behauptete, Christus sei schon dagewesen, wir hätten ihn verpasst.

Zuhause fand ich dann einen Stapel Blätter und unter anderem die drei Verheißungen, die bis zu Christi Wiederkehr erfüllt sein müssen." Er stoppte. Thea sah ihn ungläubig an. Hielt sie ihn für überspannt?

„Sehr interessant und ungewöhnlich", sagte sie fast flüsternd. „Es muss doch so etwas wie einen Anstoß für deinen Großvater gegeben haben."

„Ja, hat es wohl. Frau Hermann hat in einem lichten Moment erzählt, dass ihr Mann und mein Opa lieber in die Bibliothek gingen, als am Computer zu recherchieren. Ihr Mann hat ein Buch entdeckt, mit Schlagzeilen und Ereignissen des 19. Jahrhunderts. Die bezogen sich auf die Wiederkehr Christi. Die Menschen haben auf ihn gewartet. Ich kann nur vermuten, dass die beiden sich durch die Aufzeichnungen gekämpft haben, daraufhin die Bibel durchforsteten und auf den Zeitpunkt 1844 für dieses Ereignis kamen. Mein Opa war ordentlich, aber das, was ich im Schreibtisch vorfand, war das reine Chaos. Ich vermute, dass meine Oma die Sachen hineingestopft hat. Sie konnte sie nicht wegwerfen, aber war aus irgendeinem Grund gegen diese Recherchen. Ich habe von verschiedenen Seiten gehört, dass sie sich kurz vor seinem Tod viel gestritten haben. Auch der Nachbar fand, dass mein Opa sich in seinen letzten Tagen seltsam benommen hatte und alle Welt mit dieser Nachricht ..." Robert suchte nach dem passenden Wort.

„… abgeschreckt hat“, sagte Thea leise.

„Ja, das trifft es. Sie haben Angst bekommen und haben ihn für verrückt erklärt.“

„Und das nur, weil er Aussagen aus der Bibel untersuchte“, sagte Thea kopfschüttelnd und fügte hinzu: „Die Menschen hängen an ihren Traditionen, Ostern und Weihnachten in die Kirche gehen, vielleicht noch dort heiraten, weil der Ort das passende Ambiente bietet.“

„Ein Jesus Christus, der plötzlich wiederkommt, würde nur stören und alles durcheinanderbringen“, sinnierte Robert.

„Und stell dir vor, er ändert noch die Gebote, Traditionen, Feiertage, den Kalender, denn jede Religion hat ihren eigenen Kalender“, warf sie ein.

Robert grinste. „Da würden die Christen vermutlich ein ernstes Wort mit ihrem Chef reden.“

Thea lachte über seine Ausdrucksweise.

„Aber soweit ich im Dschungel der Zettel vorgedrungen bin, kam Christus unter einem anderen Namen. Und sein Erscheinen war nicht in Jerusalem, sondern in Persien, laut Bibel. Das macht es noch ein bisschen komplizierter.“

„Es soll die Spreu vom Weizen, die Gläubigen von den Ungläubigen trennen“, sagte sie nachdenklich. „Christus wollte wohl, dass die Menschen sich ein bisschen bemühen, ihn zu erkennen. Meine Mutter sagt immer, das Materielle ist uns gegeben, das Geistige aufgegeben.“

Robert staunte über diese Aussage. „Aha. Trotzdem hätte ich erwartet, dass ein Pfarrer, ein Bibelkenner, dieses Thema ernster nimmt“, sagte er und betrachtete Theas hübsches Gesicht. Er könnte sie stundenlang so ansehen, ihr beim Denken zusehen.

Sie schüttelte leicht den Kopf und flüsterte: „Lässt du mich noch mal in das Arbeitszimmer deines Großvaters sehen?“

„Klar.“

Thea ging voraus und er folgte ihr. Sie trat vor die Pinnwand und nahm sich Zeit für die Texte. Ihr Gesicht hatte einen ehrfürchtigen Ausdruck.

„Kannst du damit etwas anfangen?“, fragte er sie.

Sie druckste herum, schien nach den passenden Worten zu suchen. „Hier geht es um eine selbstständige Suche nach Wahrheit. Da sollte sich niemand einmischen. Ich bin sicher, du kommst hinter das Geheimnis, das dein Großvater entdeckt hat."

„Weißt du etwa Bescheid?", fragte er gespannt.

Sie schürzte die Lippen und sagte dann: „Robert, manche Dinge verlieren an Wert, wenn man sie ohne Anstrengung erhält. Ich halte dich nicht für verrückt. Aber deine Geschichte, ist besonders, ungewöhnlich, mystisch, nicht wirklich erklärbar. Ich habe das Gefühl, wir sind Teil eines Plans und es ist deine Aufgabe, den Spuren deines Großvaters zu folgen. Ich möchte zu diesem Zeitpunkt nicht mehr dazu sagen, aber wenn du die Lösung hast, wird uns das auf einer anderen Ebene verbinden." Sie berührte ihn kurz am Arm und sah ihm tief in die Augen: „Bleib dran, es ist wichtig."

„Wenn du das sagst."

Plötzlich stand Philip vor ihnen und weinte. „Ich will trinken", jammerte er. Sie gingen zurück in die Küche. Robert füllte Wasser in eine Tasse und gab sie ihm. Thea hatte es nun eilig, nach Hause zu kommen.

Robert trug den Jungen zum Auto und schnallte ihn an. „Jetzt hast du mir einen weiteren Grund gegeben, mich durch die Unterlagen zu kämpfen. Bis Montag", sagte er leise.

Statt einer Erklärung war die Sache mit den Zetteln noch geheimnisvoller geworden. Thea wusste Bescheid, war aber nicht bereit, es ihm zu sagen. *Manche Dinge verlieren an Wert, wenn man sie ohne Anstrengung erhält.* Dieser Satz begleitete ihn durch den Tag.

Robert verbrachte den Nachmittag wieder mit Gartenarbeit. Er säte Radieschen und Möhren, pflanzte Kohlrabi, verschiedene Salatsorten und Petersilie. Ilse überwachte die Aktion und mehr als einmal musste er den Abstand der Pflanzen ändern. Er befolgte geduldig ihre Hinweise, war einfach froh, dass seine Oma Freude an den Pflanzen hatte.

Erst am Abend, als sie im Bett lag, nahm er sich wieder den Stapel Zettel vor, denn Theas Bemerkung hatte sein Interesse befeuert.

Manche Texte schienen mit dem Thema gar nichts zu tun zu haben. Doch dann fand er ein Blatt mit einer Überschrift, die passte:

Wiederkunftsprophezeiungen

Ein Forscher der Wiederkunftsprophezeiungen sagte: Die Zweifelsucht und der vorherrschende Unglaube an das zweite Kommen Christi sind in sich selbst Zeichen der Endzeit. Petrus sagte uns: **Dies sollt ihr vor allem wissen: In den letzten Tagen werden Spötter kommen, die ihren Spott treiben, ihren eigenen Begierden nachgehen und sagen: Wo bleibt seine verheißene Ankunft? Denn seit die Väter entschlafen sind, bleibt alles wie von Anfang der Schöpfung an. (2. Petrus 3:3-4)**

Selbst unter den Führern der Kirche wird dieses äußerst wichtige Ereignis (die Wiederkehr Christi) einfach als „phantastisch" bezeichnet.

Der Brief des Jacobus sagt uns: **Darum, Brüder und Schwestern, haltet geduldig aus bis zur Ankunft des Herrn! (Jakobus 5:7)**

Paulus schrieb: **Brüder und Schwestern, wir bitten euch hinsichtlich der Ankunft Jesu Christi, unseres Herrn, …Lasst euch nicht so schnell aus der Fassung bringen … Lasst euch durch niemanden und auf keine Weise täuschen! Denn zuerst muss der Abfall von Gott kommen … (2. Thessalon 2:1-3)**

Robert musste an seinen Großvater denken. Niemand wollte ihm glauben, als er verkündete, Christus wäre schon da gewesen. Wie hieß es hier: *Zweifelsucht und vorherrschender Unglaube sind Zeichen der Endzeit.*

Leben wir in der Endzeit?, fragte Robert sich.

Dann fand er noch ein Blatt mit der Überschrift:

Visionen von der Endzeit

Robert überflog den Text, blieb bei einer Aussage von Christus hängen, die da lautete:
Denn es wird dann eine große Drangsal sein, wie es sie nie gegeben hat, vom Anfang der Welt bis heute, und wie es auch keine mehr geben wird. ... Danach wird das Zeichen des Menschensohnes am Himmel erscheinen ... (Matthäus 24:21,30)
Daniel weissagt ebenfalls die Leiden, die dem Erscheinen des Messias zur Endzeit folgen werden. Er prophezeit, dass diese Leiden so lange dauern werden, bis seine Wahrheit angenommen ist...
Robert schoss die Frage durch den Kopf, ob die Corona-Pandemie zu diesen Leiden gehört. Was hatte es nach 1844 alles an Leid gegeben? Die beiden Weltkriege zählte er dabei zu den größten Katastrophen.
Was hatte sein Großvater gesagt? *„Das Licht löscht die Aggressionen im Herzen und macht Frieden erst möglich. Suche Robert, für dich, für die Familie und für die Menschheit."*
War die Traumbotschaft eine Aufforderung, Christi Wiederkehr zu beweisen?

Samstag 28. März

Aktuelle Meldung:
Die Zahl der Infektionen mit dem Corona-Virus in Deutsch-
land ist nach Angaben des Robert-Koch-Instituts auf 48.582
gestiegen – 6.294 mehr als am Vortag. Die Zahl der Toten
beläuft sich inzwischen auf 325, ein Plus zum Vortag um 55.
In Italien sind seit Ausbruch der Pandemie mehr als 10.000
mit dem Corona-Virus infizierte Menschen gestorben. Der
Zivilschutz meldete am Samstag 889 neue Todesfälle ... Ita-
lien ist das am schlimmsten betroffene Land in Europa.

Hindernisse

Robert hatte die halbe Nacht gegrübelt, was Theas Worte bedeuten könnten. *Wenn du die Lösung hast, wird uns das auf*
einer anderen Ebene verbinden. Welche andere Ebene? Was
weiß sie, was er nicht weiß? Warum konnte sie ihm nicht
einfach die Lösung des Rätsels nennen, sondern ließ ihn weiter schmoren, wo er doch eigentlich seine Abschlussarbeit
schreiben musste?
Es war Wochenende, Samstag, der Tag, den er eigentlich lieber mochte als den Sonntag. Aber in dieser Pflegesituation
war ein Tag wie der andere. Und an Freizeit konnte er vorläufig nicht denken. Da er die andere Hälfte des gestrigen
Tages im Garten verbracht hatte, musste er heute unbedingt
etwas für seine Abschlussarbeit tun.
Das erklärte er seiner Oma beim Frühstück. Oma nickte sofort und machte eine Handbewegung, dass er gehen soll.
„Klar, du räumst indessen den Tisch ab und kochst Mittagessen.“
Sie hob hilflos die Hand und ließ sie wieder sinken. „Das war
ein Witz. Du kannst und sollst gar nichts machen, nur gesund
werden.“ Sie zeigte auf das Radio und formte langsam das
Wort *Nachrichten.* „Ich stell dir den Nachrichtensender im
Fernsehen an.“ Er brachte sie ins Wohnzimmer und wollte
gleich nach nebenan gehen. Doch Oma hob die Hand und

zeige auf den anderen Sessel. „Okay, dann bleibe ich hier
und wir hören uns gemeinsam die Nachrichten an."
*In einem Wolfsburger Pflegeheim stieg die Zahl der Covid-
19-Toten auf 12, mehr als 70 Bewohner sind mit dem Virus
infiziert.*
*Internationale Risikogebiete sind Ägypten, Iran, Italien, Ös-
terreich und Frankreich.*
*In Deutschland wurde der Landkreis Heinsberg zum Risiko-
Gebiet erklärt.*
„Vera", formte Ilse aufgeregt.
„Du willst jetzt Mutti anrufen? Wegen dieser Meldung?",
mutmaßte Robert.
Sie nickte und es blieb ihm nichts weiter über, als die Ver-
bindung zu seiner Mutter herzustellen.
„Oma will wissen, ob ihr gesund seid, Ägypten zählt zu den
Risiko-Gebieten", begründete Robert den Anruf, noch bevor
seine Mutter etwas sagen konnte. Die Kommunikation zwi-
schen Mutter und Tochter war alles andere als einfach. Robert kam sich vor wie ein Dolmetscher. Vera beklagte sich
über das Essen und die fremden Gewürze. „Was würde ich
dafür geben, wenn ich deine Kartoffelsuppe essen könnte,
Mama." Dann wurde das Rezept ausführlich besprochen.
Robert war sich sicher, dass Vera sich so dumm anstellte,
damit Ilse nachdenken musste. Er spielte das Spiel mit. Als
sie sich endlich verabschiedeten, war wieder eine halbe
Stunde vergangen.
„Oma, ich muss jetzt arbeiten. Willst du dein Hörbuch weiter
hören?" Er stellte das Gerät ein, ging ins Arbeitszimmer und
schaffte es, zehn Minuten lang seine Unterlagen zu sichten.
Dann klingelte es an der Haustür.
Herr Rohde brachte einen Topfkuchen, blieb aus Vorsicht an
der Wohnzimmertür stehen und plauderte von dort aus mit
Ilse. Er erzählte ausführlich, wie sich seine Frau das Bein gebrochen hatte, wie beschwerlich ihr nun der Haushalt von der
Hand ging und beklagte sich über ihre Unzufriedenheit. Ilse
hörte brav zu. Robert stand an der Eingangstür, ließ sich bewusst nicht auf seine Dolmetscheraufgabe ein und hoffte

inständig, dass der Mann bald gehen würde. Wieder waren zwanzig Minuten weg. Doch als er da so an der Tür stand, kam ihm eine Idee. Hier gingen etliche Leute ein und aus. Er holte einen Beistelltisch von oben und platzierte ihn neben der Haustür. Er stellte Desinfektionsspray darauf und ging wieder an seine Arbeit. Die nächste Stunde konnte er ungestört arbeiten, dann kam der Pflegedienst. Das Essen war noch nicht gekocht. Er bat die Schwester, für seine Oma eine Dose Nudelsuppe zu öffnen und ihr beim Essen zu helfen. Das verschaffte ihm eine weitere Stunde Arbeitszeit. Oma hatte sich gerade hingelegt, als Matthias anrief. „Robert kannst du mir mal helfen, die schweren Töpfe vom LKW zu heben? Mein Vater fällt aus, hat sich verhoben."

Robert sog die Luft ein. „Klar, ich komme."

„Und deine Oma?", fragte Matthias vorsichtig.

„Liegt im Bett und hält Mittagsschlaf."

„Es dauert auch nur eine halbe Stunde", meinte Matthias.

Es wurden anderthalb Stunden und Frau Altmann brachte noch Kuchen zur Stärkung. Da Robert nur gefrühstückt hatte, war ihm das ganz recht. Gegen drei Uhr war er zurück. Oma saß schon im Bett und wartete. Sie zeigte auf die Uhr.

„Bleiben hier, du … musst lernen", brachte sie unter großer Anstrengung heraus.

„Nein, wir wollten doch heute mal in Richtung Schloss fahren, auf die eine Stunde kommt es jetzt auch nicht mehr an." Zum Schloss fahren bedeutete, den Rollstuhl bergauf zu schieben. Daran hatte Robert nicht gedacht. Nachdem er Bäume und Sträucher abgeladen hatte, taten ihm alle Glieder weh und er änderte seinen Plan. Unterwegs trafen sie noch die Nachbarin von gegenüber und hielten ein Schwätzchen. Gegen halb fünf waren sie zurück. Oma wollte noch einen Moment im Garten bleiben.

Er ging ins Haus und ließ die Hintertür offen. Minna sprang aus ihrem Korb und lief hinaus. Robert nutzte die Zeit, um Thea eine Nachricht zu schreiben. Er erkundigte sich nach Philips Gesundheitszustand. Er hatte schon die ganze Zeit daran gedacht, sie anzurufen, wollte aber nicht zu aufdringlich wirken. Doch wünschte er sich, ein paar Worte mit ihr reden zu können.

Kurz darauf rief sie an. Vor Freude hätte er aufschreien können.

„Hallo, stör ich?", fragte sie zögerlich.

„Nein, überhaupt nicht." Robert versuchte seine Aufregung unter Kontrolle zu bringen. „Philip hat noch leichtes Fieber. Er schläft jetzt", berichtete sie.

„Fieber ist ja grundsätzlich nicht schlimm", begann er und merkte, dass seine schlauen Ratschläge überflüssig waren. „Was rede ich da. Mütter kennen sich aus."

„Jetzt kommt wohl der Krankenpfleger durch", sagte sie lachend. „Philip hat trotz Fieber nach dir gefragt. Er ist so begeistert von eurer Garage und der Waschanlage."

„Ich habe mir auch echt Mühe gegeben", sagte Robert und entspannte sich langsam.

„Robert, ich habe noch mal nachgedacht wegen Montag. Eigentlich kann ich dein Angebot nicht annehmen. Der Junge ist nicht in Ordnung. Er könnte deine Oma oder die Kinder von Westphals anstecken. Und du hast schon so viel um die Ohren."

Schnell entgegnete er: „Ich fahre am Montag zu Frau Hermann mit oder ohne Philip, das macht keinen Unterschied. Es ist keine zusätzliche Aufgabe, keine Belastung für mich. Ich bin gern mit dem Jungen zusammen." Und mit dir, fügte er still hinzu. „Was die Ansteckung betrifft. Ich passe auf, dass er nicht in Omas Nähe kommt." Er hörte sie erleichtert atmen.

„Na, wenn du meinst, für mich ist es eine große Hilfe", gab sie zu.

„Du hast mir ganz schön Stoff zum Grübeln gegeben. Habe die halbe Nacht darüber nachgedacht, was die andere Ebene sein kann, die uns verbinden wird", sagte er leicht vorwurfsvoll.

„Das wirst du selbst herausfinden."

„Ich komme mir vor wie der Prinz im Märchen, der drei Prüfungen bestehen muss, bevor er seine schöne Prinzessin bekommt.“

Sie lachte. „So ein Märchen kenne ich gar nicht.“

„Ach nein? Ich denke, dein Vater ist Deutschlehrer. Hat er
das Kapitel Märchen in deiner Kindheit ausgelassen?“

Sie schwieg einen Moment und sagte dann im ernsten Tonfall: „Jetzt ist deine Bachelor-Arbeit dran. Kann mir vorstellen, dass du am Tage kaum dazu kommst. Ich habe damals
oft nachts gearbeitet. Man hat mehr Ruhe.“

„Das werde ich auch machen müssen. Hier ist einfach zu viel
los. Wenn Oma sich wenigstens verständigen könnte, dann
müsste ich nicht bei jedem Besuch oder Anruf als Dolmetscher fungieren.“

„Das wird besser, es braucht nur etwas Geduld. Es ist ein
großer Vorteil, dass du sie verstehst. Ihr müsst euch wirklich
gut kennen und ein gutes Verhältnis haben.“

„Ja, das haben wir.“

Von draußen hörte er jemand rufen. Das war Herr Rohde.

„Oh, Oma ist noch draußen. Ich muss sie reinholen.“

„Na, dann mach mal.“

„Bis Montag“, rief er noch und eilte in den Garten.

Sonntag, 29. März

Aktuelle Meldung:
Nach Angaben von Bundesaußenminister Maas sind bislang mehr als 160.000 Deutsche aus dem Ausland zurückgeholt worden. An die noch im Ausland Verbliebenen appellierte Maas, Geduld zu haben. Die Bundesregierung schätzt die Zahl der Rückkehrwilligen, zumeist Urlauber, auf etwa 200.000.

Besuch bei Frau Hermann

Robert hatte Theas Rat befolgt und bis spät in die Nacht gearbeitet. Doch Ausschlafen am Sonntag konnte er nicht, obwohl Oma ihm das empfohlen hatte. Als es unten klingelte, fiel er vor Schreck aus dem Bett. Er brauchte einen Moment, um zu begreifen, dass es der Pflegedienst war. Er beeilte sich trotzdem, denn der Hund wartete auf seinen Spaziergang und die Katze miaute bereits laut im Flur.
„Komm ja schon!", rief er und lief die Treppe hinunter.
Über das Wetter konnte man sich in diesem Jahr nicht beschweren. Wieder erwartete ihn ein herrlicher Frühlingstag. Milde Temperaturen und Sonnenschein vertrieben die restliche Müdigkeit beim Spaziergang mit Rolli.
Als er mit seiner Oma kurz vor neun frühstückte, erhielt er einen Anruf von Frau Färber. Aufgeregt erklärte sie, Tom Westphal habe ihr mitgeteilt, dass ihre Mutter Zwiebeln aus dem Fenster geworfen hätte, auf die Hausbewohner, die sich im Hof aufhielten. Ihre Fenster würden nach wie vor offen stehen.
„Ich gehe nachher mal hin", versprach Robert in ruhigem Ton, weil er merkte, dass seine Oma genau zuhörte.
„Das war Carola Färber. Soll mal nachsehen, ob alles in Ordnung ist mit ihrer Mutter."
„Komme mit", sagte Oma leise, aber entschlossen.
„Meinst du, du kannst ihr die Wahnvorstellungen ausreden?", fragte Robert. „Außerdem bekomme ich dich nicht

die Treppe hoch und Frau Hermann kommt nicht runter, weil
sie ihre Wohnung beschützen muss."
„Helfen." Sie zeigte auf sich.
„Ja, das weiß ich, dass du das willst, aber im Moment hilfst
du ihr am meisten, wenn du schnell gesund wirst."
Ilse schüttelte den Kopf. „Komme mit."
Sie versuchte mit aller Kraft den Rollstuhl in Bewegung zu
setzen.
„Streng dich nicht so an. Ich mache das." Robert zog ihr
Schuhe und Jacke an. So hatte er sich den Sonntagvormittag
nicht vorgestellt. Zu Fuß waren es bis zu Frau Hermann
zwanzig Minuten. Für einen kurzen Moment überlegte er, ob
er mit dem Auto fahren sollte. Aber bei diesem Wetter
musste es ein Spaziergang sein. Es war ein abwechslungsrei-
cher Weg durch die Stadt. Die ersten Bäume zeigten ihre
Blätter. In den Vorgärten blühten die Osterglocken, Narzis-
sen, Tulpen und Hyazinthen üppig. Die gelben Büsche, die
jetzt überall zu sehen waren, vertrieben die Trostlosigkeit des
Winters.
Hier und da hielten sie an und sahen sich ein schönes Haus
oder einen Vorgarten an. Schließlich standen sie vor dem
Mietshaus, in dem Frau Hermann wohnte. Ein Blick nach
oben verriet Robert, dass wieder Durchzug in der Wohnung
war. Er klingte bei Tom und fuhr den Rollstuhl die seitliche
Rampe hinauf.
Tom berichtete erschöpft: „Wir haben wieder die Polizei gerufen, weil wir uns keinen anderen Rat wussten."
„Die Frau muss doch mal irgendwann schlafen", sagte Ro-
bert kopfschüttelnd. „Meine Oma wollte unbedingt mit, sie
will uns helfen", erklärte er mit einem schiefen Lächeln.
Tom sagte freundlich: „Hallo Frau Seefeld. Sie sind selbst
krank. Aber wir können jede Hilfe wirklich gebrauchen.
Gestern hat sie Zwiebeln aus dem Fenster geworfen. Hat
Frau Möhrings Brille getroffen."
„So gut kann Frau Hermann zielen, das hätte ich ihr gar nicht
zugetraut", sagte Robert anerkennend und versuchte dabei
ernst zu bleiben.

Herr Purowski von gegenüber öffnete die Tür und trat in den Hausflur.

„Hat Frau Hermann wieder was angestellt?“, fragte er genervt.

„Meine Oma will sie besuchen. Mal sehen ob sie die Treppe herunter kommt und sich zu einem Schwätzchen im Hof niederlässt.“

„Dann kann sie gleich Zwiebeln wieder aufsammeln, die sie gestern runtergeworfen hat“, sagte Herr Purowski trocken.

„Ich gehe mal klingeln, Oma.“ Robert wartete nicht lange, sondern meldete sich gleich lautstark: „Ich habe Besuch mitgebracht, Ilse ist hier, Frau Hermann.“

Es rührte sich nichts. Robert ärgerte sich, dass er seiner Oma diese Aktion nicht ausgeredet hatte. Er wollte schon gehen, da wurde es hinter der Tür lebendig. Frau Hermann öffnete einen Spalt. „Wo ist sie?“

„Unten im Hausflur. Sie sitzt im Rollstuhl, kann nicht hochkommen. Sie müssen runter kommen.“

„Ich kann hier nicht weg, die beklauen mich“, flüsterte sie mit weit aufgerissenen Augen. Aber es schallte im Hausflur und so konnten die anderen es hören.

Herr Purowski rief: „Wir tragen Oma hoch. Ich habe guten Stuhl für sie.“

Ilse war einverstanden. Robert half ihr auf den Stuhl mit Lehnen, den Herr Purowski aus seiner Wohnung geholt hatte. Dann trugen die beiden Männer sie vorsichtig die Treppe hinauf. Anschließend wurde der Rollstuhl heraufgeschafft und Oma wieder umgesetzt. Frau Hermann räumte in dieser Zeit ihre Kleinmöbel aus dem Flur, so dass Platz für den Rollstuhl war. Robert kam es vor, als würde seine Oma mit dem Eintritt in die Wohnung eine Wandlung vollziehen. Mit Worten und Handzeichen übernahm sie jetzt die Führung. Robert musste sie in die Küche fahren. Nach einem Blick auf den verkramten Küchentisch sagte sie: „Aufräumen.“ Sie sprach leise, aber es klang wie ein Befehl. Frau Hermann zuckte zusammen und entschuldigte sich kleinlaut: „Bin noch nicht dazu gekommen. Komm doch ins

Wohnzimmer." Robert schob den Rollstuhl rüber. „Kalt",
sagte Oma. Mit einer Handbewegung gab sie zu verstehen,
dass Robert die Fenster schließen sollte, was er auch sofort
tat.
„Wie geht es dir?", fragte Frau Hermann und wirkte völlig
normal. Sie setzte sich an den Esstisch und Robert schob den
Rollstuhl an die Stirnseite. Ilse zuckte nur mit den Schultern.
„Das ist schön, dass du mich besuchst. Ich kann ja hier nicht
weg. Die wollen immerzu einbrechen. Ich muss wieder den
Schlüsseldienst bestellen. Mein Schloss ist kaputt."
Ilse zog die Stirn in Falten und schüttelte den Kopf.
„Doch, das musst du mir glauben. Die sitzen ständig an mei-
nem Schloss und wollen rein."
Ilse formte das Wort „Arzt".
„Da war ich schon wegen meiner Rückenschmerzen. Die hat
aber nichts gemacht, wollte mir nicht mal eine Spritze geben.
Ich muss mir einen neuen Hausarzt suchen."
Robert bestaunte die Kommunikation. Frau Hermann sprach
am meisten, aber erzählte fast nur Unsinn. Ilse antwortete mit
einzelnen Worten, was aber völlig genügte.
„Carola?", fragte Ilse.
„Muss bei den Kindern bleiben. Wollte eigentlich vorbei-
kommen, hat sehr viel Arbeit.
Aber Robert hilft mir, kauft für mich ein, fährt mich zum
Arzt."
Ilse nickte.
„Kannst du gar nicht laufen?", fragte Frau Hermann und sah
auf den Rollstuhl.
Ilse schüttelte den Kopf. „Du, mich besuchen", brachte sie
mühsam hervor.
„Nein, das geht doch nicht, wegen der Nachbarn, die mich
beklauen."
Ilse winkte ab.
Einen Moment herrschte Schweigen. Robert nutzte die Ge-
legenheit und fragte: „Frau Hermann, ich habe beim Einräu-
men der Bücher ein Buch entdeckt, das ich mir gerne einmal
ausborgen würde."

Er hoffte, dass sie sich nicht mehr an seinen ersten Versuch erinnerte.

Sie stutzte, runzelte die Stirn und sagte heftig: „Bücher werden nicht verborgt, das will ich nicht. Die kommen nicht zurück. Udo waren Bücher sehr wichtig." Sie starrte eine Weile geradeaus. Plötzlich sprang sie auf und rief: „Gehen Sie! Raus hier! Sie wollen mich bloß beklauen!"

Ilse schloss für einen Moment die Augen. Dann sah sie Robert an. „Wollen wir gehen, Oma?"

Sie nickte. Frau Hermann ging vor, öffnete die Tür und hatte es nun eilig, die beiden loszuwerden. Im Flur atmete Oma schwer.

Robert sparte sich seinen Kommentar, ging nach unten um Herrn Purowski zu holen. Tom wartete vor der Tür auf ihn. Er sah Robert erwartungsvoll an, hoffte wohl auf eine Lösung des Problems.

Robert schüttelte als Antwort leicht den Kopf und sagte: „Hoffen wir auf morgen, auf die Sozialarbeiterin vom Gesundheitsamt. Ich bringe Philip mit. Er ist vier Jahre alt. Seine Mutti ist Omas Logopädin. Ich passe auf ihn auf. Vielleicht kann er mit deinen Kindern spielen, wenn ich bei Frau Hermann bin."

„Na klar, die freuen sich, wenn sie jemand zum Spielen haben. Der ganze Sandkuchen muss doch unter die Leute." Er lachte.

Herr Purowski half wieder, Ilse nach unten zu tragen. „Oma, du hast ja noch gar nicht den Hof gesehen", fiel Robert ein. Er schob sie zur Hintertür.

Tom folgte ihnen und erzählte: „Dieser Hof ist mein Kindermädchen, nein eigentlich ist es Frau Möhring. Sie übt mit unseren Hausbewohnern deutsch und passt ein bisschen auf die Sandbäckerei auf. So kann ich wenigstens eine Weile arbeiten."

Oma lächelte, als sie den neuen Hof betrachtete. Sie zeigte auf den bepflanzten Streifen. „Sieht sehr hübsch aus, hat Frau Möhring mit ihren Jungs angelegt", erklärte Robert locker. Oma runzelte die Stirn und Tom reagierte darauf: „Mit ihren Schülern, aber sie nennt sie ihre Jungs. Ich glaube Frau Möhring ist für die beiden so eine Art Ersatzmutter geworden."

Ilse betrachtete jede Ecke des Hofes und entdeckte auch die Zwiebeln, die neben der Sitzecke verstreut waren. Sie zeigte darauf.

„Die können meine Kinder nachher mal einsammeln", sagte Tom.

„Dann gibt es heute Zwiebelkuchen", meinte Herr Purowski, der ihnen gefolgt war. Sie mussten jetzt alle lachen. „An Überraschungen mangelt es hier nicht", sagte Tom, „nur an Schlaf."

„Ich hoffe auf Morgen", sagte Robert und verkündete im nächsten Moment gespielt fröhlich: „So und nun werde ich uns ein schönes Mittagessen kochen, Oma."

Zu Hause angekommen, musste Robert aus dem obersten Fach der Schrankwand etwas holen. Ilse hatte nur „Brief" gesagt. Er nahm den braunen A5 Umschlag und holte zwei Briefe heraus. Auf dem einen stand *Patientenvollmacht*, auf dem anderen *Testament*. Zu seiner Überraschung drückte seine Oma ihm den Umschlag mit der Aufschrift Testament in die Hand. Er war nicht zugeklebt. Sie ermunterte Robert, ihn zu öffnen und den Text zu lesen. Ihm war nicht wohl dabei, doch er las. Jetzt begriff er, weshalb er ihn lesen sollte.

... Ich, Käthe Hermann, vermache meine Wertsachen und mein Geld meiner Tochter Carola.

Die Bücher meines Mannes vermache ich Ilse Seefeld und ihrer Familie, weil mein Mann und Günter Seefeld sich gegenseitig Bücher ausgeborgt haben und keiner mehr weiß, wem was gehört.

„Dann muss ich warten bis Frau Hermann tot ist", sagte Robert. „Ich könnte das Buch jetzt gebrauchen. Aber lass mal Oma, ich sollte mich sowieso zunächst um meine Bachelor-Arbeit kümmern, bevor ich mir die Bibliothek von Udo Hermann vornehme."

Robert kochte Frikassee mit Reis und versuchte seine Oma aufzumuntern. Der Besuch bei Käthe hatte sie sehr

mitgenommen. Der Pflegedienst war für heute Mittag abbestellt. Robert wunderte sich, dass sie es so eilig hatte, ins Bett zu kommen. Er hatte noch nicht einmal aufgegessen. An diesem Tag wollte Ilse nicht aufstehen. Robert lockte sie mit dem Kuchen von Herrn Rohde. Von einer Spazierfahrt hatte sie genug. Deshalb blieb sie im Sessel vor dem Fernseher sitzen. „Käthe … Arzt", formte sie.
„Ja, sie muss zum Arzt, aber sie will nicht. Ich kann sie nicht zwingen. Sie hat sich aber über deinen Besuch gefreut und wirkte für einen Moment richtig normal. Das war ein gutes Zeichen."
„Raus", sagte Oma und schüttelte verständnislos den Kopf. Robert tat es ab: „Ja, ich weiß, sie hat uns rausgeworfen. Ich habe mich schon daran gewöhnt, dass sie mich nach einer Weile loswerden will. Am nächsten Tag macht sie mir wieder die Tür auf. Das ist eben ihre Krankheit. Man darf das nicht als persönliche Beleidigung sehen." Oma lächelte kurz.
„Buch", sagte Oma und machte eine Handbewegung, die Diebstahl bedeuten könnte.
„Du meinst, ich soll das Buch einfach mitnehmen? Dann bin ich ja wirklich ein Dieb."
Oma schüttelte den Kopf. „Testament."
Robert verstand, was sie sagen wollte. „Aber ein Testament tritt erst nach dem Tode in Kraft."

Robert konnte den ganzen Nachmittag an seiner Bachelor-Arbeit schreiben. Am späten Abend packte ihn wieder das Thema: Die Wiederkehr Christi.
Zunächst griff er, einem Impuls folgend, ins Schubfach und fischte einen Zettel heraus:
Die Welt ist aus dem Gleichgewicht geraten durch die Schwungkraft dieser größten, dieser neuen Weltordnung. Die Lebensordnung der Menschheit ist aufgewühlt durch das Wirken dieses einzigartigen, dieses wundersamen Systems, desgleichen kein sterbliches Auge je gesehen hat. (Ä. S. 122)

Diese Aussage warf eine Menge Fragen auf: Welche Weltordnung? Welches wundersame System, das noch niemand gesehen hatte, ist damit gemeint? Warum ist das noch nicht aufgefallen?
Wieder widmete er sich dem Zettelberg. Er fand einen Text, den er sofort als Zusammenfassung einer längeren Recherche seines Großvaters deutete:

Hinweise auf den Messias der Endzeit

Er wird von Persien kommen.
Er wird in das Tal des Tigris und des Euphrat im Lande Babylon gehen.
Er wird sich von der Stadt zurückziehen in die Öde, wie Christus zur Zeit Seines ersten Kommens in die Wüste gegangen war.
Er wird Seine Sendung öffentlich in Babylon verkünden und wird von dort Israel und die Welt erlösen.
Er wird auf Seiner Reise nach Israel von einer befestigten Stadt zu einer anderen befestigten Stadt kommen ...
Auf Seiner Reise vom Osten nach Israel wird Er von einem Gebirge zum anderen gehen.
Das Land Israel wird verwüstet sein, wenn Er kommt, wird aber später „blühen wie die Lilie.“
Er wird auf halber Höhe des Berges Karmel wohnen, und von dort wird Er „Seine Herde weiden“ mit Seiner Lehre.
Sein Wirken auf Erden wird genau „vierzig Jahre“ dauern...
Der Ort Seiner Ruhe oder Seines Heiligtums wird schön werden mit Bäumen, Pfaden und Blumen.
Er wird aus der Nachkommenschaft Abrahams kommen.
Er wird Christus verherrlichen am Tag Seines Kommens.
Am Tag Seines Kommens werden Zeichen am natürlichen Himmel sichtbar werden.
Er wird die Bücher entsiegeln und ihren verborgenen Sinn erklären, so dass alle Menschen sie verstehen können.
Er wird die Macht und die Krone der gottlosen Könige vernichten.

Er wird in allen Teilen der Welt ein geistiges Reich errichten, das Reich, das Christus in Seinem Gebet vorausgesagt hat: Dein Reich komme, dein Wille geschehe wie im Himmel, also auch auf Erden.

Sein Opa hatte den letzten Satz dick gedruckt und Robert fröstelte leicht, als er ihn halblaut las: **„Hier haben wir genügend Beweise für das Erscheinen Christi.“**

„Und nun?“, fragte er sich.

Montag, 30. März

Aktuelle Meldung:
Die Vereinten Nationen befürchten verheerende wirtschaftliche und soziale Folgen der Pandemie für die Entwicklungsländer. Allein in Afrika könnte die Hälfte aller Arbeitskräfte aufgrund der Corona-Krise verloren gehen ...

Hoffnungen

Philip ging es besser. Er war fieberfrei und deshalb konnten sie nach ihrem Plan verfahren. Thea brachte den Jungen kurz vor zehn. Robert fuhr eine Stunde später mit ihm zu seinem Termin.

Frau Schneider wartete schon vor der Tür, als sie eintrafen. Obwohl er die Frau vorher noch nie gesehen hatte, entsprach sie seiner Vorstellung, die er sich nach dem Telefonat von ihr gemacht hatte: Mitte fünfzig, schlank, dunkelblonde Kurzhaarfrisur, dunkle Brille und sportlich-elegante Kleidung.

„Oh Sie haben Ihren Sohn mitgebracht", sagte sie erfreut.

„Das ist Jan Philip, der Sohn einer Freundin. Ich passe nur kurz auf."

„Was für ein süßer Junge." Sie wollte ihn berühren, doch Philip war das nicht recht. Er zog den Kopf weg und schmiegte sich an Robert.

„Er ist wohl etwas schüchtern. Ich bin ja auch fremd für ihn", kommentierte sie und besann sich auf den Grund ihres Treffens. „Wie kommen wir jetzt ins Haus, Herr Schumann?", sagte sie forsch.

Robert klingelte wie üblich bei Tom. Seine Kinder stürmten aus dem Flur. Robert machte sie miteinander bekannt.

„Spielst du mit uns, Philip?", fragte Anna. Sie zogen sich Jacken und Schuhe an.

Da der Junge immer noch fremdelte, sagte Robert: „Ich komme mit, Philip." Sie gingen durch den Flur in den Hof.

Als Philip den Sandkasten entdeckte und Anna ihm zeigte, wie man Kuchen backt, war Robert überflüssig.

Frau Schneider war ihnen gefolgt und sah sich um. „Das ist ja ein hübscher Hof."

„Es ist das Produkt internationaler Zusammenarbeit", klärte Robert die Frau auf.

Er entdeckte den Buddha, der zwischen einem Bambus und einem kleinen Springbrunnen im Blumenbeet thronte. Das war neu. Beim zweiten Blick fiel ihm eine orientalisch aussehende Laterne auf, die neben dem Springbrunnen stand. An der Hauswand war eine schwarze Tafel angebracht, auf der man Wortreste noch erkennen konnte. Frau Möhring hatte den Hof zum Freiluftklassenraum erklärt. „Hier hat sich noch einiges getan", stellte er erfreut fest.

Frau Schneider erinnerte ihn an ihre Aufgabe: „Wie wollen wir vorgehen, Herr Schumann?", fragte sie. Robert zeigte nach oben auf das offene Fenster und verfiel in einen Flüsterton: „Ich klopfe und rede mit ihr. Wenn sie die Tür öffnet, stelle ich Sie vor und wir versuchen, in die Wohnung zu kommen."

„Ich muss mir selbst ein Bild von der Frau und der Wohnung machen. Haben Sie sich entschieden, ob Sie die Betreuung übernehmen?"

„Ja, ich mache es. Frau Hermann kennt mich. Meine Oma kann sich nicht kümmern und meine Eltern sind nicht da."

„Gut, dann gehen wir."

„Moment." Robert ging zu Philip, duckte sich hin und sagte: „Ich gehe die Treppe hoch. Wenn du mich brauchst, kannst du im Flur oder hier unten rufen. Ich höre das."

„Ich backe Kuchen", sagte er munter und seine Augen leuchteten.

„Super."

Sie wollten gerade die Treppe hinaufsteigen, da kam ihnen Frau Möhring mit einem Buch unter dem Arm entgegen.

„Passiert nun endlich mal was mit der da", sagte sie mit düsterem Blick und zeigte in Richtung Wohnungstür von Frau Hermann. „Ich habe schon eine ganze Woche nicht geschlafen. Die rückt Möbel, schreit rum, klingelt bei mir und beschimpft mich. Ich würde sie angeblich vergiften wollen. Dann soll ich irgendwas geklaut haben. So ein Blödsinn. Die Frau gehört in die Klapsmühle."

Robert machte Platz, damit Frau Möhring vorbeigehen konnte und sagte: „Wir kümmern uns. Deshalb sind wir hier."

„Na hoffentlich. Der ganze Flur ist eiskalt. So geht das nicht. Es zieht in meiner Wohnung. Ich habe eine Beschwerde an die Wohnungsgesellschaft geschickt."

Frau Schneider nickte verständnisvoll. „Wie lange geht das schon?", fragte sie.

Frau Möhring überlegte. „Es ist schlimmer geworden. Am Anfang wirkte sie nur vergesslich. Doch dieses Theater mit dem Giftanschlag haben wir seit mindestens vierzehn Tagen."

Von oben kamen die beiden syrischen Jungen herunter. Jeder hatte ein Heft und ein Buch in der Hand. Der Ton von Frau Möhring änderte sich schlagartig. „Na Jungs, dann wollen wir mal", sagte sie freundlich und lächelte ihnen zu.

„Was machen Sie hier?", fragte Frau Schneider interessiert. „Deutschunterricht."

„Aber die Schulen sind doch geschlossen."

„Eben deshalb. Bevor sie dummes Zeug machen, ist es doch besser, sie lernen Deutsch. Ach, da kommt ja die Dritte im Bunde." Die Tochter der Familie Wang hatte gleich die ganze Mappe dabei. „Keine Angst, wir halten Abstand, habe ich genau ausgemessen und wir sind an der frischen Luft."

Frau Schneider nickte beeindruckt und folgte Robert nach oben.

„Diese Hausgemeinschaft ist ein gelungenes Beispiel für Integration. Nur Frau Hermann schert aus" erklärte Robert, während er klopfte. Dann sagte er mit fester Stimme: „Frau Hermann, ich bin es, Robert. Geht es Ihnen gut?"

Er hörte die Frau husten. „Na, das klingt ja nicht nach Gesundheit. Machen Sie doch mal bitte die Tür auf." Schweigen. Doch Robert hatte das Gefühl, dass sie im Flur war.

„Frau Hermann, Carola hat mich gebeten, nach Ihnen zu se-
hen. Sie macht sich Sorgen.“
„Ich komme klar“, sagte Frau Hermann knapp. Ihre Stimme
klang heiser.
„Das weiß ich doch. Aber vielleicht brauchen Sie etwas aus
dem Supermarkt. Ich wollte heute sowieso einkaufen, dann
kann ich Ihnen etwas mitbringen.“
Jetzt wurden Möbel gerückt und kurz darauf die Tür einen
Spalt geöffnet. Frau Hermann entdeckte Frau Schneider.
„Was will die hier?“, fragte sie erschrocken.
„Ich will Ihnen helfen, Frau Hermann. Mein Name ist Birgit
Schneider. Sie haben doch Probleme mit Ihren Nachbarn.“
„Ja. Kümmern Sie sich um die da oben. Die wollen mich vergiften und die da drüben klaut meine Marmelade.“ Ein hefti-
ger Hustenanfall überfiel Frau Hermann. Robert und Frau
Schneider sahen sich an. „Lassen Sie mich mal rein, Frau
Hermann, ich hole Ihnen ein Glas Wasser“, schlug Robert in
versöhnlichem Ton vor und schob die Tür ein Stück weiter
auf. Er hatte es gerade geschafft, ihr das Wasser zu geben, da
kam Philip schreiend die Treppe hochgelaufen. „Robert, ich
habe meinen Finger eingeklemmt.“
Robert stürzte aus der Wohnung und nahm den Jungen auf
den Arm. „Zeig mal, wie schlimm es ist.“ Philip hob seinen
Finger.
„Ganz schön rot, soll ich ein Pflaster holen?“, bot er erleichtert an.
„Ach nein, geht schon, ich spiele weiter.“ Schon rutschte er
von seinem Arm und stieg die Treppe wieder eilig hinunter.
Als Robert sich umdrehte, war die Tür zu. Alle Versuche,
Frau Hermann zum Öffnen zu bewegen, scheiterten. Schließlich gaben sie auf. „Die Frau muss zum Arzt, der Husten ist
schlimmer geworden“, sagte Robert frustriert.
„Ja, das erscheint mir auch so“, bestätigte Frau Schneider
und folgte ihm in den Hof. Robert sah nach Philip und war
beruhigt, dass die drei so friedlich spielten. So konnte er sich
wieder auf Frau Schneider konzentrieren. Sie sagte leise:
„Die Frau muss in die Psychiatrie, Herr Schumann.“

„Ja, muss sie. Und wie kriegen wir sie dahin?", fragte er ruhig und wartete auf einen brauchbaren Vorschlag.

„Nur mit Überzeugung oder unter Zwang, wenn ihr Leben oder das anderer in Gefahr ist", erklärte Frau Schneider nachdenklich.

„Und das ist im Moment nicht gegeben", stellte Robert sachlich fest.

Frau Schneider seufzte leise: „Es ist leider so, wenn die Leute nicht wollen, dass man ihnen hilft, haben wir kaum eine Möglichkeit."

„Sie sind ja eine richtige Mutmacherin, Frau Schneider. Diese Frau kann nicht einschätzen, was richtig oder falsch für sie ist. Sie wirft permanent die frisch gekauften Lebensmittel weg, weil sie glaubt, sie wären vergiftet. Ich kaufe praktisch nur für die Mülltonne ein. Aber wenn ich es nicht mache, verhungert sie uns. Mit gutem Zureden haben wir es ausreichend versucht. Selbst meine Oma konnte nichts bewirken. Frau Färber, die Tochter, ruft täglich an und redet ihr zu. Es bringt nichts. Aber man kann sie doch nicht vor die Hunde gehen lassen. Abgesehen davon haben Sie ja gehört wie nachtaktiv sie ist und wie sie ihre Mitbewohner tyrannisiert. Muss es wirklich so weit kommen, dass sie Frau Möhring mit einem Messer verletzt, oder Herr Purowski einen Unfall verursacht, weil er wegen Schlafmangel am Steuer eingeschlafen ist?"

Frau Schneider sah ihn ernst an und gab zu: „Im Prinzip schon, so hart das klingt."

Robert atmete schwer. „Ich dachte, Sie können ihr helfen", sagte er enttäuscht.

„Es ist kompliziert. Zunächst braucht sie unbedingt einen Betreuer. Den Antrag hat die Tochter schon gestellt, haben Sie mir gesagt. Es würde mich nicht wundern, wenn die Wohnungsgesellschaft unabhängig davon auch noch einen Antrag stellt. Ich kann da nachhaken und die Sache beim Amtsgericht dringend machen. Man würde von dort einen Gutachter schicken und wenn dieser die Betreuung empfiehlt, dann geht es relativ schnell."

„Einen Gutachter?", fragte Robert und hatte schon das nächste Problem vor Augen. „Und wenn sie den nicht in die Wohnung lässt?"

Frau Schneider zuckte mit den Schultern. „Dann geht er wieder nach Hause. Und das Spiel beginnt von vorn. Sie brauchen starke Nerven und Geduld. Und selbst wenn Sie Betreuer sind – übrigens, Frau Hermann muss zustimmen – dann kann sie immer noch die Behandlungen ablehnen. Das ist leider so."

„Wir haben auf Sie gebaut, Frau Schneider und gehofft, dass Sie etwas bewirken können", sagte Robert ärgerlich.

„Leider kann ich auch nicht viel machen, wenn die Frau nicht will."

Frau Schneider verabschiedete sich. Robert setzte sich auf die Schaukel und sah den Kindern und der Gruppe am Tisch zu. Frau Möhring korrigierte auf der anderen Hofseite die Aussprache ihrer Schüler. Sie mussten jedes Wort mehrmals wiederholen. Oben hustete Frau Hermann wieder heftig.

Robert schrieb eine Nachricht an Thea:

DEIN SOHN HAT FREUNDE GEFUNDEN. KOMM HER, WENN DU FERTIG BIST.

Robert dachte angestrengt nach, wie er Frau Hermann überzeugen konnte, die Medikamente zu nehmen, doch ihm fiel nichts mehr ein. Zehn Minuten später fuhr Tom in den Hof. Er brachte Thea mit. Ihre Augen strahlten, als sie sich umsah.

„Das ist ja ein hübscher Hof, eine Schule, ein Kindergarten unter freiem Himmel, besser geht's nicht."

„Nicht so laut", schimpfte Frau Möhring. Und an ihre Schüler gewandt, sagte sie: „Wie soll ich euch das erklären? Ein Bauernhof ist ein zusammengesetztes Substantiv, aus Bauern und Hof. Das hier ist auch ein Hof, aber ohne Bauern. Und Bauern sind Menschen, die Tiere züchten oder Getreide anbauen, also für unser Essen sorgen." Die beiden sahen sie ungläubig an. Thea ging zu ihnen hinüber und sah auf das Bild, das vor Frau Möhring lag. „Darf ich?", fragte sie, hob das Bild auf und sprach auf Arabisch mit den Jungen. Sie freuten sich und nickten. „Bauernhof", wiederholten sie abwechselnd.

„Du sprichst arabisch?", fragte Robert verblüfft.

„Ein bisschen, meine Großeltern haben immer mit mir Arabisch gesprochen."

„Kommen Sie öfter?", wollte Frau Möhring wissen.

„Eigentlich nicht. Aber Sie könnten mich ja anrufen, wenn es Verständigungsprobleme gibt." Sie zog ihre Visitenkarte aus der Tasche.

Frau Möhring nutzte die Gelegenheit und ließ Thea noch ein paar Wörter übersetzen.

Tom kam auf Robert zu. „Habt ihr etwas erreicht?", fragte er hoffnungsvoll.

„Frau Hermann hat uns nicht in die Wohnung gelassen. Und Frau Schneider hat mir deutlich zu verstehen gegeben, dass auch ihr die Hände gebunden sind. Sie kann lediglich beim Amtsgericht Druck machen, dass der Gutachter kommt."

Tom zog die Stirn in Falten. „Wollen sie den in die Wohnung zaubern?"

„Genau das habe ich auch gefragt." Frau Hermann bekam wieder einen Hustenanfall. „Das hört sich doch ganz schlimm an und die Medikamente nimmt sie nicht. Ich werde ihre Tochter wieder anrufen. Sie muss sie überzeugen zum Arzt oder ins Krankenhaus zu gehen. Eine andere Idee habe ich nicht."

Tom sah zu den Kindern hinüber. „Die drei scheinen sich ja gut zu verstehen", stellte er fest. „Wie alt ist Philip?"

„Vier, wie Anna", sagte Robert und sah dabei zu wie Anna vier Euro Spielgeld von Philip kassierte. Sie zählten beide im Chor. Tom sagte gerührt: „Anna wird mal Unternehmerin. Sie handelt immer hohe Preise aus. Ich musste schon mal zehn Euro für einen Kuchen bezahlen."

Robert lachte und meinte: „Philip wird schnell von ihr lernen. Ich sehe mich schon den alten Kaufladen aufbauen."

Tom sah ihn an und fragte: „Du und Thea, seid ihr zusammen?"

Robert schmunzelte. „Wir kennen uns erst ein paar Tage. Aber wir sind ein gutes Team. Ich passe auf Philip auf, wenn Thea zu ihren Patienten geht."
Tom lächelte. „Es gibt viele Möglichkeiten sich näher zu kommen."
Philip entdeckte Robert und rief: „Was möchtest du kaufen, Robert, Topfkuchen, Torte oder Obstkuchen?"
„Na wenn schon, dann Torte."
Philip, schob einen Sandkuchen auf einen Plastikteller und überreichte ihn Robert. „Das kostet fünf Euro." Robert zog sein Portmonee aus der Tasche.
Da sagte Anna: „Hier hast du Geld", und gab ihm ein paar Spielmünzen. Wieder zählten sie im Chor bis fünf und dann war Tom an der Reihe.
Thea unterhielt sich eine Weile mit den beiden Syrern. Sie übersetzte die Anweisungen von Frau Möhring. Dann kam sie zu Robert und Tom zurück. Auch sie musste einen Sandkuchen kaufen. Nebenbei fragte sie: „Wie war's?"
„Wie immer. Wenn Frau Hermann keine Hilfe möchte, bekommt sie keine. Sie kann mich auch als Betreuer ablehnen. Ich sollte sie zunächst einmal fragen, ob sie mich überhaupt will. Wenn sie ablehnt, dann sind die nächsten Schritte überflüssig."
In diesem Moment bekam Frau Hermann wieder einen heftigen Hustenanfall. Die anderen hielten vor Schreck die Luft an.
Tom sah nach oben: „Robert, du scheinst der einzige zu sein, der überhaupt Einfluss auf sie hat."
Robert erhob sich und ging zu den Mülltonnen. Er fand wieder verpackte Wurst dort.
„Ich bin der einzige, der für eure Tonne einkaufen darf. Sie hat die neuen Lebensmittel auch weggeworfen. Keine Ahnung, was sie überhaupt isst."
Es herrschte Schweigen für einen Moment.
„Ich muss jetzt los", sagte Thea. „Robert, ich brauche noch den Kindersitz."

„Und deinen Sohn“, sagte Robert und zeigte auf Philip, der gerade eine Fahne auf die Burgspitze steckte und vor Freude in die Hände klatschte. Tim rief: „Die Kuchenformen müssen weg, wir bauen jetzt einen Graben und eine Brücke.“
„Oh ja“, riefen die beiden Kleinen.
„Philip, wir müssen nach Hause“, sagte Thea in mildem Ton.
„Warum?“
„Weil …“ sie winkte ab. Es gab keinen wirklichen Grund.
„Ich habe einen großen Topf Spaghetti gekocht. Wie wäre es damit?“, fragte Tom.
Die Kinder waren begeistert, ließen alles stehen und liegen, wischten sich den Sand von den Händen an den Hosen ab und liefen ins Haus.
„Die Einladung gilt auch für euch“, sagte Tom schmunzelnd.
„Für uns?“, wunderte sich Thea und sah Robert unschlüssig an.
Er sah auf die Uhr: „Der Pflegedienst müsste da sein. Eine halbe Stunde habe ich noch.
„Na dann lasst uns essen“, legte Tom fest.
Thea flüsterte Robert auf dem Weg in die Wohnung zu: „Wir verstoßen gegen alle Auflagen.“
„Ich weiß, aber ich finde es trotzdem richtig.“
Thea gefiel die Wohnung auf Anhieb. Eine offene Küche entsprach ihrer Vorstellung vom Wohnen. Tom zeigte ihr bereitwillig alle Räume. „Das ist richtig schön bei euch“, lobte sie. „Hier könnte ich auch einziehen.“
Während des Essens unterhielten sie sich über die Situation in den Pflegeheimen.
„Dort herrscht Angst vor dem Virus“, erzählte sie. „Die älteren Menschen sollen am härtesten betroffen sein. In Wolfsburg sind siebzehn Personen in einem Altenpflegeheim verstorben.“
„Ich habe es in den Nachrichten gehört“, erinnerte sich Tom.
Robert sagte leise: „In Spanien gab es wieder achthundert Todesfälle an einem Tag. Meine Schwester hängt dort fest. Sie hat dort ein Kunstprojekt und kam nicht mehr rechtzeitig zurück.“

„Was ist mit deinen Eltern?", wollte Tom wissen.

„Sie warten auf den Rückflug. Es ist ganz schön hart, den ganzen Tag das Zimmer nicht verlassen zu dürfen. Mein Vater geht ab und zu mit dem Handy in die Lobby. Meine Mutter würde verrückt werden, wenn er im Zimmer telefoniert."

Die Kinder waren fertig mit dem Essen und liefen wieder in den Hof.

„Ihr könnt Philip ruhig vorbeibringen, die drei spielen doch wunderbar miteinander", schlug Tom vor. Er sah erst Thea, dann Robert an.

„Danke für das Angebot", sagte Robert zuerst. Thea zog die Augenbraun hoch und sah ihn mit einem Gesichtsausdruck an, der deutlich machte: Ich bin die Mutter.

Robert antwortete amüsiert: „Ich frage dich natürlich, bevor ich ihn hier ablade."

Als sie in den Hof kamen, stellte Frau Wang gerade das Mittagessen auf den Tisch. Frau Möhrings Klasse machte Mittagspause. Neu in der Runde war Herr Purowski.

Er erklärte, ohne dass jemand etwas gesagt hatte. „Ich habe Frau Möhring gefragt, ob ich auch deutsche Sprache lernen darf."

Robert hob den Daumen als Zustimmung, verabschiedete sich und hatte es nun eilig. Thea folgte ihm zum Auto, um den Kindersitz zu holen.

„Wir sehen uns dann morgen", sagte Robert zögerlich.

Auch Thea zögerte. „Ja. Ich bin beeindruckt von dem Hof und dem Zusammenhalt der Hausgemeinschaft. Frau Möhring müsste einen Orden bekommen für ihre Arbeit", sagte sie und schnallte den Jungen an.

„Die Frau hat sich um hundertachtzig Grad gedreht. Du hättest sie mal bei meiner ersten Begegnung erleben müssen, da hätte sie der Hexe von Hänsel und Gretel Konkurrenz machen können."

Thea lachte kurz, schloss die Tür und sagte dann ernst: „Sie hat jetzt eine sinnvolle Aufgabe. Da sieht man mal wieder, wie wichtig der Dienst ist."

Robert sah sie einen Moment schweigend an und gestand:
„Ich könnte stundenlang mit dir reden. Aber ich muss leider
nach Hause. Ihr könntet ja mitkommen."
Sie schüttelte den Kopf. „Philip muss ins Bett. Ich schätze,
er schläft im Auto schon ein. Er ist müde. Ich merke es, wenn
er seine Finger in den Mund steckt."
„Warte mal." Robert öffnete die Autotür. „Philip, zeig mir
mal deinen Finger." Der Junge hob die Hand. Robert sah sich
die rote Stelle an und meinte: „Morgen ist alles wieder gut."
Es fiel ihm schwer, sich zu trennen. Thea schien es zu merken. Sie ging um das Auto herum und rief ihm zu: „Nun fahr
schon zu deinem nächsten Dienst und danke fürs Aufpassen."

Dienstag, 31. März

***Aktuelle Meldung:**
In Italien hängen die Flaggen auf Halbmast ...
Indonesien lässt keine Ausländer mehr ins Land ...
Die USA sind nach den Worten von Außenminister Mike
Pompeo grundsätzlich bereit, angesichts der Corona-Pande-
mie ihre Sanktionen gegen den Iran und andere Staaten zu
überdenken ...*

Theas Geschichte

Der Dienstag begann mit Hindernissen. Oma hatte darauf bestanden, dass die Schwester ihr die Haare wäscht. Doch fürs
Fönen und Stylen hatte die Frau keine Zeit. Robert war seit
einer halben Stunde dabei, Omas Haare in die gewünschte
Form zu bringen. Sie wollte unbedingt schick sein, wenn
Thea kommt. Alles ganz gut und schön, nur Robert kam nicht
dazu, sich selbst auf den Besuch vorzubereiten. Als es klingelte, fluchte er leise und öffnete die Tür mit Bürste und Fön
in der Hand. Thea sah aus, als würde sie in einer Bank arbeiten: Mantel, farbenfrohes Tuch, die Haare offen, mit zwei
Spangen an der Seite gehalten, Absatzschuhe. Und er?
„Guten Morgen, sind wir zu früh?“, fragte sie verdutzt.
„Wir sind zu spät dran“, entgegnete er leicht genervt. Philip
huschte an ihm vorbei, streifte eilig seine Jacke ab, zog die
Schuhe aus und lief die Treppe hinauf. Es wirkte so selbstverständlich, als würde er schon immer hier ein und aus gehen. Thea erinnerte ihn an seine Hausschuhe. Robert sah dem
Jungen nach und murmelte: „Philip wohnt hier.“ Dann
wandte er sich Thea wieder zu: „Oma wollte sich unbedingt
schick machen für dich. Die Schwester hat ihr die Haare gewaschen und mir das Styling überlassen. Seit einer halben
Stunde mühe ich mich ab und Oma ist immer noch nicht zufrieden.“
Sie lachte. „Du Ärmster. Lass mich das machen. Sie zog ihren Mantel aus und nahm ihm Fön und Bürste aus der Hand.

In der Küche erwartete sie eine missmutige Frau. Sie hielt in einer Hand den Spiegel und zuckte mit den Achseln.

„Guten Morgen, Frau Seefeld, ich übernehme jetzt. Hast du eine Sprühflasche, Robert?"

„Ja, bei den Blumen in der Veranda steht so etwas."

„Mach mal frisches Wasser rein."

Thea kämmte die Haare durch, feuchtete sie an und fönte sie nach Ilses Wünschen. Robert saß auf dem Küchenstuhl und sah ihr zu. „Friseur könnte ich nicht werden", erklärte er frustriert. Als er sich mit der Hand über seine Haare fuhr, merkte er, dass sie noch offen und ungekämmt waren.

Thea registrierte seine Überraschung und kommentierte: „Die offenen Haare stehen dir. Hat etwas Verwegenes und erinnert mich an die Helden aus dem Mittelalter. In alten Filmen tragen die Männer schulterlange wellige Haare und Bart."

Robert griff sich ans Kinn. „Um den muss ich mich auch noch kümmern. Heute war schon einiges los. Carola Färber hat mich bekniet, für ihre Mutter einzukaufen. Frau Schneider teilte mir mit, dass der Gutachter am Donnerstag um 11 Uhr zu Frau Hermann geht. Ich soll ihn begleiten und dafür sorgen, dass er in die Wohnung kommt. Die Frau weiß genau, wie schwer das ist. Sie macht sich das wirklich einfach. Und für Morgen hat mich die Wohnungsgesellschaft eingeladen. Das heißt, sie haben Frau Hermann zu einem Gespräch eingeladen und mich gebeten, sie zu begleiten, weil ich ja ihr *Betreuer* bin."

Robert merkte, dass er in ein negatives Fahrwasser trieb. Omas Haare waren einfach das Quäntchen zu viel.

Thea fasste zusammen: „Das klingt nach einer vollen Woche. Wenn der Gutachter unbedingt in die Wohnung will, stell doch einfach eine Leiter im Hof an und lass ihn durchs Fenster klettern."

„Und oben erwartet ihn dann eine Ladung Zwiebeln, die sie ihm über den Kopf kippt", sagte Robert trocken.

„Dann weiß er wenigstens, dass sie einen Betreuer braucht", antwortete sie schlagfertig. Ungewollt mussten sie beide

lachen. Thea hatte mit ihrer ruhigen lässigen Art seine gute
Laune wieder zurückgeholt. „Oma, wir müssen Thea enga-
gieren als Mutmacher“, sagte er gespielt fröhlich und Oma
lächelte jetzt.

„Wie willst du das organisatorisch lösen?“, fragte sie und
sprühte jetzt Haarspray auf Omas Frisur.

„Seltsamerweise sind alle Termine um elf, als wüssten die
anderen, dass um diese Zeit der Pflegedienst hier erscheint.“

„Wenn du mich brauchst, ruf mich an. Schließlich bilden wir
hier ein Pflegeteam.“

Er sah sie an und fragte sich, ob sie nicht schon mehr waren,
als das. „Danke“, sagte er schlicht.

Philip rief von oben: „Kann ich die Eisenbahn mit nach unten
bringen?“

„Ich komme hoch, muss mir noch die Haare kämmen“, rief
Robert und raffte sich auf.

Philip kam mit ins Bad und verfolgte Roberts Handgriffe.
„Ich will auch so lange Haare haben wie du, Robert, und so
einen Pferdeschwanz.“

„Das musst du mit deiner Mama aushandeln.“

„Und einen Bart will ich auch“, fügte er quengelnd hinzu.

„Mhm. In zwölf Jahren können wir noch mal darüber nachdenken, Kumpel. Jetzt spielen wir erst einmal mit der Eisenbahn.“

Als sie herunterkamen, war Oma fertig und Thea schob sie
gerade ins Wohnzimmer.

„Wir gehen dann mal arbeiten“, rief sie ihm zu.

Philip sagte ernst: „Wir gehen jetzt auch arbeiten. Robert,
wir müssen einen Bahnhof bauen.“

„Na, dann mal los.“ Thea sah Robert an und formte das Wort
Danke.

„Danke ebenfalls“, flüsterte er zurück.

Thea ging danach zu ihrem zweiten Termin. Doch diesmal
kam sie nach zehn Minuten zurück. Der Mann, den sie seit
einem halben Jahr betreute, war heute Morgen verstorben.
Die Frau hatte vergessen, ihr Bescheid zu geben.

„Ich wäre auch noch einen Moment geblieben, aber die Kinder waren da und die Leute vom Beerdigungsinstitut fuhren gerade vor", berichtete sie in der Küche und sah Robert und Philip beim Bauen zu.

„Wie alt war der Mann?", erkundigte sich Robert.

„Fünfundachtzig. Er war noch schlechter dran, als deine Oma und mir kam es auch beim letzten Mal so vor, als hätte er mit dem Leben abgeschlossen."

Robert sah ihr an, dass sie sehr betroffen war. „Hattest du schon mehrere Patienten, die in der Zeit, als du sie behandelt hast, verstorben sind?"

„Nein, noch nicht. Ich habe eigentlich zum Tod eine klare Position. Er ist nicht das Ende. Für mich ist er ein Übergang in eine geistige Welt."

„Und wo ist diese Welt?", unterbrach Robert.

„Sie ist hier, um uns. Die Verstorbenen sind nicht weg. Sie sind bei uns. Wir haben nur nicht die Sinne, sie wahrzunehmen."

„Okay", sagte er langsam und staunte über ihre Sichtweise. Er kannte niemanden, der diese Vorstellung hatte. „Ich nehme an, diese Einstellung hat dir geholfen, mit dem Tod deines Mannes klarzukommen."

„Ja, ohne meinen Glauben wäre es viel schwerer gewesen. Es war trotzdem nicht einfach, aber da ist eben die Hoffnung, dass wir uns einmal wiedersehen."

„Ein schöner Gedanke. Du hast gesagt, ihr habt euch auch in der Mensa kennengelernt."

Sie lächelte. „Ja, in Hannover in der Uni. Ich hatte meine letzte Prüfung geschafft und bin in die Mensa gegangen, um noch einmal Kohlrouladen zu essen. Die waren dort besonders gut. Dann kam ein junger Mann an meinen Tisch und fragte, ob der Platz frei wäre. Er hatte das gleiche Gericht gewählt. So kamen wir ins Gespräch, lobten die Küche und ich erwähnte, dass es wohl meine letzte Kohlroulade sei. Ich erzählte ihm von meiner Prüfung. Mir war klar, dass der Mann älter war als ich, aber ich hielt ihn für einen späten

Studenten. Er war mit Jeans und einem blassen Sweatshirt bekleidet.

Ich habe ihn jedenfalls gleich geduzt und gefragt, welches Fachgebiet er hätte. *Wirtschaftsrecht* lautete seine kurze Antwort. Nach dem Essen wollte er für uns zwei Tassen Kaffee holen. In der Zeit, als er weg war, kam eine Studienkollegin an meinen Tisch und fragte, was ich mit Dr. Osten zu besprechen hätte. Ich wäre am liebsten im Erdboden versunken, habe mich geschämt, dass ich einen Dozenten einfach so geduzt habe. Ohne lange nachzudenken, habe ich mein Tablett und den Mantel geschnappt und bin davon gestürmt. Und stell dir vor, eine Woche später wollte ich in einer Konditorei Kuchen kaufen. Wer stand hinter mir? Dr. Osten. Er grinste mich an und sagte: *Ich habe jetzt noch Herzklopfen von den zwei Tassen Kaffee, die ich trinken musste, weil du einfach verschwunden bist.*

Ich glaube, ich bin noch nie so rot geworden, wie in diesem Moment. Ich habe getan, als würde mich das Kuchenangebot wahnsinnig interessieren und dabei leise gestammelt: *Ich habe erfahren, dass Sie Dozent sind.*

Er hat laut gelacht und gemeint: *Ich habe nicht gedacht, dass mein Beruf so abschreckend ist.* Als ich an der Reihe war und meinen Kuchen kaufen wollte, lud er mich ein: *Hast du was vor? Ich würde gerne unser Gespräch von neulich fortsetzen.* So blieben wir in dem kleinen Café und redeten, bis sie uns hinauswarfen.

Ich war damals vierundzwanzig und er war fünfunddreißig. Ein halbes Jahr später waren wir verheiratet. Gerald bekam von der Hochschule Harz eine Professur angeboten und so kamen wir hierher. Ich fand schnell eine Stelle als Logopädin. Dann wurde Philip geboren. Unser Leben war perfekt. Als der Junge zwei Jahre alt war, erhielt Gerald die Diagnose, Bauchspeicheldrüsenkrebs. Ein halbes Jahr haben wir gekämpft. Ich gab meine Stelle auf, um mich völlig auf die Pflege meines Mannes und auf meinen Sohn zu konzentrieren. Wir wollten die verbleibende Zeit so gut wie möglich nutzen. Über diese Entscheidung bin ich heute noch sehr froh."

Thea hatte jetzt Tränen in den Augen. Sie schwieg und Robert wusste nicht so recht, was er sagen sollte.

„Vielleicht wurde ich durch den Tod von Herrn Wilde, so hieß mein Patient, wieder an all das erinnert", fiel ihr ein.

Robert hatte gar nicht gemerkt, dass Philip nach oben gegangen war, um Bausteine zu holen. Der Junge kam angelaufen. „Hier Robert, die habe ich noch gefunden. Jetzt kannst du weiter bauen. Da sind noch mehr." Und schon rannte er wieder los. Robert war froh, dass er ihm einen Moment Zeit gab.

„Das ist eine sehr rührende Geschichte. Wenn du gläubig bist, hast du vielleicht eine Antwort darauf, weshalb euer gemeinsames Leben so kurz war."

„Nein, habe ich nicht. Ich weiß nur, dass unsere eigentliche Bestimmung nicht hier im Diesseits liegt, sondern im Jenseits. Das Leben hier ist eine Vorbereitung, hier geht es um die Entwicklung von geistigen Eigenschaften. Im Jenseits geht es um die Benutzung, um die Umsetzung."

Robert wusste nicht, weshalb er das sagte, aber die Frage rutschte ihm so heraus. „Was glaubst du, hat dein Mann das Licht gefunden von dem mein Großvater gesprochen hat? *Wir sind für die Ewigkeit erschaffen, aber die Vorraussetzung ist, dass wir im Licht leben"*, zitierte Robert.

Thea antwortete mit voller Überzeugung: „Ja, das hat er."

Sie erhob sich und wollte gehen. Doch Philip und Robert protestierten gleichzeitig. „Wir sind noch nicht fertig."

Sie zog beeindruckt die Augenbrauen hoch. „Da sind sich zwei aber sehr einig", stellte sie schmunzelnd fest.

„Du könntest Gemüse schnippeln, dann gibt es zu Mittag Gemüsepfanne", schlug Robert ganz selbstverständlich vor und reichte ihr die Kochschürze. „Oma hat mit ihrer Frisur meinen ganzen Ablauf durcheinander gebracht."

Thea band sich die Schürze um und meinte: „Heute bin ich Friseurin, Logopädin und Köchin. Das habe ich auch noch nicht erlebt."

Philip sagte versunken: „Und wir sind Bahnhofsarbeiter. Das habe ich auch noch nicht erlebt."

Robert strich dem Jungen über den Kopf: „Wir sind Schwerstarbeiter." Der Junge nickte ernst und Robert musste sich ein Grinsen verkneifen.

Sie ließen sich Zeit beim Mittagessen, erzählten sich Kindheitserlebnisse. Robert achtete bewusst darauf, dass seine Geschichten lustig waren, um Oma und Thea aufzuheitern. Erst als Philip ausgiebig gähnte, fuhr Thea nach Hause.

Robert sah ihnen lange nach. Sie waren bereits mehr als ein Pflegeteam, auch wenn sie es nicht aussprachen. Jedenfalls war das seine Sicht. Er hatte sich verliebt. Konnte er es ihr sagen oder würde sie dann einen Rückzieher machen?

Theas Geschichte ging ihm nicht aus dem Kopf. Es tat ihm einerseits leid, dass sie ihren Mann und Philip seinen Vater so früh verloren hatte, doch anderseits hätte er sonst keine Chance bei ihr. Hatte er eine Chance? Oder sah sie ihn nur als guten Freund? War sie über den Tod ihres Mannes wirklich hinweggekommen oder verglich sie jeden anderen mit ihm? Wieder fiel ihm ihre Bemerkung ein, an den Recherchen seines Großvaters dranzubleiben, weil sie das auf einer anderen Ebene verbinden würde. Was meinte sie damit?

Diese Gedanken schossen ihm immer wieder durch den Kopf, als er vergeblich versuchte, an seiner Arbeit zu schreiben.

Am Abend holte Robert die Zettel aus dem Schubfach, alle. Bisher hatte er das Fach wie eine Wundertüte behandelt und immer nur einen Zettel herausgenommen, wenn ihm danach war. Jetzt wollte er mehr wissen, alles, was sein Großvater herausgefunden hatte.

Seine Augen blieben an einem kurzen Zitat hängen:

Der Tod bietet jedem vertrauenden Gläubigen den Kelch dar, der in Wahrheit Leben ist. Er schenkt Freude und ist ein Bote des Frohsinns. Er verleiht die Gabe ewigen Lebens. (Ä 165:2)

Erst wollte Robert protestieren, doch nachdem er es mehrmals gelesen hatte, empfand er Trost. Auch das zweite Zitat
passte zu dem Thema:

**O Sohn des Höchsten! Den Tod machte ich dir zum Boten
der Freude. Warum bist du traurig? Das Licht erschuf
Ich, dich zu erleuchten. Warum verhüllst du dich vor
ihm? (VW ara. 32)**

Wieder ging es um Licht. Der Tod verlor seinen Schrecken,
wenn man diese Texte las. Robert schob die Zitate zur Seite
und nahm sich noch eines der losen Blätter vor. Hier fand er
die Bestätigung, dass mit der Wiederkehr Christi der Christus-Geist gemeint war.

***Der Beistand aber, der Heilige Geist, den der Vater in mei-
nem Namen senden wird, der wird euch alles lehren und
euch an alles erinnern, was ich euch gesagt habe.* (Johannes 14:26)**

Auch fiel Robert auf, dass das Prinzip der Wiederkehr im
Geist auch in anderen Religionen zu finden war. Es gab
Texte aus dem Hinduismus und dem Buddhismus. Nun
wurde ihm die Sache zu umfangreich. Er wusste nicht so
recht, wie er seine Suche fortsetzen sollte und entschied sich
für die Bachelor-Arbeit.

Mittwoch, 1. April

Aktuelle Meldung:
Taiwan will zehn Millionen Schutzmasken an die am schwersten von der Corona-Pandemie betroffenen Länder spenden ...
Die Führung in Russland hilft den USA im Kampf gegen das Corona-Virus.
Ein Militärflugzeug mit einer Lieferung Medizinischer Ausrüstung und Atemschutzmasken startet in der Nähe von Moskau ...

Die Überraschung

Es klingelte. Robert öffnete die Haustür. „Guten Morgen, Herr Pfarrer. Danke, dass Sie Zeit gefunden haben für einen Besuch", begrüßte er Omas angekündigten Gast. „Gegen Mittag kommt die Schwester. Sie können jederzeit gehen. Ein paar Minuten kann meine Oma auch allein bleiben." Robert nahm ihm die Jacke ab.

Der Pfarrer legte ihm freundschaftlich die Hand auf die Schulter: „Robert, ich finde es großartig, dass Sie sich um Ihre Oma kümmern. Das ist heutzutage nicht selbstverständlich."

Robert sagte verlegen: „Eine wirkliche Wahl hatte ich nicht, jetzt, wo meine Eltern nicht da sind." Er führte den Mann ins Wohnzimmer und erklärte: „Meine Oma wollte unbedingt im Rollstuhl sitzen. Wahrscheinlich will sie Sie nachher zur Tür begleiten. Kaffee steht bereit, bedienen Sie sich."

Robert beeilte sich, um pünktlich mit Frau Hermann bei der Wohnungsgesellschaft zu sein. Wer weiß, ob Frau Hermann sich noch an diesen Termin erinnerte.

Er war freudig überrascht, dass sie angezogen war und die Handtasche, den Hausschlüssel und den Brief von der Wohnungsgesellschaft bereithielt.

„Bin gespannt, was die von mir wollen", sagte sie düster und schwer atmend.

Robert antwortete nicht darauf. Er warf einen Blick auf den Zettel.

WIR MÖCHTEN SIE ZU EINEM GESPRÄCH EINLADEN, hieß es hier.

Er fragte sich, was die Leute von der Wohnungsgesellschaft wussten und welche Möglichkeiten sie hatten, an der Situation etwas zu ändern.

Auch diesmal wurde die Wohnung verbarrikadiert und das dauerte. Frau Hermanns Rückenschmerzen schienen schlimmer geworden zu sein, denn sie schrie beim Einsteigen ins Auto ein paar Mal auf. Hinzu kamen in kurzen Abständen Hustenanfälle. „Haben Sie den Hustenstiller genommen?", fragte Robert, weil ihm nichts weiter einfiel.

„Ich nehme kein Gift, alles nur Gift."

„Meine Oma hat mir früher Zwiebelsaft gemacht, wenn ich Husten hatte. Haben Sie Zwiebeln im Haus?", fragte Robert und erinnerte sich im nächsten Moment, dass sie die aus dem Fenster geworfen hatte.

„Zwiebelsaft, habe ich auch für Carola gemacht, als sie vier war und starken Husten hatte."

„Sehen Sie, ein altes Hausrezept", bestätigte Robert.

„Udo hat ihr vorgelesen, hat Carola vorgelesen, wenn sie krank war. Udo konnte gut lesen, hat auch Günter aus der Bibel vorgelesen. Komische Sachen", sagte sie versunken und schüttelte leicht den Kopf. „Jesus war schon da … heißt jetzt anders … Keiner hat's gemerkt … hat die Welt verändert … haben beide gestaunt … haben einen Artikel geschrieben … wurde abgelehnt … waren sehr wütend, keiner hat ihnen geglaubt …

Frau Hermann schwieg und starrte geradeaus. Robert wartete mit Anspannung, hoffte mehr zu erfahren. Er fuhr sehr langsam auf den Parkplatz. Frau Hermann blinzelte und sah sich überrascht um. Der Ausflug in die Erinnerung war vorbei.

Sie stieg unter lautem Stöhnen aus dem Auto. Zum Glück gab es einen Aufzug, der sie in die dritte Etage brachte. Eine Frau Tauber, die ihnen öffnete, trug einen Mund-Nasen-Schutz und forderte sie auf, sich die Hände zu desinfizieren.

Dann wurden sie in einen Besprechungsraum geführt. Frau Hermann bekam wieder einen Hustenanfall. Frau Tauber rückte gleich ein paar Meter von ihnen ab und öffnete das Fenster.

„Haben Sie sich schon mal testen lassen, Frau Hermann?", fragte sie ängstlich.

„Alles Quatsch", antwortete Frau Hermann.

Ein Mann kam in den Raum und setzte sich zu seiner Kollegin. Ich bin Herr Fiedler", sagte er. „Wir haben Sie hierher gebeten, Frau Hermann, weil es einige Beschwerden über Sie gibt. Sie stören die anderen Hausbewohner, besonders nachts." Er nahm ein Blatt, Robert vermutete, dass es die Beschwerde der Hausbewohner war.

Er sah auf das Blatt und berichtete: „Sie schreien herum, haben Ihre Fenster permanent geöffnet, so dass der Hausflur völlig auskühlt, haben der Frau Möhring Kuchenteig vor die Tür gekippt und haben Zwiebeln aus dem Fenster geworfen. Die Polizei war schon mehrmals in der Nacht wegen ruhestörenden Lärms da."

„Und die haben nichts gemacht, sind einfach wieder gegangen", sagte Frau Hermann trotzig.

„Was sollte die Polizei denn machen?", wollte Frau Tauber wissen.

„Na, die anderen verhaften. Ich wohne mit lauter Verbrechern in einem Haus. Die quälen mich immerzu, stecken von oben einen Sensor in mich hinein und wollen mich mit Gas vergiften. Die von da drüben hat meine Marmelade geklaut und will immer bei mir einbrechen."

Weiter kam sie nicht, der nächste Hustenanfall übermannte sie. Schwer atmend starrte sie geradeaus.

„Wie muss man sich das vorstellen mit dem Sensor?", fragte Frau Tauber leicht irritiert.

„Na, der kommt von oben und geht durch mich durch. Habe solche Rückenschmerzen. Das können Sie sich nicht vorstellen", erklärte sie nach Luft schnappend. „Sie müssen eine Versammlung einberufen und denen sagen, sie sollen damit aufhören."

Herr Fiedler sagte vorsichtig: „Frau Hermann, haben Sie das schon einmal mit einem Arzt besprochen, diese Rückenschmerzen und die Sache mit dem Sensor, der sie quält."

„Die Ärztin wollte mich ins Krankenhaus stecken, aber da kann ich nicht hin, muss doch auf meine Wohnung aufpassen."

„Verstehe", sagte Frau Tauber ernst.

Der nächste Hustenanfall war so heftig, dass die Leute von der Wohnungsgesellschaft aufsprangen und riefen: „Bringen Sie die Frau zum Arzt, fehlt gerade noch, dass sie Corona hat und uns alle ansteckt."

Robert nickte und sagte matt: „Ich tue, was ich kann, aber Frau Hermann hat ihre eigenen Vorstellungen."

„Das ist uns jetzt klar", gab Frau Tauber zu und riss das zweite Fenster auf. Frau Hermann schnappte nach Luft und sagte noch einmal: „Sie müssen die Leute zu einer Versammlung einladen und ihnen sagen, dass sie mich in Ruhe lassen sollen."

Herr Fiedler brachte die Sache auf den Punkt. „Ich rede mit den Leuten und Sie hören auf, die Hausbewohner in der Nacht zu stören. Ansonsten habe ich keine andere Wahl, dann muss ich Ihnen die Wohnung kündigen."

„Nein, das dürfen Sie nicht. Ich ziehe da nicht aus", schrie sie wütend. „Ich wohne seit vierzig Jahren dort, mein Udo hat für die Wohnung gekämpft. Ich wohne am längsten in diesem Haus. Sie müssen den anderen kündigen, alles Verbrecher, die mich beklauen."

Frau Hermann hustete wieder.

Jetzt wandte sich Herr Fiedler an Robert. „Sie sind Ihr Betreuer?"

„Noch nicht offiziell. Die Tochter hat mich gebeten, mich um ihre Mutter zu kümmern. Sie hat mich als Betreuer beim Amtsgericht vorgeschlagen."

„Gut, wir werden auch einen Antrag auf Betreuung stellen. Vielleicht geht es dann schneller."

„Herr Schumann, bringen Sie die Frau zum Arzt", flehte Frau Tauber.

„Da waren wir schon. Sie hat auch Medikamente, die sie nicht nimmt", bemerkte Robert gelassen.

Frau Hermann hatte mit ihren Hustenanfällen zu tun und bekam das Gespräch nicht mit.

Robert hielt auf dem Rückweg vor der Arztpraxis. Doch Frau Hermann war stur wie ein Esel. Sie stieg nicht aus und so brachte Robert sie nach Hause. Sie fror erbärmlich, zitterte am ganzen Körper, obwohl sie warm angezogen war. Robert wickelte sie in eine Decke. Da sie ihre Medikamente nicht nehmen wollte, kochte er ihr einen Tee, fand ein Körnerkissen, das er in der Mikrowelle erwärmte und ihr auf den Rücken legte. Schließlich machte er ihr eine Hühnersuppe warm und wartete, bis sie etwas davon gegessen hatte. In einem Küchenfach entdeckte er Erkältungsbalsam. Ohne lange zu fragen, sagte er entschieden: „Wenn Sie keine Medikamente nehmen wollen, dann reibe ich Ihnen jetzt den Rücken ein. Ich habe Krankenpfleger gelernt, ich weiß was ich tue." Frau Hermann nahm es hin. Er gab ihr die Tasse Tee. „Trinken Sie etwas davon. Das ist ein Erkältungstee, wird Ihnen gut tun."

Robert hielt es für richtig, den Gutachter für morgen anzukündigen. „Ich komme morgen früh wieder und bringe noch jemanden mit, der Ihnen bei dem Problem mit den Hausbewohnern helfen will. Wir sind um elf Uhr hier."

Sie schloss die Augen. Das Zittern hörte auf. Robert hatte kein gutes Gefühl, sie allein zu lassen. Ein anderer Gedanke beschäftigte ihn noch. Konnte es wirklich sein, dass die Frau das Coronavirus hatte? Dann wäre seine Oma in Gefahr.

Robert schob den Gedanken beiseite. Wo soll sie das denn her haben? Sie hat sich erkältet, weil die Fenster permanent offen stehen. Er sah auf die Uhr. Es war kurz nach eins.

Als er nach Hause kam, waren Pfarrer und Pflegedienst nicht mehr da. Oma dämmerte in ihrem Sessel dahin.

„Hattest du einen schönen Vormittag, Oma?", fragte er behutsam. Sie guckte ihn böse an. Etwas stimmte nicht. „Was ist los?"

Sie zeigte auf die Tür und flüsterte: „Das … darfst … du …
nicht."
„Was darf ich nicht?"
„Alles weg …weg …weg damit."
„Was ist weg?"
Sie fuchtelte mit den Händen. „Zettel."
Jetzt beschlich ihn eine Vorahnung. Aber das war doch nicht
möglich. „Meinst du, ich soll Opas Zettel wegwerfen?"
„Weg."
Er riss die Tür auf und stürmte ins Arbeitszimmer. Als erstes
nahm er den leeren Schreibtisch wahr. Dann fiel sein Blick
ins Regal, die Zettel waren nicht mehr da. Er drehte sich um
und es verschlug ihm die Sprache. Die Pinnwand war abgeräumt. Wie war das möglich? Oma konnte doch nicht … der
Pfarrer.
„Oma, wo sind die Zettel?", schrie er aufgebracht.
Sie machte mit einer Handbewegung deutlich, dass sie weg
waren und sie wirkte dabei erleichtert. „Wie konntest du das
veranlassen? Ich brauche diese Zettel. Sie sind lebenswichtig. Ich fasse es nicht. Meine Oma, die keinen Schritt selbständig gehen kann, räumt in meiner Abwesenheit die Pinnwand ab und entsorgt Zettel, die mir wichtig sind. Wenn du
so gut klarkommst, kann ich ja ausziehen."
Die letzten Worte schrie er. Er marschierte ins Arbeitszimmer, kippte den Papierkorb aus, wühlte darin herum und ließ
alles an Ort und Stelle liegen. Dann ging er zurück ins Wohnzimmer. „Wo hast du das hingebracht!", schrie er sie an. Sie
senkte den Kopf und zeigte auf das Fenster zum Garten. Er
lief durch den Hinterausgang zur Papiertonne, die an der
Mauer stand. Er öffnete sie und traute seinen Augen nicht.
Die Blätter waren ein oder zweimal durchgerissen. Er fluchte
laut und holte alles vorsichtig heraus. Zur Sicherheit brachte
er es nach oben in sein Zimmer. Nun hatte er einen ungeord-
neten und zerrissenen Papierhaufen vor sich. Seine sorgfäl-
tige Recherche war komplett zerstört. Sein Handy klingelte,
Thea. Er musste sich zusammenreißen, dass er sie nicht an-
schrie. Ihm war nur nach Schreien zumute. Sie kam nicht

dazu, ihr Anliegen vorzutragen. Aufgebracht redete er los:
„Thea, stell dir vor, meine Oma hat die Pinnwand abgeräumt
und die Zettel von meinem Großvater zerrissen und alles in
die Papiertonne geworfen.“

„Wie? Wie hat sie das geschafft? Und vor allem weshalb?“,
fragte Thea verblüfft.

„Der Herr Pfarrer hat ihr vermutlich geholfen. Er war hier
und hat sie besucht.“

Thea lachte jetzt. „Entschuldige, dass ich lachen muss. Ich
stell mir gerade vor, wie sie mit dem Stock, die Zettel von
der Pinnwand schlägt und Herr Pfarrer alles aufsammelt.“

„Ich kann da leider gar nicht lachen. Ich bin stinksauer. Hab
ihr schon angedroht, dass ich ausziehe.“

„Keine gute Idee. Soll ich dir helfen, die Teile zusammenzusetzen? Darin bin ich gut.“

„Wirklich? Kannst du denn weg?“

„Heute liegt nichts mehr an.“

Bei dem Gedanken, dass Thea hier aufkreuzen würde, war
seine Wut wie weggeblasen.

„Wunderbar, dann komm her, dann hat das Ganze noch etwas Gutes.“

„Robert, frag sie, weshalb sie das getan hat. Sie hat ihre
Gründe.“

Er stieß die Luft aus. „Ja, das stimmt. Ich habe mich damals
schon gewundert, dass die Zettel zerknüllt im Schreibtisch
lagen. Das passt überhaupt nicht zu meiner Oma.“

„Sie konnte es sicher nicht wegwerfen, weil es für deinen
Großvater wichtig war, aber sie war vielleicht gegen seine
Recherche.“

„Stimmt, das ergibt einen Sinn. Aber was wollte sie im Arbeitszimmer?“, überlegte er.

„Du hast gesagt, der Pfarrer hat sie besucht. Vielleicht sollte
er ihr etwas aus der Bibel vorlesen und dabei hat sie deine
Sammlung entdeckt.“

„Ja, genau, sie saß ja im Rollstuhl und hat sich ins Zimmer
schieben lassen, um dem Pfarrer zu zeigen, was sie will.
Thea, du könntest zur Polizei gehen.“

Sie ging darauf nicht ein, sondern sagte ernst: „Robert, du musst mit deiner Oma in Ruhe reden. Die Aufregung ist nicht gut für sie."

„Ich bin jetzt ruhig, dank deiner Erklärung. Kannst du, könnt ihr kommen?"

„Aber sicher. Ich habe dich eigentlich angerufen, weil Philip dich sprechen wollte. Er möchte sich ein bestimmtes Auto von dir ausborgen. Der hat nämlich auch seine Probleme. Seine Mutter hat ihm zu wenig Autos gekauft. Die Garage, die er gebaut hat, wird einfach nicht voll."

„Das ist ein echtes Problem, kann ich gut verstehen. Aber wenigstens das können wir lösen. Sag es ihm."

„Kannst du selbst sagen. Wir sind in einer Stunde da. Ich muss noch warten, bis die Waschmaschine fertig ist."

Robert beschloss, mit seiner Oma offen zu reden. Er atmete ein paar Mal tief durch, bevor er ins Wohnzimmer ging. Er setzte sich ihr gegenüber auf einen Stuhl. „Oma, ich erklär dir jetzt, weshalb ich mich so aufgeregt habe."

Sie sah ihn mit einer gewissen Vorsicht an.

Er erzählte ihr von den drei Träumen, von der Traumtherapeutin, die sich sonderbar verhalten und ihm eigenartige Ratschläge gegeben hatte. Er erklärte, dass er hoffte, mit Hilfe von Opas Zettel, den Traum deuten zu können. Und er sagte ihr auch, dass Thea ihm den Rat gegeben hat, dran zu bleiben.

„Opa hat sich mit der Wiederkehr Christi beschäftigt. Er hat die Bibel gelesen und ist auf die Zeit, den Ort und den neuen Namen gestoßen. Ich versuche seine Forschung nachzuvollziehen. Das ist keine Gotteslästerung, was ich tue oder er getan hat." Sie zuckte bei dem Wort *Gotteslästerung* zusammen und damit hatte er den Grund für ihr Handeln. „Oma, es steht in der Bibel, dass Christus wiederkommt. Vielleicht war er schon da und wir haben es nicht bemerkt. Opa wollte das wissen. Er war Geschichtslehrer. Und ich will es jetzt auch wissen." Und im nächsten Moment wurde ihm klar, dass er es wissen wollte, weil es nicht nur mit seinem

Großvater, nicht nur mit seinem Traum, sondern auch mit Thea zu tun hatte.

Oma formte das Wort *Pfarrer.*

„Du meinst, dass der Pfarrer es wissen müsste?" Sie nickte. „Vielleicht will er gar nicht, dass Christus wiederkommt. Entschuldige, ich habe keine Ahnung, weshalb sich der Pfarrer nicht dafür interessiert. Aus meiner Sicht sollte er es."

Sie legte ihre Hand auf seinen Arm und sagte ziemlich deutlich: „Entschuldigung."

„Willst du dich hinlegen?", fragte er nun. Sie schüttelte den Kopf und zeigte auf den CD- Player.

„Gut, ich lege dir eine CD auf. Er zeigte ihr drei CDs und sie wählte wieder Klaviermusik, *Träumerei, Kinderszenen von Robert Schumann* aus. Sie kannte die Stücke in- und auswendig, durch ihre Tochter. Robert blieb bei ihr. Die Träumerei von Schumann hatte er auch schon unzählige Male gehört, doch heute half sie ihm, sein Gleichgewicht wiederzufinden. Es klingelte. Robert stand auf, stellte die Musik etwas leiser und sagte zu seiner Oma: „Thea und Philip wollen mir helfen, die Zettel wieder zusammenzusetzen."

Er öffnete und sah sie überrascht an. Thea trug eine Jogginghose, Turnschuhe und ein hellblaues Sweatshirt. „Oh, habe nicht gedacht, dass du so etwas besitzt."

Sie sah an sich herunter. „Das ist meine Hauskleidung und die Kleidung, die ich trage, wenn ich Zettel zusammenklebe, die andere aus Versehen zerrissen haben", erklärte sie locker und lachte.

„Schön, dass ihr gekommen seid", sagte Robert und umarmte sie spontan. Er fühlte sich schlagartig besser. Der Junge klammerte sich an ihm fest. „Ich brauche noch Autos, Robert."

„Klar, holen wir."

Thea ging zur offenen Wohnzimmertür, klopfte und rief: „Hallo Frau Seefeld, ich helfe Robert beim Sortieren. Ist das okay für Sie?"

Robert sah an Theas Gesichtsausdruck, dass seine Oma zugestimmt hat. Er nahm den Jungen an die Hand. Es galt

immer noch die Regel: Abstand halten. Philip winkte von der
Tür aus der Oma zu.

Thea sagte zu ihr: „Philip wollte sowieso vorbeikommen und
sich ein Auto ausleihen."

„Kann … alle … haben", bot sie an.

„Lieber nicht. Er muss ja hier etwas zum Spielen haben,
wenn wir beide üben", sagte sie lächelnd.

„Wir gehen dann nach oben, Oma", entschied Robert.

Ilse schüttelte den Kopf. „Pinnwand … besser."

„Bist du sicher?", fragte Robert skeptisch.

Robert und Thea brachten den Papierberg nach unten und
verteilten die Stücke im ganzen Arbeitszimmer. Was zusam-
menpasste wurde mit Klebestreifen zusammengeklebt und
an die Pinnwand geheftet. Die meisten Zettel mit den Zitaten
legte Robert zurück ins Schubfach.

Ab und zu sah er sich einen genauer an. Seine Augen waren
auf das Wort *Licht* fixiert.

Er hielt inne und las: **„Dies ist der Tag, an dem nichts außer dem Glanz des Lichtes wahrgenommen werden
kann, das vom Angesicht Deines Herrn ausstrahlt, des
Gnädigen, des Gütigen.**

Es kommt mir vor, als würde das Licht unsichtbar existieren.
Es ist da, aber meine Augen können es nicht sehen."

„Wenn sie wollen, können sie", antwortete Thea knapp und
sah auf ihren eigenen Zettel. „Ich habe eine ähnliche Aussage: **Wahrlich, Ich sage, dies ist der Tag, an dem die
Menschheit das Angesicht des Verheißenen schauen und
Seine Stimme hören kann. Gottes Ruf ist erhoben, und
das Licht Seines Antlitzes ist über den Menschen aufgegangen." (Ä 7:1)**

„Alle guten Dinge sind drei", meinte Robert und hielt das
nächste Zitat in der Hand.

**Das Licht der Erkenntniskraft befähigt uns, die Dinge
der Schöpfung zu erkennen und zu erfassen, und nur das
göttliche Licht kann uns das Auge für das Unsichtbare
öffnen und uns Wahrheiten erblicken lassen, die für die
Welt erst nach Jahrtausenden sichtbar werden … Sucht**

**dieses himmlische Licht von ganzem Herzen, damit ihr
fähig werdet, die Wahrheiten zu verstehen, damit ihr um
Gottes Verborgenheiten wisset, damit die verborgenen
Wege vor euch sichtbar werden. (Anspr. in P. 22:4,9)**

Robert sah Thea nachdenklich an. „Ich habe mich gefragt,
weshalb der Pfarrer Oma nicht einfach gestoppt hat. Er
konnte doch lesen, es muss ihn doch interessiert haben. Doch
dieser letzte Text gibt mir eine Erklärung.“

„Dieser Text hier sagt es noch deutlicher.“ Thea gab ihm den
Zettel.

Robert las: **„Sprich: O ihr, die ihr dem Sohne (Jesus)
folgt! Ist es wegen Meines Namens, dass ihr euch gegen
Mich sperrt? Warum sinnt ihr nicht nach in eurem Herzen? Tag und Nacht habt ihr euren Herrn, den Allmächtigen, angerufen, doch als Er vom Himmel der Ewigkeit
in Seiner großen Herrlichkeit herniederkam, da habt ihr
euch von Ihm abgekehrt und bleibt in Achtlosigkeit versunken.“ (BA 2:2)**

Robert überlegte: „Hier haben wir wieder eine Bestätigung,
dass Jesus unter einem neuen Namen gekommen ist, den
man nicht erwartet hat.“ Er ging zur Pinnwand und kam sich
jetzt wie ein Lehrer vor, der seinen Schülern eine Zusammenfassung gab: „Das sind die Hinweise auf einen neuen
Namen, auf das Jahr 1844 und den Ort Persien. So wie ich
meinen Opa kannte, wollte er nach diesen Hinweisen wissen,
ob es ein besonderes Ereignis in dieser Zeit in Persien gegeben hat.“

Thea hielt ein Blatt hoch, das sie gerade zusammengeklebt
hatte. „Warum lange suchen.“ Sie erhob sich und heftete es
unter die anderen Blätter. „Das kannst du dir später vornehmen.“

Nach gut einer Stunde hatten sie einen großen Teil wieder
zusammengefügt. Ihnen taten alle Glieder weh. „Das hätte
ich ohne dich nicht in drei Tagen geschafft“, gab Robert zu.
„Ich habe doch gesagt, ich bin gut darin. Was macht eigentlich Philip?“

Sie öffnete die Tür und wollte in der Küche nachsehen. Doch
da entdeckten sie den Jungen im Wohnzimmer. Er kniete neben Ilse und las aus einem Buch vor.
„Kann er etwa schon lesen?", fragte Robert gerührt.
„Wir haben das gleiche Buch, *Der kleine Angsthase*. Er
kennt es auswendig."
Robert bemerkte nicht, dass er seine Hände auf Theas Schulter gelegt hatte. Erst als sie sich anlehnte, wurde es ihm bewusst.

Donnerstag, 2. April

Aktuelle Meldung:
Bundespräsident Frank-Walter Steinmeier hat sich beeindruckt gezeigt vom Einfallsreichtum und der Solidarität vieler Menschen in der Corona-Krise: „Ja, diese Krise weckt unsere tiefsten Ängste. Aber sie ruft auch das Beste in uns hervor. Daran müssen wir uns jetzt halten. "

Der Gutachter

Robert konnte sich nicht beschweren, dass sein Leben langweilig war. Er musste ständig Dinge tun, die er noch nie getan hatte. Diese Aufgaben fielen ihm förmlich vor die Füße und es gab kein Entrinnen. Warum konnte der Gutachter nicht allein zu Frau Hermann gehen und sein Glück versuchen? Weshalb musste er überall den Dolmetscher, den Konfliktlöser spielen? *Damit du Erfahrungen sammelst*, antwortete eine innere Stimme.
Und schon musste er an seine Bachelor-Arbeit denken, die er halbherzig erledigte. Es war einfach nicht möglich, tief einzusteigen. Wenn er endlich mal Zeit hatte, war er zu müde oder war mit seinen Gedanken bei Thea. Die gestrige Aktion hatte ihn wieder einen halben Tag gekostet, obwohl er die Zeit mit Thea nicht missen wollte. Sie gab ihm die Gewissheit, dass sein Großvater nicht an Wahnvorstellungen gelitten hatte, sondern einer großen Sache auf der Spur war.
Robert saß im Arbeitszimmer, es war kurz nach halb zehn. Er hatte noch eine Stunde Zeit bis zum Termin mit dem Gutachter. Was konnte er schon groß in dieser Stunde erledigen? Ihm fiel das Blatt ein, Theas Blatt, das sie gestern angeheftet hatte.
Die Überschrift lautete:

Das Geheimnis beginnt sich zu lüften

Ein junger Mann wurde gefangen durch die gedrängt vollen Straßen geführt. Sein Nacken war in ein riesiges Halseisen gezwängt. An dem Halseisen waren lange Stricke befestigt, mit denen er durch die Menschenmenge beiderseits der Straße gezerrt wurde. Wenn er beim Gehen wankte, stießen ihn die Wächter roh auf den Weg zurück oder gaben ihm einen brutalen, wohlgezielten Schlag. Gelegentlich sprang einer aus der Menge hervor, brach durch die Reihe der Wächter und schlug den jungen Mann mit der Faust oder einem Stock.

Vergnügte Zurufe aus der Menge begleiteten jeden Angriff. Wenn dem jungen Mann Kot oder Steine vom Pöbel ins Gesicht geschleudert wurden, brachen die Wächter und das Volk in Gelächter aus.

„Rette dich selbst, o großer Held!", rief einer der Verfolger spöttisch. „Zerbrich deine Fesseln! Tu ein Wunder für uns!" Dann spuckte er höhnisch auf die stille Gestalt.

Der junge Mann wurde schließlich zum Richtplatz geführt. Es war 12 Uhr mittags. Auf dem Kasernenhof der sonnendurchglühten Stadt war das Regiment aufgestellt. Die glühende Sommersonne glänzte auf den Läufen der erhobenen Gewehre, die auf die Brust des jungen Mannes zielten. Die Soldaten erwarteten den Schießbefehl, um sein Leben auszulöschen. Die Menge beugte sich erwartungsvoll vor und hoffte noch im letzten Augenblick auf ein Wunder.

Verspätete kamen noch auf den Kasernenhof. Tausende drängten sich auf den benachbarten Dächern und sahen herab auf die Erschießungsszene, alle begierig, einen letzten Blick auf diesen seltsamen jungen Mann zu werfen, der in sechs kurzen Jahren ihr Land in solchen Aufruhr versetzt hatte.

Er mochte gut oder böse sein, sie waren sich nicht sicher, was er eigentlich war. Doch schien er zu jung, um schon sterben zu müssen, kaum dreißig. Nun, da das Ende gekommen war, schien dieses Opfer ihres Hasses und ihrer Verfolgung gar nicht gefährlich zu sein. Die Menge war enttäuscht. Sie waren gekommen, um ein Drama zu sehen, und er enttäuschte sie. Der junge Mann erschien ihnen widersprüchlich, obwohl hilflos, doch zuversichtlich. Auf seinem schönen Antlitz war ein Ausdruck von Frieden, ja sogar von freudiger Erwartung, wenn er auf die drohenden Läufe der siebenhundertfünfzig Gewehre blickte.

Die Gewehre wurden angelegt. Das Kommando erscholl: „Feuer!"

Der Reihe nach feuerten die drei Kolonnen von je zweihundertfünfzig Mann auf das junge Opfer, bis das Regiment seine Salven abgeschossen hatte.

Mehr als zehntausend Augenzeugen sahen dann ein verblüffendes Schauspiel. Es gibt mehrere Augenzeugenberichte darüber. In einem heißt es:

„Der Rauch vom Feuer der siebenhundertfünfzig Gewehre war so dicht, dass er das Licht der Mittagssonne verdunkelte ... Als sich der Rauch verzogen hatte, bot sich den Augen der erstaunten Menge eine unglaubliche Szene ... Die Stricke mit denen der junge Mann aufgehängt war, waren von den Kugeln zerfetzt worden, aber sein Leib war wunderbarerweise bewahrt geblieben. (S116DiN)

M.C.Huart, ein französischer Schriftsteller schreibt dazu:

„Es ist kaum zu glauben, die Kugeln hatten nicht den Verurteilten getroffen, sondern im Gegenteil, sie hatten seine Fesseln gelöst, und er war frei. Es war wirklich ein Wunder... "(Clémens Huart, La Religion de Báb, 1889, S.3f.)

Robert las die Geschichte mehrmals. Wo und wann sollte das Ereignis stattgefunden haben? Hat es überhaupt stattgefunden? Im Text war von mehreren Augenzeugenberichten die Rede. Aber es widersprach doch jeglicher Logik. Er durchstöberte weitere Zettel, fand aber nichts, was diese Geschichte genauer erklärte. Fast hätte er die Zeit verpasst. So viel dazu, was man mit nur einer Stunde anfangen kann, dachte er, als er auf die Uhr sah. Ihm fiel noch ein, dass Thea ein zweites Blatt dahinter geheftet hatte. Doch jetzt war dafür keine Zeit. Er musste sich beeilen.

Der Gutachter war ein kleiner fülliger Mann mit Halbglatze, der nach Roberts erstem Eindruck sicher nicht über die Leiter in die Wohnung von Frau Hermann klettern würde. Er wartete bereits vor dem Haus und sah ungeduldig auf die Uhr. Es war fünf nach elf.

Robert stellte sich vor.

„Haben Sie einen Schlüssel?", lautete die kurz angebundene Frage des Mannes.

„Nein, die Öffnung von Frau Hermanns Tür erfolgt mit viel Geduld und ein paar Sätzen, die ihre Tochter mich ausrichten lässt."

Der Mann legte seine Stirn in Falten. „Das klingt nach einer gewissen Erfahrung. Dann mal los."

Tom öffnete wieder die Haustür. Sein Blick war angespannt.

„Wie war es letzte Nacht?", fragte Robert damit der Gutachter einen Eindruck bekam.

„Verdammt laut. Die Frau hustet ununterbrochen und schreit im Hausflur herum."

„Habt ihr die Polizei gerufen?"

Tom winkte ab. „Wir haben überlegt. Herr Purowski hat an die Tür geklopft und mit tiefer Stimme gesagt: *Frau Hermann, hier ist die Polizei. Machen Sie mal auf.* Dann war sie still." Tom lächelte kurz.

„Ich glaube nicht, dass ihr das jeden Abend machen könnt", kommentierte Robert trocken.

„Wie lange geht das so?", fragte der Gutachter.

„Der Krach geht jetzt seit zwei Wochen. Vorher hat sie sich nur seltsam verhalten."

„Mal sehen, ob sie uns hinein lässt", sagte Robert.

Sie stiegen die Treppe hinauf und Robert machte sich auf die übliche Weise bemerkbar. Er fragte sich, ob sie noch wusste, dass er heute mit Besuch kommen würde. „Frau Hermann, ich habe Besuch mitgebracht."

„Ich will keinen Besuch. Oder ist Ilse da?"

„Nein, Ilse könnte aber morgen kommen. Heute ist Herr Pächter mitgekommen, ich habe es Ihnen doch gestern schon angekündigt."

„Ach so", sagte sie und öffnete die Tür einen Spalt. Robert konnte sein Glück kaum fassen. Frau Hermann erinnerte sich und machte die Tür auf. Heftig hustend führte sie ihre Gäste ins Wohnzimmer, das sehr ordentlich wirkte.

„Möchten Sie einen Kaffee?", fragte sie. Robert traute seinen Ohren nicht. Noch nie hatte sie ihm etwas angeboten.

„Nein danke, Frau Hermann", sagte Herr Pächter freundlich. „Ich habe gehört, es gibt Probleme mit der Hausgemeinschaft."

„Probleme, was denn für Probleme?", sagte sie verträumt und setzte sich auf einen Stuhl.

Robert fiel auf, dass die Fenster geschlossen waren. Herr Pächter stellte Fragen zu ihrem Mann, zu ihrer Tochter, zu ihrem Beruf. Robert erfuhr, dass sie früher einmal in einem Bekleidungshaus gearbeitet hatte. Sie beantwortete alles wahrheitsgemäß, soweit er das einschätzen konnte. Herr Pächter machte sich Notizen. Robert nutzte die Zeit, um eine Frage zu stellen. „Was ist denn mit dem Gasgeruch, Frau Hermann?"

Sie überlegte und fragte dann verwundert: „Gasgeruch?" Sie hustete wieder.

„Gut, wenn alles normal ist, keine Fenster mehr geöffnet werden müssen, dann können Sie ja auch Ihre Tabletten nehmen", fiel Robert jetzt ein.

„Welche Tabletten?"

„Wir waren beim Arzt. Sie haben ein Antibiotikum bekommen, wegen Ihrer Lungenentzündung."

„Ach so, ich nehme keine Tabletten. Das wird so wieder."

Herr Pächter unterbrach ihn barsch: „Lassen Sie mich mal machen, Herr Schumann, ich bin der Gutachter."

Robert konnte überhaupt nicht begreifen, was hier vor sich ging. Die Frau wirkte völlig anders. Kam jetzt die Demenz zum Durchbruch? Wo waren die Wahnvorstellungen geblieben?

„Können Sie sich alleine versorgen?“, fragte Herr Pächter.
„Natürlich kann ich das. Ich koche mir mein Essen selbst. Robert hat mir beim Einkauf geholfen, weil seine Oma meine Freundin ist, aber ich kann das alles auch allein“, sagte sie mit absoluter Überzeugung.
„Gehen Sie regelmäßig zum Arzt?“
Sie winkte ab und erzählte im Plauderton: „Die Ärzte sind auch nicht mehr so wie früher. Die machen nichts. Ich wollte eine Spritze haben, wegen meiner Rückenschmerzen, doch die Ärztin wollte mich ins Krankenhaus stecken. Da geht es doch nur ums Geldverdienen. Ich werde wieder den Hausarzt wechseln müssen.“
„Mhm … und mit den Bewohnern im Haus kommen Sie klar?“
„Wir haben uns immer gut verstanden. Jetzt wo die Ausländer hier wohnen, ist das ein bisschen anders. Die können ja nicht mal richtig Deutsch sprechen. Wenn mein Udo noch leben würde, der hätte ihnen die Sprache beigebracht. Die haben doch sonst keine Chance auf dem Arbeitsmarkt.“
Robert merkte, dass der Gutachter ungeduldig wurde. „Gut, Frau Hermann. Ich sehe, Sie kommen klar.“
Roberts Hoffnung sank in den Keller. So hatte er sie noch nie erlebt, so normal. Sie hustete wieder stark. Herr Pächter runzelte die Stirn und sagte: „Das hört sich gar nicht gut an. Gehen Sie mal zum Arzt.“
Sie nickte.
„Nehmen Sie den Hustenstiller!“, ermahnte Robert eindringlich.
Sie schüttelte den Kopf.
Herr Pächter erhob sich und ging in den Flur. Robert bemerkte erst jetzt, dass heute keine Möbelstücke herumstanden.
„Alles Gute für Sie, Frau Hermann. Es sind schwere Zeiten. Lassen Sie Herrn Schumann für sich einkaufen“, sagte der Gutachter.
„Ja, Robert ist nett, ist ja auch Ilses Enkel.“
Sie verließen die Wohnung.

„So normal war sie noch nie, seit ich sie kenne", sagte Robert fassungslos im Hausflur.

„Sie hat alle Fragen beantwortet. Das, was Sie und Frau Schneider mir von offenen Fenstern und einem verbarrikadierten Flur erzählt haben, war heute nicht. Die Frau macht den Eindruck, dass sie für sich sorgen kann. Ich muss nun weiter, habe noch einen Termin."

Und schon eilte Herr Pächter davon und Robert ahnte wie sein Gutachten aussehen würde. Frau Hermann war eine ganz normale alte Frau, die ihren Mitmenschen nichts zu leide tat.

Robert klopfte an Toms Tür und ging hinein. „Es ist nicht zu fassen. Sie war heute völlig normal. Ich weiß nicht, ob ich mich ärgern oder freuen soll", erzählte er am Eingang zur Küche.

Tom sah ihn verwundert an. „Dann waren wir heute keine Verbrecher, planen keinen Gasanschlag und quälen sie nicht mit einem Sensor?"

„Nein, ihr seid immer gut miteinander ausgekommen", ahmte Robert die Stimme von Frau Hermann nach.

„Na so was. Mal sehen, ob sie das heute Nacht auch noch so sieht", sagte Tom kopfschüttelnd.

„Jetzt können wir nur noch mit dem Video-Beweis kommen", schlug Robert vor. „Zum Glück haben die Leute von der Wohnungsgesellschaft sie auch mit ihren Wahnvorstellungen erlebt, ansonsten würde ich an mir zweifeln. Nun bin ich wirklich am Ende meiner Möglichkeiten, habe keine Idee mehr, was wir noch tun können."

„Mir geht es auch so", sagte Tom erschöpft.

Robert sah auf die Uhr. „Ich muss nach Hause, meine Oma wartet."

„Ja klar, bin dir trotzdem dankbar, dass du dich kümmerst."

Robert hielt es für sinnvoll, seine Oma damit nicht zu belasten. Er versuchte die Sache möglichst unbeschwert zu erklären: „Der Gutachter war da, Käthe war gut drauf. Ich glaube, er hält sie nicht für krank. Es bleibt alles beim Alten."

Sie aßen zusammen Mittagessen und Robert brauchte heute
selbst ein Mittagsschläfchen, so fertig war er. Er legte sich
kurz auf die Couch im Arbeitszimmer und wurde vom Klingeln des Handys zehn Minuten später geweckt. Thea erkundigte sich, wie es gelaufen ist.
Robert erzählte es ihr. Sie schwieg einen Moment und fasste
dann zusammen: „Dann geht der Spuk weiter, bis etwas
Ernstes passiert.“
„Das kann Wochen, ja Monate so gehen“, wurde Robert klar.
„Dann können wir nur noch beten“, sagte sie leise.
„An dem Punkt bin ich auch schon, obwohl ich noch nie gebetet habe.“
**„Tausend Türen tut Er auf, wo der Mensch außerstande
ist, sich auch nur eine vorzustellen“**, sagte sie.
„Klingt nach einem Zitat.“
„Ja, ich habe es zu meiner Kraftquelle erklärt.“
„Sag mal, du hast mir gestern eine interessante Geschichte
an die Wand gepinnt. Soll das stimmen? Der Mann wurde
von einem Regiment von siebenhundertfünfzig Soldaten erschossen und war nicht tot, nur die Stricke waren zerschossen.“
„Ja, das war so.“
„Und dann hat man ihn frei gelassen?“, fragte Robert nach.
„Nachdem sich der Rauch verzogen hatte, war er zunächst
verschwunden. Man fand ihn in seiner Zelle im Gespräch mit
seinem Sekretär. Er wurde erneut zum Platz gebracht. Der
Regimentsführer weigerte sich, noch einmal auf den Mann
zu schießen. Das, was passiert war, jagte ihm Angst ein. Es
musste ein neues Regiment geholt werden und das hat dann
die Hinrichtung vollzogen.“
„Sonderbar, man kann das nur schwer glauben.“
„Es gibt mehrere Augenzeugenberichte darüber. Interessant
ist der Vergleich zwischen Jesus und dem jungen Mann, den
dein Großvater aufgestellt hat. Das Blatt habe ich dahinter
geheftet.“
„Habe ich schon gesehen, aber noch nicht gelesen. Und du
weißt das alles schon und willst es mir nicht sagen.“

Thea lachte. „Ich habe dir schon eine Menge gesagt."
 Er seufzte. „Du würdest eine sehr gute Lehrerin abgeben."
„Das sagt mein Vater auch immer, aber ich arbeite lieber mit
einer Person als mit einer ganzen Klasse."
„Na, dann mal los, arbeite mit mir", sagte Robert herausfor-
dernd."
„Die Hausaufgaben hast du schon. Schau dir das Blatt hinter
dem Blatt an. Mach's gut."
Sie legte auf.
Robert kam erst gegen Abend dazu, sich das Geschriebene
anzusehen.

Die bemerkenswerte Parallele

*Der junge Mann wurde im Juli 1850 erschossen. Seine Le-
bensumstände weisen eine erstaunliche Parallele zu Jesus
Christus auf.*
- Beide waren jung, ca. dreißig Jahre alt.
*- Beide waren bekannt für ihre Sanftmut und liebevolle
Güte ...*
*- Ihre Wirkungszeit war in beiden Fällen sehr kurz und er-
reichte mit dramatischer Schnelle ihren Höhepunkt...*
- Beide wurden schimpflich behandelt...
*- Beide wurden öffentlich durch die Straßen geführt und auf
dem Weg zur Stätte ihres Martyriums mit Demütigungen
überhäuft...*
*- Nach der Hinrichtung bedeckte Finsternis das Land, die in
beiden Fällen um die Mittagszeit begann.*
*- Jeder von ihnen wandte sich an seine Jünger und beauf-
tragte sie, die Botschaft bis ans Ende der Welt zu tragen.*
*Das waren die Worte des jungen Mannes, der 1850 in Per-
sien öffentlich hingerichtet wurde.*
*(Geschichte befindet sich in einem Bericht von Prof. E.G.
Browne Universität Cambridge)*
**„Wahrlich, Ich sage euch, dies ist der Tag, von dem Gott
in Seinem Buche spricht ... Denkt an die Worte Jesu, die
Er zu Seinen Jüngern sprach, als Er sie aussandte ... Ihr**

seid wie das Feuer, das im Dunkel der Nacht auf dem Gipfel des Berges entzündet worden ist. Lasst euer Licht leuchten vor den Augen der Menschen! Euer Wesen muss so rein, eure Entsagung so vollkommen sein, dass die Menschen auf Erden durch euch den himmlischen Vater, den Quell der Reinheit und der Gnade, erkennen und Ihm nahekommen können. (NB 3:49)
Wahrlich, Ich sage euch, unendlich erhaben ist dieser Tag über die Tage der früheren Apostel. Unermesslich ist der Unterschied! Ihr seid die Zeugen der Morgendämmerung des verheißenen Tages Gottes ... Verbreitet euch über das ganze Land und bereitet sicheren Fußes und geheiligten Herzens den Weg für Sein Kommen ... Hat Er nicht Jesus, der in den Augen der Menschen klein und niedrig war, über die vereinigte Macht des jüdischen Volkes emporsteigen lassen? ... So erhebt euch denn in Seinem Namen, setzt euer Vertrauen ganz auf Ihn und seid gewiss, dass ihr letztlich siegen werdet. (NB, S. 203)

Freitag 3. April

Aktuelle Meldung:
Russland unterstützt Serbien im Kampf gegen die Pandemie
mit Hilfsgütern. Elf Militärflugzeuge mit medizinischer Aus-
rüstung würden nach Serbien geschickt, teilt das Moskauer
Verteidigungsministerium mit.

Die Zwangseinweisung

Robert dachte während des Morgenspaziergangs darüber
nach, dass er Thea und Philip erst seit dem 25. März kannte
und doch das Gefühl hatte, sie schon ewig zu kennen. Ihre
Anwesenheit hatte die Pflegesituation für ihn leichter gemacht. Seine Oma konnte sich nicht allein mit dem Rollstuhl
bewegen, musste gewaschen und angezogen werden,
brauchte Hilfe beim Toilettengang. Das Essen musste in
mundgerechten Stücken serviert werden. Da gab es viele
Kleinigkeiten, die für sie erledigt werden mussten. Trotzdem
sah er diese Aufgaben nicht mehr als Problem, seitdem er
Thea kannte. Die Last war irgendwie verteilt. Oder lag es daran, dass man belastende Dinge im Zustand des Verliebtseins
nicht mehr als Belastung empfand? Vielleicht hatte er sich
auch einfach an die neue Situation gewöhnt? Oder es lag daran, dass Frau Hermann schlimmer dran war als seine Oma.
Die Probleme, die Ilse hatte, konnte er lösen, die von Käthe
nicht. Sein Leben hatte sich völlig verändert. Der Student,
der noch vor drei Wochen nur das Problem seiner Bachelor-
Arbeit und einer verpatzten Prüfung kannte, war nun mit
zwei Pflegefällen, mit Kinderbetreuung, Haushalt und Einkauf beschäftigt. Und das war noch nicht alles. Zur Bachelor-
Arbeit und Prüfungsvorbereitung kam noch die Recherche
seines Großvaters, die ihn fesselte.
Ihm fiel auf, dass die Nachrichten seiner Mitbewohner aus-
blieben. Es waren sowieso nur oberflächliche Mitteilungen
und Bilder, die ihm in seiner jetzigen Situation eher lästig als
interessant erschienen. Es gab eben nichts Neues mehr zu

berichten. Der Beginn des Sommersemesters stand auf der Kippe. Robert war froh, dass er sein Praktikum hinter sich hatte und nur noch eine Prüfung vor sich. Vielleicht würde er sie online ablegen, Hauptsache irgendwie schaffen.

Rolli stoppte an einem Baum und hob das Bein, um sein Geschäft zu erledigen. Die Tiere gehörten auch zu seinen täglichen Pflichten. Hunde- und Katzenfutter muss ich einkaufen, fiel ihm ein.

Er kehrte um, frühstückte mit Oma und freute sich auf Thea und Philip. Sie übergab ihm Philip und war auch schon wieder verschwunden. Als er mit dem Jungen spielte, musste er an seinen Vater denken, an seine lobenden Worte, weil er sich um Oma kümmerte. Neulich hatte er ihn noch behandelt wie ein kleines Kind, das finanziell abhängig war. Das hatte ihn zwar geärgert, aber es reichte nicht, um seinen Ehrgeiz nach Unabhängigkeit und Selbstständigkeit zu wecken. Aber jetzt, wo er Thea kannte und wusste, was sie in ihrem Leben schon geleistet hatte, verstärkte sich der Wunsch, sein Studium zu beenden und auf eigenen Füßen zu stehen. Was hätte er ihr ansonsten zu bieten? Bei dem Gedanken traten ihm die Schweißperlen auf die Stirn. Robert musste sich einen Plan machen und die letzte Prüfung intensiv vorbereiten. Philip riss ihn aus seinen Gedanken. „Guck mal, Robert, das rote Auto war in der Waschanlage.“ Er hob es hoch und Robert betrachtete es interessiert. Der Junge hatte fast zehn Minuten an dem Auto herumgewischt. „Sehr sauber, ich glaube mein Auto müsste auch mal in die Waschanlage.“

„Ich mache noch die anderen.“

„Ja, mach das.“ Das Handy klingelte. Robert nahm ab und ein aufgeregter Tom schrie ins Telefon: „Robert, du musst sofort kommen. Ich glaube, Frau Hermann erstickt da oben. Sie hustet in einer Tour und scheint keine Luft mehr zu bekommen.“

„Hast du einen Notarzt angerufen?“

„Noch nicht, wollte erst mit dir sprechen. Vielleicht die Hausärztin.“ Robert sah auf die Uhr. „Die Praxis wird gleich geschlossen, ich rufe dort an. Bin sofort da.“

Kurz musste er die Situation durchdenken: Um 12 Uhr kommt der Pflegedienst.

Er schrieb einen Zettel für die Schwester, schickte eine Nachricht an Thea. ICH NEHME PHILIP MIT ZU FRAU HERMANN, NOTFALL.

Während er mit der Arztpraxis telefonierte, suchte er ein Kissen, denn er hatte keinen Kindersitz. Der Junge protestierte, als er ihn anziehen wollte. „Ich muss das Auto noch putzen." „Nimm es mit, zeig es Anna und Tim." Damit konnte er ihn überzeugen. Robert erklärte seiner Oma kurz, dass es Frau Hermann schlecht ginge. Sie hob die Hand als Zeichen, dass er gehen sollte.

Die Hausärztin traf zur gleichen Zeit ein wie Robert. „Wie kommen wir in die Wohnung?", fragte sie angespannt, als sie den Hustenanfall von unten hörte. „Im Notfall hole ich vom Hausmeister eine Leiter. Ich versuche es mit Klopfen. Die Haustür stand offen, Tom kam ihnen entgegengefahren. „Kümmere dich um Philip", rief Robert ihm zu und rannte die Treppe hinauf. „Frau Hermann, ich bin es, Robert. Machen Sie bitte die Tür auf. Zu seiner Überraschung öffnete sie. „Ich habe die Hausärztin mitgebracht."

Frau Dr. Schmidt sagte resolut: „Hausbesuch, Frau Hermann, ich muss Sie abhören." Robert ging vor ins Wohnzimmer und schloss die Fenster. Verdammt, heute waren sie wieder geöffnet.

„Das ist zu kalt hier bei Ihnen", sagte die Ärztin scharf. Sie holte ihr Stethoskop aus der Tasche und schob den Pullover von Frau Hermann hoch. Robert ging in der Zeit in die Küche. Dort herrschte wieder Chaos. Er öffnete den Kühlschrank … leer, der Mülleimer … voll. „Herr Schumann, kommen Sie mal bitte", rief die Ärztin. Robert ging ins Wohnzimmer. „Setzen Sie sich!" Dabei zog sie Frau Hermann den Pullover über den Rücken. Sie setzte sich ihr gegenüber und sagte nach kurzem Schweigen: „Frau Hermann, ich bin Ärztin geworden, um Menschen zu helfen, gesund zu werden. Ich kann das nicht mehr verantworten. Sie haben eine schwere Lungenentzündung. Ich schreibe Ihnen eine

Einweisung für das Krankenhaus. Herr Schumann, können
Sie Frau Hermann in die Klinik bringen?"

„Nein", schrie sie und schnappte nach Luft. „Ich gehe nicht
ins Krankenhaus. Ich kann hier nicht weg. Die beklauen
mich. Und die quälen mich mit dem Sensor."

„Womit?", fragte die Ärztin nach.

„Na mit dem Sensor."

„Dann seien Sie doch froh, wenn Sie hier rauskommen",
sagte die Ärztin barsch.

„Nein, die müssen aufhören." Frau Hermann drohte mit erhobenem Zeigefinger.

„Wir drehen uns hier im Kreis. Sie müssen behandelt wer-
den. Wenn Sie nicht feiwillig mitkommen, rufe ich jetzt den
Notarzt. Haben Sie ein Handy für mich, Herr Schumann?
Habe meins vergessen."

Robert reichte es hier. Frau Hermann hustete und schimpfte
dabei: „Ich rufe die Polizei, lass mich doch nicht einfach ins
Krankenhaus bringen." Ihre Stimme klang heiser.

Die Situation wäre lustig gewesen, wenn es nicht um eine
ernste Angelegenheit gegangen wäre. Frau Hermann rief die
Polizei, Frau Dr. Schmidt den Notarzt.

„Sie müssen mir helfen, die wollen mich ins Krankenhaus
stecken", hustete Frau Hermann ins Telefon.

Zehn Minuten später öffnete Robert die Tür für den Notarzt
und die Rettungssanitäter. Von einer Polizei war weit und
breit nichts zu sehen. Die haben wohl den Anruf nicht ernst
genommen.

Der Notarzt war ein großer kräftiger Mann, der Autorität ausstrahlte. Er stellte sich mit Dr. Lange vor. Robert nannte seinen Namen und erklärte, dass er sich um Frau Hermann kümmere und dass der Antrag auf Betreuung liefe.

Die Hausärztin wartete in der Küche. Robert führte ihn dorthin. „Wer sind Sie denn?", sagte der Mann grob.

„Ich bin die Hausärztin, ich habe Sie angefordert. Wir müs-
sen Frau Hermann zwangseinweisen. Sie hat eine schwere
Lungenentzündung, kann es aber nicht einschätzen auf
Grund ihrer Wahnvorstellungen."

„Weshalb rufen Sie da uns? Das können Sie doch selbst veranlassen", sagte Dr. Lange nun ärgerlich.

„Ich habe keine Ahnung, wie ich da vorgehen muss", antwortete die Ärztin kleinlaut.

„Okay, wenn ich einmal hier bin, kann ich mir die Patientin auch ansehen."

Robert führte den Mann ins Wohnzimmer und ging dann zurück zu Frau Dr. Schmidt.

Als Dr. Lange nach einer Viertelstunde zu ihnen kam, sagte er ruhig: „DAMIT kann ich Sie wirklich nicht allein lassen. Er schickte die Sanitäter nach unten und verkündete: „Wir brauchen einen Plan, denn wir haben es hier mit einer Grauzone zu tun. Frau Hermann benötigt einen Platz in der Psychiatrie UND einen auf der Inneren Station. Und das in dieser Zeit. Sie könnte ja auch Covid 19 haben."

„Das glaube ich nicht. Die Frau hat bei offenem Fenster gelebt, weil sie der Meinung war, man würde einen Gasanschlag auf sie verüben", sagte die Hausärztin mit voller Überzeugung.

Robert ergänzte: „Ich war mit ihr nur zweimal draußen, einmal beim Einkauf und einmal in der Praxis. Sie hat das Antibiotikum nicht genommen."

„Trotzdem, wir können es nicht ausschließen", sagte Dr. Lange. Er nahm seinen Mundschutz ab und telefonierte als erstes mit der Psychiatrie. Robert staunte, wie der Mann mit wenigen Worten die Situation auf den Punkt brachte. „Wir haben den Platz", verkündete er nach dem Telefonat. „Aber vorher muss die Lungenentzündung behandelt werden." Als Nächstes rief er in der Klinik: „Geben Sie mir jemanden, der bei Ihnen etwas zu sagen hat." Eine Minute später erklärte er die Situation. Natürlich war wieder der Corona-Verdacht im Spiel. „Wenn wir noch lange herumeiern, fällt die Frau ins Koma", sagte er ärgerlich und erhielt auch hier die Zusage.

Er wandte sich Robert und der Hausärztin zu. „Die Plätze haben wir, jetzt brauchen wir das Ordnungsamt. Die müssen die Zwangseinweisung veranlassen." Er ging nach draußen, besprach sich mit den Sanitätern und kam mit der Nachricht

zurück: „Der Mann vom Ordnungsamt ist in etwa einer Stunde hier. Wir müssen warten.“
Frau Dr. Schmidt wurde unruhig: „Ich habe noch mehrere Hausbesuche, kann ich gehen?“
„Ja, aber der junge Mann muss bleiben. Einer muss hier die Tasche für Frau Hermann packen und den Schlüssel übernehmen.“
Robert wollte gerade erklären, dass er eine pflegebedürftige Oma zu Hause hatte, da kam eine Nachricht von Thea.
BIN AUF DEM WEG ZU EUCH. KANN ICH HELFEN?
Robert antwortete: KANNST DU OMA ÜBERNEHMEN? ICH MUSS HIER AUF DAS ORDNUNGSAMT WARTEN. SCHLÜSSEL IST BEI TOM.
Robert erklärte dem Notarzt: „Ich bleibe, muss nur kurz mit dem Mieter unten etwas absprechen.“
Als er zurückkam, verabschiedete sich gerade die Hausärztin. Dr. Lange und Robert gingen zu Frau Hermann ins Wohnzimmer.
Der Arzt sagte jetzt freundlicher: „Frau Hermann, wir müssen hier noch ein bisschen warten. Darf ich Sie untersuchen?“
Frau Hermann blickte nur stur geradeaus. „Herr Schumann, Sie können in der Zeit die Tasche packen“, wies er an.
„Welche Tasche?“, fragte sie nach Luft ringend.
„Die Tasche fürs Krankenhaus, Frau Hermann.“
„Ich gehe nicht ins Krankenhaus. Sie müssen mit denen da oben sprechen, dann werde ich gesund, von alleine.“ Sie bekam wieder einen heftigen Hustenanfall.
„Das wird nicht von allein gut, Frau Hermann“, sagte der Mann in sanftem Ton.“
„Klar, das wird, wenn die aufhören mich zu quälen, mit ihrem Sensor“, wiederholte sie.
Der Arzt nahm einen Stuhl, setzte sich ihr gegenüber und erklärte ganz ruhig und überdeutlich: „Frau Hermann, Sie haben zwei Optionen. Sie kommen freiwillig mit ins Krankenhaus oder mit Polizeibegleitung.“
Sie schüttelte den Kopf und hustete wieder.

„Gibt es Verwandte?", fragte Dr. Lange Robert.
„Eine Tochter in Bayern. Kann nicht kommen, ist in Quarantäne."
„Rufen Sie sie an."
Robert ging in die Küche und wählte die Nummer von Carola Färber. Er erklärte die Situation. Sie weinte. „Fühlen Sie sich in der Lage mit Ihrer Mutter zu sprechen?", fragte Robert. Er brachte das Handy ins Wohnzimmer und stellte auf Lautsprecher um. „Frau Hermann, Carola ist am Apparat."
„Hallo Mama."
„Die wollen mich ins Krankenhaus stecken. Ich gehe da nicht hin", sagte sie mit heiserer Stimme.
„Doch Mama, du musst! Du musst doch gesund werden. Wenn ich wieder raus darf, komme ich dich besuchen. Mama, geh ins Krankenhaus, bitte!"
„Ich gehe nicht, habe ich gesagt." Sie atmete geräuschvoll. „Ich werde gesund, wenn die mich da oben in Ruhe lassen." Sie drehte sich weg und starrte geradeaus.
Der Arzt meldete sich zu Wort: „Ich bin Dr. Lange, der Notarzt. Ich habe das Ordnungsamt informiert. Wir warten. Ihre Mutter hat eine schwere Lungenentzündung. Sie ist in Lebensgefahr." Man hörte Carola stöhnen und weinen. Er sagte weiter: „Entweder sie kommt mit oder ohne Polizei ins Krankenhaus, eine andere Wahl hat sie nicht."
„Ich bin einverstanden", schluchzte sie leise.
„Sie können alles Weitere mit Herrn Schumann besprechen."
Der Mann vom Ordnungsamt kam verspätet. Er machte sich ein Bild von Frau Hermann und verkündete dann: „Ich kann das nicht allein entscheiden. Ich brauche die Zustimmung eines Richters."
Robert glaubte jetzt, er müsse hier noch übernachten. Doch dann ging es plötzlich schnell. Die Zusage des Richters wurde telefonisch erteilt. Nachdem Frau Hermann behauptet hatte, dass sie nicht laufen kann, brachten die Sanitäter einen Stuhl. Darauf wurde sie festgeschnallt. „Wir machen das, damit Sie nicht runter fallen", sagte Dr. Lange behutsam. Frau

Hermann fügte sich den Anweisungen, sie wirkte jetzt sehr erschöpft.

Robert gab dem Sanitäter die gepackte Tasche. Geben Sie mir noch Ihre Handynummer", forderte Dr. Lange und sagte weiter: „Ich muss die Frau persönlich im Krankenhaus abgeben, weil es eine Zwangseinweisung ist. Wenn jetzt in der Nähe etwas passiert, bin ich nicht einsatzfähig."

Robert sagte zu Frau Hermann: „Ich passe auf Ihre Wohnung auf."

Statt sich zu freuen, rief sie: „Sie beklauen mich immer."

Robert sah sie fassungslos an.

„Nehmen Sie es nicht persönlich", sagte der Mann vom Ordnungsamt. „Hier haben Sie den Wohnungsschlüssel." Robert nahm ihn entgegen und ließ sich auf den erstbesten Stuhl fallen. Es war geschafft, hoffentlich.

Langsam löste sich die Anspannung. Er fühlte sich ausgelaugt und müde. Zwei Stunden Kampf mit Frau Hermann hatten ihn völlig entkräftet. Seine Knie waren ganz weich, als er aufstand. Er schaffte es bis in die Küche und setzte sich wieder. Carola Färber musste informiert werden. Seine Mitteilung fiel kurz aus: „Ihre Mutter ist auf dem Weg ins Krankenhaus. Sie hat einen Platz in der Psychiatrie, aber zunächst wird die Lungenentzündung in der Klinik behandelt." Fast mechanisch schloss er die restlichen Fenster und drehte die Heizung herunter. Das Aufräumen nahm er sich für den nächsten Tag vor. Er griff nach dem Schlüsselbund und verließ die Wohnung. Tom wartete unten auf eine Erklärung. Robert legte ihm kurz die Hand auf die Schulter. „Es ist geschafft. Jetzt könnt ihr ruhig schlafen … Bericht gibt es morgen, wenn ich zum Aufräumen komme." Das Sprechen strengte ihn an.

Tom schien es zu bemerken. „Danke", flüsterte er und fügte hinzu: „Ruh dich aus."

Robert musste auf dem Weg nach Hause an den Notarzt denken. Er bewunderte ihn für seine Geduld und für seine Konsequenz. Er hatte bestimmt zwanzig Mal wiederholt: „Frau Hermann, Sie haben zwei Optionen: entweder gehen sie freiwillig oder mit Polizeibegleitung ins Krankenhaus." Frau Hermann wurde dadurch nicht einsichtig, sondern am Ende war es ihre Erschöpfung, die die Polizeieskorte ersparte.

Robert stand in Gedanken versunken vor der Haustür und brauchte eine Weile, bis er merkte, dass er mit Frau Hermanns Schlüssel die Tür öffnen wollte. Schließlich fiel ihm ein, dass er gar keinen Schlüssel hatte. Er klingelte und kurz darauf öffnete Thea die Tür.

Sie sah ihn erschrocken an und er war sofort in Alarmbereitschaft. „Ist was passiert?", fragte er gleich.

„Hast du schon in den Spiegel gesehen?", antwortete sie ernst.

Robert drehte sich dem Spiegel zu und verstand, was sie meinte. Er war leichenblass.

Instinktiv fuhr er sich mit den Händen übers Gesicht. „Das war eine Aktion, die arme Frau."

„Komm, iss erstmal was. Ich koche dir einen Kaffee", bot Thea an.

„Wo ist Philip?", fragte er.

„Liest Oma sein Lieblingsbuch vor. Wir haben die Abstandsregeln außer Kraft gesetzt. Schließlich sind wir schon fast eine Familie."

Robert wurde bei ihren Worten ganz warm ums Herz. Er ging ins Wohnzimmer, duckte sich neben dem Sessel seiner Oma hin und sagte leise: „Käthe wird ins Krankenhaus gebracht. Jetzt bekommt sie Hilfe." Dann wandte er sich Philip zu und strich ihm über den Kopf: „Die Geschichte hat mir Oma früher immer vorgelesen. Du machst das gut."

Er ging zurück in die Küche. Thea nahm gerade die Suppe aus der Mikrowelle. Sie holte zwei Tassen aus dem Schrank und goss Kaffee ein. Dann setzte sie sich zu ihm an den Tisch. „Deine Möhrensuppe schmeckt sehr gut", lobte sie.

„Rezept ist von Oma", sagte er matt. Thea schwieg, fragte nichts, sondern war einfach nur da. Er war dankbar dafür, dass sie ihn nicht mit Fragen löcherte.

Als der Teller leer war, sagte er nur: „Ich muss morgen die Wohnung aufräumen."

„Ich helfe dir. Willst du dich nicht einen Moment hinlegen? Ich kann noch bleiben."

„Ein Spaziergang wäre mir lieber. Kommt ihr mit?"

„Gerne, können wir denn Oma alleine …", überlegte sie.

„Ich glaube, Oma könnte auch eine Pause gebrauchen. Wie oft hat Philip die Geschichte schon vorgelesen?"

Sie lachte. „Ich habe nicht mitgezählt, aber zehnmal bestimmt."

„Habe ich mir doch gedacht."

„Sie hat sich so über Philip gefreut."

„Ich weiß", sagte er und lächelte wohl zum ersten Mal an diesem Tag.

„Oma, wir drei gehen eine halbe Stunde spazieren. Ist das okay für dich?"

„Ich nicht, ich lese", sagte Philip trotzig.

Robert schmunzelte. „Ich will dir Rolli, unseren Hund, vorstellen. Kannst ihn an der Leine führen."

Das Buch flog in die Ecke und der Junge stürmte aus dem Zimmer.

Philip konnte sich vor Begeisterung gar nicht einkriegen. Vor dem Haus seiner Eltern zeigte Robert die Kunststücke des Hundes. „Rolli sitz!", und Rolli hörte aufs Wort und saß sofort. „Rolli, sag guten Tag!" Der Hund streckte die Pfote aus und Philip schüttelte sie. Das wurde noch mehrmals wiederholt und dann bekam Philip die Leine und lief zwei Meter vor ihnen her.

„Ich habe mich noch gar nicht bedankt, dass du dich um Oma gekümmert hast", fiel ihm ein.

„Ich glaube, Philip hat den größeren Anteil." Sie griff nach seiner Hand und er hielt sie fest.

„Danke, dass du da bist", sagte er leise. „Es war schlimm und kompliziert. Aber es war auch eine Erfahrung. Was wäre geworden, wenn ich die Hausärztin nicht gerufen hätte? Frau Hermann wäre an den Folgen einer Lungenentzündung gestorben. Wenn ich durch die letzte Prüfung falle, dann könnte ich vielleicht als Betreuer mein Geld verdienen."

„Was ist bei der zweiten Prüfung falsch gelaufen?", fragte Thea.

„Ich weiß es nicht. Meine Vorbereitung war wohl nicht so, wie sie sein sollte. Außerdem kamen Aufgaben dran, mit denen ich absolut nichts anfangen konnte."

„Hast du die Arbeit eingesehen?"

„Daran habe ich nicht gedacht."

„Schick dem Professor eine E-Mail. Du möchtest dir die Arbeit ansehen und besonders die Fragen, mit denen du nichts anfangen konntest. Er kann dir Literaturangaben geben oder sie noch einmal erklären. Im Allgemeinen mögen es Lehrer und Professoren, wenn ihre Schüler oder Studenten Ehrgeiz zeigen und sich anstrengen. Ich bin die Tochter eines Lehrers und war mit einem Hochschulprofessor verheiratet." Sie sagte es locker und schmunzelte dabei.

„Und jetzt gehst du Hand in Hand mit einem Versager spazieren", rutschte ihm heraus.

Sie stoppte sofort und sagte streng: „Das will ich jetzt nicht gehört haben. Ich glaube, du kannst den Wert deiner Arbeit, die du gerade leistest, nicht richtig einschätzen. Du solltest noch einmal die Zitate lesen."

In dem Moment tauchte auf der anderen Straßenseite eine Frau mit einem Schäferhund auf. Die Hunde bellten, Rolli riss sich los und lief hinüber. Philip rannte ihm nach. Ein Auto kam um die Ecke gebogen. Robert stürzte auf die Straße und zog den Jungen im letzten Augenblick zurück. Das Auto bremste scharf und kam drei Meter entfernt zum Stehen. Der Mann ließ das Fenster herunter und rief aufgeregt: „Passen Sie doch auf Ihr Kind auf! Ist alles in Ordnung?"

Robert bejahte. Dann fuhr der Mann weiter. Robert nahm den Jungen auf den Arm, atmete tief durch und ging auf die andere Straßenseite. Rolli sprang um den Schäferhund herum. „Sie kennen sich. Sie sind Freunde", erklärte Robert so ruhig wie möglich. Doch sein Herz schlug wie wild. Er ergriff die Leine.

Die Frau sagte erleichtert: „Das ist ja gerade noch mal gut gegangen. Sie haben sehr schnell reagiert."

Robert nickte schwach und stieß die Luft hörbar aus. Er zog Rolli mit sich und überquerte mit Philip, nachdem sie beide nach links und rechts gesehen hatten, wieder die Straße. Thea stand wie versteinert auf dem Fußweg. Sie nahm ihren Sohn in den Arm und küsste ihn stürmisch.

„Ist gut, Mama", sagte Philip und rutschte von ihrem Arm herunter.

Robert sagte ruhig: Philip, nimm mal die Leine und halte Rolli ganz fest."

Der Junge rief: „Rolli sitz!" Robert nahm eine zitternde Thea in den Arm. Sie hatte einen Schock. Er sprach beruhigend auf sie ein und strich ihr über den Rücken. „Es ist nichts passiert. Rolli wollte nur seiner Freundin guten Tag sagen. Philip weiß es jetzt. Ich hätte ihn besser vorbereiten müssen."

„Ich bin die Mutter und verantwortlich."

„Und ich fühle mich als Vater."

Es war ihm so herausgerutscht. Sein Herz hatte schneller reagiert als sein Verstand. Sie sahen sich an, einen langen magischen Augenblick. Philip stand zwischen ihnen und sah abwechselnd zu beiden. „Gehen wir jetzt weiter?", fragte der Junge und unterbrach den stummen Austausch. Er griff nach Roberts Hand.

Robert brauchte einen Moment, um sich zu fangen. Ihm wurde bewusst, dass seine Aussage für Thea bedeutungsvoller war als jede Liebeserklärung. Er konnte selbst nur über die rasante Entwicklung staunen, die er in dieser kurzen Zeit genommen hatte; vom Aufpasser zum Spielkamerad hin zum Vater, der sich verantwortlich für seinen Sohn fühlte.

Er spürte einen Kloß im Hals, als er versuchte unbefangen zu sagen: „Wir gehen jetzt Blumen kaufen."

Sie hielten an der Gärtnerei von Matthias. Das Tor stand offen. Der Hund wurde am Tor festgebunden. Matthias kam ihnen entgegen. Robert stellte die beiden vor und sagte: „Sucht eine Schale für euch und eine für Oma aus." Thea musterte die Schalen und konnte sich nicht entscheiden.

„Matthias flüsterte ihm zu. „Wird ja auch langsam Zeit.“
„Für die Blumen?“, fragte Robert und tat ahnungslos. Doch
er wusste ganz genau, was Matthias meinte: für eine Familie.
Thea trug drei Schalen heran. „Ich kann mich nicht entscheiden. Wir müssen drei nehmen.“ Robert bezahlte und
Matthias bot sich an, die Schalen nach Hause zu fahren. Thea
schenkte ihre Schale an Oma weiter und hatte Spaß daran,
den Eingang zum Garten zu dekorieren. Den Rest des Tages
verbrachten sie in einer ausgelassenen Stimmung. Der Vorfall mit dem Hund wurde nicht mehr erwähnt. Thea fuhr erst
gegen Abend nach Hause. Robert hatte den Eindruck, sie
wäre gerne noch länger geblieben.

Samstag, 4. April

Aktuelle Meldung:
Spanien verlängert Ausgangssperre bis 26. April ...
Bundeswirtschaftsminister Müller fordert Weltkrisenstab ...
Weltweit gibt es bisher mehr als 60.000 Corona-Virus-Tote ...

Aufräumaktion

Der Bedarf an Aufregung war in dieser Woche mehr als gedeckt: Der Gutachter, der Frau Hermann für normal hielt, die Leute von der Wohnungsgesellschaft, die genauso hilflos waren wie Robert selbst, und gestern als Höhepunkt die Zwangseinweisung. Dann fiel ihm noch ein, dass er am Montag mit Frau Schneider vor der Tür gestanden hatte. Er erinnerte sich an seinen letzten Tag in der WG. Inga hatte zynisch gemeint, dass sein Aufenthalt zu Hause mit Oma und den Tieren sicher eine spannende Zeit werden würde.
Wenn du wüsstest, dachte Robert, wie spannend es hier zugeht.
Obwohl das Aufräumen einer fremden Wohnung nicht gerade zu Roberts Lieblingsbeschäftigungen gehörte, freute er sich heute darauf. Das hatte mit Thea zu tun. Ohne sie hätte er diese Aufgabe vermutlich vor sich hergeschoben. Die Freude wurde getrübt, als Robert auf sein Handy sah. Da entdeckte er eine Nachricht von seiner Professorin.
HERR SCHUMANN, WENN ICH IHRE ARBEIT NOCH VOR DER ABGABE ANSEHEN SOLL, DANN BITTE SPÄTESTENS BIS ZUM ENDE DER WOCHE.
Natürlich, dachte er, danach ist nicht mehr viel Zeit für Veränderungen. Thea braucht ein paar Tage für die Korrektur. Außerdem musste die Arbeit gebunden werden. Obwohl er den ganzen Tag gerne mit Thea und Philip verbracht hätte, stand nun fest: Vormittag aufräumen, Nachmittag ein einstündiger Spaziergang mit Oma und dann arbeiten.

Thea kam wie abgesprochen und brachte einen Reis-Topf mit, Mittagessen für Oma. Für Robert war das ein fremdes Gerät. Er hätte damit nichts anfangen können. Thea erklärte ihm, dass der Reis vorgekocht und abwechselnd mit Gemüse in den Topf geschichtet wird. Er muss eine halbe Stunde laufen, bevor man ihn stürzen kann. Sie schrieb für den Pflegedienst einen Zettel und dann fuhren sie in ihrem Auto zu Frau Hermanns Wohnung.

Philip lief gleich durch den Flur in den Hof, wo Tim und Anna ihn lautstark begrüßten.

Thea betrat zum ersten Mal die Wohnung von Frau Hermann. Sie sah sich interessiert um, fuhr mit der Hand über einen Schrank im Flur auf dem das Telefon stand und blieb vor der offenen Tür zum Arbeitszimmer stehen. „Eine Lehrerwohnung, überall Bücher", stellte sie sachlich fest, „ähnlich wie bei deiner Oma und bei uns zu Hause. Sie betrat ehrfürchtig den Raum und es schien, als würde sie jede Einzelheit aufnehmen. Sie berührte den Schreibtisch und sagte leise: „Hier wurden Fehler korrigiert und Zensuren vergeben. Mein Vater hat einen ähnlichen Schreibtisch. Ich habe immer die Stapel als Kind gezählt und mich gefreut, wenn es möglichst viele waren. Ich verstand erst später, dass das für meinen Vater viel Arbeit bedeutete." Sie wandte sich der Bücherwand zu. „Bücher geben doch einem Raum eine heimelige Atmosphäre. Mein Vater besitzt auch eine große Büchersammlung. Gerald verfügte nur über eine kleine Sammlung Fachbücher. Er hatte sich schon auf E-Book umgestellt."

Robert sagte leise: „Das spart Platz. Trotzdem ist es etwas anderes, ein Buch in der Hand zu halten und an den Rand Notizen zu machen. Herr Hermann und mein Großvater haben Bücher nicht nur gesammelt, sie haben sie geliebt und damit gelebt."

Thea nickte, verließ den Raum und ging ins Wohnzimmer. Robert kippte eines der Fenster.

„Ein schöner großer Raum, ideal für viele Gäste", kommentierte sie.

Robert stutzte. „Gäste?“

„Ja natürlich. Der Mensch ist ein soziales Wesen. Er sollte Kontakte haben. In der arabischen Kultur ist die Gastfreundschaft sehr wichtig. In meiner Familie gab es immer viel Besuch.“

Robert überlegte. Hatte seine Mutter beim Umbau des Hauses an Gäste gedacht? Er konnte sich nicht erinnern. Es gab zwar ein Gästezimmer, das ab und zu vom Bruder seines Vaters genutzt wurde. Bis auf die Klavierschüler, die ein und ausgingen, gab es nur selten Besuch.

„Die Möbel hier haben ihren Wert“, stellte Thea fest. „Es ist nur ein bisschen zu viel davon im Raum. Ich würde zu diesem alten Schrank eine moderne Bücherwand aufstellen, helle Vorhänge wählen und mit abstrakten Bildern kombinieren. Dann käme das gute Stück richtig zur Geltung.“

„Kann ich mir sogar vorstellen. Der Teppich fehlt noch“, sagte Robert verträumt.

„Es müsste ein echter Teppich sein. Ich würde einen persischen Teppich wählen in hellen Farben.“ Sie lachte. „Da kommen meine arabischen Wurzeln durch. Es wäre auch ein einfarbiger heller Teppich möglich, vielleicht sogar passender zu den abstrakten Bildern.

„Stimmt, zu bunt sollte es auch nicht sein“, lautete Roberts Bestätigung. Aber er hätte auch jedem anderen Vorschlag zugestimmt.

Der nächste Ort war die Küche. „Hier hat Tom die Wand herausnehmen lassen, das würde ich auch tun. Eine Wohnküche hat viele praktische Seiten“, kommentierte Thea. Sie öffnete das Fenster und sah nach unten zu den Kindern. Die drei schippten eifrig den Sand von einer Ecke in die andere.

Dann zeigte Robert ihr das Schlafzimmer. „Ich habe hier die Tasche für Frau Hermann gepackt“, erwähnte er. Eine Tür des großen fünftürigen Schrankes stand noch offen und er schloss sie.

„Echte Holzmöbel, ein Schlafzimmer wie aus einem teuren Möbelgeschäft“, schätzte Thea ein.

Sie warfen einen kurzen Blick ins Gästezimmer und ins Bad.
Chaotisch war eigentlich nur die Küche. Im Bad hing noch
Wäsche auf einem Ständer.
„Das ist eine sehr schöne Wohnung", fasste Thea zusammen.
„Frau Hermann besitzt wertvolle Möbel. Ich sehe alles schon
in einer modernen Fassung vor mir. Ich richte gerne Woh-
nungen ein."
„Das habe ich bereits bemerkt", sagte er schmunzelnd.
„Man könnte auch in der Küche essen, wenn man auf ein
paar Schränke verzichten würde", fügte sie nach genauer Be-
trachtung hinzu.
„Willst du hier einziehen?", fragte er grinsend.
„Wenn ich in eine fremde Wohnung komme, überlege ich
immer, wie ich sie einrichten würde. Aber komm, wir müssen was tun."
„Ich kümmere mich um die Küche", legte Robert fest.
„Wenn du willst, kannst du Staub saugen und die Wäsche
zusammenlegen."
Sie fand in der Abstellkammer den Staubsauger und legte
los. Nach einer Stunde Arbeit waren sie mit ihrem Werk zufrieden. Robert ging zum offenen Küchenfenster. Er sah auf
den Hof. Die Kinder hatten um einen Sandhügel einen Graben angelegt und füllten Wasser hinein. „Sieh mal wie intensiv die arbeiten. Sie könnten einen ganzen Garten umgraben." Thea stellte sich neben ihn und meinte versunken:
„Philip braucht die Spielkameraden."
„Er hat doch mich", entgegnete Robert munter und legte
seine Hand um Theas Schulter.
Sie sah ihn an. „Du bist ein wunderbarer Spielkamerad, nur
leider nicht vier oder fünf Jahre alt."
Sie hörten Tim da unten fragen: „Ist Robert dein Papa?"
„Mein richtiger Papa heißt Gerald und der ist im Himmel.
Aber Robert ist mein neuer Papa."
„Du hast es gut, du hast zwei Papas, einen im Himmel und
einen auf der Erde. Wir haben nur einen, aber der wäre auch
fast im Himmel gewesen", sagte Anna.
„Ich bin froh, dass er nicht im Himmel ist", fügte Tim hinzu.

Robert murmelte: „Philip ist schneller als wir, wird Zeit, dass wir nachziehen." Er drehte Thea zu sich und wollte sie küssen. Doch da rief Philip von unten: „Robert, Mama, kommt mal gucken. Wir haben eine neue Burg gebaut." Sie lächelten sich zu und gingen nach unten. Viola kam in den Hof und rief die Kinder zum Essen.

Robert fiel ein, dass die beiden Frauen sich noch gar nicht kannten. Er stellte sie vor.

„Thea hat mir geholfen, da oben etwas aufzuräumen."

„Schön. Hallo, Thea", sagte Viola freundlich und reichte ihr die Hand. „Die Drei spielen sehr gut miteinander."

„Das haben wir von oben auch schon beobachtet. Philip fehlt der Kindergarten", bemerkte Thea.

Viola seufzte. „Uns fehlt auch der Kindergarten, vor allem Tom." Sie lächelte kurz und sah Robert an. „Und was ist mit Frau Hermann? Weißt du schon was?"

„Nein, ich warte darauf, dass man mich kontaktiert."

„Na wenigstens konnten wir alle mal durchschlafen. Das ging so nicht weiter. Was wird denn nun mit der Wohnung von Frau Hermann?"

„Wir müssen abwarten. Laut Plan des Notarztes wird zunächst ihre Lungenentzündung behandelt, bevor sie in die Psychiatrie geht. Man wird sie dort medikamentös einstellen und dann könnte sie wieder nach Hause", sagte Robert.

„Wäre sie in einem Heim nicht besser aufgehoben?", fragte Viola und man merkte ihr an, dass ihr die Vorstellung nicht gefiel.

Robert zuckte mit den Schultern. „Ihre Tochter sucht ja nach einem passenden Heimplatz."

„Ich hätte gerne junge Leute wie euch im Haus", sagte sie geradeheraus.

„Das kann ich verstehen", bestätigte Thea. „Es ist eine tolle Wohnung für eine Familie. Und es ist schön, wenn Kinder im Hof gemeinsam spielen können. Philip freut sich, wenn er herkommen darf." Sie warf Robert einen kurzen Blick zu.

„Wir müssen dann mal nach Hause", verkündete er daraufhin. Es dauerte eine Weile, bis Philip bereit war mitzugehen.

Sie aßen zu Hause Theas Reisgericht. Oma hatte schon gegessen, leistete ihnen aber Gesellschaft und wollte genau wissen, welche Zutaten Thea verwendet hatte.

Robert fiel die Nachricht seiner Mentorin ein. Er sagte nebenbei: „Wenn ich Frau Sommer die Arbeit vor der Abgabe noch einmal zeigen möchte, dann sollte ich sie bis Ende der Woche einreichen. Das heißt, ich muss arbeiten."

„Das ist eine kluge Entscheidung", bestätigte Thea. „Und wenn ich Korrektur lesen soll, dann brauche ich etwa drei bis vier Tage. Plane das ein."

Er rechnete und sagte schlicht: „Es wird eng."

Oma nickte und wandte sich an Thea: „Was macht ihr heute?"

Thea sah sie überrascht an. Das war der erste zusammenhängende Satz, den Oma gesprochen hatte, und sie lobte sie dafür. „Wir, wir müssen zunächst unseren Kleiderschrank reparieren, dann Sachen einräumen und da heute Samstag ist, werde ich mit meinen Eltern telefonieren.

„Was ist mit deinem Kleiderschrank?", fragte Robert.

„Der schwankt wie ein Kahn auf dem Wasser." Sie lachte.

„Ich helfe dir. Das macht sich zu zweit besser", bot er an, ohne lange zu überlegen.

„Nein, du schreibst an deiner Arbeit", entgegnete sie schnell.

„Meinst du, ich kann in Ruhe arbeiten, wenn ich weiß, dass du mit einem Kleiderschrank kämpfst. Und unser Lokführer da oben wird wohl kaum die Schrauben festdrehen."

Oma lachte.

Thea sah Robert einen Moment nachdenklich an und nickte dann. „Eine Stunde. Wenn wir es bis dahin nicht hinbekommen, bestelle ich einen neuen Schrank und lasse ihn gleich aufbauen", entschied sie.

Oma wurde ins Bett gebracht. Und Robert fuhr hinter Theas Auto her. Ihre Wohnung lag in der Nähe seiner WG, eine beliebte Gegend für Studenten und Dozenten.

Sie war mit weißen Möbeln eingerichtet und in Pastellfarben gehalten. „Ich habe nach dem Tod meines Mannes eine

Veränderung gebraucht. Vorher hatten wir Holzmöbel und die Farbe grün", erklärte sie, als sie Robert die Wohnung zeigte.

„Grün ist auch meine Farbe", erwähnte er kurz und sah sich um. Robert entdeckte in jeder Ecke Familienbilder, Hochzeitsbilder und vor allem Bilder von Gerald Osten. Der Mann sah verdammt gut aus und wirkte sehr sympathisch und präsent. Robert musste an Matthias' Worte denken. *Tote können präsenter sein, als Lebende.*

Den Eindruck hatte er hier. Er fühlte sich beobachtet. Schnell schob er den Gedanken beiseite und konzentrierte sich auf den kaputten Schrank. „Gut, dass ich mitgekommen bin. Die Rückwand ist locker. Wir müssen den Schrank vorziehen." Er nagelte die Rückwand wieder an und zog die Schrauben nach. Sie brauchten eine Stunde für die Reparatur. Thea redete, aber Robert schwieg die meiste Zeit.

Als er sich verabschieden wollte, fragte sie: „Was ist los, Robert?"

Erst wollte er nichts sagen. Doch sie hielt seinen Arm fest und sah ihn gespannt an. Schließlich gab er ehrlich zu: „Ich komme mir wie ein Eindringling vor. Du lebst hier immer noch mit deinem Mann."

„Mit den Erinnerungen lebe ich, das stimmt. Das heißt aber nicht, dass kein anderer Mann Platz in meinem Leben haben kann. Ich musste Gerald auf dem Sterbebett versprechen, dass ich mich nicht vor der Liebe und vor einer neuen Partnerschaft verschließe. Seine einzige Bedingung war, dass der Mann gut zu Philip sein muss." Sie fügte hinzu: „Ihn als Sohn akzeptieren muss."

„Kann ich verstehen", sagte Robert etwas steif. „Ich sollte wohl an meine Arbeit gehen, damit ich das Studium …"

„Ich will das Wort nie wieder hören", unterbrach sie ihn.

Er runzelte die Stirn. „Welches Wort meinst du?"

„Das Wort mit V." Sie gab ihm einen Kuss auf die Wange und einen kleinen Schubs. „Und nun schreib deine Arbeit."

Robert lehnte sich draußen an die Wand. Was war los mit ihm? Sie hatte ihn geküsst und er war geflüchtet. Warum hatte *er* sie nicht geküsst, richtig geküsst? Er hatte es sich doch gewünscht und bereits gesagt, er fühle sich als Vater. Auch Philip sah ihn als seinen neuen Papa. *Wir müssen nachziehen*, hatte er in Frau Hermanns Wohnung gesagt. Doch hier, in ihrer Wohnung mit den Bildern von ihr und Gerald Osten in jeder Ecke, da fühlte er sich plötzlich klein und unwürdig. Sein ganzes Selbstwertgefühl war in den Keller gerutscht. So einen Gefühlsabsturz hatte er noch nie erlebt.

Doch zum Nachdenken blieb keine Zeit. Sein Handy klingelte. Dr. Baumann aus dem Krankenhaus rief an: „Herr Schumann, Sie sind der Betreuer von Frau Hermann", sagte er hastig.

„Bis jetzt noch nicht", entgegnete Robert schnell.

„Doch, Sie sind es ab heute. Habe gerade ein Schreiben vom Amtsgericht erhalten. Frau Hermann liegt auf der Inneren Station, hat eine schwere Lungenentzündung. Wir müssen einiges klären. Kommen Sie bitte her, nach Möglichkeit sofort. Gibt es eine Patientenverfügung?"

„Habe ich zu Hause, ich komme gleich."

Robert fuhr in einem viel zu schnellen Tempo zurück. Er klingelte gleich bei Rohdes, erklärte kurz die Situation und bat Herrn Rohde nach seiner Oma zu sehen. Er schrieb seine Handynummer auf den Notizblock, der neben dem Telefon im Flur lag. „Rufen Sie mich an, wenn etwas sein sollte."

Ilse setzte er in den Rollstuhl, stellte den Fernseher an und legte ihr die Fernbedienung in den Schoß. „Ich fahre jetzt ins Krankenhaus, der Arzt will mich sprechen wegen Käthe. Ich soll die Patientenverfügung mitbringen. Herr Rohde kommt und sieht nachher nach dir. Ich weiß nicht, wie lange es dauert."

„Käthe besuchen", sagte Oma aufgeregt.

„Wenn sie mich reinlassen, besuche ich Käthe."

Die Tür zur Station war geschlossen. Robert klingelte. Die Schwester brachte ihn in ein Arztzimmer.

Dr. Baumann saß hinter seinem Schreibtisch und sagte gleich: „Wir kennen uns doch."

„Ja, ich habe vor ein paar Jahren hier meine Ausbildung als Krankenpfleger gemacht.“

„Richtig, Robert Schumann, ich musste gleich an ein Klavierkonzert Ihres Namensvetters denken.“

„Geht vielen Leuten so“, sagte Robert träge.

„Und was machen Sie jetzt?“ Robert erzählte seine kurze Lebensgeschichte und erklärte die aktuelle Situation.

„Da sind Sie ja wie die Jungfrau zum Kinde gekommen. Und statt Schichtdienst haben Sie jetzt einen Vierundzwanzigstundendienst erwischt, wenn es die Situation erfordert.“

So hatte es Robert bisher noch nicht gesehen.

„Nun kommen wir zu Ihrer Frau Hermann.“ Er sah auf seine Unterlagen. „Sie ist mit einer schweren Lungenentzündung eingeliefert worden. Die muss zunächst behandelt werden. Wir geben ihr ein Antibiotikum als Infusion, Schmerzmittel, etwas zur Beruhigung und Sauerstoff. Aber das ist nicht alles. Die Untersuchung hat ergeben, dass sie einen Tumor an der Wirbelsäule hat, der auf das Rückenmark drückt. Eigentlich müsste das sofort operiert werden, geht aber nicht wegen ihrer Verfassung.“

„Wenn Sie nicht operieren, könnte eine Querschnittslähmung die Folge sein“, spann Robert den Faden weiter.

„Genau. Außerdem ist uns klar, dass dieser Tumor eine Ursache hat, die gilt es zu finden. Dazu müssen wir das Gewebe einschicken. Vorher können wir keine Therapie einleiten. Erst wenn das alles abgeklärt ist, kann sie in die Psychiatrie wechseln.“

Robert atmete schwer. „Die Rückenschmerzen kommen also vom Tumor. In der Kombination mit den Wahnvorstellungen kam dann die Wut auf die Hausbewohner heraus, die sie angeblich mit einem Sensor quälen.“

„Ja. Die Frau muss höllische Schmerzen gehabt haben“, sagte Dr. Baumann.

Robert berichtete kurz von den Hausbewohnern und von den Wahnvorstellungen. Der Mann hörte interessiert zu.

„Sobald ihr Zustand stabil ist, werden meine Kollegen operieren. Herr Schumann, Sie sind unser Ansprechpartner.

Aber trotzdem müssen Sie alles mit Frau Hermann absprechen. Ihr Einverständnis ist nötig. Ansonsten gibt es nur noch den Weg über das Gericht.“

In diesem Augenblick wurde Robert seine Verantwortung bewusst. Es ging nicht nur um Formulare, um Einkauf und nach dem Rechten sehen. „Was ist, wenn Frau Hermann das alles nicht will? Sie hat sich auch geweigert, Tabletten zu nehmen.“

Der Arzt zeigte auf die Patientenverfügung, die vor ihm lag. „Zum jetzigen Zeitpunkt kann ich Ihnen nicht sagen, ob sie noch eine Chance hat, wieder gesund zu werden. Hat sie Angehörige?“

„Eine Tochter in Bayern, die gerade in Quarantäne ist und selbst eine Menge Probleme hat.“

„Informieren Sie sie bitte. Als Betreuer geben wir Ihnen die Auskunft, nicht der Tochter.“

Robert nickte. Er hatte seine Aufgabe verstanden. „Kann ich Frau Hermann besuchen?“

„Kommen Sie, wir machen eine Ausnahme. Nehmen Sie den Mundschutz. Der Arzt schob ihm eine OP-Maske zu. Robert setzte sie auf und folgte ihm.

Frau Hermann lag mit geschlossenen Augen im Bett. Sie bekam Sauerstoff durch die Nase verabreicht. Der Tropf lief. Dr. Baumann sagte sanft: „Frau Hermann, Besuch für Sie.“

Sie öffnete die Augen. „Robert“, sagte sie mit heiserer Stimme.

„Wie geht es Ihnen, Frau Hermann?“

„Die Schmerzen sind weg, das ist gut.“

„Na sehen Sie. Es war richtig, ins Krankenhaus zu gehen.“

„Ich will nach Hause.“

„Wenn Sie gesund sind, kommen Sie nach Hause. Ist es in Ordnung, wenn ich mich um Ihren Schriftkram kümmere, mit den Ärzten spreche und Sie ab und zu besuche?“, fragte Robert mitfühlend.

„Ja“, antwortete sie flüsternd.

„Ich soll Ihnen noch schöne Grüße und gute Besserung von Ilse bestellen.“

Sie lächelte schwach. „Du musst auf meine Wohnung aufpassen, Robert."
„Hab ich doch versprochen, ich gieße Blumen, lüfte, nehme die Post raus und ich schließe zweimal ab."
Sie schloss die Augen und sagte kaum hörbar: „Danke."
„Ruhen Sie sich aus, ich komme wieder, wenn ich darf."
„Carola", flüsterte sie.
„Ich rufe sie an", versprach Robert.
Dr. Baumann legte seine Hand auf ihren Arm und sagte: „Wenn etwas sein sollte, dann klingeln Sie, Frau Hermann."
Sie verließen den Raum. Der Arzt sagte auf dem Flur: „Sie machen Ihre Sache gut. Die Frau hat Vertrauen zu Ihnen, das ist wichtig."
Robert verabschiedete sich von Dr. Baumann und fuhr nach Hause. Herr Rohde machte gerade seinen Pflichtbesuch. Robert bedankte sich, hatte aber keine Lust auf Konversation. Zum Glück hatte der Mann es eilig. Robert hielt es für angebracht, seiner Oma nicht alle Informationen zu geben. Er erwähnte nur die Lungenentzündung. Dann fuhr er mit Oma im Rollstuhl zum Haus seiner Eltern, holte den Hund ab und machte mit den beiden einen längeren Spaziergang. Er wollte den Kopf frei bekommen. Doch es gelang ihm nicht. Die Gedanken überschlugen sich, sprangen zu den Ereignissen der letzten beiden Tage und lösten eine Unruhe aus, die er einfach nicht abstellen konnte. Er bat den Pflegedienst, für Ilse zwei Scheiben Brot zu belegen und klein zu schneiden. Robert selbst hatte keinen Hunger und verzog sich ins Arbeitszimmer. Dort drehten sich die Gedanken weiter zwischen Zwangseinweisung, Philips Fastunfall, Theas Wohnung, Gerald Osten und Frau Hermanns Diagnose. Trotz aller Bemühung konnte er sich nicht auf seine Arbeit konzentrieren. Irgendwann überkam ihn das Bedürfnis, seine Gedanken aufzuschreiben. Auf der Suche nach Papier und Stift zog er das mittlere Schubfach des Schreibtisches auf. Es geschah aus Versehen. Statt Schreibzeug fiel ihm ein Zettel in die Hand, den er noch nicht gelesen hatte.

Glück und Größe, Rang und Stufe, Freude und Friede eines Menschen sind nicht in seinem persönlichen Reichtum, vielmehr in seinem hervorragenden Charakter, seinem hehren Entschluss, seiner allumfassenden Bildung und seiner Fähigkeit, schwierige Probleme zu lösen, beschlossen. (GL S. 24)

Er las das Zitat mehrmals, erst leise, dann laut, erst Wort für Wort, dann einem Rhythmus folgend und halb singend. Mit jedem Lesen wurde das Gedanken-Karussell langsamer und hielt schließlich an. Die Worte prägten ihm ein, worauf es im Leben ankam, setzten neue Maßstäbe und ließen die Ereignisse in einem anderen Licht erscheinen.

Seine negative Stimmung löste sich langsam auf. Es war, als würde er aus einem tiefen dunklen Loch herausklettern und ans Licht kommen. Licht, der Gedanke schreckte ihn auf. War das Licht, von dem sein Großvater im Traum gesprochen hatte, in diesen Texten zu finden? Er blickte zur Pinnwand, las ein Zitat nach dem anderen. Er fühlte sich nicht mehr klein und unwürdig, und eine Entschlossenheit machte sich breit, die neu war. „Ich schaffe meinen Abschluss, ich schaffe das“, sagte er leise. Und ihm war auch klar, dass er es nicht nur wegen Thea schaffen wollte, damit der Kontrast zu ihrem verstorbenen Mann nicht ganz so groß war. Er wollte diesen Abschluss, weil es sich richtig anfühlte, weil es gut war, etwas zu Ende zu bringen, weil es genau jetzt dran war und weil dann ein neuer Lebensabschnitt beginnen konnte. Der Text gab ihm Orientierung, Mut und Sicherheit. „Danke Opa“, sagte er leise.

Robert machte sich etwas zu essen und konnte sich danach auf die Themen KONFLIKTANLÄSSE und KONFLIKT-HANDHABUNG konzentrieren.

Aktuelle Meldung:
In Berlin sind zwei Millionen Atemschutzmasken und 300.000 Schutzkittel aus China angekommen. Sie sind am Samstag am Flughafen Leipzig/Halle eingetroffen ... Sie sollen ab Montag in Berlin unter anderem an Kliniken, Pflegeheime und die Polizei verteilt werden ...

Gute und schlechte Nachrichten

Die Nacht war kurz. Aber Robert war voller Energie. Er arbeitete schon seit sechs Uhr früh, obwohl er erst nach Mitternacht ins Bett gegangen war. Er war mit sich und dem Ergebnis zufrieden. Heute wollte er das Thema *Äußere und innere Konflikte* vertiefen und mit Beispielen aus seinem Praktikum belegen. Als der Pflegedienst gegen halb acht kam, machte er eine Pause, kümmerte sich um die Tiere, frühstückte mit Oma und ließ sich wieder im Arbeitszimmer nieder. Gegen elf Uhr ging eine Nachricht von Thea ein:
WIE GEHT ES FRAU HERMANN? HAST DU ETWAS ERFAHREN?
Er schrieb zurück:
ICH MELDE MICH NACHHER.
Nach dem Mittagessen rief er Thea an. Sie kam gar nicht zu Wort, denn Philip nahm ihr das Telefon aus der Hand. „Robert, ich habe einen Zug, der alleine fährt, von Oma."
„Das ist ja toll. Kannst du den morgen mitbringen?"
„Ja, und ganz viele Schienen und einen Bahnhof."
„Dann müssen wir die Möbel rauswerfen, damit wir Platz haben."
Der Junge lachte vergnügt. „Wann ist morgen, Mama?"
„Bald, nur noch einmal schlafen", hörte er sie antworten.
Robert rief: „Ich freue mich schon."
Thea hatte Mühe, das Telefon zu bekommen. Philip wollte wohl ein längeres Gespräch mit ihm führen. Er hörte den Streit im Hintergrund. „Mama, ich bin noch nicht fertig."

„Du kannst morgen mit Robert ausführlich über deinen Zug reden."

„Ich will aber jetzt nur noch sagen, dass ich zwei Loks habe."

„Okay", gab sie nach und Philip berichtete stolz: „Robert, ich habe zwei Loks eine rote und eine grüne."

„Kriege ich die grüne?", fragte Robert.

Philip schien zu überlegen. Er sagte schließlich: „Ja, aber nur morgen."

„Okay, so machen wir's."

Thea hatte jetzt den Hörer erobert. „Ich wollte dich eigentlich nicht stören, aber Frau Hermann lässt mir keine Ruhe und Philip hatte offensichtlich Mitteilungsbedarf."

„Das habe ich gemerkt", sagte er lachend. „Ihr gebt ein gutes Beispiel für meine Arbeit ab, äußere und innere Konfliktlösung. Das war offensichtlich ein äußerer Konflikt."

„Wir sind immer gerne behilflich", antwortete sie schlagfertig.

Er war froh, dass sie so locker miteinander sprachen und dass Thea ihm sein schweigsames Verhalten gestern in der Wohnung nicht übel nahm: „Ich war gestern noch im Krankenhaus. Bin nun offiziell der Betreuer von Frau Hermann. Deshalb hat der Arzt mir auch alles sagen können." Robert zählte die Diagnosen auf. „Ich habe Oma nur den ersten Teil anvertraut. Das wäre zu viel für sie."

„Verstehe, ich werde daran denken, falls es zum Gespräch über Frau Hermann kommen sollte. Man kann es kaum glauben, dass ein Mensch so viele Probleme gleichzeitig haben kann."

„Und doch hängt alles zusammen", sagte er versunken.

Sie schwiegen einen Moment. Dann fragte sie vorsichtig: „Und wie geht es dir heute?"

„Besser, gestern war ich irgendwie neben der Spur. Das war zu viel, die Zwangseinweisung, na ja und das andere." Er wollte sie nicht mehr an die Sache mit dem Hund erinnern.

„Und auf meine Wohnung warst du auch nicht vorbereitet", sagte sie leise.

„Auf die Anwesenheit deines Mannes war ich nicht vorbereitet, auf seine Ausstrahlung. Ihr seht so glücklich auf den Bildern aus. Ich fühlte mich irgendwie klein dagegen, überflüssig, als wäre ich nicht gut genug für dich, für euch. So ein Gefühl kannte ich noch gar nicht. Das hat mich völlig runtergezogen."

Er hörte einen leisen Seufzer bevor sie sagte: „Ich kann diesen Teil meines Lebens nicht auslöschen. Er gehört zu mir. Ich hatte eine glückliche kurze Ehe und ich habe einen wunderbaren Sohn. Dafür bin ich dankbar."

„Das kannst du auch. Und du wärst nicht die Frau, die du jetzt bist; stark, selbstbewusst und liebevoll. Mir ist das alles klar. Trotzdem musste ich damit erst klarkommen."

Thea schwieg dazu und sagte schließlich: „Es scheint dir heute besser zu gehen."

Er zögerte, wusste nicht, wie er es erklären sollte und sagte dann nur: „Ein Text meines Großvaters hat mir geholfen."

„Oh."

Ihre überraschte Reaktion ermutigte ihn zu einer Erklärung. „Ich habe ihn mehrmals gelesen und plötzlich war es, als würde sich das Durcheinander in meinem Kopf sortieren und die negativen Gefühle auflösen. Ich wusste auf einmal, worauf es im Leben ankommt."

„Hast du den Text da?"

„Klar, hängt an der Pinnwand." Er las ihn vor.

„Na, das nenne ich mal einen Volltreffer, zur richtigen Zeit die richtigen Worte. Was Zitate so alles können", sagte sie geheimnisvoll. „Und was hast du nun erkannt?

„Ich möchte diesen Abschluss schaffen, weil es dran ist, weil es richtig ist und weil ich dann einen neuen Lebensabschnitt beginnen kann."

„Klingt gut. Das war dann wohl ein schneller Erkenntnisprozess", fasste sie zusammen.

„Es war ein … Erlebnis, ein inneres Erlebnis", sagte er leise und wusste keine andere Erklärung dafür.

„Jede Erkenntnis ist ein Erlebnis. Wissen wächst zur Erkenntnis und wird dann zum Erlebnis", fasste sie zusammen.

„Was du alles weißt“, bemerkte er beeindruckt.

„Und nun frohes Schaffen, bis morgen. Ach, geht das überhaupt, dass du auf Philip aufpasst?“, fragte sie unsicher.

„Der Zug ist doch schon auf dem Weg zu mir. Und falls er davon genug hat, Oma lässt sich gerne etwas vorlesen.“

„Die arme Oma“, sagte sie lachend. Nach einem Moment des Schweigens fügte sie leise hinzu: „Robert, ich bin froh, dass es dich gibt, dass wir uns kennengelernt haben. Mach’s gut.“ Sie beendete das Telefonat noch bevor er sagen konnte: „Ich bin auch froh, dass ich dich kennengelernt habe.“ Und still fügte er hinzu: Du hast mein Leben … du hast mich verändert.

Gegen Abend meldete sich Vera. Robert war gerade sehr vertieft in seine Arbeit

„Mutti, was gibt es?“, fragte er leicht genervt.

„Ich störe bestimmt, aber es ist wichtig. Man hat uns Bescheid gegeben, dass morgen in der Nacht ein Flieger nach Deutschland geht. Sie sammeln aus der ganzen Region die Leute ein, die noch hier sind. Das Dumme ist nur, wir werden in Leipzig landen, unser Auto steht in Hannover. Und wir sollen auf dem direkten Weg nach Hause. Stell dir vor, alle sollen noch einmal zwei Wochen in Quarantäne.“

„Okay“, sagte Robert langsam und ahnte schon das Problem. „Aber du kommst jetzt nicht auf die Idee, dass ich euch abholen könnte?“

„Nein, nein, es ist nur … es gibt ein Problem. Vati geht es nicht so gut. Wir haben Angst, dass er Corona haben könnte. Die Symptome sehen danach aus, Halsschmerzen, Geschmacksverlust. Aber wir haben nichts gesagt, weil wir nach Hause wollen.“

„Ich denke ihr seid in Quarantäne, ihr kommt doch mit niemandem zusammen“, überlegte Robert und mochte gar nicht an die Folgen denken.

„Vati hat ab und zu draußen in der Lobby telefoniert. Oder er hat sich schon auf dem Flughafen angesteckt und es kommt jetzt erst zum Ausbruch. Egal wo, wir werden sofort zum Arzt gehen, wenn wir zu Hause sind, und uns testen lassen.“

„Habt ihr Desinfektionszeug und Mundschutz?“, fiel Robert ein.

„Ja, hat man uns gebracht. Den Mundschutz müssen wir den ganzen Flug über tragen. In Leipzig nehmen wir uns einen Mietwagen. Hoffentlich kann Frank fahren. Ich traue mir die Fahrt mit einem fremden Auto nicht zu.“

„Mutti, ich reserviere euch ein Auto mit Automatik. Dann kannst du im Notfall fahren. Das schaffst du.“

„Ja, mach das.“

„Du wirkst erschöpft, Mutti“, stellte Robert jetzt fest.

„Ich habe Angst, dass wir nicht wegkommen, dass sie uns nicht weglassen.“

„Das kann ich mir nicht vorstellen. Sie sind dort froh, wenn sie euch los sind. Bei der Ausreise wird bestimmt kein Fieber gemessen“, versuchte Robert seine Mutter zu beruhigen.

Sie lachte leicht hysterisch auf. „Hoffentlich.“

Montag, 6. April

Aktuelle Meldung:
Insgesamt wurden in Deutschland 95.391 laborbestätigte Covid-19-Fälle an das RKI übermittelt, darunter 1.434 Todesfälle

Vorbereitungen

Robert hatte unruhig geschlafen und wirres Zeug geträumt. Er konnte sich schwach erinnern, dass es um seine Prüfung ging, die er verpasst hatte, weil er zu spät kam. Prüfung, dieses Thema war ein Stück weggerückt. Doch sein Traum erinnerte ihn daran, dass er der Vorbereitung darauf mehr Bedeutung beimessen sollte. Aber nicht heute. In seinem Kopf schichteten sich die Aufgaben des Tages und ein Gefühl von Dringlichkeit überkam ihn. Warum empfand er so? Da auf Schlaf nicht mehr zu hoffen war, stand er auf und verbrachte mehr Zeit als sonst im Bad. Gedanklich ging er dabei den Ablauf durch: Thea kommt gegen zehn mit Philip. Der Junge freut sich darauf, mit ihm die Eisenbahn aufzubauen. Robert wusste, dass sein eigentliches Zeitproblem am Nachmittag lag. Er sollte Sachen für Frau Hermann aus der Wohnung holen und ins Krankenhaus bringen. Er musste zum Amtsgericht, um die Formalitäten zu erledigen. Und er wollte für seine Eltern und seine Oma einkaufen.
Auch der Morgenspaziergang mit Rolli half nicht, die wachsende Unruhe abzuschütteln. Erst beim Frühstück ging ihm ein Licht auf. Es war der letzte Satz seiner Mutter, der für dieses Gefühl verantwortlich war und betraf den Gesundheitszustand seines Vaters. Wenn Frank Schumann Corona hat, bedeutete das Quarantäne für seine Eltern. Er hätte dann keine Hilfe bei Omas Pflege, sondern zusätzliche Arbeit. Die konnte er absolut nicht gebrauchen, nicht jetzt. In drei Tagen wollte er seiner Professorin den Entwurf seiner Bachelor-Arbeit vorlegen.

Der Vormittag lief nach Plan. Thea war im Pflegeheim, Philip spielte begeistert mit seiner neuen Eisenbahn und Oma hörte Musik. Zu Mittag gab es Eierkuchen mit Apfelmus. Es war selbstverständlich geworden, dass Thea und Philip mitaßen.

Thea erzählte beim Essen: „Die Bestimmungen im Pflegeheim werden strenger. Mal sehen wie lange ich noch kommen darf."

Robert zählte die Aufgaben auf, die er am Nachmittag erledigen musste.

„Kann ich dir irgendwas abnehmen?", fragte sie.

Robert sagte sofort: „Wenn du bei Oma bleiben könntest, dann wäre ich nicht so unter Druck."

Philip sprang auf und verkündete: „Die grüne Lok ist kaputt, muss in die Werkstatt."

„Da hörst du es. Mein Sohn hat sowieso bei euch die Zelte aufgeschlagen."

„Und wir freuen uns darüber. Nicht wahr, Oma? So viel Leben war schon lange nicht mehr im Haus." Ilse bestätigte mit einem seligen Lächeln.

An Thea gewandt sagte er: „Ich wäre auch dafür, dass die Bahn da oben stehen bleibt. Das Ab- und Aufbauen ist kompliziert und zeitaufwändig. Ihr seid ja morgen wieder hier ... und hättet einen Grund öfter zu kommen."

„Dann musst du heute Nacht auf Zehenspitzen ins Bett", meinte Thea.

Oma lachte und zeigte in Richtung Arbeitszimmer.

„Hast Recht Oma, ich könnte auch gleich hier unten übernachten." Wieder überkam ihn dieses Gefühl von Dringlichkeit, nicht nur in Bezug auf seine Arbeit. Er war nicht dazu gekommen, die Recherchen seines Großvaters weiter zu verfolgen.

Robert überließ Thea den Abwasch in der Küche und fuhr zunächst in die Wohnung von Frau Hermann. Hausschuhe und einen Morgenrock sollte er holen, hatte die Schwester gestern Abend am Telefon erbeten. Robert öffnete kurz die Fenster und sah dann ins Arbeitszimmer. Jetzt, wo alles aufgeräumt war und Thea die einzelnen Möbelstücke begutachtet hatte, sah auch er die Wohnung mit anderen Augen. Das Wort *hochherrschaftlich* kam ihm in den Sinn. Bis auf die Küche, die mit moderneren Möbeln ausgestattet war, schienen die meisten Möbel schon immer in dieser Wohnung gewesen zu sein. Manche waren älter als ihre Besitzer. Robert erinnerte sich an Frau Hermanns Bitte, er solle auf die Wohnung aufpassen.

Nun stand er im Arbeitszimmer und blickte hinüber zu den Bücherregalen. Er zog das Buch *Dieb in der Nacht* heraus und überlegte hin und her, ob er es einfach mitnehmen konnte.

Frau Hermann hatte eine schwierige OP vor sich und es war fraglich, ob sie je wieder in ihre Wohnung zurückkehren würde. Außerdem gehörten die Bücher sowieso laut Testament seiner Familie. Aber einfach mitnehmen, ohne Erlaubnis, das war ihm unangenehm. Robert suchte einen Zettel und schrieb den Titel des Buches darauf, das Datum und seinen Namen. Und dick darunter setzte er das Wort AUSGE-BORGT. Dann schloss er die Fenster, nahm den Beutel mit den Sachen und ging.

Er meldete sich bei Tom, der darauf brannte, etwas über Frau Hermann zu erfahren. „Sie hat mehrere gesundheitliche Probleme. Sieht nicht so gut aus für sie. Zunächst muss sie die Lungenentzündung überstehen." Mehr wollte und durfte er auch nicht mitteilen. Jetzt war er ihr Betreuer und hatte so etwas wie Schweigepflicht. „Tom, ich bin sehr in Eile. Meine Eltern kommen morgen zurück. Ich muss jetzt zum Amtsgericht und dann einkaufen. Thea passt auf Oma auf."
Tom schien noch weitere Fragen zu haben, aber Robert ließ sich nicht darauf ein.

Die Formalitäten beim Amtsgericht waren überraschend schnell erledigt. Als er mit den Einkäufen zurückkam, lenkte Thea gerade den Rollstuhl mit seiner Oma vom Fußweg in den Garten. „Wir waren mal kurz draußen", erklärte sie. Philip fand die Idee anscheinend nicht so gut. Er jammerte: „Robert, ich will mit dir Eisenbahn spielen."

„Das ist genau das, was ich jetzt brauche", sagte er mit einem freudigen Seufzer.

Thea sah ihn stirnrunzelnd an. „Das ist genau das, was du jetzt nicht brauchst."

Er fragte amüsiert: „Hab ich jetzt eine Aufpasserin? Sorgst du dich um meinen Abschluss?"

„Nein, meinetwegen musst du den nicht machen. Aber du hast mir vorhin dein Programm aufgezählt. Weitere Ablenkungen kannst du eigentlich nicht gebrauchen."

„Ich lass mich gerne von euch ablenken", antwortete er grinsend und fügte hinzu: „Pausen sind auch wichtig, sollen sogar das Leistungsvermögen steigern."

 Sie einigten sich darauf, noch eine halbe Stunde zu spielen. Thea räumte in der Zeit die Einkäufe ein.

Als sie sich verabschiedeten, sagte er leise zu ihr: „Ich habe das Buch *Dieb in der Nacht* mitgenommen."

„Was sicher wichtig, aber jetzt leider nicht dran ist", kommentierte sie lächelnd.

„Du hast wie immer Recht", sagte er ernst und strich ihr sanft über die Wange.

An diesem Abend, nachdem er einiges geschafft hatte, nahm er das Buch mit nach oben, um im Bett zu lesen.

„ ... der Tag des Herrn wird kommen wie ein Dieb in der Nacht ...

Weiter kam Robert nicht, denn die Müdigkeit übermannte ihn nach den ersten Sätzen.

Dienstag 7. April

***Aktuelle Meldung:**
Rumänien und Norwegen schicken Ärzte und Krankenpfleger in die besonders vom Virus betroffenen Städte Mailand und Bergamo ... Österreich habe zudem über 3.000 Liter Desinfektionsmittel für Italien angeboten ...
Die Regierung in Vietnam hat 550.000 Gesichtsmasken an fünf europäische Länder gespendet, um den Kampf gegen das Coronavirus zu unterstützen ...*

Die neue Situation

Gegen zehn Uhr kam der Videoanruf. Thea war gerade eingetroffen und wollte mit Ilse arbeiten. Philip stürzte nach oben und rief ungeduldig: „Robert kommst du? Wir müssen die andere Lok auch in die Werkstatt bringen."

„Ja, komme gleich", sagte Robert und sah auf sein Handy. „Mutti, was ist los?", fragte er und war sofort in Alarmbereitschaft.

Vera Schumann saß umgeben von etlichen Koffern im Flughafen und war völlig aufgelöst. Sie schluchzte laut. „Vati wurde ins Krankenhaus gebracht, er ist im Flugzeug zusammengebrochen. Sie vermuten das Virus."

„Auch das noch. Mutti, ist das dein Gepäck da im Hintergrund?"

„Ja, das alles, 60 Kilo. Wir müssen doch spinnen, mit so viel Zeug zu verreisen. Das ist das letzte Mal, dass wir die gesamte Taucherausrüstung mitnehmen. Wie soll ich das tragen? Ich kann nicht mehr", sagte sie völlig verzweifelt.

Robert versuchte sie zu beruhigen. „Mutti, der Mietwagen ist reserviert. Pack das Gepäck auf einen Wagen ..."

„Ich kann mich nicht ... bewegen ... nicht fahren, Robert ... ich kann wirklich nicht", stotterte sie.

Robert zögerte. Er spürte, wie Thea ihm die Hand auf den Rücken legte. Es kam ihm wie eine Aufforderung vor. „Ich hol dich ab, Mutti", hörte er sich sagen, ohne weiter nachzudenken. „Bleib, wo du bist, ich rufe dich von unterwegs an." Er sah Thea an. Sie nickte und sagte: „In diesem Zustand kann sie wirklich nicht fahren. Du hast richtig entschieden. Ich bleibe bei deiner Oma."

„Traust du dir wirklich zu, Oma zu helfen, zum Beispiel, wenn sie zur Toilette muss?", fragte er vorsichtig.

„Kein Problem. Warte mal." Sie griff nach ihrer Tasche und öffnete sie. „Meine Mutter hat mich gut ausgestattet. Ich habe zweimal Mundschutz und Desinfektionsspray hier. Das nimmst du mit. Deine Mutter muss sich nach hinten setzen, hinter den Beifahrersitz. Habe keine Ahnung, ob das was bringt."

„Danke", flüsterte Robert. Von oben rief Philip ungeduldig nach ihm. Robert sprang die Treppe hoch und erklärte ihm kurz: „Ich muss meine Mama vom Flughafen abholen. Bring die Lok schon mal in die Werkstatt, bis nachher."

Dann ging er zu Ilse. „Du hast es mitbekommen. Ich hole Vera vom Flughafen ab. Thea bleibt bei dir."

„Frank?", fragte sie.

„Es ging ihm nicht gut im Flieger. Sie haben ihn ins Krankenhaus gebracht." Omas Hand begann zu zittern. „Das wird schon wieder. Er ist jedenfalls in Deutschland und nicht in Ägypten. Ich fahre jetzt."

Thea brachte ihn zur Tür. „Überleg, ob du alles hast", sagte sie und blickte sich hektisch um.

Er sah sie an, beugte sich zu ihr herunter und gab ihr einen festen Kuss. „Jetzt hab ich alles. Wenn ich zurückkomme, müssen wir Abstand halten."

„Allerdings", stimmte sie leise zu. „Fahr vorsichtig."

Im Gehen rief er: „Ich wollte Kartoffelbrei und Gemüse kochen. Ist alles im Kühlschrank."

Robert hatte seine Mutter noch nie so gesehen. Er fand sie zusammengesunken auf einer Bank, direkt am Eingang des Flughafengebäudes. Sie hatte die Augen geschlossen. Ihr Gesicht war verquollen. Sie schien um Jahre gealtert zu sein.

Robert band sich den Mundschutz um und trat neben sie. „Hallo Mutti." Sie schreckte auf. „Hier ist dein Mundschutz, und die Hände müssen wir noch desinfizieren. Er sprühte Desinfektionsspray auf ihre und seine Hände. „Komm, das Auto steht gleich hier vorn. Kannst du einen Koffer schieben? Sie nickte und griff nach dem Koffer, der neben ihr stand. Doch kurz darauf knallte dieser auf den Boden. Sie stand wie versteinert daneben.

„Ich mache das. Komm, ich bring dich zum Auto", sagte er sanft. Er setzte sie hinter den Beifahrersitz und begründete: „Wir müssen Abstand halten wegen Oma."

„Ja klar." Robert lud das Gepäck ein und fuhr los.

Vera hielt die Augen geschlossen und sagte nach einer Weile: „Was haben wir da nur getan? Wir mussten ja unbedingt Urlaub machen und es musste Ägypten sein. Wir wussten doch von dem Virus. Haben die Sache nicht ernst genommen."

Robert ging nicht darauf ein. „Weißt du, in welches Krankenhaus Vati gebracht wurde?"

„In die Leipziger Uni-Klinik. Kannst du da nachher anrufen?"

„Ja, mach ich."

Langsam löste sich ihre Erstarrung. Er merkte es an ihren Fragen.

„Ist Oma allein zu Hause?"

Es war das erste Mal, dass sie nach ihrer Mutter fragte.

„Thea ist gerade gekommen, als du angerufen hast. Sie bleibt, bis wir zurück sind."

„Das ist sehr nett von ihr."

„Ja, sie war mir die ganze Zeit über schon eine große Hilfe." Robert erzählte ihr vom Arztbesuch und der Zwangseinweisung. Er berichtete von der Hausgemeinschaft und der Hofgestaltung.

„Philip, der vierjährige Sohn von Thea, spielt mit meinen Autos. Ich passe auf ihn auf, wenn Thea Oma behandelt oder wenn sie ins Pflegheim zu ihren Patienten geht. Der Junge hat Oma Geschichten aus den Kinderbüchern vorgelesen, das heißt, er tut so, als ob er liest. In Wirklichkeit kann er sie auswendig. Oma freut sich über ihn."

„Das sind ja mal positive Nachrichten." Kurz darauf war Vera eingeschlafen.

Das war gut so, fand Robert. Während er über die A14 und die Harzautobahn zurückfuhr, dachte er an Thea. Sie war anders als die Freundinnen, die er bisher hatte. Ihre Reife, ihre Selbständigkeit, ihre Ausstrahlung, ihre Hilfsbereitschaft, all das hatte er noch nie erlebt. Und das lag nicht nur an ihrem Alter, sondern auch daran, dass sie Mutter war. Er hatte das Gefühl, durch sie zu reifen, sich zu entwickeln, verantwortungsvoller zu werden. In einer Vorlesung hatte ein Professor einmal gesagt, dass Partnerschaft eine Schmiede für die Entwicklung beider Partner sein sollte. Wenn sie Entwicklung behindert, ist Trennung besser. Damals hatte er diese Aussage so hingenommen. Doch durch Thea verstand er es jetzt. Er fragte sich, ob auch er einen Beitrag für ihre Entwicklung leisten kann. Und dann fiel ihm ihr Ratschlag wieder ein. Er solle dranbleiben und die Recherche seines Großvaters fortsetzen, weil das Ergebnis sie auf einer anderen Ebene verbinden würde. Dieses Rätsel wollte er unbedingt lösen.

Zu Hause sprang Rolli ihnen zur Begrüßung entgegen. Vera weinte gleich los und streichelte ihn. „Wir haben dich so lange alleine gelassen, das tut mir leid, Rolli."

Der Hund zog an der Leine, die am Haken hing. „Oh das geht leider nicht. Ich lasse dich in den Garten." Sie öffnete die Terrassentür und der Hund stürzte hinaus. Dann setzte sie sich erschöpft in den Sessel. Robert holte das Gepäck aus dem Auto und stellte es im Flur ab. „Mutti, kann ich dich alleine lassen? Ich muss Thea ablösen."

„Ja, ja, ich bin so froh, dass ich wieder hier bin", sagte sie schluchzend.

Robert ließ sie nicht gerne so zurück, aber eine andere Möglichkeit gab es nicht.

Jetzt musste er an seinen Vater denken. Wie schlimm stand es um ihn? Hoffentlich war er nicht an einer

Beatmungsmaschine angeschlossen. Gerade wollte er sein Elternhaus verlassen, als es an der Haustür klingelte. Robert öffnete und war überrascht und erfreut zugleich, Thea, Philip und Oma zu sehen. Thea trat einen Schritt zurück und sagte: „Oma hatte keine Ruhe. Darum habe ich sie in den Rollstuhl gesetzt. Wir fahren schon eine Weile hier herum."
„Mama", rief Vera und wollte aus dem Hausflur auf sie zu stürzen. Robert hielt sie zurück. „Stopp, Mutti. Wo ist dein Mundschutz?", Vera ging zurück und holte ihn.
Oma hob die Hand und winkte.
„Ich bin da", sagte Vera überflüssigerweise. „Ich kann es gar nicht glauben, dass ich zu Hause bin, aber Frank ..." Sie fing an zu weinen und Oma liefen auch die Tränen. Vera nahm den Mundschutz ab und putzte sich die Nase. Dann erst fiel ihr Blick auf Thea und Philip. „Dass ist sehr nett von Ihnen, Thea, dass Sie sich um meine Mutter gekümmert haben."
„Und ich habe auch aufgepasst und Oma etwas vorgelesen", verkündete Philip stolz. Er zeigte drei Finger und dann noch den vierten. Die Reaktion darauf war eine Mischung aus Lachen und Weinen, wohl eher vor Rührung.
„Robert sagte ernst: „Philip, das hast du sehr gut gemacht. Oma hört gerne zu, wenn jemand etwas vorliest."
Thea strich ihrem Sohn über den Kopf und wandte sich an Robert: „Ich habe dir noch eine Mundspülung hingestellt. Tipp von meiner Mutter. Wenn das Virus im Halsraum ist, kann es damit noch abgetötet werden." Sie sah Vera an: „Ich könnte auch für Sie noch eine Mundspülung aus der Apotheke holen."
Vera winkte ab. „Bei mir ist Hopfen und Malz verloren. Ich war ja die ganze Zeit mit meinem Mann in einem Zimmer."
Robert entschied. „Mutti, ruh dich aus. Ich bringe Oma nach Hause und versuche nachher die Uni-Klinik zu erreichen."
„Halt!", rief Thea und hob die Hand. „Ich bringe Oma nach Hause und du fährst mit dem Auto vor, Mundspülung benutzen und Hände desinfizieren."
Robert zog bei ihrem strengen Ton die Augenbrauen hoch. „Okay, Frau Doktor."

Sie lächelte kurz und sagte dann: „Wir müssen beraten, wie es weiter geht."

Er wusste nicht, was sie meinte, nickte aber. „Zurück geht es bergauf. Das ist schwer", fiel Robert ein.

„Hab ich mir schon gedacht, als ich hier unten ankam", sagte Thea schmunzelnd.

„Ich helfe ihr doch", meinte Philip ernst.

„Okay, dann wird sie es schaffen", bestätigte Robert mit einem Grinsen.

„Männer", sagte Thea kopfschüttelnd. „Also bis gleich."

Zu Hause wurde Robert bewusst, wie vorsichtig und umsichtig Thea mit der Situation umging. Sie ließ ihn nicht in Omas Nähe. „Warte in der Küche auf mich." Sie zog Ilse Schuhe und Jacke aus und setzte sie in ihren Lieblingssessel.

Dann kam sie in die Küche und ging in die andere Ecke des Raumes. Philip war bereits wieder oben. „Ich will dir einen Vorschlag machen. Wenn es sich bestätigen sollte, dass dein Vater Covid-19 hat, dann sollten sich alle Kontaktpersonen testen lassen und bis zum Ergebnis in Quarantäne gehen. Das gilt auch für die Kontaktpersonen der Kontaktpersonen."

Robert unterbrach: „Ich habe die ganze Zeit über Mundschutz getragen und meine Mutter saß auf dem Rücksitz."

„Das genügt leider nicht. Ich habe mit meiner Mutter gesprochen. Robert, um deine Oma zu schützen, würde ich ab jetzt deine Rolle übernehmen und ein bis zwei Wochen hier einziehen, bis wir sicher sind, dass du nicht infiziert bist."

„Was?" Robert starrte sie an. Er glaubte sich verhört zu haben. „Du willst hier einziehen und ich?"

„Du ziehst zu deiner Mutter. Ich glaube, das Haus ist groß genug, dass ihr euch aus dem Weg gehen könnt. Du könntest aber auch in meine Wohnung ziehen oder in Frau Hermanns."

„Nein, nein, das geht nicht." Er schüttelte heftig den Kopf. „Das ist zu viel für dich. Du arbeitest, musst Philip und Oma betreuen, und wenn wir wirklich in Quarantäne sind, müsstest du auch noch für uns einkaufen und so. Das geht nicht."

Sie lachte laut. „Jan Robert Schumann, es geht hier nicht um dich oder deine Mutter, sondern nur um deine Oma. Sie gehört vom Alter und von ihrer Erkrankung her zur Risiko-Gruppe. Wir haben eine Pandemie, eine Naturkatastrophe, eine besondere Situation."

Robert strich sich mit den Händen übers Gesicht und stieß die Luft hörbar aus. Er wusste darauf nichts zu sagen. Und er hatte auch keine bessere Idee.

Thea setzte fort: „Du telefonierst erst mit dem Krankenhaus, vielleicht hat dein Vater auch etwas anderes. Dann ist mein Vorschlag hinfällig. Falls er positiv getestet wird, kannst du mit dem Gesundheitsamt Rücksprache halten, ob diese Vorsichtsmaßnahme nötig ist. Aber halte dich solange von Oma fern."

Jetzt klang sie wie seine Schwester. Darüber musste er schmunzeln. Dann fiel ihm ein: „Ich kann mich nicht so einfach vierzehn Tage im Haus vergraben. Da ist eine Menge zu erledigen. Mein Vater braucht Kleidung, die muss ich hinbringen. Sein Auto steht in Hannover. Das muss ich holen. Ich bin Betreuer von Frau Hermann. Das heißt, ich muss meine Zustimmung zu den Behandlungen geben. Die Wohnung von Frau Hermann muss ab und zu gelüftet werden. Und ich muss auf Philip aufpassen, wenn du ins Pflegeheim gehst."

„Weißt du, wie oft du das Wort *muss* verwendet hast? Fünf Mal. Aber fast alles, was du aufgezählt hast, können auch andere tun. Du könntest Matthias fragen, ob er das Auto deines Vaters holen kann. Herr Purowski ist LKW- Fahrer. Für ihn ist es eine Kleinigkeit, mal kurz nach Leipzig zu fahren und eine Tasche im Krankenhaus abzugeben. Frau Möhring wohnt neben Frau Hermann. Wenn du sie bittest, wird sie sich sicher um die Wohnung kümmern. Wenn ich arbeiten gehe, bringe ich Philip zu Tom. In der Zeit könnten die beiden syrischen Jungen mit Oma spazieren fahren. Schließlich wollen sie Altenpfleger werden."

Robert schüttelte den Kopf: „Ich fass es nicht. Du hast alles schon durchgeplant. Ich dachte immer, ich kann gut organisieren, ich studiere Dienstleistungsmanagement, aber jetzt habe ich wohl meine Meisterin gefunden."

„Du kriegst das auch hin, aber du bist im Moment gefühlsmäßig zu dicht an den Problemen dran, das ist alles", sagte Thea. „Ach übrigens, Frau Wang würde uns sicher Essen bringen. Dann brauchen wir nicht jeden Tag zu kochen."

„Ein Italiener wäre mir lieber", gab Robert zu. Thea musste laut lachen bei seinem Gesichtsausdruck. „Du kannst ja auch ab und zu den Pizzaservice anrufen. „Der Plan tritt erst in Kraft, wenn wir wissen, was dein Vater hat."

Robert ging ins Arbeitszimmer. Es dauerte einige Zeit, bis er mit der richtigen Station verbunden war und die Schwester einen Arzt gefunden hatte, der zu einem Gespräch bereit war. „Wie geht es meinem Vater?", fragte Robert den Mann, der sich mit Dr. Schüler vorstellte.

„Er ist stabil, bekommt Sauerstoff, wird aber nicht beatmet, noch nicht. Ich hoffe, es kommt nicht dazu. Er ist sehr erschöpft, hat leichtes Fieber."

„Ist es Covid19?"

„Wir gehen davon aus, dass er das Virus hat, haben aber noch kein Testergebnis."

„Meine Mutter war mit ihm in Ägypten. Sie zeigt keine Symptome. Ich habe sie vom Flughafen abgeholt. Ich betreue zurzeit meine Oma, die einen Schlaganfall hatte. Was raten Sie uns?"

„Sie begeben sich mit Ihrer Mutter in Quarantäne und Ihre Oma sollte von jemand anderen betreut werden, oder ins Heim gehen. Aber da ist man auch nicht mehr sicher."

Robert dachte an Theas Vorschlag. Nun blieb ihm nichts weiter übrig, als ihn anzunehmen. „Kann ich mit meinem Vater sprechen?"

„Morgen vielleicht. Er ist noch auf der Intensivstation. Ich sage ihm, dass Sie angerufen haben. Sie können sich morgen wieder melden."

„Thea, dein Plan tritt in Kraft. Ich ziehe aus und du ziehst ein. Lieber wäre mir allerdings, ich könnte auch hierbleiben", sagte Robert wehmütig.

„Und mit Philip spielen, der überträgt dann das Virus, während er bei Oma Bücher vorliest", sagte sie sachlich.

„Schon gut, mein Bedarf an Horrorszenarien ist für heute gedeckt", gab er sich geschlagen. Er war nicht glücklich mit der Fassung, sah aber auch keine andere Möglichkeit.

Thea verkündete: „Ich fahre jetzt nach Hause und packe. Wenn ich zurück bin, kannst du gehen." Sie rief nach oben: „Philip, wir müssen nach Hause fahren."

„Nein, ich muss …"

„Wir kommen wieder."

„Er könnte doch …", versuchte Robert dem Jungen zu helfen.

„Kann er nicht, weil du in diesem Zimmer deine Sachen einpacken musst."

„Okay, du hast den besseren Durchblick. Ich mache einfach, was du vorschlägst", sagte er mit einem schweren Seufzer.

„Das klingt doch sehr vernünftig. Pack deine Sachen! Bettwäsche kannst du auch abziehen und mitnehmen. Ich erkläre deiner Oma unseren Plan und dann sind wir kurz weg. Informiere deine Mutter!" Sie ging ins Wohnzimmer und kam fünf Minuten später zurück. „Oma ist einverstanden."

Philip kam missmutig die Treppe herunter. Robert trat zur Seite. „Es sind noch Spielsachen auf dem Boden, die hole ich herunter, okay?" Der Junge lächelte breit. „Bring noch Legosteine von zu Hause mit", erinnerte Robert ihn.

Thea und Philip zogen ihre Jacken und Schuhe an. Robert sah ihnen vom Ende des Flurs zu und sein Herz wurde schwer. „Das wird dann wohl ein Abschied für eine sehr lange Zeit", wurde ihm jetzt bewusst.

Thea antwortete resolut: „Kein Grund zur Traurigkeit. Du wirst öfter von mir hören, als dir lieb ist. Außerdem hast du zu tun. Frau Sommer will deine Arbeit in drei Tagen sehen. Das Buch von Frau Hermann hast du auch. Langeweile wird nicht aufkommen."

„Ihr werdet mir trotzdem fehlen", sagte er und hätte gerne noch mehr gesagt.

„So ein Abstand kann auch sehr erkenntnisreich sein“, entgegnete sie ernst.

Er sah vom Küchenfenster aus zu, wie sie ins Auto stiegen.

Vera Schumann hatte Schwierigkeiten, den neuen Plan zu begreifen. Sie saß auf der Couch am hinteren Ende des vierzehn Meter langen Raumes. Robert stand am Küchenblock auf der anderen Seite.

Sie stellte zum dritten Mal die gleichen Fragen: „Thea geht wirklich mit Oma zur Toilette?“

„Ja“, sagte Robert schon leicht genervt.

„Und zwei syrische Jugendliche sollen Oma spazieren fahren?“

„Jawohl.“

„Und Matthias und sein Vater wollen unser Auto abholen?“

„Leg endlich den Parkschein raus“, brummte Robert.

„Und ein fremder polnischer LKW-Fahrer bringt die Tasche für Vati ins Krankenhaus?“

„Für mich ist er nicht mehr fremd. Hast du gepackt?“

„Ja, die Tasche steht bereit. Und Thea will den Jungen zu einem Mann geben, der im Rollstuhl sitzt?“

„Der Mann im Rollstuhl heißt Tom, hat zwei Kinder und beaufsichtigt Philip nur, wenn Thea arbeiten muss. Sie hat nur drei Patienten außerhalb, im Moment jedenfalls.“

„Und das Essen lasst ihr vom Chinesen liefern?“, fragte Vera ungläubig.

„Nun ja, nicht jeden Tag, aber öfter mal, damit Thea mit dem Kochen entlastet wird.“

„Und ich sitze hier rum und kann gar nichts tun.“ Vera spielte nervös mit den Händen.

„Du hast auch eine Aufgabe. Du musst das alles bezahlen, die Fahrer, Omas Betreuer, das Essen.“

„Ja, natürlich. Ich muss zur Bank und brauche Bargeld.“

„Das müsste Thea erledigen.“

„Ich kann ihr doch nicht meine Karte geben und die Geheimnummer verraten“, sagte Vera entsetzt.

„Dann muss sie meine Karte benutzen, nachdem du mein
Konto aufgefüllt hast", bemerkte Robert trocken.
Jetzt lachte Vera. „Du vertraust ihr. Kennt ihr euch schon
länger?"
„Wir sind uns schon einmal begegnet, bevor sie zu Oma ins
Haus kam." Robert erzählte seine Spaghetti-Geschichte. „Sie
hat mich vom ersten Moment an beeindruckt. Vielleicht,
weil sie die Angelegenheit relativ gelassen hingenommen
hat. Ich war schockierter als sie. Habe mich richtig geärgert,
dass sie nicht zurückgekommen ist. Und dann steht sie mit
Philip bei Oma vor der Tür. Es war, als hätte mich der Blitz
getroffen." Robert schmunzelte bei der Vorstellung.
Vera seufzte. „Robert, sie hat einen Sohn, das bedeutet Verantwortung. Da kann man nicht einfach mal kommen und
gehen, wie einem gerade so ist. Deine bisherigen Beziehungen haben höchstens ein halbes Jahr gehalten."
Robert sparte sich die Worte, dass es bei Thea etwas anderes
war als sonst. Das klang abgedroschen, war aber so. Er erzählte: „Thea war mit einem Professor von meiner Hochschule verheiratet. Sie hat einen Beruf, baut sich ihre eigene
Praxis auf. Ich bin Student und mein Abschluss hängt am
seidenen Faden. Klingt irgendwie nicht so passend."
„Oh, dann scheint es dir ja ernst zu sein. Glaub mir, der Beruf
war völlig unwichtig, als ich deinen Vater kennenlernte. Er
hatte keine Ahnung von Musik und ich hatte nichts mit Zahlen am Hut. Es hat trotzdem einfach gepasst mit uns. Wichtig
sind Achtung und gegenseitige Akzeptanz, und dass man
nicht bei jedem kleinen Konflikt auseinanderläuft."
„Was ich bisher immer gemacht habe", gab Robert zu.
„Was deine Sorge betrifft, du hast eine abgeschlossene Berufsausbildung und könntest jederzeit wieder als Krankenpfleger arbeiten, wenn es mit dem Studium nicht klappt. Du
hast damals keine Lust gehabt, in Schichten zu arbeiten. Es
ging doch nicht um den Beruf an sich, wenn ich das richtig
verstanden habe", versuchte Vera ihren Sohn zu ermutigen.
„Ich konnte vor allem den Wert des Pflegeberufs nicht schätzen. Das ist jetzt anders. Ohne die Hilfe von außen wäre Oma

gar nicht lebensfähig. Es geht zwar nur um kleine Handgriffe, aber sie bekommen einen anderen Wert, wenn man sie nicht mehr selbständig ausführen kann. Thea hat gemeint, wir sind auf der Welt, um zu dienen. Darin liegen unsere Erfüllung und unser Glück."

„Thea scheint mir eine sehr kluge Frau zu sein, sehr reif für ihr Alter", sagte Vera nachdenklich.

Noch am selben Tag telefonierte Robert mit dem Gesundheitsamt. Die Anweisung lautete: häusliche Quarantäne und Coronatest. Jeder fuhr mit seinem Auto zur Teststation. Insgesamt konnten sie nicht mehr tun, als abzuwarten. Gegen Abend kam eine Nachricht von seinem Vater:

CORONA-TEST IST POSITIV. BIN NOCH AUF DER INTENSIVSTATION. WERDE VIELLEICHT MORGEN VERLEGT.

Aktuelle Meldung:
In Sachsen-Anhalt will die Polizei die Einhaltung der
Corona-Beschränkungen zu Ostern verstärkt kontrollieren.
Nach Angaben des Innenministeriums sind unter anderem
auch Polizeihubschrauber unterwegs ...

Frau Hermann

Der Freitag war gekommen, Karfreitag. Robert hatte sich
drei Tage im Arbeitszimmer seines Vaters verschanzt und
das getan, was wirklich drängte: die Bachelor-Arbeit schreiben. Jetzt fehlten ihm noch zwei Kapitel. Er hatte die Arbeit
unterschätzt. Ohne Theas Unterstützung und der Entbindung
von allen Aufgaben hätte er es nicht so weit geschafft. Nun
musste Robert die Einschätzung von Prof. Sommer abwarten.
Als er gegen Mittag die Arbeit abschickte, fiel ihm eine Last
von den Schultern. Er war zwar nicht fertig, hatte aber noch
vierzehn Tage und konnte sich eine Pause erlauben.
Der Corona-Test war bei ihm negativ ausgefallen, bei Vera
positiv. Sie zeigte aber bis auf leichte Halsschmerzen keine
Symptome. Bei seinem Vater war der Zustand schwankend
und weiterhin ungewiss.
Das Haus war in zwei Bereiche eingeteilt. Vera blieb unten,
schlief im Musikzimmer und nutzte das untere Bad. Robert
hatte die obere Etage für sich. Das Essen musste jeder für
sich kochen und einnehmen. Der Küchenblock wurde nach
der Benutzung gründlich desinfiziert. Ab und zu unterhielten
sie sich im Wohnzimmer bei größtmöglichem Abstand. Vera
lobte permanent Theas Einsatz. „Was hätten wir nur ohne
Thea gemacht?", sagte sie am Freitagmittag, als Robert sich
in der Küche Eier in die Pfanne schlug.
„Wie schafft sie das nur? Wir müssen ihr etwas dafür geben." Robert sagte nichts mehr dazu, da seine Mutter sich

ständig wiederholte. Er musste an die Geschichte denken, die
Thea ihm gestern Abend am Telefon erzählt hatte.
Robert konnte sich die Szene lebhaft vorstellen.

Sie hatte Philip bei Tom abgegeben. Als sie ihn abholen
wollte, fand sie zwei Männer vom Ordnungsamt im Hof, die
sich gerade mit Frau Möhring stritten. „Der soll mal seine
Brille putzen, wir machen doch hier keine Party", schimpfte
sie laut.
„Wir müssen jedem Hinweis nachgehen. Und Ihr Nachbar
hat nun mal behauptet, Sie würden sich nicht an die Regeln
halten."
„Und wie man sieht, sind Sie gerade beim Essen", fügte der
andere hinzu.
Thea schaltete sich ein und zeigte in die jeweilige Richtung:
„Das ist Homeschooling und das hier drüben Notbetreuung.
Ich war im Pflegeheim, systemrelevanter Beruf. Ich ziehe
eine private Notbetreuung vor, statt einer Notbetreuung mit
30 Kindern. Sie sollten den Hausbewohnern einen Orden
übergeben. Frau Möhring war Grundschullehrerin und hilft
den Schülern bei den Hausaufgaben."
„Dafür sind die Eltern zuständig", sagte der Ältere von den
beiden.
„Die Eltern von den beiden syrischen Jungen sind tot, und
Familie Wang hat ein Restaurant und liefert außer Haus, da-
mit sie die Krise überstehen. Wir halten uns nicht in einer
Wohnung auf, sondern unter freiem Himmel. Die Anste-
ckungsgefahr ist bei diesem Abstand nicht gegeben."
Die Männer wurden unruhig. „Wohnen Sie alle hier im
Haus?", fragte der jüngere Mann.
„Nur ich nicht", antwortete Thea. „Wie gesagt, mein Sohn
spielt hier mit Anna und Tim. Haben Sie Kinder?"
Die beiden wurden tatsächlich gesprächig. Es stellte sich her-
aus, dass ihre Kinder bei der Oma untergebracht waren.
„Den Luxus haben wir leider nicht", sagte Thea mit Bedau-
ern. „Außerdem ist das eigentlich auch nicht erlaubt, weil es

gefährlich ist. An der Apotheke hängt der Spruch: BRING CORONA NICHT ZU DEINER OMA.

„Ja, aber wie soll man es auch machen, wenn man arbeitet?", stotterte der Jüngere.

„Da bin ich völlig Ihrer Meinung. Jeder muss eine Lösung für seine Situation finden, natürlich im Rahmen der Regeln."

Robert sah Thea vor sich wie sie freundlich, aber bestimmend und sachlich in aller Ruhe die Situation meisterte. Er hatte nach ihrem Bericht gesagt: „Konfliktlösung, das ist ein Beispiel für meine Arbeit. Frau Möhring hätte die beiden beschimpft und am Ende wäre ein Bußgeld herausgekommen."

„Ich glaube Frau Möhring wird noch meine Freundin. Sie hat sich sogar bedankt", hatte Thea lachend erklärt.

Robert bedauerte mehr als einmal, dass er in Quarantäne war. Er wäre am liebten zu ihr hinübergelaufen und hätte … Er wollte nicht daran denken, was er am liebsten getan hätte.

Der Abstand war wirklich erkenntnisreich. Der Wunsch mit ihr zusammen zu sein, war übermächtig. Auch Philip fehlte ihm. Das Wort *Familie* schoss ihm durch den Kopf. Robert hatte noch nie den Gedanken an eine eigene Familie gehabt. Das Thema war nicht ausgeschlossen, sondern lag irgendwo in ferner Zukunft. Nun waren Thea und Philip in sein Leben getreten und damit war die Zukunft zur Gegenwart geworden, quasi über Nacht. Doch eine Familie zu haben, bedeutete auch, einen Beruf zu haben, Geld zu verdienen, den Lebensunterhalt zu finanzieren. Das hatte sein Vater oft genug betont.

Robert musste an die Prüfung denken. Die Vorstellung, dass das Studium ohne Abschluss enden könnte, jagte ihm jetzt Angst ein.

„Du sagst ja gar nichts mehr", wunderte sich Vera.

„Ich musste gerade an den Besuch des Ordnungsamtes im Hof von Frau Hermann denken. Robert erzählte ihr die Geschichte.

Vera sagte nachdenklich: „Ich kenne eigentlich keine junge Frau, die so selbstlos handelt."

„Ich auch nicht“, stimmte er zu.

Nach dem Mittagessen verbrachte Robert eine Stunde im Garten mit dem Hund. Er übte mit Rolli Kunststücke und warf Stöcke und Bälle durch die Gegend, die Rolli ihm zurückbrachte.

Vera sah vom Fenster aus zu.

Dann kam ihm ein Gedanke. Opas Unterlagen waren noch in seinem Arbeitszimmer.

Robert hatte sie beim Umzug vergessen. Und im Prinzip war das auch gut so, denn er hatte die drei Tage für seine Bachelor-Arbeit gebraucht.

Er zog sein Handy aus der Tasche und schrieb Thea eine Nachricht.

Gegen drei Uhr kamen Thea, Oma und Philip vorbei. Während seine Mutter in der Haustür stand und mit ihnen ein paar Worte auf Abstand wechselte, versteckte sich Robert hinter der Gardine oben am Fenster. Das hatten sie so vereinbart, wegen Philip.

Es war schon ein komisches Gefühl, sie jeden Tag zu sehen und nicht in ihre Nähe kommen zu dürfen. Am Dienstag würde er den nächsten Test machen und hoffentlich am Mittwoch Bescheid bekommen, dass er negativ ist. Aber es war auch möglich, dass er trotz aller Vorsicht das Virus eingefangen hat. Daran mochte er gar nicht denken.

Als die kleine Gruppe weitergezogen war, holte Robert den Umschlag, den Thea am Gartenzaun abgelegt hatte.

Jetzt hatte er alle Zettel und das Buch von Frau Hermann. Er nutzte den großen Schreibtisch im Arbeitszimmer seines Vaters, um die Zitate zu verteilen. Ein Text schien ihn besonders anzusprechen.

O Könige der Christenheit! Vernahmt ihr nicht das Wort Jesu, des Geistes Gottes: »Ich gehe hin und komme wieder zu euch (Joh. 14:28)« Warum versäumt ihr dann, als Er wiederkam zu euch in den Wolken des Himmels, Ihm zu nahen, auf dass ihr Sein Angesicht schauet und zu denen gehöret, die in Seine Gegenwart gelangten?

An anderer Stelle sagt Er: »Wenn aber jener, der Geist der Wahrheit, kommt, wird Er euch in alle Wahrheit leiten.« (Joh. 16:13) Und doch, seht, als Er die Wahrheit brachte, da weigertet ihr euch, Ihm euer Angesicht zuzuwenden, und verharrt dabei, euch mit Spiel und Tand zu vergnügen. (Ä 116:1)

Es war eindeutig. Dieser Text bestätigte die Wiederkehr Christi. Auch das nächste Zitat war eine Bestätigung:

Seht, die Sonne der Herrlichkeit stieg über dem Horizont Meiner Offenbarung empor und hüllte die ganze Menschheit in ihr Licht. Und dennoch, seht, wie ihr euch vor ihrem Glanze verschlossen habt und in völliger Achtlosigkeit versunken seid. (Ä 121:1)

Und noch ein Zitat fiel ihm ins Auge und schien ihm wieder wie eine Aufforderung:

Wie töricht sind jene, die über die zu frühe Geburt Seines Lichtes murren. O ihr innerlich Blinden! Ob zu früh oder zu spät – die Beweise Seiner strahlenden Herrlichkeit sind jetzt wirklich offenbar. Euch geziemt es festzustellen, ob ein solches Licht erschienen ist oder nicht … (Ä. 50)

Robert wiederholte: „O ihr innerlich Blinden." Er schloss daraus, dass man das Licht nur innerlich erkennen konnte. Es hatte nichts mit äußerem Licht zu tun. Hier war eine andere Dimension gemeint. Wie stellt man fest, dass das Licht erschienen ist? *Die Beweise Seiner strahlenden Herrlichkeit sind jetzt wirklich offenbar*, hieß es im Text. Es musste also feststellbar sein.

Es wurde Zeit, sich das Buch von Frau Hermann gründlich anzusehen.

Robert las die ersten Seiten:

Es ging um Schlagzeilen in den Zeitungen der Welt, die im Allgemeinen Aufsehen erregten.

Der Autor William Sears schreibt im Vorwort: *Die abgebrühten Zeitungsleute meinten, eine Schlagzeile könnte, falls sie echt sei, den größten Tumult erregen und wirklich die*

Welt aus den Angeln heben. Sie bestand nur aus drei Worten:
„CHRISTUS IST ERSCHIENEN!“
Gerade an so einer Meldung hatte der Mann bereits zwei Jahre gearbeitet. Angeregt wurde er durch ein Buch seiner Namensschwester Clara Sears, die spannende Geschichten über Menschen im neunzehnten Jahrhundert schrieb, die ernstlich auf die Wiederkehr Christi warteten.
Es stellte sich heraus, dass das Buch, das er in den Händen hielt, das Ergebnis einer siebenjährigen Forschung war. William Sears schreibt: *Wenn das, was ich entdeckt habe, wahr ist, dann ist es vielleicht die – wie hartgesottene Zeitungsredakteure im Westen sagen würden – dramatischste, die unerhörteste Geschichte, die jemand zu Papier bringen könnte.*
Robert sah von seinem Buch auf und blickte auf die Zitate. Hier waren die Worte des neuen Jesus Christus, der wie ein Dieb in der Nacht gekommen war. Er hat uns allerdings nichts gestohlen, sondern etwas gebracht. Ein seltsamer Vergleich, ging ihm durch den Kopf. So wie der Osterhase für kleine Kinder die Eier jedes Jahr bringt, aber niemand bekommt ihn zu Gesicht. Als er klein war, hatte sein Vater zu ihm gesagt, er solle früh aufstehen, damit er den Osterhasen noch sehen kann. Am nächsten Morgen hatte Klein-Robert getobt und geschrien, weil er den Osterhasen verpasst hatte. Aber die vielen bunten Eier und die mit Süßigkeiten gefüllten Körbchen hatten ihn dann entschädigt. So ähnlich kam es ihm jetzt auch vor. Wir haben Jesus verpasst, aber seine Worte liegen uns vor. Robert hoffte nun mit Hilfe des Buches herauszufinden, wer da für Jesus Christus gekommen war.
Seine Zuversicht verstärkte sich schon nach den ersten Seiten. Er war so vertieft, dass er zusammenzuckte, als das Handy klingelte. Robert brauchte einen Moment, um zu begreifen, was los war. Dr. Baumann war am Apparat.
„Wir brauchen Ihre Hilfe, Herr Schumann“, begann er ohne Umschweife. „Frau Hermann muss operiert werden. Sie hat schon Lähmungserscheinungen. Meine Güte, die Frau ist stur wie ein Esel, sie will nicht.“

„Ich weiß", sagte Robert matt. „Soll ich als Betreuer jetzt der OP zustimmen?"

„Ja schon, aber Ihre Zustimmung alleine reicht nicht. Wenn Frau Hermann nicht will, können wir höchstens über das Gericht gehen. Aber das dauert. Sie müssen herkommen und sie überzeugen."

„Es gibt ein Problem, ich bin in häuslicher Quarantäne, meine Mutter ist positiv getestet, mein Vater liegt mit Corona in der UNI-Klinik in Leipzig."

„Wurden Sie getestet?"

„Ja, vor drei Tagen, negativ, aber erst, wenn der zweite Test …"

„Ja, weiß ich", unterbrach er schnell. „Kommen Sie trotzdem her. Ich packe Sie in Schutzkleidung. Wir müssen wenigstens diese Möglichkeit noch nutzen. Es ist auch mit einer Operation fraglich, ob die Lähmung wieder zurückgeht."

Robert überlegte auf dem Weg zur Klinik, ob es das Risiko wert war. Wenn er doch positiv sein sollte und das Virus jetzt ins Krankenhaus schleppte, werden vielleicht andere infiziert und daran sterben. Am Ende lässt sich Frau Hermann nicht operieren. Die Worte des Arztes fielen ihm ein: *Wir müssen wenigstens diese Möglichkeit noch nutzen.* Na dann.

Robert desinfizierte sich sehr gründlich die Hände. Er bekam einen neuen Mundschutz und Dr. Baumann gab ihm Schutzkleidung.

Dann betrat er das Zimmer, indem Frau Hermann allein lag. „Hallo, Frau Hermann. Erkennen Sie mich in dem Aufzug? Sehe ich nicht aus wie ein Raumfahrer?", versuchte er es auf die lockere Tour.

Sie beäugte ihn skeptisch. „Robert?"

„Ja, der bin ich. Wie geht es Ihnen?"

„Besser, ich will nach Hause."

Sein Gehirn arbeitete auf Hochtouren. Wie bringe ich sie dazu, der OP zuzustimmen? Er musste an Thea denken, wie sie die Männer vom Ordnungsamt mit logischen Argumenten überzeugt hatte. Doch Logik kam bei Frau Hermann nicht an. Dann fiel ihm seine Arbeit über Konfliktlösung ein.

Jetzt hast du die Praxis, nun wende an, was du geschrieben hast, ermahnte ihn eine innere Stimme. *Sage etwas, dem sie zustimmen kann.*

Ohne nachzudenken begann er: „Zu Hause ist alles in Ordnung. Sie haben eine sehr schöne Wohnung und sehr schöne Möbel. Das ist mir aufgefallen, als ich die Blumen gegossen habe. Sind das Erbstücke?" Robert wusste absolut nicht, weshalb er genau das gesagt hatte. Aber Frau Hermann reagierte mit einem Lächeln. „Ein Teil ist von meinen Schwiegereltern, ein Teil von meinen Großeltern."

„Das haben Sie sehr gut kombiniert. Ihre Wohnung ist ein richtiges Kunstwerk. Das darf man nicht zerstören." Robert staunte über seine eigenen Worte. Er hatte eigentlich keine Ahnung von alten Möbeln.

„Genau, das hat mein Udo auch immer gesagt", bestätigte Frau Hermann mit einem Lächeln und wirkte sofort viel munterer. „Wir bleiben hier bis zum Schluss und nach uns muss Carola einziehen. Was will sie denn in Bayern? Wir haben hier im Harz auch Berge."

„Das ist ein guter Plan und es bedeutet, dass Sie alles tun müssen, damit Sie weiter die Treppe zu ihrer Wohnung benutzen können", sagte Robert und nun hatte er einen Grund gefunden.

Sie nickte und Robert setzte fort: „Dr. Baumann hat mir erzählt, dass Ihre Rückenschmerzen eine Ursache haben. Da gibt es einen Tumor, der auf Ihre Wirbelsäule drückt, und wenn der jetzt nicht SOFORT operiert wird, dann können Sie nicht mehr laufen, dann bleibt Ihnen nur der Rollstuhl. Mit einem Rollstuhl kommen Sie nicht in Ihre Wohnung."

Frau Hermann erstarrte augenblicklich und schien nachzudenken. „Die wollen doch alle nur verdienen. Außerdem habe ich keine Rückenschmerzen mehr", sagte sie trotzig.

„Weil Sie ein Schmerzmittel bekommen. Wenn wir das weglassen, werden Sie es kaum aushalten", warf Dr. Baumann ungeduldig ein.

„Ich nehme keine Tabletten", sagte sie erregt.

„Das wissen wir doch, Frau Hermann", versuchte Robert sie zu beruhigen. „Aber Sie mögen doch Spritzen."

„Ich mag die nicht, aber ich will keine Schmerzen."

„Genau, und deshalb muss das Ding in Ihrem Rücken da raus, schnell, sofort, JETZT."

Sie druckste herum, biss auf die Unterlippe. Sie war noch nicht überzeugt.

„Sie wollen doch in Ihrer Wohnung bleiben. Das hat sich doch Ihr Mann so gewünscht", fügte Robert hastig hinzu.

Sie nickte langsam. Der Arzt hielt ihr ein Blatt zur Unterschrift hin und zu Roberts Erstaunen unterschrieb sie.

„Aber, du passt solange auf meine Wohnung auf", rief sie Robert zu.

„Na klar, habe ich doch versprochen."

Nun ging alles sehr schnell. Die Krankenschwester, die mit im Raum war, begann die Bremsen vom Bett zu lösen und schob Frau Hermann hinaus.

Robert rief ihr nach: „Alles Gute für die OP."

Dr. Baumann klopfte ihm auf den Rücken. „Gut gemacht, wäre ich nie drauf gekommen, so mit ihr zu reden."

Ich auch nicht, dachte Robert. „Ich rufe morgen früh an und erkundige mich", rief er Dr. Baumann nach.

„Sie liegt dann auf der Chirurgie", antwortete der Arzt und war weg.

Robert zog sich um, desinfizierte noch einmal die Hände und fuhr nach Hause.

Seine Mutter empfing ihn mit roten Augen. „Vati ist wieder auf die Intensivstation gekommen. Er muss beatmet werden."

„Wie wird er beatmet?", fragte Robert sofort. „Was hat der Arzt gesagt? Handelt es sich um eine assistierte Beatmung, da übernimmt der Patient einen Teil selbst, oder um eine kontrollierte Beatmung, da wird die Atmung vom Respirator übernommen?"

„Ich glaube der Arzt hat von assistierter Beatmung gesprochen."

„Okay", sagte Robert langsam.

„Was bedeutet das?", fragte Vera.

„Die assistierte Beatmung dient zur Unterstützung bei der Einatmung. Sie wird dann eingesetzt, wenn der Kranke zwar noch alleine atmen kann, jedoch das Volumen nicht erreicht, das der Körper benötigt."

„Dazu benötigt man eine Nasen- oder Gesichtsmaske, stimmts?", fragte Vera nach.

Robert nickte. Er hoffte nichts weiter erklären zu müssen.

Doch Vera bohrte weiter: „Und die andere Variante? Ich will es wissen."

„Bei der invasiven Beatmung wird als erster Schritt eine Narkose eingeleitet. Anschließend wird ein Schlauch in die Luftröhre oder eine Maske auf dem Kehlkopf platziert. Dadurch kann das Beatmungsgerät die Arbeit übernehmen."

„Woran erkennen die Ärzte, wann welche Beatmungsmethode nötig ist?", wollte sie nun wissen. Ihre Augen waren angsterfüllt.

„Man erkennt es an der Sauerstoffsättigung im Blut. Sie muss mindestens 90 Prozent haben. Bei einem gesunden Menschen liegt sie zwischen 97 und 100 Prozent. Wenn Vati trotz Sauerstoffmaske nicht auf einen Wert von 90 Prozent kommt, dann ist eine künstliche Beatmung nötig. Auch eine erhöhte Atemfrequenz kann ein Indikator sein. Ein gesunder Erwachsener atmet pro Minute 18 Mal ein und aus. Erhöht sich diese Frequenz auf mehr als 35 Atemzüge pro Minute, kann das ein Grund für eine Beatmung sein."

„Du kennst dich immer noch aus", sagte Vera anerkennend.

„Das war Prüfungsstoff. Damals war ich besser vorbereitet als ..." Er ließ den Satz unvollendet. Es war im Moment nicht wichtig.

Vera sah ihn an und fragte mit erstickter Stimme: „Und warum sterben dann so viele Leute in Italien?"

„Ich habe mich noch nicht richtig damit beschäftigt. Aber wie es aussieht, kommt es zu einem Lungenversagen, weil das Lungengewebe vernarbt."

„Und da kann man dann nichts mehr machen?", fragte Vera vorsichtig.

„Der Einsatz einer künstlichen Lunge, der sogenannten ECMO, wäre noch möglich um ein solches Lungenversagen zu überleben. Aber nun ist es gut, Mutti. Vati bekommt eine assistierte Beatmung, er atmet noch selbst."
Sie schwiegen eine Weile. Dann wollte Vera wissen: „Was ist eigentlich mit Frau Hermann?"
Robert erzählte von der notwendigen OP und wie er die Einwilligung von Frau Hermann erhalten hatte. „Die arme Frau", sagte sie mitfühlend.
„Da sie schon Lähmungserscheinungen hat, ist es fraglich, ob sie ihre Wohnung je wiedersehen wird. Und ich habe es ihr versprochen", wurde Robert jetzt klar und schon meldete sich das schlechte Gewissen.
„Das kannst du doch gar nicht versprechen. Du hast ihr klargemacht, dass es keine andere Option gibt, als diese Operation, wenn sie ihre Wohnung wiedersehen will", korrigierte Vera. „Da hast du dir eine ziemliche Last aufgeladen."
„Am Anfang war ich völlig dagegen, mich um die Frau zu kümmern. Aber jetzt bin ich froh, dass ich etwas für sie tun kann. Wenn wir etwas für andere tun, tun wir auch etwas für uns selbst", erinnerte er sich an Theas Worte.
„Wenn wir doch nur für Frank etwas tun könnten", sagte Vera traurig.
Das und die Aktion mit Frau Hermann erzählte er Thea eine Stunde später und sie sagte schlicht: „Wir können immer etwas tun. Man kann für die Kranken beten."
Robert hatte das Beten nur in der Kirche erlebt und es kam ihm zunächst seltsam vor, dass es für Thea etwas Normales war. Doch war er damit einverstanden, dass sie ein Gebet am Telefon las. „Ich schick dir das aufs Handy", sagte sie anschließend. „Wir müssen für beide beten", fügte sie hinzu.
„Und du glaubst daran, dass es was bringt?", fragte er skeptisch.
„Ich glaube an die Kraft des Gebetes, weil es Gott und eine geistige Welt gibt. Beide Welten sind miteinander verbunden. Ja, sie bilden eine Einheit."

„Das hat Philip schon verstanden", fügte Robert nachdenklich hinzu. *„Mein Papa ist im Himmel und passt auf mich auf"*, hat er gesagt.

„Das ist die Vereinfachung eines geistigen Gesetzes."

„Von dem ich bisher nichts wusste. Ich habe übrigens heute angefangen, das Buch von William Sears zu lesen und ein paar Zitate. Ich frage mich, weshalb die Wiederkehr Christi so ein besonderes Ereignis ist. Was habe ich davon, oder mein Vater oder Frau Hermann? Was ändert sich in unserem Leben, wenn wir wissen, dass Christus wiedergekehrt ist?"

Sie schwieg einen Moment und sagte dann: „Zu deiner ersten Frage, was deinen Vater und Frau Hermann betrifft. Ich bin überzeugt, dass wir unseren gesamten Fortschritt, also auch den medizinischen Fortschritt, dieser neuen Offenbarung zu verdanken haben. Also einfach ausgedrückt, ohne Christi Wiederkehr hätten wir keine modernen Geräte, die jetzt vielleicht das Leben der beiden retten."

„Na das ist ja mal eine Verbindung, darauf muss man erstmal kommen", sagte Robert und erinnerte sich im nächsten Moment an die Liste mit den Erfindungen nach 1844. „Klingt im ersten Moment etwas weit hergeholt."

„Ich weiß", gab Thea zu, „aber wenn du die wissenschaftlichen Errungenschaften ab 1844 untersuchst, dann klingt meine Behauptung nicht mehr so abwegig. Doch das ist nur ein Aspekt. Davon profitiert die ganze Welt, ob gläubig oder nicht gläubig. Aber warum ist es so wichtig, dass der Einzelne davon erfährt? Du hast gefragt, was sich in unserem Leben ändert, wenn wir darüber Bescheid wissen.

Der Mensch ist ein geistiges Wesen. Er ist vollkommen erschaffen, aber diese Vollkommenheit muss entwickelt werden. Ein Obstkern hat die Anlage, ein Baum mit Früchten zu werden. Aber dazu braucht er die richtigen Wachstumsbedingungen, einen guten Boden, Wasser und Wärme. Die angelegten Vollkommenheiten im Menschen brauchen ebenfalls die richtigen Bedingungen, um sichtbar zu werden. Gott sendet uns über seine Boten Anweisungen für unser Leben, die unserer Entwicklung dienen."

„Warum sollen wir uns entwickeln und was sollen wir entwickeln?“, fragte Robert dazwischen.
Sie schwieg einen Moment, bevor sie erklärte: „Unsere eigentliche Lebensaufgabe ist nicht im Hier zu finden, sondern
im Jenseits. Hier bereiten wir uns vor, entwickeln geistige
Eigenschaften und Kräfte und im Jenseits werden sie benutzt.
„Und was benutzen wir dort?“
„Unsere reinen Taten und Tugenden sind das Kapital in der
nächsten Welt, auch wenn wir uns das jetzt nicht wirklich
vorstellen können.“
„Aha. Dann sind die zehn Gebote so etwas wie Entwick-
lungshelfer?“, sagte Robert nachdenklich. „Der Pfarrer war
davon überzeugt, dass sie immer gültig sein werden.“
„Im Prinzip schon“, gab Thea zu.
„Aber weshalb ist dann das zweite Kommen Christi nötig?“,
fiel Robert ein.
„Ich bin sicher, du findest die Antwort im Buch. Aber soviel
vorweg, und du solltest das prüfen. Im Grunde gibt es nur
eine Religion, aber sie muss immer wieder erneuert werden,
dem Entwicklungsstand der Menschen angepasst werden.
Wir haben es mit einer fortschreitenden Gottesoffenbarung
zu tun. Die Menschheit steht in ihrer Entwicklungsstufe an
der Schwelle zum Erwachsensein und braucht neue Gesetze,
Gebote und Prinzipien. Die zehn Gebote sind immer noch
gültig, aber müssen quasi erweitert werden mit Anweisungen, die zu den heutigen Problemen, Aufgaben und Zielen
passen. Wir sind auf dem Weg zur Einheit der Menschheit.“
„Aha“, sagte er nur. „Das war eine Menge Stoff für jemand,
der damit noch nichts zu tun hatte.“
„Ich weiß, aber du hast Fragen gestellt.“
„Danke für die Antworten.“
„Ach, soll ich deiner Oma von Frau Hermanns OP erzählen?“, fragte Thea.
„Ich denke, wir sollten es ihr erst sagen, wenn wir wissen,
wie die OP verlaufen ist.“

Mit Thea zu reden, beruhigte ihn auf seltsame Weise. Ihre Einstellung zum Leben und zum Tod nahm ihm etwas von der Sorge um seinen Vater.

Robert sah sich die Zettel auf dem Schreibtisch noch einmal an. Er entdeckte einen Text, der ihm wie eine Zusammenfassung seines Gespräches mit Thea vorkam.

Die jenseitige Welt ist eine Welt strahlender Heiligkeit; deshalb tut es dem Menschen Not, dass er in dieser Welt solche göttlichen Eigenschaften erwirbt. In jener Welt braucht man Geistigkeit, Glauben, Gewissheit, Erkenntnis Gottes, Liebe zu Gott … Jene göttliche Welt ist eine Welt des Lichtes; deshalb braucht der Mensch hier Erleuchtung. Dort ist eine Welt der Liebe; die Liebe zu Gott ist wesentlich. Es ist eine Welt der Vollkommenheit. Tugenden oder Vollkommenheiten müssen erworben werden. Belebt wird jene Welt durch den Odem des Heiligen Geistes; ihn müssen wir in dieser Welt suchen. Dort ist das Reich des ewigen Lebens; wir müssen es während dieses vergänglichen Daseins erreichen. (Und zu Ihm… S. 93)

Es war nicht nur eine Zusammenfassung, sondern entsprach auch inhaltlich dem, was sein Großvater im Traum gesagt hatte.

„Robert, wir sind erschaffen, um ewig zu leben, aber die Voraussetzung dafür ist, im Licht zu leben. Es wird Zeit, du musst das Licht suchen und es aufnehmen. Ohne Licht verfehlt der Mensch sein Lebensziel. Das Licht löscht die Aggressionen im Herzen und macht Frieden erst möglich. Suche, Robert, für dich, für die Familie und für die Menschheit."

Aktuelle Meldung:
Papst Franziskus hat das Osterfest mit einer Abendmesse er-
öffnet, die wegen der Pandemie ohne Pilger stattfand. Bei
dem Gottesdienst im riesigen Petersdom, der zehntausende
Besucher fasst, waren nur wenige Würdenträger und Gläu-
bige dabei ...

Der Verheißene

„Ich könnte doch ein paar Eier färben und du versteckst sie
bei Oma im Garten. Dann kann Philip sie sammeln", sagte
Vera am Samstagmorgen, als sie auf der Terrasse ihren Kaffee trank. Robert frühstückte auf der anderen Seite des Tisches.

„Und die reiben wir dann alle mit Desinfektionsspray ein",
antwortete er gelassen und erstickte damit weitere Ideen seiner Mutter. Aber im Grunde war ihm klar, dass sie sich ablenken wollte. Es gab bisher keine Entwarnung. Sein Vater
wird beatmet, hieß es beim letzten Anruf.

„Geh ein bisschen in den Garten", schlug Robert vor. „Der
Frühling ist da. Bei zweitausend Quadratmeter Grundstück
gibt es immer etwas zu tun, sagst du doch ständig. Oder
spiele Klavier."

Sie winkte ab. „Es heißt, dass die Hälfte aller Patienten, die
beatmet werden, trotzdem sterben. Wenn Vati stirbt, dann
weiß ich nicht, wie das werden soll, die Firma, das Haus, ich
kann das nicht halten." Sie fing wieder an zu weinen.

Robert wunderte sich selbst, dass er die Lage nicht mehr
ganz so schlimm sah, obwohl sich eigentlich nichts geändert
hatte. Konnte es sein, dass er durch die Gespräche mit Thea
und durch die Zitate schon einen anderen Blick auf das Leben hatte? Oder musste er jetzt einfach der Stärkere sein. Es
genügte, dass seine Mutter die Welt durch eine dunkle Brille
betrachtete.

„Ich habe für Vati und Frau Hermann gebetet, um Heilung“,
gab er zu. „Thea hat mir das empfohlen und mir ein Gebet
geschickt. Vielleicht beruhigt dich das ein bisschen.“
„Seit wann bist du denn gläubig? Tust du das für Thea?“,
fragte sie überrascht und putzte sich die Nase.
„Es ist schon merkwürdig wie alles zusammenpasst“, sagte
Robert und nahm einen Schluck Kaffee.
„Was meinst du?“
„Ich hatte einen Traum, eigentlich sind es drei Träume. Habe
dir nie davon erzählt.“ Robert erinnerte sie an die Krankheit
von Clara.
„Du hast das geträumt. Zu uns hast du gesagt, dass da was
nicht stimmt, weil sie nicht ans Telefon geht.“
„Wärt ihr denn gefahren, wenn ich euch vom Traum erzählt
hätte?“
Vera überlegte kurz: „Wahrscheinlich nicht gleich. Wir hät-
ten versucht, sie zu erreichen.“
„Dann wärt ihr vielleicht zu spät gekommen.“
Vera schlug die Hände vors Gesicht.
„Der zweite Traum war eine Begegnung mit Opa, als es da-
rum ging, ob ich bei der Bundeswehr bleiben oder studieren
sollte. Opa hat im Traum zu mir gesagt: *Du solltest jedem,
der dir begegnet einen guten Dienst erweisen und von Nutzen
sein. Konflikte müssen friedlich gelöst werden und nicht mit
Waffen.*
Bei meinen Recherchen bin ich am nächsten Tag über das
Wort Dienstleistungsmanagement gestolpert.“
Vera sah ihn verblüfft an. „Ich habe immer gedacht, du woll-
test nach Wernigerode zurück.“
„Das auch, aber eigentlich gab dieses Wort *Dienst* den Aus-
schlag.“
„Den dritten Traum habe ich aufgeschrieben, Moment. Er
holte seinen Laptop und las ihn vor.
Vera starrte ihn an. Den letzten Satz habe ich doch schon mal
gehört.“ Sie überlegte. „Ich glaube, er stand mal auf einer
Geburtstagskarte für dich. Dein Opa hat dir geschrieben zum
Geburtstag. Irgendwann habe ich die Karte in deiner Tasche

gefunden und mich gewundert, was mein Vater da wieder für Sprüche hat.“

„Gibt es die Karte noch?“

„Ich glaube nicht. Das ist mindestens fünf Jahre her.“
Robert erzählte von der Traumtherapeutin und ihrem sonderbaren Verhalten.

„Das ist wirklich merkwürdig. Warum hast du sie nicht weiter befragt?“, wunderte sich Vera.

„Sie hatte es sehr eilig, mich loszuwerden. Ihre Empfehlung war, ich soll alles annehmen, was mir vor die Füße fällt. Wenn mich jemand zu einem Malkurs einlädt und ich keine Lust dazu habe, soll ich trotzdem hingehen. Danach passierten lauter Dinge, die ich mir freiwillig nicht ausgesucht hätte, Hund und Katze füttern, Oma versorgen, Frau Hermann betreuen.“

Vera nickte und fügte hinzu: „Eine Frau kennenlernen mit einem Kind. Kinder können anstrengend sein und machen Arbeit.“

„Da muss ich widersprechen. Thea und Philip sehe ich wie eine Belohnung für all das.

Aber das ist noch nicht alles. Ich habe in Opas Arbeitszimmer Texte und Zitate gefunden, die zu meinem Traum passen. Deshalb habe ich angefangen, seine Recherchen zu sichten. Ihr habt ihn für verrückt gehalten, wenn er von der Wiederkehr Christi gesprochen hat und dass dieses Ereignis weitgehend unbemerkt blieb. Inzwischen habe ich das dazugehörige Buch bei Frau Hermann entdeckt und kann mich damit gründlicher beschäftigen.“

„Jetzt fängst du auch noch damit an. Du hast mit deiner Bachelor-Arbeit zu tun.“

„Jawohl, Mutti. Aber wenn ich etwas Luft habe, buddele ich da weiter. Es gibt noch einen Grund. Thea. Sie hat sich die Zettel von Opa angesehen. Und ich bin mir sicher, dass sie Bescheid weiß, sich auskennt. Aber sie möchte, dass ich selbständig nach der Wahrheit suche. Sie hat mich gebeten, dran zu bleiben. Es wird unsere Verbindung auf eine andere Ebene bringen.“

„Ich kann überhaupt nicht mehr folgen. Was geht hier vor? Jetzt fängst du auch noch mit diesem Gerede von der Wiederkehr Christi an. Das hat uns doch nie interessiert. Opa war nie in der Kirche, war sogar dagegen, wenn Oma zum Pfarrer ging. Und plötzlich war er besessen davon, alle Menschen in seinem Umfeld zu informieren. Er hat die Leute damit abgestoßen und Oma fast zur Weißglut gebracht. Udo Hermann war genauso verrückt. Und jetzt erzählst du mir, Opa erscheint bei dir im Traum. Das macht mir Angst." Vera stand auf und trat ein paar Schritte in den Garten.

„Mutti, ich wollte dir das gar nicht erzählen, weil ich mir dachte, dass du allergisch darauf reagierst. Aber findest du nicht, es sind sehr seltsame Zufälle. Thea ist die Logopädin für Oma. Ohne ihren Schlaganfall hätten wir uns nie wieder getroffen. Und ausgerechnet sie weiß über das Bescheid, was ihr bei Opa als Wahnvorstellung abgetan habt. Es kann kein Unsinn sein, was Opa da ausgegraben hat."

„Willst du etwa sagen, dass Oma diesen Schlaganfall bekommen musste, damit Thea in dein Leben treten konnte, weil sie Opas Recherchen …" Sie brach ab und riss die Hände hoch. „Das ist doch völliger Unsinn. Robert, du bist ein vernünftig denkender Mensch. Du kannst das doch nicht wirklich glauben."

„Opa war auch ein vernünftig denkender Mensch. Und nur weil er etwas herausgefunden hat, was schon in der Bibel steht, aber aus irgendeinem Grund niemand wissen möchte, habt ihr ihn für verrückt erklärt."

„Wenn es so wäre, dann müssten doch die Kirchenleute, die Pastoren oder Pfarrer, die Theologen das wissen, die machen doch den ganzen Tag nichts anderes, als in ihrer Bibel lesen und den Inhalt erklären", sagte Vera aufgebracht.

„Eben, das ist der springende Punkt. Weshalb hat Opa etwas erkannt, was die Leute, die Jesus Christus am nächsten stehen, nicht erkennen?"

Vera zuckte mit den Schultern. „Wozu muss man das wissen?", fragte sie.

Robert musste an sein Gespräch mit Thea denken – ... *ohne Christi Wiederkehr hätten wir keine modernen Geräte, die jetzt vielleicht das Leben der beiden retten.* – Er hätte seiner Mutter diese Erklärung auch geben können, aber er hatte das Gefühl, sie würde es als völligen Unsinn abtun. *Wenn man etwas nicht wahrhaben will, dann nützen die besten Argumente nichts,* hörte er seinen Großvater sagen.

Er ließ ihre Frage unbeantwortet und sagte stattdessen: „Übrigens, Oma hat mir ein Testament von Frau Hermann gezeigt. Sie vermacht unserer Familie ihre Bücher."

Vera drehte sich um und sah ihn entsetzt an. „Was sollen wir denn damit? Wir erben doch schon die Bücher von Opa. Dann kann ich hier ja eine Staatsbibliothek eröffnen."

„Ich schätze, ihr müsst noch anbauen", sagte Robert trocken. Sie lachten jetzt beide. Ihr Handy klingelte.

„Ihr Mann ist wieder auf der Normalstation. Er schläft. Sie können später anrufen", hieß es. Vera schloss kurz die Augen. „Noch so ein paar Auf- und Abbewegungen halten meine Nerven nicht aus." Sie fiel wieder in den Sessel.

Robert stellte sein Geschirr in den Geschirrspüler und rief von seinem Platz aus das hiesige Krankenhaus an. Die Schwester teilte ihm mit, dass Frau Hermann die OP gut überstanden hat, aber noch auf der Intensivstation liegt. Weitere Auskünfte konnte sie nicht geben. Robert informierte Carola Färber.

Sie sagte kraftlos: „Meine Mutter hat sich tatsächlich operieren lassen. Wie kam es zu diesem Sinneswandel? Ich konnte sie nicht zu einer OP überreden."

„Bei mir hat es geklappt", sagte Robert freudig.

„Den Trick müssen Sie mir verraten."

Er hatte das Gefühl, die Frau aufmuntern zu müssen. „Es gibt zwei Tricks. Wenn sie mir die Tür nicht aufmachen will, sage ich immer: *Carola macht sich Sorgen, ich soll mal nach Ihnen sehen.*"

„Und dann machte sie auf?", fragte sie jetzt schon munterer.

„Hat bisher geklappt. Und diesmal habe ich mit ihr über ihre tollen Möbel gesprochen. Sie hat mir verraten, dass sie bis zum Ende in dieser Wohnung bleiben möchte und dann dürfen Sie einziehen."

Am anderen Ende schrie Frau Färber kurz auf. „Um Gottes willen, den ganzen alten Schrapel kann ich überhaupt nicht gebrauchen. Das ist doch keine Wohnung, sondern ein Museum", sagte sie entsetzt.

„Jedenfalls konnte ich Ihre Mutter überzeugen, dass sie mit einem Rollstuhl nicht in diese Wohnung kommt."

„Und wenn sie nun gelähmt ist?"

„Dann kommt das Problem Rollstuhl auf uns zu, aber da reden wir erst drüber, wenn es soweit ist." Robert beendete das Telefonat.

Vera hatte zugehört. „Das hätte ich dir gar nicht zugetraut, so geschickt mit Menschen umzugehen."

„Kannst mal sehen, welche Entwicklungsmöglichkeiten mir Opas Traumbotschaft bietet", antwortete er schmunzelnd.

„Ich tippe eher auf Thea. Bei so einer taffen Frau kann man sich nur entwickeln."

„Da könntest du Recht haben", sagte er nachdenklich.

Wie lauteten Theas Worte? *„Das Buch ‚Dieb in der Nacht' ist wichtig, aber jetzt nicht dran."* Doch jetzt war es dran. Robert ging nach dem Frühstück in sein Zimmer und las. Der erste Teil beinhaltete das, was er auf den losen Blättern seines Großvaters bereits gefunden hatte. Es war ausführlicher und die Reihenfolge war etwas anders. Auch kannte er schon die bemerkenswerte Parallele zwischen Jesus und dem jungen Mann aus Persien.

Am 24. Mai 1844 sandte im Westen Samuel Morse sein berühmtes Telegramm mit den Worten aus der Heiligen Schrift über den Atlantischen Ozean: „WAS HAT GOTT BEWIRKT!"

Am 23. Mai 1844, dem Tag davor, erhob im Osten der junge Mann seinen verblüffenden Anspruch. Er erklärte, dass dieser Tag in allen heiligen Schriften der Vergangenheit vorausgesagt worden sei. Dieser Tag, sagte er, sei der Tag, „der einen Herde und des einen Hirten"... Ich erfuhr, dass er „der Báb" genannt wurde. Wie der Name Christus „der Gesalbte" heißt, bedeutet der Name Báb „das Tor". Dieser junge Mann verkündete, dass er das „Tor" sei, durch das der in allen heiligen Schriften Verheißene schreiten und die eine Herde Gottes zusammenbringen werde. (S.124)

Robert stutzte bei dem Hinweis *in allen heiligen Schriften*. Bisher ging es nur um die Wiederkehr Christi. Aber nun war da die Aussage, dass es auch die anderen Religionen betraf. Robert kannte jetzt den Namen des jungen Mannes – der Báb – und das war ein wichtiger Schritt.

Der Báb sagte, er sei der Herold und Vorläufer eines Größeren als ihn selbst. Seine Mission sei es, die Menschen zu Gott zurückzurufen und den Weg für den großen Welterlöser, der von Christus und allen Propheten der Vergangenheit verheißen war, vorzubereiten. Ähnlich wie Johannes der Täufer der Vorläufer Christi gewesen war, erklärte der Báb, der Vorläufer dieses verheißenen Erlösers aller Zeiten zu sein. (S.125)

Robert entdeckte, dass es in den heiligen Schriften Persiens mehrere Prophezeiungen gab, die auf zwei himmlische Boten verwiesen. Eine davon lautet:

Denn bald nach den ersten Posaunenstoß, der die Erde mit Tod und Verderben heimsuchen wird, soll ein anderer Ruf erschallen, auf dessen Klang hin alles erquickt und neu belebt werden wird. (Nabils Bericht 2:24)

Robert überflog ein paar Seiten und fand Zeugenberichte.

Am Abend des 23. Mai 1844 zwei Stunden und elf Minuten nach Sonnenuntergang im fernen Shíráz in Persien, redete der Báb mit einem bescheidenen jungen Wahrheitssucher, ähnlich wie Christus mit einfachen Fischersleuten geredet hatte. Er sagte: „Diese Nacht, diese Stunde wird in künftigen Tagen als eine der größten und wichtigsten aller Feste gefeiert werden. (Nabils Bericht 3:13)

Auf den nächsten Seiten erfuhr Robert, wann der zweite Offenbarer kommen sollte:

Ehe nicht neun Jahre von Beginn dieser Sache an vergangen sind, wird das Wesen alles Erschaffenen nicht offenbart werden ... Habe Geduld, bis du eine neue Schöpfung schaust ... Im Jahre neun werdet ihr in die Gegenwart Gottes gelangen. (Brief an den Sohn des Wolfes S.223)

Nun hielt es Robert vor Aufregung nicht mehr aus. Er musste jetzt wissen, wer dieser zweite Offenbarer, der neun Jahre später kam, war. Deshalb überflog er die nächsten Seiten nur: *Seine Mission begann im Osten, wie von Hesekiel und Christus vorausgesagt. Sie begann in Persien, wie von Daniel verheißen. Sie begann in Teheran, wie vom Báb prophezeit. Und sie begann genau neun Jahre später. (S.138)*

Endlich fand er den Namen *Husayn-Ali.* Er erhielt den Titel *Bahá'u'lláh, die Herrlichkeit Gottes.*

Es klingt fremdartig, dachte Robert. Aber der neue Name war ihm ja schon in den Unterlagen seines Großvaters begegnet, allerdings nur als Übersetzung: *Die Herrlichkeit Gottes.* Robert beschloss, sich mit der Lebensgeschichte des Mannes zu beschäftigen, als sein Telefon klingelte. Thea. Sie kam gar nicht dazu, etwas zu sagen: Er rief ins Handy: „Ich habe die Namen der beiden Gottesoffenbarer, Báb und Bahá'u'lláh. Der Báb war der Vorläufer wie Johannes der Täufer und Bahá'u'lláh ist dann der wiedergekehrte Christus."

„Na, das überrascht mich jetzt aber. Ich dachte du bist bei der Konfliktlösung", sagte Thea freudig.

„Heute mal nicht, habe mir eine Pause verdient", erklärte er.

„Das ist eine sehr sinnvolle Pausenbeschäftigung. Nur noch ein kleiner Hinweis dazu. Wir haben es hier mit zwei Offenbarern zu tun, also einer Zwillingsoffenbarung. Der Báb war nicht nur der Vorläufer, sondern hat eine eigene Offenbarung gebracht."

„Aha. Bei dir klingen die Namen so selbstverständlich. Ich empfinde sie als fremdartig."

„Ja, ist am Anfang so. Aber Jesus kam auch nicht aus Deutschland."

Er lachte. „Das stimmt. Ich wollte mich gerade mit dem Leben von Bahá'u'lláh beschäftigen, als du angerufen hast. Ist etwas mit Oma oder Philip?", fragte er jetzt gespannt.

„Nein, alles okay. Sie schlafen beide. Ich wollte einfach …", sie überlegte, was sie sagen sollte, „mal hören, was du so machst."

„Du hast mich vermisst, gib es zu", sagte er und lachte leise. „Erwischt."

„Und ich bin froh, dass ich gerade dieses spannende Buch hier durchforste, damit ich nicht ständig an dich denken muss."

„Was Bücher doch so bewirken können", sagte sie leichthin.

„Es ist der Inhalt des Buches. Die Sache scheint immer größer zu werden, kaum fassbar. Wie konnte so etwas Großes und Bedeutendes übersehen werden?"

„Die Größe ist nicht materiell, sondern geistig zu sehen. Und um das Geistige zu sehen, braucht man geistige Augen."

„Und wie bekommt man die?"

„Das Wort Gottes ist die Nahrung, die wir brauchen, um geistig zu wachsen", antwortete sie schlicht.

„Und wenn man sich nicht für das Wort Gottes interessiert, oder gar nicht weiß, dass es da ist, dann kann man geistige Dinge nicht erfassen", setzte Robert den Gedanken fort.

„Was schlägst du vor. Soll ich mir den Lebenslauf Bahá'u'lláhs ansehen oder erst geistige Nahrung aufnehmen?"

„Du nimmst die ganze Zeit schon geistige Nahrung auf. Die Zitatsammlung deines Großvaters ist das Wort Gottes, ist geistige Nahrung. Und die Wirkung hast du bereits erlebt an dem Zitat *Glück und Größe…*"

„Stimmt", sagte er verblüfft.

„Ich könnte mir vorstellen, dass dein Großvater über das Buch von William Sears zu Bahá'u'lláh gekommen ist und dann hat er sich mit der Botschaft beschäftigt und für ihn wichtige Zitate gesammelt. Für dich verlief der Weg parallel, was wahrscheinlich deinen Hunger gesteigert hat", erklärte Thea.

„Mein Hunger wurde durch deine Bemerkung gesteigert. Du hast gesagt, ich soll dranbleiben, weil uns das Ergebnis auf einer anderen Ebene verbinden wird“, erinnerte er sie.

„Und was denkst du? Sind wir schon auf einer anderen Ebene verbunden?“, fragte sie herausfordernd.

„Du meinst … eine geistige Ebene.“

„Genau.“

„Das, was wir besprechen, habe ich noch nie mit jemandem besprochen“, gestand er ein.

„Und ich dachte“, er stoppte und überlegte wie er es formulieren sollte. „Ich dachte an eine Liebesbeziehung zwischen uns.“

„Das eine schließt das andere nicht aus. **Die Liebe zwischen den Herzen der Gläubigen geht aus dem Ideal der geistigen Einheit hervor und wird durch das Wissen um Gott erreicht**, heißt es in einem Zitat.“

„Meinst du, wenn die Menschen mit Gott verbunden sind, ist ihre Liebe untereinander stärker?“, fragte er vorsichtig.

„Ich würde sogar behaupten, ohne Gott ist keine echte Liebe möglich. Darin sehe ich auch den Grund für die vielen Trennungen. Hier wird Anziehung mit Liebe verwechselt.“

„Aber ohne Anziehung geht es auch nicht. Ich fühlte mich bei unserer ersten Begegnung zu dir hingezogen“, gab er zu und staunte selbst über seine Offenheit.

„Aber das allein ist zu wenig. Damit aus Anziehung eine dauerhafte Liebe wird, braucht es ein Fundament, ein geistiges.“

„Deshalb sollte ich dranbleiben“, sagte er verblüfft. „Du hast es dir auch gewünscht, dass wir uns näherkommen, dass eine ernste Beziehung entsteht?“

„Ja, hab’ ich. Anziehung alleine wäre mir zu wenig. Es heißt: **Jeder sieht im anderen die Schönheit Gottes und fühlt sich in Liebe zum anderen hingezogen. Diese Liebe wird den Grundstein zu echter Einigkeit legen.**“

„Das ist ein Maßstab für menschliche Beziehungen im Allgemeinen.“

„Und für Paare im Besonderen“, fügte sie hinzu.

„Ein verdammt hoher Anspruch ..." Er suchte nach den passenden Worten.

Sie setzte fort: „Ein Anspruch, der als Ziel, als Orientierung dient und der Arbeit bedeutet, an sich selbst und an der Beziehung. Ich habe neulich eine Rede einer sehr fortschrittlichen Frau gehört. Sie hat für mehr Liebe in der Politik plädiert. Ein freundlicher Umgang, positives Denken, weg von den Machtkämpfen war ihre Vorstellung."

„Schöne Vorstellung", unterbrach Robert mit zynischem Unterton.

„Du klingst skeptisch", hakte Thea nach.

„Weil es in der Parteipolitik um Macht geht. Sie ist von der Struktur her so angelegt", schob er ein.

„Genau. Dadurch wird es schwierig, Probleme zu lösen. Kampf und Streit erfordern viel Kraft und Zeit. Der Stärkere gewinnt, setzt sich durch. Stattdessen wäre es doch sinnvoller, gemeinsam, in einer echten Beratung, die beste Lösung zu finden."

Robert schwieg einen Moment. Konfliktlösung war sein aktuelles Thema. „Hier kommt die Liebe ins Spiel, von der du vorhin gesprochen hast. Wenn niemand stärker als der andere sein muss, kann man auch liebevoller miteinander umgehen."

„Richtig. Und wenn noch die Liebe Gottes Einzug hält, entstehen Chancen für Fortschritt und Entwicklung oder ein kreatives Klima, in dem man Lösungen findet, die sich der Einzelne gar nicht vorstellen kann."

„Ich fasse zusammen", sagte Robert. „Das Wort Gottes lässt uns geistig wachsen und macht uns liebesfähiger."

„Genau, nur das Wort Gottes hat die Kraft, die Menschenherzen zu verwandeln. Oder kennst du noch ein anderes Mittel?"

„Aus meiner bescheidenen Erfahrung mit Opas Textsammlung kann ich bisher nur sagen, dass mich die Zitate beeindrucken, mir guttun, mich anziehen ... Orientierung geben."

„Genau das ist es. Du steckst in einem Wachstumsprozess", bestätigte sie.

Einen Moment herrschte Schweigen.

Robert musste über das Gesagte nachdenken. „Entwicklung, wie merke ich das?“, wollte er nun wissen.

„Du merkst es, wenn du plötzlich Texte besser verstehst, wenn du mehr aufnehmen kannst, wenn du die Aussagen in dein Leben integrierst und damit Erfahrungen sammelst, wenn du gelassener wirst oder bereit bist, mehr für andere zu tun.“

„Dann weiß ich jetzt, was dein Geheimnis ist, weshalb du so anders bist, so viel reifer als andere Frauen, so stark, so selbstbewusst, so hilfsbereit.“ Es fiel ihm wie Schuppen von den Augen.

„Mein Geheimnis – wenn du es so nennen willst – ist meine Religion. Ich bemühe mich, nach den Geboten zu leben. Mehr ist es nicht. Die Möglichkeit hat jeder. “

„Wie hast du von dieser neuen Offenbarung erfahren?“, wollte Robert jetzt wissen.

„Das war nicht so spektakulär wie bei dir. Mein Urgroßvater war schon ein Anhänger Bahá’u’lláhs. Ich bin in der vierten Generation Bahá’í.“

„Bahá’í?“, fragte er nach.

„So heißen die Anhänger Bahá’u’lláhs, so wie die Anhänger von Jesus Christus Christen heißen. Aber mehr will ich nicht vorgreifen. Du hast eine spannende Lektüre und ich will dir die Abenteuerlust nicht nehmen.“

Er lachte. „Das ist typisch Thea, dem anderen nur so viel geben, dass er den nächsten Schritt machen kann.“

„Genau, so kann der andere selbständig forschen. Ich wünsche dir viele neue Erkenntnisse.“

„Ja, wünsche ich mir auch, bis heute Abend“, sagte er.

Aktuelle Meldung:
Seit dem 15. April gibt es neue Regeln zum Corona-Virus ...
Viele alte Regeln sind auch weiterhin gültig. Dringende
Empfehlung: Mund-Nasen-Schutz tragen.
Der Abstand zu anderen Menschen soll mindestens 1,50 Me-
ter betragen ...
Die Beschränkungen wegen der Corona-Krise sollen groß-
teils bis zum 3. Mai gelten ...

Die Bescheide

Die Ostertage nutzte Robert, um die letzten beiden Kapitel seiner Arbeit zu schreiben. Dafür war die Quarantäne gut. Das musste er sich immer wieder sagen, um die aufkommende Frustration zu unterdrücken. Er erwischte sich mehrmals bei der Vorstellung, was er an diesem Wochenende mit Thea und Philip hätte unternehmen können. Man hätte mit der Brockenbahn auf den Brocken fahren können oder nach Thale und von dort aus mit dem Lift oder der Seilbahn zur Roßtrappe oder zum Hexentanzplatz. Selbst eine kurze Wanderung zum Schloss wäre besser gewesen, als zu Hause zu sitzen, jeder für sich. Wenigstens konnten sie ausgiebig telefonieren, wenn Oma und Philip versorgt waren. Sehnsüchtig erwartete er das Ergebnis des zweiten Coronatestes am Dienstag.
Er war am Mittag gerade vom Testen zurück, als der Anruf vom Krankenhaus kam. Ein Dr. Wildbach erklärte ihm den weiteren Behandlungsverlauf von Frau Hermann. Der Mann schien in Eile zu sein. Er sprach sehr schnell: „Die OP von Frau Hermann ist gut verlaufen. Wir müssen abwarten, ob die Lähmungserscheinungen zurückgehen. Der weitere Ablauf ist so geplant, dass Frau Hermann noch eine Woche bei uns bleibt. Bis dahin kennen wir die Ursache für den Tumor und der Onkologe kann übernehmen." Ein Besuch war weiterhin nicht möglich.

Am Mittwoch kurz nach zehn Uhr kam der Anruf vom Gesundheitsamt. Der Test fiel negativ aus, endlich! Vera war immer noch positiv. Sie sollte noch einmal am Freitag zum Testen kommen.

Robert schickte eine Mitteilung an Thea und packte seine Sachen zusammen. Kleidung, Kosmetik, seine Blätter und Zettel, alles landete im Eiltempo im Auto. Als er gerade losfahren wollte, kam die Postfrau. Sie hatte einen Brief für ihn. Er öffnete und starrte eine Weile auf den Text. Die Wiederholungsprüfung wird in einer Woche stattfinden. Es gab etliche Begründungen, die Robert nicht wirklich interessierten. Eine Woche. Das bedeutete die Korrektur der Arbeit und den dicken Hefter für Logistik durcharbeiten. Er hatte es noch nicht geschafft, seinem Professor zu schreiben und um Einsicht in seine letzte Arbeit zu bitten. Das musste er unbedingt heute erledigen. Aber zunächst wollte er schnellstens zu Thea.

Sie öffnete ihm die Tür. Für einen Moment sahen sie sich an, wussten nicht so recht, wie sie sich verhalten sollten. Sie hatten sich an die unsichtbare Wand gewöhnt, die durch Corona zwischen ihnen aufgestellt war. Philip kam die Treppe heruntergerannt und stürzte sich in Roberts Arme. „Robert, ich wohne jetzt in deinem Zimmer und kann immer mit dem Zug spielen", berichtete er aufgeregt.

„Na so was", sagte Robert und drückte den Jungen fest an sich.

„Komm mit hoch." Philip zerrte an seinem Arm, ließ los und rannte die Treppe hinauf.

„Gleich, ich komme gleich", rief Robert ihm nach.

Und nun schien sich diese unsichtbare Wand aufzulösen. Er nahm Thea in die Arme und hielt sie genauso fest, wie zuvor Philip.

„Bin ich froh, dass ich wieder hier sein kann! Noch eine Woche hätte ich nicht durchgehalten", flüsterte er ihr ins Ohr.

Sie löste sich aus der Umarmung und sagte: „Ich bin auch froh, und da ist noch jemand, der sich über dein Heimkommen freut." Sie drehte sich zur Tür. „Deine Oma ist richtig aufgeregt."

Er ging ins Wohnzimmer. Ilse saß im Sessel und strahlte ihn an.

„Bist du gesund?", fragte sie.

„Ja, mein Test ist negativ, aber Mutti muss noch einmal zum Testen."

Neben Omas Sessel stand der Rollator.

„Ich muss dir was zeigen", sagte sie langsam, aber sehr deutlich. Sie zog sich am Rollator hoch und ging ein paar Schritte durch das Wohnzimmer.

„Das ist ja großartig. Ich muss öfter mal eine Woche ausziehen", meinte Robert lachend.

„Dann kann ich ja jetzt packen", sagte Thea. Sie wollte den Raum verlassen.

„Warte", rief Robert und folgte ihr in den Flur. „Bitte bleib, ich bin froh, dass wir endlich zusammen sein können."

Sie legte ihm die Hand auf den Arm. „Bis zum Abend kann ich noch bleiben. Außerdem wartet der Lokführer da oben auf dich."

„Ich hatte gehofft, ich könnte dich überreden, auch über Nacht zu bleiben", sagte er leicht enttäuscht.

„Das geht nicht, Robert", entgegnete sie ernst und wirkte plötzlich besorgt. „Wir müssen etwas besprechen." Sein Handy klingelte. Es war Dr. Baumann, der ihn bat, morgen ins Krankenhaus zu kommen. Robert stimmte mit Thea die Zeit ab, 13 Uhr.

Philip rief von oben. „Kommst du, Robert?"

„Ja, bin schon unterwegs."

„Vielleicht können wir nachher reden", sagte er und fühlte sich hin- und hergerissen zwischen Mutter und Sohn.

Sie nickte schwach und wirkte nachdenklich. Irgendetwas stimmte nicht. Was gab es zu besprechen, das sie nicht schon am Telefon hätten besprechen können? Robert ging nach oben. Der Junge nahm ihn in Beschlag und lenkte ihn von seinen Überlegungen ab. Sie spielten mit dem Zug, bauten Brücken und Bahnübergänge und mussten immer mehr Möbel aus dem Zimmer entfernen, um ausreichend Platz zu haben. Thea kochte Mittagessen. Später, als Oma und Philip

ihren Mittagsschlaf hielten, hatten sie Zeit für sich. Sie räumten zusammen die Küche auf. Robert merkte, dass Thea etwas bedrückte. Aber er wollte sie nicht drängen. Vielleicht war sie noch nicht so weit, sich auf eine neue Beziehung einzulassen. Vielleicht gab es von ihrer Seite Bedenken wegen Philip oder wegen seines Berufes. Schließlich war er Student und sein Abschluss hing am seidenen Faden. Negative Gedanken tobten durch seinen Kopf. Er blieb äußerlich ruhig und wartete, dass sie ihr Problem offenlegte. Schweigend räumte er seine Sachen ins Arbeitszimmer und legte die Zettel und Blätter auf den Schreibtisch. Thea folgte ihm, blieb in der Tür stehen und sah zu, wie er die Stapel sortierte. Um die Stille zu durchbrechen sagte er möglichst unbefangen: „Ich bin noch nicht weitergekommen. Das Letzte war der Lebenslauf Bahá'u'lláhs, den ich gelesen habe. Der Mann war vierzig Jahre lang ein Gefangener, wurde von einem Ort zum anderen verbannt und landete in Israel. Somit erfüllt sich die Prophezeiung in der Bibel. Ich kann mir das gar nicht vorstellen. Mir haben acht Tage Quarantäne schon gereicht. Was müssen vierzig Jahre Gefangenschaft bedeuten?"
„Du bist auch kein Gottesoffenbarer", sagte Thea schmunzelnd. Ihr Lächeln nahm etwas von den Befürchtungen, die sich in ihm aufbauten.
„Was ist das Besondere an dieser neuen Offenbarung?", fiel Robert ein.
Thea ging auf die andere Seite des Schreibtisches, schob die Zettel auseinander und fand einen passenden Text, den sie vorlas:
„In Seinem Testament heißt es:
Das Ziel dieses Unterdrückten bei allen Leiden und Trübsalen, die Er ertragen, bei allen Versen, die er offenbart, und bei den Beweisen, die Er dargebracht hat, war einzig und allein, die Flamme des Hasses und der Feindschaft zu löschen, damit der Horizont der Menschenherzen vom Lichte der Eintracht erleuchtet werde, dass er wahren Frieden und wirkliche Ruhe finde.
Und hier ist noch eine Antwort auf deine Frage:

O ihr, die ihr auf Erden wohnt! Das Unterscheidungsmerkmal für die Einzigartigkeit dieser höchsten Offenbarung besteht darin, dass Wir einerseits aus Gottes Heiligem Buche gelöscht haben, was die Ursache von Streit, Bosheit und Unrecht unter den Menschenkindern gewesen ist, anderseits die wesentlichen Vorbedingungen für Eintracht, Verständigung und völlige, dauernde Einheit niedergelegt haben. Wohl dem, der Meine Gesetze hält.
Dein Großvater hatte anscheinend die gleichen Fragen wie du, ansonsten hätte er diese Zitate nicht ausgewählt."

„Du hast gesagt, dass das Wort Gottes die Kraft der Verwandlung besitzt. Darüber will ich mehr wissen. Ich kann es mir nicht vorstellen", überlegte Robert.

Sie suchte in dem Zettelberg und holte wieder ein Zitat hervor.

„Das Wort Gottes mag mit einem Sämling verglichen werden, dessen Wurzeln in die Herzen der Menschen gepflanzt wurden. Es ist eure Pflicht, sein Wachstum durch die lebendigen Wasser der Weisheit, durch lautere, heilige Worte zu fördern, damit seine Zweige sich bis in die Himmel und noch höher ausbreiten", las sie.

„Komm her", sagte er leise und sah sie eindringlich an.

Thea kam zögerlich zu ihm und sagte gleich: „Ich muss etwas mit dir besprechen."

Er zog sie auf seinen Schoß. „Gut, du wolltest die ganze Zeit etwas sagen. Was hast du für ein Problem?" Er nahm ihre Nervosität wahr, was für sie unüblich war.

Zögerlich sagte sie: „Du konntest dich noch nicht mit den Anweisungen, Gesetzen und Geboten beschäftigen. Das kannst du auch alles ganz in Ruhe tun, aber eine Sache …" Wieder klingelte das Handy. Robert wollte es ignorieren, aber es war Frau Sommer. Thea raunte ihm zu: „Geh ran!"

Sie sprang sofort auf. „Sie ist nur am Telefon, nicht im Raum", murmelte Robert und hielt ihre Hand fest.

„Guten Tag, Frau Professor Sommer."

„Guten Tag, Herr Schumann. Ich habe mir Ihre Arbeit angesehen. Bin im Großen und Ganzen einverstanden mit Ihrem
Entwurf. Meine Anmerkungen stehen am Rand. Zwei Kapitel haben Sie noch nicht fertig. Aber das ist sicher kein Problem. Ich hätte noch gerne etwas mehr zum Thema Beispiele
und Möglichkeiten für eine friedliche Konfliktlösung. Das
wär's. Dann erwarte ich die fertige Fassung am nächsten
Freitag."
Robert bedankte sich und legte auf.
Thea hatte mitgehört. „Da kann ich dir nur das Beratungsprinzip der Bahá'í empfehlen. Wie hieß es vorhin in dem Zitat, Bahá'u'lláh hat die Vorbedingungen für Eintracht und
Verständigung gelegt. Das Beratungsprinzip gehört dazu.
Ich bringe dir nachher ein Buch dazu mit."
„Danke". Er erhob sich und wollte sie küssen.
Doch sie lehnte sich leicht zurück und sagte: „Wir müssen
erst reden." Weiter kam sie nicht. Philip stand vor ihnen. „Ich
habe ausgeschlafen. Robert, wir können weiterspielen."
Sie lachten beide. „Ich glaube, wir müssen unser Gespräch
wieder verschieben", sagte Robert mit einem tiefen Seufzer
und folgte dem Jungen.
„Ich hole am besten mal das Buch von zu Hause", schlug sie
vor.
Am Nachmittag fuhren sie mit Oma spazieren. Auch Rolli
durfte mit. Robert genoss die wiedergewonnene Freiheit.
Thea fragte nebenbei: „Könntest du am Freitag früh auf Philip aufpassen? Ich habe einen Arzttermin beim Gynäkolo-
gen, nur eine Routineuntersuchung."
„Welche Frage, natürlich passe ich auf", sagte er, ohne lange
zu überlegen.
Erst am Abend, nachdem Thea und Philip nach Hause gefahren waren, kam Robert dazu, seinem Professor für Logistik
zu schreiben. Er hatte Thea noch nichts von der Prüfung gesagt.

Donnerstag, 16. April

Aktuelle Meldung:
Sachsen-Anhalt hat erste Lockerungen der Corona-Be-
schränkungen beschlossen. Das betrifft die schrittweise Öff-
nung der Schulen und weitere Teile des Einzelhandels ... Zu-
gleich bleiben die grundsätzlichen Kontaktbeschränkungen
bis einschließlich 3. Mai bestehen ...

Überzeugungsversuche

Robert war wieder zu Hause angekommen, endlich. Für ihn
war das Haus seiner Großmutter jetzt sein Zuhause. Trotzdem bedauerte er, dass Thea wieder ausgezogen war. Er hatte
sich sein Heimkommen anders vorgestellt. Er war davon ausgegangen, dass es ab jetzt keine Trennung mehr für sie gab.
War er zu schnell? War er für sie doch nur ein guter Freund?
Aber in ihren langen Gesprächen ging es doch um Liebe, um
eine Beziehung. Sie waren gestern nicht dazu gekommen,
miteinander zu reden. Thea schien sogar erleichtert, dass sie
ihr Gespräch verschieben mussten. Heute wollte sie in ihre
Praxis, hatte zwei neue Patienten. Robert versuchte am Morgen etwas zu arbeiten, konnte sich aber nicht konzentrieren.
Gegen Mittag kochte er wieder einmal seine schnelle Nudel-
suppe. Es war eine Erleichterung für ihn, dass seine Oma
schon ein paar Schritte mit dem Rollator allein gehen konnte.
Nach dem Mittagessen fuhr er zu dem Gespräch mit Dr.
Baumann ins Krankenhaus.
Im Arztzimmer erklärte ihm der Arzt: „Frau Hermann hat die
Operation soweit gut überstanden. Ihre Wirbelsäule musste
stabilisiert werden. Allerdings ist die Lähmung im rechten
Bein nicht zurückgegangen."
„Dann ist sie auf den Rollstuhl angewiesen", schlussfolgerte
Robert nachdenklich.
„Das ist allerdings das kleinere Problem", entgegnete Dr.
Baumann geheimnisvoll. Bei Robert läuteten die Alarmglo-
cken. „Der Tumor wurde eingeschickt und ich habe gerade

eben den Befund erhalten. Es handelt sich um einen aggressiven Blutkrebs, der die Wirbelsäule zerstört. Mit einer Chemotherapie könnten wir ihre Lebenszeit verlängern, aber eine Heilung ist nicht möglich."

„Und wenn sie der Chemo nicht zustimmt?", fragte Robert.

„Dann hat sie nicht mehr lange zu leben."

„Weiß sie schon Bescheid?"

„Nein, ich möchte, dass Sie dabei sind, wenn ich mit ihr spreche", sagte Dr. Baumann und erhob sich. Robert folgte ihm. Er legte einen Mundschutz an, bevor er das Zimmer betrat. Frau Hermann hatte die Augen geschlossen, als sie eintraten. Nebenan lag eine jüngere Frau, die an einem Tropf hing.

„Hallo, Frau Hermann", sagte Robert leise, um sie nicht zu erschrecken. „Wie geht es Ihnen?"

Sie öffnete die Augen und blinzelte. Sie sah abgemagert aus und wirkte gealtert. „Mein Bein will noch nicht. Es ist noch gelähmt", antwortete sie mit heiserer Stimme.

Dr. Baumann erklärte: „Die Operation ist aber gut verlaufen. Der Tumor ist raus. Ihre Wirbelsäule wurde stabilisiert."

„Und wann kann ich wieder laufen?", fragte sie.

„Frau Hermann, es tut mir leid, dass ich Ihnen das sagen muss, aber wahrscheinlich werden Sie gar nicht mehr laufen können."

„Doch, wenn ich übe, ich brauche Physiotherapie, dann wird das wieder."

Robert wagte nicht, etwas dagegen zu sagen. Dr. Baumann suchte anscheinend nach einer diplomatischen Lösung, denn er schwieg einen Moment. „Frau Hermann, das Bein ist im Moment das kleinere Problem. Wir haben die Ursache für Ihren Tumor. Sie haben einen Blutkrebs, der Ihre Wirbelsäule angreift. Ich möchte mit Ihnen die weitere Behandlung besprechen. Wir sollten schnellstens mit einer Chemotherapie beginnen. Es eilt. Jeder Tag ist wichtig."

Sie schüttelte heftig den Kopf. „Erst will ich wieder laufen können. Und Tabletten nehme ich nicht."

„Sie bekommen so eine Infusion, wie Ihre Nachbarin", erklärte der Arzt ruhig.

„Nein, ich will nach Hause und erst mein Bein in Ordnung bringen."

Dr. Baumann sah Robert hilfesuchend an und zuckte die Schultern.

Robert versuchte sein Glück: „Meine Oma kämpft sich auch gerade wieder ins Leben zurück. Sie kann sogar schon wieder ein Stück mit Hilfe des Rollators laufen. Bisher war sie auf den Rollstuhl angewiesen. Aber es geht ihr nur deshalb besser, weil sie genau das tut, was der Arzt ihr sagt. Frau Hermann, wenn Sie leben möchten, dann müssen Sie dem zustimmen, was Dr. Baumann Ihnen vorschlägt. Die Leute wollen Ihr Bestes, sie wollen Ihr Leben verlängern."

Frau Hermann schien nachzudenken. „Ich will nach Hause", sagte sie trotzig.

Dr. Baumann übernahm: „Überlegen Sie sich meinen Vorschlag in aller Ruhe, aber Sie dürfen nicht zu lange warten." Dann wandte er sich Robert zu: „Herr Schumann, kommen Sie nachher noch einmal in mein Zimmer, bevor Sie gehen." Der Arzt ging kurz zu der Frau nebenan, überprüfte den Tropf und verließ den Raum.

Robert blieb am Bett stehen. „Frau Hermann. Sie sind 78 Jahre alt. Sie können noch ein paar Jahre leben, in Ihrer schönen Wohnung mit den vielen Erinnerungen. Was hätte Ihr Udo Ihnen geraten?"

Sie sah ihn verträumt an. „Udo war plötzlich weg … viel zu schnell … hat mich allein gelassen." Sie legte sich in ihr Kissen zurück. „Ich habe doch nichts. Nur mein Bein will noch nicht. Die müssen mir Physiotherapie aufschreiben und dann wird das wieder."

„Wollen Sie das mit Carola besprechen? Soll ich sie anrufen?"

Sie schüttelte den Kopf. „Ich bin müde, Robert, gehen Sie bitte."

„Okay. Haben Sie verstanden, was der Arzt gesagt hat. „Wenn Sie der Behandlung nicht zustimmen, kann ich auch nichts machen."

„Ist gut, ich will nicht denken."

„Gute Besserung, Frau Hermann. Ich gehe jetzt."
Sie nickte nur und schloss die Augen.
Robert klopfte an die Tür des Arztzimmers und trat ein.
„Konnten Sie etwas bewirken?", fragte Dr. Baumann.
Robert schüttelte den Kopf. „Sie ist fixiert auf ihr Bein. Ich rufe die Tochter nachher an. Aber viel Hoffnung habe ich nicht."
„Wir können sie maximal eine Woche hier behalten. Dann geht sie in die Psychiatrie. Und falls sie dort auch die Behandlung ablehnt, müssen Sie sich um einen Heimplatz kümmern. Nennen Sie es Kurzzeitpflege. Sie wird dort merken, dass sie Hilfe braucht."

Bevor Robert sich der Korrektur seiner Arbeit widmete, rief er Carola Färber an. Sie schluchzte laut. „Vielleicht reden Sie noch einmal mit Ihrer Mutter." Er war mit seinem Latein am Ende. Lohnte es sich wirklich, die Strapazen einer Chemotherapie auf sich zu nehmen, um dann noch ein paar Jahre im Rollstuhl zu verbringen? Der einzige Grund, der ihm einfiel, wären vielleicht die Enkelkinder. Aber da Frau Hermann und ihre Tochter sich nur selten sahen, gab es da wohl keine besondere Bindung.
Er beschloss, seiner Oma die ganze Wahrheit zu sagen. Sie war auf dem Weg der Besserung. Theas Fürsorge, die Anwesenheit von Philip, das alles hatte eine positive Wirkung auf ihre Gesundwerdung. „Oma, ich muss dir von Käthes Krankheit erzählen." Er erklärte ihr die Diagnosen und die Behandlungsvorschläge und sagte, dass Käthe sich nicht überzeugen ließ. „Hast du noch eine Idee, Oma?"
Ilse nahm die Nachricht gefasster auf, als Robert gedacht hatte. Sie legte ihre Hand auf seine und sagte deutlich: „Du hast alles getan, du hast das sehr gut gemacht. Käthe will nicht mehr, wir müssen das akzeptieren."
„Vielleicht will sie wieder, wenn man sie in der Psychiatrie medikamentös eingestellt hat. Sie kann doch gar nicht klar denken", überlegte Robert.
Oma schüttelte den Kopf. „Günter fehlt ihr, alles ist sinnlos."

„Sie hat eine Tochter und Enkelkinder“, wandte Robert ein.
Ilse winkte ab. „Kein gutes Verhältnis.“
Robert beließ es dabei. Er telefonierte später mit Thea. Es
war erstaunlich, wie sie mit wenigen Worten seine frustrierte
Stimmung auflösen konnte. Am liebsten wäre er zu ihr gefahren, hätte die Nacht mit ihr verbracht. Doch er wollte sie
nicht überrumpeln. Thea hatte etwas auf dem Herzen, das sie
mit ihm besprechen musste. Er war sich inzwischen sicher,
dass sie es aufschob, vielleicht aus Angst, vielleicht, weil es
für sie unangenehm war. Schließlich konnte er sich überwinden und sagte: „Du wolltest die ganze Zeit mit mir reden.“
„Nicht am Telefon, Robert. Dieses Gespräch wird etwas länger dauern.“ Sie klang dabei traurig und das machte ihn noch
nervöser. Doch er musste es akzeptieren. Er schob die Gedanken weg und widmete sich den Anmerkungen seiner Professorin.

Freitag, 17. April

Aktuelle Meldung:
Die Vereinten Nationen haben vor einem starken Anstieg des weltweiten Hungers als Folge der Corona-Pandemie gewarnt. Die Zahl der hungernden Menschen drohe im schlimmsten Fall um 88 Millionen zu steigen ... Im Jahr 2019 hatten laut FAO rund 820 Millionen Menschen unter Hunger gelitten ...

Im Prüfungsfieber

Die Nachtschicht hatte sich gelohnt. Die Arbeit war korrigiert, die Anmerkungen von Frau Sommer eingearbeitet und das Beratungsmodell der Bahá'i als Vision hinzugefügt.
Thea brachte Philip gegen halb zehn und fuhr zu ihrem Arzttermin. Als sie zurückkam, hatte er auf ihren Wunsch hin seine Arbeit ausgedruckt. Er übergab sie ihr mit den Worten:
„Ich würde dir gerne Philip abnehmen, damit du in Ruhe korrigieren kannst, aber ich habe am Mittwoch Prüfung."
„Was? Deine Wiederholungsprüfung? Das hast du gar nicht gesagt."
„Ich habe erst am Mittwoch den Brief bekommen."
„So kurzfristig. Hast du deinen Professor kontaktiert?", fragte sie ruhig.
„Er hat noch nicht geantwortet."
„Meine Güte und da lade ich auch noch Philip bei dir ab", sagte sie entsetzt.
„Thea, ich wollte das so. Die Arbeit ist zwar wichtig, aber ihr seid mir wichtiger."
„Robert, die Prüfung hat jetzt Priorität."
„Man merkt, dass du die Tochter eines Lehrers bist", antwortete er schmunzelnd.
„Mir ist jetzt nicht nach Scherzen." Sie überlegte einen Moment: „Okay, dann korrigiere ich am Wochenende die Arbeit und du lernst Logistik. Aber ab jetzt darf nichts mehr dazwischenkommen. Schirme dich ab. "

Es klingelte an der Haustür. Robert öffnete.

Vera stürzte in den Flur und redete aufgeregt: „Ich bin gesund, der Test war negativ und du kannst Vati am Montag abholen."

Am Montag, oh wie schön", sagte Robert und wusste nicht so recht, ob er sich freuen oder ärgern sollte.

„Was ist, freust du dich nicht?", fragte Vera verwundert.

„Ich habe am Mittwoch Prüfung."

„Oh. Dann musst du am Wochenende lernen."

Thea lachte. „Das habe ich auch schon vorgeschlagen."

„Was habe ich doch für kluge Frauen um mich herum", kommentierte Robert gelassen. Er wandte sich an seine Mutter: „Na wenigstens kannst du dich jetzt um Oma kümmern."

Robert wusste selbst nicht, was mit ihm los war. Er hatte so gebangt wegen der Prüfung und nun schien es ihm gar nicht mehr so wichtig. Natürlich wollte er diesen Abschluss haben. Er wusste auch, dass der Hefter in Logistik besonders dick war. Und trotzdem überkam ihn keine Panik.

Vera ging ins Wohnzimmer zu Oma und brach in Freudengeschrei aus.

Thea blieb im Flur stehen und überlegte eine Weile. „Was heckst du wieder aus?", fragte er und spielte mit einer Locke ihres Haares.

„Ich könnte am Montag auch fahren und deinen Vater abholen, mit deiner Mutter zusammen. Philip kann wieder in den Kindergarten gehen. Ich würde am Montag sowieso nur Termine vergeben für meine Patienten."

Er strich ihr über die Wange. „Danke für das Angebot. Lass mich mal am Wochenende ackern. Falls es eng wird, komme ich auf deinen Vorschlag zurück."

„So und nun fahren wir nach Hause, damit du arbeiten kannst, auch wenn ich deshalb meinen Lokführer in Ketten legen muss."

Thea ging nach oben und kam mit einem wütend jammernden Philip zurück. „Ich will aber nicht nach Hause. Ich will mit Robert spielen." Er betonte das Wort *will* besonders stark.

Robert nahm ihn auf den Arm und sagte ganz ruhig: „Philip
es gibt zwei Möglichkeiten. Wir bauen ab und du nimmst die
Züge und die Schienen mit nach Hause und baust sie in dei-
nem Kinderzimmer wieder auf. Oder wir lassen es stehen
und spielen beide in der nächsten Woche damit. Ab Donners-
tag habe ich wieder Zeit.“
„Wann ist Donnerstag?“, fragte Philip.
„Fünfmal schlafen. Und nächste Woche gehst du in die KiTa.
Da warten deine Freunde auf dich“, fügte Thea hinzu.
Der Junge überlegte einen Moment. Die Augen rollten him-
melwärts. „Fünfmal schlafen?“
Thea nickte. Er hob die Hand und zählte seine Finger ab.
„Okay, fünfmal schlafen.“
„Ja, so machen wir das“, bestätigte Robert.
Thea murmelte: „Wenn du jetzt eine Pädagogikprüfung hät-
test, wäre das eine Eins gewesen.“
„Das habe ich von dem Notarzt gelernt, der Frau Hermann
eingewiesen hat“, flüsterte er zurück.
Robert brachte die beiden zum Auto. „Wir telefonieren“,
sagte Thea und schwang sich auf den Fahrersitz.
Robert seufzte, als sie abfuhren. „Wieder ein Wochenende
ohne euch“, murmelte er leise.
Freitagabend hatte er eine Mitteilung von seinem Professor:
SIE KÖNNEN AM MONTAG UM 18.00 UHR IHRE AR-
BEIT EINSEHEN. ZIMMER 105

Montag, 20. April

Aktuelle Meldung:
Die Arbeitslosigkeit in Europa könnte sich in den kommen-
den Monaten fast verdoppeln. Nach Schätzungen ... sind 59
Millionen Arbeitsplätze davon bedroht, durch dauerhafte
Einbußen ... infolge der Corona-Pandemie wegzufallen ...

Die Überraschung

Robert konnte es nicht fassen. Zwei Tage vor der Prüfung
durfte er Einsicht in seine Arbeit nehmen. Er wusste nicht,
ob er es gut finden sollte oder schlecht. Er hätte nur noch
heute Abend und den morgigen Tag zum Lernen, für einen
Stoff, der ihm zum Teil fremd war. Zwei Drittel des Hefters
hatte er am Wochenende durchgearbeitet. Noch am Sonntag-
abend hatte er überlegt, ob er Theas Angebot annehmen
sollte. Doch dann entschied er sich, seinen Vater selbst abzuholen. Falls er länger warten musste, konnte er in der Zeit
lernen.

Es dauerte eine gute Stunde, bis Frank die Entlassungspapiere hatte. Robert musste vor der Station warten. Er bekam
einen leichten Schreck, als sein Vater aus der Tür trat.
„Hallo, Vati." Robert hoffte, dass man ihm seine Überraschung nicht ansah. Er brachte ein Lächeln zustande.
„Schön, dass du mich abholst. Ich bin froh, dass ich endlich
nach Hause darf", sagte sein Vater leise.
Robert nahm ihm die Tasche ab. „Geht's oder soll ich dich
unterhaken?"
„Bin nur noch ein bisschen wacklig auf den Beinen, aber es
geht." Sie gingen langsam bis zum Eingang. Robert holte das
Auto, weil ihm der Weg bis zum Parkplatz zu lang erschien.
Frank stieg ein und lehnte sich schwer atmend zurück. „Wie
geht es Ilse und Vera?", wollte er wissen.
„Mutti hat es überstanden ohne große Komplikationen. Oma
macht gute Fortschritte. Wie geht's dir wirklich?", fragte Robert vorsichtig.

„Zuhause wird es besser. Wird wohl noch ein bisschen dauern, bis ich wieder arbeiten kann. Ich habe dieses Virus unterschätzt, habe mich noch über die Panikmacherei aufgeregt. Was haben wir uns nur dabei gedacht, in diesen Zeiten in Urlaub zu fahren?" Er schüttelte leicht den Kopf.

„Es hätte hier auch passieren können. Sei froh, dass du in einem deutschen Krankenhaus behandelt wurdest."

„Bin ich auch. Und es gab schlimmere Fälle als mich." Er sprach langsam und man merkte ihm an, dass es ihn anstrengte. Zwischendurch atmete er schwer. „Ich bin noch mal davongekommen … Ich hatte viel Zeit zum Nachdenken … Wenn du dem Ende so nahe bist, dann erkennst du, was wichtig und was unwichtig ist." Frank machte eine lange Pause und schloss kurz die Augen. Robert sah zu ihm rüber und fragte leise: „Was hast du erkannt?"

„Es ist nicht die Arbeit, nicht die Kanzlei, auf die ich immer stolz war. Es ist nicht das Haus, das ich umgebaut habe oder der Mercedes, den ich mir leisten kann. Es ist die Familie. Ich war die ganze Zeit froh, dass ich euch habe … Ich musste daran denken, wie blöd es war, dass ich dir so oft Vorträge über fleißiges Lernen gehalten habe, dass ich dir mit meinen Erwartungen auf den Geist gegangen bin … Es ist viel wichtiger, dass wir gesund sind, dass wir uns verstehen und uns gegenseitig helfen."

Robert konnte gar nicht glauben, dass diese Worte von seinem Vater stammten. Er hatte das Gefühl, einen anderen Menschen neben sich zu haben.

„Weißt du, was ich mir wirklich wünsche?" Er machte eine bedeutungsvolle Pause. „Ich möchte meine Enkelkinder aufwachsen sehen, und meinen Kindern wünsche ich glückliche Beziehungen."

„Willst du mich jetzt unter Druck setzen?", fragte Robert bewusst locker, um den Kloß, der sich in seinem Hals gebildet hatte, herunterzuschlucken.

„Mutti hat mir von der jungen Frau erzählt, die auf Oma aufgepasst hat und die dir wohl viel bedeutet."

„Thea, sie ist Omas Logopädin. Ich war ihr schon einmal in der Hochschule begegnet.“

„Ist es etwas Ernstes?“, fragte er und fügte sofort hinzu: „Das geht mich nichts an, du weißt, was du tust. Ich hätte jedenfalls nichts gegen einen Familienzuwachs.“

„Im Moment versuche ich, mein Studium abzuschließen. Heute Abend habe ich einen Termin bei meinem Professor und kann meine alte Arbeit einsehen. Das war auch Theas Idee.“

„Guter Tipp. Aber egal, wie es ausgeht. Du hast einen tollen Beruf erlernt, einen wichtigen. Ich habe die Arbeit eines Krankenpflegers bisher nicht richtig schätzen können. Doch nun weiß ich, wie wichtig sie ist. Gute Pfleger werden dringend gebraucht.“ Er holte tief Luft und sagte dann: „Erzähl mir von Thea.“

Robert erzählte, bis er merkte, dass sein Vater eingeschlafen war.

Die ganze Fahrt über musste Robert über seine Worte, über seine Wertschätzung des Pflegeberufes nachdenken. Er fühlte sich dadurch gestärkt, sicherer. Er wollte zwar immer noch den Abschluss, aber es war nicht mehr so lebenswichtig. Und vor allem brauchte er nicht mehr mit den Vorwürfen seines Vaters zu rechnen.

Robert staunte über seine Gelassenheit, als er kurz vor 18 Uhr an die Tür 105 klopfte. Der Professor, ein Mann in den Fünfzigern mit Halbglatze, nahm seine Brille ab, als Robert eintrat.

„Bitte nehmen Sie Platz, Herr Schumann. Sind Sie gut durch die Zeit gekommen?“

„Es ging so, war einiges los in meiner Familie.“

„Bei mir auch. Aber an dem kurzfristigen Termin für die Prüfung bin ich nicht schuld“, sagte er mit Bedauern. „Nun, Sie haben mir geschrieben, dass Sie mit den Fragen 4 und 5 nichts anfangen konnten. Es wäre nicht Thema Ihrer Vorlesung gewesen. Wenn man eine Prüfung nicht bestanden hat, sollte man ab und an in die Vorlesung der neuen Gruppe gehen, mit der man dann wiederholt.“

„Das hätte ich auch gemacht, aber ich war im Praktikum in Halberstadt."

„Sind Sie wirklich sicher, dass ich den Stoff nicht in Ihrer Seminargruppe behandelt habe?"

„Ja, absolut sicher."

„Moment, ich sehe mir mal die Arbeiten von den anderen beiden aus Ihrer Gruppe an."

Nach einer längeren Pause sagte er erstaunt: „Ich habe das tatsächlich nicht bei Ihnen behandelt. Und Sie waren alle drei zu dieser Zeit im Praktikum?"

„Ja, da bin ich mir sicher."

„Mhm, was machen wir da? Haben Sie die anderen Prüfungen geschafft?"

„Ja, mein Studium hängt an diesem Fach. Ich gebe am Freitag meine Bachelor-Arbeit ab."

Der Professor spielte nachdenklich mit dem Bügel seiner Brille. „Wir wissen noch gar nicht, wie das Semester laufen wird. Schwierige Zeit. Lassen Sie mich mal durchrechnen, was Sie ohne diese beiden Fragen für ein Ergebnis hätten." Er rechnete eine Weile, wiegte den Kopf hin und her und sagte schließlich: „Das wäre dann eine Vier. Mehr wäre bei einer zweiten Wiederholung sowieso nicht drin. Ich denke, das kann ich verantworten."

„Soll das heißen …?" Robert wagte nicht, weiter zu sprechen.

„Das soll heißen, ich bewerte Ihre Arbeit mit Vier, und Sie haben es geschafft."

Robert stieß einen Schrei aus, atmete erleichtert auf und lehnte sich zurück.

Der Professor bestätigte noch einmal: „Ja, so machen wir das. Ein Glück, dass Sie mich darauf aufmerksam gemacht haben. Da profitieren auch die anderen beiden Studenten davon."

„Ich kann es gar nicht glauben, dass ich fertig bin, bis auf die Verteidigung meiner Arbeit natürlich." Robert hätte den Mann am liebsten umarmt.

„Dann können Sie sich jetzt um einen Job kümmern“, sagte der Mann freundlich.

Robert bedankte sich und stürmte nach Hause.

Er hatte das Gefühl, dass diese Nachricht für seinen Vater einen Genesungsschub brachte. Nach seinem Bericht fuhr er zu Ilse, um ihr Abendbrot zu machen. Oma sagte stolz: „Ich habe gewusst, du schaffst das.“

„Oma, das war Glückssache. Wenn Thea mir nicht den Tipp gegeben hätte, mich bei meinem Professor zu melden, hätte ich übermorgen Prüfung.“ Thea. Er musste es ihr persönlich sagen. „Oma, ich fahre zu Thea.“

Er stürzte hinaus, fuhr in viel zu schnellem Tempo zu ihrer Wohnung und klingelte. Die Überraschung war gelungen. Sie sah ihn erschrocken an. „Ist was passiert?“, fragte sie sofort.

„Ich habe es geschafft. Die Prüfung wurde als bestanden gewertet. Der Professor hat die beiden Aufgaben, die ich nicht erledigen konnte, herausgerechnet, weil er sie bei uns nicht unterrichtet hat.“

„Das ist ja Wahnsinn.“

„Das habe ich dir zu verdanken, ohne deinen Tipp wäre ich nicht darauf gekommen. Ich hab’ es geschafft.“

Robert hob sie hoch und drehte sie im Kreis.

„Nicht so laut, Philip schläft schon“, rief sie lachend. Er setzte sie ab, zog sie an sich und küsste sie stürmisch. Sein Verlangen nach ihr war übermächtig. Er zog sie in Richtung Wohnzimmer. Seine Hand rutschte unter ihren Pullover. Plötzlich schob Thea ihn mit aller Kraft von sich weg. „Das geht nicht“, sagte sie mit erstickter Stimme.

„Weshalb?“

Sein Blick wanderte zu den Familienbildern, zu Gerald Osten.

„Das hat nichts mit Gerald zu tun“, sagte sie sofort. „Robert, als Bahá’í sind die Gebote für mich bindend, die Bahá’u’lláh uns gegeben hat. Wir haben ein Keuschheitsgebot, das bedeutet, keinen Sex vor der Ehe.“

Robert starrte sie an. „So was gibt es? Aber das macht doch keiner."

Sie atmete tief durch und sagte fest: „Doch, wenn man die Gebote ernst nimmt, macht man das."

Er fiel in den Sessel. „Das bedeutet …" Er stockte.

Thea sprach es aus: „Erst wenn wir verheiratet sind, können wir miteinander schlafen. Aber du hältst nichts vom Heiraten, das ist das Problem. Liebe allein genügt nicht. Ich will schon die ganze Zeit mit dir darüber reden. Es kam immer etwas dazwischen. Ich wusste, dass du damit ein Problem haben wirst. Da wir an einem gewissen Punkt unserer Beziehung angekommen sind, hatte ich auch ein bisschen Angst davor, es dir zu sagen."

Er schwieg und starrte sie nur an. Das war es also, was sie vor sich hergeschoben hatte. Er hatte an alles Mögliche gedacht, dass es ihr zu schnell ging, dass sie noch nicht bereit war für eine neue Beziehung. Doch das? Es kam ihm so unwirklich vor. Und nun? Er schüttelte den Kopf so heftig, als würde er damit das Problem abschütteln. Er war so geschockt, dass er keinen klaren Gedanken fassen konnte, und brachte nur heraus: „Das muss ich erst verdauen." „Vielleicht hilft dir das dabei." Sie zog eine Broschüre aus dem Bücherregal und gab sie ihm mit einer gewissen Vorsicht. Er nahm sie zögerlich entgegen, obwohl er sie in diesem Moment lieber weggeworfen hätte.

„Dann ist es wohl besser, wenn ich jetzt gehe?"

Es klang fast wie ein Abschied, wurde ihm bewusst, aber das sollte es nicht sein.

Die nächsten 14 Tage

Samstag, 25. April

Aktuelle Meldung:
Angela Merkel hat den Zusammenhalt Europas in der Corona-Krise beschworen. Es kommt darauf an, „in den nächsten Wochen und Monaten zu zeigen, dass wir zusammengehören, dass wir die Schäden, die wirtschaftlichen Folgen dieser Krise, aufarbeiten werden und dass wir alles erreichen wollen, damit Europa in dieser Situation zusammenwächst."

Carola Färber

Es lag an ihm, wurde Robert in der folgenden Woche bewusst. Heirat, Ehe und Kinder waren bisher kein Thema gewesen und schon gar nicht ein Keuschheitsgebot vor der Ehe. Warum war er so gegen das Heiraten? Er kannte nur wenige Leute, die verheiratet waren. Matthias und Doreen waren für ihn Exoten. Tom und Viola schienen trotz der Behinderung eine glückliche Beziehung zu haben. Seine Mitbewohner in der WG waren jünger als er, aber Ehe war bei ihnen auch kein Thema. Dann erinnerte er sich an Susi, Schwester Susi, deren Ehe er während der Ausbildung als abschreckend erlebt hatte. Sie war mit einem Arzt verheiratet, hatte zwei Kinder und lebte in einem prunkvollen Haus. Und dann lernte ihr Mann eine andere Frau kennen und ließ sich scheiden. Susi kam damit überhaupt nicht klar. Sie fing an zu trinken und verlor ihre Arbeit. Der Mann erkämpfte vor Gericht das Sorgerecht für die Kinder. Das war das Ende für Susi. Sie nahm sich schließlich das Leben. Damals hatte Robert sich wohl geschworen, niemals zu heiraten. Auch war ihm an diesem Beispiel bewusst geworden, wie schnell doch Liebe in Hass umschlagen kann. Jetzt fielen ihm Theas Worte ein: *Echte Liebe ist nur mit Gott möglich.* Nach diesem Gespräch hatte er eine Ahnung bekommen von einer neuen Qualität einer Liebesbeziehung.

Robert fühlte sich die ganze Woche über unruhig und gereizt. Er schlief schlecht und sein Appetit war auch verschwunden. Er hatte seine Bachelor-Arbeit abgegeben und nun?

Sein Vater war zurück und befand sich in einem sehr geschwächten Gesundheitszustand. Aber er war zumindest auf dem Weg der Besserung.

Robert wohnte weiterhin bei seiner Oma, sah aber täglich bei seinen Eltern vorbei. Wenn es keine Aufgaben für ihn gab, flüchtete er wieder. Vera wollte ein paar Mal wissen, was mit ihm los sei. Doch er konnte darüber nicht sprechen. Ihm fiel ein, dass er eigentlich in einer WG wohnte. Auch dort fand er keine Ruhe. Das Zimmer, das vor ein paar Wochen noch sein Zuhause war, fühlte sich eigenartig fremd und unpersönlich an. Hier könnte jeder wohnen. Seine WG-Mitglieder, die mit Ungewissheit auf den Beginn des Sommersemesters warteten, kamen ihm kindisch und unreif vor. Jeder hatte andere Probleme, Jens, der sonst nebenbei in einer Gaststätte jobbte, hatte keine Arbeit mehr. Inga beschwerte sich, dass die Friseure und Kosmetikstudios so lange geschlossen waren und Simon hatte das Luxusproblem, welchen Laptop er sich kaufen sollte. Alle drei fanden die Corona-Maßnahmen übertrieben und überlegten, ob sie dagegen protestieren sollten. Robert sagte nur dazu: „Mein Vater lag vierzehn Tage im Krankenhaus mit Corona, ist jetzt sehr geschwächt, meine Mutter hatte einen leichten Verlauf, hat sich aber auch noch nicht richtig erholt. Ich möchte es nicht haben." Sie sahen ihn verwundert an, und er ging. Nach diesem kurzen Gespräch hatte er das Gefühl, er sollte das Kapitel WG gänzlich beenden. Aber was kam dann? Im Moment fühlte er sich bei seiner Oma noch am wohlsten. Opas Arbeitszimmer schien ihm ein Ort der Geborgenheit. Aber wenn er ehrlich war, betraf das weniger den Ort als die Aussagen, die an der Pinnwand hingen. Robert fragte sich, wie es möglich war, dass

Worte zu einer Art Heimat wurden. Er hatte Theas Broschüre noch nicht angerührt.

Sie kam zweimal in dieser Woche zu Oma, verhielt sich freundlich, aber distanziert. Er versuchte so zu tun, als wäre alles wie immer. Doch das war es nicht. Thea bat ihn, den Zug und die Schienen abzubauen und in den Karton zu legen, was er auch tat. Fünf mal schlafen hatte er zu Philip gesagt und sein Versprechen nicht gehalten. Was mochte der Junge denken? Er wagte nicht, Thea darauf anzusprechen. Ihre kurzen Gespräche waren oberflächlich und bezogen sich auf seine Abschlussarbeit oder auf Omas Gesundheitszustand. Dieses Gebot kam ihm wie eine Mauer vor, die zwischen ihnen stand. Und nur er konnte sie einreißen.

Am Ende der Woche kam die Nachricht von Carola Färber, dass sie Sachen aus der Wohnung von ihrer Mutter abholen wollte. Nach langem Suchen hatte sie ganz in ihrer Nähe einen Pflegeplatz erhalten. Sie verabredeten sich für Samstag um 12 Uhr.

Carola Färber traf mit einer Stunde Verspätung ein. Sie kannten sich bisher nur vom Telefon. Robert hatte eine schüchterne, unscheinbare Frau erwartet und war dann doch überrascht, dass sie stark geschminkt und auffällig hübsch war. Sie war Anfang vierzig, wirkte aber jünger. Er konnte sich Frau Hermann als ihre Mutter nicht vorstellen, eher als ihre Oma.

Frau Färber stellte den jungen Mann vor, der den Kleinbus fuhr. „Das ist Martin, ein Kollege von mir." So wie sich die beiden ansahen, war er wohl mehr als ein Kollege. Er schien ein paar Jahre jünger als sie zu sein. Robert schloss die Haustür auf und ging vor. Oben öffnete er die Wohnungstür. Carola sah sich ruhig im Flur um und ging dann von Zimmer zu Zimmer. „Hier hat sich gar nichts verändert. Das war schon immer so", sagte sie in einem leicht abwertenden Ton. Sie zeigte Martin ihr Kinderzimmer, das ihre Mutter als Bügelzimmer genutzt hatte. Ein Korb voll Wäsche stand auf der Couch. Das Bügelbrett war ausgeklappt. Die helle

Schrankwand enthielt neben Büchern und Kristallsachen auch ein paar Spielsachen und Bilder von Carola und den Enkelkindern. Die hatte sich Robert bisher noch nicht angesehen.

„Hier bist du also groß geworden. Kommt mir wie ein Museum vor", kommentierte Martin.

„Wie lange waren Sie schon nicht mehr hier?", fragte Robert.

„Zwei Jahre, aber meine Mutter war zwischendurch bei uns. Mehr als einmal im Jahr schaffen wir das nicht, uns zu besuchen."

Robert sagte nichts dazu. Er fand es sonderbar, dass die einzige Tochter ihre Mutter so selten sah. Sie gingen ins Wohnzimmer. Carola öffnete eine Tür im Schrank und nahm ein Bündel Papiere heraus. „Das nehme ich mit. Und meine Mutter möchte ihren Lieblingssessel. Martin, den kannst du schon ins Auto bringen. Sie begutachtete ein paar kleine Möbelstücke. „Den Beistelltisch und das Regal hier nehmen wir auch mit." Dann ging sie ins Arbeitszimmer und holte ein paar Bilderalben aus dem Regal. Schließlich entdeckte sie noch ein Kinderbuch. „Die Bücher gehören laut Testament Ihnen oder Ihrer Familie, Robert. Aber dieses Buch würde ich gerne mitnehmen. Mein Vater hat mir oft daraus vorgelesen", sagte sie.

Robert sah, dass sich ihr Gesichtsausdruck veränderte, sanfter wurde. „Nun muss ich die Sachen meiner Mutter packen. Das dauert ein bisschen." Sie ging ins Schlafzimmer.

Robert wartete mit Martin im Wohnzimmer. Der Mann sah sich interessiert um und sagte dann: „Frau Hermann hatte wohl die Vorstellung, dass Carola hier einziehen würde. Ist natürlich mehr Platz als in der Münchner Wohnung. Aber mit dem alten Kram könnte sie nie leben. Sie hasst alte Möbel."

„Man könnte ja auch die Wohnung moderner gestalten", wandte Robert ein. Die Mieter unten haben das sehr gut gelöst."

„Carola zieht auf keinen Fall um", sagte er mit absoluter Sicherheit. „Sie hat einen guten Job und die Kinder lieben ihre

Schule. Nun ja, und ich bin als ein weiterer Grund dazugekommen."
Robert erzählte von der Verbindung seines Großvaters zu
Udo Hermann. Martin hörte interessiert zu. Sie wurden unterbrochen, als Carola nach einer halben Stunde verkündete:
„Ich habe das Wichtigste eingepackt. Ach Robert, wir müssen noch über die Auflösung der Wohnung sprechen. Das
fällt doch in Ihren Bereich als Betreuer."
„Ja."
„Beauftragen Sie bitte eine Firma. Ich übernehme die Kosten
der Entrümpelung. Wenn Sie etwas davon gebrauchen können, nehmen Sie sich das. Ich habe die persönlichen Unterlagen, die Kleidung, Bilder und Möbelstücke. Die kommen
ins Pflegeheim, weil meine Mutter daran hängt. Aber mehr
kann ich davon nicht gebrauchen. Es wäre auch schön, wenn
Sie die Wohnung kündigen würden, damit ich mich darum
nicht kümmern muss. Ich glaube, meine Mutter hat eine drei-
monatige Kündigungsfrist." Sie legte ihr Bündel Papiere auf
den Esstisch und suchte den Mietvertrag. „Ja, hier ist er. Sie
zahlt noch drei Monate. In dieser Zeit können Sie die Wohnung ausräumen lassen."
„Sind Sie sicher, dass Sie nichts von den Möbeln, dem Geschirr, den Büchern, vielleicht den alten Schreibtisch haben
wollen? Sie könnten sich später ärgern", gab Robert zu bedenken.
„Ganz bestimmt nicht. Machen Sie damit, was Sie wollen,
verkaufen Sie das Zeug oder geben Sie es in den Sperrmüll.
Wenn Ihnen was gefällt, dann behalten Sie es. Ich würde
mich freuen, wenn Sie etwas davon gebrauchen können. Sie
und Ihre Oma haben soviel für meine Mutter getan. Ohne Sie
wäre das hier ein Desaster geworden. Wenn Sie wollen, gebe
ich Ihnen das schriftlich."
„Okay", sagte Robert und wunderte sich über die kühle Art
der Frau.
„Ich habe noch Geld übrig von dem Wirtschaftsgeld, das Sie
mir überwiesen haben", fiel ihm ein.

„Behalten Sie es. Im Grunde müsste ich Ihnen noch mehr überweisen.“

„Schon gut, ich habe es ja für meine Oma getan.“

Sie nickte und wandte sich an ihren Begleiter. „So Martin, wir packen das ein und dann fahren wir ins Krankenhaus. Da sich Mutti nicht behandeln lässt, wird man sie Anfang der Woche entlassen und ins Pflegeheim bringen. Ich nehme sie dort in Empfang.“

Robert musste nun doch die Frage stellen, die er die ganze Zeit auf der Zunge hatte. „Weshalb zeigen Sie so wenig Mitgefühl?“

Es kam wie aus der Pistole geschossen: „Weil ich nicht mehr kann. Meine Mutter lässt sich nicht behandeln, sie will nicht gesund werden.“

„Sie kann es nicht einschätzen“, erklärte Robert leise.

„Dann haben Sie mehr Verständnis als ich. Irgendwann ist mal Schluss. Ich muss mich und meine Kinder schützen und das tue ich, indem ich funktioniere und nicht großartig nachdenke.“

Martin legte ihr die Hand auf die Schulter. „Wir schaffen das zusammen.“

Carola sah ihn an. „Ich bin froh, dass du da bist.“ Sie wandte sich an Robert: „Martin hat mir in den letzten Wochen sehr geholfen. Ich stand kurz vor einem Zusammenbruch.“

Robert verstand.

„Lass uns fahren. Ich bin hier fertig. Danke, Robert, für alles.“ Sie hatte es jetzt eilig.

Robert half die Koffer ins Auto zu bringen. Die Verabschiedung war ohne Händedruck, wie es in dieser Zeit üblich war.

Die Bedeutung des Lichtes

Robert blieb in Frau Hermanns Wohnung. Er hatte sie jetzt quasi übertragen bekommen. Frau Hermann konnte nicht einmal Abschied nehmen von ihrer geliebten Wohnung, von ihren schönen Möbeln, von ihrem Lebenskunstwerk, wie Robert es selbst bezeichnet hatte. Der Gedanke machte ihn traurig. Frau Färber hatte ihn beauftragt, eine Entrümplungsfirma zu bestellen. Das Wort *Zerstörung* ging ihm durch den Kopf. Er war froh, dass Frau Hermann davon nichts mitbekam. Robert ging erneut durch die Räume. Er erinnerte sich an Theas Vorstellung von der Einrichtung. Auch sie wollte einen Durchbruch zwischen Küche und dem angrenzenden Zimmer, so wie Tom es unten hatte. Die Bücher gehörten ihm oder besser gesagt seiner Familie. Aber klar war, dass Oma sie nicht gebrauchen konnte und seine Mutter sie auch nicht wollte. Robert nahm sich das Bücherregal vor. Er hatte jetzt Zeit, las die Buchtitel und fand etliche Bahá'í-Bücher. Nun, da er die neue Religion kannte, war es leicht, die Bücher zu finden. Beim Durchblättern staunte er, dass er genau die Antworten auf Fragen erhielt, die noch offen waren. So fand er in einer vierbändigen Ausgabe über Bahá'u'lláh beim Aufschlagen des ersten Bandes diesen Text: **Die zur Zeit der Erklärung Bahá'u'lláhs freigesetzten geistigen Energien verliehen der Menschheit neue Fähigkeiten, die es jedem einzelnen Menschen, unabhängig von Ethnie, Hautfarbe, Bildung oder sozialem Hintergrund, ermöglichen, die Botschaft Gottes für diesen Tag zu erkennen und sein Teil zur Errichtung einer weltumspannenden, göttlichen Kultur für die Menschheit beizutragen.**
Robert erinnerte sich an die Aussage seines Großvaters, dass es ein Ereignis um 1844 gegeben hat, dem wir unsere rasante Entwicklung zu verdanken haben. Genau das wollte er ihm kurz vor seinem Tod erzählen. Erst hatte der Bab 1844 einen geistigen Impuls in die Welt geschickt und neunzehn Jahre später Bahá'u'lláh.
Eine Seite zuvor fand er eine weitere Bestätigung:

Wahrlich, wir haben kraft Unserer unwiderstehlichen, allunterwerfenden Herrschaft jede Seele verhauchen lassen. Dann haben wir eine neue Schöpfung ins Leben gerufen als Zeichen Unserer Gnade für die Menschen. Ich bin wahrlich der Allgütige, der Altehrwürdige der Tage.
Ein Buch über die Seele sprach ihn besonders an. Es war nur eine kleine Broschüre, ähnlich wie die, die Thea ihm gegeben hatte. Er stolperte über einen Satz und las laut: **„Siehe, wie das, was du im Traume geschaut hast, nach langer Zeit voll verwirklicht wird."**
Und auch das Zitat darüber schien ihm wichtig. **„Wenn sie (die Seele) Gott treu ist, wird sie sein Licht widerstrahlen und schließlich zu Ihm zurückkehren. Wenn sie jedoch die Treuepflicht gegenüber ihrem Schöpfer vergisst, wird sie ein Opfer des Selbstes und der Leidenschaften werden und am Ende in deren Abgründen versinken.**
Wieder ging es um Licht. Robert hatte das Gefühl, ganz nah an der Bedeutung der Traumbotschaft zu sein.
Er blätterte weiter. Da stand: **Der Mensch kann in dieser Welt durch die reine Tat, die aus Liebe zu Gott geboren ist, die Gnade und das geistige Licht verdienen und seine Seele hierdurch entfalten … Die Gottesgnade ist das göttliche, geistige Licht, das mittelbar allen gegeben wird und allen zum Wachsen und Gedeihen gereicht.**

Am Anfang war das Licht der Sonne der Wahrheit, nämlich das Licht des Antlitzes jedes Offenbarers Gottes, der hier auf Erden erscheint, um die Menschen zu befreien und zu führen. Am Ende des irdischen Lebens sollte die Seele des Menschen vom gleichen Licht erleuchtet sein, das Gott durch seine Offenbarer in den Herzen der Menschen entzündet hat und die Menschen ihrerseits durch reine Taten entfacht haben. Dieses Licht ist für die Seele im Jenseits ihre Lebenskraft, ihre Nahrung, ihre Sehnsucht, ihr Reichtum, ihr Wirken und ihre ewige Beziehung zu ihrem Schöpfer – ihr Paradies.
Robert fasste für sich zusammen:

Christus war in Bahá'u'lláh wiedergekommen, um den Menschen das geistige Licht zu bringen. Es gibt nur eine Religion, aber sie muss erneuert werden. Jede Religion hat neue Anweisungen. In diesen Anweisungen, die der Wille Gottes sind, ist das Licht enthalten.
Und hier hatte er ein weiteres Puzzle gefunden.
Dadurch, dass der Mensch Gott erkennt und das Licht der Sonne der Wahrheit erfährt, erhält er die notwendige Kraft, um nach Gottes Anweisungen zu leben … dies nennen wir Gott anbeten … Es geht darum, die Wärme und die Helligkeit der Sonne zu erhalten, um mit ihrer Hilfe auf dem richtigen Weg und mit der richtigen Orientierung aktiv zu leben.
Robert wiederholte einige Sätze mehrmals: *Durch reine Taten kann man sich das geistige Licht verdienen und seine Seele entfalten … Dieses Licht ist für die Seele die Lebenskraft im nächsten Leben. Durch die Erkenntnis Gottes bekommt man die Kraft, um nach Gottes Anweisungen zu leben …*
Er sprang auf und lief im Zimmer auf und ab. Jetzt konnte er sich vorstellen, wie es Menschen möglich war, sich nach diesen neuen Gesetzen auszurichten. Indem man sich nach den Anweisungen des Gottesoffenbarers richtet, verwandelt uns das geistige Licht, das in diesen Anweisungen steckt. Er ahnte den Zwiespalt, in dem Thea steckte. Sie wusste um die Bedeutung der Gebote und Prinzipien ihrer Religion. Und nun hatte sie einen Mann kennengelernt, der weit weg von diesen Prinzipien war, sich gar nicht vorstellen konnte, nach einem Keuschheitsgebot zu leben, das Gebot der Ehe sogar ablehnte. Es erklärte ihre Vorsicht, die Distanz, die er gespürt hatte, wenn er ihr näher kommen wollte. Ihm wurde bewusst, dass es für ihn nur eine Möglichkeit gab. Es genügte nicht, die Gebote zu akzeptieren. Er wollte es jetzt ausprobieren, diese Anweisungen befolgen. In einer Einführungsbroschüre stieß er darauf: ein tägliches Pflichtgebet, morgens und abends in den Schriften lesen und fünfundneunzig Mal am Tag »Alláh-u-Abhá« sprechen.

Robert blieb den ganzen Samstag in der Wohnung und er kam auch am Sonntagmorgen hierher zurück. Für seine Oma musste er nicht ständig zu Hause sein, weil Vera inzwischen das Kommando übernommen hatte.

Aktuelle Meldung:
Deutschland stellt 300 Millionen Euro für den Kampf gegen
das Coronavirus in armen Ländern bereit ...

Abschiedsbesuch

Für den Sonntagnachmittag nahm sich Robert vor, Frau Hermann zu besuchen, ein Abschiedsbesuch. Er wollte vor allem wissen, wie sie die Begegnung mit ihrer Tochter verkraftet hatte. Er rief in der Psychiatrie an und erhielt einen Termin. Ilse wollte unbedingt mit.

Kurz vor 16 Uhr fuhr er mit seiner Oma in die zweite Etage und klingelte an der Stationstür. Eine Schwester brachte sie in einen Raum außerhalb der Station, der wohl als Besuchsraum eingerichtet war. Dort stand ein großer Tisch. Er und Ilse blieben auf einer Seite. Frau Hermann wurde kurz darauf mit dem Rollstuhl auf die andere Seite geschoben.

Es waren die üblichen Vorsichtsmaßnahmen in der aktuellen Situation. Frau Hermanns Augen flackerten, als sie Robert und Ilse entdeckte. Oma winkte ihr zu und sagte: „Käthe, wie geht's dir?"

Sie zuckte mit den Schultern. Beide hatten Tränen in den Augen. „Schön, dass du gekommen bist", sagte Frau Hermann. „Wie geht's dir?"

„Es wird besser", sagte Oma leicht abgehackt. „Ich habe gute Betreuung. Robert kümmert sich. Vera ist auch da. Und zu Hause brauche ich diesen Rollstuhl nicht mehr."

„Schön", sagte sie und wirkte im nächsten Moment etwas abwesend.

„Du hattest Besuch von Carola", sagte Ilse.

Frau Hermanns Gesichtsausdruck veränderte sich. Sie kniff die Augen zusammen. „Ich soll ins Heim, hat sie gesagt. Hat einen Platz für mich, in ihrer Nähe."

„Das ist doch wunderbar. Es ist gut, wenn die Familie in der Nähe ist ... Das ist die beste Lösung. Dein Bein ist gelähmt,

du kannst nicht laufen. Und du hast Krebs, den du nicht be-
handeln lassen willst."
Sie sprach langsam, aber erstaunlich kraftvoll und war vor
allem schonungslos ehrlich, stellte Robert fest.
„Ich nehme keine Tabletten, die sollen mich in Ruhe lassen",
sagte Frau Hermann bockig.
„Die Tabletten würden aber Ihr Leben verlängern", warf Ro-
bert ein.
„Verlängern, wofür?", entgegnete Frau Hermann in einem
zynischen Ton.
Robert fand, dass sie klar wirkte. „Für Ihre Enkelkinder, für
Ihre Tochter, dass sie Sie noch eine Weile haben."
Frau Hermann schüttelte den Kopf. „Die brauchen mich
nicht. Ich bin Belastung für Carola, hat sie gesagt."
Jetzt fehlten beiden die Worte. Es stimmte und man konnte
das nicht kleinreden. Ilse sagte schließlich: „Dann gehst du
zu Udo und bestellst meinem Günter einen schönen Gruß.
Ich komme nach, später."
Damit war Käthe zufrieden. Sie nickte, schwieg und starrte
geradeaus. Als sie zehn Minuten später aufbrachen, sagte
Käthe zu Robert: „Pass auf meine Wohnung auf, Junge."
Robert nickte und antwortete: „Ich kümmere mich um alles." Es war keine Lüge, aber er war sich sicher, dass Käthe
etwas anderes meinte, als die Räumung der Wohnung.

Mittwoch, 29. April

Aktuelle Meldung:
Die Internationale Arbeitsorganisation sieht durch die Folgen der Pandemie die wirtschaftliche Existenz von weltweit 1,6 Milliarden Menschen bedroht, die im informellen Sektor arbeiten ...

Wegweiser

Seit drei Tagen ging Robert nach dem Frühstück in Frau Hermanns Wohnung. Sie war zu seinem Rückzugsort geworden. Dort hatte er Ruhe zum Lesen und zum Denken. So war er am Dienstag auch Thea aus dem Weg gegangen. Wieder kreisten die Gedanken um sie. Er wollte mit ihr zusammen sein, mit ihr leben. Er hatte kein Problem mit Philip, im Gegenteil, der Junge war pure Freude, aber bei dem Wort Heirat sträubten sich noch immer seine Nackenhaare. Er versuchte sich einzureden, dass es nur um einen Vertrag ging, der die Verbindung zweier Menschen besiegelte. Es änderte nichts an ihrer Beziehung. Zweifel mischten sich in seine Gedanken. Vielleicht ging doch alles zu schnell, vielleicht brauchten sie Zeit, um sich besser kennenzulernen. Anderseits hatte er noch nie nach der zweiten Begegnung mit einer Frau gewusst, dass sie zusammengehörten. Zu Thea hatte er eine besondere Verbindung. Und die setzte er gerade aufs Spiel mit seiner Ehephobie. Seine Grübeleien wurden vom Handy unterbrochen.

„Herr Schumann, hier ist Frau Schneider. Ich wollte mal hören, wie die Situation von Frau Hermann ist und ob ich etwas tun kann. Hier ist so viel los, wegen der Rückverfolgung der Infektionen, ich konnte mich nicht früher melden."

„Danke für die Nachfrage. Frau Hermann ist jetzt in der Psychiatrie und kommt im Laufe der Woche in ein Pflegeheim nach Bayern, in die Nähe ihrer Tochter." Er erzählte von den gesundheitlichen Problemen, von der OP und der

Weigerung, den Krebs behandeln zu lassen. „Sie hat nur noch eine kurze Lebenszeit“, schloss er seinen Bericht.
„Traurig, aber anderseits bleiben allen Beteiligten auch eine Menge Probleme erspart. Da haben Sie einiges durchgemacht. Was arbeiten Sie eigentlich?“
„Mein Studium geht dem Ende zu. Ich habe gerade meine Bachelor-Arbeit abgegeben, warte auf die Verteidigung und betrachte mich als Arbeitssuchenden.“
„Was haben Sie studiert?
„Dienstleistungsmanagement, hier an der Hochschule Harz und vorher habe ich Krankenpfleger gelernt.“
„Aha.“ Frau Schneider schwieg eine Weile. Dann sagte sie: „Wollen Sie sich nicht beim Gesundheitsamt bewerben? Wir brauchen Leute.“
„Aber ich bekomme im Sommer erst den Abschluss.“
„Tun Sie es trotzdem. Vielleicht können Sie vorher ein Praktikum machen, dann haben Sie einen Fuß in der Tür.“
„Danke für den Tipp.“
Nach dem Telefonat kam ihm der Gedanke. Wenn ich jetzt eine Arbeit bekommen würde, könnte ich mich auch um eine Wohnung kümmern. Warum nicht diese Wohnung? Er rief sofort die Wohnungsgesellschaft an. Durch Frau Hermann kannte er die Leute und es war leicht, sein Anliegen zu erklären.

Am Nachmittag fuhr er zu Matthias. Oma hatte ihn beauftragt, Blumen für den Friedhof zu besorgen, Eisbegonien und Studentenblumen.
Matthias kassierte gerade einen Kunden ab. Er freute sich, als er Robert entdeckte.
„Was fehlt denn noch?“, fragte er gleich.
„Hier hast du Omas Bestellung für den Friedhof.“ Er drückte seinem Freund den Zettel in die Hand. „Oma meint, du weißt Bescheid.“
Matthias nickte und überlegte. „Ich glaube, sie nimmt gelbe Studentenblumen für den Rand und rote Eisbegonien für die Mitte.“

„Da weißt du mehr als ich. Bin schon ewig nicht mehr auf dem Friedhof gewesen." Und im nächsten Moment wurde ihm klar, dass er seit der Beerdigung seines Großvaters nicht dort gewesen war.

„Dafür darfst du jetzt pflanzen. Ich zeig dir mal ein Beispiel für Beetbepflanzung." Sie gingen hinter die Gewächshäuser. Dort waren zwei Beispiele für Grabbepflanzung angelegt. „In die Ecken würde ich noch die blauen Blumen pflanzen."

„Mhm, sieht hübsch aus", sagte Robert und drehte sich um, weil es hinter ihm sehr laut wurde.

„Hallo Papa", rief Ben und sprang seinem Vater in die Arme. Auch Lily kam und klammerte sich an ihrem Vater fest, als hätten sie ihn wochenlang nicht gesehen. „Na, das nenne ich mal eine Begrüßung", sagte Doreen etwas atemlos. „Hallo Robert." Sie wollte ihm die Hand geben, besann sich aber und zog sie sofort zurück. „Unter normalen Umständen hätte ich dich jetzt umarmt", fügte sie hinzu. „Hast du ein bisschen Zeit? Dann kannst du mit uns Kaffee trinken."

„Ich weiß nicht so recht. Ist ja nicht … erlaubt …" stotterte Robert unschlüssig.

„Wir trinken draußen Kaffee, Matthias hat sich auch eine Pause verdient."

Sie gingen rüber zum Nachbargrundstück. Robert kannte Doreen seit der Schulzeit. Sie hatte schon immer ein rundes Gesicht und halblange lockige Haare, die sie meistens zu einem Pferdeschwanz band. Bis auf ein paar Kilo, die sie nach den Kindern zugenommen hatte, wirkte sie unverändert.

Robert und Matthias setzten sich auf die Terrasse. Doreen und die Kinder deckten den Tisch und stellten neben Tassen und Teller eine frischgebackene Käsetorte ab.

„Wie geht es deinem Vater?", erkundigte sich Matthias.

„Er ist noch sehr geschwächt und schläft viel. Und stell dir vor, er hat noch nicht einmal in seiner Kanzlei angerufen. Das will was heißen."

„Dann muss es ihm wirklich noch schlecht gehen", bestätigte Matthias. „Und wie geht es Thea?", lautete die nächste überraschende Frage.

„Kommt regelmäßig zu Oma."

„Klar, aber das habe ich nicht gemeint."

„Wir sind ein bisschen auf Distanz", gab Robert zu.

„Habt ihr euch gestritten?", bohrte Matthias weiter.

„Nein, wir haben nur unterschiedliche Lebensvorstellungen."

Doreen und die Kinder setzten sich an den Tisch. Sie schnitt die Torte an und verteilte die Stücke. Matthias goss den Kaffee ein.

„Hübsch habt ihr es hier", bemerkte Robert, um vom Thema abzulenken. „Man kommt gar nicht darauf, dass zwanzig Meter weiter eine Gärtnerei ist."

„Das war mir auch wichtig", bestätigte Doreen. „Ich finde es gut, dass Matthias seine Arbeit hier hat, aber ein bisschen Trennung vom Arbeitsplatz ist genau so wichtig. Bis wir dafür die richtige Lösung hatten, musste selbst der Gärtner etwas länger grübeln."

Matthias lachte. „Zwei Wochenenden habe ich gebrütet und zwei Wochenenden zum Bepflanzen gebraucht. Für Doreen müssten die Pflanzen gleich die richtige Größe haben und dann so bleiben."

„Stimmt ja gar nicht, Schatz. Ich freue mich auch, wenn die Pflanzen wachsen. Sie dürfen nur nicht zu groß und nicht zu klein sein."

„Und das ist die Frau eines Gärtners", fügte Matthias kopfschüttelnd hinzu.

„Und sie ist es schon seit dem Kindergarten", fiel Robert ein. „Hat er dir eigentlich einen richtigen Heiratsantrag gemacht?", fragte er und war überrascht, dass ihm diese Frage in den Sinn gekommen war.

Doreen schürzte die Lippen. „Für uns stand tatsächlich immer fest, wenn wir groß sind, wollen wir heiraten. Ich hatte mir schon mit sechzehn das Hochzeitskleid ausgesucht. Mit zwanzig haben wir uns verlobt und ein Jahr später geheiratet. Ich glaube einen Heiratsantrag im klassischen Sinne gab es nicht." Matthias schüttelte als Bestätigung den Kopf. „Es gab genug Leute, die uns für verrückt gehalten haben", erinnerte sie sich lächelnd.

„Und weshalb wolltet ihr unbedingt heiraten, ihr hättet ja auch zusammen leben können für ein paar Jahre."

„Wir wollten eine richtige Familie sein, beide den gleichen Namen tragen", sagte Matthias.

„Hat sich durch die Heirat etwas verändert?", wollte Robert wissen.

Doreen überlegte. Die Kinder hatten ihren Kuchen aufgegessen und liefen in die Spielecke, die aus einer Rutsche, einer Schaukel und einem Klettergerüst bestand.

Sie sah ihnen nach und sagte dann: „Es fühlt sich richtiger an. Manche Leute heiraten aus finanziellen Gründen oder wegen der Witwenrente später, aber wir wollten immer nur eine richtige Familie sein."

„Dieses Gefühl von Gemeinschaft hat sich mit den Kindern noch verstärkt", ergänzte Matthias.

„Ansonsten wäre ich eine Mutter mit zwei Kindern, die mit ihrem Freund zusammenlebt, klingt doch seltsam", sagte Doreen leicht entrüstet. „Wir denken sogar darüber nach, die Familie noch zu erweitern", verriet sie flüsternd.

„Na da müsst ihr schon etwas mehr tun als nur nachdenken", antwortete Robert trocken. Matthias sah seinen Freund stirnrunzelnd an. „Willst du heiraten oder weshalb interessiert dich unsere Geschichte?"

„Ich wollte nie heiraten, fand das altmodisch, habe die Ehe als Auslaufmodell gesehen", gab Robert zu.

„Doch nun hast du Thea kennengelernt und da ändert sich plötzlich die Meinung", schlussfolgerte Matthias erfreut.

„Es ist bei uns noch komplizierter, aber es war gut, von euren Erfahrungen zu hören."

Damit beendeten sie das Thema. Robert bezahlte seine Pflanzen und fuhr dann zum Friedhof. „Opa, ich könnte mal wieder deine Hilfe gebrauchen", murmelte er, als er die Blumen in die Erde setzte.

Samstag, 2. Mai

Aktuelle Meldung:
Bundeskanzlerin Angela Merkel unterstreicht die Notwendigkeit, in der Pandemie international zusammenzuarbeiten und vor allem bei der Entwicklung eines Impfstoffes sich in einem großen Bündnis dieser Arbeit zu verpflichten.

Vorurteile

Für Samstagmorgen hatte sich der Pfarrer zu Besuch angekündigt. Robert wäre ihm am liebsten aus dem Weg gegangen und hätte an der Tür zum Arbeitszimmer ein Blatt mit der Aufschrift angehängt: ZETTEL ZERREISSEN VERBOTEN!
Doch seine Oma bat ihn, Kaffee zu kochen und den Pfarrer zu empfangen. Robert bemerkte eine gewisse Nervosität bei sich und konnte es sich nicht erklären. Der Pfarrer war pünktlich und begrüßte ihn besonders freundlich, zu freundlich. Jetzt merkte Robert, wie Wut in ihm hochkochte. Ihm fiel der Tag ein, an dem er die Zettel aus der Papiertonne geholt und mühselig wieder zusammengeklebt hatte. „Warum haben Sie meine Blätter weggeworfen?", platzte es aus ihm heraus. Der Mann brauchte einen Moment, um zu begreifen, was Robert meinte.
„Ihre Blätter?", fragte er verwundert. „Das waren doch die Blätter Ihres Großvaters und Ihre Oma wollte sie nicht mehr haben."
„Und Sie waren auch nicht abgeneigt, dass die Sachen wegkamen", sagte Robert bissig.
Der Mann lächelte und sagte kumpelhaft: „Robert, wir wissen doch beide, dass Ihr Großvater am Ende seines Lebens etwas durcheinander war. Er hat sich alles Mögliche zusammengereimt."
„Er hat sich mit dem zweiten Kommen von Jesus Christus beschäftigt, das ist für mich eine sehr konkrete Sache und

nicht alles Mögliche. Zum Glück konnten wir die Blätter wieder zusammensetzen.“

„Oh, das war aber viel Arbeit. Ich habe doch extra …“

Der Pfarrer stoppte und Robert beendete den Satz: „… alles sehr sorgfältig zerlegt. Ja, das haben Sie.“

„Ich konnte doch nicht wissen, dass die Blätter für Sie so wichtig waren. Ihre Großmutter hat es anscheinend auch nicht gewusst.“

„Ich wollte beweisen, dass mein Opa nicht verrückt war, wie alle dachten.“

„Und zu welchem Ergebnis sind Sie gekommen?“, fragte der Pfarrer vorsichtig.

„Christus ist unter einem neuen Namen 1844 in Persien erschienen. Sein Name lautet: Bahá’u’lláh, die Herrlichkeit Gottes. Die neue Religion ist die Bahá’í-Religion und es handelt sich um eine Weltreligion. Mein Großvater hatte Recht. Wir haben das zweite Kommen Christi verpasst“, sagte er mit voller Überzeugung.

Der Pfarrer runzelte die Stirn und sagte dann in einem versöhnlichen Ton: „Es mag ja sein, dass es eine neue Religion gibt, aber die hat mit Jesus Christus nichts zu tun.“

Robert erinnerte sich daran, dass Bahá’u’lláh Kampf und Streit verboten hat und dass die Anhänger aller Religionen friedlich miteinander umgehen sollen. Er musste sich beherrschen, um nicht zu entgegnen: *Woher wollen Sie das wissen, wenn Sie sich gar nicht damit beschäftigen?*

Doch zum Glück fiel ihm ein, wie Thea mit ihm selbst umgegangen war und er schaffte es zu sagen: „Jeder soll selbständig nach der Wahrheit suchen. Das ist ein Gebot Bahá’u’lláhs für diese Zeit.“

Der Pfarrer schwieg einen Moment und sagte dann in leicht zynischem Ton: „Und was hat dieser angeblich neue Christus gebracht?“

„Er hat das Heiligtum der Einheit errichtet und damit ist die Einheit Gottes, die Einheit der Religionen und die Einheit der Menschheit gemeint.“

„Aha. Das sind ja große Ziele, aber wie sieht die Welt aus? Die Konflikte, die Kriege und die Krisen nehmen an jeder Ecke doch zu."

„Weil die Menschen die Gesetze, die Bahá'u'lláh gebracht hat, nicht beachten."

Der Mann lachte. „Jetzt sagen Sie bloß noch, wir haben eine Coronakrise, weil sich die Menschen nicht an die Gesetze des neuen Religionsstifters halten?"

Robert wusste nicht gleich darauf zu antworten. Er sagte schließlich: „Tatsache ist doch, dass wir durch diese weltweite Gesundheitskrise ein Bewusstsein für einheitliches Handeln erhalten. Das Virus stoppt nicht an der Grenze eines Landes, sondern macht deutlich, dass wir alle im selben Boot sitzen, eine Erde und eine Menschheit sind."

Der Pfarrer wirkte für einen Moment sprachlos, doch fing sich schnell: „Sie scheinen sich Ihrer Sache sehr sicher zu sein. Ihr Großvater wäre bestimmt stolz auf Sie."

„Man muss sich mit einer Sache beschäftigen, um sicher zu sein und man muss seine Vorurteile ablegen, um sich nicht selbst im Wege zu stehen." Robert staunte über seine eigenen Worte. So hatte er doch noch nie gedacht.

Der Mann wurde unruhig, sah zur Tür und spielte mit den Händen. „Ich bin ja eigentlich gekommen, um Ihre Oma zu besuchen."

Damit war das Gespräch beendet. Der Pfarrer wollte nicht mehr wissen.

Robert führte ihn ins Wohnzimmer und fuhr zu Frau Hermanns Wohnung. Unterwegs hatte er noch seinen Schlusssatz im Kopf. *Man muss seine Vorurteile ablegen, um sich nicht selbst im Weg zu stehen.* Und genau das war auch sein Problem. Es fiel ihm wie Schuppen von den Augen. Er stand sich mit seinen Vorurteilen in Bezug auf Heirat selbst im Weg.

Robert traf Familie Westphal im Hof an. Er hatte sie die ganze Woche über nicht gesehen und wollte sie nur kurz begrüßen. Viola saß mit einer Zeitschrift auf der

Hollywoodschaukel. Tom las die Tageszeitung und die Kinder wühlten emsig im Sand. Sonnenschein und warme Temperaturen ließen Urlaubsatmosphäre aufkommen. „Guten Morgen", sagte er und blieb ein paar Meter entfernt stehen. „Es sieht bei euch nach Urlaub aus."

„Guten Morgen, Robert. Das hier ist besser als Urlaub", antwortete Viola. „Ich habe endlich mal einen Samstag frei und kann unseren Hof genießen."

Neben der Schaukel standen ein kleiner Tisch und drei Stühle. „Wir haben heute hier draußen gefrühstückt", erzählte Tom. „Komm setz dich. Ich habe dich die ganze Woche über nicht gesehen, nur ab und zu gehört Was machst du da oben?"

„Die Bücher von Udo Hermann lesen." Robert folgte der Aufforderung und nahm am Tisch Platz.

„Aha", sagte Tom verwundert.

„Wie geht es Thea?", fragte Viola.

Das war genau die Frage, die Robert die ganze Woche vermeiden wollte. Deshalb hatte er sich bei Tom nicht gemeldet. Er sagte ausweichend: „Sie hat ihre Praxis wieder geöffnet und Philip geht in die KiTa."

„Darüber ist sie sicher froh", sagte Viola und setzte vorsichtig hinzu: „Seht ihr euch ab und zu?" Und nun war sie beim eigentlichen Thema angekommen. Robert zögerte, sah sich auf dem Hof um. Die gepflanzten Frühblüher leuchteten in ihrer vollen Pracht. Die Hyazinthen verströmten einen starken Duft.

„Wir machen so etwas wie eine Pause, obwohl wir eigentlich noch gar keine Beziehung hatten. Ich muss ein paar Dinge für mich klären. Es ist kompliziert", sagte er tonlos.

„Wegen Philip?", fragte Tom.

„Ihr könnt wirklich gut bohren", antwortete Robert leicht genervt und wurde langsam unruhig. Am liebsten wäre er aufgestanden und gegangen.

„Ja, das können wir. Ihr seid ein tolles Paar und wir hatten den Eindruck es ist etwas Ernstes", versuchte Viola zu erklären.

„Gut, wenn ihrs genau wissen wollt. Thea ist Bahá'í, lebt nach den Geboten ihrer Religion und dazu gehört ein Keuschheitsgebot, das bedeutet keinen Sex vor der Ehe. Wir können erst zusammenkommen, wenn wir verheiratet sind. Ich wollte nie heiraten, das ist das Problem."

Die beiden starrten ihn ungläubig an. „Ihr habt euch nicht verhört." Robert war jetzt darauf gefasst, die Bahá'í-Religion und die Gebote zu erklären.

Doch Tom sagte nur: „Aber ansonsten kommt ihr doch klar, oder?"

„Bestens."

Viola zuckte mit den Schultern und sagte locker: „Na dann heiratet ihr eben. Hast du dir mal die Alternative überlegt? Meinst du das Alleinsein ist die Lösung für den Menschen? Das hier", sie zeigte auf Tom und die Kinder, „ist das Größte."

„Allerdings haben wir sechs Jahre zusammengelebt, bevor wir geheiratet haben", fügte Tom kleinlaut hinzu.

„Weshalb habt ihr solange gewartet?", wollte Robert nun wissen.

Viola sagte halb lachend: „Weil es alle so machen, weil es der Trend ist. Und weil Tom mich nicht früher gefragt hat."

„Ich hatte nur vor dem Antrag Schiss. Musste ja was Besonderes sein, Rosen, Kerzen und so. Ich hätte dich sofort heiraten können. Wir waren uns doch sicher, dass wir zusammengehören."

Viola überlegte kurz: „Ja, stimmt, und dann sind wir erst zusammengezogen, weil es alle so machen und dann jagte ein Tag den anderen. Irgendwann kam das Thema Familie auf und wir dachten an Heirat, an Kinder, weil es die anderen auch in der Reihenfolge so machen. Dazu gehört dann aber eine richtige Hochzeit mit allem Drum und Dran, und das kostet. Das Geld musste erst angespart werden und schließlich waren wir bereits sechs Jahre zusammen. Ist doch irgendwie auch verrückt."

„Ja, es spielen so viele äußere Faktoren eine Rolle", gab Tom nachdenklich zu. „Dabei kommt es auf die Qualität der Beziehung an und nicht auf die Größe der Hochzeit."
Robert war erstaunt über diese Sichtweise und sagte: „Ich habe immer gedacht, dass die Ehe veraltet ist. Und ich habe in meiner Lehrzeit eine ziemliche Schlammschlacht bei meiner Kollegin und ihrem Mann erlebt, die mich abgeschreckt hat."
„Diese Beispiele gibt es. Aber es gibt auch die andere Seite, glückliche Ehen", warf Viola ein.
„Es ist wirklich ein Unterschied, ob du verheiratet bist oder nur zusammenlebst. Das ist jedenfalls unsere Erfahrung", sagte Tom verträumt.
Viola pflichtete ihm bei und suchte nach Worten, um es zu erklären. „Wir waren beide überrascht, dass wir uns als Ehepaar sicherer und stärker fühlten."
„Wir sind uns noch nähergekommen und ich weiß nicht, ob unsere vorher lockere Beziehung meinen Unfall überstanden hätte", meinte Tom.
„Wie sieht es von Theas Seite aus?", fragte Viola wieder in ihrer vorsichtigen Art. „Ich meine, kann sie sich dich als Ehemann vorstellen?"
Robert überlegte. Die Formulierung kam ihm fremd vor. „Ich glaube, sie hat nicht das Problem. Sie war ja auch schon einmal verheiratet. Und so weit ich weiß, kannte sie ihren Mann nur ein halbes Jahr vor der Hochzeit. Ich bin das Problem. Ich kann mich selbst nicht als Ehemann sehen. Wie das klingt." Er schüttelte den Kopf.
Tom nickte verstehend und sagte ernst: „Diese Hürde musst du selbst nehmen. Aber wenn du uns brauchst, wir sagen dir gerne, dass in dir ein toller Ehemann und Vater steckt, der bereit ist, für seine Familie alles zu tun."
Viola sah Tom an und fügte lächelnd hinzu: „Ich bin ganz deiner Meinung, Schatz."
„Und ihr meint das ernst?", hakte Robert nach und fühlte sich bei diesem Lob etwas unwohl.

„Wir haben dich in den letzten Wochen als verantwortungs-
bewussten Menschen erlebt, der das Glück hatte, eine
schöne, kluge Frau kennenzulernen und sich zu verlieben.
Ihr habt euch gegenseitig geholfen und vertraut. Das ist die
Basis für eine Ehe", fasste Tom zusammen. Es war der Ton,
der Robert sehr berührte, weil er echte Hochachtung verriet.
„Danke", sagte er leicht verlegen. „Dann gehe ich mal hoch
und schaue mir Theas Broschüre an. Ich war bisher noch
nicht bereit, darin zu lesen."
Die beiden nickten ihm aufmunternd zu.

Robert setzte sich an den Esstisch im Wohnzimmer. Dort lagen schon verschiedene Bücher. Er nahm Theas Broschüre,
schlug eine Seite auf und las:
**Beachten wir die Wirkung, die der Gehorsam gegenüber
den Gesetzen für das persönliche Leben ausübt, so müssen wir bedenken, dass der Sinn dieses Lebens darin besteht, die Seele für das nächste Leben vorzubereiten. Hier
muss man lernen, seine tierischen Triebe zu kontrollieren
und zu steuern und nicht deren Sklave zu werden. Das
Leben hier ist eine Folge von Prüfungen und Errungenschaften, von Versagen und neuen geistigen Fortschritten. Manchmal erscheint der Weg sehr schwierig, aber
man kann immer wieder erleben, dass diejenige Seele, die
standhaft dem Gesetze Bahá'u'lláhs gehorcht, wie hart
es auch sein mag, geistig wächst, während derjenige, der
das Gesetz um seines vermeintlichen Glückes willen beiseitelegt, offensichtlich einem Trugbild folgt: Er erreicht
nicht das Glück, das er suchte, er verzögert seinen eigenen geistigen Fortschritt und zieht häufig neue Probleme
auf sich.**
Das war deutlich. Jetzt verstand Robert, weshalb Thea an
dieser Stelle nicht nachgeben konnte. Die Gesetze dienen unserem Schutz, ihre Nichtbeachtung oder sich dagegen zu
stellen, wirft uns in der Entwicklung zurück. Interessant war
die Aussage, dass das auch häufig andere Probleme nach sich
zieht.

Der nächste Satz sprang ihn regelrecht an: **Wisse, dass das Gebot der Ehe ewig ist. Es wird nie geändert oder umgewandelt werden. Es ist eine göttliche Einrichtung, und es besteht nicht die geringste Möglichkeit, dass Änderungen oder Wandel diese göttliche Einrichtung berühren.**

Es war der völlige Gegensatz zu dem, was er bisher gedacht hatte. Von wegen altmodisch, überholt, überflüssig. Er stellte sich kurz vor, wie eine Welt ohne Ehe, ohne feste Familienbande aussehen würde. Die kleinste Zelle der Gesellschaft würde fehlen. Was wäre das für eine Gesellschaft? Wahrscheinlich ein buntes Durcheinander.

… wenn die Ehe auf Geist und Körper gegründet ist, ist sie eine echte Vereinigung, die überdauern wird. Ist die Verbindung nur eine körperliche, so ist sie gewiss nur vorübergehend und muss unvermeidlich zur schließlichen Trennung führen …

Für Robert fügten sich die Puzzleteilchen zusammen. Thea hatte ihn gebeten, dran zu bleiben, die Recherchen seines Großvaters fortzusetzen, weil sie dadurch auf einer anderen Ebene verbunden sein werden. Sie meinte eine geistige Ebene, die wiederum Basis für die Ehe war. Er selbst hatte bisher nur die körperliche Verbindung gesehen. Robert las weiter:

Wenn daher das Volk Bahás zu heiraten gedenkt, muss dieser Bund eine echte Beziehung, ein geistiges wie körperliches Zusammenfinden sein, so dass diese Verbindung in allen Lebensabschnitten und Welten Gottes fortdauert, denn diese wahre Einheit ist ein Lichtstrahl der Liebe Gottes.

Nun las er einen besonderen Text, eine Ansprache, die anlässlich einer Hochzeit gehalten wurde. Sie kam ihm wie eine Anleitung für Ehepaare vor … **Das Band, das die Herzen eint wie kein anderes, ist die Treue … Lasst keine Spur von Eifersucht zwischen euch kommen, denn wie ein Gift verdirbt Eifersucht die Liebe in ihrem Wesenskern … Ergeben sich Meinungsverschiedenheiten, so beratet allein miteinander, damit nicht andere ein**

Körnchen zum Berge machen ... Sprecht miteinander von hohem Streben und himmlischen Dingen ... Macht euer Heim zum Hafen der Ruhe und des Friedens. Seid gastfreundlich und haltet die Türe eures Hauses offen für Freunde und Fremde ... Kein Sterblicher kann die Einheit und Eintracht erfassen, die Gott für Mann und Frau bestimmt hat.

Es war seltsam, aber er verspürte beim Lesen die Veränderung, die sich in ihm vollzog. Das was da stand, fühlte sich richtig an und war eine Art Horizonterweiterung, ein Blick über den Tellerrand und gleichzeitig ein Schub in eine neue Richtung, hin zu einer neuen Qualität von Beziehung. Er sah sein Leben mit Thea und Philip deutlich vor sich, er sah die Wohnung als ihr gemeinsames Zuhause. Und mit der Vorstellung wuchs der Wunsch nach Umsetzung.

Robert staunte über seine sprunghafte Wandlung. Alle Unsicherheiten waren auf einmal wie weggefegt.

Sonntag 3. Mai

Aktuelle Meldung:
Angesichts der Coronavirus-Pandemie durften rund 400 Migranten das Lager von Moria auf der griechischen Insel Lesbos verlassen ... 100 Migranten sollen nach Medienberichten am Dienstag folgen ...

Familientreffen

Sein erster Gedanke am Sonntagmorgen war: Ich muss heute unbedingt mit Thea reden. Er konnte selbst nicht glauben, dass plötzlich alles einfach und klar war. Ängste, Zweifel, Vorurteile, alles, was bis vor wenigen Tagen noch seine Gedanken beherrschte, war plötzlich weg. Würden sie wiederkehren?, fragte er sich und wusste im nächsten Moment die Antwort: NEIN. Die unsichtbare Mauer, die ihn die ganze Zeit umgeben hatte, war eingerissen, war verschwunden. Die Worte seines Großvaters fielen ihm ein.
Es wird Zeit, du musst das Licht suchen und es aufnehmen. Ohne Licht verfehlt der Mensch sein Lebensziel. Das Licht löscht die Aggressionen im Herzen und macht Frieden erst möglich. Suche Robert, für dich, für die Familie und für die Menschheit ... Suche, es eilt. "
Das Licht löscht die Aggressionen im Herzen, wiederholte er. Das Licht verwandelt, gibt neue Perspektiven, löscht Vorurteile. Er hatte es selbst erlebt. Und dieses Licht, *das Frieden erst möglich macht*, steckt in den Aussagen eines neuen Religionsstifters, steckt im Wort Gottes für die heutige Zeit. Mit dieser Erkenntnis sprang er aus dem Bett und wäre am liebsten sofort zu Thea gefahren. Doch er hatte versprochen, seine Oma zur Kirche zu begleiten. Es sollte auch eine versöhnliche Geste für den Pfarrer sein, denn inzwischen war ihm klar, dass sein Auftreten und sein Ton dem Pfarrer gegenüber nicht unbedingt förderlich für die Einheit der Religionen waren.

Auch das gemeinsame Mittagessen mit Oma und seinen Eltern war schon geplant. Da seine Mutter extra Kartoffelklöße und Rouladen gekocht hatte, was zu seinen Lieblingsspeisen gehörte, konnte er nicht einfach verschwinden. Auch war sein Verhältnis zu seinen Eltern jetzt anders. Natürlich hatten die Ereignisse der letzten Wochen ihren Anteil daran. Doch Robert war sich sicher, dass vor allem seine eigene Wandlung für die harmonische Familienatmosphäre verantwortlich war. Er war nicht mehr der Sohn, dem man das Leben erklären musste. Ihre Gespräche verliefen jetzt auf Augenhöhe. Seine Eltern fragten ihn öfter um Rat. Sie mischten sich nicht in seine Angelegenheiten ein. Als er am Nachmittag verkündete, dass er zu Thea fahren würde, nickten sie erfreut, stellten aber keine Fragen.

Robert war nicht angemeldet. Zu seiner Entschlossenheit gesellte sich auch etwas Angst. Schließlich war er ihr zwei Wochen lang aus dem Weg gegangen. Wie würde sie ihn empfangen? War sie ärgerlich, wegen seines Rückzugs? Vielleicht hatte er sie mit seiner Reaktion auf das Keuschheitsgebot enttäuscht oder sogar verletzt. Vielleicht wollte sie gar nichts mehr mit ihm zu tun haben? Diese Gedanken gingen ihm während der Fahrt durch den Kopf und verstärkten sich, als er vor ihrer Tür stand. Schließlich konnte er sich überwinden und klingelte.
Die Tür wurde geöffnet, aber nicht von Thea, sondern von einer kleinen Frau, Mitte fünfzig, mit dunklen schulterlangen Haaren. Robert war so überrascht, dass er sie nur anstarrte und kein Wort herausbrachte. Im nächsten Moment konnte er sich denken, dass es Theas Mutter war, denn er bemerkte die Ähnlichkeit. „Oh, ich … ich wollte eigentlich … zu Thea … guten Tag", stotterte er verlegen.
Die Frau sagte freundlich: „Sie ist zu einer Geburtstagsfeier, ein Kollege ihres Mannes, ihres verstorbenen Mannes hat sie eingeladen. Ich bin Maryam König, Theas Mutter. Und Sie sind vermutlich Robert." Er nickte. „Kommen Sie doch rein."

„Nein, ich komme dann ein andermal vorbei", sagte Robert
schnell und wollte wieder gehen. Da wurde die hintere Tür
im Flur aufgerissen und Philip stürzte heraus. „Robert, na
endlich bist du da." Der Junge sprang ihm auf den Arm und
kuschelte sich an ihn. „Ich habe so gewartet auf dich."
„Echt?"
„Wo warst du denn? Mama konnte die Brücke nicht bauen,
das musst du machen."
„Wir sind da leider etwas ungeschickt", sagte Frau König
und sah ihren Enkel gerührt an. Philip rutschte vom Arm herunter und zog Robert ins Kinderzimmer."
Dort war die Eisenbahn aufgebaut, aber nicht so schön, wie
er sie in seinem Zimmer aufgebaut hatte. „Ja, da fehlt wirklich die Brücke. Der Zug kann doch nicht immer nur auf ge-
rader Strecke fahren", bestätigte er und Philips nickte ernst.
„Möchten Sie einen Kaffee, Robert, oder einen Tee?", fragte
Frau König ganz selbstverständlich.
„Kaffee wäre gut", antwortete er und war schon im Spiel versunken. Sie bauten eine gute Stunde. Der Kaffee war schon
fast kalt, als er ihn trank. Frau König kam ins Zimmer. „Sie
können gerne zum Essen bleiben. Hanna kommt auch. Dann
können Sie den weiblichen Teil der Familie König mal kennenlernen."
Robert war unsicher, ob er die Einladung annehmen sollte,
konnte. „Ob Thea das recht ist, wenn ich mich hier nieder-
lasse?", sagte er vorsichtig.
„Warum soll ihr das denn nicht recht sein?", fragte Frau König leicht verwundert und ging in die Küche.
Robert folgte ihr. „Ich bin mir nicht sicher, ob sie ärgerlich
auf mich ist, weil ich …" Er überlegte, was er der Mutter
sagen konnte.
Sie lachte und sprach es aus: „Weil das Keuschheitsgebot Sie
abgeschreckt hat."
„Oh", sagte er überrascht, hatte nicht mit dieser direkten Antwort gerechnet. „Ich konnte nicht glauben, dass es das gibt",
murmelte er mit gesenktem Kopf.

„Meinem Mann ging es damals genauso, und wir sind noch eine andere Generation. Da war Heiraten normal, gehörte zur Lebensplanung."

Robert war froh über dieses Eingeständnis. „Und wie sind Sie damit ... umgegangen?", fragte er vorsichtig.

Sie lächelte geheimnisvoll. „Wir haben das Problem gelöst, ansonsten wären Thea und Hanna nicht da." Sie fügte ernst hinzu: „Ich habe Richard Zeit gelassen." Sie wiegte den Kopf hin und her. „Können bei uns auch so vierzehn Tage oder drei Wochen gewesen sein. Ich habe damals in der Apotheke seiner Eltern gearbeitet und er kam normalerweise fast jeden Tag vorbei. Nachdem ich ihm vom Keuschheitsgebot erzählt hatte, blieb er eine Weile weg. Und als er zurückkam, sagte er: *Ich will wissen warum.* Wir haben uns gemeinsam in die Schriften vertieft und sind dem Gebot auf den Grund gegangen. Die Menschen finden ein Keuschheitsgebot nicht zeitgemäß oder verstaubt. Aber Sie finden es normal, jahrelang zusammenzuleben, Kinder zu bekommen und dann irgendwann nach zehn oder zwanzig Jahren zu heiraten, in einem prunkvollen Ambiente mit einem weißem Tüllkleid und Schleier? Die Hochzeit sollte doch der Auftakt in ein gemeinsames Leben sein und nicht eine schicke Abwechslung auf halber Strecke."

Robert musste schmunzeln. „Ich habe bisher noch nicht wirklich über Heirat nachgedacht. Aber das stimmt. Es ist geradezu lächerlich, wenn eine Mutter von fast erwachsenen Kindern sich als Prinzessin verkleidet. Das habe ich mal im Fernsehen gesehen."

„Die Gebote, die uns Baha'u'lláh für die heutige Zeit gegeben hat, stehen oftmals in großem Kontrast zu dem, was in der Gesellschaft für normal angesehen wird, und die Schere geht weiter auseinander. Das heißt aber nicht, dass die Gebote falsch sind, jedenfalls sehen wir das so."

„Ich habe die Broschüre von Thea gelesen und verstanden, dass hier eine ganze andere Qualität der Ehe gemeint ist, als ich mir immer vorgestellt habe. Ich habe so etwas wie eine", er stoppte und suchte nach dem richtigen Begriff, „eine

Transformation erlebt. Die alten Vorstellungen waren danach wie ausgelöscht."

„Das ist gut. Wie geht es Ihnen damit?", fragte sie interessiert.

„Es fühlt sich richtig an. Ich habe zum ersten Mal eine Vorstellung von der Zukunft, von der Ehe. So viel kann ich sagen."

Sie nickte und lächelte. „Schade, dass mein Mann nicht hier
ist."

Robert setzte sich an den kleinen Tisch und nahm Philip auf
den Schoß. Frau König bereitete einen Salat vor und schnitt
gerade Paprika. Der Reistopf dampfte auf dem Beistelltisch.
Philip lehnte sich an Robert an und schloss die Augen.

„Oh, da muss sich Oma wohl ein bisschen beeilen, mein Philip wird müde", sagte Frau König sanft und sputete sich so-
gleich. Es klingelte und sie eilte zur Tür.

„Ich bin Hanna", sagte die Frau, die kurz darauf in die Küche
trat. Robert war überrascht. Nie wäre er darauf gekommen,
dass sie die Schwester von Thea ist. Hanna war dunkelblond,
einen Kopf größer als ihre Mutter, hatte blaue Augen und
war ein völlig anderer Typ als Thea. Sie kam vermutlich
nach ihrem Vater.

„Ich bin Robert", sagte er leise.

„Na endlich, Philip hat permanent nach dir gefragt, wollte
dich anrufen", sagte sie und verdrehte die Augen.

„Hätte er doch machen können."

„Das hat Thea nicht erlaubt. Du brauchst angeblich Zeit, hat
sie gemeint, aber so, wie es aussieht, brauchst du etwas anderes", sagte sie kess und betrachtete liebevoll ihren Neffen.

„Du bist also informiert", stellte Robert sachlich fest.

„Nun, alles hat Thea bestimmt nicht erzählt, aber dass ihr
Teamarbeit geleistet habt, weiß ich. Und die Geschichte mit
den Zetteln deines Großvaters finde ich richtig krass."

„Hanna, du kannst den Tisch im Wohnzimmer decken. Wir
gehen rüber", unterbrach ihre Mutter. Hanna sprang sofort
auf und verließ den Raum. Frau König nahm den Deckel
vom Reiskocher ab, legte eine Teller darüber und stürzte den

Topf. Die Halbkugel war mit knusprigen Kartoffelscheiben belegt. Sie trug den Teller ins Wohnzimmer. Robert folgte ihr mit dem Jungen auf den Arm. Philip hob verschlafen den Kopf.

„Es gibt Essen, Philip", sagte sie und füllte etwas Reis, Jogurtsauce und Salat auf seinen Teller. Ein Kinderstuhl stand an der Stirnseite. Robert setzte ihn hinein.

„Robert soll hier sitzen", sagte er gähnend. Robert wechselte den Platz. Es war seltsam für ihn mit den beiden Frauen in Theas Wohnung zu sitzen und gemeinsam zu essen, ohne sie. Aber er fühlte sich nicht fremd. Hanna erinnerte ihn sehr an seine Schwester, die auch diese direkte kesse Art hatte. Als er sich nach links und rechts drehte, nahm er wieder die Bilder von Gerald Osten wahr, aber diesmal störten sie ihn nicht.

Hanna fragte: „Warst du schon mal hier?"

„Ja, kurz. Ich habe Thea beim Schrankreparieren geholfen. Wir haben uns meistens im Haus meiner Oma gesehen."

„Ja, habe ich gehört."

„Wenn Omas Schlaganfall nicht gewesen wäre, hätten wir uns wohl nicht wieder getroffen", erinnerte sich Robert.

„Zufälle gibt es manchmal." Hanna schüttelte lachend den Kopf. „Erst kippst du ihr die Nudeln über die Jacke und dann kriegt ihr noch eine zweite Chance. Wie weit seid ihr eigentlich?"

„Hanna, das geht dich nichts an", sagte Frau König streng. Der Ton kam ihm bekannt vor und er musste schmunzeln.

„Ach Mama, manchmal braucht Thea einen Schubs, und Robert kenne ich noch nicht, um zu wissen, ob er auch etwas Unterstützung benötigt, bei gewissen Entscheidungen."

Robert sagte: „Meine Unterstützung waren die Bücher in Frau Hermanns Wohnung."

„Baha'í-Bücher?", fragte Hanna.

„Ja."

Roberts Handy klingelte. Er dachte zunächst, dass es seine Eltern wären, aber es war Thea. „Robert, mein Auto streikt, kannst du mich bitte abholen?", sagte sie frustriert.

„Wo bist du, Thea?“, fragte er und ließ sofort die Gabel fallen.

„Vor der Tür meiner Gastgeber. Ich war zu einer Geburtstagsfeier eingeladen.“

„Das weiß ich schon.“

„Von wem?“

„Ich bin bei dir zu Hause und esse zu Abend mit deiner Mutter, Hanna und Philip.“

„Ohne mich?“, fragte sie entsetzt.

„Nun, ich kann auch für Zwei essen. Philip hat meine Hilfe gebraucht.“

„Ich weiß. Kannst du trotzdem her kommen?“

„Bin schon unterwegs. Ach, die Adresse brauche ich noch.“

Er ließ seinen halbvollen Teller stehen und rief im Gehen: „Ich esse nachher weiter.“

Ihr Auto stand ein paar häuserweit entfernt von der angegebenen Hausnummer. Sie stieg erst aus, als er vor ihr hielt.

„Hallo“, sagte sie frustriert und fiel ihm in die Arme.

Er hielt sie eine Weile fest, strich ihr übers Haar, hob sanft ihren Kopf: „Du siehst erschöpft aus“, stellte er erschrocken fest.

„Blöd gelaufen. Erzähle ich dir unterwegs.“

„Was ist mit deinem Auto?“

„Keine Ahnung. Du kannst ja selbst dein Glück versuchen.“

Robert setzte sich ins Auto, versuchte zu starten, aber es passierte nichts. „Da kümmern wir uns morgen drum. Lass uns nach Hause fahren.“

Im Auto erzählte sie: „Christoph war ein Freund und Kollege von Gerald, der den Auftrag hatte, sich um mich zu kümmern. Er hat wohl seine Aufgabe so verstanden, dass er mir einen neuen Mann suchen soll. Jedenfalls hat er einen seiner Doktoranten eingeladen, der frisch geschieden und auf der Suche nach einer Frau ist.“ Sie sah Robert von der Seite an und warf ein: „Ich weiß genau, weshalb der Mann geschieden ist, seine Arroganz war der Grund.“

„Aha“, sagte Robert amüsiert.

Thea setzte fort: „Christoph hat mich angepriesen wie ein altes Möbelstück auf einer Auktion.“

„Na, das Wort *alt* passt ja nun wirklich nicht“, unterbrach er sie schmunzelnd.

„Aber Möbelstück schon?“, fragte sie lachend und sprach weiter: „Das ging die ganze Zeit so, als würde ich nicht sprechen können: *Thea ist selbstständige Logopädin. Sie spricht vier Sprachen, hat einen süßen vierjährigen Sohn, ihre Mutter ist Apothekerin, ihr Vater Lehrer... bla, bla bla.*“

„Welche Sprache sprichst du denn noch?“, fragte er dazwischen.

„Etwas Spanisch, aber das ist nicht der Rede Wert. Der Mann hat eindeutig zu hochgestapelt.“

„Und wie hast du darauf reagiert?“, fragte er möglichst gleichgültig, obwohl ihm die Vorstellung, dass Thea heute einen anderen Mann hätte kennenlernen können, gar nicht behagte.

„Ich habe die Wahrheit gesagt. Ich darf ja nicht lügen, ein Bahá’í-Gebot.“

„Und was ist die Wahrheit?“, hakte Robert vorsichtig nach.

„Mein Herz ist bereits vergeben.“ Sie machte eine bedeutungsvolle Pause und fügte hinzu: „Klingt wohl etwas kitschig, aber ich habe damit Christophs Lobeshymnen gestoppt. Und dann bin ich gegangen.“

„Gut, dass du nach Geboten lebst“, sagte er, griff nach ihrer Hand und führte sie an seinen Mund. „Und weil dein Herz vergeben ist, bist du bei mir auf Distanz gegangen“, sagte er äußerlich ruhig, aber innerlich jubelte er.

„Ich wollte dir Zeit zum Nachdenken geben und dich nicht unter Druck setzen. Hätte ja auch sein können, dass du einen Rückzieher machst.“

„Und deshalb durfte Philip mich auch nicht anrufen“, ergänzte er.

„War wohl nicht so gut für Philip“, gab sie kleinlaut zu.

„Und für mich auch nicht“, sagte Robert. „Thea, das Leben ohne euch ist unvollständig, trostlos, langweilig ...“
Ihm fiel nichts mehr ein.

„Du hast *einsam* vergessen“, sagte sie.

„Ja, stimmt. Ich stand mir selbst im Wege mit meinen Vorurteilen über die Ehe. Schließlich habe ich mich ausführlich mit Matthias und Doreen, mit Tom und Viola unterhalten. Danach konnte ich deine Broschüre über die Ehe lesen. Heute wollte ich mit dir darüber reden. Aber du hast Besuch. Das müssen wir wohl verschieben.“

„Schade, ich würde auch gerne mit dir darüber reden. Meine Eltern haben das auch so gemacht.“

„Ja, weiß ich.“

„Du hast mit meiner Mutter darüber geredet?“, fragte sie überrascht. „Das will was heißen.“

„Hanna hat die gleiche direkte Art wie Clara“, sagte er schmunzelnd.

Sie stöhnte leise. „Wenn ich schon mal nicht da bin.“

Robert parkte das Auto, drehte sich zu ihr und küsste sie sanft. „Mein Herz ist auch vergeben. Ich liebe dich, Thea.“ Er küsste sie noch einmal. „Morgen kümmere ich mich um dein Auto und am Dienstag, wenn du Oma versorgt hast, können wir ausführlich reden. Plane etwas Zeit ein.“

Sie atmete tief durch. „Ich bin froh, dass du gekommen bist und dass wir wieder richtig miteinander sprechen. Du hast mir gefehlt“, gab sie zu und legte ihre Hand an seine Wange. Der Abend wurde sehr lustig und Robert hatte das Gefühl, dass die Welt wieder in Ordnung war.

Dienstag 5. Mai

***Aktuelle Meldung:**
Deutschland startet mit vorsichtigen Corona-Lockerungen
in die Woche. Spielplätze sollen wieder öffnen dürfen, Got-
tesdienste dürfen gefeiert werden und auch einem Besuch
beim Friseur steht nichts mehr im Wege. Wann Schulen und
KiTas einen geregelten Betrieb aufnehmen, dürfte am 6. Mai
entschieden werden ...*

Auflösung

Thea kam am Dienstag ohne Philip, was Robert diesmal begrüßte. Er musste seinen ganzen Mut zusammennehmen, um
den Plan, den er gestern vervollständigt und mehrmals überlegt hatte, umzusetzen.
Als Thea nach Omas Behandlung in den Flur trat, klopfte
Robert das Herz bis zum Hals.
„Können wir fahren?", fragte er.
„Fahren?", wunderte sie sich.
„Ich will an einem bestimmten Ort mit dir reden." Er nahm
sie bei der Hand und zog sie mit zum Auto. Seine Aufregung
wuchs, wenn das überhaupt noch möglich war. Sie wechselten nur wenige Worte während der Fahrt. Spannung lag in
der Luft. Robert war froh, einen Parkplatz direkt vor dem
Haus von Frau Hermann zu bekommen. Heute konnte er
Tom nicht gebrauchen. Deshalb schloss er schnell die Tür
auf und eilte mit ihr nach oben.
Er führte sie ins Wohnzimmer und bot ihr förmlich einen
Platz an. Er selbst konnte sich nicht setzen, sondern bewegte
sich im Zimmer auf und ab und erklärte: „Frau Färber hat
mir den Auftrag erteilt, diese Wohnung aufzulösen. Ich kann
das alles hier verkaufen, verschenken oder selbst benutzen."
„Oh, das ist ja großzügig. Weiß die Frau, was hier für Wert-
stücke stehen?"
„Für sie ist das alter Krempel. Aber darum geht es nicht. Ich
habe ein paar Tage in dieser Wohnung verbracht, habe

etliche Bahá'í-Bücher gefunden und ein bisschen quergele-
sen. Oder um mit den Worten meines Großvaters zu sprechen, ich habe hier eine große Portion Licht aufgenommen."
Sie lächelte glücklich. Jetzt zog er einen Stuhl hervor und
setzte sich ihr gegenüber. Er nahm ihre Hand und sah sie for-
schend an. „Thea, ich liebe dich, sehr. Ich wollte von Anfang
an mit dir zusammen sein. Da gab es keine Unsicherheit.
Doch das Thema Ehe war für mich weit weg und mit Vorurteilen behaftet. Durch diese Broschüre wurde mir klar, dass
wir verschiedene Vorstellungen von Partnerschaft hatten." Er zeigte auf das Buch. „Dein Lebensmodell ist geprägt
durch die Gebote deiner Religion, meins war durch den
Trend der Zeit bestimmt. Der Trend verändert sich, die Gebote sind stabil, zumindest für die nächsten tausend Jahre,
wenn ich das richtig verstanden habe. Ich habe beide Lebens-
modelle verglichen und erkannt, dass es nach deinem Verständnis um eine körperliche und geistige Beziehung zwischen Mann und Frau geht. Es geht nicht nur um das Leben
hier, sondern um ein gemeinsames Leben in allen Welten
Gottes. Was für eine Dimension. Und wie kläglich dagegen
waren meine Vorstellungen von Partnerschaft." Er machte
eine bedeutungsvolle Pause. „Kannst du dir vorstellen, hier
in dieser Wohnung mit Philip und mir und vielleicht noch
mit einem oder zwei Kindern zu leben?" Er holte tief Luft.
„Willst du mich heiraten?" Er sah sie gespannt an. Sie wirkte
überrascht. Tränen traten ihr in die Augen. Panik erfasste
ihn. „Habe ich etwas falsch gemacht?", fragte er aufgeregt.
Ihm kam der Gedanke, dass er sich eigentlich hinknien sollte.
Sie hielt seine Hand fest. „Nein, du hast nichts falsch gemacht. Ich habe nur nicht damit gerechnet, dass du deine Einstellung so schnell ändern würdest. Ich war mir eine zeitlang
nicht sicher, ob du die Hürde überhaupt nehmen würdest.
Wir kennen uns erst seit ein paar Wochen. Vielleicht sollten
wir erst einmal freundschaftlich … ich dachte, das würdest
du mir vorschlagen …"

„Ich will dich heiraten, Thea. Ich bin bereit für Ehe und Familie. Ich bin mir absolut sicher", unterbrach er sie hastig. „Willst du das auch?"
Jetzt liefen ihr die Tränen über die Wangen. „Ja Robert, ich will das auch, ich will dich heiraten. Ich will mit dir leben, egal wo, aber gerne auch in dieser Wohnung."
Er zog den Ring aus der Tasche, den er gestern nach einem Telefonat mit Hanna gekauft hatte und steckte ihn ihr an den Finger. Und dann nahm er sie in die Arme und küsste sie vorsichtig, auf die Stirn, auf die Wange und dann auf den Mund.
Thea wischte sich die Tränen ab und sah sich um. „Können wir uns das hier eigentlich leisten?" Sie machte eine große ausladende Geste.
„Das hier ist ein Glücksgriff", erzählte er freudig. „Frau Färber übernimmt noch drei Monatsmieten und ich habe mit der Wohnungsgesellschaft ausgehandelt, dass wir selbst renovieren würden. Dafür werden uns zwei Mieten erlassen. Wir haben also fünf Monate Zeit bis wir Miete zahlen müssen. Ich werde demnächst arbeiten. Habe mich beim Gesundheitsamt beworben, Tipp von Frau Schneider. Und wenn das nicht klappt, arbeite ich erst einmal als Krankenpfleger."
„Klingt gut." Sie gab ihm einen Kuss und sagte: „Und nun muss ich dir auch noch etwas erklären, bzw. jemand ist dir noch eine Erklärung schuldig. „Komm wir fahren zu meiner Praxis." Sie schrieb eine Nachricht mit ihrem Handy. Robert sah nicht, an wen, konnte aber das Wort *Auflösung* erkennen. Sie verließen das Haus und stiegen ins Auto. Thea dirigierte ihn durch die Stadt. Schließlich hielten sie vor einem Haus, das Robert schon kannte. „Hier war ich schon einmal bei Frau Meier-Wenzel."
„Hier ist auch meine Praxis. Wir teilen uns die Räumlichkeiten."
„Du und Frau Meier-Wenzel?", fragte er leicht irritiert und musste an den schrecklichen Tee denken, den sie ihm angeboten hatte.

„Jeder hat seine eigenen Räume, nur den Wartebereich nutzen wir gemeinsam.“

Robert erinnerte sich an den kleinen Jungen, der das W nicht sprechen konnte. „Dann hätten wir uns hier auch begegnen können“, wurde ihm jetzt klar.

„Ja, aber anscheinend sollten wir uns über deine Oma kennenlernen, Plan von oben“, sagte sie locker. Thea klopfte an die Tür von Frau Meier-Wenzel und trat ein. Robert glaubte, eine andere Frau vor sich zu haben. Frau Meier-Wenzel war schlanker geworden, aber das war es nicht, was ihn irritierte. Sie wirkte nicht so abgehoben, so überdreht wie beim ersten Mal, irgendwie bodenständiger, natürlicher.

„Hallo Robert, kommen Sie rein. Kann ich Ihnen einen Kaffee anbieten oder lieber meinen Spezialtee.“

„Kaffee wäre gut, besser als …“ Er stoppte sich gerade noch. „Besser als der scheußlich bittere Tee von damals“, beendete sie den Satz und lachte herzhaft. „Thea hat mich davon überzeugt, dass ich damit meine Patienten vergraule. Setzt euch bitte.“ Drei Tassen und eine Kanne Kaffee standen schon auf dem Tisch in der Sitzecke. Robert wunderte sich darüber. Die Frau war auf ihren Besuch vorbereitet. Ist sie auch noch Hellseherin? Dann fiel ihm die Nachricht ein, die Thea verschickt hatte.

Sie setzten sich in die Korbsessel mit den bunten Kissen. Robert registrierte, dass auch diesmal klassische Musik im Hintergrund lief und ein Springbrunnen sanft plätscherte.

Frau Meier-Wenzel goss Kaffee ein und begann im Plauderton: „Haben Sie die Bedeutung Ihres Traumes entschlüsselt, Robert?“

„Ja, ich weiß jetzt, was mein Großvater mir sagen wollte.“

„Schön. Ich schulde Ihnen eine Erklärung für mein seltsames Verhalten und meine ungewöhnlichen Ratschläge. Dazu muss ich ein bisschen ausholen. Thea hatte mir von ihrer Religion, von der Bahá'í-Religion, erzählt. Ich habe mich bis dahin absolut nicht für Religion interessiert. Ich hörte mir die großen Prinzipien der Bahá'í-Religion an, Einheit der Menschen, Einheit der Religionen. Es klang ja alles schön und gut, was sie sagte. Ich war allerdings skeptisch und fragte sie: *Und was kannst du jetzt allein hier als Bahá'í damit anfangen, was kannst du bewirken?* Sie hat damals schlagfertig geantwortet: *Eine einzelne Seele kann die Ursache für die geistige Erleuchtung eines Kontinents sein.*

Ich habe sie ausgelacht und geantwortet: *Wenn ein Patient in meine Praxis kommt und mir von einem Traum berichtet, der diese neue Offenbarung bestätigt, dann werde ich mich damit beschäftigen.*

Es war so dahingesagt. Ich wäre natürlich nicht im Traum darauf gekommen, dass so etwas tatsächlich passieren könnte. Und dann kamen Sie, Robert, und erzählten von Ihrer Traumbotschaft. Dieser letzte Satz hat mich völlig aus der Bahn geworfen. So etwas konnte es einfach nicht geben. Ich habe regelrecht Angst bekommen. Als ich mich von dem Schreck erholt hatte, habe ich mein Versprechen eingelöst und mich mit der Bahá'í-Religion beschäftigt."

Robert sah Thea fragend an.

Sie sagte ernst: „Ich wusste nicht, als ich zu euch kam, dass *du* derjenige warst, der den Traum hatte. Den Zusammenhang habe ich erst hergestellt, als du mir davon erzählt hast."

Robert schüttelte leicht den Kopf. „Was ist das hier, Zufall, Schicksal, ein Plan von Gott oder von meinem Großvater?"

„Nenne es einfach Führung", schlug Thea vor.

„Egal", sagte Frau Meier-Wenzel und klopfte auf den Tisch. „Ich gehöre jetzt zur weltweiten Bahá'í-Gemeinde. Lasst uns anstoßen." Sie hob die Kaffeetasse und prostete Robert und Thea zu. Thea gab einen freudigen Schrei von sich. „Jetzt bin ich nicht mehr allein in Wernigerode", sagte sie und fügte hinzu: „Hanna ist ja auch noch für eine Weile da."

„Ich möchte auch dazugehören", sagte Robert schlicht, und Thea konnte ihr Glück kaum fassen.

„Bist du dir sicher, du darfst nicht meinetwegen …", sagte sie leise.

„Ja, ich bin sicher. Mehr Zeichen und Hinweise kann man nicht erwarten. Mein Großvater hat mir eine Traumbotschaft gesendet und einen Stapel loser Zettel hinterlassen. Dann bist

du in mein Leben getreten. Omas Schlaganfall, Frau Hermanns Betreuung, die Bücher ihres Mannes.
Alles hat dazu beigetragen, diese Traumbotschaft zu entschlüsseln und auf die jüngste Gottesoffenbarung aufmerksam gemacht zu werden. Sie ist das geistige Licht für die heutige Zeit, von dem mein Großvater im Traum gesprochen hat.“
Frau Meier-Wenzel fragte: „Robert, glaubst du, dass dein Großvater auch diese Erkenntnis gewonnen hat?“
Er überlegte kurz. „Ja, das denke ich, aber die Sache war zu groß für ihn, um sie zu erklären und sie auf einen einfachen Nenner zu bringen. Deshalb hat ihn sein Umfeld für verrückt gehalten.“
„Wie hätte er es deiner Meinung nach erklären sollen?“, fragte Thea herausfordernd und ihre Augen blitzten.
Robert stand auf, ging zum Schreibtisch und stellte sich dahinter. Er stützte sich auf dem Tisch ab und nahm damit die typische Haltung seines Großvaters vor der Klasse ein. „Mein Opa hat seinen Schülern auf wunderbare Weise geschichtliche Ereignisse nahegebracht. Ich glaube, es hat ihn gewurmt, dass er das wichtigste Ereignis des 19. Jahrhunderts nicht mehr vermitteln konnte. Er hätte es seinen Schülern vielleicht so gesagt:
„Man hat ihn verpasst…“ Robert stutzte kurz, weil ihm bewusst wurde, dass er jetzt so sprach und so klang wie sein Großvater. *„Stellt euch vor, Jesus Christus ist zum zweiten Mal erschienen und die meisten Menschen haben es nicht mitbekommen.*
Er ist nicht so gekommen, wie sie es sich vorgestellt haben, aber er ist so gekommen, wie er es in der Bibel angekündigt hat: 1844, in Persien, mit einem neuen Namen, Bahá'u'lláh, die Herrlichkeit Gottes. Er ist im Geiste wiedergekehrt, nicht körperlich, wie manche Menschen glaubten. Ein toter Körper ist nun mal tot.
Gott hat wieder einmal gesprochen, durch Bahá'u'lláh. Mit jedem neuen Offenbarer erhält die Menschheit einen geistigen Impuls und damit einen Entwicklungsschub. Schaut euch

an, wie rasant die Entwicklung nach 1844 verlaufen ist. Ich habe es bisher auch für selbstverständlich hingenommen, ohne mich zu fragen, was der Auslöser war. Jetzt könntet ihr sagen, dass es zwar seit dieser Zeit eine Menge Fortschritte gegeben hat, aber auch viel Leid, viele Konflikte und Kriege. Wenn es einen Gott gibt, darf Er das nicht zulassen.

Nun, die Antwort ist im Grunde einfach. Gott hat uns durch Bahá'u'lláh neue Gebote, Gesetze, Richtlinien gegeben, nach denen wir leben sollen. Die Probleme in der Welt existieren, weil wir nicht nach Seinen Anweisungen leben oder sogar gegen die neuen geistigen Gesetze verstoßen.

Gottes Wunsch für dieses Zeitalter ist die Einheit der Menschheit. Bahá'u'lláh hat diese Botschaft verkündet und die Menschheit aufgefordert, an dieser Aufgabe mitzuarbeiten. Er hat uns auch die Mittel bereitgestellt, mit denen wir dieses Ziel erreichen können. Nun liegt es an uns. Jeder einzelne ist wichtig. Jede kleine Tat, die diesem Ziele dient, ist von großer Bedeutung.

Merke dir: Eine einzelne Seele kann die Ursache für die geistige Erleuchtung eines Kontinents sein. "

Robert schwieg. Was war das? Nicht er, sondern sein Großvater hatte durch ihn gesprochen, hatte die jahrelangen Forschungen zu diesem Thema auf den Punkt gebracht. Und ganz nebenbei hatte er vielleicht die letzten Unklarheiten in sich selbst einfach so weggewischt. Robert fühlte sich stark, zuversichtlich und entschlossen.

Thea sah ihn mit halbgeöffnetem Mund an. „Unglaublich", flüsterte sie.

Immer noch selbst überrascht, was da aus ihm herausgebrochen war, richtete Robert sich auf, sah zur Decke und sagte: „Danke Opa, die Botschaft ist angekommen."

Zitate

Eine einzelne Seele kann die Ursache für die geistige Erleuchtung eines Kontinents sein. (Shoghi Effendi, in: „Den Glauben vertiefen", 154)

Neues Leben durchpulst in dieser Zeit alle Völker der Erde, und doch hat niemand seine Ursache entdeckt und seine Triebfeder erkannt … (Bahá'u'lláh, „Ährenlese", 96:2)

Befasst euch gründlich mit den Nöten der Zeit, in der ihr lebt, und legt den Schwerpunkt eurer Überlegungen auf ihre Bedürfnisse … (Bahá'u'lláh, „Ährenlese", 106:1)

Seht indessen, wie der Mensch dieses Licht missachtet! Er schreitet noch immer auf seinem Weg der Finsternis weiter, und noch immer sehen wir Uneinigkeit, Zank und wilde Kriege. ('Abdu'l-Bahá, „Ansprachen in Paris" 19:9)

Was die Menschen am nötigsten brauchen, sind Zusammenarbeit und gegenseitige Hilfe. Je stärker die Bande der Gemeinschaft und Solidarität unter den Menschen sind, desto größer wird die Kraft des Aufbaus und der Vollendung auf allen Ebenen menschlichen Handelns. Ohne Zusammenarbeit und ohne die Haltung der Gegenseitigkeit bleibt das einzelne Glied der menschlichen Gesellschaft auf sich selbst bezogen … Die niederen Geschöpfe brauchen keine Zusammenarbeit und Gegenseitigkeit. Ein Baum kann einsam und allein leben, aber für den Menschen ist dies unmöglich, will er sich nicht zurückentwickeln. ('Abdu'l-Bahá, in: Hasan M. Balyuzi, „'Abdu'l-Bahá", Band I, S. 385)

Ich flehe zu Gott, dass das göttliche Licht, von dem im zwölften Kapitel des Johannesevangeliums die Rede ist, dir immer leuchten möge, damit du stets im Licht wandelst. Kurz ist dieses Menschenleben und neigt sich bald dem Ende zu. Daher muss man jeden Atemzug dieses Lebens schätzen und erstreben, was zu ewiger Seligkeit führt. ('Abdu'l-Bahá, in: „Göttliche Lebenskunst", S.22)

Eine einzelne reife Seele mit geistigem Verständnis und tiefer Kenntnis des Glaubens kann ein ganzes Land entflammen. So groß ist die Macht der Sache, wenn sie durch einen reinen und selbstlosen Kanal hindurch wirkt. (Shoghi Effendi, Brief vom 6. November 1949, in: „Die Kraft göttlichen Beistandes", S. 36)

O ihr, die ihr dem Sohne (Jesus) folgt! Ist es wegen Meines Namens, dass ihr euch gegen Mich sperrt? Warum sinnt ihr nicht nach in eurem Herzen? Tag und Nacht habt ihr euren Herrn, den Allmächtigen angerufen, doch als Er vom Himmel der Ewigkeit in Seiner großen Herrlichkeit hernieder kam, da habt ihr euch von Ihm abgekehrt und bleibt in Achtlosigkeit versunken. (Bahá'u'lláh, „Botschaften aus Akká", 2:1)

Wahrlich, Er ist vom Himmel gekommen, wie Er das erste Mal von dort hernieder gekommen ist. Hütet euch, dass ihr nicht bestreitet, was Er verkündet, so, wie die Menschen vor euch Seine Worte bestritten. So unterweist euch der Wahre, könntet ihr es doch erkennen. (Bahá'u'lláh, „Botschaften aus Akká", 2:1)

Wenn Gott Seine Propheten zu den Menschen sendet, ist Seine Absicht eine zweifache. Die erste ist, die Menschenkinder aus dem Dunkel der Unwissenheit zu befreien und sie zum Lichte wahren Verstehens zu führen, die zweite, den Frieden und die Ruhe der Menschheit zu sichern und alle Mittel bereitzustellen, durch die beides erreicht werden kann. (Bahá'u'lláh, „Ährenlese", 34:5)

Wisse und sei darin sicher, dass das Wesen aller Propheten Gottes eines und dasselbe ist. Ihre Einheit ist absolut ... Die Offenbarung der Propheten Gottes in dieser Welt muss sich jedoch im Ausmaß unterscheiden. Jeder von ihnen war Träger einer bestimmten Botschaft und beauftragt, sich durch besondere Taten zu offenbaren. Dies ist der Grund dafür, dass sie in ihrer Größe verschieden scheinen. (Bahá'u'lláh, „Ährenlese", 34:4)

Dies ist der Tag, an dem nichts außer dem Glanz des Lichtes wahrgenommen werden kann, dass vom Angesicht deines Herrn ausstrahlt, des Gnädigen, des Gütigen. Wahrlich, Wir haben Kraft Unserer unwiderstehlichen, allunterwerfenden Herrschaft jede Seele verhauchen lassen. Dann haben Wir eine neue Schöpfung ins Leben gerufen als Zeichen Unserer Gnade für die Menschen. (Bahá'u'lláh, „Ährenlese", 14:5)

Die Welt ist aus dem Gleichgewicht geraten durch die Schwungkraft dieser größten, dieser neuen Weltordnung. Das geregelte Leben der Menschheit ist aufgewühlt durch das Wirken dieses einzigartigen, dieses wundersamen Systems, desgleichen kein sterbliches Auge gesehen hat. (Bahá'u'lláh, „Ährenlese", 70:1)

Der Tod bietet jedem vertrauenden Gläubigen den Kelch dar, der in Wahrheit Leben ist. Er schenkt Freude und ist ein Bote des Frohsinns. Er verleiht die Gabe ewigen Lebens. (Bahá'u'lláh, „Ährenlese", 164:2)

O Sohn des Höchsten! Den Tod machte Ich dir zum Boten der Freude. Warum bist du traurig? Das Licht erschuf Ich, dich zu erleuchten. Warum verhüllst du dich vor ihm? (Bahá'u'lláh, „Die Verborgenen Worte", arabisch, 32)

„Dies ist der Tag, an dem nichts außer dem Glanz des Lichtes wahrgenommen werden kann, das vom Angesicht Deines Herrn ausstrahlt, des Gnädigen, des Gütigen. (Bahá'u'lláh, „Ährenlese", 14:5)

Wahrlich, Ich sage, dies ist der Tag, an dem die Menschheit das Angesicht des Verheißenen schauen und Seine Stimme hören kann. Gottes Ruf ist erhoben, und das Licht Seines Antlitzes ist über den Menschen aufgegangen. (Bahá'u'lláh, „Ährenlese", 7:1)

Das Licht der Erkenntnisfähigkeit befähigt uns, die Dinge der Schöpfung zu erkennen und zu erfassen, und nur das göttliche Licht kann uns das Auge für das Unsichtbare öffnen und uns Wahrheiten erblicken lassen, die für die Welt erst nach Jahrtausenden sichtbar werden ... sucht dieses himmlische Licht von ganzem Herzen, damit ihr fähig werdet, die Wahrheiten zu verstehen, damit ihr um Gottes Verborgenheiten wisst, damit die verborgenen Wege vor euch sichtbar werden. ('Abdu'l-Bahá, „Ansprachen in Paris", 22.4)

Tausend Türen tut Er auf, wo der Mensch außerstande ist, sich auch nur eine vorzustellen. (Bahá'u'lláh, „Botschaften aus Akká", 11:44)

Wahrlich, Ich sage euch, dies ist der Tag, von dem Gott in Seinem Buche spricht ... Denkt an die Worte Jesu, die Er zu Seinen Jüngern sprach, als Er sie aussandte ... Ihr seid wie das Feuer, das im Dunkel der Nacht auf dem Gipfel des Berges entzündet worden ist. Lasst euer Licht leuchten vor den Augen der Menschen! Euer Wesen muss so rein, eure Entsagung so vollkommen sein, dass die Menschen auf Erden durch euch den himmlischen Vater, den Quell der Reinheit und der Gnade, erkennen und Ihm nahekommen können. („Nabils Bericht", 3:49)

Wahrlich, Ich sage euch, unendlich erhaben ist dieser Tag über die Tage der früheren Apostel. Unermesslich ist der Unterschied! Ihr seid die Zeugen der Morgendämmerung des verheißenen Tages Gottes ... Verbreitet euch über das ganze Land und bereitet sicheren Fußes und geheiligten Herzens den Weg für Sein Kommen ... Hat Er nicht Jesus, der in den

Augen der Menschen klein und niedrig war, über die vereinigte Macht des jüdischen Volkes emporsteigen lassen? ...
So erhebt euch denn in Seinem Namen, setzt euer Vertrauen ganz auf Ihn und seid gewiss, dass ihr letztlich siegen werdet. („Nabils Bericht", 3:49)

Glück und Größe, Rang und Stufe, Freude und Friede eines Menschen sind nicht in seinem persönlichen Reichtum, vielmehr in seinem hervorragenden Charakter, seinem hehren Entschluss, seiner allumfassenden Bildung und seiner Fähigkeit, schwierige Probleme zu lösen, beschlossen. ('Abdu'l-Bahá, in: „Göttliche Lebenskunst", S. 24)

O Könige der Christenheit! Vernahmt ihr nicht das Wort Jesu, des Geistes Gottes: „Ich gehe hin und komme wieder zu euch (Joh. 14:28) Warum versäumt ihr dann, als Er wiederkam zu euch in den Wolken des Himmels, Ihm zu nahen, auf dass ihr Sein Angesicht schauet und zu denen gehöret, die in Seine Gegenwart gelangten?"
An anderer Stelle sagte Er: „Wenn aber jener, der Geist der Wahrheit, kommt, wird Er euch in alle Wahrheit leiten." (Joh. 16:13) Und doch, seht, als Er die Wahrheit brachte, da weigert ihr euch, Ihm euer Angesicht zuzuwenden, und verharrt dabei, euch mit Spiel und Tand zu vergnügen. (Bahá'u'lláh, „Ährenlese", 116:1)

Seht die Sonne der Herrlichkeit stieg über dem Horizont Meiner Offenbarung empor und hüllt die ganze Menschheit in ihr Licht. Und dennoch, seht, wie ihr euch vor ihrem Glanze verschlossen habt und in völliger Achtlosigkeit versunken seid. (Bahá'u'lláh, „Ährenlese", 121:1)

Wie töricht sind jene, die über die zu frühe Geburt Seines Lichtes murren. O ihr innerlich Blinden! Ob zu früh oder zu spät – die Beweise Seiner strahlenden Herrlichkeit sind jetzt wirklich offenbar. Euch geziemt es festzustellen, ob ein solches Licht erschienen ist oder nicht… (Bahá'u'lláh, „Ährenlese", 50)

Die jenseitige Welt ist eine Welt strahlender Heiligkeit; deshalb tut es dem Menschen Not, dass er in dieser Welt solche göttlichen Eigenschaften erwirbt. In jener Welt braucht man Geistigkeit, Glauben, Gewissheit, Erkenntnis Gottes, Liebe zu Gott … Jene göttliche Welt ist eine Welt des Lichtes; deshalb braucht der Mensch hier Erleuchtung. Dort ist eine Welt der Liebe; die Liebe zu Gott ist wesentlich. Es ist eine Welt der Vollkommenheit. Tugenden oder Vollkommenheiten müssen erworben werden. Belebt wird jene Welt, durch den Odem des Heiligen Geistes; ihn müssen wir in dieser Welt suchen. Dort ist das Reich des ewigen Lebens; wir müssen es während dieses vergänglichen Daseins erreichen. ('Abdu'l-Bahá, in: „Und zu Ihm kehren wir zurück", S.93)

Die Liebe zwischen den Herzen der Gläubigen geht aus dem Ideal der geistigen Einheit hervor und wird durch das Wissen um Gott erreicht, heißt es in einem Zitat. Jeder sieht im anderen die Schönheit Gottes und fühlt sich in Liebe zum anderen hingezogen. Diese Liebe wird den Grundstein zu echter Einigkeit legen." ('Abdu'l-Bahá, in: „Göttliche Lebenskunst", S. 138)

Das Ziel dieses Unterdrückten bei allen Leiden und Trübsalen, die Er ertragen, bei allen Versen, die Er offenbart, und bei den Beweisen, die Er dargebracht hat, war einzig und allein, die Flamme des Hasses und der Feindschaft zu löschen, damit der Horizont der Menschenherzen vom Lichte der Eintracht erleuchtet werde, dass er wahren Frieden und wirkliche Ruhe finde.(Bahá'u'lláh, „Botschaften aus Akká",15:2)

„O ihr, die ihr auf Erden wohnt! Das Unterscheidungsmerkmal für die Einzigartigkeit dieser höchsten Offenbarung besteht darin, dass Wir einerseits aus Gottes Heiligem Buche gelöscht haben, was die Ursache von Streit, Bosheit und

Unrecht unter den Menschenkindern gewesen ist, anderseits die wesentlichen Vorbedingungen für Eintracht, Verständigung und völlige, dauernde Einheit niedergelegt haben. Wohl dem, der Meine Gesetze hält. (Bahá'u'lláh, „Tafel über die Welt", in: „Worte der Weisheit", S.261)

Das Wort Gottes mag mit einem Sämling verglichen werden, dessen Wurzeln in die Herzen der Menschen gepflanzt wurden. Es ist eure Pflicht, sein Wachstum durch die lebendigen Wasser der Weisheit, durch lautere, heilige Worte zu fördern, damit seine Zweige sich bis in die Himmel und noch höher ausbreiten. (Bahá'u'lláh, „Tafel über die Welt", in: „Worte der Weisheit", S. 261)

Die zur Zeit der Erklärung Bahá'u'lláhs freigesetzten geistigen Energien verliehen der Menschheit neue Fähigkeiten, die es jedem einzelnen Menschen, unabhängig von Rasse, Hautfarbe, Bildung oder sozialem Hintergrund, ermöglichen, die Botschaft Gottes für diesen Tag zu erkennen und sein Teil zur Errichtung einer weltumspannenden, göttlichen Kultur für die Menschheit beizutragen. (Adib Taherzadeh, „Die Offenbarung Bahá'u'lláhs", Bd I, S.328)

Wahrlich wir haben kraft Unserer unwiderstehlichen, allunterwerfenden Herrschaft jede Seele verhauchen lassen. Dann haben wir eine neue Schöpfung ins Leben gerufen als Zeichen Unserer Gnade für die Menschen. Ich bin wahrlich der Allgütige, der Altehrwürdige der Tage (Adib Taherzadeh, „Die Offenbarung Bahá'u'lláhs", Bd I, S.327)

Siehe, wie das, was du im Traume geschaut hast, nach langer Zeit voll verwirklicht wird. (Bahá'u'lláh, „Ährenlese", 79:1)

„Wenn sie (die Seele) Gott treu ist, wird sie sein Licht widerstrahlen und schließlich zu Ihm zurückkehren. Wenn sie jedoch die Treuepflicht gegenüber ihrem Schöpfer vergisst, wird sie ein Opfer des Selbstes und der Leidenschaften

werden und am Ende in deren Abgründen versinken.
(Bahá'u'lláh, „Ährenlese", 82:1)

Der Mensch kann in dieser Welt durch die reine Tat, die aus
Liebe zu Gott geboren ist, die Gnade und das geistige Licht
verdienen und seine Seele hierdurch entfalten ... Die Gottesgnade ist das göttliche, geistige Licht, das mittelbar allen gegeben wird und allen zum Wachsen und Gedeihen gereicht.
(Farhad Sobhani, „Die Seele des Menschen", S.23)

Am Anfang war das Licht der Sonne der Wahrheit, nämlich
das Licht des Antlitzes jedes Offenbarers Gottes, der hier auf
Erden erscheint, um die Menschen zu befreien und zu führen.
Am Ende des irdischen Lebens sollte die Seele des Menschen vom gleichen Licht erleuchtet sein, das Gott durch
seine Offenbarer in den Herzen der Menschen entzündet hat
und die Menschen ihrerseits durch reine Taten entfacht haben. Dieses Licht ist für die Seele im Jenseits ihre Lebenskraft, ihre Nahrung, ihre Sehnsucht, ihr Reichtum, ihr Wirken und ihre ewige Beziehung zu ihrem Schöpfer- ihr Paradies. (Farhad Sobhani, „Die Seele des Menschen", S. 26)

Dadurch, dass der Mensch Gott erkennt und das Licht der
Sonne der Wahrheit erfährt, erhält er die notwendige Kraft,
um nach Gottes Anweisungen zu leben ... dies nennen wir
Gott anbeten ... Es geht darum, die Wärme und die Helligkeit der Sonne zu erhalten, um mit ihrer Hilfe auf dem richtigen Weg und mit der richtigen Orientierung aktiv zu leben.
(Farhad Sobhani, „Die Seele des Menschen", S.31)

Beachten wir die Wirkung, die der Gehorsam gegenüber den
Gesetzen für das persönliche Leben ausübt, so müssen wir
bedenken, dass der Sinn dieses Lebens darin besteht, die
Seele für das nächste Leben vorzubereiten. Hier muss man
lernen, seine tierischen Triebe zu kontrollieren und zu steuern und nicht deren Sklave zu werden. Das Leben hier ist
eine Folge von Prüfungen und Errungenschaften, von

Versagen und neuen geistigen Fortschritten. Manchmal erscheint der Weg sehr schwierig, aber man kann immer wieder erleben, dass diejenige Seele, die standhaft dem Gesetze Bahá'u'lláhs gehorcht, wie hart es auch sein mag, geistig wächst, während derjenige, der das Gesetz um seines vermeintlichen Glückes willen beiseitelegt, offensichtlich einem Trugbild folgt: Er erreicht nicht das Glück, dass er suchte, er verzögert seinen eigenen geistigen Fortschritt und zieht häufig neue Probleme auf sich. (Das Universale Haus der Gerechtigkeit, in: „Liebe und Ehe", S. 20)

Wisse, dass das Gebot der Ehe ewig ist. Es wird nie geändert oder umgewandelt werden. Es ist eine göttliche Einrichtung, und es besteht nicht die geringste Möglichkeit, dass Änderungen oder Wandel diese göttliche Einrichtung berühren ('Abdu'l-Bahá, in: „Liebe und Ehe", S. 25)

…wenn die Ehe auf Geist und Körper gegründet ist, ist sie eine echte Vereinigung, die überdauern wird. Ist die Verbindung nur eine körperliche, so ist sie gewiss nur vorübergehend und muss unvermeidlich zur schließlichen Trennung führen …
Wenn daher das Volk Bahás zu heiraten gedenkt, muss dieser Bund eine echte Beziehung, ein geistiges wie körperliches Zusammenfinden sein, so dass diese Verbindung in allen Lebensabschnitten und Welten Gottes fortdauert, denn diese wahre Einheit ist ein Lichtstrahl der Liebe Gottes. ('Abdu'l-Bahá, in: „Liebe und Ehe", S. 28)

… Das Band, das die Herzen eint wie kein anderes, ist die Treue … Lasst keine Spur von Eifersucht zwischen euch kommen, denn wie ein Gift verdirbt Eifersucht die Liebe in ihrem Wesenskern … Ergeben sich Meinungsverschiedenheiten, so beratet allein miteinander, damit nicht andere ein Körnchen zum Berge machen … Sprecht miteinander von hohem Streben und himmlischen Dingen … Macht euer Heim zum Hafen der Ruhe und des Friedens. Seid

gastfreundlich und haltet die Türe eures Hauses offen für
Freunde und Fremde … Kein Sterblicher kann die Einheit
und Eintracht erfassen, die Gott für Mann und Frau bestimmt
hat. (Autor unbekannt in: „Liebe und Ehe", S. 28)